高等学校小学教育专业教材

外国文学教程

（修订本）

主 编 汪介之

南京大学出版社

目 录

第一章　古代欧洲文学……………………………………………(1)
　　第一节　概述………………………………………………(1)
　　第二节　荷马史诗…………………………………………(13)
　　第三节　维吉尔……………………………………………(18)

第二章　中世纪欧洲文学…………………………………………(22)
　　第一节　概述………………………………………………(22)
　　第二节　但丁………………………………………………(33)

第三章　文艺复兴时期的欧洲文学………………………………(41)
　　第一节　概述………………………………………………(41)
　　第二节　塞万提斯…………………………………………(57)
　　第三节　莎士比亚…………………………………………(61)

第四章　17世纪欧洲文学…………………………………………(70)
　　第一节　概述………………………………………………(70)
　　第二节　莫里哀……………………………………………(79)

第五章　18世纪欧洲文学…………………………………………(85)
　　第一节　概述………………………………………………(85)
　　第二节　歌德………………………………………………(100)

第六章　19世纪初期欧美文学……………………………………(109)
　　第一节　概述………………………………………………(109)
　　第二节　拜伦………………………………………………(122)
　　第三节　雨果………………………………………………(129)
　　第四节　普希金……………………………………………(137)

第七章　19世纪中期欧美文学……………………………………(146)
　　第一节　概述………………………………………………(146)
　　第二节　巴尔扎克…………………………………………(167)
　　第三节　狄更斯……………………………………………(175)
　　第四节　果戈理……………………………………………(180)

第八章　19世纪后期欧美文学 (186)
　　第一节　概述 (186)
　　第二节　左拉 (199)
　　第三节　哈代 (203)
　　第四节　托尔斯泰 (207)
　　第五节　易卜生 (214)
　　第六节　马克·吐温 (217)

第九章　20世纪欧美现实主义文学 (222)
　　第一节　概述 (222)
　　第二节　罗曼·罗兰 (244)
　　第三节　劳伦斯 (249)
　　第四节　海明威 (258)

第十章　20世纪欧美现代主义文学 (267)
　　第一节　概述 (267)
　　第二节　后期象征主义文学与艾略特 (277)
　　第三节　表现主义文学与卡夫卡 (284)
　　第四节　意识流文学与乔伊斯、福克纳 (292)
　　第五节　存在主义文学与萨特 (305)
　　第六节　魔幻现实主义文学与加西亚·马尔克斯 (313)

第十一章　20世纪俄罗斯文学 (325)
　　第一节　概述 (325)
　　第二节　高尔基 (337)
　　第三节　帕斯捷尔纳克 (348)
　　第四节　肖洛霍夫 (359)

修订本后记 (368)

第一章 古代欧洲文学

第一节 概 述

欧洲古代文学包括古希腊文学和古罗马文学。古希腊文学是全部欧洲文学的源头。古罗马文学是在古希腊文学的影响下形成和发展起来的,同时也具有自身的成就与特色,并成为连接古希腊文学和后世欧洲文学之间的桥梁。古希腊、古罗马文学对后世欧洲文学有着深远的影响。

一、古希腊文学

古希腊位于欧洲南端,地中海的东北部,包括今天的巴尔干半岛南部、小亚细亚西岸及爱琴海中的许多岛屿。公元前12世纪以前,爱琴海上的克里特岛和希腊半岛中部的迈锡尼地区已完成从原始公社制向奴隶社会的过渡,这两个地区的义化一般被称为克里特—迈锡尼文化,或"爱琴文化"。公元前12世纪末,北方的多利斯人南侵,摧毁了克里特—迈锡尼文化及其奴隶制经济。由此至公元前8世纪,史称"荷马时代"或"英雄时代"。这个时代已踏入了文明的门限。

公元前8世纪到公元前6世纪,爱琴海地区出现了许多独立的城邦,其中最重要的是雅典和斯巴达,前者是全希腊的文化中心,后者以崇尚武功著称。公元前6世纪末至公元前4世纪初,是希腊历史的全盛时期,史称"古典时期"。雅典成为爱琴海区域希腊城邦的领袖。伯里克利斯执政时期(公元前443—公元前429)是雅典的黄金时代。公元前4世纪下半叶,马其顿征服了希腊。从那以后至公元前2世纪中叶,希腊文化广泛传播,与东方文化互相交流,史称"希腊化"时期。公元前146年,希腊为罗马所灭。

随着上述古希腊历史的变迁,古希腊文学的发展也相应地经历了四个时期。

古希腊早期文学出现于公元前11世纪—公元前9世纪,这是希腊从氏族公社制向奴隶社会过渡的时期,史称"荷马时代"。这个时代文学的主要成就是神话和史诗。

古希腊神话产生在原始社会,它是古希腊人民留给后世的一宗丰富的口头文学遗产。希腊神话散见于荷马的两部史诗、赫西奥德的《神谱》以及古希腊的诗歌、戏剧、历史、哲学等著作。现在通常所见的希腊神话故事集都是后人根据这些古籍整理编写的。

希腊神话主要包括神的故事和英雄传说两个部分。古希腊人创造了庞大的神的家族,包括"前奥林波斯神统"和"奥林波斯神统"。"奥林波斯神统"中的神都居住在奥林波斯山上,包括众神之主宙斯、天后赫拉、海神波塞冬、战神阿瑞斯、日神阿波罗、月神阿尔忒弥斯、爱与美之神阿佛洛狄忒、智慧女神雅典娜、九位文艺女神缪斯、酒神狄奥尼索斯、神使赫尔墨斯、冥王哈得斯,等等。神的故事主要讲述诸神的来源和他们的生活、恋爱和相互争斗。火神(工匠神)赫菲斯托斯有高超的手艺,曾用白银造过两个能走路的女孩,替他运送工具和材料,这说明古希腊人已经有制造机器人的幻想。"奥林波斯神统"反映了父权社会的人际关系。

英雄传说侧重反映古代部落的领袖与自然斗争的英雄业绩。在传说中,这些英雄大多是神与人结合所生下的勇敢的男子。英雄传说中的故事包括大力士赫拉克勒斯建立的12件大功;忒修斯到克里特岛的迷宫中杀死怪牛,为民除害;伊阿宋历经艰险寻取金羊毛的故事,以及特洛伊战争等系统的故事,等等。后世西方文学艺术作品中,经常涉及上述诸神形象和英雄形象,希腊神话中的"斯芬克司之谜"、"达摩克利斯之剑"、"潘多拉的盒子"、"普洛克洛斯忒斯之床"、"奥吉亚斯的牛圈",等等,都成为后世众多作品常用的典故。

希腊神话的一个重要特点是神与人同形同性。神话中的神的外形,大多与人的外形相同,而且也是高度人格化的,他们具备人类的思想感情,和人一样有七情六欲,甚至好嫉妒,爱虚荣。他们不是高高在上、高不可攀的,常常来到人间同美貌的男女谈情说爱。他们与凡人不同的地方,就在于他们长生不死,有超过凡人的力量。神话中的许多故事还表现出希腊人热爱现实生活、肯定人的力量的思想。希腊神话以艺术的方式反映了希腊氏族社会的本质面貌,显示出以人为本的观念,强调人的力量和奋斗精神,其风格特色是生动活泼,清新质朴,充满乐观精神。

希腊神话是世界各民族神话中保存得最完整、内容最丰富的文学遗产。古希腊的诗歌、悲剧、喜剧多从神话传说中汲取题材。罗马人几乎全部继承了希腊的神话和传说。自从欧洲文艺复兴以来,许多文学家、艺术家不断从神话中汲取营养。希腊神话对于后代欧洲文化的发展起了巨大作用。

古希腊早期文学的最高成就是荷马史诗。荷马史诗产生之后,出现了叙事诗人**赫西奥德**。他是公元前 8 世纪末—公元前 7 世纪初的一位自耕农。他的教谕诗《工作与时日》是古希腊流传下来的最早的一首以现实生活为题材的诗作,共 800 余行。赫西奥德的时代,氏族社会已经开始瓦解。氏族贵族利用权势,把贫苦农民的土地集中到自己手里。赫西奥德在这首长诗中劝导弟弟,走正直劳动的道路,不要走巧取豪夺的邪路。诗中还反映出当时希腊农村的现实。诗人讲到人类经历了黄金时代、白银时代、青铜时代、英雄时代和黑铁时代五个阶段,农民的生活每况愈下。赫西奥德还写有一首叙事长诗《神谱》,共 1000 余行,收集了古代许多神话传说,成为关于宇宙的形成、诸神的世系和彼此之间冲突的最早的系统描述。

古希腊文学发展的第二个阶段,出现于奴隶制城邦国家的形成和繁荣时期(公元前 8 世纪—公元前 6 世纪),这一时期的主要成就是抒情诗和寓言。随着希腊城邦国家制度的逐渐形成,个人意识取代了氏族的集体意识,于是适合抒发个人感情的抒情诗便繁荣起来。抒情诗根据吟诵时所配乐器的不同,分为琴歌和笛歌等。合唱琴歌主要是歌颂竞技的胜利者,歌颂神,代表诗人有**品达罗斯**(公元前 518—公元前 442 或公元前 438)。独唱琴歌则歌颂生活、爱情和大自然,代表诗人有**阿那克瑞翁**(约公元前 570—?)、**萨福**(公元前 612—?)等。其中,女诗人萨福被柏拉图称为"第 10 位缪斯"。他们的抒情诗对后世欧洲抒情诗的发展有很大的影响。

公元前 6 世纪在古希腊民间广泛流传的寓言故事,相传为这个时期一个被释的奴隶**伊索**所作。流传至今的《伊索寓言》是后人编辑而成的,共有 400 则左右。这些寓言大多通过一个简短的动物故事来说明一个道理,每则寓言的结尾往往有几句格言式的道德教训点明主题。与抒情诗主要表现社会上层人士的思想情感不同,《伊索寓言》大都通过动物之间的关系反映特定的社会关系,并成为古代下层人民生活经验的艺术总结。如《狮子和野驴》刻画了象征压迫者的狮子的形象;《狼和小羊》反映了下层平民和奴隶的思想感情,谴责象征压迫者的狼仗势欺凌弱小;《农夫和蛇》教导人们不能怜惜蛇一样的恶人;《农夫的儿子们的争吵》说明团结就是力量;《龟兔赛跑》劝人不要骄傲。《伊索寓言》对后来德国作家莱辛、俄国作家克雷洛夫等人的寓言创作,都产生了积极的影响。

公元前 6 世纪末—公元前 4 世纪初,是古希腊奴隶制城邦国家的全盛时期,也是古希腊文化的鼎盛时期,史称"古典时期"。这一时期雅典成为全希腊的文化中心，雅典民主政治的发展和经济的繁荣，带来了文学的繁荣，文学方面的主要成就是戏剧、散文和文艺理论。

古希腊戏剧有悲剧和喜剧两大类。悲剧起源于酒神节祭祷仪式中的酒神颂——关于悲伤事件的严肃表演。"悲剧"（Tragedy）一词的原意为"山羊歌"。希腊神话中的酒神和植物神是狄奥尼索斯。古希腊人为了祈求丰收和谢神，每年都要举行酒神祭祀。参加表演的歌队化装成半人半羊的模样上场，齐唱赞美狄奥尼索斯的颂歌，讲述他冒险、遭难和胜利的故事。希腊悲剧一般取材于神话，但反映的往往是当时的现实。悲剧中贯穿了命运观念，着重表现英雄主义精神，风格崇高，形象高大，气势磅礴。公元前5世纪雅典民主制最兴盛的时期，涌现出大批悲剧作家，上演了许多悲剧作品，流传至今的有埃斯库罗斯、索福克勒斯和欧里庇得斯三大悲剧家的作品。

埃斯库罗斯（约公元前525—公元前456）是古希腊悲剧的创始人，被称为"悲剧之父"。他是由贵族专制制度向民主制过渡时期的剧作家。据传他共写了70部悲剧，流传下来的只有7部完整的悲剧。他的创作反映了雅典民主制建立时期的社会生活。

埃斯库罗斯的《俄瑞斯忒亚》三部曲，写的是阿伽门农家族内部的复仇故事。第一部《阿伽门农》写阿伽门农带领希腊联军去远征特洛伊时，曾经杀死他的女儿伊菲格涅亚祭神，在班师回国时却被他的妻子克吕泰墨斯特拉串通姘夫埃吉斯托斯谋杀。妻子是要替女儿报仇，姘夫则是要报阿伽门农的杀兄之仇。第二部《奠酒人》写阿伽门农的儿子俄瑞斯忒斯回国为父亲报仇，杀死了他的母亲及其姘夫。第三部《报仇神》写的是俄瑞斯忒斯在弑母后受到报仇女神的追逐，要他偿还血债。最后他因为得到雅典娜女神的支持，在雅典法庭上被宣告无罪。这个三部曲描写了没落的母权制和产生于英雄时代并获得胜利的父权制之间的斗争，以及处于萌芽状态的法制观念对于家族复仇观念的胜利。

埃斯库罗斯的"普罗米修斯三部曲"的第一部《被缚的普罗米修斯》也取材于古希腊神话，写的是普罗米修斯盗天火给人类，因而受到宙斯惩罚的故事。宙斯派火神赫菲斯托斯把普罗米修斯用铁链锁在高加索山的悬崖上。河神劝他同宙斯和解，他拒绝了。普罗米修斯知道如果宙斯和某一个女神结婚，她将生下一个比宙斯更强大的儿子并把他推翻。神使赫尔墨斯奉宙斯之命前来逼迫普罗米修斯，要他把这个秘密讲出来。他坚决拒绝，最后被宙斯用雷电打入地狱。

剧中的普罗米修斯是一个具有崇高精神的神,他为了人类的幸福,宁愿忍受极大的痛苦和折磨,对被压迫者充满同情,不屈不挠地反抗专制暴君,体现了雅典民主派的精神,后来被马克思称为"哲学日历中最高尚的圣者与殉道者"。宙斯在剧中虽然没有出场,但从他的残暴命令以及普罗米修斯对他的揭露来看,他分明是僭主和专制暴君的形象。这部悲剧通过普罗米修斯与宙斯之间的斗争,肯定了雅典民主派反对专制暴政的正义性,歌颂了普罗米修斯为人类的进步和幸福不惜自我牺牲的崇高精神。

埃斯库罗斯在剧中让各种人物登场,与普罗米修斯对话,显示他的崇高精神境界。河神的胆怯懦弱,赫尔墨斯的奴才相,都反衬出普罗米修斯的高大。他虽然忍受着巨大的苦难,但心里充满了自豪感。他的语言也充满了悲壮的色彩:"宙斯的王权不打倒,我的苦难就没有止境。"

普罗米修斯三部曲的另两部《普罗米修斯被释》和《带火的普罗米修斯》都已失传。埃斯库罗斯是古希腊悲剧艺术的奠基者。他把演员的数目由一个增至两个,并削减了合唱队,使对话成为戏剧的主要构成部分。他在悲剧中塑造了巨人式的形象,但其性格单纯而缺少变化。他的悲剧风格崇高,诗句庄严雄浑,抒情气氛浓郁,带有夸张色彩,作品结构一般较为松散,剧情发展缓慢。

索福克勒斯(约公元前496—公元前406)是古希腊最优秀的悲剧作家,被称为"戏剧艺术的荷马"。他的剧作反映了雅典奴隶主民主制由繁荣到盛极而衰时期的社会生活。他出身于雅典一个富商家庭,一生经历了希腊历史上两次重要战争,即希波战争和伯罗奔尼撒战争。由于民主制的衰落和社会动乱在自由民阶层中引起了一种幻灭情绪,索福克勒斯的悲剧往往表达了一种惶惑不解和事与愿违的沉重心情。他写过120余部剧本,留存至今的有7部。

《俄狄浦斯王》是索福克勒斯的代表作,取材于希腊神话中一个古老的故事。忒拜国王拉伊俄斯从神示中得知,由于自己早先的罪恶,他的儿子命中注定要杀父娶母。因此他在儿子出生后,就用铁丝穿其脚踵,令仆人将孩子抛于荒野。仆人怜悯无辜的孩子,把他送给了一个牧人。这孩子就是俄狄浦斯,后来为科林斯国王收养。俄狄浦斯成人后,也从神谕那里得知自己将犯杀父娶母之罪,于是便离开科林斯,前往忒拜。在一个三岔路口,他和一个老人发生争执,一时动怒,将老人杀死,却不知此人正是他的生父拉伊俄斯。在忒拜,他猜破了人面狮身的女妖斯芬克司之谜,为忒拜人解除了灾难,被拥戴为王,并娶了前王的寡后,即生母伊俄卡斯忒。悲剧开始时,忒拜城发生瘟疫，神示说，必须驱逐杀害前王的凶手，瘟疫才能平息。俄狄浦斯此时登上王位已16年，为了禳除灾难，他千方百计追查凶手，结果发现凶手就是自己。杀父、娶母的预言都应验了。悲痛万分的王后自尽身亡，俄狄浦斯刺瞎了自己的双眼，并请求放逐。

这部悲剧通过个人意志与残酷命运之间的冲突，表现了善良的英雄在反抗命运的斗争中不可避免的毁灭。俄狄浦斯聪明诚实，正直高尚，关心自由民，敢于面对现实，承担责任。他的悲剧命运在于，他清白无辜，却要承受先人的罪恶；他越是反抗不合理的命运，就越是陷入命运的罗网；他越是想为城邦消除灾难，就越是临近自己的毁灭。剧本通过俄狄浦斯的悲剧命运，表现了命运既具有不可抗拒的威力，又具有伤天害理的邪恶性质，传达出雅典自由民在社会灾难面前无能为力的悲愤情绪。

《俄狄浦斯王》在悲剧艺术上取得了很高的成就，被亚里士多德称为"十全十美的悲剧"。全剧的结构严密完整，剧情复杂，但条理清楚，每一件事都是前一件事的必然结果，任何一个场景都不能挪动或删除。剧本一开始就摆出了严重的事件，悲剧气氛很强烈，作者又以圆熟的技巧加强这种气氛，把剧情逐渐推向高潮。剧情的发展合理自然，作者使用倒叙手法，通过俄狄浦斯追查凶手这件事，层层揭开错综复杂的矛盾。剧中王后的兄弟克瑞翁、预言者、王后本人、科林斯的使者、老国王的仆人依次上场，一环扣一环，环环相连，从开场形成的悬念，到后来的不断"发现"，一步步把戏剧冲突推向高潮，最后引出惊心动魄的结局。索福克勒斯有意造成一种观众明白而主人公俄狄浦斯不明白、不自知的戏剧情境，加深了他的悲剧性。他特别注重刻画人物心理，使其成为剧情发展的基本动力，往往三言两语就能使人物栩栩如生。他的悲剧的语言风格质朴简洁、自然有力，人物对话明快、紧凑，安排得十分巧妙。

欧里庇得斯(约公元前485—公元前406)共写有92部剧本，流传下来的作品有18部。他的剧作反映了雅典奴隶主民主制危机时期的社会生活。作者能大胆揭露社会上不合理的现象，特别是通过战争问题与家庭问题来反映社会矛盾，被称为"舞台上的哲学家"。

在欧里庇得斯现存的18部剧作中，有12部是以妇女问题为题材的，其中最优秀的悲剧当推《美狄亚》。这部剧作取材于古希腊神话中伊阿宋取金羊毛的故事。英雄伊阿宋到科尔基斯取金羊毛，当地的公主美狄亚爱上了他，帮助他驯服了喷火的公牛，战胜了从龙牙长出的武士，施展魔术让看守金羊毛的巨龙昏昏睡去，使伊阿宋取到了金羊毛。美狄亚跟随伊阿宋一行人逃离科尔基斯时,还残忍地杀死了自己的弟弟,使父亲只顾收捡尸体,无法追赶他们。悲剧开始时,伊阿宋已和美狄亚在科林斯定居,但他爱上了科林斯的公主,打算抛弃美狄亚。国王克瑞翁下令将美狄亚逐出国境。痛苦得几乎发狂的美狄亚决定报复,假意与伊阿宋和解,送给公主涂了毒药的锦袍和金冠作为结婚礼物,导致公主和国王死亡。为了惩罚伊阿宋,使他断绝后代,美狄亚又杀死两个儿子,然后乘着龙车逃往雅典。

这部悲剧的主题是为妇女地位的低下和命运的悲惨鸣不平。美狄亚被描写成一个聪明、倔强而有胆量的女性。她曾为伊阿宋做出了重大的牺牲,可是他竟然为了金钱和权势决定把她抛弃。在科林斯,她是个异邦人,处于孤立无援的地位,她不能依靠社会的力量来争取自己的权利和地位,便决定采取仇杀的手段来进行报复。她复仇的方式固然是残酷的,却是社会环境把她逼到这个地步的。美狄亚的遭遇是当时社会妇女共同命运的艺术写照,作者对她寄予了无限的同情。伊阿宋则是一个喜新厌旧、贪图权势和金钱的野心家,一个忘恩负义、冷酷无情小人,婚姻只是他获取权势的一种手段。通过这一形象,作者痛责男子的不道德和自私自利,揭示了男女地位不平等的社会现实。

欧里庇得斯还写有反对不义战争的剧本《特洛伊妇女》。他的悲剧作品心理描写成就突出,善于描写炽烈的感情,尤其善于刻画女性心理。他运用写实手法,率先以日常生活为悲剧的题材;但他不太注意戏剧结构,其剧作语言华美,哲理色彩浓厚,充满冗长的说理与辩论。

古希腊喜剧起源于古希腊农村庆祝丰收的迎神赛会和民间滑稽戏。喜剧(Comedy)一词的希腊文原意是"狂欢游行之歌"(化装、歌唱、伴奏、演说等)。希腊喜剧的出现比悲剧晚约 40 年。古典时期的希腊喜剧被称为"旧喜剧",一般是政治讽刺剧或社会讽刺剧,大都取材于当时的现实,讽刺对象多为当时的著名人物,这是当时言论较为自由的体现。"旧喜剧"的形式是轻松的,意图却是严肃的。公元前 5 世纪,雅典产生了三大喜剧诗人,但只有阿里斯托芬流传下了一些完整的作品。

阿里斯托芬(约公元前 446—公元前 385)是雅典公民,曾写过 44 部喜剧,现存 11 部,被称为"喜剧之父"。他从维护自由民中的农民的利益出发,坚决反对雅典集团和斯巴达集团之间的战争。他的反战喜剧《阿卡奈人》,写的是雅典与斯巴达战争期间,雅典农民狄凯奥波利斯单独与斯巴达人讲和,因此能继续安宁地种田和做买卖,享受人生的快乐;而那个主张打仗的拉马科斯却在战争中负了伤,痛苦万分。这部戏剧通过漫画式的夸张手法表达了反对战争的严肃主题,表达了人们要求和平的强烈愿望。

阿里斯托芬的杰作之一《鸟》,是现存唯一一部以神话幻想为题材的"旧喜剧"。剧中两个雅典人和一群鸟一起在天和地之间建立了一个"云中鹁鸪国"。这是一个理想社会,这里没有贫富之分,没有剥削,劳动是生存的唯一条件。这部喜剧中的"云中鹁鸪国"成为欧洲文学中乌托邦理想的最早表现。

在另一剧本《蛙》中,阿里斯托芬对埃斯库罗斯、索福克勒斯和欧里庇得斯三大悲剧家进行评价,指出其长短得失。这部剧本是西方文学中最早的文学批评文字,阿里斯托芬也因此成为西方文学批评的奠基人。

希腊古典时期在文艺理论上也取得了较高的成就,最重要的文艺理论家是柏拉图和亚里士多德。**柏拉图**(公元前427—公元前345)出身于雅典贵族,是古希腊著名的哲学家。他写有《理想国》等40余部对话体论著,阐述他的客观唯心主义哲学思想。他把"理式"看作是第一性的,永恒普遍的;把客观世界看成是"理式"的摹本,是第二性的,不真实的。这些论著涉及多方面的问题,包括对文艺的看法。后世学者整理了他关于文学艺术问题的"对话",构成《文艺对话集》。

关于文艺和现实的关系,柏拉图认为,文艺作品是对具体事物的摹仿,而个别、具体的事物只是对理式的不完全的摹仿,因而文艺作品是对理式的"摹仿的摹仿",是"影子的影子","和真理隔着三层",因而是不真实的。在他看来,荷马等人的诗歌滋养了应该由理智压制下去的"人性中的卑劣部分",例如感情和欲念等;希腊诗人把神和英雄写得无恶不作,起了伤风败俗的作用。根据这两大罪状,他主张把诗人逐出他的"理想国"。柏拉图的上述观点,既具有贵族倾向,又反映了哲学和文学艺术争夺话语权的历史真实。柏拉图还论述过灵感在文艺创作中的作用。他的对话体论著,也是古希腊文学中出色的散文作品,开启了学术讨论中一种值得发扬光大的传统。

亚里士多德(公元前384—公元前322)是柏拉图的学生,也是古希腊著名的哲学家,具有朴素的唯物主义倾向。他的《诗学》是西方第一部系统的文艺理论著作,为西方文艺理论的形成和发展奠定了基础。在文艺和现实的关系上,亚里士多德通过"诗"(语言艺术作品)和"历史"(著作)的比较,肯定文艺是对现实的摹仿,现实世界本身是真实的,因而文艺也能反映真实。在《诗学》中,亚里士多德着重论述了悲剧,认为"悲剧是对一个严肃、完整而有一定长度的行动的摹仿",指出悲剧的作用在于引起观众的怜悯与恐惧,从而陶冶人的情感,使人的心灵得到净化。亚里士多德强调悲剧所摹仿的"行动"(情节)应具有整一性,悲剧的长短要合适,一个三部曲演出的时间应"以太阳的一周为限"。这些观点后来被17世纪法国的古典主义者引申为"三一律"。

公元前4世纪下半叶,巴尔干半岛中部的奴隶制国家马其顿征服了整个希腊。马其顿国王亚历山大大帝率领大军继续东侵,把势力扩充到整个地中海周围地区和波斯、印度一带,也把希腊文化带到了这些地区。公元前146年,希腊为罗马所灭。一般把公元前4世纪—公元前2世纪这一时期称为"希腊化时期"。

这个时期希腊的文化中心已经由雅典移至埃及的亚历山大城。古希腊文学已近尾声,成就不大,只有新喜剧对后世文学有一定影响。新喜剧又称"世态喜剧",主要通过爱情故事和家庭关系反映当时的社会风俗,表现贵族青年男女要求独立自由的愿望,强调情节的曲折和风格的雅致,但缺乏深刻的思想内容。新喜剧的代表作家**米南德**(公元前342—公元前291)一共写有105部喜剧,但流传至今的完整剧本只有《恨世者》、《萨摩斯女子》两部。他的喜剧多描写日常生活,以劝善规过为主题。这些剧作对罗马戏剧家有很大影响,并通过他们的改编,影响了后世欧洲的喜剧。

"希腊化时期"还出现了**忒奥克里托斯**(公元前310—公元前250)的田园诗。他的诗作以对自然风光、农村生活的描写和爱情主题的表现见长,传达出对理想化的田园生活的向往,具有清新的风格。因牧人是其中常见的主人公,故这类田园诗又被称为"牧歌"。

二、古罗马文学

约在公元前2000年,拉丁人的部落定居于意大利中部的拉丁姆地区。这一地区的各拉丁村落后来结成同盟,又合并其他地区,于公元前753年建立了罗马城,由此开始了罗马历史上的"王政时期"(公元前753—公元前510)。这一时期的罗马,氏族公社开始瓦解,向奴隶制过渡。公元前510年,王政被推翻,建立了奴隶制贵族共和国,罗马历史进入"共和时期"(公元前510—公元前27)。在这期间,罗马征服了整个意大利半岛,进而继续向外扩张,经过多次战争征服了西部地中海和巴尔干半岛的大部分地区。公元前27年,帝制取代了共和制,罗马变成了一个地跨欧亚非三洲的强大帝国,进入"帝国时期"(公元前27—公元476)。公元330年,罗马帝国东迁,建都君士坦丁堡,公元395年正式形成东罗马帝国(即拜占庭王国),罗马帝国由此一分为二。公元476年,西罗马帝国(首都仍为罗马)灭亡,古罗马的历史宣告结束,欧洲古代的历史也到此终结,进入中世纪。

  罗马文学主要是指公元前3世纪中叶至公元5世纪下半叶古罗马共和国和帝国时期的文学。古罗马文学诞生和发展初期,古希腊文学已达到高度的繁荣,对古罗马文学影响极大。罗马作家在广泛摹仿和吸收希腊文学的同时,根据本民族的特点创造了独具特色的文学。罗马文学总的成就不及希腊,但是它继往开来,成为希腊和后世欧洲文学的中介。在文艺复兴时代、古典主义和18世纪欧洲文学中,都可发现罗马文学的巨大影响。

  罗马神话包括神的传说和相关的地方历史传说两部分。最早的意大利神祇与"自然神论"相联系,因此就有土地神、播种神、丰收女神、花神等,还有家神、灶神、门神等。罗马人和希腊文化接触后,希腊神话传入罗马,于是出现了希腊神话和罗马神话的混同。有些希腊神话中有而罗马没有的神,被罗马人原封不动地接收下来,如太阳神阿波罗、文艺女神缪斯。另一些希腊的神换上了罗马的名字,如宙斯改为尤庇特,赫拉改为尤诺,阿尔忒弥斯改称狄安娜,阿佛洛狄忒改称维纳斯,波塞冬改为尼普顿,雅典娜改为弥涅尔瓦,赫尔墨斯改为墨丘利,小爱神埃罗斯改称丘比特,等等。还有些神是罗马神话中所特有的,如囿神佩拉特斯等。罗马神话中也有罗马远古历史传说的加入,它们往往和希腊的英雄传说,特别是特洛伊战争的传说密切相关。其中最著名的有埃涅阿斯从海上漂泊至意大利的传说,被母狼用乳汁哺育过的罗慕洛兄弟建立罗马城的传说。这些传说流传甚广,对罗马文学影响很大。

  早期罗马文学(公元前3世纪—公元前2世纪)包括罗马共和国初期和繁荣时期的文学,主要成就是戏剧创作。它是在希腊戏剧的影响下发展起来的,有悲剧,也有喜剧。罗马喜剧继承古希腊"新喜剧"的传统,主要是世态喜剧,取得了较高的成就。著名的剧作家有普劳图斯和泰伦斯。

  普劳图斯(约公元前254—公元前184)是罗马文学中第一个有完整作品流传至今的作家。据说他写过100多部戏剧,保存至今的有20部。《孪生兄弟》通过一对幼年失散的孪生兄弟被人误认、闹出种种笑话的情节,反映了古罗马上层社会的生活和精神面貌。这部剧作后来成为莎士比亚《错误的喜剧》的题材来源。《一罐金子》写一个贫穷而吝啬的老人偶然发现藏金,刻画了他患得患失、疑神疑鬼的心理状态,直到他把金子送人,才安下心来。17世纪法国戏剧家莫里哀根据这一剧本写出了著名喜剧《吝啬鬼》。《吹牛的军人》揭露、讽刺上层人物的贪婪腐化,同情争取爱情自由的男女青年,赞美奴隶的智慧。普劳图斯的喜剧生动活泼,语言俏皮,对话充满戏谑成分。他十分看重喜剧的艺术效果,但不太注意剧情结构的严密和完整。

泰伦斯(约公元前190—公元前159)写有6部喜剧,均根据古希腊新喜剧改编而成。他的喜剧主要描写年轻人的爱情及由此引起的家庭矛盾,反映新旧思想的交替和两代人之间的冲突。泰伦斯的《婆母》一剧通过年轻的潘菲路斯夫妇之间的误解引起的一系列家庭矛盾,赞扬相互谅解、彼此宽容的仁爱精神。《两兄弟》则涉及年轻人的教育问题,提倡宽容的教育方式,主张尊重年轻人的生活要求,但也反对他们过度放纵,表现出一定程度的折中倾向。泰伦斯在他的喜剧中往往弱化各类人物性格中的反面色彩,增加其善良成分;其作品结构严谨,剧情发展自然,戏谑成分较少,所用语言多为上流社会有教养阶层的口语。

中期罗马文学(公元前1世纪—公元1世纪)包括共和国晚期和帝国初期的文学。共和国晚期,罗马文学在诗歌和散文方面取得了较高的成就,产生过散文家、演说家**西塞罗**(公元前106—公元前43)。他留有58篇完整的演说词,其中最著名的是14篇《反腓力词》。他的演说词文辞优美,句法谨严,音韵和谐,说理透辟,善于运用各种修辞手法来打动读者的感情。他的演说风格被后代的一些作家和演说家奉为榜样。诗人、哲学家**卢克莱修**(约公元前99—公元前55)的哲理诗《物性论》,宣传唯物主义和无神论,还对人类社会的发展做了一些有价值的推测,是古希腊罗马流传至今的唯一一部完整而系统的哲学长诗。诗人**卡图卢斯**(约公元前87—前54)留有《结婚曲》等诗作116首。他的抒情诗主要歌颂友谊、爱情和生活的欢乐,善于运用简练的语言真切地描写爱情生活中的各种感受和遭到弃绝时的复杂矛盾心理,对文艺复兴及其后欧洲抒情诗的发展产生过一定影响。

罗马帝国初期,也即"奥古斯都"时期(公元前27—公元14),是罗马文学的"黄金时代"。元首屋大维力求把文化和文学纳入他的政治轨道,通过他的亲信麦凯纳斯把当时最有才华的作家吸引到自己的周围,为维护新政权服务,于是形成了所谓"麦凯纳斯集团"。这一时期的代表作家是维吉尔、贺拉斯和奥维德。

贺拉斯(公元前65—公元前8)是"奥古斯都"时期除维吉尔之外最重要的诗人。他的早期作品有《讽刺诗集》三卷和《长短句集》,其讽刺矛头针对吝啬、贪婪、淫糜等各种恶习,又从伊壁鸠鲁"合理享乐"的理论出发,宣扬中庸的生活哲学和闲适的田园之乐,反映了罗马由动乱向专制过渡时期人们的心理需求。他的后期作品《歌集》题材广泛,内容庄重,充满伊壁鸠鲁派、斯多噶派伦理哲学的议论,抒情成分较弱,但引用了不少希腊神话典故,诗歌形象仍很鲜明。

贺拉斯的两卷本《诗简》内容驳杂,其中给皮索父子的信又称《诗艺》,可视为西方第一部诗人论诗的著作。贺拉斯接受了传统的艺术摹仿自然的观点,但在摹仿之外又加上了"创造"的概念,认为"创造"可以凭想象来虚构,但虚构"须紧密接近事物的真相"。他还首次提出了"寓教于乐"原则,指出诗有教益和娱乐的双重作用,"寓教于乐,既劝谕读者,又使他喜爱,才能符合众望",认为诗应当在使读者得到娱乐的形式中获得教益和启示。贺拉斯提出的"合式"原则,要求一部文学作品应具有统一与协调之美。这些主张对后世文论颇有影响,对古典主义理论的影响尤为明显。

奥维德(公元前43—公元18)是"麦凯纳斯集团"的另一位重要诗人。他的早期作品主要是以哀歌体写的各种爱情诗,包括《恋歌》、《列女志》(《古代名媛》)、《爱的艺术》等诗集。长篇教谕诗《岁时记》按时间顺序叙述每月的天文现象、宗教节日及相关的传说、历史事件和祭祀仪式、民间习俗等,意在肯定罗马的各种制度和规范。《变形记》是诗人的代表作,全诗共有15卷。诗人根据"灵魂轮回"的理论,以各种人物的"变形"为线索贯穿起250多个故事,按时间顺序,从宇宙的形成、大地的创立、人类的出现开始,写到罗马的建立、恺撒遇刺、屋大维建立统治为止,从而使这部作品成为古希腊、罗马神话的大汇集。《变形记》为后代作家、艺术家提供了丰富的素材,但丁、乔叟、莎士比亚、莫里哀、歌德等伟大作家都受到过它的影响。奥维德宣扬罗马的伟大和光荣的历史,赞扬屋大维的统治,但仍未能避免后来的不幸,死于流放地。他在流放黑海期间写的《哀怨集》、《黑海书简》等,表达了孤独、痛苦的心境和对罗马的眷恋,充满忧郁、哀怨的情调。

后期罗马文学(公元1世纪—5世纪中叶),即帝国时期的文学。其中,帝国前期(公元1世纪—2世纪)是罗马文学的"白银时代",戏剧、诗歌和小说等方面,都取得了一定的成就。**塞内加**(公元前4—公元65)是古罗马最重要的悲剧作家,写有《特洛伊妇女》、《美狄亚》、《费得尔》等9部悲剧。他的剧作大都取材于古希腊悲剧,在情节上充满屠杀、恐怖、出卖、复仇,善用鬼魂和巫术渲染悲剧气氛,人物情感高度紧张,常伴有犀利的对白、长段的辩论。在诗歌和散文创作方面,**马希尔**(约40—104)的12卷《铭辞集》,简洁生动,含蓄突兀,富于机智与讽刺,使"铭辞"(警句诗)这一体裁在欧洲文学中得以定型。讽刺诗人**尤文纳利斯**(朱文纳尔,约60—127)写有讽刺诗5卷,这些诗作把讽刺锋芒指向皇帝和暴政,为罗马知识分子鸣不平,充满愤怒与激情。希腊语作家**卢奇安**(琉善,125—200)的喜剧性讽刺作品《诸神的对话》《冥间的对话》等,剥掉了神的尊严,讽刺社会上的丑恶现象,充满戏谑成分,风格清新。**普鲁塔克**(约46—120)的《希腊、罗马名人传》,**苏维托尼乌斯**(约70—160)的《罗马十二帝王传》,均为古代传记文学的典范作品。

彼特隆纽斯(? —65)的诗文间杂的讽刺小说《萨蒂里孔》,是流传至今的罗马的第一部小说。作品通过主人公的行窃勾当与游历,广泛描写公元1世纪意大利南部半希腊化城市的生活,嘲笑暴发的获释奴隶,其中的猥亵成分反映了贵族堕落的精神面貌。这部小说可以说是后来欧洲文学中流浪汉小说的雏形。**阿普列尤斯**(约124—175)的《变形记》(又名《金驴记》),是罗马文学中流传至今的最完整的一部散文体小说。作品取材于古希腊民间传说,描写一个年轻人误服魔药,由人变驴,历尽艰辛,最后由埃及女神挽救,复为人形,皈依教门。小说借助这一特殊的叙事视角,以主人公的遭遇为纽带,真实地描写了罗马帝国的外省生活,展现了现实中和人们内心的许多阴暗面,具有民间故事的风格和传奇的特色。

帝国后期(公元3世纪—5世纪),罗马文学开始衰落。在创作缺乏生命力时,一些作家怅惘地向往古代,雕琢辞藻,趋向于对古代作品的诠释。拜占庭文化形成后,基督教文学在公元4、5世纪迅速发展,把世俗文学排挤到次要位置。在基督教作家中,值得注意的是**圣奥古斯丁**(354—430)。他写有《忏悔录》和《天国论》。在《忏悔录》中,作者记述了自己在皈依基督教之前的思想历程,进行了深入、无情的自我解剖。奥古斯丁深厚的古典文化修养使得他的神学著作往往又是优美的文学作品。另一基督教作家**吉洛姆**(约340—420)将《圣经》译为拉丁文,成为后世定本。他对古典拉丁作品的研究,也为后代学者提供了一些有价值的资料。

罗马文学在帝国后期的逐渐衰落,预示着欧洲文学从古代向中世纪的过渡。

第二节　荷马史诗

古希腊诗人**荷马**的两部史诗《伊利亚特》和《奥德赛》,是古代希腊民间口头创作的总汇,也是欧洲文学史上最早的优秀作品。荷马是一位传说中的人物,一般认为他生活于公元前9世纪—公元前8世纪,是小亚细亚一带的一位盲诗人。两部史诗开始时只是根据古代传说编成的口头文学作品,荷马则是使这两部史诗初步定型的职业乐师。公元前6世纪中叶,雅典的学者们重新编定了荷马史诗。到公元前3世纪—公元前2世纪,当时作为希腊学术中心的亚历山大城的三位学者对史诗进行了全面校订,使之有了最后的定本。

荷马史诗描写的是公元前12世纪末发生在阿凯亚人和特洛伊人之间的一场为期10年的战争,即"特洛伊战争"。阿凯亚人是当时希腊地方的强大部族的总称,以迈锡尼国王阿伽门农为首,阿基琉斯则是阿凯亚人中最勇猛的将领。特洛伊人是东方许多部族的霸主,他们在小亚细亚西部沿海有一座王都伊利昂城。特洛伊战争爆发的原因是:阿基琉斯的父母举行婚礼时,邀请了奥林波斯山上的众神,唯独把不和女神厄里斯遗漏了。于是不和女神悄悄地在婚礼宴席上放下一个金苹果,上面刻着"送给最美的女神"。赫拉、雅典娜和阿佛洛狄忒三位女神都争着要这个金苹果,争持不下之际,宙斯要她们去找美男子、特洛伊王子帕里斯裁决。三位女神找到帕里斯,都许他以最大的好处:赫拉许诺他成为最伟大的君主,雅典娜许诺他成为最伟大的英雄,阿佛洛狄忒许诺他以世上最美的女人做妻子。结果帕里斯把金苹果判给了阿佛洛狄忒。后来阿佛洛狄忒果真帮助帕里斯骗走了斯巴达王墨涅拉奥斯的妻子、全希腊最美的女人海伦,并卷走了无数财宝。阿凯亚人公推墨涅拉奥斯的哥哥阿伽门农为联军统帅,渡过爱琴海去攻打伊利昂城。战争进行了10年,众神各助一边,双方相持不下。最后,希腊将领奥德修斯设计把一具内藏兵将的巨大木马丢弃在海滩上,假装撤退。特洛伊人不知是计,把木马拖进城内。半夜,木马中的勇士们走出来,打开城门,阿凯亚人里应外合攻下了伊利昂城。战后,阿凯亚人各携财宝和奴隶还乡。有的一帆风顺回到家园,有的在海上漂泊10年,历尽艰险返回家中。

《伊利亚特》共24卷,15000余行。史诗的主要英雄人物是希腊联军将领阿基琉斯,他的两次发怒构成了全诗的情节基础。史诗开始时,希腊联军主帅阿伽门农夺走了阿基琉斯的一名女俘,阿基琉斯一怒之下退出战场。特洛伊人乘机进攻,希腊联军一直退到海岸边。阿伽门农请求与阿基琉斯和解,希望他再度出战,但遭到拒绝。这时,阿基琉斯的密友帕特罗克洛斯借了他的盔甲去战斗,打退了特洛伊人,但被对方的主将赫克托尔所杀。阿基琉斯因朋友的牺牲而大怒。他悔恨自己的过错,重新参战,决心为亡友报仇。经过激战,他终于杀死了赫克托尔。赫克托尔的父亲、老王普里阿摩斯到阿基琉斯的营帐里赎取儿子的尸首,双方暂时休战,其父为赫克托尔举行盛大的葬礼。

《奥德赛》也分24卷,共12000多行。史诗采用倒叙的方法,讲述奥德修斯从特洛伊回国途中,在海上漂泊10年的经历。奥德修斯在这10年中遭遇了无数艰难险阻:独眼巨人吃掉了他的同伴,神女用巫术把他的另一些同伴变成了猪,经过了先以歌声迷人、再把人杀死的妖岛,在一个海岛上被仙女卡吕普索挽留了7年……此时,奥德修斯的故乡在传说他已死亡,许多贵族来纠缠他的妻子佩涅洛佩,妄图夺取他的财产和地位。他的儿子忒勒马科斯走遍希腊各地去寻找他。后来,奥德修斯来到菲埃克斯人的国土,当地国王热情地接待了他,并派船送他回到故乡伊大卡。奥德修斯化装成乞丐进入王宫,被仆人认出后,和儿子一起杀死了那一伙横暴的贵族,得以和妻子佩涅洛佩重新团聚。

荷马史诗广泛而生动地反映了"荷马时代"和希腊奴隶制形成时期的社会、政治、军事、生产劳动和风俗习惯。其中,《伊利亚特》作为一部描写部落战争的英雄史诗,其意义首先在于描写了以战争为中心的"荷马时代"的社会生活。从这部史诗中可以看到古希腊的社会结构、权力行使方式和战时组织形式,发现正在分化与形成中的各阶层(贵族、平民和奴隶等)的不同经济地位,他们对战争的不同态度及他们的相互关系。当时的希腊社会是父系氏族社会,由氏族组成部落和部落联盟。阿伽门农、阿基琉斯都是部落首领。但部落和部落联盟的首领并不是统治者,他们的权力受长老会议和民众大会的限制。《伊利亚特》第2卷就描写了阿凯亚人的一次民众大会,讨论这场战争要不要继续打下去,表明了民众大会的作用。

通过《伊利亚特》,还可以看到古希腊人的道德观念和英雄观念。史诗中的几个主要英雄人物,如阿基琉斯、阿伽门农、赫克托尔等,都以鲜明的性格特征体现了古希腊人的英雄观念。阿基琉斯是氏族首领中英雄的理想形象,是一个骁勇善战并十分重视荣誉的将领。阿伽门农抢夺了太阳神庙祭司的女儿,导致阿波罗严厉惩罚希腊人,因此阿基琉斯要求阿伽门农释放祭司的女儿。阿伽门农不得不这样做了,但又强占了阿基琉斯的一个女俘,还当众辱骂了他。阿基琉斯异常愤怒,为顾大局而没有杀死阿伽门农,只是退出了战场。后来希腊军队连连失败,好友牺牲,他又毅然决定重上战场,迅速扭转了战局。可见,部落集体的利益在他的心目中仍占主导地位。这正是部落英雄的特色。史诗中也揭示了氏族英雄的个人主义意识。阿伽门农夺走阿基琉斯的战俘,导致希腊联军节节败退;而阿基琉斯的任性固执,坚持不参战,则造成了希腊联军更严重的损失。史诗通过希腊军内老一辈英雄涅斯托尔的形象,对阿伽门农的滥用权势和阿基琉斯的刚愎自用,都进行了谴责。

特洛伊人的主将赫克托尔是一个比较成熟的首领，一个明确意识到自己的光荣职责的氏族英雄形象。他知道战争是由弟弟帕里斯的不义行为所引起的，也预感到特洛伊注定要毁灭，为家国所面临的命运而难过，但他仍毅然担负起抵御敌军的重任。《伊利亚特》第6卷描写他不顾妻子安德洛玛刻的劝阻，辞别她而勇敢上阵的场面，是史诗中最动人的片段之一。赫克托尔这一形象具有强烈的悲剧色彩。

《伊利亚特》还广泛地反映了当时的生产、贸易、宗教生活和体育竞技等活动。诗中描写工匠神赫菲斯托斯替阿基琉斯连夜锻造盔甲的情节，充满劳动的喜悦，反映出当时的手工业已经达到了相当的水平。赫菲斯托斯刻在盾牌上的图画，再现了古希腊人日常生产劳动的真实情景。

《奥德赛》通过描写特洛伊战争后希腊英雄奥德修斯还乡途中在海上10年漂流的经历及其家庭生活，较为深刻地反映了古希腊奴隶制形成时期的社会生活。它所描写的时代比《伊利亚特》稍晚，集体生活的场面很少，奴隶主家庭生活的情景更为突出。奥德修斯本人便是一个早期的奴隶主。他同求婚者的斗争是当时社会矛盾的一种反映。史诗中一再提到，最让人痛恨的事是求婚者们企图霸占奥德修斯的财产。这场斗争实际上是一场争夺和维护私有权的斗争。史诗作者认为侵夺别人的财产是可耻的，求婚者受到惩罚是罪有应得，奥德修斯在这场斗争中代表了正义的力量。

对于当时正在形成的奴隶制关系，《奥德赛》采取了歌颂态度。史诗把奥德修斯这样的奴隶主写得慷慨仁慈，赞扬忠心为他服务的奴隶，反对像求婚者那样凶恶、觊觎别人财产的奴隶主，痛恨背叛主人奥德修斯的奴隶，使他们受到严厉惩罚。那只衰老已极，却第一个认出奥德修斯的老狗，挣扎着向主人表示亲昵，随即在他脚下死去，这一细节也象征性地表明史诗强调对奴隶主的忠诚。但史诗也在一定程度上反映了奴隶的不幸命运，对他们寄予同情。

《奥德赛》也生动地反映了从氏族社会向奴隶制社会过渡时期的家庭生活和社会风尚。从史诗中可以看出，当时对于妇女而言，一夫一妻制显然已经确立。诗中歌颂佩涅洛佩忠于丈夫、忠诚守节的品德，由此体现出形成过程中的新家庭体制的道德规范。诗中还可以看出当时的奴隶主并不脱离劳动，手工业和商业已有相当的发展，贵族和武士轻视商人，社会上有殷勤好客和喜欢竞技的风气，行吟诗人在宴席上讲述特洛伊战争的情景，等等，这一切都映现出荷马时代的生活风貌。奥德修斯在海上漂流时所遇到的种种荒诞不经的故事，则反映了经由幻想加工的自然现象和古代人类对自然的斗争。

　　这部史诗的中心人物奥德修斯是一个早期奴隶主的形象，具有为建立奴隶制所需要的、被理想化的各种品质。他计谋多端，非常机警，善于克制，在战胜一个又一个不可想象的困难中显示出英雄本色。作为木马计的设计者，在特洛伊战争中，他多次献计献策，屡建奇功。在 10 年漂流的过程中，他面对一次又一次的危险和诱惑，都能随机应变，巧妙取胜。在日常生活中，他又是个多面手，能同奴隶们比赛干活，能自己造船，赢得了奴隶们的佩服和妻子的忠诚。但他私心很重，个性狡猾而多疑，心狠手辣。在对求婚者进行复仇的斗争中，他杀死了众多的求婚者，又处死了许多与仇人合作的奴隶，甚至对妻子也采取了试探、欺诈的手段。对于这一切，史诗都是作为正面品质加以歌颂的，从这里同样可以看出古希腊当时的英雄观念和道德观念。

　　贯穿荷马史诗的主导思想是以人为本，热爱现实，肯定人的奋斗精神，强调对人生采取积极的态度。在荷马时代，古希腊人的思想受到命运观念和神话观念的支配，相信人间的一切都受到神的操纵，为命运所决定。但是在史诗中，人不是一种被动的因素，而是一种积极主动的力量。譬如写战争，宙斯每天早晨用天秤称一称交战的双方，便预定了胜负；可是在战场上，英雄们仍要靠自己的奋战来夺取胜利，即使面对帮助对方的神，他们也敢于较量，战而胜之。古希腊人热爱现实生活，热爱劳动，从不羡慕无所事事的安逸，无论是战争、劳动、比武、斗智，人们都抱有莫大的兴趣。《奥德赛》中写到奥德修斯游地府，见到阿基琉斯的亡魂，称赞他是"古今最幸福的人，活着受人尊敬，死了还统领鬼魂"。阿基琉斯却回答说："我宁愿活在世上做人家的奴隶，侍候一个没有多少财产的主人，那也比统率所有死人的灵魂要好。"这就明显地表现出古希腊人更看重现世幸福。

　　荷马史诗取得了很高的艺术成就。首先，它创造了完美的"英雄史诗"的形式。荷马时代曾存在多种史诗类型，荷马的两部史诗吸收了诸种史诗之长，采用第三人称的叙事方式，以严肃重大的事件为题材，以英雄人物为中心，规模宏大，风格崇高，插曲颇多，富于戏剧性，被称为"英雄史诗"，并成为后来欧洲史诗的典范。其中，《奥德赛》是欧洲文学中第一部以个人经历为基本情节线索的作品，可视为文艺复兴时期出现的流浪汉小说及 18、19 世纪现实主义小说的先驱。

　　结构灵巧，布局严整，是荷马史诗的一大艺术特色。两部史诗的时间跨度都是 10 年，但都不写事件的全过程。《伊利亚特》截取了 10 年战争中第

10年的51天,以阿基琉斯的愤怒为情节主线,集中写4天的激战,而关于这4天激战的描写几乎占了全书一半的篇幅,以突出歌颂英雄主义的主题。《奥德赛》则紧紧围绕奥德修斯返乡的情节,重点写在42天内发生的事情,并用倒叙法回溯其海上漂流10年的经历,突出地表现了主人公的性格与品质。两部史诗所突出的重点不同,但都结构紧凑,情节集中,布局得当,虽规模宏大、内容丰富,却不枝不蔓。

荷马史诗的语言总的来说是自然朴实的,但也不乏装饰性的语言。史诗中常用重复的手法,常常重复许多惯用的词句,甚至整段重复,一字不改。这种重复有如交响乐中一再出现的主旋律,既能加强诗歌的感染力,也便于古代民间歌人的口头吟诵。诗中常以日常生活、生产劳动和自然界的各种现象构成比喻,如"苍白的恐惧"、"有翼的语言"、"红指甲的曙光",等等,新鲜、奇特而又贴切,被称为"荷马式的比喻"。

荷马的两部史诗中,已经出现了现实主义和浪漫主义这两种最基本的创作方法的因素。在《奥德赛》中,现实主义方法有所加强。

两部史诗在风格上也有一些差异。《伊利亚特》的格调比较悲壮,节奏比较急促,其中占很大篇幅的战争场面描写如猛火雷霆,暴风骤雨,显示出一种阳刚之美。《奥德赛》总的格调是平静的,诗中更多的是委婉的故事叙述和动人的情节,描写主人公海上经历的部分富于浪漫的幻想,家庭生活的部分具有写实性和抒情气氛,形成一种阴柔之美。

荷马史诗产生于发展得最完美、人性开展得最美好的人类社会的童年时代,这个时代"作为一个永不复返的阶段显示着不朽的魅力",荷马史诗也成为"一种规范和高不可及的范本"。它有如百科全书,其影响遍及希腊生活的各个领域;作为欧洲史诗的典范,它也为后世许多作家提供了取之不尽的创作素材。

第三节 维吉尔

维吉尔(公元前70—公元前19)是古罗马文学中最重要的诗人。他出身于意大利北部一个富裕农民的家庭,熟悉农村和农业劳动。后来他曾去罗马等地学习哲学和修辞学,受到良好教育。步入文坛之后,他结识麦凯纳斯,成为"麦凯纳斯集团"的成员,而且一直是屋大维最尊重的诗人。他的主要作品有3部:《牧歌》、《农事诗》和《埃涅阿斯纪》。这是诗人学习和继承古希腊传统、推陈出新的成果。

《牧歌》(约公元前42—公元前37)是维吉尔的成名作,共10章,系在希腊田园诗的影响下写成。诗中写到一些年轻牧人爱恋的情节,并在牧羊人对歌或独唱的形式中,反映了农村凋敝的现实,表达了小土地所有者厌恶内战、对大奴隶主抗议的情绪。在诗作的第4章中,诗人庄严宣告一个新时代的开始,歌颂一个婴儿(屋大维的外甥)的诞生,呼唤将随之出现的未来的黄金时代。但诗人同时又怀疑眼前的和平能否持久,黄金时代能否实现,使诗作蒙上了一层感伤的色彩。

《农事诗》(约公元前37—公元前30)共4卷,2100余行,分述各种农事,形式上类似于古希腊赫西奥德的教谕诗《工作与时日》。此诗是维吉尔应麦凯纳斯之约而写的,与屋大维的农业政策相配合。诗人同情奴隶的生活,赋予生产劳动以诗意,在战乱年月与和平宁静的乡村现实的对照中,歌颂意大利富饶的自然资源,显示出对于大自然种种现象的敏感,表达了爱国的感情和独立小农的情趣。

史诗《埃涅阿斯纪》(公元前28—公元前19)是维吉尔的代表作,共12卷,近1万行,写于诗人生命的最后10年。根据当时罗马的神话传说,罗马人最早的祖先是来自特洛伊的英雄埃涅阿斯。在伊利昂城被阿凯亚人攻陷后,埃涅阿斯在天神的护卫下逃了出来,同其父安基塞斯、幼子尤利乌斯一起,辗转到了意大利,娶当地的公主为妻,建立王都,开始了尤莉娅家族的统治。这一传说成为维吉尔这部史诗的基础。史诗描述了埃涅阿斯一行人逃出伊利昂城后,在海上漂泊7年,即将到达意大利时遇到风浪,被吹到北非的迦太基,受到当地女王狄多的热情接待。埃涅阿斯向狄多讲述了伊利昂城被攻陷的情景和他们一路的经历。诗中还写到安基塞斯之死,以及埃涅阿斯拒绝了狄多的爱情,服从天意,继续前行去完成自己的使命,女王狄多饮恨自尽。埃涅阿斯一行先来到西西里岛,为逝世一周年的父亲举行葬礼,接着又抵达意大利西海岸,参拜神庙,在神巫引带下游历地府,向父亲的亡魂询问关于罗马未来的命运。父亲的亡魂向他显示了他的伟大子孙(罗慕洛、恺撒、屋大维)的影子。埃涅阿斯的船到达拉丁姆地区,当地各族准备抵抗,但国王拉提努斯听从神示,款待他,并答应将公主拉维妮亚许配给他,激怒了另一位求婚者图尔努斯。埃涅阿斯一行沿河而上,到达未来的都城罗马所在地,而他第一夜休息处就是后来奥古斯都的住所;天神给他的神异盾牌上,有图画预示罗马的未来。全诗以特洛伊人和拉丁部族的战斗,图尔努斯被杀,埃涅阿斯取得胜利结束。

维吉尔在这部史诗中讲述罗马帝国的历史命运,歌颂罗马祖先建国的功绩,歌颂罗马的光荣,并说明罗马称霸的使命是天神所决定的。诗人通过维纳斯—埃涅阿斯—尤利乌斯(及尤莉娅)—凯撒大帝—屋大维这样一条"血缘"线索,把罗马王族的历史和神话传说联系起来,肯定屋大维—奥古斯都的"神统"。诗人还借主人公埃涅阿斯的全部艰辛经历说明缔造帝国之不易,意在呼吁人们珍视帝国的和平,表现了奴隶主的国家意识和爱国精神。史诗所塑造的埃涅阿斯的形象具有敬神、忠诚、勇敢、仁慈、克制等特点,体现了理想的罗马统治者的精神品质。整部史诗的创作出发点是颂扬屋大维,为其扩张、称雄的政策服务。诗中埃涅阿斯的亡父安基塞斯向埃涅阿斯所作的"预示",再清楚不过地表明了这一点。

《埃涅阿斯纪》在艺术上明显地借鉴了荷马史诗,但维吉尔史诗又有自己的独创。两者的相似之处在于,从题材来源上看,两者都处于希腊神话传说中同一系统:特洛伊战争故事。埃涅阿斯这个人物也曾出现于《伊利亚特》中,也是特洛伊的一位英雄。埃涅阿斯的历险和《奥德赛》中奥德修斯的还乡都发生在伊利昂城被希腊联军攻陷之后。从情节结构上看,《埃涅阿斯纪》前6卷写埃涅阿斯在海上漂泊7年的经历,是对《奥德赛》的摹仿;后6卷写特洛伊人和拉丁姆人之间的战争,相当于《伊利亚特》所写的特洛伊人和阿凯亚人之间的战争。《埃涅阿斯纪》中的一些细节也与荷马史诗相近,如埃涅阿斯和奥德修斯经过的地方、经历的事件,工匠神为主人公锻造甲胄,举行葬礼和竞技活动,等等。从人物设置上看,主要人物(埃涅阿斯和图尔努斯,阿基琉斯和赫克托尔)的性格、地位和作用等形成鲜明的对比,他们又都各有一位盟友(派拉斯、帕特罗克洛斯)被对方所杀,这一事件成为主人公最后战胜对手的契机。众神也分成两派,维纳斯一直庇护特洛伊人,而宙斯—尤庇特则起最后决定的作用。从表现手法上看,埃涅阿斯在女王狄多的宴会上回溯海上7年的经历,与奥德修斯在菲埃克斯国王的宴会上追述过去9年的经历,写法十分相似;维吉尔还继承了荷马的传统,以日常生活、生产劳动和自然界的各种现象来做比喻,切合人物性格和情节,并同样使用了重复手法。

但《埃涅阿斯纪》也有自己独特的艺术成就。它不像荷马史诗那样,是在民间口头创作的基础上逐步形成和发展起来的,而是具有高度艺术修养的个人的创作,是欧洲"文人史诗"的开端,它使古代史诗在形象塑造、情节结构、诗歌格律等方面进一步获得定型。维吉尔史诗的主人公埃涅阿斯不像阿基琉斯那样武艺超群,有着不可冒犯的威严,自负而又任性,也不像奥德修斯那样以重返家园、夺回私人财产为主要目标,他是神的意志的执行者,负有建立罗马帝国的重大使命,为此他必须克制自己的情感。从《埃涅阿斯纪》开始,欧洲文学中第一次出现了"责任与爱情的冲突"这一主题。《埃涅阿斯纪》没有像荷马史诗那样描写宏大的战争场面,或真实地描绘出当时家庭生活的现实图画,而是着重于对人物心理的刻画,诗中关于狄多女王殉情的心理过程的描写堪称妙笔。维吉尔史诗的艺术风格也不像荷马史诗那样活泼明快,充满乐观的音调,而是严肃、哀婉、朦胧的。它虽然着意歌颂罗马的光荣,却不时地流露出哀伤的情绪。维吉尔用幻景、梦境、预言、暗示、讽喻等手法,细腻地描写了狄多、图尔努斯之死,主人公与长嫂的告别,在地府遇到亡魂等情节,均呈现出与荷马史诗不同的风格特点。

在欧洲古代文学中,维吉尔是荷马之后最重要的史诗诗人。由于他的严肃性和宗教思想,他成了中世纪未被排斥的少数古典作家之一,甚至一直享有特殊的尊荣地位。但丁认为维吉尔最有智慧,最了解人类,在《神曲》中把他作为导师和领路人。文艺复兴以后,许多以史诗体裁写作的欧洲著名诗人,如塔索、弥尔顿等,都把《埃涅阿斯纪》作为他们的范本。

思考练习题

1. 荷马史诗怎样体现了古希腊时期的人本主义思想?
2. 结合《俄狄浦斯王》的文本,谈谈这部剧作的结构艺术。
3. 试比较维吉尔史诗《埃涅阿斯纪》和荷马史诗的异同。

延伸阅读文献

1. 维科:《新科学·寻找真正的荷马》,朱光潜译,北京:人民文学出版社,1987年。
2. 罗念生:《论古希腊戏剧》,北京:中国戏剧出版社,1985年。
3. 斯达尔夫人:《论文学·奥古斯都统治时期的拉丁文学》,徐继曾译,北京:人民文学出版社,1986年。

第二章 中世纪欧洲文学

第一节 概 述

欧洲中世纪，指的是古代和近代之间的那一整个时期，也称"中古"。公元476年西罗马帝国的灭亡，标志着欧洲古代奴隶制历史的终结，以及中世纪历史的开始，也即封建社会的开始。欧洲中世纪的历史，从这一年一直延续到1640年英国资产阶级革命的爆发，前后将近1200年。1640年也是欧洲"近代"的开始。

中世纪历史可以分为三个阶段：初期——公元5—11世纪，封建社会形成时期；中期——12—14世纪，封建社会全盛时期；晚期——15—17世纪中叶，封建社会衰亡、资本主义产生时期。就文学史而言，第三阶段已是欧洲近代文学的开始（文艺复兴时代），不包括在中世纪文学之内。中世纪文学主要是指前两个阶段。初期的前几个世纪，蛮族尚无文字记载的文学，拉丁文学则几乎为教会文学所包揽。当时介于欧亚两洲之间的拜占庭文化远远高出欧洲蛮族文化。中世纪比较有成就的文学大半产生于9、10至14、15世纪；而从14、15世纪起，欧洲近代文学的因素已经开始出现。从地域范围来说，中世纪文学已扩大到希腊、罗马以外的全欧洲。

促成西罗马帝国灭亡和欧洲奴隶制结束的原因之一是"蛮族"（凯尔特人、日耳曼人、斯拉夫人等）的入侵。另一原因是帝国内部封建因素——隶农的出现。从公元330年罗马帝国首都东迁起，帝国多次分裂、统一、再分裂，公元395年正式形成东罗马帝国（即拜占庭王国，首都君士坦丁堡）和西罗马帝国（首都罗马）。此后欧洲进入了民族大迁徙、各蛮族封建化、近代国家开始形成的阶段。

日耳曼人在灭亡西罗马帝国之后，各部落在帝国废墟上建立了许多国家，其中最强大的法兰克王国，在8、9世纪查理大帝的统治下完成了封建化。查理大帝死后，他的子孙之间发生战争，导致公元843年帝国一分为三：西法兰克王国（法兰西）、东法兰克王国（日耳曼）和意大利。西欧大陆的三个主要国家初步定型。在斯拉夫各族中,东部斯拉夫的基辅罗斯最为强大,它是俄罗斯、白俄罗斯和乌克兰三个民族的共同发源地。近代东欧国家的雏形也在封建化的过程中出现。

欧洲中世纪思想文化领域的一个重要特点,是基督教的统治作用。它是统治者的精神支柱,又是他们钳制人们思想的工具,渗透到中世纪社会意识、思想文化的各个领域。它使得中世纪的各种精神文化现象都打上了宗教的烙印,又决定了后来资产阶级反封建的斗争不得不从反宗教开始。它的禁欲主义和来世思想使得中世纪的人们长期生活在愚昧之中。教会把一切文化、学术活动都限制在为宗教服务的范围内,把哲学当作"神学的婢女",把科学视为宗教的仆人,这就严重束缚了文化和文学的发展,使欧洲中世纪文学的发展出现过一个相对萧条的时期。教会本身的文学虽特别受到重视,但其成就不高。相反,受到敌视的世俗文学异军突起,取得了突出的成就。

中世纪的一个重大历史事件是"十字军"东侵。这是西欧封建主、大商人和天主教会以维护基督教为名,对地中海东部地区发动的侵略性远征,其主要目标是地中海东岸的伊斯兰教国家。东侵前后 8 次,历时近 200 年(1096—1291),给被侵国各族人民带来了深重的灾难,也使西欧各国人民遭受到重大牺牲。但它对西方文化的发展起了某种促进作用,东方文学及其华丽的风格由此而被吸收到欧洲文学中来。

欧洲中世纪文学在艺术方法上的特点之一是寓意。这是一种在教会文学的影响下形成的特殊的形象思维方法和表现手法。作者常常假托梦境来反映现实,体现理想,或把抽象品质拟人化(把真理写成高贵的夫人),或用形象象征抽象品质(用玫瑰象征爱情),等等。从文学体裁上看,中世纪的骑士传奇创造了一种新的长篇叙事文学,对后来小说的发展有一定的影响。从文学语言上看,随着封建国家的建立,民族地域逐渐划定,民族语言也逐渐形成。除教会作家一般都用拉丁文写作外,世俗文学都用"俗语"—— 民族语言或方言创作。近代欧洲各国、各民族文学和文学语言的开始形成,大都可以追溯到中世纪。

一、教会文学

中世纪教会文学是基督教会控制着精神文化领域这一特殊历史时代所产生的一种文学类型。基督教的主要思想武器是圣经(《新旧约全书》)。圣经包括两大部分。其中,《旧约》是希伯来古代文献的汇编,包括:(1)"摩西五经",即《创世记》、《出埃及记》等经书;(2)《列王纪》、《历代志》等历史书;(3)《以赛亚书》等先知书;(4)《约伯记》、《雅歌》等诗文集。这四个部分的划分,暗合我国《四库全书》"经史子集"的分法。《新约》是基督教的经典,包括:(1)四福音书(马太、马可、路加、约翰福音);(2)使徒行传;(3)书信;(4)启示录。圣经虽然是亚洲宗教文献,但随着基督教势力的扩张,在宗教改革时期又被译成各国文字,对欧洲社会思想、文化和文学都产生了深远的影响。

中世纪欧洲的教会文学并不是指圣经,而是指教会作家写的圣经故事、圣徒传、祷告文、颂歌、圣者言行录、宗教剧等。其主要内容是渲染上帝至高无上的权威,歌颂基督的伟大,为圣徒、殉教者、苦行者、香客等宗教信徒大唱赞歌。教会文学的主导意向是普及基督教教义,宣扬禁欲主义和来世思想,劝人忏悔。从艺术上看,它常用寓意、象征、梦幻的手法,多朦胧、浪漫的特点,又有公式化、概念化和缺乏真实性等不足。

二、英雄史诗

欧洲中世纪英雄史诗大致可以分为两类:一类即早期英雄史诗,反映了处在氏族社会末期的蛮族部落的生活,歌颂的多是部落的贵族英雄,神在故事中往往干预人的命运;另一类是欧洲各民族高度封建化以后的产物,多以历史人物、民间传说为基础,更多地反映了各部落从分散状态走向统一封建国家的趋势和愿望,神话因素相对减少,即后期英雄史诗。

在早期英雄史诗中,《希尔德布兰特之歌》是保存至今的唯一一首用古德语记录下来的诗篇,反映了日耳曼人的部落生活。这部史诗约产生于公元600年,用文字抄录下来约在9世纪,残留68行,有头无尾。它取材于民族大迁徙时期的英雄传说,叙述东哥特国王狄特里希由于受到奥多亚克(即公元476年杀死西罗马帝国最后一个皇帝的日耳曼军官)的压迫,带着其部下希尔德布兰特逃往匈奴。30年后,他们带领军队返回故乡,在边界上希尔德布兰特和他的儿子哈都布兰特率领的军队相遇。父亲认出了儿子,赠给他一个金环;但儿子不认识父亲,把他当作狡猾的匈奴人而向他挑战。父亲面临着英雄荣誉感和父子之情的选择。经过激烈的内心冲突,英雄荣誉感战胜了血缘关系,于是他向儿子应战。诗歌至此中断。关于结局,后来有许多续篇,但说法不一。从北欧传说推断,最后是父亲杀死了儿子。从中可以看到古代日耳曼人的生活和荣誉、忠诚观念。

《贝奥武甫》是早期英雄史诗中最早、最完整的作品,用古英语写成,长

3000余行。诗中所记载的事件发生于公元5—6世纪,地点相当于现今的丹麦和瑞典南部,即盎格鲁—撒克逊人居住的地方。史诗所反映的是他们在欧洲大陆时的生活。从5世纪起,他们便不断向不列颠移民。8世纪前半叶,史诗在不列颠写定,成为英国文学中的第一部重要作品。全诗共分两大部分,第一部分写丹麦王赫罗斯加的宫殿经常受到附近沼泽地带的怪物格伦德尔的袭击,被骚扰12年。耶阿特族(今瑞典南部)国王许耶拉克的侄子贝奥武甫得知这件事后,率领武士前往援助,经过搏斗,替丹麦人消灭了为害的巨妖格伦德尔和巨妖的母亲。第二部分写许耶拉克及其子相继去世后,贝奥武甫继位,统治了50年。这时有个逃亡的奴隶盗得一些窖藏的宝物,被看守宝物的火龙发现。火龙为了报复,又到处骚扰为害。年老的贝奥武甫决定亲自出击,为民除害,把火龙杀死,自己也因伤势过重而死。他的骨灰被埋葬在海滨,后来他的陵墓成为航海者的灯塔。

  这部史诗把历史因素和传说因素结合起来,反映了氏族社会解体时期的社会生活,如部落之间频繁的战争,血仇必报的观念与现实,以及氏族内部国王与他的亲属、臣属之间的各种矛盾关系。史诗塑造了贝奥武甫这一理想人物并予以歌颂,突出了他见义勇为、敢于徒手搏斗的英勇气概和忘我无私、具有高尚责任感的品质。在长期流传过程中,史诗也带上了一些基督教色彩,如把"命运"与上帝等同,把代表自然力或恶的格伦德尔说成是该隐的后代,还表现了"现世的一切都将消亡"以及宿命论的观念。但从总体上看,史诗还是保持了基督教以前的特色,高贵的品性,如仁爱、荣誉感、慷慨、勇敢等都被充分肯定。从艺术上看,史诗结构严谨,选材集中,以葬礼开始(丹麦王),葬礼结束,中间写主人公一生中的两件大事。诗的节奏悠闲而庄严,对话、叙述和诗人的议论交替出现,语言也富有形象性(如把大海称为"鲸鱼之路"),在艺术形式上显示出维吉尔史诗的影响。

  冰岛的**"埃达"**和**"萨迦"**也是早期英雄史诗。流传至今的"埃达"有两部。一是旧"埃达"(诗体"埃达"),写于9—13世纪之间,共收诗歌35篇,包括神话诗和英雄诗。神话诗中有叙事体和教谕体。叙事体的代表作是《弗卢斯保》(又名《女法师的预言》),叙述世界和人类的创造、毁灭和再生;教谕体的代表作是《豪瓦毛尔》(又名《天帝之歌》或《天主之言》),主神奥丁在诗中以教谕者的身份出现,讲述人生见解,劝人不要依赖财富,而要重视友谊、知识和智慧。"埃达"中的英雄诗多为短诗,主要是歌唱古代英雄、北欧海盗时期以前的国王和战士,或记载民族大迁徙时期的哥特人、匈奴人、勃艮第人的国王及其他北方英雄的故事。

"萨迦"为散文体叙事文学,形成于10—14世纪,是冰岛和挪威人用文字记载下来的古代居民的口头创作,具有浓厚的浪漫主义色彩。主要叙述斯堪的纳维亚英雄人物的战斗和生活经历,所涉及的事件大多发生在9世纪中叶—13世纪中叶,反映了氏族社会的生活习俗、宗教信仰和精神面貌,兼有历史、人物传记、族语和地方志的特点。流传至今的"萨迦"不下150种,大致可分为家族"萨迦"和神话"萨迦"。前者如《尼亚尔传》(《尼雅尔萨迦》),描写复仇心理与要求和平法治的思想之间的矛盾;后者如《佛尔松萨迦》(《沃尔松格传》),写佛尔松、纠奇、匈奴三个民族的三位英雄、两位女子之间的血缘、财产、夫妇、复仇关系,更多地体现了氏族社会的一些习俗特点。"萨迦"在故事题材和创作风格上对北欧文学的影响颇深,是兼有历史与美学价值的著作。

芬兰的民族史诗**《卡勒瓦拉》**(《英雄国》),是19世纪芬兰诗人兰罗特把从7世纪末、8世纪初起在芬兰民间以歌谣形式流传的关于本民族的各种神话、传说收集起来,加工润色而编成的,共22000余行。史诗从远古时代开始叙述,至圣母玛丽亚塔生下卡累利阿王为止,描绘了中世纪社会生活的各个方面,颂扬了芬兰人民的祖先的英雄业绩。作为其核心的争夺三宝(能自动制造谷物、盐和金币的神磨)的故事,表达了当时人们的需求与理想,反映了芬兰人民要求发展自己的历史和文化的强烈愿望。史诗内容丰富多彩,既是神话和传说的汇编,又是浑然一体的完整故事,具有浓厚的民族色彩和说唱文学的特点。它对芬兰民族文学和民族语言的发展产生过很大的作用。

法国的**《罗兰之歌》**(1080?)是欧洲中世纪后期英雄史诗中最重要的作品。全诗4002行。史诗主人公罗兰是法兰克国王查理大帝的十二重臣之一。查理大帝率大军在西班牙转战7年,征讨摩尔人的一支,无往不胜,最后只有信奉伊斯兰教的马席勒国王尚未被征服。他面临查理大帝的大军压境,一面遣使求和,一面阴谋伺机袭击敌军。查理大帝召集众将商议。他的外甥罗兰骑士主战,另一骑士加纳隆受了敌人的贿赂,主张议和。罗兰建议派加纳隆去敌营探听虚实,决定敌方投降条件。这是一个有危险的使命,加纳隆因此怀恨罗兰,阴谋报复。到了敌营后,加纳隆叛变,与敌人合谋:在查理大帝归国途中袭击他的后卫部队。定下毒计后,加纳隆回复查理大帝,说马席勒国王投降是真,策动查理大帝班师回国,并建议由罗兰率领后卫部队。查理大帝中计。罗兰率两万骑兵行至一山谷时,遭到十万摩尔兵的袭击。罗兰仓促应战,终因寡不敌众,全军覆没,自己也战死沙场。查理大帝闻讯，回兵反击，大败敌人。回国后，查理大帝严惩叛徒加纳隆。史诗中的查理大帝是理想的封建君主的形象。罗兰则是理想的爱国骑士、民族英雄的形象。整部史诗反映了人民对上升中的封建集权势力的期待。《罗兰之歌》在表现技巧上的特点是重叠性、对比手法的广泛采用。这是民间文学共有的艺术特色。

德国的《**尼伯龙根之歌**》（约 1198—1204）共 9500 余行，分上下两部：《齐格弗里德之死》和《克里姆希尔特的复仇》。这部史诗写尼德兰王子齐格弗里德早年曾杀死巨龙，占有尼伯龙根族的宝物。他向勃艮第国王巩特尔的妹妹克里姆希尔特求婚，巩特尔在他的帮助下打败撒克逊人，娶得冰岛女王布伦希尔特为妻，然后同意他与克里姆希尔特结婚。10 年后，齐格弗里德夫妇回勃艮第国省亲，一次姑嫂发生争执，布伦希尔特得知丈夫是依靠齐格弗里德的力量才娶了她，深感侮辱，唆使巩特尔的侍臣哈根杀死齐格弗里德，并把他所藏尼伯龙根宝物沉入莱茵河。克里姆希尔特为了复仇，在寡居13 年后又嫁给势力强大的匈奴王埃米尔。又过了 13 年，她设计邀请巩特尔等人来匈奴国相聚，指挥军队对他们大肆杀戮，最后抓住哈根，命他说出尼伯龙根宝物的下落，遭到拒绝，于是杀死巩特尔和哈根。最后她自己也死于东哥特王希尔德布兰特之手。这部史诗的故事来源于民族大迁徙后期匈奴人和勃艮第人之间的斗争史实，又穿插了北欧、日耳曼的历史传说。这部作品体现了封建阶级上升时期的生活和理想，主要人物从部落的荣誉转而重视骑士的荣誉，封建时代的夫妻之爱超过了古代日耳曼氏族的血缘之情。

西班牙的《**熙德之歌**》（约 1140）是西班牙历史上最古老的英雄史诗，产生于西班牙反抗摩尔人侵略的时代，主人公名为罗德利克·狄亚斯·德·比瓦尔，"熙德"为阿拉伯语"封主"、"首领"之意。全诗 3700 余行，分为 3 章。第一章写国王阿方索六世听信谗言，放逐熙德；但熙德同摩尔人作战，攻城克地，屡屡获胜。第二章写熙德向国王送去贡品，并请国王允许他和被囚禁在修道院的妻女团聚，国王应允。此时熙德已远近驰名，国王要给他的两个女儿说亲，熙德勉强答应。第三章描述熙德的两个女婿懦弱无能，虐待新婚妻子，被国王解除婚约；熙德又把女儿许配给前来求婚的另两位王子。史诗作者把西班牙人民的气质和灵魂中的美点都集中到熙德身上：坚强的意志，直率的行为，真挚的爱情，以及对君王的忠诚，反抗外族侵略的英勇善战和宽宏的骑士精神。但他又有着很强的封主封臣的观念，也是信奉基督教而反对异教的一个英雄。总之，熙德是一个理想的民族英雄形象。作品风格刚劲有力，抒情色彩浓郁，洋溢着强烈的民族感情。

俄罗斯的《**伊戈尔远征记**》(1185—1187)是根据1185年俄罗斯王公伊戈尔对突厥族波洛夫人的一次失败的远征这一史实写成的。伊戈尔不听众人劝告,率军远征,结果兵败被俘。基辅大公号召各王公团结起来,捍卫祖国。最后俄罗斯大地响应人民的呼唤,帮助伊戈尔逃出囚禁,重返祖国,号召俄罗斯的复兴。当时俄罗斯内忧外患,动乱不已;王公们争权夺利,互相残杀,而盘踞在黑海沿岸的波洛夫人则构成对俄罗斯的最大威胁。作者指出民族危机的根源既非敌人的强大,也非神的旨意,而是王公之间的内讧。作者在基辅大公的形象身上体现自己的理想,把他写成一个捍卫全俄罗斯利益的英明统治者。对于伊戈尔,作者一方面谴责他贪图个人荣誉、孤军出征的轻率行为,另一方面又歌颂他敢于反抗的英雄气概。作者将自然万物当作有灵之物,不论伊戈尔出征、战败,还是他逃回俄罗斯,俄罗斯大地上的飞禽走兽、花草树木乃至山川日月都竞相分担他的欢乐和忧伤,从而加强了史诗的抒情气氛。作品与民间文学的联系密切,许多形象、场面都来自民歌,并富有民歌的象征意义。伊戈尔的妻子在城头上的哭诉源于民间的哭丧曲。作品中运用的固定修饰语、象征、哭诉、比喻等手法,也都源于民间创作。这部史诗在俄国文学史上有深远的影响。

总的来看,欧洲中世纪早期英雄史诗主要反映民族大迁徙时期的历史事件和部落生活,对部落之间的血仇关系有鲜明的表现,较多神话成分;后期英雄史诗的中心主题是爱国主义,大都有一个理想的爱国英雄、理想的君主的形象;强调忠君和爱国的统一性。

三、英雄歌谣

欧洲中世纪还出现了一些在民间流传甚广的英雄歌谣。随着封建制度的确立和发展,封建主和农民之间的矛盾日益加深。农民的不满和反抗情绪在这些民间歌谣中得到了鲜明的反映。其代表作之一是英国下层僧侣**威廉·兰格伦**(约1332—1400)写的长诗《农夫皮尔斯》。这部长诗分为两大部分。第一部分通过梦幻故事的形式和众多的寓意形象(如"七大罪恶"),批判了僧俗各界的寄生性和社会上贿赂公行、追逐财利的黑暗现象,但肯定国王的作用,希望他能凭理性和良心治国。诗人在他梦见的农夫皮尔斯身上注入了自己的理想,对穷苦劳动者寄予同情,又强调要获得真理首先要进行诚实的劳动。第二部分写农夫皮尔斯追求真理和善的历程,充满抽象的神学说教和经院式的辩论,形象性不强。这部作品以下层人民为主人公,在英国农民运动高涨的年代提出变革的要求,起着进步作用。从艺术上看,梦幻的形式和寓意的形象是中古文学的普遍特色;但该作又有不少描写鲜明生动(如对"七大罪恶"之一"饕餮"的现实主义描写),且具有锋利的社会讽刺性,笔锋常带严峻是非之感。

中古后期,谣曲开始流行于西欧、南欧各国,其中最著名的是14世纪以后在英国流行的一组**《罗宾汉谣曲》**。罗宾汉出身于自由农,因不堪封建压迫,逃往绿林,成为"不受法律保护的人"。他同一些农民、手工艺人结伙造反,杀富济贫,同"执法吏"进行斗争。他英勇善射,机智豪迈,专同官吏、地主、僧侣为敌,但不反对国王。谣曲的故事性强,往往出现意外的情节,对话很多,富于抒情性。《罗宾汉谣曲》在14、15世纪流传很广,其形式在文艺复兴、19世纪还常为一些作家所采用。

四、骑士文学

骑士文学是欧洲中世纪盛行的一种文学样式,主要反映了骑士阶层的生活和理想。骑士来自中小地主、富裕农民及封建主的家臣。他们替大封建主打仗,从后者那里获得土地和其他报酬,逐渐成为小封建主,后来形成了固定的骑士阶层。十字军东侵提高了骑士阶层的社会地位,也使他们接触到东方生活和文化传统,骑士精神逐渐形成。"忠君、护教、行侠"是他们的信条。他们也有一套骑士道德标准,讲求"文雅知礼"。爱情在他们心中、生活中占有重要地位,表现为对贵夫人的爱慕和崇拜。他们常常为爱情去冒险,在他们看来,能够在冒险中取得胜利,博得贵夫人的欢心,是骑士的最高荣誉。骑士精神带有明显的封建性和矫揉造作的特点。但骑士中的某些人也有锄强扶弱的一面。他们并不反对基督教,有时也为宗教去冒险,但往往不顾基督教的出世思想和禁欲主义而要求享受生活,要求文化。骑士文学就是骑士精神的艺术反映。

骑士文学包括骑士抒情诗和骑士叙事诗。**骑士抒情诗**的中心是法国南部的普罗旺斯,这里的诗人一般被称为"行吟诗人"。他们的诗作一般咏唱对贵夫人的爱慕和崇拜,代表作有**《破晓歌》**等。该诗描写骑士和贵夫人在破晓的时候即将分离的情景。在中世纪统治阶级中,婚姻是一种政治行为,是封建主扩大势力的一种方式;骑士的爱情则是一种个人之爱,它破坏了封建主夫妇之间的忠诚。普罗旺斯诗人的诗歌格律严谨,技巧复杂,形成了主张明朗易懂和提倡晦涩难解的两种不同风格。13世纪的"异端"运动失败后,许多普罗旺斯诗人逃往国外,把抒情诗传统带到意大利,推动了文艺复兴时期抒情诗的发展。

骑士叙事诗（骑士传奇）的中心在法国的北方。它的主题大都是骑士为了爱情、荣誉或宗教，表现出一种冒险游侠的精神。作品情节常很离奇，这同十字军东侵时的宗教狂热和阿拉伯传说的影响有关。骑士传奇大都出自诗人的虚构，有的取自民间故事，有的模仿古希腊、罗马的作品，按题材可分为古代系统、不列颠系统和拜占庭系统。

古代系统一般是模仿古希腊、罗马的作品，如《亚历山大传奇》、《特洛伊传奇》等。这些传奇写的是古代故事，但其中的英雄人物则具有中世纪骑士的爱情观和荣誉观。

不列颠系统是围绕不列颠国王亚瑟的传说发展起来的，主要是写亚瑟王和他的圆桌骑士的故事。法国诗人**克雷蒂安·德·特罗亚**（约1135—1191）的《朗斯罗，或坐刑车的骑士》，写亚瑟王的骑士朗斯罗和王后的恋爱。朗斯罗是一个体现了骑士精神理想的典型形象。中世纪骑士的典雅爱情和道德观，被渲染得淋漓尽致。

属于这一系统的还有在德、法两国流传很广的亚瑟王传奇《**特里斯丹和伊瑟**》。故事说的是国王玛克的侄子特里斯丹，一个勇敢英俊的青年，航海去为他的叔叔迎接新娘——邻国的金发公主伊瑟。在归途中，他们误饮了伊瑟的母亲为女儿结婚时准备的一种特制的神秘饮料，于是彼此之间产生了热烈的、永世不变的爱情。但是特里斯丹仍不得不把伊瑟带回国，让她和玛克成婚。后来玛克发现他们相爱的秘密，将两人逐出王宫。这对情人逃到荒林中栖身，直到玛克饶恕了伊瑟，把她接回王宫，特里斯丹则远走他乡。在异乡他同另一姑娘"白手伊瑟"结了婚。后来，他被毒刃刺伤，生命危在旦夕。他知道只有金发伊瑟可以救他，于是派人航海去找金发伊瑟，约定若接到她，船就挂白帆，否则就挂黑帆。可是白手伊瑟出于嫉妒，在看到挂了白帆的船回港时，却告诉躺在病床上的特里斯丹，说船已挂黑帆回来。等到金发伊瑟赶到特里斯丹床边，他已绝望而死。悲痛的金发伊瑟也倒在情人身旁死去。这个故事肯定骑士的爱情，把爱情描写成不可抗拒的力量，远高于生死之上，表现了反封建婚姻和礼教的思想。

拜占庭系统主要是根据在拜占庭流传的古希腊晚期故事写成的作品，代表作有《奥卡森和尼柯莱特》。贵族子弟、骑士奥卡森爱上了女奴尼柯莱特，遭到父亲反对。他不顾此，且为了爱情而忘了保卫国家、抵抗外敌的骑士责任。作品对骑士精神进行了滑稽化的讽刺描写，显示出骑士精神的衰落。

骑士传奇往往以一两个骑士为中心人物，把他们的冒险经历组织成一个长篇故事,描写细致,对话生动,在结构形式、人物刻画、表现心理活动等方面,都对欧洲近代长篇小说的发展产生了一定的影响。

五、城市文学

欧洲各国从 11 世纪起,由于手工业和农业的分离,商业的发展,产生了城市,形成了从事工商业的市民阶级,即资产阶级的前身。12 世纪,西欧许多国家出现了"异端"运动,形成了与基督教文化相对立的"世俗文化";一些城市开始打破教会对教育的垄断,要求有自己的文化教育,建起私立的非教会学校;还出现了一些反对盲目的基督教信仰的思想家。教会深感惊恐,竭力压制。它设立宗教裁判所,作为镇压"异端"教派和自由思想的工具,同时还出现了捍卫教会权威的理论家,如圣·托玛斯·阿奎那(1255—1274)。他的《神学大全》一书,成了基督教神学的经典。

城市文学(市民文学)的产生同城市斗争及"异端"思想有密切的关系,同时还适应了市民阶级的精神文化需求。城市文学多数是民间创作,它的基本特点是:主要描写市民生活,提出他们最关心的问题,有强烈的现实性和乐观精神;歌颂市民、农民的机智或狡猾,反映萌芽中的新阶级的精神特征;以讽刺为基本艺术手法,兼用隐喻、寓意、梦境等手法;风格简单朴素,语言生动鲜明,有时流于粗俗。

韵文故事是在法国最流行的一种城市文学类型,又称"笑谭",现存 150 余篇,其佚名作者是城市街头的演唱者。作品中的人物,从骑士、僧侣、法官到商人、手工业者、农民、仆役、乞丐等,应有尽有,而以市民及其前身农民为主。这些笑话故事往往通过对现实生活的滑稽描写,表现市民阶层对现实的不满;常常嘲笑骑士、僧侣的丑态,也暴露市民的贪婪自私。故事性、讽刺性都很强是韵文故事的特点。故事之一《驴的遗嘱》写一教区主教控告某教士把一头死驴葬在教会领地,侵犯圣产,亵渎神灵。教士则不慌不忙,声称那驴十分节俭,积攒下 20 个银币,并立下遗嘱,捐赠主教。主教顿时转怒为喜,说:"愿上帝饶恕它的一切罪恶!"20 个银币买通了上帝。这个故事以强烈的讽刺表现了市民阶层反对宗教和教会的情绪。另一故事《农民医生》写一个农民经常打妻子,时值国王访求名医为公主治病,农妇即向国王的使者推荐其夫,说只有他能治公主的病,但他不挨打是不肯献出医术的。农民挨打,只得进宫。他玩各种滑稽把戏,使公主破涕为笑,病痛全消。农民的医术誉满四方,求医者蜂拥而至,国王也要再考验他的本领。农民宣称:将病情最严重者烧成灰做药,可使所有病人痊愈。众病人怕被焚,皆称无病。这篇故事以赞赏的态度讲述了农民的机智聪敏。17世纪的莫里哀采用这一情节,经过加工,写成《屈打成医》。

《**列那狐传奇**》是中世纪城市文学中最重要的一种民间创作。保留至今的有27组诗,共3万余行。主要情节是列那狐和伊桑格兰狼之间的斗争。作为一部讽刺作品,它以兽寓人,并赋予群兽以人的行动、语言、思想和感情,以此来揭露封建统治阶级的丑恶和腐败。作品中的动物,如列那狐(市民)、伊桑格兰狼(封建主)、狮子诺布勒(国王)、驴子贝尔纳(教会人士)等,分别象征着不同阶层的人们;下层社会也有其象征性形象(鸡、兔、乌鸦、麻雀等)。中心角色列那狐是新兴市民阶级的代表。作品通过动物形象反映中世纪欧洲的现实生活,通过它们之间的关系,反映了中世纪法国社会各种力量之间的矛盾和斗争。尖锐的讽刺、出色的喜剧手法的运用,是《列那狐传奇》的基本风格特色。

城市文学中的《**玫瑰传奇**》是一部长篇叙事诗,上卷(洛利斯作)宣扬骑士的爱情观,下卷(墨恩作)表现新兴市民阶级的思想情感。通篇运用了寓意的手法,人物除了诗人本人以外都以概念为名,如爱情、美丽、理性、吝啬、嫉妒等。上卷基本上是骑士文学中贵族"典雅"爱情故事的翻版,其中关于爱情的议论,是奥维德《爱的艺术》的翻版。下卷批判禁欲主义和蒙昧主义,谴责当时教皇用来蛊惑人心、压制"异端"的游乞僧团,强调要以理智和自然的原则对待爱情和生活。这部作品在中世纪法国有过广泛的影响。

中世纪欧洲开始出现**市民抒情诗**。**吕特勃夫**(?—1280)是中古时期第一个优秀的市民抒情诗人,出身于法国社会下层,一生贫病交加,写有《吕特勃夫的贫困》。其诗多半描写自己的贫困生活,同时讽刺骑士、僧侣、法官和城市上层贵族,揭露罗马教廷的黑暗腐化。他所描写的家庭生活画面中,集中呈现出城市贫民的窘困境况。

维庸(1431—1480)被誉为中古时期最优秀、成就最高的市民抒情诗人。他在巴黎下层社会中长大,生活放荡不羁,盗窃财物,常与法院警卒作对,先后遭监禁和流放,几乎死于绞刑。他的诗作通过表现他所置身于其中的那一部分人的生活和思想,反映了15世纪法国动荡不安的状态和某些病态现象。在诗集《大遗言集》、《小遗言集》中,诗人大胆暴露自己内心的复杂感情,包括卑鄙的感情。他抱着焦虑恐惧的心情面对死亡的威胁,表示对生命的留恋,也表现了一种人生短暂、一切人都免不了一死的颓废思想,显示出一种玩世不恭的态度。他的诗歌语言亦庄亦谐,具有民间诗歌风味。

城市戏剧的出现较晚。中古时期的宗教戏剧主要有神秘剧和奇迹剧。

14世纪才出现世俗戏剧,演剧活动以法国最为发达。巴黎的法院书记剧团和傻子剧团编写的剧本,主要有道德剧、傻子剧和笑剧三种体裁。**道德剧**是一种劝善惩恶的戏剧。它通过寓意的手法,把抽象的观念拟人化,宣扬宗教道德或世俗道德。**傻子剧**往往通过傻子形象表达市民对封建贵族和教会的不满情绪,讽刺性很强。彼埃尔·格兰高尔的《愚人王子》中的傻王影射法王路易十二,傻娘指教会,教皇被称作"顽固人"。**笑剧**的人物一般为市民,形式生动活泼,充满戏谑成分。《巴特兰律师》是其中最优秀的一部。巴特兰律师行骗有术。他假装受骗上当,高价买下布商的布,但伪称身无现金,要布商到他家中取款,并答应届时请布商在家中宴饮。布商贪财如命,从不赊账,却因不肯放过有利可图的交易和免费的美餐,只好答应下来。但当他去取款赴宴时,巴特兰却全不认账。布商的羊倌杀了布商的羊充饥,被布商起诉。羊倌请巴特兰辩护。巴特兰替羊倌出谋划策,骗过了法官和布商;羊倌却又骗了律师,赖了他的诉讼费。这部剧作通过一个骗上加骗的故事,把机智和狡诈作为一种好的品质加以赞扬,反映了市民阶级的性格特点。剧本按照人物身份来描绘其心理状态,颇具功力。18、19世纪还有作家采用这部剧本的情节来编写喜剧。

第二节 但 丁

欧洲中世纪城市文学,反映了资产阶级的前身,即市民阶级的要求,实际上是文艺复兴时期文学的前驱。但这时的市民还不是一种强大的社会力量,而只有在资本主义经济因素较多的地方,这一阶层才初步形成了带有自觉性的新阶级的意识,苗发了人文主义思想的萌芽,出现了从中世纪到文艺复兴过渡的作家。他们或多或少地具有近代的民族意识,其作品具有更多的现实主义因素,提高了俗语的地位并使之更为丰富。由于欧洲各国发展水平不一,这类过渡型作家的出现也是参差不齐的,他们当中有的更多地带有中古文学的特点,如维庸;有的更接近于文艺复兴时期的文学,如彼特拉克、乔叟;而最有代表性的过渡型作家则是意大利诗人但丁。

一、但丁的生平与创作

但丁·阿利吉耶里(1265—1321)出身于意大利佛罗伦萨市的一个小贵族家庭。当时的意大利政治上处于分裂状态,最高统治者罗马教皇和神圣罗马皇帝之间存在着尖锐矛盾。各种政治力量分别依靠他们,组成教皇党和皇帝党。前者主要代表新兴市民阶级和城市小贵族,后者则代表封建贵族。当时的佛罗伦萨是意大利最大的手工业中心,最早出现了两党之争,结果教皇党获胜。但丁的家族属于教皇党,但在政治上没什么地位,经济上也不宽裕。但丁从少年时代起就好学深思,在学校里受过系统的教育,并广泛阅读诗歌,开始尝试诗歌创作。

对于贝阿特丽采的爱情,是作为诗人的但丁意义深远的生活体验之一。他对她是精神上的爱,带有神秘色彩。她死后,但丁为了寻找精神寄托,潜心研究哲学,遍读西塞罗、塞内加、圣经、托玛斯·阿奎那,又从阿奎那上窥亚里士多德,还精读了维吉尔、贺拉斯和奥维德的主要作品。他博览群书,掌握了中古文化领域的丰富知识,为后来的创作打下了深厚的基础。

30岁时,但丁参加社会政治活动,后来被选为佛罗伦萨市行政官。他坚决反对教皇干涉佛罗伦萨内政,态度强硬,采取了一系列抵制措施。1302年,但丁因贪污公款、反对教皇、扰乱共和国和平的罪名被判罚款和流放,最后客死他乡。

政治生活使但丁接触到现实社会的重大问题。放逐期间,他坚强不屈,力求写出有水平的著作,来恢复和提高因贫困和放逐而受损的声誉,并试图借以实现还乡的愿望。他看到祖国壮丽的河山,接触到社会各阶层,丰富了生活经验,视野从佛罗伦萨扩大到意大利全国和整个基督教世界。更为重要的是,他逐渐增强了一种要使自己的国家、民族复兴的使命感,并在其后期创作中表现了这一内心意向。

但丁早年的创作,属于"温柔的新体"诗派。这一诗派是在普罗旺斯诗歌的影响下产生的,把以爱情为主题的抒情诗推向了新的高度。但丁最早的重要作品是抒情诗集《新生》(1292—1293)。这是诗人抒发对贝阿特丽采的爱情的作品,包括31首诗。贝阿特丽采死后,但丁用散文把这些诗连成一体,并说明各首诗的缘起和意义。诗集中叙述诗人9岁时初见贝阿特丽采,她的形象恍如"幼小的天使"。9年后她重新出现在他眼前时,爱情就主宰了诗人的心灵。他怕别人看出他对她的爱,假装爱上别的女性,也写诗表达这种爱。贝阿特丽采不再理会他。起初他沉浸在悲哀的情绪中,后来则怀着精神上的爱,专心写诗歌赞颂她,把她写成上帝派到人间来拯救他灵魂的天使。她死后,但丁悲痛欲绝。这时,另一位年轻美貌的高贵女性的怜悯使诗人感动,于是产生了新的爱情。但是贝阿特丽采的形象重新出现在他的眼前,使他感到羞愧与悔恨。最后,在经历了一番"神奇的梦幻"之后,诗人"决定不再讲述这位享有天国之福的人,直到自己更配讲她的时候"。贝阿特丽采被诗人理想化,有如天使,充满精神之美和使人高贵的道德力量。《新生》的艺术风格清新自然,散文部分与诗相适应,富于抒情韵味,语言朴素纯正,文笔简练流畅。这是西欧文学史上第一部向读者剖露作者隐秘思想感情的自传性作品,也是除了《神曲》之外但丁最重要的作品。

《飨宴》(1304—1307)是但丁在放逐期间完成的一部具有百科全书性质的作品。作者借诠释自己的一些诗歌,把当时各方面的知识通俗地介绍给一般读者,作为精神食粮,故名"飨宴"。《飨宴》显示出但丁学识渊博,且有独到见解。诗人关于"高贵"的观点值得注意。他认为高贵不在于家族门第,而在于个人天性、爱好、美德,批判了封建等级观念和特权思想。诗人还认为:真正使人高贵的是理性,"去掉理性,人就不再成其为人,而只是有感觉的东西,即畜生而已"。《飨宴》在形式上受时代的局限,论述和推理完全用经院哲学的方式,但它是意大利第一部用俗语写成的学术著作,为后来的学者树立了典范。书中还盛赞意大利俗语,表达了对祖国语言的热爱。

但丁的《论俗语》(1304—1305)是最早的一部关于意大利语及其文体和诗律的著作,用拉丁文写成,目的在于引起知识界对于民族语言的注意。书中阐明了俗语的优越性和形成标准的意大利语的必要性,对于解决意大利的民族语言和文学用语问题,起了重大的作用。作者还强调了优秀作家作品在形成民族语言中的作用。从本书可以看出但丁用意大利语写作《神曲》的理论依据。

但丁在放逐期间认识到祖国的和平统一是当时的重大问题,但在意大利看不到实现和平统一的力量,因而把希望寄托在神圣罗马皇帝身上。在《帝制论》(1310—1313)中,他系统地阐明了自己的政治观点。全书共3卷。第1卷论证帝国的必要性;第2卷论证天意注定建立帝国的权利归于罗马人;第3卷指出万物当中只有人既具有可毁灭的部分(肉体),也具有不可毁灭的部分(灵魂),因此人生有两种目的:一是享受现世生活的幸福,二是来世享受天国永恒的幸福。上天规定由两个权威分别引导人类达到这两种不同的目的:皇帝根据哲学和理性,引导人类走上现世幸福的道路;教皇根据神学、信仰启示的真理,引导人类走上来世享受天国永恒幸福的道路。这两个权威是直接受命于上天的,彼此独立存在。但丁的观点带有空想性质,但他肯定现世生活有其自身的价值,而不是从属于宗教上的来世永生的目的,还以此为出发点,阐明政教分离、教皇无权干涉政治的观点,向神权论提出挑战,意义重大。书中还热烈赞扬了古罗马的光荣传统,表达了作者的爱国思想。这部著作对于了解《神曲》的构思和主题颇有意义。

恩格斯说:但丁是"中世纪的最后一位诗人,同时又是新时代的最初一位诗人"①。这句话指明了但丁在欧洲文学史上的地位。

二、《神曲》

《神曲》(1307—1321)是一部长篇史诗,但丁的代表作。它的写作开始于诗人被放逐的初年,直到他逝世前不久才完成。《神曲》原名《喜剧》,但不是作为戏剧剧种之一的"喜剧",而是作为叙事文学的一种。这部作品叙述从地狱到天国、从苦难到幸福的历程,结局圆满,所以取名为"喜剧"。比但丁稍晚的薄伽丘在《但丁赞》(1357—1362)中对这部作品推崇备至,称它为"神圣的《喜剧》"。1555年的威尼斯版本第一次以《神圣的喜剧》为书名,随后即被普遍使用。中译本通称《神曲》,沿用至今。

但丁集40年创作之苦写下这部作品,是有明确意图的。政治上的挫折和个人的不幸遭遇,曾使他一度感到迷失了方向。放逐期间他又看到意大利和整个欧洲处于纷争混乱的状态,因而对祖国和人类的命运怀有深切的忧虑。但他并不悲观,坚信在不久的将来就会有实现和平统一的人出现。他意识到自己担负着揭露现实,唤醒人心,给意大利人民指出政治上、道德上复兴的道路的历史使命。写作《神曲》的动机正在于此。

全诗采用了中古梦幻文学的形式。第1歌(序幕)写中年(1300年)迷路的但丁在走出森林时被三野兽(豹、狮、狼)挡住了去路;此时维吉尔出现,但丁便在他和贝阿特丽采的分别带领下,先后游历了三界。游历的过程即构成全诗集的三部曲:"地狱篇"、"炼狱篇"和"天国篇"。每部33歌,加上第1歌序幕,共100歌。这种整齐、匀称的结构是建立在中古关于数字的神秘意义和象征性的概念上的,并不是从作品本身的内在必要性产生的。

在"地狱篇"中,"地狱"分为9层,每一层又分若干圈,如漏斗形,越往下越小。作者按死者生前罪恶之大小分别安置亡魂。第1至5层是犯有一般罪恶的人,如好色之徒、贪吃者、易怒者和异教徒等。第6层以下安置品质恶劣、有严重罪行的人,如贪官污吏、高利贷者、伪君子、挑拨离间者,以及从事"圣职买卖"、勒索老百姓的教皇等。把教皇安置在第8层,明确地表达了诗人反对神学统治的态度。第9层第3圈是地下的核心地点,叫"冰湖"。这里是惩罚叛国卖主、罪大恶极的人,如出卖自己的老师耶稣的叛徒犹大,

---

① 恩格斯:《〈共产党宣言〉意大利文版序言》,见《马克思恩格斯选集》第1卷,北京:人民出版社,1970年,第249页。

罗马历史上刺杀凯撒大帝、阻挠帝国统一的两个罪犯。这一安排体现了诗人关于和平统一祖国的理想。

"炼狱篇"("净界篇")中的"炼狱",是海上的一座孤山,也分为9层。山脚为第1层,经过山脚,进入"山门",就进入"炼狱"的主体部分(7层),其中分别住有犯过骄、妒、怒、惰、贪、食、色7种罪恶的亡魂。他们的罪过,比地狱中的亡魂轻,且已悔悟,得到上帝的宽恕,在这里修炼、洗涤。炼狱最上面的一层即山顶上的"地上乐园"。但丁跟随维吉尔从山脚上升到"地上乐园",这时维吉尔突然隐去,代替他的是贝阿特丽采。但丁经过忏悔,又喝了忘川之水,获得了新生,在贝阿特丽采的引导下游历天国。

"天国篇"中的"天国"分为九重天:月、日、金、木、水、火、土、恒星和水晶天。殉教者、贤明的君主和哲人、基督和天使等,按为善和德行的大小分住于此。九重天之上是上帝所在的天府。贝阿特丽采把但丁引到这里后,回到自己的位置上。天府比九重天更加光明美丽,上帝之光笼罩一切,一切都显得庄严、明净、高贵无比。这里是但丁理想中的世界。全诗以但丁见到上帝结束。

《神曲》的情节充满了寓意,在解释上引起了很多争论。从表面上看,诗人好像是提出了一个通过净化道德达到永生的宗教问题。这样,《神曲》就成了一部宣扬死后善恶报应、鼓吹来世主义和赎罪思想的作品了。细读全诗,可以发现诗人所要表达的主题思想是:在新旧交替时期,个人和人类从迷惘和错误中经过苦难和考验,达到真理和至善的境界。诗人所认识的真理和至善,还局限于基督教神学的观点,但他追求最高真理的精神和关怀人类命运的热情是值得肯定的。

《神曲》具有丰富的内容,也反映了诗人的思想矛盾。它广泛反映了当时的社会政治现实,抨击了教会的贪婪腐化、封建统治者的残暴专横以及市民的贪财好利。诗人严厉谴责皇帝鲁道夫一世和阿尔伯特一世父子只顾在德国扩充势力,不来意大利行使权力,"听任帝国的花园荒芜"。诗人还表达了渴望祖国统一和复兴的愿望,痛斥那些破坏国家统一的亡魂,谴责那种造成人间惨祸的党派纷争。诗中也阐明了《帝制论》中提出的政教分离的思想,反对教皇掌管世俗权力,预先在地狱中给当时还在世的教皇包尼法西八世留好了位置。《神曲》还忠实地描绘了佛罗伦萨从封建关系向资本主义关系过渡时期的社会变化,但诗人又把封建宗法时代的佛罗伦萨美化为一个平静淳朴的牧歌式的社会,并把祖国实现正义与和平的希望寄托在神圣罗马皇帝身上。

通过诗人和他游历三界时遇见的著名人士的谈话，《神曲》反映了中古文化领域的重大成就与问题，如同诗人波拿君塔的谈话，反映了意大利抒情诗发展的情况；和手抄本影印家欧德利西的谈话，反映了意大利绘画发展的情况；维吉尔的话和但丁自己的叙述，说明了中古时期人们对古希腊、罗马诗人和哲学家的认识与评价。维吉尔和贝阿特丽采的答疑，更广泛地阐述了当时哲学、科学和神学上的重要问题与理论。这就使《神曲》带有百科全书的性质，但过多传播知识也损害了作品的艺术性（如"天国"第2歌关于月球上的暗斑来源的阐述等）。

在《神曲》中，诗人肯定现世生活的意义，认为它不只是来世永生的准备，而且有其本身的价值。诗中显示出诗人对于现世生活和积极的人生追求的兴趣。他强调人应具有理性和自由意志，对自己的行为负有道德责任，在生活中应遵循理性的指导。肯定人对荣誉的追求，歌颂一些古今英雄人物，把他们作为在现世生活中积极进取的榜样。但是，诗人又把追求个人幸福的保罗和弗兰采斯卡放进地狱去受苦，强调理性的局限和荣誉的无常。诗中以维吉尔为游历地狱和炼狱的向导，以贝阿特丽采为游历天国的向导，表明诗人认为信仰和神学高于理性和哲学。

《神曲》反对中世纪的蒙昧主义，提倡发展文化，追求真理，赞美人的才能和智慧，对古典文化推崇备至，如称亚里士多德是"哲学家的大师"，荷马是"诗人之王"，维吉尔是"智慧的海洋"、"拉丁人的光荣"，还以赞颂的笔调描写荷马史诗中的英雄奥德修斯。不过，诗人又把古典文化的伟大代表（如荷马、苏格拉底、柏拉图、亚里士多德、维吉尔、贺拉斯）作为"异教徒"放在第一圈的候判所中，把奥德修斯当作使用阴谋诡计者放在地狱中受苦。

以上这些方面，都反映了但丁作为新旧交替时代的诗人难以克服的思想矛盾。

《神曲》取得了多方面的艺术成就。它把暴露现实和表现生活理想统一起来，并运用了象征手法。作品所描写的虽然不是现世生活，却是现世的反映："地狱"是现世的实际情况，"天国"是争取实现的理想，"炼狱"是从现实到达理想必经的苦难历程。诗中暴露现实的部分占很大比重，但也有对于生活理想的大量描写。诗中的森林象征着黑暗现实，野兽象征着邪恶势力，维吉尔象征着理性和哲学，贝阿特丽采象征着信仰和神学。

这部长篇史诗的人物形象丰富多姿，个性鲜明。诗人本人的性格和精神面貌描绘得细致入微；维吉尔的形象有如导师和父亲，贝阿特丽采有如恋人、长姐和慈母，他们训诲、批评、鼓励和救护但丁。诗中常常通过人物在戏剧性场面的行动和对行为动机的挖掘来刻画性格,往往用寥寥数笔,就勾勒出人物形象的特征。

《神曲》对于"三界"的描写,构思明确,想象丰富,结构巧妙而严整。诗人想象地狱在北半球,是一个巨大无比的深渊,从地面通向地心;炼狱是一座雄伟的高山,耸立在南半球的海洋中;天国由托洛米天文体系的九重天和超越时空的"净火天"构成,这九重天环绕大地旋转,净火天则是永恒静止的。"三界"的色调各不相同:地狱是痛苦和绝望的境界,色调是阴暗、浓淡不匀的;炼狱是宁静和希望的境界,色调是柔和爽目的;天国是幸福和喜悦的境界,色调是光辉耀眼的。在"地狱篇"中,但丁只是以自然景象为陪衬来描绘人物受苦的场面,"炼狱篇"才直接描写了自然景色,"天国篇"则广泛利用自然界空灵的现象——光来表现精神喜悦的程度,描写的是非物质的、纯精神的世界。这些不同境界的描绘都给人以身临其境之感。

但这部作品的主要艺术成就不在于细节描写的高超技巧,而在于高度的概括和综合。作品把诗人的内心生活经验、宗教热情、爱国思想和社会、政治、文化方面的重大问题,历史的和现实的、古典的和基督教的因素融为一个和谐的整体,从而成为一部有着深广内涵、多方面意义和价值的巨著。

《神曲》对于解决意大利文学用语问题,促进意大利民族语言的统一,也起了很大的作用。诗人在这部作品中实践了他在《论俗语》中提出的相关主张。这是他用意大利语写成的一部优秀作品。它既为意大利文学语言的规范化起了重要的作用,又为意大利诗歌奠定了基础。这使但丁成为意大利第一个民族诗人。

别林斯基指出:但丁通过《神曲》反映了"自己时代精神生活的全部深度"。的确,这部史诗以深邃的思想内容和精湛的艺术技巧,广泛地反映出意大利从封建关系向资本主义关系过渡时期的社会变革和各个领域的现实生活,表达了人民群众反封建、反教会的情绪,对古今文化作了精辟的论述和总结,鲜明地提出了新时代的人文主义思想。《神曲》为文艺复兴时代文学的发展开拓了道路,使但丁成为人文主义的先驱,意大利和欧洲文学史上继往开来的伟大诗人。

思考练习题

1. 欧洲中世纪的骑士叙事诗(骑士传奇)和城市文学,有哪些基本特点对后来的欧洲近代文学产生了影响?

2. 为什么说但丁是"中世纪的最后一位诗人,同时又是新时代的最初一位诗人"?

3.《神曲》取得了哪些突出的艺术成就?

> **延伸阅读文献**

1. 杨慧林、黄晋凯:《欧洲中世纪文学史》,南京:译林出版社,2001年。

2. 田德望:《〈神曲〉中译本序》,见但丁《神曲》,田德望译,北京:人民文学出版社,2002年。

3. T.S.艾略特:《但丁》,见《英国作家论文学》,汪培基等译,北京:三联书店,1985年。

第三章 文艺复兴时期的欧洲文学

第一节 概 述

　　文艺复兴是14—16世纪以意大利为发源地、席卷欧洲的一场反封建、反教会神权的思想文化运动。这个时期,古希腊、罗马文化重新受到重视,因而这场运动有"文艺复兴"之名。但"文艺复兴"不是古代文艺和学术的简单复兴,而是标志了资产阶级新文化的萌芽,反映了新兴资产阶级的思想和要求。资产阶级召唤古希腊的亡灵,目的当然不是要重建奴隶制旧文化,而是要摆脱封建意识形态和宗教神学思想的桎梏,回到人本主义,建立适应资本主义生产关系的新的思想文化体系。恩格斯曾把文艺复兴运动称为"人类从来没有经历过的最伟大的、进步的变革"①。

　　文艺复兴以前,在中世纪大约一千多年的时间中,统治欧洲的是基督教文化。它一开始就以古典文化敌对者的面目出现,对其进行无情的摧残。这两种文化的对立和斗争十分尖锐。古典文化以人本主义、现世主义为特征,重视科学和哲学的探讨以及对美好事物的创造和享受,要求人在身心各方面的和谐发展。基督教文化则与此相反,它的基本内容是神权中心和来世思想,强调人若想死后进入天国,在尘世就得禁欲苦行,认为人世间一切感官方面的享受都是有罪的,对科学和哲学的追求则妨碍修行。在整个封建时代,教会或是攫取了世俗政权,或是与世俗政权狼狈为奸,进行腐朽而残暴的统治,使人民长期处于穷困而落后的状态。13世纪以后,欧洲封建社会经历了深刻变化。一系列封建统一国家先后建立。在封建社会内部,各地先后产生了资本主义因素,随之许多国家内先后出现了新兴的资产阶级。这一新阶级要扩张它的势力,为自己的发展扫清道路,就得进行反对封建统治及其精神支柱基督教会的斗争。

　　资产阶级反封建的主要斗争形式之一是宗教改革运动。德、英、法等国

---

① 《马克思恩格斯论文学与艺术》(一),陆梅林辑注,北京:人民文学出版社,第368页。

都先后进行过宗教改革运动。恩格斯认为德国的宗教改革是欧洲资产阶级反封建的第一次大决战。教会是封建制度的主要支柱,资产阶级"要在每个国家内从各个方面成功地进攻世俗的封建制度,就必须先摧毁它的这个神圣的中心组织"[①]。宗教改革以后,基督教在西欧分裂为新教和旧教两大派。在很长时期内,新教称基督教,代表资产阶级的利益;旧教称天主教,代表封建阶级的利益。

资产阶级反封建斗争的另一主要表现就是文艺复兴运动。这一运动发源于意大利,然后逐渐向北传播,席卷欧洲许多国家,而对资本主义发展程度较低的东欧、北欧影响较小。它极盛于15、16世纪,但在13、14世纪就已经在意大利酝酿。意大利之所以成为文艺复兴运动的发源地,主要原因在于这里的资本主义生产发展最早,资产阶级在意大利最早登上历史舞台。这一新阶级一开始就努力发展新文化,以便对抗封建统治与教会权威,求得自身的发展。摆在他们面前的捷径,便是接受古典文化遗产。在这方面,意大利已有着得天独厚的条件。首先,意大利是古罗马的直接继承者,罗马文化就是意大利民族文化,拉丁语是意大利各区语言的祖先。从中世纪后期世俗性的学校建立以后,维吉尔、贺拉斯和西塞罗等许多拉丁诗人和作家的作品,一直是意大利人的文化教养的主要部分。15、16世纪从古罗马废墟中发掘出来的古代雕刻杰作,变成了意大利有目共睹的艺术典范。其次,意大利在古代是"大希腊"的一部分,希腊文化的影响一直是绵延不绝的。自1453年伊斯兰教徒攻陷君士坦丁堡、东罗马帝国灭亡后,那里的大批希腊古典学者携带书籍,逃至意大利避难,并以讲授古代典籍为业,因而促进了意大利早已有之的希腊古典文化研究。古希腊、罗马文化的发现和研究无疑为这个时期的诗人、作家和艺术家提供了思想上的营养,推动了他们的创作,使欧洲文化达到了希腊以后的第二个高峰。另外,15世纪的地理大发现("新大陆",绕过美洲的航行),中国的四大发明传入西方,对文艺复兴运动的发生和发展也有过巨大的影响。

文艺复兴时期所形成的反封建、反教会的思想体系,被称为人文主义。在中世纪,教会统治着欧洲封建社会的全部文化,把意识形态的其他一切形式都纳入神学之中。训练僧侣的学校是唯一的学校类型,那里只讲授神学、法学科目,视古典文化为异端,不准阅读与研究古希腊、罗马的典籍,即人文

[①] 恩格斯:《〈社会主义从空想到科学的发展〉英文版导言》,见《马克思恩格斯选集》第3卷,第390页。

典籍。12世纪以后,随着城市的出现,世俗文化得到发展,世俗性的学校开始出现,添设了"人文学科"——它与基督教神学及经院哲学针锋相对,以人和自然为研究对象,其内容包括对古希腊、罗马学术和语言、文学、哲学、历史、自然科学的研究。"人文主义"这个称谓即由此而来。历史学家们把文艺复兴时代的学者称为"人文学者"或"人文主义者",指的就是他们是"古典学术"的研究者和倡导者。人文主义者提倡古典文化所表现的人本主义,即以人为本、一切以人为中心的精神。这种人文主义和后来18、19世纪的人道主义是一脉相通的。

人文主义思想主要包括以下几个方面的内容:

1. 主张一切以"人"为本,用人权对抗神权。人文主义反对一切以神为本的旧观念,宣传人是宇宙的主宰,是万物之本,以此来反对神的权威,向教会统治和宗教教义提出挑战。教会认为神高于一切,主宰一切,宣称自己是神的代表,而人则是渺小的,只能对神俯首帖耳,当神的奴仆。人文主义则大力歌颂人的价值、尊严和力量,认为人可以创造一切。这是对教会神权的直接挑战。

2. 提倡个性解放,反对禁欲主义和来世思想。教会宣扬人一生下来就有罪孽,人生的目的不在于现世的幸福,而在于死后的永生,要求人们放弃一切欲望、一切追求。人文主义者则肯定现世生活,颂扬尘世欢乐和幸福,赞美爱情是最高尚的感情,认为人有追求荣誉和财富的权利。

3. 崇尚理性和智慧,反对蒙昧主义。教会实行愚民政策,摧残科学文化,垄断教育,推行蒙昧主义。人文主义则崇尚理性和智慧,主张探索自然,研究科学,追求知识,接受新事物,全面、和谐地发展个人才智。

4. 宣扬自由意志,提倡人人平等,反对封建等级制度。为了反对封建压迫,人文主义还宣扬人的自由意志,主张人与人之间建立平等、仁爱的关系,歌颂人们之间的友谊,否定以人的出身、门第来决定社会地位的等级制度,强调个人的才能、品德决定人的地位。

人文主义思想反映了一个新兴阶级的要求,表现了这个阶级在其上升时期的一种开创新世界的充沛朝气、满怀信心的乐观精神和巨大的创造性。它是以后资产阶级革命的最初的思想准备。

恩格斯指出:文艺复兴时期是"一个需要巨人并且产生了巨人的时代"。这是一批"在思维能力、热情和性格方面,在多才多艺和学识渊博方面的巨人"。这些人文主义者对欧洲文化的发展做出了巨大贡献,其中有许多百科全书式的人物。恩格斯曾以意大利的达·芬奇为例,说明这些"巨人"的特征:"那时,差不多没有一个著名人物不曾做过长途的旅行,不会说四五种语言,不在几个专业上放射出光芒。"①这些人文主义者在自然科学许多领域卓有建树,奠定了现代自然科学的基础(如达·芬奇、伽利略、哥白尼等);在哲学领域中,他们推动了唯物主义思想的发展(培根、蒙田);在社会学领域,第一次提出了空想社会主义学说(意大利的康帕内那、英国的莫尔);在艺术领域,他们一反中世纪呆板的、象征的、虚幻的艺术,表现出生动活泼的写实精神(达·芬奇、米开朗琪罗、拉斐尔)。

　　人文主义思想的发展经历了艰难曲折。教会极端仇视人文主义者,对其横加摧残。意大利哲学家庞波那齐对灵魂不死说表示怀疑,受到教皇的迫害,他的著作被焚。波兰天文学家哥白尼反对地心说,其著作也被天主教会列为禁书;意大利哲学家布鲁诺继承并发展了哥白尼的学说,被天主教会驱逐出国,最后被宗教裁判所处以火刑。拉伯雷的作品遭到天主教堡垒巴黎大学的遣责。伽利略、康帕内拉也受到宗教裁判所的迫害,后者被囚达27年之久。尽管如此,人文主义思想还是蓬蓬勃勃地发展起来,传播开去。

　　人文主义思想是文艺复兴时代文学的核心,因此这一时期的欧洲文学又被称为人文主义文学。文艺复兴时期的人文主义文学是欧洲近代文学的开端,也是古希腊以后欧洲文学的又一高峰。人文主义文学促进了欧洲各民族文学和文学语言的形成。它使欧洲各国文学更加具有民族特点,更富于民族历史内容。一些优秀的人文主义作家通过自己的作品提出有关国家命运的问题,充满着爱国情绪。人文主义者中,除了少数学者以拉丁文写作外,其余大都用本民族语言创作,表现出民族自豪感,也使其作品能为更多读者所接受。他们从古代和民族语言中吸取养分,扩大了语言的表现能力,对本国文学语言的形成,对本民族文学的发展,做出了巨大贡献。

　　人文主义文学使欧洲文学在创作方法的发展上达到了一个新阶段,取得了新的成就。人文主义作家热爱生活,要求了解现实,反映现实,所以抛弃了中世纪的象征、梦幻文学的手法,更注重写实,其作品更具时代感和历史感,描绘了广阔的社会生活,创造了一系列不朽的艺术形象,丰富了欧洲文学的现实主义传统。他们的优秀作品往往还具有浪漫主义的热情和幻想,具有健康乐观的情调,体现了对于人类发展前途的信心。他们笔下的某些人物有些也体现了他们的理想。

　　人文主义文学为近代欧洲文学中的基本体裁奠定了基础。如彼特拉克

---

① 《马克思恩格斯论文学与艺术》(一),陆梅林辑注,北京:人民文学出版社,第368页。

的抒情诗(十四行诗)、薄伽丘的短篇小说,塞万提斯的长篇小说,莎士比亚的戏剧,斯宾塞、阿里奥斯托的叙事长诗,培根、蒙田的散文创作,等等,均具有首创的性质,对后世欧洲文学产生了深远的影响。

由于欧洲各国的历史条件不同,这一时期各国文学的成就和发展也呈现出不同的情况。在意大利,新文学发生最早,彼特拉克、薄伽丘分别在抒情诗和短篇小说方面开西欧各国风气之先。一些学者对古代学术的研究,促进了文艺理论的繁荣,推动了西欧其他各国建立新的诗学。德国的人文主义运动局限于人文学者在古代语言研究等方面的著述,但民间文学和讽刺文学较为发达。法国人文主义文学的贡献主要在于民族语言的统一、民族诗歌的建立(七星诗社),"巨人"形象的刻画(拉伯雷),怀疑论思想的提出(蒙田)。在西班牙,塞万提斯的小说和维加的戏剧,成为人文主义文学的主要成就。英国的人文主义文学发生于意大利、法国之后,吸取了它们的经验,艺术成就最大,其中又以戏剧最为繁荣,成为这一时期欧洲文学的高峰。

文艺复兴时期的欧洲文坛,呈现出三种文学并存的局面:人文主义文学、民间文学和封建文学(教会文学、骑士文学的残余)。民间文学在中世纪同类文学的基础上继续发展,并补充了反封建、反教会的新内容。教会文学继续宣传神秘主义、禁欲主义,肯定教会的统治,抵制文艺复兴和宗教改革。托玛斯·阿奎那的神学著作多次印刷出版。世俗封建文学或与宗教神秘主义合流,或表现为回光返照的骑士文学。但总的说来,它已是中世纪封建文学的末流。代表文艺复兴时期文学主要潮流的人文主义文学,则以深刻的思想内容,高度的艺术概括,自由的结构,包罗万象的人物,生动有力的语言,反映了这一时期的历史真实,表达了新兴资产阶级的理想和广大民众的愿望,推动了欧洲文学的发展,为近代欧洲文学奠定了基础,对人类文化做出了贡献。

一、意大利文学

意大利是文艺复兴运动的发源地。14世纪,富裕商人、手工业工场主和银行家已成为北部城邦的统治者。这个新兴阶级需要文学艺术丰富它的精神生活,表达它的生活理想,也需要科学技术来增加它的财富。它培养出大量为它服务的人才,如法律家、外交家、艺术家、诗人和学者。这些人大都具有人文主义思想倾向。在经济繁荣的基础上和人文主义思想的影响下,意大利的文学艺术取得了高度的成就。

意大利是最先出现人文主义文学的国家。古希腊、罗马文化的重新发现对人文主义思想的传播和作家、艺术家的创作起了重大的促进作用。但意大利学者、思想家和作家们更重视罗马文化,这是由于民族意识的觉醒和统一祖国的渴望;而作为古罗马的后裔,他们更乐于追本溯源,向往古罗马的光荣。但丁作为人文主义文学的先驱者,既表达了对古典文化的崇敬,也第一次多方面地抒发了人文主义思想。在他之后人文主义文学的杰出代表是彼特拉克和薄伽丘。

弗兰齐斯科·彼特拉克(1304—1374)生于佛罗伦萨,是但丁的同乡。他精心研读希腊、罗马古典著作,掌握了渊博的知识。他热心搜求古籍抄本,发现西塞罗等古典作家失传的书信和著作。他曾说西塞罗、维吉尔是古典学问的"两只眼睛"。他是突破中世纪神学观念的藩篱,以人文主义观点研究古典文化的最早代表。他把人和现实生活放在中心地位,通过诠释、阐述古籍,批判中古文化,谴责禁欲主义,宣传人情世道,对意大利和欧洲文艺复兴运动都产生了不小的影响。

彼特拉克最优秀的作品是以意大利文写的抒情诗集《歌集》(1330—1374),内含他40多年间写的300多首十四行诗。这些诗主要是抒发、歌咏对诗人自己年轻时所倾心的少女劳拉的爱情。诗人以丰富多彩的笔墨,描画劳拉的美丽形象,披露自己复杂的思想感情,大胆地歌颂爱情,歌颂对生活的热爱,对幸福的向往。这些诗歌冲破禁欲主义和神学思想的羁绊,表达了以人和现实生活为中心的新世界观和以个人幸福为中心的爱情观,使人耳目一新。诗人对于自然之美也极为敏感,有些诗把歌颂劳拉与描绘自然巧妙地结合起来,如《清、凉、甜蜜的水》。《歌集》中的一些政治抒情诗,如《我的意大利》《高贵的精神》,谴责封建君主的败行劣迹,揭露教会的腐败,呼吁和平与统一,激荡着强烈的爱国热情。《歌集》又常常透露出一种内心的矛盾和痛苦,表达出早期人文主义者向往和追求新生活,但又无力完全挣脱中世纪精神枷锁的思想情怀。

彼特拉克的诗歌在风格上继承普罗旺斯和意大利"温柔的新体"诗派爱情诗的传统,却又跳出传统诗歌充满神秘的象征和把人物偶像化的框框,使爱情诗比较接近生活。他的诗歌结构缜密,韵味隽永,文词淡雅,善于借景抒情,表达出诗人细微的心绪,在内容和形式上都为欧洲抒情诗的发展开辟了道路。他的艺术实践使十四行诗(两段四行诗,两段三行诗;三段四行诗,一副对句)达到完美的境界,使之成为近代西方诗歌的一个重要诗体。

乔万尼·薄伽丘(1313—1375)出生于佛罗伦萨一个商人之家,早年在那不勒斯经商,接触到宫廷和贵族骑士生活,熟读罗马古典文学作品。后半生大部分时间住在佛罗伦萨,结识了彼特拉克,和他建立了亲密的友谊。他也致力于人文主义学术的研究,是当时西欧第一个掌握希腊文的人文学者。他协助一位希腊文教师以拉丁文翻译了荷马史诗,在搜集和注释古籍著作上做出了贡献。晚年他更是潜心钻研古典文学,同时在佛罗伦萨讲解和诠释《神曲》。所著《但丁传》(1375)是意大利研究但丁最早的学术著作之一。

薄伽丘的早期作品是一些以爱情为主题的传奇和故事诗,而其最出色的作品则是代表作、短篇小说集《十日谈》(1348—1353)。该作开头有一段"序曲"式的故事,叙述1348年黑死病流行时,10名青年男女在佛罗伦萨乡间一所别墅避难。他们终日游玩、欢宴,每人每天讲一个故事,10天讲了100个故事,因此作品题名即为"十日谈"。其中有许多故事取材于历史事件、中世纪传说和东方故事(如《一千零一夜》、《七哲人书》),但反映的则主要是当时意大利广阔的现实。人文主义思想是贯穿全书的一根红线。

在《十日谈》中,作家批判天主教会,揭露教会的黑暗和罪恶,抨击僧侣的奸诈和伪善。这种批判表达了当时的平民阶级摆脱中世纪教会和宗教的束缚的要求。书中写道,有的神父冒充天使,诱奸信女,被人抓住,当众出丑;有个女修道院院长惩办犯了教规、偷汉子的修女,自己也露了马脚。那些大讲禁欲主义的教士、神父们,其实自己却在干着纵欲主义的勾当。

作品还热情地歌颂现世生活,赞美爱情是高尚的情操和才智的源泉。如第5天的第一篇故事写青年加利索,相貌堂堂,可惜十分愚蠢,像个白痴,良师、严父都管教不好他。他举止粗野,讲话粗鲁,人家给他起了个绰号"西蒙",意为牲畜。但是他后来获得了一个美丽的姑娘伊菲金妮亚的爱情,一下子就变得聪明起来。还有一些故事颂扬青年男女大胆冲破封建礼教和金钱关系的羁绊,争取幸福的斗争,曲折感人。

作者赞赏平民、商人的聪明才智,暴露封建贵族的堕落和腐败。不少故事说明人的高贵不取决于出身,而取决于人的才智。如第4天的第一篇故事写一个国王的女儿爱上了宫廷中的一个侍从,遭到父亲的阻挠。她理直气壮地反驳父亲,不仅揭露了满朝贵人的腐败无能,还提出了衡量人的价值的新标准。国王最后杀死了那位侍从,她也饮毒自杀,表示了对爱情的坚贞、对封建等级制度的强烈抗议。主张社会平等、男女平等,是作者思想中最有价值的部分。

《十日谈》取得了多方面的艺术成就,在欧洲文学史上具有重要意义。它发展了中古的短篇故事,不仅叙述事件,还进而概括现实,刻画人物心理,塑造了各阶层的性格鲜明的人物形象,展示出意大利广阔的社会生活画面,从而成为欧洲文学史上第一部现实主义巨著。作者有意识地注意结构技巧，采用了独特的框形结构，把100个故事镶嵌在一起，使全书浑然一体。作为一个自觉的文体家，作者以古罗马作家为典范，使作品文笔流畅，善用对比，语言精练，生动幽默，写人状物，惟妙惟肖。他奠定了意大利散文的基础，正如但丁奠定了意大利诗歌的基础一样。《十日谈》出版后，立即被译成西欧各国文字，对16、17世纪西欧现实主义文学发生了很大影响，开欧洲近代短篇小说的先河。

薄伽丘去世后一直到15世纪中叶，意大利人文主义运动主要表现在对古代文化的研究上，没有出现重要作家。15世纪中叶以后，诗人、作家虽然众多，但他们的意义都不能和文艺复兴早期的彼特拉克、薄伽丘相比。这时期意大利文艺复兴的成就主要在造型艺术和自然科学方面。造型艺术在意大利具有悠久的传统，到了文艺复兴时代，在达·芬奇、米开朗琪罗、拉斐尔这些大师手里，它就达到了西方造型艺术在古希腊以后的第二次高峰；而单纯就绘画而言，则达到了欧洲的第一次高峰。就文学而言，后期比较著名的诗人是阿里奥斯托和塔索。

卢多维科·阿里奥斯托(1474—1533)的代表作是长篇传奇体叙事诗《疯狂的罗兰(奥尔兰多)》(1516—1532)。全诗共4800余行，以查理大帝及其骑士同异教徒的大战为背景，以骑士罗兰对安杰丽嘉的爱情为主要情节。罗兰迷恋安杰丽嘉，为追寻出奔的安杰丽嘉，历经无数惊险遭遇，后来得悉她已同一异教徒勇士结了婚，因气愤、痛苦和绝望而发了疯。在发疯的场面，作者描写罗兰的复杂心理变化过程，细致入微，层次清楚，是全诗的顶峰，作品即由此而得名。这部长诗情节曲折离奇，富有神话色彩。诗人借用中世纪骑士传奇的形式，是为了反映意大利的现实生活，表达人文主义思想；他对大自然的描绘，是为了抒发对现世生活的赞美；写不同宗教信仰的青年男女克服各种困阻而热恋的故事，则是对中世纪宗教偏见和禁欲主义的批判。诗人还满怀爱国之情，谴责外国侵略者和封建君主给意大利带来的灾难，希望意大利得到自由、统一与和平。

长诗的艺术独创性，在于以罗兰、安杰丽嘉的爱情为主要线索，把其他骑士的爱情、冒险经历和上百名人物(国王、僧侣、妖魔、仙女)的故事巧妙地编织在一起，使叙事诗、抒情诗和田园诗的成分，严肃和诙谐的情调互相交错配合。《疯狂的罗兰》对后来的欧洲叙事诗影响深远。

托夸多·塔索(1544—1594)是意大利文艺复兴时期最后的著名诗人。他做过宫廷诗人，因精神失常而被监禁7年之久。他是个人文主义者，但当教会为抵制宗教改革运动、加强了宗教信仰的控制时，他产生了内心矛盾，害怕宗教裁判所的迫害。他的叙事诗《被解放的耶路撒冷》(1575)就是在这种心情下写成的。该诗以歌颂的态度叙述第一次十字军东侵时十字军将士在布留尼的率领下，经过种种挫折和残酷的战斗，最后取得对异教徒的胜利，攻下圣城耶路撒冷。这个主题在当时有一定政治上的现实意义：土耳其人断绝了意大利人东方贸易的出路，威胁着意大利本土，作者要唤起英雄精神，抵抗土耳其的扩张。但作者又企图通过基督教与异教的斗争和两种不同思想文化的冲突来显示基督教信仰的力量。然而，诗中的艺术描写，又在客观上显示出异教因素战胜了基督教因素，爱情力量战胜了基督教信仰。诗人所要表达的宗教思想，毫无打动人心的力量，基督教英雄史诗的创作源泉早已枯竭，他所塑造出来的这类英雄只能是个抽象人物。可是，在一些表现非基督教精神的人物形象和场面描写上，这部长诗显示了它感人的艺术力量。

二、德国文学

16世纪，德国还是一个封建统治下的落后的农业国，但资本主义因素在少数地区已有所发展。这一时期在德国发生的宗教改革和农民起义，标志着资产阶级和平民对封建制度的冲击。德国文学的成就，主要包括人文主义者的作品、宗教改革和农民起义过程中出现的作品，以及从中世纪发展起来的民间文学作品。

德国人文主义思想的传播，和各大学学者们的著述活动密切联系。**德西德利乌斯·埃拉斯慕斯**(1466—1536)是出生于尼德兰的一位语言学家。他以拉丁文创作的讽刺作品《愚蠢颂》(1509)，通过一个名叫"愚人"的妇女的自我吹嘘，揭露僧侣的虚伪、偏见和愚昧，批判诸侯之间争权夺利的战争，肯定现世生活。另一著名的人文主义学者**约翰·罗依希林**(1455—1522)写有《蒙昧者书简》第一部(1515)，借蒙昧的神学家的口吻，模拟他们拙劣的拉丁文，揭露经院学者和僧侣们的狭隘无知，教会人士的道德败坏，显示出对古罗马讽刺诗人艺术风格的继承。以**乌利希·封·胡登**(1488—1523)为主要撰稿人的《蒙昧者书简》第二部(1517)，词锋更为锐利，以短小活泼、"拟古而又创新"的形式，毫不容情地痛斥天主教士的道德败坏，揭露经院哲学是伪科学，控诉罗马教廷对人民的压榨，讴歌人民的觉醒与抗争。这些作品，对于人文主义思想在德国的传播，都起到了积极的作用。

德国宗教改革（即"路德改革"）的领袖**马丁·路德**(1483—1546)，根据人文主义学者对古代语言研究的成果,从1522年起到1534年,把希伯来语和希腊语的《圣经》翻译成德语。这一德语译本,不仅使农民和城市平民能直接引用《圣经》中的章句为自己的利益辩护,还促进了德国民族语言的统一,奠定了德国文学语言的基础。路德还写有一些赞美诗、论争性的散文和寓言。当时最流行的赞美诗《我主是坚固堡垒》(1525),表达了路德派教徒团结、战斗、胜利的信心。恩格斯曾给予路德以高度评价,他说:"路德不但扫清了教会这个奥吉亚斯的牛圈,而且扫清了德国语言这个奥吉亚斯的牛圈,创造了现代德国散文,并且撰作了成为16世纪《马赛曲》的充满胜利信心的赞美诗的词和曲。"

这一时期德国的民间文学也极为繁荣。取材于中世纪传说或东方国家和地区的民间故事书曾风行一时,其中影响较大的有《**梯尔·厄伦史皮格尔**》(1515)。这部故事书中的同名主人公是一个农民,他外表粗鲁,却具有惊人的智慧。作品通过他把许多民间故事和笑话串联在一起,歌颂农民的机智,对教会、僧侣、新兴资产者进行嘲弄,反映了德国农民自我意识的觉醒和对宗教改革的要求。另一部民间故事书《**浮士德博士的生平**》(1587)讲述在德国民间流传的浮士德与魔鬼定约、把肉体和灵魂出卖给魔鬼、魔鬼为他服务24年、满足他的一切愿望的故事。浮士德和魔鬼上天入地,纵论天文地理,追求人生享乐。这一形象反映了文艺复兴时代人们探索宇宙奥秘、追求知识、敢于冒险的精神。这部故事书为同时代的英国剧作家马洛和后来歌德等人的创作提供了素材。

三、法国文学

从15世纪末期起,法国新兴资产阶级逐渐形成了自己的思想意识。在意大利人文学者的影响下,法国学者也开始研究古希腊文化,人文主义思想得到传播。在加尔文的领导下进行的宗教改革,提倡新教信条与教会制度,适合新兴资产阶级的要求。加尔文教徒后来遭到宗教裁判所的镇压,但文艺复兴运动一度得到王权的支持,1530年法兰西学士院的建立,就是这种支持的标志之一。

这一时期的法国文学中,抒情诗、小说和散文都取得了一定的成就。

"七星诗社"诗人的创作代表了这一时期法国的诗歌成就。这一诗歌团体由杜·贝雷、龙沙等6位诗人和他们的老师、希腊语文学者多拉组成。**杜·贝雷**(1522—1560)起草的《保卫和发扬法兰西语言》(1549)是这一团体的宣言书。"七星诗社"的努力目标是统一法兰西民族语言,建立一个可以和古希腊、罗马相媲美的法国诗坛。杜·贝雷本人的诗集《悔恨集》(1558)以表现爱情、友谊和乡愁为主,除去了初期的模仿痕迹,写出了内心的蕴结与悲伤。**彼埃尔·德·龙沙**(1524—1585)是法国近代第一个抒情诗人。他的《致爱伦娜的十四行诗》(1574),表达对现世生活的热爱和人生欢乐的追求,情景交融,轻松亲切,是其爱情诗中的最佳作品,对后世诗人颇有影响。

法国文艺复兴后期的人文主义作家**米舍勒·爱冈·德·蒙田**(1533—1592)的《随笔集》(1572—1580),是法国第一部最优秀的散文作品。全书3卷107章篇,长短不一,结构自由,内容则包罗万象,纵览古今,无所不谈,含有丰富广博的知识、深刻的见解和可贵的人生经验。作者对人的本质和享受生活的理解,体现了人文主义者的人生观。贯穿全书的怀疑论思想,则表现了人文主义者对旧信条的否定。《随笔集》的行文旁征博引,汪洋恣肆,语言平易明畅,形象亲切生动,富于生活情趣,处处流露出作者的真性情。蒙田因《随笔集》而成为欧洲近代散文这一体裁的创始人。

在小说创作方面,拉伯雷的成就最高。**弗朗索瓦·拉伯雷**(1494—1553)是文艺复兴时期欧洲重要的人文主义作家之一。他出生于律师家庭,早年受到教会的教育,1520年左右当过修道院的修士,曾广泛阅读古希腊、罗马经典,和人文学者广泛交往,漫游法国各地。1530年,他进入蒙彼利埃大学医学院学习,提前毕业后到里昂行医。作为医生,他有时还写一些故事供病人消遣,由此开始文学创作。他的长篇小说《巨人传》共5部,从1532年起陆续出版,第5部是在作家去世后才出版的。

《巨人传》(1532—1564)第1部写国王格朗古杰和他的巨人儿子高康大(卡冈都亚)的出生和受教育。高康大最初受到中古经院教育的毒害,后来则接受了人文主义教育,游学巴黎,经受了实际生活的锻炼。当他的国家受到邻国入侵时,他及时赶回,在若望修士的协助下击退了敌人。他建立了德廉美修道院,感谢若望修士。第2部写的是高康大之子庞大固埃的出生和受教育。庞大固埃也有幸求学巴黎,一开始就受到人文主义教育。后来庞大固埃认识了巴汝奇,与他结为好友,并在他的帮助下击退了"巨人军"。第3至5部写庞大固埃和巴汝奇为探讨婚姻的利弊而出游,远涉重洋,寻找"神瓶",最后终于到达神瓶岛,如愿以偿。

这部长篇小说以夸张和荒诞离奇的形式,表达了鲜明的反封建精神,提出了人文主义者的理想。作品通过格朗古杰、高康大和庞大固埃三个"巨人"形象,表现了作家的"巨人"思想,尽情地赞颂了人的体魄、人的力量和人的智慧,全面肯定了人存在的价值。人代替了神的位置,在小说中充满着自豪和幸福感。高康大和庞大固埃这两位巨人体格健美，性情豪爽，头脑聪明，知识丰富，他们自己掌握着自己的命运，既不必祈求神明的保佑，也不必担心上天的惩罚。小说中的这三位巨人，实际上就是人的力量的化身。高康大和庞大固埃的个性得到了充分发展，更是人文主义者拉伯雷的理想人物。

  小说同时体现了拉伯雷的教育思想。通过两种不同的教育在高康大身上所起到的不同作用，说明中古经院教育窒息人的天性，而人文主义教育则使人全面发展。三个"巨人"不同的受教育经历及其结果，显示出不同的教育方式会培养出不同的人。小说结尾处神瓶发出的声音"喝呀"，与高康大一生下来就喊着"要喝，要喝"，前后呼应，表达了新兴资产阶级渴求知识的愿望。

  《巨人传》也非常鲜明地表现了人文主义者的社会理想。高康大为若望修士修建的德廉美修道院，虽然名义上是修道院，实际上并不奉行禁欲主义，里面的男男女女都能自由自在地生活，可以光明正大地结婚，发财致富，可以受到良好的教育，每个人都有充分发展自我的权利。德廉美修道院唯一的院规是"随心所欲，各行其是"，这是一个个性解放的口号，具有显而易见的进步意义。这个修道院实际上是一个人文主义的理想国，它集中反映了拉伯雷对政治、社会、宗教和道德等各方面的理想。

  作者充分肯定了新兴资产阶级的力量和历史作用。通过巴汝奇这一形象，作品描写了法国从封建社会向资本主义过渡这一时代，即资本主义萌芽时期的人物特征。巴汝奇这个名字的意思是"无所不为的人"，这的确可以概括他的特点。机敏而狡猾，务实而贪利，进取精神和冒险精神在他身上难解难分。作家称巴汝奇是"世界上最好的孩子"，表现了对这个人物及其所代表的新兴力量的同情与肯定。

  小说还对法国封建社会的黑暗现实进行了多方面的揭露和猛烈的抨击。作者的批判矛头首先是对着天主教会的。他笔下的僧侣神父们，有的是在侵略者行凶作恶时只会念经祈祷的胆小鬼，有的是为非作歹、欺压人民的"可怕的猛禽"。贵族和上层僧侣过着奢侈无度的生活，而广大农民却像"榨葡萄汁"似地被榨干了最后一滴血汗。封建法律制度和司法机关腐败透顶，作者把装模作样、貌似公允的法官比做"穿皮袍的猫"，讽刺他们又贪婪又愚蠢，对审理案子一窍不通，只会敲诈勒索；把封建法律形象地比做"蜘蛛网"，专门捕捉小苍蝇小蝴蝶；而那些"牛虻"，即封建贵族和上层僧侣们作恶多端却总是逍遥法外。

《巨人传》的显著艺术特色,在于吸取和发展了民间创作的优良传统,采用了为普通读者所喜闻乐见的艺术形式,来表现崭新的思想内容。这部长篇小说选材上,借用了法国民间故事、民歌和笑剧中的情节和形象,加以改造,同时也直接穿插了一些民间故事。在表现手法上,作品采用了民间文学作品常用的讽刺和夸张的艺术手法,貌似玩世不恭,实则寓庄于谐。在语言运用上,这部作品得益于民间文学语言(如寓意词的使用等)和民间口语而又富有创造性,同时大量使用方言土语和行话。小说的不足之处,主要在于结构不够严整,情节发展的逻辑性不强,人物形象刻画前后不一致。这些不足其实显示出欧洲长篇小说草创时期的特点。尽管如此,《巨人传》作为法国长篇小说的发端之作,在文学史上的地位仍然是应当肯定的。

四、西班牙文学

西班牙在15、16世纪之间结束了反摩尔人侵略的斗争,统一了国家。但由于王权和教会等封建势力比较强大,西班牙的人文主义运动发展较迟。直到16、17世纪之交,西班牙文学才进入"黄金时代",在小说和戏剧方面取得了突出的成就。

16世纪中叶,西班牙文学中出现了一种新型的小说类型,即流浪汉小说。这种小说的形成,与当时西班牙经济衰退、大批农民和手工业者破产的背景密切相关,这一背景导致无业游民的出现和冒险风气的盛行。流浪汉小说描写的正是流浪者、无业游民等城市下层人们的生活,并从他们的角度观察和讽刺某些社会现象。这类小说的主人公往往玩世不恭,无视道德规范,对现实进行消极的反抗。作品常用自传体形式,以主人公的经历为情节发展的基本线索,人物性格缺少发展,情节的演进缺乏前后之间的有机联系。流浪汉小说对于欧洲长篇小说,特别是小说的结构模式、叙述方式等,产生了深远的影响。

最早的一部流浪汉小说是无名氏的《**小癞子**》(1553,全名为《托美思河的小拉撒路》)。小说由主人公小癞子自述他的经历。他从小离家流浪,先为一个刻薄的瞎子领路,后来伺候过吝啬的教士、穷无分文的绅士、出卖赦罪符的骗子和道德败坏的神父。这些人大都贪婪吝啬,靠欺诈为生。久而久之,小癞子自己也学会了诈骗,成为不顾廉耻的人。最后,他当了"报子",即给升官、发财、考试得中的人家报喜而讨赏钱的人,靠不义之财、靠妻子与神父私通,过着富裕的日子。作品通过小癞子的流浪史,以幽默俏皮的手法,揭露了僧侣的欺骗、吝啬、贪婪和伪善,贵族绅士的傲慢与空虚。作者善于刻画形象,叙述生动自然,笔调辛辣有力,创造了一种新的体裁样式,曾受到广泛的欢迎。

文艺复兴时期,西班牙在小说创作方面的最高成就是塞万提斯的《堂吉诃德》(详见本章第二节)。

文艺复兴时期西班牙的戏剧也相当繁荣。16世纪50年代后,优秀的剧本大量涌现,固定的公众剧场建立起来了,面向广大群众的民族戏剧逐渐形成,这种繁荣景象一直延续到17世纪初期。**洛佩·德·维加**(1562—1635)是西班牙民族戏剧的奠基人。他曾写有《当代写作喜剧的新艺术》(1609)一文,认为戏剧创作应当以满足当代观众的要求为准则,主张悲剧和喜剧因素的"掺杂"。他的戏剧作品可以分为两类:一类是爱情和家庭戏剧,因主人公多为以斗篷和剑为服饰的贵族,所以也称"斗篷和剑"的喜剧;另一类是社会政治问题戏剧,主要取材于民族历史和民间传说。

《羊泉村》(1609—1613)是维加的代表作。这部剧作描写了西班牙羊泉村农民反抗领主的斗争。骑士团长费尔南在他的驻地羊泉村企图污辱当地长老的女儿劳伦霞。劳伦霞被青年农民弗隆多索救出,随后费尔南又破坏这对青年的婚礼,把劳伦霞劫至自己家中,并扬言要绞死弗隆多索。劳伦霞逃回村中,呼吁乡亲们起来抗暴。全村人民举行起义,攻占城堡,杀死了费尔南。最后,国王赦免了羊泉村的人民,并把羊泉村收归自己直接管辖。剧本揭露了封建主的专横残暴,歌颂了为维护自己的爱情和荣誉而进行抗暴斗争的男女青年,塑造了村民集体的英雄形象。在国王派人审理此案时,法官用刑拷问众乡民:"是谁杀了费尔南?"全村300多个男女,连10岁的孩子,都异口同声地回答:"是羊泉村。"剧本以此表现了农民的集体反抗精神。维加善于安排戏剧场面,其剧作的情节引人入胜,结局常有意外之感,风格自然、绚丽而明朗。

五、英国文学

14世纪以后,英国资本主义经济的发展和民族国家的形成给资产阶级打开了广阔的前景,也促成了文学的繁荣。人文主义思想在新文学的园地里开花结果,16世纪后半期到17世纪初,诗歌、戏剧、小说和散文创作都取得了成就,形成文艺复兴时代英国文学的全盛时期。

杰弗利·乔叟(1340—1400)是英国具有人文主义思想的作家中最早的代表,也是英国近代文学的先驱,"英国诗歌之父"。他出生于富裕市民家庭,曾经去过意大利,接触到那里的人文主义文学。他的主要作品《坎特伯雷故事》(1387,1400),以一批从伦敦到坎特伯雷去朝圣的客人的旅行为线索,他们在路上轮流讲故事,一共讲了 24 个故事,这些故事的内容涉及爱情婚姻、教会和僧侣的欺骗、金钱的罪恶,体现了反封建倾向和人文主义思想,反映出 14 世纪英国的历史趋势。朝圣的香客包含社会各阶层的人物,构成那一时代英国社会的缩影。作品以"双韵诗体"写成,继承和发扬了中世纪城市文学的写实传统,在人物塑造、叙事技巧、语言运用等方面都有突出成就,开创了英国文学的现实主义传统。

乔叟之后,英国人文主义文学处于停滞状态,直到 15 世纪末才开始出现一批人文主义学者,成为英国文艺复兴的先导。**托马斯·莫尔**(1478—1535)是英国最主要的早期人文主义者。他的主要著作是对话体小说《乌托邦》(1516)。"乌托邦"是莫尔从希腊语铸造的一个词,意指"不存在的地方",后来该词进入各国语言中,专指理想中的美好社会,或不能实现的愿望、计划等。这本书的主要篇幅是一个航海家自述其海外见闻,分为两部,第一部描写了当时英国君主统治下的社会黑暗,对"圈地运动"——"羊吃人"的现象进行了愤怒的谴责,揭露了英国资本主义原始积累的残酷性;第二部描绘了一个废除了私有制的"乌托邦"国家,这是一个没有私有制,没有剥削,人人劳动,产品丰富,按需分配的国度。这部小说成为第一部宣扬空想社会主义的出色著作。作品想象丰富,情节奇妙,语言优美,对后来描写理想社会的文学作品影响很大。

在诗歌方面,这一时期英国出现了大量的以人文主义为内容的新诗。**埃德蒙·斯宾塞**(1552—1599)是当时除了莎士比亚之外最有成就的诗人。他的长诗《仙后》(1596)歌颂女王,宣扬资产阶级新人所应具的品质,成为第一部英国资产阶级的民族史诗。长诗的内容兼有人文主义者对生活的热爱、清教徒的伦理道德思想和强烈的爱国热情。斯宾塞在诗歌艺术技巧上刻意求工,被后人称为"诗人的诗人"。

16 世纪中叶,古希腊、罗马和当代其他国家的文学作品,大量地被译成英语,这对于传播新思想、推动文学的发展,起到了很大的作用。特别值得一提的是《圣经》的翻译。从 1525 年起,英国先后有 9 种《圣经》英译本问世,1611 年的译本由国王詹姆斯一世"钦定",成为官方认定的译本。这是英国资产阶级革命前社会文化生活中的一件大事。这个译本译文质朴、严肃,发挥了英国民族语言的特长,自成风格,对英国散文创作产生了良好的影响。

文艺复兴时期英国最重要的散文家是**弗兰西斯·培根**(1561—1626)。

他的《论说文集》(1597,1625)副标题为"社会的与道德的劝言",共58篇。作为一位知识渊博、通晓人情世故的哲学家和社会活动家,作者的这本书内容涉及人生哲学、伦理探讨、处世之道、治家准则、治学方法、爱情友谊等各个方面。培根对每个题目都有独到之见、诛心之论,而其文笔则以凝练有力著称,即善于运用最经济的词汇表达丰富的思想,说理透彻,警句迭出。如《论困厄》一篇中写道:"顺境的美德是节制,逆境的美德是坚忍;在伦理上讲起来,后者是更为伟大的一种德性。"《论学问》中则说:"史鉴使人明智,诗歌使人巧慧,数学使人精细,博物使人深沉,伦理之学使人庄重,逻辑与修辞使人善辩。凡有所学,皆成性格。"这些话都充满了成熟的人生经验,写法却清楚达意,无任何故作深奥之嫌。行文中点缀的富有诗意的比喻,更增强了这本书的可读性。培根一向被称为英国论说文的创始人。

16世纪英国文学中成就最大的是戏剧。莎士比亚之前的一批重要剧作家被统称为"大学才子派"。他们大都在牛津或剑桥大学受过教育,有较深厚的古典文化修养,接受了人文主义思想,很有才华,毕业后留伦敦进行创作。他们不仅对英国戏剧做出了自己的贡献,而且为莎士比亚的崛起准备了条件。莎士比亚正是在他们所取得的成就的基础上,把文艺复兴时期的英国戏剧艺术推向了高峰。

"大学才子派"最早出现的剧作家**约翰·李利**(1554—1606)的剧作,常借古希腊罗马题材反映英国宫廷生活和政治事件。他的喜剧《班贝老大娘》(1594)保留了把严肃情节和滑稽情节杂糅在一起的民间喜剧传统。他往往在喜剧中穿插优美的抒情歌曲,这一特点后来为莎士比亚所模仿。

罗伯特·格林(1558—1592)也属于"大学才子派"之列。他的剧作《僧人培根与僧人班格》(1594)塑造了浮士德式的人物,并突出了平民的高贵品质;《潘多斯托》(1588)一剧后来被莎士比亚改编为《冬天的故事》。格林成功地在舞台上呈现出纯粹的英国乡村气氛,在英国文学史上又以对莎士比亚的攻击而闻名,但他所描绘的少女形象,对莎士比亚浪漫喜剧中纯洁、机智、可爱的女性形象,却有着启发和示范作用。

托马斯·基德(1558—1594)是"大学才子派"中唯一没有读过大学的剧作家,其剧本充满触目惊心的场面,被称为"暴力与咆哮"悲剧,在风格上接近古罗马塞内加的剧作。基德的代表作《西班牙悲剧》(1587,1592),以西班牙宫廷阴谋为背景,经由父亲装疯为儿子报仇的故事反映宫廷的倾轧,揭露了马基耶维里式的阴谋家。他写的剧本《哈姆雷特》,被称为"原始的《哈姆雷特》",是后来莎士比亚创作《哈姆雷特》的蓝本。

"大学才子派"中成就最高的剧作家是**克里斯托弗·马洛**(1564—1593)。他的剧作《帖木儿》(1587)表现追求无限权力的欲望,歌颂征服世界的野心;《马耳他岛的犹太人》(1592)表现追求无限财富的欲望,又说明权力和财富并不能使人幸福。《浮士德博士的悲剧》(1589)取材于德国民间故事书,肯定了知识是一切力量中最伟大的力量。浮士德最后的悲剧结局,说明了宗教蒙昧主义还有一定的势力,也反映了人文主义者最终未能从宗教中解脱出来的历史真实。马洛对英国戏剧的贡献在于在舞台上创造了"巨人"性格,把充满浪漫主义热情的抒情风味带进了戏剧,表现了文艺复兴的时代精神。

第二节　塞万提斯

一、生平和创作

米盖尔·德·塞万提斯·萨维德拉(1547—1616)是欧洲文艺复兴时期最重要的现实主义作家。他生于西班牙中部一个没落贵族的家庭,父亲是医生。1569年,他前往意大利,后来参加了西班牙驻意军队,在对土耳其的海战中身受重伤,左手残疾。1575年回国途中,他被土耳其海盗窃走,在阿尔及利亚服苦役5年,1580年被亲友赎回。回国后,他穷困潦倒,在恶劣的环境中开始从事文学创作。

塞万提斯曾采用过诗歌、戏剧和小说等各种文学体裁进行创作。他的历史悲剧《奴曼西亚》(1584)以古代西班牙人民抵抗罗马侵略的历史事实为题材,运用中古道德剧的手法,描写奴曼西亚城军民在罗马军队的围困下坚持战斗14年,最后罗马军队攻入城内,全体居民自杀殉国。这部动人的悲剧歌颂了西班牙人民的爱国精神和英雄性格,深受人民的喜爱。后来每当西班牙面临民族危亡的关键时刻,这部历史悲剧的演出,都一再发挥过鼓舞动员人民的作用。

在创作长篇小说《堂吉诃德》的间隙完成的《惩恶扬善故事集》(又译《训诫小说》,1613)包括《吉卜赛姑娘》、《玻璃硕士》等13个短篇小说。这些短篇小说通过曲折的爱情故事、风趣的世态描写或哲理性的对话,表现了反对封建偏见和压迫奴役、肯定个性自由、同情人民遭遇的人文主义思想。作品时代气息浓郁,情节曲折,语言离奇而生动。

塞万提斯还曾写有长诗《帕纳斯山游记》(1613),以第一人称描述了作者神游帕纳斯山(阿波罗和9位缪斯女神居住的地方)的经历,以冷嘲热讽的形式表达了他对当时西班牙某些诗人的厌恶,批评了诗坛上流行的某些陈旧观念,阐明了自己的诗歌创作主张,还介绍了诗人自己的身世与作品,因而具有重要的史料价值。

塞万提斯的《喜剧和幕间短剧各8种》(1615)是他的戏剧作品集,其中的喜剧或取材于作家在阿尔及利亚的苦役生活,或描写西班牙各阶层人们的生活风习;幕间短剧则是在正式戏剧幕间休息时演出的一种戏剧形式,情节简单,短小精悍,充满笑料。两者都不曾忽视现实生活的反映和人物性格的刻画,而是赋予其一定的社会意义。

二、《堂吉诃德》

《堂吉诃德》(1605,1615)是塞万提斯的代表作,全名为《奇情异想的绅士堂吉诃德·德·拉·曼却》,共两部。小说的第一部于1605年出版,受到读者普遍欢迎,一年之内再版6次。1614年,有人化名发表《堂吉诃德》第二部伪作,歪曲塞万提斯的构思。为了抵制这一伪作的恶劣影响,塞万提斯紧张写作,迅速完成了第二部,使之于1615年出版。次年,作家即于马德里去世。

塞万提斯创作这部长篇小说时,荒诞的骑士小说在西欧各国早已销声匿迹,但在西班牙风行一时。西班牙王权试图利用骑士精神鼓动贵族去建立世界霸权,骑士传奇正符合他们的需求。塞万提斯对此深恶痛绝,把消灭骑士文学当成帮助人们挣脱封建主义桎梏的一项必不可少的思想启蒙措施。他在这部小说的自序中公开宣称自己的创作目的就是要把骑士小说的那一套扫除干净。果然,这部小说出版以后,西班牙再也没有出现过骑士传奇。

《堂吉诃德》的第一部叙述拉·曼却地方的一个穷乡绅,本姓吉哈达,因阅读骑士小说入了迷,企图效仿骑士出外游侠,便拼凑了一副破烂不全的盔甲,改名为堂吉诃德,骑上一匹瘦马,给它取名为"驽骍难得"。他还仿照骑士的做法,物色了邻村的一个养猪女郎作为自己的意中人,给她取了个贵族的名字"杜尔西内娅",决心终身为她效劳。一切齐备,他就离家出走,开始游侠生活。第一次,他单枪匹马外出,受伤而归,"像干尸一样"横在驴身上被送回家。家里人看到骑士小说把他害得这般模样,就把满屋的骑士小说统统烧光。但他没有善罢甘休,又找了邻居桑丘·潘沙做他的侍从,答应有朝一日让他当总督,让他骑上一匹老毛驴,二人一同出游。第二次,堂吉诃德仍旧按他满脑子骑士传奇的古怪念头行事,把风车看作巨人,把客店当作城堡,把羊群当作敌军,把苦役犯当成受害的骑士,把赶路的妇女当作落难的公主,把酒袋当作巨人头,不分青红皂白地乱冲乱杀,结果不但害了别人,自己也一再挨打受苦,弄得头破血流,直至几乎丧命,才被人抬回家来。

作品的第二部叙述堂吉诃德与桑丘·潘沙的第三次出游。堂吉诃德的邻居参孙·加尔拉斯果学士为了医治前者的精神病,故意怂恿他再次外出,然后自己扮成"白月骑士"与他比武,心想可以打败他,迫使他放弃荒唐的念头,不料交手后反而被堂吉诃德打败。三个月后,参孙再次找堂吉诃德决斗,终于打败了他。根据先前商谈的条件,堂吉诃德在一年内不许摸刀枪,不许外出,只能在家修养。他回到家中便卧倒在床,临终时才恍然大悟,痛斥骑士小说,并嘱咐他的唯一亲人外甥女不嫁骑士,否则就将得不到遗产。

这部长篇小说所写的堂吉诃德与桑丘·潘沙两人的游侠史虽然是荒诞不经的,但是他们活动于其中的现实,却不是以往骑士小说中的那种离奇的环境,而是当时西班牙的社会现实。小说中出现了近 700 个属于社会各阶层的人物,包括贵族、僧侣、地主、市民、士兵、农民、演员、商人、理发师、牧人、囚徒、强盗、妓女等,几乎把社会上的各色人等包揽无遗。作品展示了一幅包罗万象的社会画卷,揭露了贵族阶级残酷而腐朽的本性和社会上庸俗自私的市侩习气,也描写了老百姓的贫困境况和官逼民反的现实,涉及 16 世纪末 17 世纪初西班牙社会的经济、政治、道德、文化和风俗等多方面的情况,充分揭示了西班牙这个曾威慑世界的王国已内外交困,破绽百出的情状和走向衰落的趋势。

堂吉诃德是欧洲文学中一个著名的典型形象。这是一个十分复杂而矛盾的形象。首先出现在读者面前的是一个滑稽的喜剧性角色,构成这一角色的显著特征是脱离现实,耽于幻想。他被骑士小说所毒害,满脑子都是骑士小说中所写的那套东西,现实世界在他的头脑中都被幻想所代替,失去了真实的面目。在他眼里,到处是魔法、妖怪、巨人,是他仗义行侠的环境。为了降魔除妖,他学习骑士的那套做法,单枪匹马去冲杀,结果不但自己屡遭失败,还害了他希望解救、帮助的人们。他之所以一再碰钉子,是因为他身处资本主义经济已出现的时代,仍然把过了时的骑士方式当作主持正义、改造社会的途径。主观愿望和客观现实的矛盾,决定了他的行为总是显得滑稽可笑。

但是,堂吉诃德又不是一个单纯的喜剧性角色,甚至滑稽可笑的丑角。

他荒唐可笑的行为中,有着高尚的动机。他痛恨专制残暴,反对压迫,同情弱者,向往自由。他把维护正义、锄强扶弱、消除世间的不平看成自己的天职,而且见义勇为,从不怯懦,把自己的生命安危置之度外。可惜他完全生活在幻觉中,无法看到自己的理想与现实之间的深刻矛盾,更不承认失败。因此,这又是一个受到嘲笑、遭到打击,但始终不停止自己的盲目追求的理想主义者,一个带有悲剧性的形象。

堂吉诃德还是一个具有崇高理想和渊博学识的人文主义者的形象。只要不提骑士道,他的思想和谈吐都清醒而深刻,见解高于周围的人。他谈到不分你我、人人自由相处的古代理想社会,谈到自由的可贵、奴役的可恨,谈到清廉公正、爱护百姓的政治理想。他清醒地看到社会现实的黑暗,显示出对当时西班牙社会现实的否定。他对社会的批评,对战争、法律、道德、文学艺术的看法,都表现出人文主义的思想。在桑丘赴任海岛总督之前,堂吉诃德要求他破除封建等级观念,进行人道的司法改革,等等,这些主张同样闪耀着人文主义思想的光辉。

堂吉诃德这一形象及其性格矛盾,是当时西班牙社会矛盾的反映。那个时代西班牙的资本主义经济关系没有得到充分发展,封建贵族和教会势力相当猖獗,人文主义思想的传播也较为迟缓,现实还不能提供改造社会的理想人物,对不合理现实的冲击往往只能以悲剧和喜剧结合的形式表现出来。因此,在堂吉诃德这个人物身上,体现了封建社会向资本主义过渡时代的丰富思想内容。再者,这一形象又反映了作家的人文主义理想和西班牙现实之间的矛盾,反映了西班牙人文主义者的弱点。塞万提斯看到了现实的黑暗,也看到了骑士游侠的方式不能解救社会,但是看不到在当时的社会条件下实现人文主义理想的实际可能,于是他在嘲笑骑士制度的同时,又试图以理想化的骑士精神来冲击落后的现实。这一形象同时具有喜剧性因素、悲剧性因素和人文主义者的特点,其根本原因均在于此。

桑丘·潘沙是这部小说中的另一重要形象,他在外形和性格上都与堂吉诃德形成鲜明的对照,但这两个人物构成相辅相成的关系。桑丘·潘沙务实,狭隘自私,目光短浅,但是对友谊十分忠诚,认同人文主义理想。这些特点,以及他的机智与乐观,智慧与才能,连同他的贫困和朴素的愿望等,可以说都是当时西班牙农民特点的典型表现。

《堂吉诃德》的问世,标志着欧洲长篇小说的创作跨入了一个新的发展阶段。作家高度重视人物形象的塑造,着力刻画了两个不朽的艺术典型,这是对欧洲长篇小说创作的一个重大突破与推进。这部作品是在继承骑士传奇和流浪汉小说的基础上发展起来的,吸收了这两种叙事作品的优点,又抛弃了它们脱离现实、人物缺乏个性或性格没有发展的缺点,发挥了流浪汉小说反映平凡的日常生活的长处,把主人公的游侠行为放在真实的社会背景上,着力塑造了堂吉诃德这样一个永恒的艺术典型,为近代欧洲文学塑造典型形象提供了可贵的经验。

作品把写实与荒诞、严肃与滑稽、悲剧性与喜剧性等彼此对立的因素巧妙地结合在一起,表现手法灵活多样。小说中既有平凡的生活琐事,又有精辟的见解和闪光的思想;既有朴实无华的现实描绘,也有滑稽夸张的虚构情节。整部作品以喜剧性情节开头,以悲剧性场景结束,给人以深长的回味。

塞万提斯在这部小说中模拟骑士小说的写法和口吻,广泛运用民间口语、俗语和谚语,形成了颇具特色的叙述风格。作家还突出了堂吉诃德的"疯话"和桑丘的"傻话",造成独特的讽刺效果。小说的语言风格呈现出多样性的特点,有时诙谐,有时庄重,有时含蓄幽默,有时质朴明快,但总是生动流畅,极富艺术表现力。

小说在主要情节之外穿插了一些独立的故事,拓宽了表现范围,但有时穿插的故事过于冗长,反而破坏了情节的连贯性,作品中还有些细节描写有前后矛盾之处。但是瑕不掩瑜,《堂吉诃德》在欧洲小说发展史上仍具有划时代的意义。塞万提斯以他的这部长篇小说宣告了骑士小说的终结,创造了一种广泛反映现实生活的叙事性文学作品,它不仅是西班牙文学"黄金时代"的艺术高峰,也是欧洲近代长篇小说的奠基之作。

第三节　莎士比亚

一、生平和创作

威廉·莎士比亚(1564—1616)是欧洲文艺复兴时期最有成就的作家之一。他的作品对人文主义思想的表现最为充分,对当代生活的反映最为广泛和深刻,艺术上也达到了炉火纯青的高度。他的全部创作在欧洲文学史、人类文化史上都占有重要地位。

莎士比亚于1564年4月23日生于英国中部斯特拉福镇的一个富裕市民的家庭,少年时在当地的文法学校学习,辍学后曾帮父亲料理生意,做过乡村教师。20岁后他到伦敦谋生,开始广泛接触社会各阶层的生活。1590年左右,他参加了剧团,先后当过杂役、演员、股东和编剧,开始了舞台和创作生活。在从那时起的20多年时间里,他共创作了37部剧本,还有两首长诗和154首十四行诗。1613年左右,莎士比亚离开伦敦,回到故乡,1616年逝世。他的诞辰和忌辰都是4月23日。

莎士比亚的创作,可以按其思想和艺术的发展分为三个时期。

1. 早期(1590—1600)创作:喜剧和历史剧时期

这一时期,正值伊丽莎白女王统治的极盛时期。在国内,女王通过实行一系列政策为资本主义的发展开辟了道路,并成功地运用王权维持了封建势力和新兴资产阶级之间的平衡。对外,英国战胜了西班牙的"无敌舰队",增强了民族自信心。这时,莎士比亚真诚地相信人文主义理想可以在现实中实现,因此其作品的基调是乐观的。

莎士比亚在这一时期共写有《亨利六世》(上、中、下,1590—1591)、《理查三世》(1592)、《约翰王》(1594)、《理查二世》(1595)、《亨利四世》(上、下,1597—1598)和《亨利五世》(1599)等9部历史剧。这些历史剧系统地探索了13世纪初—15世纪末的英国历史,艺术地再现了英国封建社会逐渐瓦解的漫长过程,批判封建君主,反对血腥战争,呼唤开明君主,鲜明地反映了作者的人文主义历史观。他认为观察历史可以准确地预示未来。莎士比亚的历史剧具有史诗般的宏大规模,借古喻今,反映了文艺复兴时期的英国社会和当时人们所关心的问题。

莎士比亚在其历史剧的代表作《亨利四世》中,描写了亨利四世以血腥的方式篡夺了理查二世的王位,成为当时及其后100年间英国混乱的根源;同时又展现了王子亨利(即后来的亨利五世)改过自新的过程,写他对内平息诸侯叛乱,对外战胜强敌法国,还有对人民仁慈善良的一面,把他塑造成一个符合资产阶级要求的理想君王的形象。该剧和随后的《亨利五世》一起,表现了一个理想君主的成长过程和基本品质,也表达了作家改造封建君主的理想。

在这部剧作中,莎士比亚描绘了"福斯塔夫式的背景"(恩格斯语)。福斯塔夫是王子亨利的流氓式的伙伴,这是一个封建关系解体时期无衣无食的雇佣兵和冒险家的典型。《亨利四世》以他为中心,绘制了16世纪英国"五光十色的平民社会"的动荡生活图画,为剧中主人公的活动提供了一幅生动的、内容丰富的社会背景。

这一时期莎士比亚还写有《爱的徒劳》(1594)、《仲夏夜之梦》(1596)、《威尼斯商人》(1597)、《温莎的风流娘儿们》((1598)、《无事生非》(1599)、《皆大欢喜》(1600)、《第十二夜》(1600)等喜剧10部,以及《罗密欧与朱丽叶》(1594)等3部悲剧。莎士比亚喜剧的基本主题,可以用古罗马诗人维吉尔的一句话来概括:"爱征服一切。"作者歌颂爱情和友谊,宣扬个性解放、婚姻自由和个人争取幸福的权利,表达新兴资产阶级突破封建门阀观念、封建道德束缚的愿望和要求,体现了人文主义者的生活理想。他的喜剧一般以贵族青年男女的爱情生活为题材,遵循"一见钟情→好事多磨→终成眷属"的基本情节线索,突出善与恶的斗争,以仁爱原则最终取得胜利结束,这些喜剧往往具有浓郁的浪漫主义抒情气氛。

喜剧《仲夏夜之梦》把青年男女之间的爱情故事放到大自然的环境中加以艺术表现,描写男女主人公的爱情遭到家长的干涉,却在神的帮助下争得了自由结合的幸福。剧情发生在古希腊神话传说中的忒修斯统治雅典的时期,反映的却是16世纪的英国现实。全剧充满幻想和抒情气氛,诗意盎然。

《威尼斯商人》是莎士比亚喜剧中成就较高的一部,超出了一般爱情题材的范围。剧中有三条线索:威尼斯商人安东尼奥与放高利贷的犹太人夏洛克之间的冲突,富家小姐鲍西娅与破落贵族青年巴萨尼奥的爱情,夏洛克之女杰西卡与基督教徒罗伦佐相爱并携款私奔的线索。鲍西娅假扮律师,出庭帮助安东尼奥,以夏洛克先前关于"一磅肉"的戏言反制其身,使其败诉;在鲍西娅与巴萨尼奥的爱情故事中,剧本借用民间流传的"三匣(金、银、铅)选亲"的情节,说明真正的爱情不取决于外表的富丽。这部喜剧通过错综复杂的矛盾冲突,表现了中世纪遗留下来的旧式高利贷业者同新兴工商业资产者之间的冲突,慷慨无私的友谊、真诚的爱情、仁爱和贪婪、嫉妒、仇恨、残酷之间的矛盾,以及金钱对传统关系的破坏作用,肯定了安东尼奥、鲍西娅等人以爱情、友谊为重的人文主义生活理想。剧作还成功地塑造了夏洛克这一复杂的形象,表明他既有吝啬、爱钱如命、冷酷自私的一面,又有作为犹太人在基督教社会里受欺压的一面,对犹太人在基督教社会里受欺压表示同情。

悲剧《罗密欧与朱丽叶》写的是意大利维罗纳城的男女主人公一见钟情,倾心相爱,却分属于两个有着世仇的封建大家庭。朱丽叶的父母逼她嫁给另一贵族子弟帕里斯,她却和罗密欧一起求助于劳伦斯神父。神父为他们举行了婚礼,并安排他们逃离维罗纳。后来由于罗密欧的仆人误传口信,罗密欧和朱丽叶先后殉情。双方家长鉴于世仇铸成错误而言归于好。这一结局显示:美好的事物和真正的爱情是不朽的。这一主题使这部悲剧在精神上和同时期的喜剧完全一致。莎士比亚以抒情的笔调,写出了一首赞美青春和爱情的颂歌。

2. 中期(1601—1607)创作:悲剧时期

这是莎士比亚创作最辉煌的时期。这一时期是伊丽莎白女王统治的末年,王权同资产阶级之间的关系趋于紧张。1603年詹姆斯一世继位,迫害清教徒,宣扬君权神授,宫廷权贵生活奢靡。英国社会的各种矛盾激化,广大民众对政治的腐败和繁重的剥削强烈不满。莎士比亚越来越清楚地看到人文主义理想和社会现实之间的矛盾,这种矛盾的艺术表现便是他所创作的悲愤沉郁的悲剧。这一时期他写有《哈姆雷特》、《奥瑟罗》、《李尔王》、《麦克白》和《雅典的泰门》等7部悲剧(其中前4部统称为"四大悲剧"),《终成眷属》、《一报还一报》等4部喜剧。

《奥瑟罗》(1604)的同名主人公是威尼斯大将,他和威尼斯元老之女苔丝狄蒙娜相爱、结婚,但他轻信了手下的旗官伊阿古的谗言,因猜忌而掐死了纯洁无辜的妻子苔丝狄蒙娜,后来真相大白,他悔恨自杀。作者赋予奥瑟罗以坦率、单纯、正直的品质,他与苔丝狄蒙娜的爱情是建立在真诚相爱的基础之上的,但是他们的爱情没能逃脱伊阿古的阴谋陷害。伊阿古是极端利己主义的化身,为了达到个人目的而不顾一切道德约束,这是一个马基耶维利式的阴谋家。莎士比亚通过这个故事,表现了人文主义者所向往的人与人之间真诚相待的关系,在不讲信义、残酷无情的现实面前遭到毁灭的悲剧。

悲剧《李尔王》(1605)写的是古代不列颠王李尔步入老年之际,把国土分给三个女儿,长女高纳里尔和次女里根言过其实地表白对父亲的爱,三女考狄利娅却因过于率直而激怒父王,被剥夺份地,远嫁到法国。后来,长女、次女和她们的丈夫忘恩负义,冷酷残忍地把李尔王逼疯。考狄利娅闻讯,兴兵讨伐,但她和李尔都被俘虏,考狄利娅被缢死,李尔也在悲痛疯癫中死去。最后,高纳里尔和里根也因彼此争风吃醋,自相残杀而死。该剧艺术地处理了权威与爱、权威与社会正义的矛盾,真诚的爱与虚伪的爱的对立,人性的善恶与大自然的善恶等问题,说明亲情关系也非金钱财产可以维系,而要靠人道的力量来支撑,因此极具概括意义和哲理性。李尔在经过极度痛苦后幡然悔悟,认识到考狄利娅的爱心与真诚,社会正义感复苏,显示了一个有着绝对权威的封建君主转变为人文主义者的过程。剧中浩瀚无际的原野、狂风暴雨的黑夜等原始大自然的背景,既烘托出李尔王转变的痛苦心情,也反衬了他的长女、次女所代表的人类社会中的恶,并暗示出作品主题的普遍性。

《麦克白》(1606)是根据苏格兰历史编写的一部悲剧。苏格兰大将麦克白和班柯在平定叛乱、班师返回途中遇见三个女巫,女巫预言麦克白和班柯之子将成为苏格兰王。这一预言、自己的野心和夫人的怂恿,促使麦克白杀死来到他城堡中做客的国王邓肯,篡夺了王位。为了巩固王位,他又杀死班柯,但其子逃逸。班柯鬼魂的出现和贵族们的猜疑,又导致他企图杀死贵族麦克德夫,得知后者逃离,他即杀害了其妻儿。此时,麦克白夫人发了疯,麦克白众叛亲离,最后被邓肯之子和麦克德夫消灭。麦克白的悲剧在于野心战胜了善良的天性。麦克白夫人的残忍,有力地刺激着麦克白心中的恶。这部剧作批判了野心对人的腐蚀作用,肯定了良知和仁爱原则,说明野心、残暴和良知、仁爱是势不两立的。在艺术上,该剧突出地表现了人物的内心矛盾和斗争。

　　莎士比亚的悲剧作品,是作家对他那个时代的重大问题进行深入思考的成果,也是那个时代的精神氛围和卓越思想生动、形象的艺术表现。这些悲剧广泛地反映了当时英国的社会生活和社会矛盾,具有深刻的批判性;作家塑造了一系列令人难忘的形象,在他们身上体现了文艺复兴时期的"巨人"性格,寄托了自己的理想;他敏锐地把握了人文主义理想与现实之间的矛盾,并予以艺术的揭示,因此他的悲剧具有高度的概括意义。莎士比亚的悲剧作品突出地显示了他的艺术天才。他往往把主人公放在尖锐斗争的中心加以表现,揭示人物的内心矛盾及其发展,显示出正面主人公的道德勇气;这些悲剧作品,无论情节的安排、悲剧气氛的渲染、语言风格的变化,都和悲剧的主题密切配合,达到了极高的艺术水平。

　　3. 晚期(1608—1612)创作:浪漫剧或传奇剧时期

　　这一时期,英国封建王朝更加暴露其专制的本性,清教徒力量壮大,双方矛盾尖锐,但都极力压制言论自由。人文主义者所怀抱的理想与现实之间的矛盾更难以弥合。莎士比亚看到了人文主义原则所遭到的挫折,却始终未予放弃,而是保持着对它的信念。他的晚期作品对社会黑暗仍有所揭露,却多以宽恕与和解为主题,矛盾的解决大多依靠道德感化,甚至是超自然的力量;从艺术形式上看,往往带有传奇性质和浪漫色彩,结构上多采用"失散→团聚"、"诬陷→昭雪→和解"的模式。这个时期他写有《辛白林》、《冬天的故事》、《暴风雨》等4部传奇剧和一部历史剧。

　　莎士比亚这一时期的代表作是《暴风雨》(1611)。该剧写的是米兰公爵普洛斯彼罗被其弟安东尼奥夺去爵位,携带幼女米兰达流亡到一座荒岛上。后来他运用魔法掀起一场暴风雨,把安东尼奥及那不勒斯国王和王子等人所乘的海船摄到荒岛上,饶恕了表示悔过的安东尼奥,恢复了爵位,米兰达和那不勒斯王子结了婚。最后众人一同回到意大利。剧作借普洛斯彼罗手中发挥了重要作用的"魔法书"来肯定理性的力量,试图说明经由宽恕、容忍和道德感化的方式可以使人改恶从善。剧中还通过一个大臣之口,提出了作家的"理想国"主张,这是对当时现实的大胆否定。这部剧本被西方评论者称为莎士比亚的"诗的遗嘱"。

二、《哈姆雷特》(1601)

《哈姆雷特》是莎士比亚戏剧创作的最高成就。剧中丹麦王子复仇的故事,最早的记载见于12世纪的一部丹麦史。16世纪80年代,"大学才子派"中的托马斯·基德曾据此改变过一部剧本,在伦敦舞台上演。莎士比亚重新改编此剧,塑造了哈姆雷特这个不朽的艺术形象,把一段中世纪的复仇故事变化为一部深刻反映文艺复兴时期时代面貌的悲剧。

莎士比亚这部悲剧的主线依然是丹麦王子哈姆雷特为父复仇的情节。悲剧一开始,就描绘出一幅丹麦宫廷的混乱局面:在德国维登堡大学读书的哈姆雷特得知父王去世,心情沉重地匆匆回国奔丧,回国后得知叔父克劳狄斯已登上王位,母亲葛特露改嫁新王,于是一下子陷入悲伤之中。他遵照父王亡魂的嘱咐,决定弄清事实真相,伺机复仇。此时克劳狄斯也怀疑哈姆雷特知道底细,便听从大臣波洛涅斯的建议,利用其女、哈姆雷特的恋人奥菲利娅去试探他,还指使王子的两位同学参与加害他的行动,但均被哈姆雷特识破。后来王子误杀了偷听他和王后谈话的波洛涅斯,奥菲利娅也在此后疯癫,落水而死。波洛涅斯之子雷欧提斯决心为父复仇,同时邻国挪威王子小福丁布拉斯为父复仇,并夺回老王失去的土地,这两个情节的演进成为悲剧的两条副线。克劳狄斯唆使雷欧提斯以比剑为名,设法用毒剑刺死哈姆雷特。最后,哈姆雷特、雷欧提斯、克劳狄斯、葛特露同归于尽。

这部悲剧通过展现丹麦宫廷混乱,统治集团内部彼此倾轧,边境危机四伏,社会上民怨沸腾、一触即发的历史现象,影射危机四伏的英国现实,重新触及早期历史剧中反对阴谋篡夺王权的主题。作为全剧主要矛盾之所在的哈姆雷特和克劳狄斯之间的冲突,集中反映了人文主义理想与当时英国现实之间的无法解决的矛盾。

哈姆雷特是这部悲剧的中心人物,也是人文主义者的典型形象,莎士比亚在这一形象身上注入了自己的理想。哈姆雷特当初是个"快乐的王子",为人民所爱戴,是"朝臣的眼睛,学者的辩舌,军人的利剑,国家所瞩望的一朵娇花;时流的明镜,人伦的雅范,举世瞩目的中心"。他对人抱有美好的看法,认为"人是多么了不起的一件杰作",是"宇宙的精华,万物的灵长"。

可是,他很快就变成了一位"忧郁的王子"。戏一开场,他就陷入不幸之中。家国巨变,坚贞的爱情、忠诚的友谊不复存在,一个人文主义者所宝贵的生活理想初次幻灭;父王鬼魂的提示更犹如晴天霹雳,使他震惊之余,几不能支,于是陷入忧郁之中。这种心情以及克劳狄斯的怀疑,使他趁势装疯,等待时机。

哈姆雷特开始深入思考,苦苦探求消灭罪恶、恢复正义的途径,成了"沉思的王子"。他发现"整个时代都脱榫了","这是一个颠倒混乱的时代",因此,他的为父报仇就不仅仅是个人问题,还关涉整个国家和社会的利益与前途。于是他决心担负起"重整乾坤"的重任。他作为人文主义者的使命感、责任感在这时得到了充分展示。

然而,由于任务的艰巨,对手的强大和阴险,也由于哈姆雷特过于谨慎,思考过多,过多地受到传统道德规范的无形约束,"把后果考虑得过分周密",因此他总是优柔寡断,顾虑重重,迟迟不能行动,成了一位名副其实的"延宕的王子"。最后他虽然报了杀父之仇,却未能完成"重整乾坤"的重任,终于抱恨而死。

哈姆雷特的悲剧是一个人文主义者的悲剧,也是时代的悲剧。他的性格及其悲剧结局,最深刻地反映了人文主义思想的历史进步性和它的致命弱点。他具有美好的理想、善良的愿望和高尚的品德,也勇于抗争,充满信心,但是又片面强调思想的力量,只想到个人的作用,也不能放弃、改变自己的观念和原则,最后必然造成不可解决的内心矛盾和悲剧结局。

哈姆雷特的悲剧又是一个时代的悲剧,这一悲剧的根源在于"历史的必然要求和这个要求的实际上不可能实现之间的悲剧性冲突"。在他所处的时代,旧的封建势力仍很强大,同时又和资本主义原始积累时期的罪恶交织在一起,构成一股凶狠的恶势力,而具有人文主义思想的人们则是少数,因此还缺乏人文主义者取得胜利的历史条件。在这一背景下,哈姆雷特的悲剧结局在所难免。

《哈姆雷特》是莎士比亚创作艺术成熟的标志,充分显示出其戏剧创作的艺术特色。这部悲剧的重要特色之一是"情节的丰富性与生动性"。全剧以哈姆雷特的复仇为主线,以雷欧提斯和小福丁布拉斯的复仇为副线,三条线索交错,互相联系,彼此衬托。剧中所写的哈姆雷特与奥菲利娅的不幸爱情,他与霍拉旭的真挚友谊以及罗森格兰兹、吉尔登斯吞两位同学对友谊的背叛,都起到了充实、推动主要情节的作用。剧作中出现了社会各阶层人物,描写了从国内到国外,从宫闱到家庭,从深闺到墓地,从军士守卫到民众造反等场面,反映的生活面极为广阔。这部悲剧中还插入了喜剧的因素,如波洛涅斯派人到巴黎打听儿子在那里的表现时的喜剧性场面;"墓地"一场中两个掘墓人的插科打诨,引人发笑,又令人深思。

  莎士比亚把刻画人物性格放在重要的位置,成功地塑造了众多性格鲜明的人物。《哈姆雷特》这部悲剧中的人物众多,但各具性格特点,如哈姆雷特是快乐、忧郁、沉思和延宕的王子的统一,具有不可重复的个性;克劳狄斯则是阴险狠毒、口蜜腹剑、笑里藏刀;波洛涅斯擅长拍马,昏庸老朽;奥菲利娅天真柔弱,成为宫廷阴谋的牺牲品;霍拉旭理智冷静,富于正义感;雷欧提斯简单鲁莽,等等,都鲜明突出,给人以深刻印象。

  在这部悲剧中,莎士比亚灵活自如地运用各种刻画人物性格的艺术手段,善于在紧张激烈的戏剧冲突中刻画人物,用对比手段突出人物个性,用内心独白来揭示人物的内心活动。如在复仇问题上,哈姆雷特与雷欧提斯、小福丁布拉斯就形成了鲜明的对比;又如哈姆雷特著名的六大独白,"生存还是毁灭"(第三幕第1场),"他现在正在祈祷,我正好动手"(第三幕第3场),等等,都对刻画这一艺术形象起到了重要作用。

  莎士比亚是一位杰出的语言大师。《哈姆雷特》这部剧作的语言丰富、生动而富有形象性,富于变化;作家根据人物的身份与处境的不同而使用不同的语言,或文雅或粗俗,或哲理或抒情,使剧中人物的语言各具个性特色。他的戏剧作品对于丰富和发展英国文学语言起了很大的推动作用,成为后人学习英国语言文学的典范。

思考练习题

  1. 为什么说人文主义文学为近代欧洲文学中的基本体裁奠定了基础?

  2. 试结合《堂吉诃德》这部长篇小说的具体内容,谈谈怎样认识堂吉诃德这一艺术形象。

  3. 为什么说《哈姆雷特》是莎士比亚创作艺术成熟的标志?

> 延伸阅读文献

1. 巴赫金:《弗朗索瓦·拉伯雷的创作与中世纪和文艺复兴时期的民间文化》,李兆林、夏忠宪等译,见《巴赫金全集》第6卷,石家庄:河北教育出版社,1998年。

2. 杨周翰编选:《莎士比亚评论汇编》(上、下),北京:中国社会科学出版社,1981年。

3. 海涅:《精印本〈堂吉诃德〉引言》,钱钟书译,见《海涅选集》,张玉书编选,北京:人民文学出版社,1983年。

第四章 17世纪欧洲文学

第一节 概 述

17世纪欧洲各国的政治、经济发展极不平衡。1640年爆发的英国资产阶级革命,标志着欧洲中世纪的终结和近代史的开端。革命后,英国资本主义迅速发展,成为当时欧洲最先进的国家。在法国,新兴的资产阶级实力进一步增强,已达到足以与封建贵族相抗衡的程度,王权则"作为表面上的调停人"高踞于这两大对立的阶级之上。因此,17世纪的法国成为欧洲最强大的君主专制国家。

但在英、法两国之外,封建制度依然占据统治地位。天主教势力通过耶稣会、宗教法庭、宗教裁判所等机构迫害进步思想家和科学家,控制民众的精神世界,使这些国家的教育与文化出现长期停滞的局面。

政治、经济发展的不平衡造成了文学发展的不平衡性与复杂性。

在欧洲其他国家中,意大利已失去其欧洲文化中心的地位,文学趋于衰落。西班牙在塞万提斯和维加之后,文学创作虽仍活跃,但也失去了"黄金时代"的辉煌。德国也未有全欧影响的作品出现。文学成就最高的是英、法两国。

在17世纪初期的欧洲文坛上,文艺复兴时期的人文主义文学仍占相当比重。莎士比亚的四大悲剧和塞万提斯的《堂吉诃德》均创作于这一时期。但17世纪欧洲文学史上的新现象是巴罗克文学和古典主义文学的兴起。"巴罗克"一词来自葡萄牙语 barocco,意为"不正常的"、"珍奇的"、"奇特的",后用来指艺术上的豪华、浮夸、繁艳的风格。巴罗克文学是指这一时期欧洲各国出现并流行的贵族形式主义文学。它惯于表现宗教狂热的主题,宣扬人类在上帝的威严面前无能为力,肯定和赞扬贵族社会及其精神生活;艺术上一反文艺复兴文学严肃、含蓄、平衡的特点,倾向于华丽与浮夸,充满了雕琢的辞藻和谜语般的词汇。17世纪意大利的马里诺(1569—1625)诗派,西班牙的贡哥拉(1561—1627)诗派,法国以兰蒲绮侯爵夫人的公馆为代表的贵族沙龙文学,也即"矫揉造作派"文学,英国以约翰·多恩(1572—1631)为代表的"玄学派"诗人,都属于巴罗克文学的范畴。作为一种审美趣味的巴罗克风格,不仅体现在文学中,也体现在17世纪的建筑、绘画等其他艺术等领域。

古典主义文学是17世纪欧洲最主要的文艺思潮。它产生并盛行于17世纪的法国,影响到其他各国。它以古希腊罗马文学作为创作的典范,故称"古典主义"。

古典主义文学的首要特征是具有为君主专制王权服务的鲜明倾向性。古典主义文学是17世纪法国中央集权君主制度的产物。它为君主专制政体而创作,并受君主专制政体的严格监督。它是绝对王权用来强化中央集权、反对分裂割据的思想工具。为了加强对文学艺术的控制,17世纪的法国君主政权采取了一系列的组织措施。首先是发放奖金、津贴以及建立作品检查制度,使作家对王权就范,成为专制政体的御用文人。其次是设立法兰西学士院。法兰西学士院是1637年在当时的首相黎塞留亲自敦促与保护下成立的。通过吸纳学士院院士,黎塞留将当时法国文学艺术界的领袖人物汇聚在宫廷周围,赋予他们以官方的权威,使之主持确立法国语言文学发展的统一规范,因此,学士院的院士成了文艺界中央集权政治的代表。法兰西学士院既是一个最高的学术机构,又是一个权力机关,在古典主义文学发展中充当保姆与警察的双重角色。

古典主义者在政治上拥护王权,他们的作品具有鲜明的政治倾向性。他们宣扬个人利益服从于封建国家的整体利益,主张自我克制。这是资产阶级对王权迁就让步的表现。但他们对封建君主并不一味颂扬。高乃依要求国王以仁政治理国家;拉辛谴责专制暴政,揭露贵族荒淫无耻;莫里哀反对宗教欺骗,抨击外省贵族,描绘了各色人物的讽刺性形象。

古典主义文学的第二个特征是崇尚理性。哲学家笛卡尔认为理性就是良知,人人都有。他肯定人的理性,主张用理性克制情欲。以笛卡尔为代表的唯理主义哲学对古典主义的形成起了重要作用,成为古典主义的哲学基础。笛卡尔对理性的强调,迎合了17世纪法国专制君主要求人们克制个人欲望,遇事以理性为重,以国家民族利益为重的政治需要。这种理性原则体现在文学作品中,往往通过个人感情与国家义务之间的冲突,表达主张克制私人情感、服从专制国家的整体利益的主题。如高乃依的悲剧往往描写理性和感情的剧烈冲突,通过悲剧英雄的坚强意志来抑制个人感情,使理性获得最后的胜利;拉辛的悲剧通过对情欲横流、丧失理性的贵族人物的谴责,从反面表达了这一主题;莫里哀的喜剧对一切不合理性的封建道德和习俗礼教进行了嘲弄。古典主义的立法者布瓦洛则在《诗的艺术》里总结出一整套理论,将理性作为文学创作和评论的最高标准:"首先必须爱理性;你的文章永远只凭理性才获得价值和光芒。"

古典主义文学的第三个特征是把古希腊罗马文学奉为典范,要求艺术形式完美。在欧洲,文艺复兴时期就有学习古希腊、罗马的风气。15世纪以后,意大利学者开始提出从古希腊亚里士多德的《诗学》和古罗马贺拉斯的《诗艺》中寻求创作的标准和规范。16世纪法国七星诗社的诗人龙沙开始在创作中体现这一特点。17世纪30年代以后,随着法兰西学士院的建立,语言和文学形式进一步得到规范化。到路易十四时代,布瓦洛在《诗的艺术》中对此进行了全面总结,形成了一整套古典主义文艺理论。

古典主义的主要文学体裁是戏剧。古典主义悲剧家大都从古希腊、罗马文学和历史中选择题材,古典主义戏剧创作中最著名的规则是"三一律"。"三一律"即指情节、时间与地点一致的规则(情节线索单一,剧情发展限制在一昼夜即24小时之内,地点不变)。古典主义文论家说这来源于亚里士多德。其实亚里士多德在《诗学》中只要求过"动作或情节的整一",至于时间的整一只不过是希腊剧作家一种普通的用法,他们更没有提出过地点的整一,因为古代的戏剧没有幕间休息,不存在变换地点的问题。"三一律"使古典主义戏剧具有结构严谨、情节单纯等特色,但也在相当程度上限制了戏剧家艺术天才的发挥。

一、英国文学

17世纪的英国是当时欧洲最先进的国家。羽翼日渐丰满的资产阶级终于在40年代推翻了斯图亚特王朝,宣布成立共和国,揭开了欧洲近代史的序幕。1660年,英国资产阶级与旧贵族妥协,流亡在外的查理二世回国登基,英国进入了二十多年的斯图亚特王朝复辟时期。1688年,英国又发生了"光荣革命",从此确立了君主立宪的统治。

17世纪的英国文学,以英国资产阶级革命为界,大致可分为三个阶段。

革命前即17世纪上半叶的主要作家为**本·琼生**(1573—1637)。他继承了莎士比亚的传统,熟练地刻画人物性格,真实而生动地描画了英国的社会风习。其现实主义喜剧《炼金术士》(1610)、《巴托罗缪市集》(1614)等作品,揭露了狡猾贪婪的骗子,嘲笑了腐朽淫靡的贵族,描绘了形形色色的世态人情。

巴罗克文学在英国的分支是"玄学派"诗歌。"玄学派"因其诗作抽象的、思辨的、宗教的特点而得名。这派诗人注重表现爱情、隐居生活和宗教感情；以新奇的节奏、奇异的形象抒发怀疑与信念相交替的复杂心情；反映了人们对实现人文主义理想失去信心，也显示出科学进展冲击传统文化的影响。"玄学派"的代表是诗人**约翰·多恩**（1571—1631）。

17世纪40—50年代革命期间的主要作家是**约翰·弥尔顿**（1608—1674）。他不仅是17世纪英国最重要的作家，也是当时欧洲最杰出的诗人。他幼年深受人文主义思想的熏陶，成年后积极投身于反封建的革命斗争。他又是恩格斯所说的"第一个为弑君辩护的人"。他的理论著作反复论证了人民有审判暴君的权利，因此，弥尔顿堪称是文艺复兴运动和启蒙运动之间的桥梁。

弥尔顿的生活与创作可分为三个时期。早期即英国资产阶级革命爆发前，是其成长和修业时期。弥尔顿勤奋苦读，并在诗坛崭露头角。1629年圣诞节，他写下《圣诞清晨歌》，表现了这位刚满21岁的大学生天真、和平、快乐的心胸和积极的人生态度。这首成名作是他"献给基督的生日礼物"，采用古典颂歌的形式，从圣婴诞生写到天使吟唱，从命运宣告基督将被钉在十字架上为人类赎罪至最后上帝降临裁判，驱除异教。全诗气势磅礴，融基督教故事与古典神话于一体，日后《失乐园》中雄浑壮阔的风格在这首诗中已初露端倪。1630年写的《莎士比亚碑铭》，是最早献给沙士比亚的赞歌之一。《黎西达斯》则是弥尔顿为悼念亡友所作的一首情真意切的挽诗。弥尔顿早期作品较多受诗人斯宾塞的影响，带有伊丽莎白时代色彩鲜艳、内容丰富、神话装饰的特点。

中期即弥尔顿积极投身革命的中年时期，创作以散文作品为主。弥尔顿从欧洲大陆返国，在1641年后的20年内，写下一系列雄辩有力的政论文，为英国资产阶级革命呐喊助威。1644年，弥尔顿写下洋洋4万言上国会书《论出版自由》，他认为只有通过自由讨论，人类才能赢得真理的胜利。1649年暴君查理一世被送上断头台，英国建立共和国，欧洲舆论哗然。弥尔顿写下《论国王和官吏的职权》、《偶像破坏者》、《为英国人民声辩》、《再为英国人民声辩》等文章，热情地肯定人民的合法权利，讴歌新生的共和国，为英国资产阶级革命的舆论建设做出了重大贡献。

1660年，斯图亚特王朝复辟。为弑君辩护的弥尔顿曾被监禁，只是由于他的国际声望以及国会中朋友的暗中保护，才免受绞刑。在白色恐怖中，弥尔顿没有消沉，他创作了三部长诗，用文学的形式思考与总结英国革命失败的经验教训。

　　弥尔顿晚期创作的第一部重要作品是长诗《失乐园》(1667)，这也是诗人的代表作。《失乐园》的故事取材于《圣经·旧约》，由两条情节线索构成。第一条线索写人类始祖亚当、夏娃违背上帝之命，偷吃了智慧树上的"禁果"，被逐出伊甸乐园的故事。第二条线索写天使长撒旦背叛上帝，掀起天界大战，失败后坠入地狱火湖的故事。因此《失乐园》这个名称具有双重意义：亚当、夏娃失去了人间乐园；撒旦和诸多叛神失去天上的乐园。两条线索的交叉点是撒旦化身为蛇潜入伊甸园，引诱亚当、夏娃偷食禁果。

　　长诗通过亚当、夏娃的堕落，分析了人类不幸的根源在于缺乏理性。夏娃理性薄弱，听信撒旦的花言巧语；亚当则放纵情欲，将个人情爱置于对上帝的忠诚之上。诗人借古喻今，暗示英国资产阶级革命的失败，是由于革命者道德堕落、骄奢淫逸造成的，总结了英国革命失败的历史教训。

　　长诗还通过亚当和夏娃犯禁被逐的故事，艺术地再现了人类自采集果实的自然生活进化到生产果实的文明社会的历史进程，揭示了人类进化需要依靠劳动的道理，赞美了以劳动求取生存的人生观。诗中的亚当、夏娃是两个完美的人类始祖的形象："两个高大挺秀的华贵形象，他们的挺秀俨然神的样子，以本身固有的光彩，披在庄重的裸体上，看成万物的灵长也很相称。"他们有进取的思想，也有勤劳质朴的作风，他们养成了劳动的习惯和不畏艰难的好品质。偷食禁果后，上帝罚他们到人间"必须汗流满面才得糊口"，但亚当却说："我要劳动养活自己，这将有什么损害呢？懒惰下去怕会更糟。"在诗人看来，劳动是人的尊严的体现，人可以用劳动自救，不必仰赖上帝的恩赐。这种对人的乐观和自信，和文艺复兴时代的人文主义思想是一脉相承的。

　　长诗通过撒旦反叛上帝这一线索，反映了17世纪英国人民勇于反抗专制暴君的崇高境界和诗人自身的革命热情。撒旦反抗失败后的愁绪也是王政复辟后英国人民和诗人自己苦闷、抑郁情绪的流露。撒旦是长诗中最具光彩的形象。他体态魁伟，声音洪亮，有勇有谋，虽被打入地狱深渊之中，依然桀骜不驯，充满反抗精神。撒旦体现了英国资产阶级革命斗士不屈不挠的精神。但弥尔顿笔下撒旦的形象又是复杂的。长诗的后半部分中，在撒旦决定引诱人类偷食禁果并付诸行动之后，他就不再是一个斗士形象，而开始走向堕落。撒旦的堕落通过外在形象逐渐缩小得到具化，他由巨鲸变成兀鹫、恶狼、鸬鹚、蟾蜍，最终成为蛇。

　　从诗歌艺术上看，《失乐园》气势雄浑、宏伟，显示出高昂的格调和宏大壮丽之美。

《复乐园》(1671)，是弥尔顿的第二部长诗，取材于《圣经·新约》。诗中写耶稣在旷野禁食40天之后，受魔鬼试探而不动心的故事。魔鬼用豪奢的筵席、金钱财富、大国的王位、壮大的军容和荣华富贵来诱惑耶稣，都不能使他动心；又改用古典文学、艺术、哲学等诱惑他放弃自己的立场，结果也是徒劳；再用暴风雨威胁他，也无效。无奈之下，魔鬼将耶稣带到高山上圣殿的塔尖，叫他跳下去，考验他是否是神子，结果魔鬼自己目眩而下坠，耶稣则由天使迎入天堂。长诗强调人类要有坚定的信仰，应克制情欲、自强不息，才能实现自己的理想。

弥尔顿晚年最后一部力作是诗剧《力士参孙》(1671)，取材于《圣经·旧约》。以色列民族的大力士参孙智勇双全，在与非利士人的战斗中，屡建奇功。后来他的妻子把他力大无穷的秘密出卖给了敌人。敌人剪去他的头发（他的力量来源），挖去他的双眼，将他打入地牢。后来他的头发重新长出，恢复了力量。他利用在敌人的宴席前表演技艺的机会，两手猛拉大厦的两根支柱，使大厦倒塌，自己也和敌人同归于尽。参孙和诗人弥尔顿都双目失明，都与敌人毫不妥协，并战斗到生命的最后一息。从这个意义上说，参孙是诗人的自况。

斯图亚特王朝复辟之后，英国文学显示出复辟王朝的政治立场和古典主义的风格，讽刺诗、风尚喜剧开始盛行。英国古典主义的代表人物是诗人和批评家**约翰·德莱顿**(1631—1700)。他也是复辟王朝的桂冠诗人。他的《论戏剧体诗》等批评著作，使其成为"英国批评之父"。**约翰·班扬**是这一时期的另一位重要作家，他的代表作是宗教寓意小说《天路历程》(1678)。小说描写一个名叫"基督徒"的主人公从毁灭之城出走，经过绝望泥潭、名利场、怀疑堡等地，历经艰难，最终到达天国的故事，以寓言的方式针砭了现实，曲折地反映了人民对复辟王朝的不满。这部小说所显示的卓越的叙事能力，使作家班扬成为英国近代小说的先驱。

二、法国文学

17世纪的法国是欧洲最强盛的中央集权君主专制国家。作为君主专制政体的产物，文坛上古典主义兴起并盛极一时。古典主义作家有悲剧家高乃依、拉辛，喜剧家莫里哀，寓言诗人拉封丹等。其中，莫里哀是17世纪法国以及欧洲最伟大的喜剧大师。

彼埃尔·高乃依(1606—1684)是法国古典主义悲剧的奠基人。1636

年发表名作《熙德》，轰动巴黎，但受到法兰西学士院当权者们的严厉批评。此后高乃依辍笔数年。自1640年起，高乃依又完成了几部取材于古罗马故事的悲剧《贺拉斯》、《西拿》等。

1636年创作并上演的《熙德》，是高乃依最优秀的作品。《熙德》不是严格意义上的古典主义悲剧，而是一部悲喜剧，但是它完美地表现了古典主义文学倡导的理性精神。该剧取材于西班牙历史故事。主人公堂·罗狄克是西班牙贵族青年，卡斯提尔王国老将堂·狄哀格的儿子，他与堂·高迈斯伯爵的女儿施曼娜相爱。狄哀格被选为太子的老师，高迈斯出于嫉妒打了他一记耳光，使他觉得蒙受了莫大的耻辱。他叮嘱儿子为父复仇，以挽回家族的荣誉。罗狄克在经过激烈的思想冲突后，终于决定克制个人情感而恪尽家族的义务，在决斗中杀死了高迈斯。施曼娜的内心也充满矛盾，但为了替父亲报仇，她请求国王处死自己所爱的人。当时恰逢摩尔人入侵，罗狄克率众击败敌军，成为民族英雄，被敬称为"熙德"。施曼娜同样为了家族荣誉选择牺牲个人感情，再次向国王提出报杀父之仇，国王安排了另一贵族青年与罗狄克决斗。结果罗狄克在决斗中取胜。国王开导施曼娜为父服丧一年后与罗狄克结婚，终于成全了他们的婚姻。

《熙德》充分体现了古典主义标榜的理性精神。剧中人物的选择分为三个层次：第一层是个人爱情，第二层是家族荣誉，第三层是国家利益。当个人感情与家族荣誉发生冲突，二者不能两全时，人物共同选择保全家族的荣誉而放弃个人爱情；但当家族荣誉面对国家利益时，前者又必然服从后者的需求。作品通过人物的选择表现了理智控制情感的理性精神。剧本展示的义务与爱情，理性与情感的冲突，实际上就是封建思想和资产阶级思想的冲突。作者对这一冲突的处理，采取了调和的态度。他基本上倾向于歌颂理性，肯定封建荣誉；但对爱情，也表示了很大的同情，在肯定理性和封建荣誉的同时，也使两个贵族青年男女的爱情得到了满足。这种既照顾封建荣誉观念，又照顾个人利益、个人幸福的处理，体现了新的时代精神，表现了两种意识形态的妥协与调和。而且，如同在现实生活中一样，剧中的国王，是作为两个阶级、两种思想的调停人的身份出现的，这反映了资产阶级对王权的信赖与企盼。正因为如此，《熙德》成为法国古典主义第一部典范性作品。

在艺术上，《熙德》也颇有特色。首先，高乃依能着意于人物性格的刻画。剧中的主人公堂·罗狄克和施曼娜都因其行动的果断坚决而被称为"高乃依式的悲剧人物"，但这两个人仍有刚毅冷静与热烈奔放之分。次要人物也有血有肉，并不刻板。其次，高乃依善于运用戏剧冲突，一开幕便能紧紧抓住观众,并能充分发展戏剧冲突,造成强烈的戏剧效果。再次,高乃依的语言也有特色,他擅写雄辩滔滔的长篇独白,也擅写简短明晰的对白。

《熙德》的上演获得空前的成功,但在戏剧界引起了轩然大波。贵族保守派对剧中体现出来的妥协态度甚为不满,不赞同刻画堂·罗狄克的思想矛盾。贵族沙龙文学的代表纷纷指责《熙德》是平庸之作,甚至是抄袭品等等。大权在握的法国首相黎塞留对《熙德》的态度也有保留,因为他刚刚发动对西班牙的战争,而剧中恰恰歌颂的是西班牙英雄;他明令禁止决斗,剧本中偏偏描写了决斗。因此,在黎塞留的授意下,法兰西学士院的理论权威夏普兰执笔发表了《法兰西学士院关于〈熙德〉的感想》,以官方的权威迫使作者就范。这一事件,对高乃依的创作产生了恶劣的影响。从此,高乃依不仅在题材上转向古代,对古典主义的法规也更加小心翼翼。由于屈服于政治的压力,他改变了自己的创作倾向,作品逐渐失去了反映现实的积极因素。

让·拉辛(1639—1699),是法国古典主义悲剧的后起之秀。古典主义的悲剧艺术在他的作品中达到成熟。拉辛处在路易十四王权由盛而衰的阶段,因此,他的作品主要不是像高乃依那样赞美爱国主义精神,塑造理想的英雄,而是揭露封建统治的黑暗和罪恶,谴责当权者情欲横流、丧失理性的行为。代表作品为《安德洛玛刻》和《费得尔》。

《安德洛玛刻》是一出五幕诗剧,写于1667年,它是拉辛的第一部杰作。该剧演出时轰动了巴黎。剧情取自希腊故事:爱庇尔的国王庇吕斯杀死特洛亚主将赫克托耳,将赫克托耳的妻子安德洛玛刻掳为女奴。庇吕斯爱上了安德洛玛刻,想娶她为妻,故一直拖延,不与未婚妻爱尔米奥娜结婚。安德洛玛刻暗中藏着自己的儿子,庇吕斯答应安德洛玛刻,只要她肯嫁给他,他就保护她的儿子。希腊人为此惊恐不安。为杜绝后患,希腊各部落推举奥莱斯特为代表前往爱庇尔国,要求国王庇吕斯处死赫克托耳的遗孤。幕启时,奥莱斯特来到爱庇尔国,要求庇吕斯处死孩子。庇吕斯拒绝了这一要求。但他以希腊人的要求对安德洛玛刻进行要挟,只要安德洛玛刻答应嫁给他,便可以保全她儿子的生命。安德洛玛刻为保贞洁仍不屈服。庇吕斯恼怒之下答应了奥莱斯特的要求,并同意与爱尔米奥娜结婚。于是安德洛玛刻被迫答应了庇吕斯的求婚,但她想在婚礼举行完毕,庇吕斯当众宣誓保护她儿子的生命后便在祭坛前自尽。爱尔米奥娜得知安德洛玛刻答应嫁给庇吕斯的消息后嫉妒万分,绝望之余便利用奥莱斯特对她的爱情,唆使他杀害庇吕斯。奥莱斯特果然亲自带兵在神庙的祭坛前杀死了国王。爱尔米奥娜得知未婚夫已死,竟又痛骂奥莱斯特,并赶到庇吕斯身边自刎而死。奥莱斯特也因失去心上人痛极而疯。

该剧表现感情和理智、个人欲望与国家利益的尖锐冲突,剧中的人物都面临着感情与理智不可调和的矛盾冲突。安德洛玛刻是剧中临危不惧、唯一具有理性的人物。作者赞扬了她忠于祖国、忠于爱情,反抗强暴的精神,谴责了那些为个人情欲所驱使,为达到个人卑鄙目的而不择手段的王公贵族。庇吕斯本是希腊的英雄,但他自恃有功,放弃自己作为君主的责任,丧失了"理性",为了满足自己的情欲,竟然无视希腊人的合理要求,提出用生命去保卫敌人的儿子;奥莱斯特身受希腊人的重托,只为得到爱尔米奥娜的爱情,不惜弑君渎神;爱尔米奥娜为疯狂与嫉恨所左右,为报复安德洛玛刻不惜害死自己所爱的人。

《安德洛玛刻》充分体现了拉辛的艺术特色。拉辛巧妙地运用了"三一律",悲剧一开场,与人物处境有关的种种往事和来历便立刻向观众交代明白:庇吕斯对于和爱尔米奥娜结婚一事已犹豫了半年之久,因为他爱上了安德洛玛刻,而安德洛玛刻却冒着巨大的危险,对他的要求一拖再拖。奥莱斯特肩负希腊众城邦的使命来到爱庇尔国,他的要求牵动庇吕斯做最后的决定,庇吕斯便要求安德洛玛刻明确答复。安德洛玛刻被迫允婚,矛盾冲突急剧激化,悲剧由此铸成。情节的高度凝练与集中,表现出作者运用"三一律"的杰出才能。拉辛还擅长写人物内心冲突以及由这种冲突所引起的人物之间的连锁反应。安德洛玛刻身为女奴,在"贞操"和儿子之间难以两全,内心冲突十分尖锐。她的最后抉择势必影响到国王庇吕斯,而庇吕斯的最后决定又影响到爱尔米奥娜的命运,爱尔米奥娜的意旨又决定着奥莱斯特的命运。这四个人物的内心冲突和斗争,又制约与决定着他人的命运,一环紧扣一环,最后导致悲剧的结局。

拉辛的另一部名作是《费得尔》,创作于 1676 年。该剧也取材于古希腊故事。雅典国王岱塞离家远游,杳无音讯。国王的后妻费得尔爱上了王子希波吕托斯。但碍于伦理,王后不得不将自己炽热的情感深埋心底,而以表面上对王子的虐待来掩饰和压抑这种不正当的感情。第一幕中,王子不堪后母虐待,想要远走他乡,恰逢国王死在海外的消息传来,费得尔在保姆的怂恿下向王子表白了爱情,但王子因爱着公主阿丽丝而拒绝了她。王后羞愧至极,几乎自尽。这时,国王远游归来,费得尔懊悔不已,又听到王子拒绝她的真正原因不是出于伦常,而是另有所爱,于是妒火中烧,便再次听从保姆的教唆,向国王诬告王子有意污辱她。盛怒的国王把王子驱逐出境,并祈求海神惩罚儿子。当王子惨死的消息传来,费得尔痛悔莫及,饮下毒药,临死前对国王坦白了自己的罪孽。

该剧的主题也是揭露宫廷和贵族的腐化堕落。拉辛通过王子之口发出感叹:"这幸福的时代一去不复返了。一切都改变了面貌。"明显地表达了拉辛对当时法国社会的极度不满。艺术上,《费得尔》充分显示了拉辛非凡的心理分析才能。拉辛擅长分析贵族妇女的心理,剧中对费得尔的心理描写层次分明,脉络清楚,符合生活的逻辑,详尽地展示了费得尔由爱到恨,终至萌生报复之意,最终忏悔而自我裁决的过程。

第二节 莫里哀

莫里哀(1622—1673)是17世纪法国古典主义文学最重要的作家,古典主义喜剧的创始人。他不仅在法国文学史上,而且在欧洲戏剧史和整个欧洲文学史上均占有重要地位。

一、生平和创作

莫里哀原名让—巴蒂斯特·波克兰。莫里哀是他走上艺术道路,与父亲决裂后所取的艺名。莫里哀的父亲是一位颇有势力的"王家室内陈设商",兼有"王室侍从"的贵族称号。他希望莫里哀子承父业,或者当律师。但莫里哀自幼酷爱戏剧。他的家坐落在巴黎的闹市区新桥附近,那里经常上演闹剧。耳濡目染之下,1643年,莫里哀决定放弃世袭权利,投身戏剧事业。他与友人成立"光耀剧团",惨淡经营,剧团负债累累,莫里哀因此一度被投入监狱。出狱后,他重新组建了剧团,开始了他的外省巡回演出的生涯,他一生辉煌的创作道路也从此开始。

莫里哀的生活和创作道路大致可分为四个阶段。

1. 外省巡回演出时期(1645—1658)

这是莫里哀积累经验、认识社会的时期。13年里,莫里哀的剧团周游了大半个法国,在近二十个城市里逗留。莫里哀获得了丰富的生活体验,观察到教会势力的猖獗、贵族门庭的败落、农民生活的悲惨以及暴发户们的种种丑态。这一切加深了他对社会现实的认识,决定了他一生创作的基本方向,使他后来即便进入宫廷,获得路易十四的青睐,依然能保持创作中的平民意识和民主倾向。民间流浪亦使他充分了解了人民的艺术欣赏习惯,掌握了闹剧和法国民间流行的意大利"假面喜剧"的艺术技巧,锻炼成为一个出色的戏剧活动家。在他早期的喜剧中,虽然可以看到当时流行的多角恋爱、女扮男装、掉换襁褓、最后认亲的俗套和意大利"假面喜剧"的明显影响,但作者力图从民间戏剧中吸取营养,从剧中对一些现实生活场景的描摹以及生动的语言等看,他无疑高于同时代的喜剧家们。1658年,莫里哀和他的剧团凯旋式地回到巴黎,在卢浮宫上演《多情的医生》,得到路易十四的赏识,从此莫里哀的剧团留在巴黎。

2. 古典主义喜剧的开创时期(1659—1663)

1659年,莫里哀的喜剧《可笑的女才子》公演。该剧写一对青年分别向外省一个资产者的女儿玛德隆和其堂姐求婚,因不擅长贵族沙龙中谈情说爱的"典雅"语言而被拒之门外。他们的仆人扮成侯爵与她们高谈阔论,使两位女才子佩服得五体投地。恶作剧被戳穿后,两位小姐羞愧得无地自容。剧本辛辣地嘲讽了资产者的附庸风雅和贵族沙龙矫揉造作的语言。

1661年和1662年,《丈夫学堂》与《夫人学堂》分别上演。莫里哀采用风俗喜剧的手法,从爱情与家庭生活入手探讨社会问题。他肯定人道主义思想,维护个性解放,反对封建夫权意识,表现出对文艺复兴时代人文主义思想传统的继承。

三幕诗剧《丈夫学堂》写斯卡纳耐尔和阿利斯特兄弟二人各自将一位孤女抚养成人。前者打算娶养女伊莎贝尔为妻,便对姑娘采取幽禁和严加看管的办法,不让她萌生自然的爱情,然而防不胜防,姑娘与一青年相爱,斯卡纳耐尔反成了他们传递情感的工具。阿利斯特尊重养女的自由,结果反赢得姑娘的爱情。

1662年上演的《夫人学堂》,是莫里哀这一时期最重要的作品。这出喜剧的主题与《丈夫学堂》一脉相承,但远较后者深刻。主人公阿尔诺耳弗是封建夫权思想的体现者。他不加掩饰地声称:"你们女人活在世上,就只为了服从:大权都在胡子这面。社会虽然男女各半,可是各半不就等于两下相等:一半高高在上,一半低低在下;一半管理,一半但凭吩咐……丈夫就是她的长官、她的领主和她的主人。"他认为,实现夫权的最好办法就是修道院教育。于是,他将养女阿涅丝关进修道院13年,"尽可能把她变成白痴",想将之培养成驯顺愚昧的妻子。在他外出期间,阿涅丝却爱上了他朋友之子奥拉斯。爱情的力量使她立刻变得聪明起来,在阿尔诺耳弗的严密监视之下,她不仅能与情人保持联系,最终还能逃出家门,与奥拉斯终成眷属。剧本抨击了修道院教育和夫权思想,通过奥拉斯之口宣称:企图把妇女"投入无知和愚蠢之中,难道不是罪大恶极"、"伤天害理"?

从《丈夫学堂》开始，莫里哀有意接受古典主义原则，向着所谓"高级"喜剧靠拢。当时，古典主义在王权扶植之下，逐步在文坛取得了统治地位，几乎所有有成就的作家都汇聚到这面大旗之下。莫里哀也不例外。《夫人学堂》则是将古典主义运用到喜剧中的一个成功范例。

《〈夫人学堂〉的批判》和《凡尔赛即兴》是莫里哀这时期的两部短剧，剧中针对贵族保守派对他的批评，针锋相对地提出了自己的艺术观。他认为戏剧应该面向广大的"池座观众"，不必迎合少数上层人物；剧本的好坏不在于是否符合固定的规则，而在于能否打动和教育观众，他不赞成用刻板的创作规则来束缚作者，也不赞成把文学体裁分出等级高下的偏见；他还大胆地提出，喜剧的责任在于表现"本世纪人们的缺点"，"侯爵成了今日喜剧的小丑"。这些见解说明莫里哀在接受古典主义原则的时候，并没有改变他的民主主义立场。

3. 古典主义喜剧创作的全盛时期（1664—1668）

这一时期，莫里哀的思想与艺术均达到最高水平。他娴熟地运用古典主义的创作原则，在作品中表现出深刻的社会内容和强烈的民主倾向。

这时期的喜剧作品，根据内容可以分为三类：第一类以《伪君子》为代表，将讽刺与揭露的矛头指向伪善的教会僧侣；第二类以《唐璜》与《恨世者》为代表，主题是谴责封建贵族；第三类则是讽刺资产者的，以《吝啬鬼》和《乔治·唐丹》为代表。

《唐璜》（1665）取材于西班牙传说。唐璜是一个外表俊美潇洒、本性荒淫残暴的贵族，惯于诱惑少女，残害无辜。他恶贯满盈而又肆无忌惮。他的父亲无奈之下祈求上帝惩罚他，他不理；被他欺骗的贵族小姐用眼泪来感化他，他也不理；化成幽灵的时间之神来劝告他，他挥剑砍去。最后，被他杀害的骑士墓前的石像显灵邀他赴宴，唐璜身遭雷击，被大地的裂隙吞没。作者借西班牙传说人物的躯壳，愤怒谴责了王权盛极而衰时期法国贵族的荒淫与堕落。

17世纪的法国资产阶级，正处在上升阶段。马克思指出："在资本主义生产方式的历史初期，致富欲和贪欲作为绝对的欲望占统治地位。"为了加强自己的经济实力，早期资产者拼命追求资本的原始积累，拜金主义成为法国早期资产者的重要特征。莫里哀的喜剧《吝啬鬼》（又译为《悭吝人》），就是对这一现实的绝妙写真。

《吝啬鬼》是莫里哀创作于1668年的一出五幕散文喜剧，情节从古罗马喜剧家普劳图斯的《一坛黄金》脱胎而来。根据古典主义的创作原则，该剧的情节结构比较单纯,主要围绕主人公阿巴贡和其儿女及仆人的矛盾冲突展开。高利贷者阿巴贡悭吝刻薄,嗜钱如命,要儿子娶有钱的寡妇,要女儿嫁给年过半百的老头,自己却想不花钱娶一个美貌的姑娘,而这姑娘正是儿子克莱昂特的情人玛丽雅娜。克莱昂特为了帮助玛丽雅娜,偷走了阿巴贡埋在花园里的一万金币。阿巴贡痛不欲生,在追赃时,发现管家法赖尔和自己的女儿是一对情人。克莱昂特表示,要是阿巴贡同意自己的婚事,就将一万金币还他。这时,昂塞耳默爵爷来签订与阿巴贡女儿的婚约,却发现法赖尔和玛丽雅娜是他早年失散的一双儿女。他表示愿承担一切结婚费用,才使阿巴贡同意了两对有情人的婚姻。

《吝啬鬼》是一部杰出的性格喜剧。主人公阿巴贡是莫里哀笔下一个不朽的艺术形象。作家抓住其性格中贪财和吝啬的特点,进行了淋漓尽致的夸张,使"阿巴贡"这个名字,成了吝啬鬼、守财奴的代名词。这个重利盘剥的高利贷商人,最后竟将债放到儿子身上;他嗜钱如命,见别人伸手向自己要钱便浑身抽搐。在发现金币被盗后,阿巴贡气急败坏地大叫:"捉贼!捉贼!捉凶手!捉杀人犯!王法,有眼的上天!我完啦,叫人暗杀啦,叫人抹了脖子啦,叫人把我的钱偷了去啦……我可怜的钱,我的好朋友……既然你被抢走了,我也就没有了依靠,没有了安慰,没有了欢乐。我是什么都完啦……我再也无能为力啦,我在咽气,我死啦,我叫人埋啦……我要告状,拷问全家大小:女佣人,男佣人,儿子,女儿,还有我自己。这儿聚了许多人!我随便看谁一眼,谁就可疑,全像偷我的钱的贼……我找不到我的钱呀,跟着就把自己吊死。"

阿巴贡的形象典型地代表了早期资产者贪婪、吝啬的本质特征。在欧洲文学史上,《吝啬鬼》可说是最早揭露资本原始积累时期金钱如何破坏温情脉脉的家庭关系的作品之一。莫里哀笔下的阿巴贡,和莎士比亚笔下的夏洛克、果戈理笔下的泼留希金、巴尔扎克笔下的老葛朗台一起,成为世界文学宝库中四个著名的吝啬鬼和守财奴的典型。

4. 晚期(1669—1673)

这一时期,莫里哀剧作的思想性和前一时期一脉相承。由于和王权产生裂痕,他的创作的民主倾向得到进一步加强,艺术上则转向借鉴民间闹剧的手法。

这一时期的主要剧作有《贵人迷》(1670)、《史嘉本的诡计》(1671)等。《贵人迷》继续针砭了攀附贵族的资产者,《史嘉本的诡计》则塑造了一个爱打抱不平而足智多谋的仆人史嘉本的形象。

1673年2月17日,莫里哀在亲自演出他的最后一部戏剧《无病呻吟》后,身体十分不适,回家后因咳破血管,与世长辞。

　　二、《伪君子》

　　《伪君子》(又译《达尔杜夫》或者《骗子》,1644)是莫里哀的代表作。主人公达尔杜夫是一个典型的宗教骗子,伪装虔诚骗得巴黎富商奥尔贡及其母亲的信任,混入奥尔贡的家成为"精神导师"。奥尔贡的继妻欧米尔、儿子达米斯、女儿玛丽雅娜、女儿的情人法赖尔以及女仆桃丽娜都激烈反对达尔杜夫,奥尔贡却对骗子崇拜得五体投地,还要将女儿许配给他。达尔杜夫无耻地追逐恩人的妻子,他的丑行被达米斯撞见。达米斯痛斥了伪君子,并报告父亲。奥尔贡在达尔杜夫的迷惑下,反而痛骂儿子诋毁圣贤,剥夺了儿子的财产继承权,将财产转赠给达尔杜夫,还要将儿子逐出家门。在这种严重局势下,欧米尔巧设计谋,让丈夫藏在桌下,耳闻目睹伪君子的丑态。奥尔贡如梦方醒,而达尔杜夫则露出狰狞的凶相。他这时不仅已夺得奥尔贡的家产,还掌握了奥尔贡为一参与谋反的朋友藏匿信件的秘密,遂要将奥尔贡一家赶出家门,还向国王告密。英明的国王洞察一切,逮捕了宗教骗子达尔杜夫,并原谅了奥尔贡的过错。

　　莫里哀在这部戏剧中出色地塑造了达尔杜夫的形象,逐层剥开他的伪装,揭露出他宗教骗子的本质。戏剧首先剥开他苦行僧的伪装,揭露他贪吃贪喝又贪睡,从不拒绝世俗享受的真面目。接着通过他在桃丽娜面前耍手帕的细节以及他追逐欧米尔的行为,揭露了他好色的本性。然后一步步揭露出他贪财、不信上帝和凶狠毒辣的真面目。达尔杜夫要置奥尔贡于死地,只是由于国王的英明才使奥尔贡一家免遭毒手。达尔杜夫是一个披着宗教外衣进行欺骗和掠夺的恶棍。通过这一形象,莫里哀深刻地揭露了宗教伪善的欺骗性和危害性。

　　奥尔贡的形象也富有典型意义。这个巴黎富商是王权的支持者,在国内几次变乱中,他都支持过国王,表现得十分英勇,但对于宗教却表现得异常狂热,以至于受到达尔杜夫的欺骗而变得十分愚蠢。他的思想比较保守,害怕自由思想,惟恐因此惹出灾祸。另外,他还是一位刚愎自用的家长,顽固暴躁。奥尔贡身上,体现出17世纪法国上层资产者的特征。莫里哀对他表现出又讽刺又同情的态度。

　　女仆桃丽娜是剧中反对封建道德、揭露宗教伪善的主要人物。她头脑清醒,目光敏锐。她最早识破达尔杜夫的伪善及其贪财、好色的本质。为了彻底揭穿伪君子,桃丽娜在奥尔贡一家与伪君子的斗争中,起到一个发动者、组织者与精神核心的作用。她还具有自由思想,看不惯奥尔贡的封建意识与家长制作风。她认为"爱情这种事是不能由别人强作主的","谁要把自己的女儿许配给一个她所厌恶的男子,那么她将来所犯的过失,在上帝面前是该由做父亲的负责的"。她甚至不怕吃耳光,与奥尔贡唇枪舌剑,积极支持年轻人争取婚姻自主的斗争。莫里哀把桃丽娜放在反封建、反宗教伪善的重要位置上,并且把她与多种人物形成对照,凸现了她的优秀品质。比起奥尔贡的愚蠢、达米斯的鲁莽急躁、玛丽雅娜的懦弱,桃丽娜的机智伶俐、有勇有谋就更加突出。

戏剧的末尾,由于国王的英明使恶人受罚,奥尔贡一家转危为安,体现了古典主义文学的特点,表明了莫里哀借助王权的力量同邪恶势力进行斗争的态度。

《伪君子》在艺术上符合古典主义的原则。莫里哀娴熟地运用这些原则,使它们有利于刻画人物,服从于表现主题的需要;同时,剧本结构严谨,矛盾冲突集中尖锐,层次分明。此外,剧中人物性格鲜明,语言均符合各自的性格、身份和特定情境,充分显示了莫里哀塑造人物性格的高度才能。

思考练习题

1. 什么是古典主义？古典主义文学有哪些特征？
2. 简述弥尔顿《失乐园》的思想内容和艺术特点。
3. 分析《伪君子》的主要人物形象。

延伸阅读文献

1. 多米尼克·塞克里坦：《古典主义》，艾晓明译，北京：昆仑出版社，1989年。
2. 杨周翰：《17世纪英国文学》，北京大学出版社，1996年。
3. 韦勒克：《文学研究中的巴罗克概念》，见 R.韦勒克《批评的诸种概念》，丁泓、余徵译，成都：四川文艺出版社，1988年。
4. 李健吾：《〈莫里哀喜剧六种〉中译本序》，见《莫里哀喜剧六种》，李健吾译，上海译文出版社，2008年。

第五章　18世纪欧洲文学

第一节　概　述

18世纪的欧洲,各国社会发展很不平衡。英国已经取得了资产阶级革命的胜利,资本主义经济正迅速发展;法国封建社会已经腐朽不堪,在酝酿和准备着一场深刻的社会变革,终于在1789年爆发了法国资产阶级革命,推翻了封建贵族阶级的统治;德国依然处于封建割据的状态,资本主义的发展受到极大的阻碍,资产阶级的力量比较薄弱。但是,这一时期各国历史发展的总趋势是资本主义生产关系迅速发展,资产阶级力量日益壮大。广大民众和封建贵族的斗争已经达到相当激烈的程度。就在这个时期,欧洲各国发生了继文艺复兴运动之后新兴资产阶级的第二次思想文化运动——启蒙运动。

启蒙运动就其字面意义而言,是指当时的进步思想家提倡用近代文化"启迪"人们的理性和智慧,"照亮"愚昧、落后、黑暗的封建社会,以消除教会和贵族统治者所散布的迷信与偏见。它是在资本主义经济发展、广大民众反封建斗争高涨的历史条件下,在自然科学和唯物主义哲学的影响下产生的。这一运动遍及全欧,以法国的启蒙运动最为典型。它继承了人文主义者的理想,是文艺复兴之后的又一场反封建、反教会的思想文化运动。

启蒙运动的历史任务在于批判与扫除一切维护封建专制统治的意识形态,指出旧社会、旧制度的不合理,引起人们对这种社会制度永恒性的怀疑,并提出建设新社会秩序的理想与方案。启蒙运动的理论武器是理性。启蒙运动直接冲击了封建君主专制制度和贵族的特权,揭露了教会的腐朽与迷信,批判宗教偏见与狂热。启蒙学者们总结了自然科学的成果,有力地宣传了唯物主义的自然观,主张信仰自由、宗教宽容,并提出了一系列政治学说,如三权分立说、社会契约论等。启蒙思想家们还反对封建统治阶级的门第和等级观念,提出要建立"自由、平等、博爱"的理性王国。启蒙运动成了1789年法国大革命的思想酵母和政治催化剂。

启蒙运动作为一个广泛的思想革命运动,也影响到文学的发展。许多启蒙思想家直接进行文学创作,把文学作为宣传启蒙思想的有力工具。因此,启蒙文学成为18世纪欧洲文学的主流。

各国的启蒙文学尽管各有其独立的发展进程和不同特点,但仍具有一些一般性的特征。

首先,启蒙文学具有鲜明的倾向性和教诲性。由于启蒙作家大多是启蒙思想家和社会活动家,他们从事文学创作,不仅是反映生活,更主要的是评论生活、干预生活,宣传他们的思想观点,为资本主义的发展扫清道路。因此,启蒙文学的批判锋芒非常明确,战斗性非常强。

其次,启蒙文学具有民主精神,许多启蒙作家不仅从理论上否定了古典主义以王公贵族为正面人物的原则,而且在创作中将资产者与平民作为描写、歌颂的主要对象,王公贵族、教皇、教士则往往成为被嘲笑、批判的对象。

再次,随着启蒙运动的发展,现实主义逐渐成为启蒙文学的主要创作方法。较之文艺复兴时期的作家,启蒙作家更强调真实性。他们不像文艺复兴时期许多作家那样借用传统的题材来反映现实生活,而是直接从现实取材,通过日常生活的细节来反映现实的人际关系。

最后是文学体裁的多样化。为了便于宣传启蒙思想,启蒙作家还创造了许多新的文学样式,如哲理小说、正剧(即莱辛的"市民悲剧"和狄德罗所说的"严肃喜剧")、书信体小说、对话体小说、教育小说等等。

欧洲各国的启蒙文学,由于各国社会形势的发展与文学传统的不同,又各有其独特的发展历程及内容。其中,英、法、德等国的文学成就较高。除了启蒙文学之外,18世纪的欧洲还出现了其他文学思潮和运动,如英、俄等国的感伤主义思潮,德国的"狂飙突进运动",英国的前浪漫主义思潮等。

一、英国文学

18世纪的英国,随着资产阶级夺权斗争的成功和产业革命的进行,资本主义得到迅速发展,国民教育开始普及,资产阶级中下层成为英国社会中人数最多的文学读者,过去那种脱离现实的骑士传奇与他们格格不入,他们要求文学能够更好地反映他们自己的平凡生活,而且采取一种更容易为他们接受的表现形式。于是,一种新的文学体裁——近代长篇写实小说诞生了。这种文学形式适应了当时广大读者的要求,为他们所喜闻乐见。随着读者对这种新的文学体裁兴趣的增长,一代写实主义小说家应运而生。

1719年,笛福发表了《鲁滨逊飘流记》,标志着英国写实主义小说的诞生,也奠定了这种新型文学形式的基础。从此,小说在18世纪英国文坛迅速繁荣起来,成为这一时期英国文学的主要成就。

18世纪英国写实主义小说的发展,可分为前后两个时期。前期以笛福与斯威夫特为代表,主要描写资产者的冒险生涯与海外奇闻,艺术上继承了流浪汉小说的结构,广泛反映或影射了英国社会的现实。

丹尼尔·笛福(约1660—1731)是英国第一位重要的长篇小说家。他的代表作是《鲁滨逊飘流记》(1719)。小说的主人公鲁滨逊不安于稳定的小康生活,为追求财富到海外经商。由于遇到风暴,航船触礁,他漂流到一个荒岛上。在绝境面前,他没有消沉,而是用劳动征服自然,用才智克服困难,用火枪和基督教教义征服土人,成为荒岛的主人。鲁滨逊的形象,集中代表了资产阶级心目中的英雄形象,反映了资本原始积累时期资产阶级冒险、进取的创业精神。同时,在鲁滨逊的身上,也反映出鲜明的占有欲和早期殖民者的特点。小说内容虽然充满了冒险和奇遇,但由于小说家善于对日常生活细节进行精细的描写,又采用了第一人称的叙述方式,故能使读者身临其境,增强了作品的逼真感。

笛福的另一部名作是长篇小说《摩尔·弗兰德斯》(1722),采用了欧洲传统的流浪汉小说的架构,叙述了孤女摩尔的不幸遭遇和冒险经历。摩尔有着罪恶和不幸的一生,但最终改邪归正,与丈夫安度晚年。笛福对女子的不幸更多地寄予同情,女人的堕落,社会要负较大的责任。摩尔的堕落不是天生邪恶,而是一个无所依靠的女子在邪恶、冷酷的社会中,寻求生存的方式。

约拿旦·斯威夫特(1667—1745)是英国18世纪文坛中最杰出的讽刺作家。他的小说、散文、诗歌和书简,构成了18世纪英国社会的一幅色彩鲜明的讽刺画。他的代表作,也是他唯一的一部长篇小说是《格列佛游记》(1726)。这是一部讽刺作品。作品以主人公格列佛医生个人游记的形式写成,通过他四次航海遇险,漂流到幻想中的小人国、大人国、飞岛国、慧骃国的遭遇与见闻,影射了贵族资产阶级统治下的英国现实,揭露和批判了英国统治者的腐败与罪恶,寄托了作者的政治理想。

18世纪40—50年代,英国写实主义小说的发展进入后期。这一时期文学总的趋势是:由于资本主义生活方式已经确立,冒险生涯与海外奇闻不再成为作家关注的中心,作家们转而将笔触深入资产者的家庭内部,对爱情、婚姻及其他问题进行探讨,使得作品的题材更加接近于社会现实,作品的结构也更加完整,语言更加通俗。这一时期的代表作家为理查逊和菲尔丁。

塞缪尔·理查逊(1689—1761)的书信体小说《帕美勒》(1740—1741)的副标题是"美德有报",它描写了一个贞洁自持的女仆帕美勒抗拒主人的勾引,终于使主人向她求婚并正式娶她为妻的故事;《克拉丽莎》(1747—1748)则写女主人公克拉丽莎抗拒父母,逃婚在外,受到贵族的欺骗折磨而死去的故事。从主题上看,理查逊的小说反映了英国资产阶级革命之后,清教徒们为确立新的道德规范而做的努力。理查逊的作品在结构上突破了"流浪汉小说"的传统模式,集中写一件事情的始末,开创了所谓"块状结构"的新模式,在欧洲小说发展史上具有重要意义。另外,理查逊的笔触十分细腻,擅长分析人物的情感和心理,风格感伤,对18世纪后期英国感伤主义文学的形成以及19世纪初浪漫主义文学均有一定影响。

亨利·菲尔丁(1707—1754)是18世纪英国杰出的小说家和戏剧家,他的小说创作,达到了18世纪英国写实主义小说的高峰。菲尔丁共写有20多部喜剧和多部小说。他在继承理查逊传统的基础上,将小说创作艺术向前推进了一步。他的小说突破了资产者家庭生活的狭窄范围,反映了英国社会生活中许多重要现象,对传统道德、宗教、法律提出了尖锐的批评。在艺术形式上,他大多采用流浪汉小说的结构,通过主人公的流浪经历,将五光十色的社会生活图景摄入作品,大大扩充了小说表现社会生活的容量。他的小说情节生动曲折,人物心理描写深刻,为19世纪长篇小说艺术的进一步发展作了准备。

菲尔丁写有长篇小说《约瑟·安德鲁传》、《大伟人江奈生·魏尔德传》、《汤姆·琼斯》和《阿米莉亚》等。其中,《约瑟·安德鲁传》(1742)具有塞万提斯的风格。小说描写了乡村青年安德鲁、芳妮的曲折婚姻故事及他们俩和乡村牧师亚当斯密的冒险奇遇,勾勒出一幅18世纪英国城乡的社会风俗画。亚当斯密是一个堂吉诃德式的人物,与充满邪恶的社会形成鲜明对照。

《大伟人江奈生·魏尔德传》(1743)以当时一个有名的强盗头子魏尔德的行径为根据,抨击英国首相瓦尔浦型的政客,讽刺统治集团内部的争权夺利。小说的最大特色是,自始至终以一种歌功颂德的笔调写魏尔德这个"大伟人"的"高贵",着意用"反语"造成读者审美心理上的反差,以达到强烈的讽刺效果。

《汤姆·琼斯》(1749)全名为《弃儿汤姆·琼斯的历史》,是菲尔丁的代表作,也是18世纪英国小说艺术发展的最高峰。作品通过弃婴汤姆·琼斯的生活经历以及他和女主人公索菲亚为婚姻自由和幸福而进行的斗争,对当时英国上流社会的尔虞我诈、道德败坏等丑恶现象进行了揭露。

弃婴汤姆·琼斯被乡绅奥尔华绥收为养子。汤姆长大后和邻近的庄园主威士特恩的独女索菲亚相爱。但威士特恩不能容忍这门有失身份的婚姻。奥尔华绥的外甥布立非为获得财产继承权也不断在奥尔华绥面前挑拨诋毁，终使汤姆被逐出家门。索菲亚得知此事，便逃离家庭去寻找汤姆，但她的父亲跟踪前来，要将忤逆的女儿捉回家去。他们在路上各自经历了种种冒险事件，汤姆与索菲亚终于重逢并消除误会，结成了美满的姻缘。最后关于汤姆的身世也真相大白，汤姆原来也是奥尔华绥先生的外甥。汤姆以自己的正直、忠厚和坦率重新赢得了奥尔华绥的信任，被立为合法的继承人。

《汤姆·琼斯》是一本包罗18世纪英国生活各个方面的社会生活小说，其中写到英国地主领地的日常生活、乡村、城市、旅店、戏院、集市、法庭、牢狱、杂货铺、生意人的账房、上流社会的沙龙等等。与此相适应，在读者面前出现了英国18世纪中叶各个阶级与社会集团的典型人物，从高官显贵和大资产者的代表到生活底层的人物——流氓、小偷和强盗。但菲尔丁又不纯粹是生活的冷眼旁观者，这部小说的基本主题是善与恶的斗争。正面人物汤姆·琼斯、索菲亚、奥尔华绥象征着美德和善良，布立非和各式各样的市侩象征着罪恶。作品还揭露了上流社会的金钱门第观念与唯利是图的本质，最后的大团圆结局表现了善必将战胜恶的人道主义理想。

《汤姆·琼斯》篇幅宏大，但全书结构十分缜密，布局极为精巧。由于菲尔丁原先是个戏剧家，他在小说结构中也运用了许多戏剧手法，显现出一种"古典匀称美"。作家还善于运用伏笔和设置悬念，既造成了强烈的艺术气氛，又推动了情节的进展。汤姆的身世问题从作品一开始就成为一个悬念，这一直到小说快结束时才最后解开，使得全书针线紧密，重点突出，具有很大的吸引力。作品描绘出18世纪英国社会生活的广阔艺术图画，代表了当时英国现实主义小说的最高成就。

《阿米莉亚》(1751)是菲尔丁的最后一部小说。作品通过同名女主人公在结婚前后的苦难遭遇，对英国社会各阶层人物作了暴露性的勾画，着重谴责了司法界的黑暗。这部小说笔触沉重，带有悲剧色彩，而很少滑稽、幽默的成分，显示出作家由于思想和认识的深化而导致的创作风格的变化。

这一时期的另一小说家**托比亚斯·斯摩莱特**(1721—1771)创作了带有自传性的小说《蓝登传》(1748)，这部作品在反映人性粗野和使用生活语言方面，都有其独到之处。

18世纪后半期的英国,由于产业革命的进行,社会矛盾更加尖锐复杂,反映在文学上,便出现了一些新的流派,其中以感伤主义文学最为重要。它曾流传到法、德、俄等国,产生了广泛的影响,并对后来的浪漫主义流派有直接影响。

感伤主义文学是社会中下层人们的思想情绪的一种反映。他们面对产业革命后的社会现实,感到自己的生活和地位不稳,不满贵族和资产阶级的暴虐,却又不理解社会变革的原因,因而产生了感伤的情绪。感伤主义文学就是这种情绪的艺术反映,其特点是:突出感情表现在作品中的地位,着力描写人物的痛苦和不幸,以引起读者的怜悯和同情;常用的体裁有哀歌、旅行记、书信体小说等。

感伤主义文学的代表主要是斯特恩和哥尔德斯密斯。**劳伦斯·斯特恩**(1713—1768)写有《感伤旅行》(1768),感伤主义流派的名称即由这部作品而来。该作品的重点不是写旅行者"我"的所见所闻,而是写其所感,而"我"对别人的心情也甚为敏感。作品宣扬感情至上,提倡彻底解放感情。**奥立佛·哥尔德斯密斯**(1730—1774)的代表作《威克菲牧师传》(1768)写乡村牧师普利姆罗斯一家受贵族乡绅迫害的故事,通过主人公的悲惨遭遇打动读者的心灵,批判乡村地主的专横暴虐,另一方面又美化宗法制生活,提倡与世无争的生活态度。

感伤主义诗歌在18世纪前半期即有表现,如扬格(1683—1765)的《夜思》(1745)、格雷(1716—1771)的《墓园哀歌》(1750)等,都以基调低沉著称。其后也有一些诗人偏重于以黑夜、死亡、墓地为题材,形成所谓"墓园诗派"。

塞缪尔·约翰逊(1709—1784)的创作,标志着英国古典主义的终结。他的《〈莎士比亚集〉序言》(1759),显示出作者敏锐的艺术感受力和艺术见解的独特性。他的《英国诗人传》(1781)是英国文学批评史上第一部系统评价诗人的著作,既是独具一格的传记文学作品,也构成一部17—18世纪的英国诗歌史。

18世纪后半期的英国文坛还出现了一种复古倾向。在诗歌领域,格雷以古威尔士故事写诗,翻译冰岛史诗;波西(1729—1811)搜集古代民歌、编成《英国古诗选》(1765);麦克菲逊假托古代苏格兰诗人莪相之名写出《莪相集》(1762—1765)。哥特式小说则可以看成复古倾向在小说中的反映。这种小说大都描写由于争夺财产或满足个人情欲而引起的谋杀和迫害,人物常带有病态特点;多以中古的城堡(哥特式)为背景,情节离奇,充满恐怖神秘的气氛。代表作有拉德克力夫夫人的《尤道弗的秘密》(1794)、马修·刘易斯的《僧人》(1796)等。

谢立丹(1751—1816)是18世纪英国最有成就的喜剧作家。他的喜剧《造谣学校》(1777)揭露上流社会的造谣中伤、伪善、淫逸放荡的风习,成为18世纪英国上流社会的一幅缩影。剧本结构缜密,形象鲜明生动,语言犀利明快。

18世纪晚期,英国诗坛开始涌动一股"前浪漫主义诗潮"。苏格兰农民**诗人彭斯**(1759—1796)以《自由树》、《苏格兰人》、《一朵红红的玫瑰》等诗,描写青年农民的日常生活,歌唱大自然风光和纯真的爱情,表达农民的情绪及启蒙理想。**布莱克**(1757—1827)的《天真之歌》(1789)、《经验之歌》(1794)等抒情诗集,以清新的歌谣体和奔放的无韵体抒发理想,重热情,重想象,成为19世纪英国浪漫主义诗歌的先驱。

二、法国文学

18世纪法国的文学生活出现了与17世纪相异的特点。随着封建王权的衰落,它对文学的控制日益力不从心,凡尔赛宫廷再也不像17世纪那样是文学艺术的中心。由于城市的发展以及对外文化交流的日趋频繁,读者面扩大了,作品的印刷量有所增加,作家依靠稿费也能维持清贫的生活,从经济上逐渐摆脱了对封建王权的依附,作家的创作有了更为自由和开阔的空间。

18世纪的法国文坛,古典主义文学仍在延续,还出现了大胆暴露封建社会黑暗的讽刺性写实文学,而启蒙文学则是18世纪文学的主流。讽刺性写实文学是18世纪初期的一个重要文学现象,其中最重要的作家是**阿兰—内·勒萨日**(1668—1747)。他的代表作、长篇小说《吉尔·布拉斯》以西班牙青年吉尔·布拉斯从社会底层爬到宫廷的"发迹"经历为线索,谴责了封建社会的等级偏见,把主人公的不择手段、利己主义归结为社会的逼迫。作品的人物形象鲜明,环境描写具体,提出的问题颇有社会现实意义,因而丰富了欧洲现实主义小说的创作。

从18世纪20年代开始,随着启蒙运动的兴起,启蒙文学逐渐成为法国文学的主流,启蒙文学的发展可以分为两个阶段:1750年以前是第一阶段,1750年以后是第二阶段。

第一阶段的主要代表是孟德斯鸠和伏尔泰,第二阶段的主要代表是狄德罗和卢梭。

孟德斯鸠(1689—1755),法国第一位启蒙作家。他出身贵族,在司法界供职多年，思想比较保守，带有改良、妥协的色彩。他的主要文学作品是书信体小说《波斯人信札》(1721)。这部小说通过波斯贵族郁斯贝克在法国旅行时与朋友的通信，报道他在巴黎的种种见闻，讨论政治、经济、宗教等社会问题，尖锐地抨击了封建专制制度，大胆否定了上帝和教皇等偶像，揭露了上流社会的腐朽生活，嘲笑了资产者艳羡贵族门第的虚荣心理。他在第十一至第十四封信中，用穴居人的寓言故事图解了他心目中的理想国以及通向这理想国的道路，而那是一个被美化了的宗法社会。全书由160封信组成，没有完整的情节和人物性格刻画，只通过叙述一些故事、谈论一些人物来表达作者的见解；文笔精练、清晰、动人，堪称法国散文中的杰作。《波斯人信札》是法国启蒙文学中的第一部重要文学作品，它的成功为启蒙文学的发展开辟了道路。

伏尔泰(1694—1778)是法国启蒙运动的领袖。他活动的时间很长，横亘整个18世纪的四分之三。他活动的领域也非常广泛，参加了当时的社会政治斗争，兼为哲学家、历史学家、文学家和政论作者；他的文学创作也是多方面的，不论悲剧、喜剧、史诗，还是哲理小说，都很多产。因此，伏尔泰对当时欧洲思想界的影响是很大的。

在伏尔泰的文学创作中，最有价值的是他的哲理小说。他的哲理小说继承了拉伯雷的讽刺幽默传统，又吸取了英国斯威夫特的手法，以滑稽的笔调，通过半神话式的或传奇式的故事，影射讽刺现实，阐明道理。辛辣的讽刺，轻松的诙谐与嬉笑怒骂的战斗风格，形成了伏尔泰哲理小说的特色。他的哲理小说代表作有《查第格》(1747)、《老实人》(1759)和《天真汉》(1767)。

《查第格》写古代巴比伦有一个青年查第格"品性优良"、"明哲保身"，但灾祸总是不断降临到他头上：爱人被权贵抢走，为了保护她，他被打瞎了一只眼睛，但不久爱人背叛了他。他还因为司法黑暗两度无缘无故被捕入狱。在得到国王的信任和王后的爱情后，又遭到谗言而大祸临头。他不得不出逃，在流亡中经历了很多艰难。最后，国家动乱，国王被杀，他靠自己的本领娶了王后，被拥戴为国王，以哲学家的方式治理国家，"从此天下太平，说不尽的繁荣富庶，盛极一时"。作品通过查第格的不幸命运，写出了作者在封建专制政体的黑暗统治下的窒息感；通过查第格的开明政绩，颂扬了开明的君主政治。

《老实人》是伏尔泰哲理小说中成就最高的一部。它不同于《查第格》伪托古代异国来影射现实，而是直接描述当时欧洲的社会生活，并把盲目乐观主义哲学思想作为讽刺与嘲弄的对象。

《老实人》中妄自尊大的"哲学家"邦葛罗斯常说:在这"最完美的世界上,一切都是尽善尽美","万物皆有归宿,此归宿自必有最美满的归宿"。这种说教来源于17世纪德国唯心主义哲学家莱布尼兹的公式:"在这最美好的世界上,一切都走向美好。"这其实是麻痹人民、为封建专制统治作辩护的哲学。

邦葛罗斯的一生,灾难重重,这对他的"哲学"来说是一个极大的嘲讽。他先染上梅毒,接着又遭到宗教裁判所的火刑,后又被卖为奴隶。这个冥顽不化的"哲学家"虽然也"承认自己一生苦不堪言",但他死不改口,坚持到底。

小说的主人公老实人是一位德国男爵的养子,曾经天真地相信过邦葛罗斯的说教,但残酷的现实粉碎了关于"世界是十全十美"的乐观幻想。他与男爵小姐相爱,被等级偏见极深的男爵逐出家门。从此,他流浪欧洲各地,历经苦难,目睹了社会的愚昧与暴虐。老实人在吃过种种苦头后终于认识到:邦葛罗斯的乐观主义"就是在吃苦的时候一口咬定百事顺利",他终于抛弃了它。

小说中与邦葛罗斯的"尽善尽美"论相对立的,是"哲学家"玛丁的悲观厌世思想。他向老实人宣传"人性本恶、永远不会改善"的观点。在他看来,人类是没有前途的,人的生活是没有希望的,"不过是些幻影和灾难"。对玛丁的观点,老实人也不赞同。伏尔泰在小说中虚构了一个"黄金国"来和现实形成鲜明对比,这是启蒙思想家所设计的理性王国的美丽蓝图。

然而,"黄金国"是虚无缥缈的。如何面对人世的苦难?小说表现了启蒙思想家的入世精神。老实人继续探索,终于遇到一位土耳其修士。他的一家过着丰衣足食的"世外桃源"般的生活。老实人从他那里找到答案:"工作可以使我们免除三大不幸:烦恼、纵欲和饥寒。"老实人得到一个宝贵的启示:"种我们的园地要紧。"这是全书带有哲理性的结论。这句名言,构成了伏尔泰全部哲理的真谛。它比对开明君主政治的幻想前进了一步,反映了新兴资产阶级积极进取和务实的精神。

1751年,启蒙思想家狄德罗和达朗贝受英国张伯斯主编的、传播近代哲学与科学知识的《百科全书》的启发,开始主编法国的《百科全书》,历时20余年(1751—1772年)。法国文化界名流如伏尔泰、孟德斯鸠、卢梭、爱尔维修等均参与了工作。《百科全书》卷帙浩繁,总结了启蒙运动在自然科学和社会科学方面的成就,贯穿着反封建、反教会的革命精神,标志着法国启蒙运动达到高潮。《百科全书》的编纂,是对整个封建意识形态的全面批判,也是资产阶级思想体系的大规模建设。这一时期启蒙运动的成就,集中体现在"百科全书"的编纂上,法国启蒙思想家因此被称为"百科全书派"。

狄德罗(1713—1784)是"百科全书派"的领袖,也是法国启蒙思想家中最杰出的唯物主义者和无神论者。他运用唯物主义思想去解决美学问题,在戏剧、绘画、音乐等问题上都有独到见解,成为18世纪欧洲最杰出的美学理论家。

狄德罗主张打破悲剧与喜剧的严格界限,建立一种运用日常语言、表现市民家庭生活的"严肃喜剧"或"市民剧"。他的主张为欧洲近代戏剧开辟了道路。

狄德罗作为文学家的地位,主要是由他的三部小说奠定的,即《修女》(1760)、《拉摩的侄儿》(1762)、《宿命论者雅克和他的主人》(1773—1774)。对话体小说《拉摩的侄儿》是狄德罗的代表作。小说通过作者与音乐家拉摩的侄儿的对话,塑造了一位性格复杂的人物。拉摩的侄儿是当时流浪街头的落魄文人的典型。他是高傲与卑鄙、才智与愚蠢的奇妙混合体。他一方面寡廉鲜耻、可笑可悲;另一方面,对社会的观察又极为深刻,他清醒地意识到自己灵魂的肮脏,却无法摆脱这种生活。恩格斯称这部小说为"辩证法的杰作"。

让—雅克·卢梭(1712—1778)是法国杰出的启蒙思想家、文学家,法国启蒙运动中最富民主倾向的代表。

卢梭的成名作是论文《论科学与艺术》(1749)。在这篇风格优美的长文中,卢梭认为维护和完善人的善良本性应该是人类进步活动的目的。从这一点出发,他全面否定了科学、艺术和其他文明的有益作用。不过,在歌颂"人性"、人类的"自然状态"以及否定一切"文明"的偏激言辞的背后,人们会看到卢梭的矛头指向的是封建制度,希望人类能摆脱一切封建枷锁而获得自由发展。他的又一名作是论文《论人类不平等的起源和基础》(1755),文章进一步发展了《论科学与艺术》中"自然"与"文明"对立的观点,其中关于社会不平等的起源以及这种不平等是如何发展的观点,闪耀着真正的天才的光芒。卢梭政治理论著作中最重要的一部是《社会契约论》(1762)。该论著第一卷第一章的开头语是两句优美的名言:"人是生而自由的,但却无往不在枷锁之中。自以为是其他一切的主人的人,反而比其他一切更是奴隶。"如果说前两部著作探讨了造成这种奴役状况的原因,在这部著作中,卢梭则是要探索建立一个怎样的国家组织,方能确保人类的自由和幸福。卢梭的"社会契约论"为后来建立资产阶级民主共和国提供了理论基础。

卢梭三部最有影响的文学作品是《新爱洛伊丝》(1761)、《爱弥儿》(1762)和《忏悔录》(1781—1788)。

《新爱洛伊丝》是卢梭著名的书信体小说。作品借用12世纪神学家阿贝拉尔与他的女学生爱洛伊丝的爱情故事为标题,写了18世纪法国一对青年朱丽和圣·普乐的爱情悲剧。

朱丽出身贵族,她父亲把平民知识青年圣·普乐请来当朱丽的老师。师生之间产生了爱情。朱丽的父亲出于门第偏见,违反女儿的意愿,将她嫁给了年近五旬的贵族德·伏勒玛。朱丽出于对父亲的责任和对丈夫的义务,恪守妇道。6年后,德·伏勒玛又把远游归来的圣·普乐请来做自己两个孩子的家庭教师。一对情人朝夕相见,爱情与义务之间的矛盾更为尖锐。后来,朱丽的一个孩子跌入深沟,她为救孩子染病而死。她在给圣·普乐的遗嘱中承认,她依然深爱着圣·普乐。

小说对青年男女纯真热烈爱情的歌颂震撼了18世纪法国和欧洲的读者。在此之前,古典主义作家在描写自然感情和封建义务的矛盾时,总是让前者服从于后者的需要,而朱丽认为"真诚的爱的结合是一切结合中最纯洁的"。作品在批判封建的社会道德扼杀人的自然感情时,还彻底否定了封建贵族阶级及其特权。小说中借一人物之口说:贵族头衔"只不过是有害而无益的特权",贵族阶级对祖国的光荣、人类的幸福并无贡献,他们只是"法律和自由的死敌,凡是贵族阶级显赫不可一世的国家,除了专制的暴力和对人民的压迫以外,还有什么"?

这部小说的意义还在于肯定了感情在文学中的地位。卢梭将主人公遭受压抑却又难以遏制的真挚爱情作为一种高贵的道德品质加以歌颂,把一对年轻恋人的相思与苦痛写得凄恻动人。第一人称的书信体形式成为人物倾诉感情的最佳艺术手段。卢梭又是第一位使大自然在文学中占有重要地位的作家。清新、优美的自然环境和人物真挚、美好的自然情感相协调,使小说呈现出浓郁的抒情风格。

《爱弥儿》是一部关于教育的哲理小说,它通过"我"教育一个名叫爱弥儿的学生的全过程,贯穿了以"顺乎自然"为核心的教育思想。

自从《爱弥儿》出版后,卢梭遭到统治者的残酷迫害,被咒骂为"疯子"、"野人"。在悲惨的流亡生活中,他感到有为自己辩护的需要,于是,怀着激愤的心情写下了自传《忏悔录》,回忆了从他出生到1766年被迫离开圣彼得岛之间50多年的生活经历。

《忏悔录》分为两部,共12章。全书的主题是通过卢梭坎坷的一生,控诉封建专制制度对人的迫害与腐蚀。卢梭真诚地、坦率地，甚至是赤裸裸地把自己的灵魂全盘端给了读者，其坦率的程度确实是史无前例的。在这部被称为"文学史上的奇书"的自传里，卢梭是把自己作为人的标本来剖析的，他认为自己与那些迫害他的人相比，是纯洁的。他说："不管末日审判的号角什么时候吹响，我都敢拿着这本书走到至高无上的审判者面前，果敢地大声说：'请看！这就是我所做过的，这就是我所想过的，我当时就是这样的人……让他们每一个人在您的宝座前面，同样真诚地披露自己的心灵，看有谁敢于对您说：我比这个人更好！'"这是一个平民出身的人对封建专制社会的大胆挑战，也是维护"人权"尊严的一部宣言书。

卢梭的文学作品虽然数量不多，但在18世纪文学中具有鲜明的特色。他表现了强烈的个性解放的精神，把自我提高到超越一切的地位；他重视对感情的描写，其作品充满一种激情的力量；他还表现了对大自然深沉的热爱，写有不少情景交融的篇章。以上三个方面，构成了卢梭文学创作的基本特点，这些特点对后来19世纪欧洲浪漫主义文学产生了很大的影响，使卢梭成为这个文学思潮的先驱。因此，德国诗人歌德说："卢梭开始了一个新的时代。"

博马舍(1732—1799)是18世纪后期法国最重要的戏剧作家。他活动于资产阶级革命爆发前后的关键历史时期，他以舞台为阵地，形象地展现了广大第三等级的人民与封建贵族的矛盾冲突。他的文学成就主要表现在以费加罗为主人公的三部戏剧上，即《塞维勒的理发师》、《费加罗的婚姻》和《有罪的母亲》。它们以同一主人公费加罗在不同时期的故事为内容，合称为"费加罗三部曲"。戏剧的背景在西班牙，实际反映的则是大革命前夕的法国社会生活。

《塞维勒的理发师》(1772，1775)写理发师费加罗帮助罗丝娜摆脱她的养父、老医生霸尔多洛的纠缠，和年轻的伯爵阿勒玛维华结婚的故事；突出地表现了费加罗的聪明才智。

《费加罗的婚姻》(1778)是博马舍最优秀的戏剧作品。西班牙贵族阿勒玛维华伯爵淫邪堕落，与罗丝娜结婚后不久就喜新厌旧。当他的跟班费加罗即将与伯爵夫人的使女苏珊娜结婚的时候，他企图秘密恢复贵族的特权初夜权，败坏苏珊娜的清白。他的阴谋遭到费加罗和苏珊娜的坚决抵制。费加罗在苏珊娜的帮助下，争取到伯爵夫人站在他这一边，还把伯爵所利用的人一个个拉来，设下圈套，使伯爵的阴谋失败，当众出丑。最后，喜剧在费加罗婚礼的狂欢中结束。剧本通过费加罗对伯爵的胜利，在封建制度面临崩溃的历史背景上,表现了老爷输给跟班、平民战胜贵族的主题。费加罗机智、敏捷,富有战斗精神和乐观精神,集中体现了第三等级的特征。所以,该剧可看成是一部关于法国大革命的预言式的作品。200余年来,《费加罗的婚姻》始终是法国和世界各国舞台经常上演的保留剧目,备受观众的喜爱。1786年,奥地利著名作曲家莫扎特将此剧改编成歌剧,首演于奥地利首都维也纳,至今该剧仍是歌剧舞台上的保留节目。

以上两部剧本都从一个侧面真实地反映了法国大革命前的时代气氛,体现了狄德罗提倡的"正剧"的特点,但第三部《有罪的母亲》(1792)安排了一个调和的结局,未能再度引起轰动。

三、德国文学

德国自17世纪的三十年战争(1618—1648)之后,国家四分五裂,诸侯割据,政治腐败,经济落后,人民生活十分贫困。反对封建专制制度和统一国家,是德国人民的主要任务。进入18世纪以后,德国资本主义有所发展,但资产阶级作为一个独立的政治力量依然软弱无力。

18世纪德国的历史情况,决定了德国的启蒙运动不可能导致政治革命。德国的启蒙思想家认为,建立统一的民族文化和民族戏剧,促进民族的统一,是他们的当务之急。进步知识分子的精神创造力集中在文化艺术方面,在精神领域中构筑他们的理想王国,造成了18世纪德国文艺、哲学方面的空前繁荣。

整个18世纪德国文学大致可以分为三个阶段。在启蒙运动时期(1700—1770)形成的启蒙文学是德国资产阶级进行自我教育的文学,其主要任务是建立德国民族文学,唤醒民族意识。这一阶段又以40年代为界线,分为前后两个时期。前期的代表人物是**高特舍特**(1700—1766),他曾写有《为德国人写的批判诗学试论》(1730)。他反对宫廷文学的巴罗克风格,主张以法国古典主义戏剧为典范来建立民族戏剧,对民众进行道德教育。这一观点和启蒙精神是相适应的,但回到古典主义显然已不是戏剧和整个文学的出路。

18世纪40年代以后,德国的启蒙运动进入高潮时期,德国民族文学开始走向繁荣。**莱辛**(1729—1781)是德国民族文学的奠基人。他以自己的美学理论、戏剧理论和戏剧创作实践,为德国启蒙文学的发展开辟了道路。他的主要美学论著为《拉奥孔》(又称《论画与诗的界限》)(1766);戏剧理论著作《汉堡剧评》(1767—1769)是他为汉堡民族剧院的历次演出所写的剧评辑集,中心是论述如何建立德国民族戏剧的问题。

为实践自己的"市民悲剧"的理论,莱辛写下了一系列优秀的剧本。《萨拉·萨姆逊》(1755)是德国第一部"市民悲剧"。最成功的"市民悲剧"作品则是《爱米丽雅·迦洛蒂》(1772)。剧情发生于15世纪的意大利。古斯特勒公爵想占有上校之女爱米丽雅,他采纳侍卫长的诡计,在爱米丽雅去举行婚礼的途中,派强盗杀死新郎,自己则将爱米丽雅救至宫中,准备强行占有。上校得知此事,无奈之下,亲手杀死爱女,保全了女儿的贞操。悲剧深刻控诉了德国专制暴君的暴虐与荒淫,集中展示了德国市民阶级与封建贵族的冲突,也反映了德国新兴资产阶级的软弱性。

"狂飙突进运动"时期(1770—1785)是18世纪德国文学发展的第二阶段。"狂飙突进运动"是18世纪70年代到80年代中期发生在德国的一场声势浩大的文学运动,因当时的作家克令格尔的剧作《狂飙与突进》(1776)而得名。运动的参加者们强调文学的民族性,推崇"天才",强烈要求精神自由和个性解放,拥护卢梭"返回自然"的主张,歌颂淳朴的人民,赞美儿童和理想化的自然秩序,富有狂热的幻想、奔放的激情,其作品充满浪漫气息和感伤因素。运动的中心是斯特拉斯堡。1770年歌德在这里与赫尔德相见,标志着运动的开始。席勒、克令格尔等,都是运动的积极参加者。

赫尔德(1744—1803)是这一运动的理论家和精神领袖,其论著有《论语言的起源》、《莪相和古代民族的民歌》、《莎士比亚》等,赫尔德主张重视民间文学,强调文学要表现德国民族的感情,要打破种种清规戒律,发挥艺术家的天才。他的文艺主张,在当时的历史条件下,起过积极的作用,为狂飙突进运动奠定了理论基础。

狂飙突进运动的重要文艺成就,体现在歌德和席勒青年时代的创作上。1773年,歌德发表戏剧《铁手骑士葛兹·封·伯利欣根》,成为狂飙突进运动的第一部重要作品。1774年出版的中篇小说《少年维特的烦恼》,是狂飙突进运动时期歌德最重要的作品,它不仅使歌德蜚声国内,而且引起了欧洲的广泛注意,成为德国文学中第一部产生世界影响的作品。

席勒(1759—1805)在狂飙突进运动时期的主要作品是剧本《强盗》和《阴谋与爱情》。

《强盗》(1781)是席勒的处女作。这部戏剧的主人公卡尔是个有理想的进步贵族青年,他仇恨暴政,结集伙伴,投身绿林,杀富济贫,但在被迫杀死未婚妻后,向官府自首了。席勒在剧本第二版的扉页上写了一句题词:"打倒暴虐者!"并引用古希腊名医希波克拉底的话:"药不能治者,以铁治之;铁不能治者,以火治之。"这充分表明了《强盗》反对专制暴政的主题思想。

《阴谋与爱情》(1782)是席勒的代表作。它直接取材于德国的现实,表现了强烈的反封建精神。剧本的男主人公斐迪南是某公国宰相的儿子,他爱上了音乐师米勒的女儿露伊斯。宰相要儿子与公爵的情妇结婚,以便巩固自己的权势。他在秘书伍尔牧的策划下布置阴谋,使斐迪南怀疑露伊斯不忠。斐迪南中计,给自己和露伊斯服了毒药。露伊斯在临死前揭露了阴谋的真相。最后,一对恋人死去,但宰相也被捕入狱。

这部戏剧的基本冲突是封建贵族阶级与市民阶级之间的冲突。以宰相为代表的封建贵族玩弄权术,欺侮百姓,露伊斯和米勒也表现出市民阶级独立自尊的精神,对贵族阶级有一定程度的反抗。然而,德国的市民阶级又是软弱的,露伊斯面对宰相的阴谋,更多的是忍受,最后终于成了阴谋的牺牲品。斐迪南是贵族阶级的叛逆者,但是他长期养尊处优,不能体会一个平民女子的苦衷,当他自认为崇高的感情受到伤害的时候,就轻易地被敌人煽起了妒忌心,毒死了自己的爱人。斐迪南的形象反映了在资产阶级新思想的冲击下,封建阵营内部的分化。但是,斐迪南的主观、偏激也说明这个与旧传统决裂的贵族青年,仍然不能完全消除贵族阶级的烙印。

《阴谋与爱情》的主要意义在于,作品在宫廷政治阴谋和爱情悲剧的有机联系中,表现了18世纪德国宫廷贵族和市民阶级之间的对立与冲突,揭露了封建统治者的腐朽和暴行,歌颂了市民阶级的反抗精神,并透露出统治阶级内部发生内在变动的消息。这部剧作揭示了人物性格的复杂性,无论米勒、露易丝,还是斐迪南,都不是单一色调的,而是形象丰满,富有立体感,因此真实可信;剧情复杂多变,但基本线索清楚,情节进展集中紧凑,显示出作者高超的结构艺术。

18世纪80年代中期,德国文学进入"古典"时期(1786—1805)。具体而言,从1786年歌德到意大利旅行开始,到1805年席勒逝世为止,德国文学达到了前所未有的高峰,即"古典"文学时期。德国"古典"文学不同于法国古典主义,它推崇的是古希腊艺术的风格和人本主义精神,而不是模仿它的形式、格律、规范。其基本特点是:以人道主义为最崇高的理想;强调艺术的伦理教育作用,致力于培养完整、和谐的人;推崇古希腊艺术"高贵的单纯和静穆的伟大"的特色,追求肃穆恬静、清晰明朗、庄重和谐的风格。德国"古典"文学不仅是德国文学史上光辉的一页,而且与德国古典哲学(康德、黑格尔等)、德国古典音乐(巴赫、贝多芬、门德尔松、舒曼等)一起,构成德国古典文化的高峰。

歌德和席勒既是"狂飙突进运动"的代表人物，也是德国"古典"文学的主要代表。1794年，歌德与席勒结为知己。由此到1805年后者去世，是德国"古典"文学收获最丰厚的时期。1796年，两人合作完成了400多首题为《赠辞》的诗作。他们的许多重要作品，也是在这段时间内完成的。他们的文学活动主要是在魏玛，因此这段时间又被称为"魏玛古典主义"时期。在这一时期中，两人彼此合作，互相启发，写出了许多优秀作品，把德国民族文学提高到全欧的先进水平，从而奠定了德国文学在世界文学中的地位。

席勒以其剧本《堂·卡洛斯》(1787)实现了从"狂飙突进运动"向"古典"文学时期的过渡。该剧以16世纪尼德兰独立斗争为背景，表现了自由和专制、人权和奴役、启蒙思想和封建教会势力之间的矛盾冲突，显示出反对封建专制的倾向。但主要人物波萨把自由解放的希望寄托在统治者身上，因此该剧已没有《阴谋与爱情》那样的锋芒。

席勒的《华伦斯坦》戏剧三部曲(1793—1799)包括《华伦斯坦的阵营》、《皮柯乐米尼父子》和《华伦斯坦之死》。三部曲以德国三十年战争为背景，刻画了皇家军队统帅华伦斯坦的复杂性格，表现了德国人民要求和平统一的愿望，也揭露了统治阶级内部争权夺利的斗争。他的另一剧作《奥尔良的姑娘》(1802)取材于英法百年战争期间的法国女英雄贞德的故事，写她因爱情放走了英军将领，而在自己被俘后能以理性战胜感情，重返战场后负伤而死。全剧充满了爱国情绪，席勒自称其为"浪漫的悲剧"。

席勒的最后一部剧本《威廉·退尔》(1804)取材于14世纪瑞士人民反抗奥地利统治的历史和传说。该剧细腻地表现了射手威廉·退尔的性格变化过程，生动地说明了官逼民反、民不得不反的道理，反映了人民起义的宏大规模和力量。剧本的舞台语言激情洋溢，极具煽动性，其反抗异族统治的呼声引起了强烈的共鸣。

第二节 歌 德

一、生平和创作

约翰·沃尔夫冈·歌德(1749—1832)是18世纪后期、19世纪初期德国伟大的作家和思想家。他的创作汇集了以前德国文学发展的成果，为德国文学带来了世界性的声誉，并为以后德国文学的进一步发展奠定了坚实的基础。

歌德生活在欧洲政治、经济、文化不断发生变化的时代。歌德的思想和创作也随着他个人生活和时代的变化而发生变化。他的生活与创作可分为五个时期。

1. 童年和莱比锡求学时期(1749—1769)

歌德于1749年8月26日出生于莱茵河畔的法兰克福城。他的父亲是法学博士,曾任法兰克福市的参议员;他的母亲性格乐观和蔼,善讲充满神奇和幻想的优美故事。这些美好的故事后来成为诗人想象力萌芽的土壤。

歌德的孩提时代是在父亲的严格管教和母亲的抚爱下度过的,从小就受过自然科学、绘画、音乐等多方面的教育,并观赏过高乃依、拉辛、莫里哀的戏剧。

1765年起,歌德赴莱比锡大学学习法律。但他的兴趣在于文学和绘画。歌德早年的文学尝试是幼稚的,模仿当时流行的追求华丽词藻的"罗可可"风格。

2. 在斯特拉斯堡学习和狂飙突进运动时期(1770—1775)

1770年4月,歌德转到斯特拉斯堡大学继续学习法律,并于次年8月获得法学博士学位。在这里,歌德结识了赫尔德。赫尔德介绍歌德读荷马史诗、品达的颂歌、莎士比亚的戏剧和莪相的诗,促使歌德注意民歌。此后,歌德开始采集民歌,并写下了不少抒发个人感受、歌颂大自然的抒情诗,如《欢会与离别》、《五月之歌》、《野玫瑰》等,这些诗作感情真挚,风格明快,旋律优美,成为德国近代抒情诗的开端。

狂飙突进运动时期,歌德写出了大量作品,有历史剧《铁手骑士葛兹·封·伯利欣根》、中篇小说《少年维特的烦恼》、诗剧《普罗米修斯》等。诗剧《浮士德》的雏形也产生于这个时期。历史剧《铁手骑士葛兹·封·伯利欣根》(1773)取材于16世纪宗教改革时期的德国史实,主人公葛兹被刻画成一个反封建、争自由的英雄。作者借用民族历史题材表现18世纪德国青年一代的情绪和狂飙突进的时代精神。这是德国第一部现实主义历史剧。

书信体小说《少年维特的烦恼》(1774)是歌德这一时期最重要的作品。小说直接反映了歌德青年时代的生活经历。1772年5月,歌德奉父命到魏茨拉高等法院实习。在一次前往舞会的途中,他结识了当地法官亨利·布甫的长女夏绿蒂,对她一见钟情。后来得知她已订婚,只得怀着深深的痛苦离去。这年10月,传来了他在莱比锡大学的一位同学因失恋而自杀的消息。这两件事成了创作《少年维特的烦恼》的动因。

《少年维特的烦恼》的出版,在德国文学史上具有划时代的意义。在短期内,它不仅在欧洲被翻译成十几种语言,而且法语和英语就有十几种译本。它不仅使年轻的歌德一跃成为享有全欧盛誉的作家,也为德国文学在世界文学领域中争得了一席重要地位。

维特是个富裕市民的儿子,他在一次舞会上认识了聪明美丽的姑娘绿蒂,两人沉醉在爱情之中。但绿蒂已经订婚,不久她的未婚夫归来,维特烦恼、失望,他决定永远离开绿蒂。维特到外地去,试图通过实际工作得到充实的生活。但他在现实生活中处处碰壁,才能无法施展,理想无法实现。一年以后,他又回到绿蒂身边,但这时绿蒂已经结婚。她的丈夫是个四平八稳、事事知足的庸人,有可靠的职业和收入,绿蒂虽然仍然对维特有感情,但为了不引起丈夫的疑忌,只好疏远了维特。绿蒂的态度使维特对生活失去了眷恋。他穿着与绿蒂第一次见面时穿的那套衣服,开枪自杀了。

维特的故事,虽然是以歌德自己的痛苦经历为基础的,但这部作品并不是一部狭隘的个人恋爱悲剧。小说艺术地表现了整整一个时代的热情、憧憬和痛苦,特别是年轻一代的理想和热情与社会现实之间的矛盾,道出了德国知识分子的精神苦闷,暴露和批判了衰亡中的封建社会的种种腐朽和虚伪现象,并以主人公愤而自杀的结局,向封建势力发出了强烈的抗议。可以说,整部小说喊出了一代青年反封建的心声。

《少年维特的烦恼》成功地运用了第一人称的书信体裁,通篇由主人公致友人及致绿蒂的90封书信组成。这种文学形式将叙事、抒情、描写、议论自然地熔为一炉,既便于直抒胸臆,使全书带有强烈的感情色彩和浓郁的诗意,又便于对素材进行自由灵活的剪裁。小说充分体现了狂飙突进运动文学的基本特点,成为这一运动的代表性成果之一,也是第一部具有国际影响的德国文学作品。

3. 魏玛从政十年(1775—1786)

1775年,年轻的卡尔·奥古斯都继承了魏玛公国公爵的职位。同年11月,歌德应邀来到魏玛公国的朝廷中为官。他先任枢密院顾问和部长,后升任首相,主持魏玛公国的政务。他热心从事政治改革,表现了德国启蒙思想家试图依靠开明君主,通过为封建宫廷服务,对现实进行人道主义改良的努力。然而,繁忙的政务,浮嚣的宫廷生活,终于使歌德感到苦闷。他的内心始终充满着一个天才诗人和一个封建小朝廷的官吏之间的痛苦矛盾。

1786年9月,歌德再也不能忍受令人窒息的官场生活,终于,独自一人逃离魏玛,来到他仰慕已久的意大利旅行。

4. 从赴意大利旅行到与席勒合作的时期(1786—1805)

意大利旅行使歌德获得了新生。从1786年9月—1788年5月,歌德几乎游遍了意大利本土和西西里岛,访问了威尼斯、佛罗伦萨、那不勒斯等文化中心,并在罗马住了较长时期。他在那里被古代艺术淳朴、宁静、和谐的风格所深深打动。他接受了温克尔曼对古希腊艺术风格的概括:"高贵的单纯与静穆的伟大",形成了"古典"文学观点。

1788年,歌德返回魏玛,但不再参与政务。意大利之行使歌德转入"古典主义",狂飙突进时代的反叛意识逐渐淡化,创作风格转向淳朴、宁静与和谐,这明显地体现在歌德该时期创作的《埃格蒙特》、《伊菲格尼亚在陶里斯》等剧本中。《伊菲格尼亚在陶里斯》(1786)的主人公伊菲格尼亚是古希腊传说中的人物,她以人道主义思想、言论和行为克服了人间的错误和罪恶,达到自我与世界、个人与规律的统一。全剧形式完整,语言净洁。这都标志着作家从狂飙突进运动向"古典"文学的过渡。

1794年,歌德与席勒订交,开始了两位伟大作家相互合作的10年。他们共同创办杂志,合作写诗,想用古典美来教育感化人民,"在真和美的旗帜下把分裂的政界团结起来",以达到实现理想社会的目的。这10年是两位作家创作的丰收期。

1796年,歌德完成了长篇小说《威廉·迈斯特》的第一部《威廉·迈斯特的学习时代》。其第二部《威廉·迈斯特的漫游时代》1807年开始创作,到1829年才完成。这是歌德全部创作中地位仅次于《浮士德》的作品,是一部关于"个性教育的长篇小说"。作品通过迈斯特的成长历程,反映了德国启蒙学者用个性教育的纲领取代社会斗争的思想。作品的主人公是一个在德国现存制度的框架中实现人生理想的人。这部作品既反映了歌德回避暴力斗争、妥协容忍的世界观,又体现了歌德一贯积极务实的人生精神。1797年,歌德完成了长篇叙事诗《赫尔曼与窦绿苔》,这是一部洋溢着古典牧歌情调的作品。它描写法国大革命时代,德国某小镇上一个家境宽裕的青年与莱茵河对岸逃难过来的姑娘的爱情故事。歌德以宗法式的田园生活的恬静与优美,来反衬大革命带来的血腥与混乱,集中反映了德国知识分子对法国大革命后期政治形势的态度。

1805年,歌德的挚友席勒去世。

5. 晚年时期(1805—1832)

席勒去世后,歌德进入了自己一生中的晚年时期。他完成了长篇心理小说《亲和力》,还写了自传《诗与真》。《亲和力》(1809)以一个化学名词命名,象征性地描述社会关系及其中的矛盾,特别是婚姻和爱情的矛盾。书中说"婚姻是一切文化的开端和顶点",表明了歌德对婚姻的独特理解。

这一时期,歌德对东方文学发生了兴趣。他研究了阿拉伯、波斯与中国的文学。东方文明古国的辉煌文化使他无限倾慕。1819年,他将神游东方世界的心得与想象,凝聚成一部诗集,取名《西东合集》。他还模仿中国诗歌的风格,写下14首抒情诗,题名《中德四季晨昏吟咏》。文化交流扩大了歌德的文学视野,使他预见到从民族文学向世界文学发展的前景,从而提出了"世界文学"的著名概念。

1811—1830年间,歌德应友人的要求,写下自传《诗与真》(1811—1830)。它记叙了歌德从童年时代到进入魏玛为止的部分生活经历,展现了他世界观的形成过程,对当时社会政治和文学方面的各种现象,也有许多评论。1831年,歌德最终完成了他"毕生的主要事业"——诗剧《浮士德》。1832年,歌德病逝。

二、《浮士德》

诗剧《浮士德》是歌德的代表作,也是世界文学史上的巨著之一。

《浮士德》取材于德国16世纪的民间传说。浮士德是当时一个跑江湖的魔法师,懂得炼金术、星相术、占卜等。他死后,在德国流传着许多关于他的传说。1587年,德国出版了民间故事书《浮士德博士的生平》,叙述浮士德与魔鬼订约,漫游世界,满足各种欲望,享受人间的欢乐,最后惨死于魔鬼之手的故事。由于浮士德的形象表现了宗教改革时期资产阶级的思想要求,深受人们欢迎。文艺复兴以来,不断有人用这一传说作为创作题材。

诗剧《浮士德》的创作过程,贯穿于歌德创作生活的始终。狂飙突进时期,他写作了《浮士德初稿》;魏玛时期,又写了《浮士德片断》;18世纪末集中力量写《浮士德》第一部,并于1808年出版;第二部的创作开始于1825年,完成于1831年。因此,这部作品不同于那些只能代表歌德某一时期思想特点的作品,它熔铸了诗人对德国历史的深刻思考和对现实生活的丰富体验,是歌德毕生劳动和思想探索的艺术总结。

《浮士德》分为两部,第一部写的是"小世界:市民社会",第二部描写"大世界:政治社会"。两部之前的"天上序幕"是诗剧的开端,通过天帝与魔鬼靡非斯特关于人和浮士德的争论和赌赛,引出了主人公浮士德五个阶段的生活历程和全剧内容。全剧以浮士德的思想发展为线索,展现了他探索真理的一生。诗剧的第一部包括浮士德生活的前两个阶段——学者生活、爱情生活阶段,第二部包括他的政治生活、追求古典美和改造大自然三个阶段。

(一)学者生活阶段。浮士德博士年近花甲,他生活在中世纪的书斋里,终日与孤灯做伴,从事各种学问的研究。他把哲学、法律、医学、神学的书籍,读了一遍又一遍,但"毫不见聪明半点",于是渐渐感到枯燥而厌倦。他把自己比作一只虫子,藏在尘垢堆里,以尘垢为粮食,借以苟延生命,于是想到自杀。当他将毒药瓶子送到嘴边时,他听到外面传来复活节的钟声和美妙的合唱。浮士德丢下弃世的念头,产生了再生的愿望。他邀学生瓦格纳出外郊游,置身于人民的欢乐之中,度过有生以来最充实的一天。

黄昏,浮士德与瓦格纳一同回家,一只黑犬紧随其后溜进书斋。黑犬原来是魔鬼靡非斯特变的。他曾在天上与上帝赌赛,要和上帝争夺浮士德的灵魂。魔鬼此行便是来诱惑浮士德,使其堕落,以便日后灵魂归其所有。靡非斯特向浮士德提议:甘为他的仆人,满足他的一切要求,直到有一天,浮士德真正感到满足,说出"你真美呀,请停留一下"时,灵魂就要归他所有。浮士德并不认为人世的一切会使他感到满足,但认为可以借助魔鬼的力量探索人生真理,就签订了契约。靡非斯特带着浮士德走出书斋,开始遨游世界。

通过浮士德的学者生活阶段,歌德回顾了文艺复兴以来资产阶级思想家的觉醒过程。心焦欲燃,大声疾呼要冲决牢笼、要了解自然秘密的老学者形象,体现了文艺复兴、宗教改革到"狂飙突进"运动的反封建精神,否定了中世纪的经院哲学及其轻视现实人生的倾向。

(二)爱情生活阶段。靡非斯特先把浮士德带到莱比锡的一家酒店,参与一群大学生的胡闹,希望他能从中获得满足,但年迈力衰的浮士德对这种荒唐生活并不感兴趣。魔鬼把浮士德带到"魔女之厨",让他饮下魔汤,使他返老还童,并安排他和一市民少女玛甘泪恋爱。玛甘泪为了与他幽会,误让母亲服下过量安眠药而死,其兄亦在与浮士德的决斗中被杀。玛甘泪精神上受到巨大压力,痛苦中亲手溺死了自己刚生下的婴儿,为此被关进监狱,并被判处死刑。浮士德在悔恨中结束了自己的爱情生活。

浮士德脱离中世纪的书斋,原本想在爱情生活中开创一条通往"个性解放"的道路,但由于德国封建和宗教势力特别强大,市民阶级又过于软弱,浮士德与玛甘泪的恋爱终于成为一场悲剧。

在玛甘泪的身上,我们看到了德国市民阶级的觉醒,也看到了他们的软弱性。玛甘泪的悲剧还反映了德国社会的鄙陋和沉闷,正是这样的社会扼杀了一个刚刚露出一点个性自由要求的萌芽。

（三）政治生活阶段。魔鬼想用宫廷的豪华和建立功勋使浮士德感到满足，便把浮士德带到神圣罗马帝国的宫廷，去谒见皇帝。但这个封建王朝腐败透顶，财政上已是山穷水尽。浮士德在魔鬼帮助下发行纸币，暂时缓解了王朝的危机。

皇帝得知浮士德精通魔术，要他将古希腊美女海伦掠来一见。浮士德在魔鬼帮助下，在宫中见到了海伦和帕里斯王子的幻影。浮士德爱上了海伦，嫉妒之下将变魔术用的钥匙投向帕里斯。随着一声巨响，幻影消失，浮士德也昏倒在地，被魔鬼背回了书斋。

浮士德政治追求的破灭，说明了德国启蒙思想家对开明君主的政治幻想的破产。浮士德政治生涯的描绘建立在歌德 10 年魏玛官场生活的基础之上，是对德国知识分子企图依附王权来实现政治理想的幼稚性的讥讽。

（四）追求古典美的阶段。浮士德依然思念海伦，魔鬼遂将他带入了古希腊的神话世界。魔鬼又将海伦带到中世纪的一个城堡中，让她在那里与浮士德结合。浮士德与海伦过了一段美满的爱情生活，并生了一个儿子欧福良。欧福良继承了浮士德永不满足、向往实际行动的性格，生来就喜欢跳跃。他听到远方的人民为争取自由和独立而斗争的消息时，就向高处飞去，结果陨落在父母脚下，海伦因而也悲痛地离去，浮士德被白云托起，回到北方。

浮士德与海伦的爱情悲剧，既肯定了古代优秀的文化遗产具有永恒的魅力，又说明了企图用古典美来陶冶现代人从而改造世界的理想的幻灭。海伦的消逝，乃是歌德对当时德国许多思想家希望通过古典美的复兴来改变鄙陋的社会现实的想法的一种否定。

（五）改造大自然的阶段。浮士德帮助皇帝平定了战乱，得到一块海边的土地。浮士德在这块土地上实施其改造自然的计划，他要填海造田，建立一个美丽、自由的理想王国。此时，浮士德已经一百多岁了，双目已经失明。他终于建成了一个"原野十分青翠，土壤一片膏腴"的人间乐园。浮士德感到他终于找到了人生的真理：

> 要每天每日去开拓生活和自由，
> 然后才能够作自由与生活的享受。
> ....
> 我愿意看见这样熙熙攘攘的人群，

在自由的土地上住着自由的国民。

浮士德感到欣慰与满足,情不自禁地说出了:"你真美呀,请停留一下!"话音刚落,浮士德倒地死去。但是魔鬼未能得到他的灵魂,因为天使把他的灵魂接到了天上。他的灵魂在天上与已成为圣女的玛甘泪相遇,还见到了光明圣母。

浮士德这一形象的主要性格特征是永不满足,不断追求,不断探索。他的一生都体现了一种自强不息、勇于实践的精神。作为肯定精神的体现者,他始终在寻找至善至美;另一方面,他时而又"执着尘世",沉溺于爱欲,这使他很容易接受魔鬼的诱惑。但是,他总是能不断战胜这种引诱,在有过迷失、经过歧途后继续追求至善至美。诗剧开头,天帝说:"一个善人只有努力向上,才不会迷失正途。"结尾时天使说:"凡是自强不息者,到头我辈均能救。"这都是对浮士德这种精神的肯定。这是人类天性中的一个基本特征。

诗剧通过浮士德一生的发展,概括了从文艺复兴到 19 世纪西欧资产阶级上升时期进步人士对生活的热爱和不断追求知识、探索真理的过程,揭示了他们的精神面貌,内心的、外在的矛盾,以及他们对于人类远景的想望。浮士德从中世纪的精神束缚中解放出来,摆脱了低级的官能享乐与迷离的情欲,批判了为封建王朝服务的妥协道路,也否定了向古典艺术美寻求出路的幻想,然后追求更高的理想:以自由劳动开拓人人幸福的乐园。这一过程成了文艺复兴后 300 年间资产阶级精神发展史的形象概括。

在诗剧中,浮士德和靡非斯特之间的关系是一种辩证的、对立统一的关系。浮士德不断寻找至善至美,体现了肯定的精神。靡非斯特体现了恶,体现了否定的精神。但是对浮士德这样一个不断追求的人来说,靡非斯特的恶却是从反面起到了推动的作用。他一再引诱浮士德作恶,实际上使浮士德从错误中摸索到正确的道路,不断向真理前进,促成了浮士德的向善。作者还通过这一形象对社会上的种种丑恶现象进行冷嘲热讽,赋予其敏锐的观察力和深刻的批判精神。

《浮士德》在艺术上也很有特色,为了充分展现主人公上天入地、探索人生真理的全过程,歌德采用了现实主义与浪漫主义相结合的创作方法。全诗的基本精神是描写理想与现实的矛盾,探索现实的出路。但是为了突破时间与空间的限制,总结历史经验,也为了驰骋诗人的想象,自由地表现精神探索的历史,诗中大胆利用了各种虚构的、幻想的、神话的形象。

为了适应诗剧丰富多彩的内容,歌德还采用了多种多样的诗体;诗中的语言风格也变化多端,有颂扬,有嘲讽,有诙谐,有庄严,有明喻,有影射,显示了歌德高超的语言艺术才能。诗剧还善于运用矛盾对比的方法来安排场面,配置人物。全诗以浮士德为中心,其他的人物如靡非斯特、玛甘泪、瓦格纳、海伦等,都与他形成对比。在全诗的构思中,光明与黑暗、崇高与卑劣、和谐与混乱等常常交替出现,形成鲜明的对比映衬关系,更好地呼应了主题。整部诗剧以宏伟壮丽的大自然景象为背景来展示和衬托人物的活动及其性格的发展变化,显示出作者的泛神论,即认为自然和神相统一的思想。

思考练习题

1. 启蒙文学有哪些主要特征?
2. 简述18世纪英国文学的发展历程。
3. "狂飙突进"运动在德国文学史上有怎样的意义?
4. 试论歌德《浮士德》中主要人物之间的辩证关系,为什么说靡非斯特是"作恶造善力之一体"?

延伸阅读文献

1. 伊恩·P.瓦特:《小说的兴起》,高原、董红钧译,北京:三联书店,1992年。
2. 刘意青:《现代小说的先声:塞缪尔·理查逊和书信体小说》,载《外国文学评论》,1992年第4期。
3. 欧文·白璧德:《卢梭与浪漫主义》,孙宜学译,石家庄:河北教育出版社,2003年。
4. 屠格涅夫:《悲剧〈浮士德〉,歌德的作品》,张耳译,见《文艺理论译丛》(3),北京:中国文联出版公司,1985年。

第六章 19世纪初期欧美文学

第一节 概 述

　　18世纪末—19世纪初的欧美文坛,占据主流地位的是浪漫主义文学。浪漫主义作为一种创作方法古已有之,但作为盛行于欧洲并表现于文化和艺术各部门的一种潮流和运动,则存在于18世纪末至19世纪初期。

　　1789年法国大革命前后欧洲各国民族民主运动高涨时期对未来的理想和个性解放的要求,大革命失败后流行的对"理性王国"的失望情绪,在大革命潮流的冲击下失去往日荣耀的人们的怀旧情绪,为浪漫主义思潮的兴起提供了社会历史条件和心理条件。革命不仅推翻了法国的封建政权,更在全欧范围内以铁和血的形式,解放了人的心灵,肯定了个人特别是普通人的力量和价值。这种对"个性主义"的张扬在一代知识分子的心灵上打下了深深的烙印,并很快在文学上得到了表现。法国人革命带动了欧洲各国的民族民主运动,但这一系列革命并没有给人们带来渴望已久的幸福与安宁,启蒙学者的斗争、人民的鲜血,似乎都只是为资产阶级的统治铺平了道路,"和启蒙学者的华美约言比起来,由'理性的胜利'建立起来的社会制度和政治制度,竟是一幅令人极度失望的讽刺画"①。在暗淡无光的现实面前,知识分子普遍感到了一种深刻的失望,这种失望与个性主义的张扬结合在一起,就形成了浪漫主义得以兴起的心理温床。

　　浪漫主义思潮的兴起还受到德国古典哲学和空想社会主义思想的影响。德国古典哲学以康德(1724—1804)、费希特(1762—1814)、谢林(1775—1854)和黑格尔(1770—1831)等人的学说为代表,这些学说虽有派别之分,但都强调主观和自我,推崇天才和灵感,它本身就是哲学领域的浪漫主义运动,并影响和改变了不少作家的世界观、文艺观。从18世纪就已兴起的空想社会主义思潮,也在19世纪初期得到了广泛的传播。空想社

---

①《马克思恩格斯选集》第3卷,北京:人民出版社,1972年,第298页。

主义批判资本主义制度,希望消灭阶级差别以达到人与人之间的平等和谐,描画理想的社会蓝图,这都对浪漫主义作家有着深刻的影响。

就文学内部而言,中世纪浪漫传奇(romance)的富有幻想传奇色彩的文学题材和形式风格,被浪漫主义者奉为典范;18世纪英国的感伤主义文学思潮、德国的狂飙突进运动、法国卢梭的作品等,为浪漫主义(romanticism)的出现作了文学上的准备。

浪漫主义文学是对古典主义文学的反拨。在浪漫主义文学运动兴盛之前,信奉理性、强调规则的古典主义雄霸欧洲文坛已达200年之久。18世纪的启蒙作家虽然在社会政治领域颇富斗争精神,却对古典主义文学表现出相对宽容的态度。最有威望的启蒙作家伏尔泰"对天上地下什么都不尊重,却严守诗歌的韵律","从来没有打破旧例,让剧情的发展持续二十四小时以上,或是让一个剧发生在两个地方"①。向古典主义的堡垒发起冲击的是第一位是法国的卢梭。卢梭看重发自内心的、处于自然状态的情感,他的《新爱洛伊丝》是对古典主义的沉重打击。这本书以两个社会地位不同的青年为主人公,违反了古典主义的基本规则,表现出与之相反的对个性自由的尊重和民主主义倾向,充满了对大自然的赞美和对处在自然状态、不加伪饰的情感的肯定。卢梭提出的"返回自然"的口号,后来在浪漫主义运动中风靡一时。

浪漫主义的前奏还包括18世纪后期英国的感伤主义文学和德国的"狂飙突进"运动。前者赞美大自然,强调情感的力量,偏爱感伤和哀婉的场面,对后世的浪漫主义者颇具吸引力;后者则呼应卢梭"回到自然"的口号,歌颂大自然和淳朴的人民,强调"天才",要求自由和个性解放。狂飙突进运动中产生的歌德的《少年维特的烦恼》,以忧郁感伤的风格描写主人公对自然和生活的健康的爱,对全欧性的浪漫主义思潮产生了很大的影响。

浪漫主义文学最突出的特点是它的主观性。浪漫主义者承继了前人崇尚情感的精神内核,要求个性自由、创作自由,与古典主义者展开了"情理之争",并逐步取得胜利,他们对艺术的本质做出了新的理解和回答。浪漫主义者认为,亚里士多德的"摹仿自然"说坚持文艺反映生活,相对忽略了艺术家在创作中的主观因素,而古典主义者对它的片面的、机械化的理解则更是使文艺创作走进了死胡同。针对这些情况,浪漫主义者提出了"表现说",认

---

① 勃兰兑斯:《十九世纪文学主流》第1分册,张道真译,北京:人民文学出版社,1980年,第3页。

为诗是"强烈感情的自然流露"(华兹华斯),艺术家的心灵世界是文艺的基础和源泉,因此,文艺应着重表现人的心灵,表现主观理想,抒发强烈的个人情感。这些观点成为浪漫主义文学最突出的特点。

浪漫主义文学的另一个重要特点是对大自然的热爱。浪漫主义者厌倦了新古典主义对富丽堂皇的场面、谈情说爱的客厅和花园的描绘,因此响应卢梭"回归自然"的口号,着力描绘和歌颂大自然,以抵制城市文明的丑恶与庸俗。在他们笔下,大自然不事雕饰的美与城市文明的矫揉造作形成了鲜明的对比。这一方面内在地表达了他们的文艺观,另一方面也寄托了他们愤世嫉俗的情感和对自由的追求。浪漫主义作家对自然的热爱乃至崇拜也受到当时流行的"泛神论"的影响。自然在他们眼中是具有神性的,是精神化的,自然与人在本质上是可以沟通的,因此在他们的作品中,常常将景物拟人化或将之作为精神境界的某种象征。

浪漫主义作家主张"回到中世纪",特别重视中世纪民间文学传统。他们厌倦了古典主义精致纤巧的艺术风格,在民歌中发现了强烈真挚的情感、活泼生动的想象和淳朴清新的语言。早期的浪漫主义者就已开始了对民谣和民间传说的收集整理工作,试图在民间文学中找到创作的素材和灵感,并且借此进一步摆脱古典主义的束缚,发掘本民族文化传统,使民族文学得到独立、自由的发展。

在创作方法和表现手法上,浪漫主义作家重视灵感和想象的作用,喜欢运用夸张、对比的手法,追求强烈的美丑对比和出奇制胜的效果。出于对平庸、丑陋的现实的反感,他们偏爱奇特的事物,其作品往往具有大胆的幻想、华丽的辞藻、非凡的人物和奇异的情节,充满异域情调。

浪漫主义作家反对古典主义的清规戒律,在创作中采用多种体裁形式,但他们所偏爱的是特别适于抒情的诗歌。浪漫主义者将诗人视为人类的导师,认为诗歌可以表现"人类的伟大精神"和"深奥的思想"。此外,在历史小说与历史剧创作方面,浪漫主义文学也颇有成就。

就语言风格而言,古典主义者喜欢用典雅的语言有节制地表达感情,而浪漫主义作家的语言或清新或华丽,都蕴含着不可遏制的激情,极富个人色彩。当然,也有一些作家过分追求华丽的辞藻,使语言风格流于浮华。

由于欧美各国政治经济发展的不平衡以及文化传统的差异,各国浪漫主义文学发展的情况不尽相同。就具体作家而言,浪漫主义阵营内既有像夏多布里昂和维尼那样一心想复辟旧制度、恢复贵族特权的人,也有像拜伦、雪莱那样认同法国大革命的自由斗士。也就是说,同属于浪漫主义流派、艺术观点相近的诗人和作家们,其思想倾向有时是大相径庭的。另外,浪漫主义也不是19世纪欧美文学中唯一的文学思潮和流派,如英国女作家简·奥斯丁的小说创作,就显示出现实主义特色,成为18世纪英国小说和19世纪现实主义文学之间的桥梁。

一、德国文学

18世纪末—19世纪初的德国仍然处在四分五裂的状态,经济落后,资本主义发展迟缓,封建领主的权威压倒一切,而民主运动则屡受压制。拿破仑在1805—1813年间曾数次占领德国部分地区,一方面激发了德国知识分子的民族自尊心,另一方面也使他们更加厌憎现实的混乱与动荡,向往中世纪的宁静与和谐。他们也曾为法国革命而欢呼,但不久就转向失望乃至恐惧。在重新寻找理想世界的过程中,他们中的一部分人主张用基督教思想统一人的意志,使在18世纪末形成和发展的德国浪漫主义运动带上了浓厚的宗教色彩和复古倾向。

德国浪漫派以耶拿为中心,出版《雅典娜神殿》杂志,宣传他们的文学主张,基本倾向是怀古遁世,又称"耶拿派"。这一派的代表人物有施莱格尔兄弟、诺瓦利斯和蒂克等。施莱格尔兄弟为德国浪漫主义奠定了理论基础。其中,**弗里德里希·施莱格尔**(1772—1829)写有320条断片,在《雅典娜神殿》发表的451条《断片集》中占有很大比重。他写的第116条断片,纲领性地提出了早期浪漫派的诗论,强调浪漫主义诗歌创作的绝对自由。**奥古斯特·施莱格尔**(1767—1845)则写有《论美的文学和艺术》(1801—1804)、《论戏剧艺术和文学》(1809—1811),系统地阐述了浪漫主义的文艺观。

诺瓦利斯(1772—1801)的代表作散文诗集《夜的颂歌》(1800),为纪念早年去世的爱人索菲而作。诗人沉湎于神秘的世界,用一种迷醉的语言歌颂黑夜和死亡。他的小说《亨利希·封·奥夫特尔丁根》(1802)是为反对歌德的《威廉·迈斯特》的思想而创作的,但在形式上模仿这部作品。小说把13世纪描绘成理想化的牧歌式的世界,歌颂宗教,宣扬神秘主义,反对启蒙哲学。

蒂克(1773—1853)整理的《民间童话》(1797)收录了童话《金发的艾克贝尔特》、童话剧《穿靴子的猫》等作品,至今仍拥有广泛的读者。他的小说《弗兰茨·斯泰恩巴德的漫游》(1798)描写15世纪的青年画家漫游意大利的故事,把那时的行会制度和整个封建时代理想化,以和"现代生活"相对立。

1805年左右,另一批浪漫主义作家聚集于海德堡,创办《隐士报》,形成"海德堡派"。这一派作家的特点是更重视民间文学,重视整理"国故"。"海德堡派"的代表人物**布伦塔诺**(1778—1842)和**阿尔尼姆**(1781—1831)合编的民歌集《儿童的神奇号角》(1806—1808),收集了300年来流传于德国民间的700首情歌、叙事歌谣、流浪曲、离别歌等各种民歌,并进行改写和加工,但保留了原作朴素而清新动人的风格。这些新鲜活泼的民歌,给德国诗坛注入了新的血液,影响了诗人海涅、音乐家舒曼和勃拉姆斯等许多德国艺术家。

　　格林兄弟,即**雅各布·格林**(1785—1863)和**威廉·格林**(1786—1859),既是语言学家,又是民俗学家和文学家。他们共同整理加工的《儿童与家庭童话集》(即《格林童话》,1812—1815),情节淳朴动人,语言简单优美,是除了路德的《圣经》德译本之外印刷量最大的德语作品,其中一些著名的童话如《白雪公主》、《睡美人》、《灰姑娘》、《小红帽》等,是世界儿童文学中的宝贵财富。他们的收集、编纂工作同样显示出"海德堡派"对民间文学的重视。

　　继"耶拿派"和"海德堡派"之后,德国文坛还活动着其他一些浪漫主义者。其中**霍夫曼**(1776—1822)的成就最大。他早期的代表作《金罐》(1814)利用幻景中的美来对比现实中的丑,具有荒诞神秘的情节和气氛。童话与短篇小说集《谢拉皮翁兄弟》(1819—1821)收录了他最出色的一些短篇小说,以及《胡桃夹子和老鼠国王》等童话,俄国音乐家柴可夫斯基的芭蕾舞剧《胡桃夹子》就是据此改编的。霍夫曼还写有长篇小说《雄猫穆尔的生活见解》(1820)等作品。他常常将现实与梦境交织在一起,其作品有着荒诞离奇的情节和阴暗神秘的气氛,人物往往被一种幽灵般的力量所支配;但这些作品又大胆地揭露了现实的庸俗、丑恶和病态,具有尖锐的讽刺锋芒,隐含着辛辣的真理。这种独特的怪诞风格,对果戈理、巴尔扎克、陀思妥耶夫斯基和爱伦·坡都有不小的影响。

　　沙米索(1781—1838)是一位抒情诗人兼小说家。他的童话体中篇小说《彼得·施莱米尔的奇异故事》(又译《出卖影子的人》,1814),通过同名主人公把自己的影子出卖给魔鬼而换得财富,却因此丧失了人的要素而痛苦不堪的情节,揭露了金钱的罪恶,讽刺了市侩社会的庸俗。他和霍夫曼一样,都长于以荒诞的情节和人物来影射现实,具有和前两个浪漫派群体不同的倾向。

　　德国的浪漫主义文学运动在1830年前后日渐衰落。诗人海涅是在浪漫主义作家的影响下开始创作的,但他后来"用鞭笞答谢了老师"。他以《论浪漫派》(1836)一文宣告了浪漫主义在德国文学中统治地位的结束,并以自己的创作,把德国文学带入一个新的、更有成就的阶段。

二、英国文学

英国是一个较早建立资本主义社会秩序的国家。17世纪中期的资产阶级革命使它成为欧洲第一个工业国家。但是,资产者和贵族的联合专政不久就显示出了其残酷性。早期资本主义和工业文明所暴露出来的矛盾和弊病引起了人们对于现实的不满,对已逝岁月的怀念和对恬静的大自然的向往。对于1789年的法国大革命,英国知识界或欢呼或逃避,都有强烈的反应,"正是紧接着法国革命的爆发,英国所有的第一流诗人不仅分别写了他们最好的作品,而且这些作品合起来成为英国文学史上继莎士比亚时期的诗剧之后最大的成就"[①]。可以说,英国的浪漫主义文学正是在本国的产业革命和法国大革命的历史背景下形成的。

18世纪晚期在英国文坛上流行一时的感伤主义文学以及稍后的彭斯、布莱克的诗歌,是英国浪漫主义文学的先声。浪漫主义在英国文坛正式形成一个流派是在19世纪初叶。首先登上文坛的是"湖畔派"三诗人华兹华斯、柯尔律治和骚塞。他们因厌恶资本主义城市文明,隐居于英国西北部的昆布兰湖区,所以被称为"湖畔派"诗人。他们寄情于山水,讴歌大自然,缅怀宗法制的农村生活,描写奇异神秘的故事和异国风光,其诗歌题材一般远离现实;但他们主张以朴实的语言表达真情实感,带动了诗歌艺术的革新,成为英国第一代浪漫主义诗人。

威廉·华兹华斯(1770—1850)是"湖畔派"中成就最高的诗人。《抒情歌谣集》(1798)收入了他和柯尔律治两人的诗作。这本诗集再版时,华兹华斯为它写了一篇序言,这就是《〈抒情歌谣集〉序言》(1800)。他在序言中认为"所有好诗都是强烈感情的自然流露";主张写"微贱的田园生活","以口语入诗"。这篇序言成为英国浪漫主义的宣言书。华兹华斯的诗歌理论,不仅结束了英国古典主义诗学的统治,而且成为20世纪欧美新诗理论的先声。

华兹华斯是大自然的歌者,在他看来,大自然可以洗尽一切精神上的烦扰,使人变得纯洁、恬静而更富于同情心。华兹华斯在许多诗作中表达了对幽雅恬静的自然景物的爱,被誉为"自然诗人"。他写有波澜壮阔的心灵史

---

① 王佐良:《英国文学论文集》,北京:外国文学出版社,1980年,第125页。

诗《序曲》，以自然与人生的关系为主题的《丁登寺》和《不朽的征兆》，表现大自然是人生欢乐和智慧的来源的思想，熔清新和典雅于一炉。他被认为是开一代新诗风的大诗人。

塞缪尔·柯尔律治(1772—1834)既是一位诗人，也是一位理论家和批评家。他十分推崇诗歌的想象力，认为想象力是诗的灵魂，诗人应运用丰富的想象写出新奇的事物，以激发读者的兴趣。他的《古舟子咏》(1798)、《忽必烈汗》(1816)等诗，具有神秘色彩，以自然、逼真的形象和环境描写表现超自然的、神圣的、浪漫的内容。《古舟子咏》写一位老水手在海上不顾同伴的反对射杀了一只信天翁，从而招致一系列灾难，这个充满奇幻之美的航海故事，探讨罪恶与赎罪的问题，体现了柯尔律治的诗风。诗人的《文学生涯》(1817)一书包括了他的文学评论的精华，其理论被后来的英美"新批评"派所继承；《关于莎士比亚的讲演集》(1818)，则使他成为英国浪漫派莎评的重要代表。

"湖畔派"的另一位诗人**罗伯特·骚塞**(1774—1843)在青年时代以激进著名，但后来转为保守，曾被当权者封为"桂冠诗人"。他的诗作充满异域情调、怪异的形象和对中世纪的向往。他的长诗《审判的幻景》(1821)歌颂刚死的英王乔治三世，写他的灵魂如何进入天堂，以讨好王室。拜伦后来写了一首同名诗作，对骚塞进行讽刺。

1815年前后，第二代浪漫主义诗人出现，把英国诗歌带入了一个更广阔的境地，其代表人物是拜伦(详见第二节)、雪莱和济慈。他们对暴政的抗议、对人权的捍卫，为英国浪漫主义诗歌增添了战斗的激情和新鲜的活力。在诗歌艺术上，他们继"湖畔派"之后，继续英国诗歌的革新，增强了诗歌形象的绚丽色彩和语言的音乐性，使英诗的形式和格律都有所丰富和发展。

波西·比希·雪莱(1792—1822)是一位命运多舛、却始终保持了理想主义和乐观精神的诗人。他的第一首长诗《麦布女王》(1813)以梦幻和寓言的形式，描写万能的麦布女王带领熟睡的少女伊昂珊云游宇宙，纵览古今并予以评说，表达诗人对于现实的批判和对于未来的理想，对于自由的向往和对于变革的呼唤。这首诗后来被英国宪章派奉为"圣经"。

长诗《伊斯兰起义》(1818)出版于诗人因婚姻风波被迫永别祖国的前夕，讲述主人公莱昂与茜丝娜在"伊斯兰的黄金城"领导人民推翻暴君统治的故事，歌颂了法国大革命中人民反对专制统治的斗争精神，表达了诗人对于正义必然战胜邪恶、人类终将获得解放的信心。

旅居意大利期间，雪莱与拜伦往来密切。他创作的历史剧《钦契》(1819)

系根据罗马钦契家族遗稿记述的史实写成。该剧刻画了钦契伯爵这个暴戾成性、丧尽天良的教皇宠臣的形象；钦契的女儿则是其父的兽性和教会权势结合而造成的一个悲剧性人物。剧本由此显示其批判锋芒。抒情诗剧《希腊》(1822)是雪莱献给正在反抗土耳其侵略者、争取民族独立的希腊人民的，表现了诗人对民族运动的同情和支持，还预示了希腊人民未来的远景。

雪莱在意大利期间还写有一系列政治诗和脍炙人口的抒情诗，如《西风颂》(1819)和《致云雀》(1820)等。政治诗《暴政的假面游行》(1819)和《给英格兰人的歌》(1819)，抗议英国政府在"彼得卢大屠杀"中镇压人民的暴行，呼吁人民为争取自由而奋起斗争。雪莱的政治诗语言明白晓畅，辞意通达，号召力强，往往以议论入诗，但诗句依然绚烂多彩。

《西风颂》以豪迈奔放的热情歌颂强劲有力的西风：它以摧枯拉朽之势扫除残枝败叶；把昏睡的大海唤醒，掀起汹涌的波浪；它还到处播送生命的种子，催促万紫千红的春天的到来。雪莱抒情诗的特色是：情思专注而意境深远，风格时而奔放不羁，时而婉转悠扬，语言富有音乐性。

抒情诗剧《解放了的普罗米修斯》(1819)是雪莱的代表作。诗人沿用了古希腊悲剧家埃斯库罗斯剧作的情节，但改变了该剧妥协的结局，推陈出新，通过巨神普罗米修斯以坚贞不屈的斗争精神反抗众神之主尤庇特，并最终取得胜利，使整个宇宙都得到解放的故事，表现了以道德反抗暴力的主题。雪莱在这部诗剧中寄托了自己的社会政治理想。诗人通过尤庇特(宙斯)这一形象抨击英国统治者，在普罗米修斯形象身上概括了人民争取自由解放的斗争精神和坚强意志。诗剧中的冥王推翻尤庇特统治的情节，表明诗人在一定程度上肯定了暴力革命的合理性和必要性；而人间新面貌、新气象、新秩序的场景，则表达了诗人对于建立自由平等的美好社会的崇高理想。这部诗剧气势宏大，想象丰富，形象众多而各具特点，场面壮丽多彩；诗句挺拔有力，具有磅礴的抒情风格。

1822年7月，雪莱在海上航行时遭遇暴风雨，不幸遇难。雪莱是一位明朗、热情的诗人，其诗往往具有乐观的音调和理想主义色彩，故被恩格斯称为"天才的预言家"。

稍晚登上文坛的诗人**约翰·济慈**(1795—1821)，也是英国文学史上杰出的抒情诗人之一。他的长诗《恩底弥翁》(1817)以牧人恩底弥翁和月亮女神的故事为题材，象征性地表现了诗人追求理想的过程，显示出诗人对于周围世界中美的敏感和独特的语言表达能力。长篇叙事诗《伊莎贝拉》(1818)借助于《十日谈》的题材批判资本主义的罪恶。他在1819—1820年间创作的《夜莺颂》《希腊古瓮颂》《忧郁颂》《秋颂》等诗篇,都体现了诗人对于美好理想的不倦追求。他认为"美即真,真也即美"。济慈诗歌的形象刻画鲜明具体,景物描写实感强,达到了诗中有画的艺术境地。

女作家简·奥斯丁(1775—1827)是与浪漫主义诗人同时代的小说家。她先后出版了《理智与感情》(1811)、《傲慢与偏见》(1813)、《曼斯菲尔德庄园》(1814)、《爱玛》(1816)、《诺桑觉寺》(1818)和《劝诫》(1818)等六部小说。她一反当时还较流行的感伤主义小说、哥特式小说的风气,以现实主义手法反映了两世纪之交英国乡村中产阶级的日常生活,成为联结18世纪英国小说和19世纪中期以狄更斯、萨克雷等为代表的现实主义小说之间的桥梁。奥斯丁小说的长处在于对人世和人性的准确把握,刻画人物主要依靠传神的对话,文笔流畅,从不故作深奥。

欧洲历史小说的创始人**瓦尔特·司各特**(1771—1832),早年曾写过一些历史叙事诗,从1814年开始写小说,共写有27部历史小说。这些小说大致可分为两类:一类取材于苏格兰历史,如《罗伯·罗伊》(1817)、《中洛辛郡的心脏》(1818)等;另一类取材于英国或法国的历史,如《艾凡赫》(1820)、《昆丁·达沃德》(1823)等。这些作品以雄迈的文笔,再现了从中世纪到资产阶级革命时期英国和欧洲历史上的一系列重大事件,展示了历史的进程和不同时代的社会风貌。《艾凡赫》是司各特历史小说的代表作。这些作品结合了历史真实而又加以大胆想象,情节曲折,规模宏大,场面动人。可各特不仅开创了一种新的小说样式,而且为后来现实主义小说的兴起与繁荣提供了条件。他的历史小说对狄更斯和萨克雷、雨果、巴尔扎克、大仲马、普希金、库珀等都产生过影响。

三、法国文学

1789年的大革命对法国的影响是巨大的。18世纪末、19世纪初的数十年间,法国就像是一只行驶在惊涛骇浪之上、不断改变着航向的大船。革命本身及其引起的思想激荡使这一时期的法国文学不可避免地带上了浓厚的政治色彩,而频繁的动荡又使人们在文艺上追求"那些充满出人意料的事件、残酷的场面以及硫酸性的热情的小说"①。贵族阶级的怀旧和复古情绪,新兴资产阶级不断膨胀的自我,平民对富于刺激性的场面和事件的爱好综合在一起,为法国浪漫主义思潮的兴起提供了社会心理温床。

---

① 柳鸣九主编:《法国文学史》(中),北京:人民文学出版社,1981年,第41页。

弗朗索瓦-勒内·德·夏多布里昂(1768—1848)是法国文学中出现最早的浪漫主义作家。他出生于旧贵族家庭,是波旁王朝的拥护者和基督教精神的信奉者。他的中篇小说《阿达拉》(1801)的问世,标志着法国浪漫主义文学的开端。作品的主人公阿达拉和夏克达斯是生活在美洲原始森林的印第安人。他们彼此相爱,但因阿达拉之母早年曾许诺将她献给上帝而不能结合,女主人公在情感和信仰的双重折磨下选择了服毒自尽。小说通过阿达拉在爱情与宗教信仰的矛盾面前为宗教信念而殉身的情节,歌颂基督教的神圣和为天主献身的精神;作品中"印第安人在宗教感召下文明起来"的画面,意在显示"基督教对野蛮生活的胜利"。

　　夏多布里昂的另一篇小说《勒内》(1805)以作者自己为蓝本,描写了破落贵族子弟勒内的飘零命运,刻画了欧洲文学中著名的"世纪病"典型。勒内自幼在孤独和忧愁中长大,与周围的世界格格不入,为了寻找"无名的幸福",他四处飘泊,最后在基督教的感召中找到了精神的归宿。勒内的忧郁和对现实的幻灭感,反映了一种具有一定普遍性的时代情绪。夏多布里昂善于以富有诗意的语言表达忧郁、孤独、厌世、病态的情绪感受,其作品极具艺术感染力。

　　德·斯塔尔夫人(1766—1817)出身名门,自幼喜爱卢梭的作品,曾因自己的自由主义倾向而被拿破仑驱逐出法国,在国外流亡了10年。她的理论著作《论文学》(1800)阐述了文学发展和社会状况之间的关系,主张用历史比较的方法理解和评价作品。她把欧洲文学分为南方文学和北方文学,认为包括希腊、罗马、意大利、西班牙以及路易十四时代的法国文学在内的南方文学崇尚古典,情调欢快,富于民族特色和时代精神,而包括英、德和北欧国家文学在内的北方文学则崇尚感情,富于哲理,看重想象,气质阴郁。著者表达了自己对于北方文学的推崇。这是一部较早的比较文学论著。她的另一本理论著作《论德国》(1810)进一步阐述了上述观点,认为以希腊、罗马文学为规范的古典主义法则妨碍了创作的自由,法国应学习德国人随心所欲的写作态度,让文学在本民族的土壤中生长,反映本民族的历史和宗教。这两本著作对浪漫主义文学的兴起和发展起到了重要的作用。

　　斯塔尔夫人的小说《黛尔芬》(1802)和《柯丽娜》(1807),均以年轻女性的悲剧性爱情经历为题材,在法国文学中第一次提出了女性的自由权利和社会传统习俗之间的矛盾问题。前者明显受到《新爱洛伊丝》的影响,后者既表现了激越的思想和奔放的感情,又充满感伤悒郁的情调。

　　19世纪20年代初登上文坛的**阿尔封斯·德·拉马丁**(1790—1869)是

复辟的波旁王朝"桂冠诗人",写有《沉思集》(1820)、《诗与宗教的和谐》(1830)等抒情诗集,咏唱孤独、忧愁、人生的无常和逝去的时光。他的代表作《沉思集》歌颂爱情、死亡、大自然和上帝,把理想寄托在业已消逝的事物和对天堂的幻想上,或向大自然寻求安慰。他的诗歌,给人以轻灵、飘逸、朦胧之感。

阿尔弗雷德·德·维尼(1797—1863)是一位诗人兼小说家、剧作家。他的诗歌代表作《命运集》(1864),表现了正在走向没落的贵族阶级的情绪。诗人对旧制度抱有孤臣孽子的心情,以一种忍苦傲世的态度对抗历史的前进。他大量采用象征手法,为20世纪60年代的帕纳斯派铺平了道路。

从20世纪20年代中期开始,由于雨果、缪塞、大仲马等诗人和作家的加入,法国浪漫主义文学开始抛弃贵族怀旧情调,进入了一个新的发展时期。**阿尔弗雷德·德·缪塞**(1810—1857)也是一位诗人兼剧作家、小说家。他的长篇小说《一个世纪儿的忏悔》(1836)以自己的爱情经历为素材,成功地塑造了法国文学中又一著名的"世纪儿"形象,提出了个性发展与时代、社会之间的矛盾问题,也反映了作家本人的精神迷惘。诗人**皮埃尔·让·德·贝朗瑞**(1780—1857)写有大量歌词和讽刺诗,猛烈抨击封建贵族和天主教会,显示出民主主义倾向。1848年革命前夕,他在《洪水》(1847)一诗中以冲天巨浪象征即将到来的革命,预言暴君将淹没在洪流中。贝朗瑞的诗歌具有明显的倾向性和现实意义,艺术形象鲜明突出,语言纯朴自然而又丰富多彩。

20世纪30年代后,法国的浪漫主义文学并没有销声匿迹,以雨果和乔治·桑为中心,包括缪塞、大仲马在内的浪漫主义作家在诗歌、小说、戏剧等领域都取得了丰硕的成果,使得法国的浪漫主义文学得以继续发展,与30年代兴起的现实主义文学形成了并驾齐驱的局面。

四、俄国文学

19世纪初期的俄国处在沙皇的专制统治之下,政治、经济、文化等各个方面都落后于欧洲其他国家。1812年卫国战争的胜利促进了民族意识的觉醒和高涨,1825年十二月党人的起义则揭开了反抗专制、反对农奴制度的解放运动的序幕。在这个动荡的历史时期所产生的俄国浪漫主义文学"充满了对现存制度的不满的感觉,并预感到即将来临的变化"[①],是时代精

---

① 亚·尼·索科洛夫:《十九世纪俄罗斯文学史》,转引自徐稚芳《俄罗斯诗歌史》,北京大学出版社,1989年,第41页。

神的一种艺术体现。

瓦西里·安德烈耶维奇·茹科夫斯基(1783—1852)是俄国第一个浪漫主义诗人,他曾出色地翻译了英德等国浪漫主义诗人的作品,首先将浪漫主义因素带入俄国诗坛,被评论家别林斯基称为"文学界中的哥伦布"。他的诗作着重描写内心生活、梦幻世界,表现对大自然的感受,歌颂友谊和爱情,以情感真挚、想象丰富、音调忧伤著称。他的代表作、故事诗《斯维特兰娜》(1808—1812)将浪漫主义的意境融入到俄国的民间习俗中,具有神秘主义色彩。茹科夫斯基在抒发内心情感、创造新的表现技巧和韵律方面,都是普希金的先驱。

俄国浪漫主义潮流中的诗人普希金和"十二月党"诗人,更为重视民间文学,注意从民间文学中汲取营养,并在创作中深情地呼唤自由,写出了许多呼唤平等、自由的政治抒情诗。**康德拉季·费多罗维奇·雷列耶夫**(1795—1826)是"十二月党"诗人的杰出代表。他的组诗《沉思》(1825)等,表达反对沙皇专制的社会理想,并试图唤起沉睡中的年轻一代。他的作品一直被沙皇政府查禁,但他热情洋溢的诗句仍然传播开去,为广大读者所推崇。

在浪漫主义文学取得进展之际,现实主义也处于酝酿和萌发之中。**伊万·安德烈耶维奇·克雷洛夫**(1768—1844)的寓言创作,可视为俄国现实主义的发端。他的205篇诗体寓言,以出色的讽刺艺术暴露专制农奴制的罪恶,讽刺对于西欧文化的盲目崇拜,歌颂人民的辛勤劳动,同情农民的痛苦命运,针砭时弊,广泛反映了18世纪末—19世纪初俄国的社会生活,具有现实主义的具体性,生活气息浓厚,语言平易简洁,对许多后起的俄国作家都产生了影响。

从19世纪20年代开始,在普希金和另外一位作家格利鲍耶多夫的创作中开始出现现实主义因素。**亚历山大·谢尔盖耶维奇·格利鲍耶多夫**(1794—1829)的喜剧《智慧的痛苦》(1824),通过贵族青年恰茨基从国外回到莫斯科,不满上层社会的腐朽堕落,却被当成疯子,最后只能怒而出走的遭遇,表现了进步贵族青年与官僚世界的冲突,具有鲜明的现实主义特色。喜剧的主人公恰茨基的形象,可以说是俄国文学中"多余人"的雏型。

20年代中期以后,普希金、莱蒙托夫等俄罗斯诗人,先后都由浪漫主义过渡到现实主义,并带动了整个俄国文学从浪漫主义向现实主义的转变,把俄罗斯文学引入一个蓬勃发展的新阶段。

五、美国文学

美国在独立战争(1775—1781)后摆脱了英国的殖民统治,于 1783 年建立了美利坚合众国。独立后的美国虽然面临着许多问题,但充满了生机与活力,在政治经济上取得成就的同时,文化事业也有发展,不少城市都兴办了学校、图书馆和博物馆。但是,美国文学在相当长的时间内未能摆脱对英国文学的依附与模仿,未能形成自己的民族特点。独立战争以后,特别是进入 19 世纪之后,独立的美国文学开始诞生,加入了欧洲强大的浪漫主义潮流中,开始了本国文学史上的第一个繁荣时期。

美国早期人少地多,为个人理想的实现提供了很大的空间和可能性,因此美国文学富于民主自由精神,个人主义、个性解放的观念较为强烈。由于美国又是一个由各国移民组成的国家,所以文学的内容、思想倾向和艺术风格都呈现出多样性、庞杂性。许多作家直接来自社会下层,使得文学的生活气息浓郁,平民色彩鲜明,具有开朗、豪放的特点。美国作家的敏感、好奇,更使得美国文学浪潮迭起,日新月异,瞬息万变。

美国民族文学的诞生是以浪漫主义运动为开端,代表作家有欧文和库珀等。他们以美国的历史传说、风土人情、自然风光为题材,用浪漫主义笔法,描画出"童年"美国的形象,写出了具有民族风格的作品,第一次打破了对英国文学的依附,可以说是美国民族文学的先驱。

华盛顿·欧文(1783—1859)被称为"美国文学之父"。他的 7 卷本历史传记小说《纽约外史》(1809),以纽约在荷兰殖民时期的历史为框架,描述三个荷兰总督的统治经历,以闹剧式的情节和滑稽的人物形象著称,被认为是美国文学中"第一部伟大的书"。他在旅居英国期间完成的《见闻札记》(1820),包括 34 篇小说、散文和随笔等,开创了美国短篇小说的传统。其中的名篇《瑞普·凡·温克尔》、《睡谷的传说》等,第一次塑造出了瑞普·凡·温克尔这样的美国式的典型人物,以"欧文式"清新优美的风格开拓了美国文学的创作天地。

和欧文一起开创了浪漫主义文风,写出了真正美国式小说的另一位先驱者是**詹姆斯·费尼莫尔·库珀**(1789—1851)。他对美国文学的最大贡献是创作了一批"纯粹美国式"的长篇小说,其中包括革命历史题材的小说《间谍》(1821)、航海题材的小说《水手》(1824)和边疆题材的"皮袜子故事集"系列小说等。《间谍》和《水手》在美国和欧洲出版后都引起了很大反响,而真正奠定库珀在文学史上地位的是他的"皮袜子故事集"五部曲——《拓荒者》

(1823)、《最后一个莫希干人》(1826)、《草原》(1827)、《探路者》(1840)和《猎鹿者》(1841)。库珀在这些系列小说中以外号"皮袜子"的猎人曼笛·邦坡的一生为线索，表现了美国西部边疆在开发早期的生产、生活和风俗状况，塑造了"皮袜子"正直勇敢、冷静机智而又富于冒险精神的形象，为美国文学的画廊增添了一幅独特的画像。

一般以1829年为界，可将美国浪漫主义文学分为前后两期。早期浪漫主义文学满怀乐观向上的时代精神，反映了当时日益上升的民族意识，又隐含着对于资本主义现实的批判。这个时期的文学作品，问世后反应热烈。因为它既满足了国内读者对民族题材的渴求，又向国外读者展现了美国这个新型国家的面貌。进入30年代，美国又出现了像霍桑、爱伦·坡、朗费罗、惠特曼等作家，浪漫主义得到了更大的发展。

第二节 拜 伦

一、生平和创作

英国浪漫主义诗人**乔治·戈登·拜伦**(1788—1824)于1788年1月出生于伦敦的一个破落贵族家庭，3岁时丧父，随性格暴躁的母亲在苏格兰度过了并不愉快的童年。因天生跛足常遭人耻笑，拜伦自小形成了敏感而又孤傲的性格。这个郁郁寡欢的孩子热爱苏格兰民族的英雄传说，幻想有朝一日能够像历史上的英雄那样建功立业。1798年，拜伦的伯祖父病逝，身后无嗣。拜伦于是得以继承家族的爵位和庄园，成为第六代拜伦勋爵，并和母亲一起搬进了诺丁汉郡的祖传领地纽斯台德庄园。1801年，他进入英国著名的贵族学校哈罗公学学习。在这所学校，拜伦广泛涉猎历史和传记著作，并初步显露出同情弱小、甘愿为他人分担痛苦的品质。1805年，拜伦入剑桥大学学习，但他不满当时学校淡薄的学术空气，常借回乡探母之机阅读自己心爱的书籍。

早在哈罗公学时代，拜伦就开始尝试着写诗。他的第一部诗集《懒散的时日》(1807)中所收的作品，除少数几首表现出感情的力度，预示了诗人未来的风格之外，多数是模仿古典诗歌的感伤之作，从内容到形式都显得有些幼稚。当时的权威文学评论刊物《爱丁堡评论》发表匿名文章对其进行挖苦。拜伦随即以长篇讽刺诗《英国诗人与苏格兰评论家》(1809)进行反击。这首充满火药味的讽刺诗尖刻地嘲骂了包括华兹华斯、柯尔律治、骚塞和司各特等在内的几乎所有曾受到《爱丁堡评论》好评或为之撰稿的当代著名诗人，同时评说英国文学界的各个流派，显露出超群的洞察力和杰出的讽刺才能。但就整体而言，拜伦有些意气用事，失之轻率和武断，诗人自己在几年后也承认了这一点。

1809年，从剑桥大学毕业的拜伦以贵族身份获得英国上院议员的世袭席位。随后即与好友一道出国旅行，1809—1811年间游历了葡萄牙、西班牙、马耳他、阿尔巴尼亚、希腊、土耳其等国。这次旅行开阔了诗人的眼界，也为他的创作提供了丰富的素材。长诗《恰尔德·哈洛尔德游记》的前两章就写于这个时期。诗人这时已摆脱了早年的幼稚和矫揉造作，开始走向成熟。长诗的前两章在1812年发表后引起了轰动，人们争相购买和阅读这部作品，拜伦曾说过："在一个美好的早晨，我一觉醒来，发现自己已经成名。"

但成名后的拜伦仍然保持了一颗同情普通民众的心。1812年2月，他在议会发表演说，反对处死破坏机器的工人，并在一项惩罚性的法案通过后，发表了《〈制压破坏机器法案〉制定者颂》（1812）一诗。这首诗痛斥政府强行通过法案、迫害工人的行径，成为英国文学史上第一部谴责资本主义剥削不人道的作品。同年4月，他又在议会发表第二次演说，斥责英国政府对爱尔兰人民的民族压迫政策。作为上院议员，拜伦渴望在社会政治活动方面有所建树，但因为他的极端自由主义立场和傲岸的性格而被保守党人视为危险分子，被自由党人孤立排挤。拜伦一度处于苦恼和愤懑之中。

1813年，拜伦将自己的同父异母姐姐奥古斯塔接来伦敦同住。与后者的相处使他感到了前所未有的宁静与平和。奥古斯塔对他的理解和关心激起了他的创作激情，使他得以在很短的时间内完成了一组"东方叙事诗"（1813—1816）。这组长篇叙事诗共6篇，均以南欧、西亚一带的大海、原野或王宫为背景，包括《异教徒》（1813）、《阿比托斯的新娘》（1813）、《海盗》（1814）、《莱拉》（1814）、《巴里西那》（1816）和《科林斯的围攻》（1816）。"东方叙事诗"的主人公都具有非凡的才能和力量，又富于叛逆精神，蔑视"文明"社会并与之尖锐对立，于是便以挑战的姿态、异常的大胆和热情、不屈不挠的意志进行报复与抗争，但往往是孤军奋战式的个人反抗者，其结局往往是悲剧性的。因为这些主人公身上就有诗人自己生活遭遇和个性特征的印记，所以被称为"拜伦式的英雄"。

拜伦于1815年与安娜贝拉·米尔班克结婚。但是仅一年之后，这场婚姻就以夫妻分居而告终结。诗人在政治上背离了贵族资产阶级立场，个人生活又不符合上流社会的道德规范,遭到了暴风雨般的指责和诽谤,但重压之下的他依然表现出了一贯的坚强与傲岸。1816年4月,拜伦带着一颗破碎的心离开了祖国、亲人和朋友,取道比利时,前往瑞士。在风景秀丽的日内瓦湖畔,拜伦遇到了另一位浪漫主义诗人雪莱。两人一见如故,雪莱的泛神论思想和乐观主义精神都给他留下了深刻的印象。

在瑞士,拜伦完成了《恰尔德·哈洛尔德游记》的第三章(1816),写下了叙事诗《锡隆的囚徒》(1816),赞美普罗米修斯不屈不挠反抗专制的诗篇《普罗米修斯》片断(1816)。他的政治诗《路德派之歌》(1816)则号召纺织工人直接起来斗争,用暴君的血来浇灌自由之树。拜伦在这一时期还写有一些抒情短诗。一般认为,拜伦诗路极广,但"在纯粹抒情方面,稍见逊色"①。然而,他在这一时期所写的抒情诗中不乏婉转动人的诗篇,如在《给奥古斯塔的诗章》中,就可以读到一些脍炙人口的诗句。

1816年秋天,拜伦移居意大利,定居于威尼斯。诗人在这儿完成了哲理诗剧《曼弗雷德》(1817)。这部在瑞士期间就已开始构思写作的作品,受到了歌德的《浮士德》的影响。主人公曼弗雷德傲世独立,曾犯有道德上的大罪,因而远离人群,独自居住在阿尔卑斯山的古堡中,厌恶了人世,对知识与生活都感到失望。在寻求"忘却"而不可得后,他拒绝了宇宙精灵们的召唤和修道院院长的所谓拯救,在孤寂中死去。这部诗剧以浪漫主义幻想和象征的形式,通过曼弗雷德内心矛盾的刻画,概括地表现了19世纪初流行于欧洲的普遍社会情绪:对理性和知识的失望。作为一个孤傲的叛逆的个性,曼弗雷德依然是"拜伦式的英雄"之一。

《曼弗雷德》采用诗剧的形式写成,这是拜伦新开辟的创作领域。1817—1824年,拜伦共写了7部诗剧。其中,诗剧《该隐》(1821)把圣经传说中的第一个杀人犯该隐改写成反抗专制统治和专制神权的战士,显示出鲜明的反宗教倾向。作品中的主人公该隐成了一个叛逆者,他为了反抗暴政而杀死了对暴政屈服的弟弟亚伯,是"拜伦式的英雄"演变出的又一形象。诗剧反映了诗人对社会制度和权威,尤其是对神权的反抗。这部诗剧出版后,因其强烈的反宗教倾向引起了教会人士的激烈反对。

1819年,温柔、纯真而又富于牺牲精神的意大利女性特丽莎走进了拜伦的生活,此后便一直陪伴在他的身边。通过特丽莎,拜伦加入了意大利烧

---

① 乔治·桑普森:《简明剑桥英国文学史》(19世纪部分),刘玉麟译,上海外语教育出版社,1987年,第17页。

炭党的活动,为他们提供金钱和武器,并被拉文纳的烧炭党组织推举为领导人。意大利的社会、历史和民族解放运动影响了拜伦的创作。在意大利生活期间,除了两部描写14世纪威尼斯政治人物的诗剧外,他还创作了《塔索的悲哀》(1817)、《威尼斯颂》(1819)、《但丁的预言》(1821)等与意大利的历史文化和生活有关的作品。

拜伦诗风多变,诗路很广,但"真正的长处却在讽刺,或不如说讽刺与叙事、抒情的特殊结合"①。过去他多用18世纪初诗人蒲柏的英雄双韵体或斯宾塞九行体写诗,而在意大利期间,他则在广泛阅读了意大利诗歌作品的基础上,找到了一种更能发挥他的讽刺艺术的诗体——意大利八行体。他用这种八行体创作了轻松幽默的叙事诗《别波》(1818),随后又写了讽刺诗《审判的幻景》(1822)。1820年,英王乔治三世逝世,"桂冠诗人"骚塞写了长诗《审判的幻景》,描写这位国王如何在死后升入天堂。拜伦用八行体写了一首同题的讽刺长诗,抨击了昏聩的乔治三世及其同伙,也嘲笑了骚塞的变节,嘲弄这位企图讨好王室的"湖畔派"诗人。长诗围绕天使与魔鬼对乔治三世灵魂的争夺,写得尖刻犀利而又不失风趣,是英国诗歌中讽刺艺术的典范之作。同一时期,诗人还写有政治讽刺诗《青铜时代》(1822—1823),以生动的笔触刻画了路易十八、亚历山大一世、威灵顿等统治者的肖像,痛斥了镇压欧洲人民运动的"神圣同盟"。

从1818年起,拜伦开始写作长篇叙事诗《唐璜》(1818—1823)。诗人借用了中世纪民间传说中的唐璜形象,但他笔下的唐璜不再是一个毫无心肝、只知道追逐女性的登徒子,而是一个心地善良、富于正义感的热血青年。他的天真、诚恳和热情使他区别于孤高愤世的"拜伦式英雄",而更接近现实中的普通人形象。这个生活在18世纪末的西班牙贵族青年因与有夫之妇产生感情纠葛而陷入了危险的境地,不得不离开家乡,远游异国。在海上,他遇上了风暴,亲眼见到了人吃人的场面,历经艰险,终于游到希腊的一个小岛上,并与海盗的女儿、纯真多情的海黛相恋。然而,田园牧歌式的爱情却以海黛之死而告终结,唐璜被卖进了土耳其的后宫。在那儿,他被迫假扮女奴,经历了一系列离奇的冒险,最终得以逃出后宫,参加了俄军进攻伊兹迈尔的战争。因作战有功,他被派往彼得堡报捷,因而成为女皇叶卡捷琳娜二世的宠臣。在长诗的最后部分,他作为女皇的使节出使到了英国。至此,主人公唐璜的足迹几乎遍布整个欧洲。长诗通过主人公的流浪、漂泊和冒险

---

① 王佐良:《王佐良文集》,外语教育与研究出版社,1997年,第160页。

的经历,结合现实主义的描绘和政论性的揭露,广泛地反映了18世纪末、19世纪初欧洲和西亚的社会风貌,表现了反封建专制的民主思想和对民族独立斗争的同情,对英国资本主义社会秩序和金钱统治进行了尖锐的讽刺,堪称一部反映当时社会生活的大型讽刺性史诗。

诗人在作品中抨击专制制度,指责战争,讥讽"神圣同盟",描绘和嘲讽了许多当时在欧洲声名显赫的人物:俄国女皇叶卡捷琳娜二世、英王乔治四世、欧洲的"杰出的刽子手"威灵顿、"心智上的太监"英国外交大臣卡色瑞以及"桂冠诗人"骚塞等。与诗人所抨击和嘲讽的这一切形成对照的是诗人对自由的热爱和追求:"如果可能,我要教导石头,去反抗世上的暴君";"我宁愿永远孤独,也不愿用我的自由思想去换取一个国王的宝座"。长诗中广为人知的"哀希腊",在对希腊光荣的过去的赞美和现时沦落的悲叹中,表达了诗人对自由的渴望。

这部长诗中,在主人公唐璜之外,还有一位在诗中不断出现的故事叙述者和抒情主人公"我"。唐璜的故事发生在18世纪末,而"我"则存在于19世纪20年代,因此实际上存在着两个不同的层面,两种时空。诗中"我"的叙述、议论和抒情,涉及科学、哲学、文学、艺术、爱情、人性、掌故、风俗以及欧洲政坛的风云人物等,内容庞杂,但生动深刻,妙趣横生,大大拓宽了这部长诗的表现领域。

长诗在语言艺术方面也取得了令人惊叹的成就。诗中警句、双关语、奇妙的比喻比比皆是,语言风格显示出多样化,时而轻淡简约,但依然动人,如第2章第90节对海上遇难时船上一对父子的描写;时而绚丽多彩,如对苏丹后宫的奢华与王后美貌的渲染。诗人运用意大利八行体写这部长诗,使街谈巷议、行话和俗语都进入了诗的领域,写得亲切、活泼而又富于变化。以口语入诗,用闲谈的语调叙事,充分挖掘诗歌的口语体潜力,这是拜伦对英国诗歌的一大贡献。

1825年初,当《唐璜》写到第16章第14节时,从希腊传来了反抗土耳其统治的斗争高涨的消息,一腔热血的拜伦感到自己终于获得了实践誓言"我随时准备去当名战士"的机会,于是变卖家产,投身希腊军中,积极开展军务活动,充分显示了领导艺术和组织才能,但不幸积劳成疾,一病不起,于1824年4月19日病逝。拜伦的去世使整个欧洲为之震动,希腊人尤其怀念这位自由的斗士,为他举行了国葬,至今仍视他为民族英雄。

拜伦在他那个时代就已是一位在全欧范围内有影响的诗人。在整个19世纪欧洲文坛上,他一直被公认为是最伟大的英国诗人。欧洲各国的许多作家,如法国的雨果和缪塞,俄国的普希金和莱蒙托夫,德国的海涅等,都深受他的影响。

二、《恰尔德·哈洛尔德游记》

长篇叙事诗《恰尔德·哈罗尔德游记》(1812—1818)是拜伦的早期代表作,全诗共4章。第1、2章记录了诗人第一次出国游历的所见所闻,第3、4章写诗人永远离开英国、成为流亡诗人时在比利时、瑞士、意大利等地的见闻与感受。该诗艺术地概括了诗人对当时许多重大历史事件的亲身感受和深入思考,兼叙述、议论、抒情于一诗,有"抒情史诗"之称。

长诗的主人公恰尔德·哈洛尔德也是一位"拜伦式英雄",一个"显赫过的家族"的败子。在历尽奢华之后,他自以为遍尝了人生的酸甜苦辣而对生活感到厌倦和失望,终于"孤独地怀着忧郁的思想","下定决心离开他的祖国","而去浪游海外炎热的地方"。长诗第一章描写了哈洛尔德在葡萄牙和西班牙的见闻。葡萄牙的风景异常美丽,但葡萄牙人处在受奴役的地位,哈洛尔德注意到了这种反差,不禁感叹"这个国家被愚昧和骄傲弄昏了头"。在西班牙,诗人痛心地发现,这个"风流的胜地",如今正在拿破仑的铁蹄下呻吟。但还是有一位温柔而又坚强的女郎奥古斯丁娜在爱人死后,领导游击队抗击法国军队。诗人向民众发出了呼唤:"醒来吧!西班牙的儿郎!"

在长诗第二章中,哈洛尔德来到希腊和阿尔巴尼亚。面对雅典的文化古迹,诗人慨叹"美丽的希腊"一度灿烂而今凄凉,"光荣的残迹,使人心伤",他希望希腊人民能够"再燃起勇敢的精神",用自己的力量,赶走土耳其人,摆脱奴隶的枷锁。

长诗第三章写于瑞士,那时拜伦已永远地离开了祖国。生活对他的打击,使他更加坚强和成熟,因此诗中少了忧郁而多了激愤,情感更见力度,视野更加开阔,思想也愈显深刻。哈洛尔德来到比利时,在滑铁卢战场评说拿破仑的功过,借机讽刺那些"渴望权势威誉"的"疯子和狂汉";在日内瓦湖畔,面对美丽如画的自然风光,诗人缅怀曾在此居住的三位启蒙思想家——卢梭、伏尔泰和吉本,以敏锐的眼光画出了他们的思想"肖像"。

在写于意大利的第四章中诗人感慨道:与民族的沦亡、人民的苦难相比,一己的悲欢实在算不了什么。他以大量的篇幅赞美古罗马的强大和文艺复兴的光荣,为意大利的现状感到哀痛。诗人希望意大利能摆脱奥地利的统治,恢复古罗马时代的光荣,并以这样的诗句表达了他的信念:"但自由啊！你的旗帜虽破却仍飘扬天空，/招展着，就像雷雨似地迎接狂风；/你的号角虽已中断，余音渐渐低沉，/依然是暴风雨后最嘹亮的声音。"诗句以诚挚的音调表达了对自由的热爱。这是这部长诗的基础和最重要的思想内涵，也是拜伦一生所热恋和不懈追求的对象。

长诗的主人公哈罗尔德是一个叛逆的贵族青年，一个孤独而忧郁的漂泊者，也是"拜伦式英雄"的雏形。这是一个逐渐丰满起来的形象。刚一出场，他似乎只是一个"日子过得不能再荒唐"，讨厌"一切正经的事情"的花花公子，但不久就能发现，主人公观察敏锐而富于正义感，在郁郁寡欢的面具下有一颗热诚地渴望自由和真诚纯洁情感的心。诗人以自己的生活和情感经历为蓝本创造了这一形象，但哈洛尔德又不等同于拜伦本人。如果说哈洛尔德虽然也渴望自由，但主要是一个沉湎在内心世界的冥想者的话，那么拜伦本人除了具备哈洛尔德式的孤独忧郁外，还是一个渴望为自由而战的斗士。因此，在作品中，为了更好地表达自己，拜伦常常抛开主人公，直接展开抒情或议论，这在三、四两章中表现得尤为明显。通过这一形象，诗人表现了19世纪初期欧洲具有民主思想的知识分子对于当时现实的失望情绪。

通读全诗，可以看出《恰尔德·哈洛尔德游记》的重点不在记事，而在抒情。主人公哈洛尔德不像后来的唐璜那样有许多冒险的经历，而似乎只是一个诗情洋溢的旅人。拜伦的主要目的是借他的行踪来观察世界，抒发情感。因此，《恰尔德·哈洛尔德游记》被称为世界文学中的一部"抒情史诗"。

《恰尔德·哈洛尔德游记》对自然风景、异域风俗有非常精彩的描绘。从诗中我们可以看出，拜伦所醉心的并不是恬静的田园，而是那些显示出力度的、带有崇高之美的景物——滔滔的河水、广漠的荒原、阒无人迹的山峦以及泡沫飞溅的瀑布等等，对意象的这种选择实际上也是对拜伦的性格和气质最好的诠释。这部长诗还多角度地袒露了拜伦的内心世界。诗中有对初次失恋的回忆，有对女性美的赞颂，还有对女儿的眷恋，内容非常丰富。《恰尔德·哈洛尔德游记》以斯宾塞九行体写成，音调和谐，语言在激昂中带着忧伤，有别于拜伦后期诗作《唐璜》的轻松、幽默，显示出一种庄严高贵的理想主义色彩。

第三节 雨 果

一、生平和创作

维克多·雨果(1802—1885)是法国浪漫主义文学运动的领袖人物。他创作了大量的戏剧、小说、诗歌、文论和政论著作,并产生了巨大的影响。他的卷帙浩繁的作品反映了19世纪法国的历史进程和文学进程,在欧洲文学史上占有重要地位。

1802年2月26日,雨果出生于法国东部的贝桑松城。他的父亲曾是拿破仑手下的军官,母亲则信奉天主教,拥护王室。由于母亲对他的影响较大,雨果少年时期的政治观点属于保皇主义的范畴。雨果从小爱好文学,崇拜浪漫主义作家夏多布里昂。他天资颖慧,少年成名,有"神童"之誉。15岁时写的诗歌《读书乐》受到法兰西学士院的褒奖。17岁时他和他的兄长共同创办了名为《文学保守派》的杂志,受到夏多布里昂的赞许,由此开始走上文学之路。

1820—1826年是雨果创作的第一阶段。这一时期他在政治上拥护波旁王朝,在文学上经历了由拥护古典主义,到试图调和古典主义和浪漫主义,再到倾向于浪漫主义的过程。他的第一部诗集《颂歌及其他》(1822、1827年补充本名为《颂歌与民谣集》)歌颂封建王朝和天主教,发表后获得国王路易十八赐给的年金。雨果在诗歌中为波旁王室唱赞歌,指责1789年法国大革命。正如他自己所说:"君主把他讲话的声调赐给了我,我的歌唱飞向上帝,就像苍鹰飞向太阳。"①这些诗在艺术上拘泥于古典主义的格律,以古典主义程式化的语言写成,有矫揉造作、华而不实的风格。这一时期,雨果也开始了小说创作。他的中篇小说《冰岛的汗》(1823)、《布格—雅加尔》(1826)过于追求情节的离奇,充满恐怖气氛、神秘色彩和荒诞的想象。这都体现了雨果初期创作的特点。

雨果在其创作的第二阶段(1827—1848),在政治上转到资产阶级自由主义立场,在文学上确立了一整套浪漫主义创作原则。1827年,雨果发表剧本《克伦威尔》及其序言。《克伦威尔》是雨果的第一部剧本,也是他的浪漫主义原则的第一次实践,但因人物繁多、场面浩大、篇幅过长而未能演出。

---

① 转引自柳鸣九主编:《法国文学史》(中册),北京:人民文学出版社,1981年,第193页。

但《〈克伦威尔〉序》却成为一份划时代的文献。在这篇序言中,雨果把人类社会分为原始、古代、近代三个时期,认为每个时期都有与之相适应的文学;既然支配世界的并不永远是同一种社会形式,当然也就没有永恒不变的艺术。因此,盲目摹仿古代是荒谬的。雨果论述了浪漫主义文学的起源和特点,否定了古典主义的陈规旧律,特别是悲剧因素和喜剧因素不可逾越的规定,主张扩大艺术的表现范围,强调自然中的一切都可成为艺术题材,并提出了"美丑对照"的原则。他认为,自然中的一切事物都是通过两种不同要素的对比形式而表现出来的,艺术的任务就是再现这种对照。古典主义者只表现"崇高优雅",排斥"滑稽丑怪",这是违背自然和生活真实的,因为"万物中的一切并非都是合乎人情的美……丑就在美的旁边,畸形靠近优美,丑怪藏在崇高的背后,美与恶并存,光明与黑暗相共"①。

在《〈克伦威尔〉序言》中,雨果还提出了艺术选择问题,主张作家进行自由选择,尊重艺术的真实,描写不寻常的、有特点的东西;要求文学表现"地方色彩",弥漫"时代气息",否定了古典主义那种抽象地描写超历史、超民族的人物的做法。雨果特别强调作家应当在创作中无拘无束地表现主观的思想情感,指出:"浪漫主义不过是文学上的自由主义而已。"这篇序言成了浪漫主义的宣言书,雨果本人亦因此被公认为浪漫主义运动的领袖。

雨果于1829年发表的诗集《东方吟》,表现了对20年代希腊人民争取独立斗争的同情。除了歌颂希腊独立战争的主题之外,诗人还描写了地中海沿岸国家的风土人情。诗集在语言、格律和描写技巧方面所获得的成就,表明雨果已是一个具有独立风格的浪漫派诗人。同时出版的短篇小说《一个死囚的末日》(1829),抨击当时的法律制度,呼吁废除死刑。这是雨果的人道主义思想在其作品中的最初体现。

1830年2月,雨果的剧本《艾尔那尼》(1830)的上演,引起了一场轩然大波。该剧的基本情节是16世纪一个西班牙贵族出身的强盗艾尔那尼为父复仇、与国王抗争的故事,反映了七月革命前夕年轻一代对复辟王朝的不满情绪和进行社会变革的迫切愿望,演出时受到市民观众的热烈欢迎。剧本完全打破了古典主义戏剧的惯例,地点任意转换,不遵守时间的一致律,并把悲喜剧因素糅合在一起。特别是绿林大盗竟敢教训国王,在古典主义者看来更是不成体统。不论在内容上,还是在形式上,这部剧本都体现了作家在《〈克伦威尔〉序言》中提出的浪漫主义原则。该剧的演

---

① 伍蠡甫主编:《西方文论选》(下卷),上海译文出版社,1982年,第191页。

出,产生了巨大的反响,引起了浪漫主义和古典主义的决战,结果后者遭到彻底失败。

长篇历史小说《巴黎圣母院》(1831)是雨果创作的最优秀的作品之一,写的是15世纪发生于巴黎的故事。巴黎圣母院副主教克洛德·弗罗洛看上了吉普赛女郎爱斯美拉尔达,为了占有她,满足自己的情欲,他不择手段地胁迫爱斯美拉尔达,但遭到拒绝。于是克洛德副主教就陷害爱斯美拉尔达,要把她送上绞架。圣母院撞钟人加西莫多也爱慕美貌的爱斯美拉尔达。虽然他对副主教无比忠实,最终也被副主教的残暴和无耻所激怒。在爱斯美拉尔达被绞死时,他将副主教从教堂的高塔上推了下去,然后自己和这位吉普赛女郎死在一起。

小说遵循作家本人提出的"美丑对照"的原则塑造了克洛德副主教和加西莫多这两个主要人物形象,一个外形丑怪而心地善良,另一个道貌岸然却心若蛇蝎。通过爱斯梅拉尔达的悲剧命运,作品揭露了中古教会的黑暗和封建统治者的罪恶,宣扬了爱、善良、仁慈能创造奇迹的观念,热情歌颂了下层人民的同情心、正义感和勇于斗争的精神,体现了作家一贯的人道主义思想。小说中紧张非凡的故事情节,鲜明而夸张的人物形象,色彩浓烈的场面描绘,使其成为浪漫主义里程碑式的作品。

在中篇小说《穷汉克罗德》(1834)里,雨果从人道主义角度探讨工人因贫苦而犯罪的社会问题。工人克罗德失业后,为了妻儿去偷面包,被捕入狱。虽然他真诚、直爽和有才干,监狱里的工厂厂长却不断迫害他,以至他在忍无可忍的情况下杀死了厂长,自己也被送上了断头台。雨果认为用惩罚的手法并不能解决这类社会问题,设想通过道德教育来解决各种社会矛盾。这部小说可以说是《悲惨世界》的前奏。

在这一时期,雨果还先后发表了《秋叶集》(1831)、《心声集》(1837)和《光与影》(1840)等诗集,其中有家庭生活诗、爱情诗、哲理诗和杂感诗,而表现社会政治主题的诗歌仍然占有重要的地位。1843年,雨果的戏剧《卫戍官》上演。这部戏剧取材于中世纪的传说,充满神秘主义,史诗气氛过于浓厚,因而剧本刚一上演,就遭到失败。此后,雨果作为一个作家,沉默了将近10年,直到1848年六月革命,特别是1851年拿破仑三世政变后,他的创作生涯又开始一个新的阶段。

1848—1870年是雨果创作道路的第三阶段。在这一时期,作家从资产阶级自由主义转到了资产阶级共和主义立场,其文学创作的基本倾向仍然是浪漫主义,但在不少作品中现实主义因素得到了加强。1848年的革命对他的思想和创作的转变起到了决定性作用,粉碎了他对君主立宪制的幻想。1851年12月2日,路易·波拿巴发动政变时,雨果参加了共和党人组织的反对政变的起义,为此他遭到了迫害,开始了长达19年的流亡生活。最初他在布鲁塞尔避难,不久就由于比利时政府的干涉,迁到英属泽西岛,后来又遭到英国政府的驱逐,转而迁往格恩西岛。直到1870年普法战争爆发,拿破仑三世垮台,雨果才回到法国。流亡期间,他发表了政治讽刺诗集《惩罚集》(1853)。诗人对拿破仑三世的丑恶野心和背信弃义作了辛辣的讽刺和诙谐的詈骂。这部洋溢着革命气势和批判力量的诗集秘密流传到巴黎时,曾引起强烈的反响。雨果的另一部诗集《静观集》(1856)更获得奇迹般的成功。诗集里既有令人陶醉的田园诗,也有描写民生痛苦的社会诗;既有歌咏恋情的爱情诗,也有探索宇宙人生奥秘的哲理诗,还有一些诗作记述了诗人的童年往事、家庭生活以及为浪漫主义辩护的论战,内容丰富,佳篇迭出。

流亡期间,雨果在小说领域也获得了极大的成功,先后发表了长篇小说《悲惨世界》、《海上劳工》和《笑面人》。其中,《海上劳工》(1866)以极大的艺术力量描写了青年渔民吉里亚特同大自然所进行的惊心动魄的搏斗。这位意志坚强的青年为了娶船主的侄女戴吕谢特为妻,克服了种种难以想象的困难,以两个多月时间战胜了狂风恶浪和章鱼暗礁,将一艘沉船上未损坏的机器从船身取出并运回。船主履行自己的诺言,可是吉里亚特发现戴吕谢特和一位青年牧师相爱。他在成全了这一对恋人的婚姻之后,怀着绝望的心情让汹涌的海浪将自己淹没。小说通过吉里亚特这一形象表现了劳动者的刚毅、善良、自我牺牲精神和创造奇迹的才能,与小说中的另一些吸血鬼式的人物形成鲜明的对照,呈现出鲜明的浪漫主义特点。

《笑面人》(1869)写的是英国国王詹姆士二世将政敌的两岁儿子、贵族后裔格温普兰卖给儿童贩子,导致他受尽屈辱,惨遭毁容,但后来又奇迹般地被王室恢复爵位的故事。小说通过格温普兰命运大起大落变化的短暂一生,反映了17—18世纪之交英国宫廷内部的斗争、上层贵族的腐化残暴和人民群众的苦难。作品的情节离奇曲折,有作者丰富的想象和对偶然事件的巧妙编排,浪漫主义特色十分明显。

1870年,普法战争爆发,拿破仑三世垮台,雨果结束了为期19年的流亡生涯,回到巴黎,投入到保卫祖国的战斗中,表现了崇高的爱国精神。他创作道路的第四阶段(1871—1885)也由此开始。1871年,巴黎公社起义爆发。雨果虽然对起义不理解,但是当起义遭到凡尔赛刽子手的残酷镇压时,他又挺身而出,呼吁赦免全部公社社员,并在报纸上宣布把自己在比利时首都布鲁塞尔的住宅提供给流亡的社员作为避难所。这一举动,体现了雨果的人道主义精神和博大的胸怀。诗集《凶年集》(1872)集中表现了雨果在这一时期的复杂思想感情,其中有不少基调高昂悲壮、激励爱国热情、赞颂人民英勇斗争的好诗篇。

雨果在这一时期发表的长篇小说《九三年》(1873),描写 1793 年共和国军队镇压旺岱地区反革命叛乱的故事。革命军年轻而有才能的司令官郭文把叛乱首领朗特纳克侯爵私自放走,因为后者是在逃跑时为了从大火中救出三个孩子而被捕。郭文的行为触犯了革命纪律,被判死刑。判决和执行死刑的政务委员西穆尔登曾是郭文的家庭教师,对后者怀有慈父般的感情,内心的矛盾和痛苦促使他在郭文被处决的同一瞬间开枪自杀。雨果在作品中提出:"在绝对正确的革命之上,还有一个绝对正确的人道主义。"由此可见人道主义在雨果心目中的地位。

雨果还是一个杰出的史诗诗人。他的三卷本史诗《历代传说》(1859—1883)力图在神话、传说、历史的描绘中再现人类的发展过程,阐明人类必然从黑暗走向光明的哲学观点。这部作品被认为是世界文学中内容最丰富、艺术上最完美的史诗之一。1885 年 5 月 22 日雨果在巴黎逝世,法兰西人民为他举行了国葬,他的遗体被安放在先贤祠。

二、《悲惨世界》

《悲惨世界》(1862)是雨果的代表作,也是欧洲文学史上最著名的作品之一。雨果从 19 世纪 40 年代开始写作这部长篇小说,创作时间长达 20 年。作品艺术地再现了从拿破仑帝国后期到七月王朝初期这一阶段法国历史的面貌,展现了这一时期广阔的社会生活图画。

这部长篇小说的情节主线是冉阿让的生活史。他本是一个贫农出身的园林工人。在一个冬日,已失业的他不忍看到姐姐的 7 个孩子挨饿的惨状,偷了一点面包,因此被判 5 年苦役。在此期间,他 4 次越狱,每次再入狱后都被加刑,累计 19 年以上。出狱之后,苦役犯冉阿让处处碰壁,却受到了米里哀主教的热情款待。这位主教在他偷了银器被抓回后,不仅袒护了他,还送了他一对银烛台,称呼他为"我的兄弟",同时告诫他:"您是在善的一面了。我赎的是您的灵魂,我把它从黑暗的思想和自暴自弃的精神里面救了出来,交还给上帝。"受到道德感化的冉阿让从此成为一个乐善好施的人。他改名为马德兰,在蒙特猗城进行技术改革,开设工厂,救济贫困,促进了小城的繁荣发展,因而被推选为市长。芳汀原是他工厂里的一名女工,在遭到一名无情的恶徒欺骗后被遗弃,只得把私生女小珂赛特寄养在孟费郿镇的酒店主德纳第家中。此事暴露之后,芳汀被解雇,而德纳第夫妇却一次又一次地以小珂赛特为名对她进行敲诈,她被迫出卖自己的头发、牙齿,最后沦为娼妓。在一次稍稍反抗绅士的调戏之后,芳汀被警察逮捕。当马德兰了解这一切时,芳汀已病入膏肓,马德兰答应她负责抚养珂赛特。

  蒙特猗城里唯一敌视市长的人是沙威警长,他一直怀疑马德兰就是当年他看管过的苦役犯冉阿让。有一次官方捉到一个窃贼,此人错误地被认作是冉阿让,法官要严惩他。马德兰经过激烈的思想斗争后,为了不使无辜的人代他受罪,公开了自己的身份。于是沙威把他送进了监狱,但冉阿让又一次越狱逃跑。他还救出了备受虐待的小珂赛特,把她当作自己的女儿一样抚养。他带着珂赛特隐姓埋名,东躲西藏,同时设法让她受到了良好的教育。

  1832年巴黎共和党人起义时,冉阿让参加了巷战。沙威混进共和党人的队伍中,被起义者认出。冉阿让主动要求由他来处决沙威,后来却放走了这个宿敌。起义遭到了残酷的镇压,珂赛特的男友马吕斯也身负重伤。冉阿让冒着生命危险,凭着惊人的体力和毅力,背着马吕斯从下水道逃出来。在出口处,又遇见了沙威。冉阿让多年行善、舍己为人的人格力量让沙威深受感动,他放走了冉阿让。由于没能执行自己的职责,他投河自杀了。马吕斯伤愈后,与珂赛特举行了婚礼。冉阿让主动将自己的身份告诉了马吕斯,却遭到他的误解。这对年轻的夫妇与冉阿让日渐疏远。当马吕斯后来认识到冉阿让的崇高德行时,后者已奄奄一息。最后,冉阿让带着这对年轻夫妇的谅解,欣慰地离开了人世。

  作家在小说"序言"中提到的当代社会的三个迫切问题——"贫穷使男子潦倒,饥饿使妇女堕落,黑暗使儿童赢弱",是理解小说主题的锁钥。对下层人民悲惨处境和命运的描写,在小说中占有重要地位。小说名字的原意是"受苦的人们",冉阿让、芳汀、珂赛特以及街头流浪儿小格夫罗什等,都属于这些不幸者之列。冉阿让本是一个诚实的劳动者,可是贫穷、失业压迫着他,逼他走上了犯罪的道路。美丽天真的芳汀遭人诱骗后,得到的不是同情,而是虚伪的道德和法律的制裁。为了孩子,为了生存,她只得出卖自己的肉体。芳汀受尽一切凌辱,还不能有所反抗,当她稍有反抗行动时,沙威就要判她坐6个月的牢,理由是娼妓怎可冒犯绅士。芳汀贫病交加,又经此磨难,终于不堪忍受生活的重压,离开了人世。小珂赛特还没出生便遭到了父亲的遗弃,后来她又失去母亲,成为孤儿。心狠手辣的德纳第夫妇逼她从事力所不及的沉重劳动。小珂赛特备受摧残,与童年的快乐无缘。雨果在小说中通过这一幅幅真实的图景,有力地表明所有这些人的不幸全是因为存在着"法律和习俗所造成的社会压迫"。

这部小说还揭示了当时的法律与人民为敌的本质,暴露了社会道德水平的低下。冉阿让因为偷一块面包被判了5年苦刑,无论他以后如何行善,仍然逃不脱法律的追究。法律在对下层人民不公平的同时,却处处袒护上层人。有如冷血动物般的沙威警长,正是这种法律的化身。敲诈芳汀、虐待小珂赛特的德纳第夫妇丧尽天良,是人间"恶"的集中体现者。

雨果在这部作品中还宣扬了道德感化的思想,表达了以仁爱代替压迫的人道主义观念。小说显示:法律没有使桀骜不驯的冉阿让屈服,米里哀主教的仁慈却把他从恶的泥沼中救出,使他成为一个道德高尚的人。作家试图通过冉阿让的转变来证明米里哀主教的精神感化法的伟大。遭受多年牢狱之苦的冉阿让曾一改以前的拙朴,变成了凶狠的人,可是主教的"宽容和仁爱救了他",使他从一个对社会充满恨的人变成了一个乐善好施的企业家。在作家笔下,冉阿让作为当时法律制度的受害者,却不痛恨法律,尤其是在被米里哀主教道德感化之后,他认可法律对自己的制裁,苦役犯的身份他从来没有忘记过。他并不因为做过许多好事而认为自己可以成为珂赛特当之无愧的父亲。而他在蒙特猗城的所作所为,就像是一名空想社会主义者在行事。他的工厂和这座城市欣欣向荣的气象,实际上都只是体现了雨果本人的美好愿望。

小说中关于沙威形象的描写,同样体现了雨果的道德感化思想。沙威这个冷血的人,即便是"自己的父亲越狱,他也会逮捕;自己的母亲潜逃,他也会告发。他那样做了,还会自鸣得意,如同行了善事"。他不为芳汀的孤苦和伟大的母爱所打动,也不为冉阿让宁愿冒暴露身份的危险、不顾生命安全地去救"割风先生"的高尚行为所打动,却被冉阿让对他的宽恕打动了。在这里,作家所提倡的"善"再一次奏起了凯歌。显然,雨果深信道德感化具有无坚不摧的力量。

《悲惨世界》还出色地描写了1832年巴黎共和党人的起义,塑造了共和党人的鲜明形象。起义和街垒战斗是这部长篇小说最后两部的主体。雨果以高昂的民主主义热情讴歌群众,讴歌共和党人,讴歌革命。共和主义者安若拉在街垒起义的危急时刻,发表了一段激动人心的演说,充分表达雨果对未来的热情憧憬,以及要实现进步、光明必须通过革命这一暴力手段的信念。衣衫褴褛、疲惫不堪的"贱民"们也表现出一种英雄主义精神。80岁的马贝夫老爷爷,在街垒的红旗被政府军的排枪击落的时候,自告奋勇,登上了街垒的最高处,把红旗重新竖起,鼓舞了起义者的士气。街头流浪儿格夫罗什也勇敢地加入了起义队伍。当起义者的弹药竭尽之时,他主动跑出街垒,在弹雨中收集子弹,用幽默的唱词来回答每一次冲他而来的射击。在这些形象身上,雨果寄寓了对共和党人的由衷敬佩之情。

《悲惨世界》的结构庞大复杂,人物形象众多,反映的生活面极为广阔。小说中的人物形象有神甫、修女、资产者、法官、警官、大学生、妓女、小偷、流氓和孤儿等,构成了一幅几乎无所不包的社会缩影。全书以冉阿让的经历为主线,虽时有枝蔓和穿插,但始终不失之紊乱。

这部长篇小说的创作方法显示出现实主义和浪漫主义相结合的特点。作品在人物描绘上力求真实,如对冉阿让、沙威和德纳第等人的描写。但他们又都具有某种不寻常的特点,如冉阿让超乎寻常的体力,屡次化险为夷、救人脱离死境的传奇经历。他还具有震撼人心的人格力量和自我牺牲精神,在法庭上突然现身,主动承认自己的身份,为此失去了苦心经营的一切,换来的只是再次被捕。为了使小说情节更加戏剧化,作家往往设置一些不寻常的事件,如米里哀主教只身去匪窟,不但没有危险,而且还带回一只装满珍宝的大箱子。又如冉阿让抱着小珂赛特被警察追捕得无路可逃,攀墙跳进修道院时,碰到的恰恰是受过他恩惠的"割风爷爷";当他从街垒上救出马吕斯,在巴黎下水道中碰到的人却是德纳第,而在出口处等着他的又是警察沙威。雨果还喜欢描写巨大的非凡事物,如惊心动魄的战争场面,暴风骤雨似的人民起义,咆哮的大海,高大的战舰,等等。作家对社会现实和人民苦难的真实描绘,贯穿于作品中的豪迈激情、理想的光辉,以及故事和人物的传奇色彩,使整部长篇小说达到了浪漫主义与现实主义的结合。

雨果的这部作品带有浓烈的政论色彩。作家力图把自己的作品变成社会讲坛,不断从人物背后站出来,不惜中断情节的进展,直接表达自己对一些问题的看法。比如巴黎的黑暗、下水道、爱情、革命、贫穷、流氓组织、滑铁卢战役、党派之争、流浪儿童的问题,等等。雨果力图在感情上影响读者,使之接受自己的观点。这就使小说具有一种浩瀚的气势和一种激动人心的力量。

《悲惨世界》具有一种崇高的史诗般的风格。作品在语言运用上的特点是格调高昂,笔力雄浑,充满热情。作家经常运用多义词,富有隐喻性,有的句子类似成语格言,如:"起义——这是真理的一阵发怒,被起义所凿开的街路,迸发出权利的火花。"雨果是一个热忱的民主主义者,真诚的人道主义者,《悲惨世界》这部结构错综复杂、宏伟壮观的长篇历史小说,是一部表现善战胜恶、光明战胜黑暗的史诗。

第四节 普希金

一、生平和创作

亚历山大·谢尔盖耶维奇·普希金(1799—1837)是俄国浪漫主义文学的主要代表和现实主义文学的奠基人,也是俄罗斯文学语言的创建者。高尔基称他为"俄国文学之始祖","伟大的俄罗斯人民诗人"。

1799年6月6日,普希金出生在莫斯科一个古老的贵族家庭。他从小就受到文学的熏陶,又从保姆那里学到了丰富的俄罗斯人民语言,热爱民间文学和诗歌。1811年,普希金进入沙皇政府专为培养贵族子弟而设立的皇村学校。在这里,他受到法国启蒙思想的影响,并和一些未来的十二月党人接近。1812年的卫国战争更激发了他的民族意识和爱国热情。1817年皇村学校毕业后,他曾在外交部任职,1819年参加了与十二月党人秘密组织"幸福同盟"有联系的文学团体"绿灯社"。

在学生时代,普希金的诗歌才华就显露出来。1815年在一次公开考试时,16岁的普希金朗诵了自己写的《皇村回忆》,引起了全场轰动。老诗人杰尔查文激动地说:"这就是那将要接替杰尔查文的人!"青年时期,在十二月党人思想的影响下,普希金写了不少抒情诗,表现了反专制、争自由的豪情,显示出浪漫主义风格,如《自由颂》(1817)、《致恰达耶夫》(1818)、《童话》(1818)、《致普柳斯科娃》(1818)、《乡村》(1819)等。其中最为著名的是《致恰达耶夫》。恰达耶夫是十二月党人的杰出代表,普希金曾受到他的影响,因此在这首诗中传达了反抗专制暴政的思想和必胜的信心。普希金的政治抒情诗明朗清新,语言通俗活泼,在进步贵族青年中间广泛流传,对俄国解放运动起到了促进作用。沙皇亚历山大一世本打算把普希金流放到西伯利亚,后来由于亚历山大一世的老师为他说情,诗人才免于流放,被放逐到南俄。从1820年起,他在那里度过了四年的流放生活。

普希金在南俄期间(1820—1824)和十二月党人的联系更加密切,参加他们的秘密集会,并写了号召反对农奴制、杀死暴君的著名诗篇《短剑》(1821)。这一时期,普希金写下了不少浪漫主义的抒情诗,如《囚徒》(1822)、《致大海》(1824)等和一组被统称为"南方诗篇"的浪漫主义叙事诗,包括《高加索俘虏》(1822)、《强盗兄弟》(1822)、《巴赫奇萨拉伊的泪泉》(1824)、《茨冈》(1824)。这些诗作描绘了南俄的壮丽景色和风土人情,表达了诗人对自由的渴望,充满了对上流社会的愤懑。

《茨冈》(1824)是"南方诗篇"的代表作。长诗写的是一位贵族青年阿乐哥因同城市"文明"社会发生冲突,与政府格格不入,于是跟随茨冈人一起流浪,并同茨冈姑娘真妃儿相爱、结婚。两年后,他发现真妃儿已另有情人,于是怀着嫉妒心理杀死了真妃儿和她的情人。阿乐哥因此遭到了茨冈人的唾弃,孤零零地留在大草原上。长诗的主题是表现俄国贵族青年寻找社会出路的不安情绪。诗的前半部沿用"回到自然"的模式,后半部把茨冈人的流浪生活理想化,都显示出浪漫主义特色。但前半部通过阿乐哥与文明社会的冲突,批判城市文明的虚伪和对金钱的膜拜;后半部写阿乐哥与茨冈人的冲突,暴露了阿乐哥作为贵族阶级成员的劣根性,又呈现出现实主义倾向。阿乐哥和真妃儿的性格、他们之间的纠葛及作品中的环境描写都很明确具体,同样运用了写实手法。长诗展示了阿乐哥性格的复杂性和矛盾性,他作为19世纪初俄国贵族青年的形象,具有一定的典型意义,阿乐哥形象可以说是又一个"多余人"的雏形。

1824年,普希金因和南俄总督发生冲突,被逐回他父母的领地米哈伊洛夫斯克村,过了两年幽禁的生活,只有童年时的老保姆陪伴着他。在这段时间里,他钻研俄国历史,搜集童话和民歌。这对于丰富他的创作,加强他作品的民族特色,对于他现实主义创作方法的形成,都有极大的意义。他的现实主义历史剧《鲍里斯·戈东诺夫》就是在这一时期完成的。《鲍里斯·戈东诺夫》(1825)写的是16世纪末17世纪初俄国的历史事件。大贵族戈东诺夫害死了年幼的皇储季米特里,登上了皇位。这一阴谋被年轻的僧侣葛里戈里偶然得知,于是他便借用季米特里之名投奔波兰。次年,这位假皇子在波兰贵族的支持下,起兵进攻莫斯科,推翻了戈东诺夫,自立为王。戈东诺夫因实行暴政,早已丧失民心,假皇子正是利用了人民的不满情绪获得胜利。但是,他出于个人野心,引波兰军队入侵的行为,被人民看破之后,同样遭到人民的唾弃。作者以古喻今,说明人心向背是改朝换代的决定因素,这是诗人民主主义观点的鲜明体现。对历史的这种看法,在当时的俄国具有很大的针对性,因为脱离人民群众正是十二月党人起义失败的主要原因之一。这部剧本具有明显的现实主义特色,标志着普希金的创作向现实主义的过渡。

1825年,十二月党人起义失败后,刚刚即位的沙皇尼古拉一世为了收揽人心,把普希金召回莫斯科。当沙皇问他,假如起义时他在彼得堡,他会做什么时,诗人明确回答,他会在起义者的行列里。从此,沙皇直接负责检查普希金的作品,并派宪兵监视他的行动。但在莫斯科时期,诗人却对尼古拉一世抱有幻想,希望他效法彼得大帝,成为"开明与宽容的君主",更希望他对十二月党人能采取宽大措施。但不久后诗人便抛开幻想,写下了《阿里昂》(1827)、《致西伯利亚的囚徒》(1827)等著名诗篇,歌颂十二月党人,进一步表达了反对专制的意念。诗人将《致西伯利亚的囚徒》一诗托一个十二月党人的妻子带到流放地,这首诗在被流放的十二月党人中广为流传,对他们起到了很大的鼓舞作用。

　　普希金在这期间写的抒情诗,如《致凯恩》(1825)、《假如生活欺骗了你》(1825)、《我爱过您》(1829),常以追求自由、歌唱大自然、歌颂友谊和爱情为主题。他的爱情诗,清新隽永、脍炙人口,带着诗人所特有的"愉快的惆怅"和"明朗的忧郁",如众口传诵的《我爱过您》一诗:

> 我爱过您,也许,这爱情的火焰
> 在我心中还没有完全止熄;
> 但是别让这爱情再使您不安,
> 我不愿给您带来任何忧烦。
> 我默默地、无望地爱过您,
> 时而苦于羞怯,时而苦于嫉妒。
> 我曾爱得如此温存,如此真诚,
> 但愿别人也能像我这样爱您。

　　正如批评家别林斯基所说:"作为普希金的抒情作品之基础的情感,总是那样的宁静、柔和,尽管是那么深刻,同时又是那样富于人情味和人道性;而它经常表现在他的如此平静的艺术和优雅的形式中。……普希金的诗——特别是他的抒情诗——的总色调是人的内在的美和抚慰心灵的人情味。……普希金的任何情感中,永远有某种特别高尚的、温和的、柔情的、馥郁的、优雅的东西。阅读他的作品,是培养人性的最好方法,特别有益于男女青年。"①

---

① 别林斯基:《亚历山大·普希金的作品》,满涛、辛未艾译,见《别林斯基选集》,第4卷,上海译文出版社,1991年,第375—376页。引用时译文根据俄文原文略有改动。

1830年秋季，普希金在波尔金诺村逗留了三个月，这是他创作上有重大收获的季节，后来被文学史家们称为"波尔金诺的秋天"。在这里，他完成了诗体长篇小说《叶甫盖尼·奥涅金》的最后两章，还创作了《别尔金小说集》，写了四个小悲剧(《石客》、《吝啬的骑士》、《瘟疫流行时的宴会》和《莫扎特和沙莱里》)、童话诗《神甫和他的长工巴尔达的故事》以及近30首抒情诗。

　　《别尔金小说集》的全名是《已故伊凡·彼得罗维奇·别尔金小说集》，包括《射击》、《暴风雪》、《棺材匠》、《驿站长》和《村姑小姐》等5篇小说。《驿站长》是其中影响最大的一篇小说。作品中的驿站长维林是俄国文学中第一个"小人物"形象。他为人忠厚老实，尽心为旅客服务，却常常受到往来官吏的欺凌。单纯美丽的女儿杜妮娅曾是他唯一的安慰，但女儿被骠骑兵军官拐走了。他想尽办法到彼得堡寻找杜妮娅，可是狠心的军官却把他拒之门外。驿站长孤苦无依，不久就悲愤而死。作者满怀同情描写了驿站长悲惨的命运，开启了俄国文学描写"小人物"的先河。这一传统为后来的果戈理、陀思妥耶夫斯基、契诃夫等作家所继承与发展。

　　1831年2月，普希金与冈察洛娃结婚，5月迁居彼得堡，仍回外交部任职。普希金曾奉命编辑有关彼得大帝的史料。当他研究文献时，被18世纪的普加乔夫起义所吸引。1833年8月他前往奥伦堡一带，进行访问和调查。10月重返波尔金诺村，写成描写彼得大帝形象的长篇叙事诗《铜骑士》(1833)，描写彼得堡上流社会赌徒生活的短篇小说《黑桃皇后》(1834)，反映贵族地主专横霸道和农民不满情绪的中篇小说《杜布罗夫斯基》(1833)等作品。30年代，他还写有优美而富有民间故事特点的童话诗《渔夫和金鱼的故事》(1833)、抒情诗《我又重新造访》(1835)以及关于普加乔夫起义的长篇小说《上尉的女儿》(1836)。

　　《上尉的女儿》在贵族青年军官格利涅夫为中心的爱情故事框架中，反映了俄国历史上最大的一次农民起义，即普加乔夫起义。格利涅夫在去服役的途中，为暴风雪所阻，并邂逅了普加乔夫，他把自己的兔皮袄送给普加乔夫御寒。格利涅夫到达他去就职的要塞后，爱上了要塞司令(即上尉)的女儿玛丽娅，引起另一青年军官施瓦布林的嫉妒。不久，起义爆发，要塞被普加乔夫占领，上尉夫妇被处死，玛丽娅和格利涅夫被捕。施瓦布林则投降，加入起义部队。他还借机威胁格利涅夫，企图霸占玛丽娅。普加乔夫在认出格利涅夫后，感念旧情，就把他释放，并成全了他和玛丽娅的婚事。后来起义失败，普加乔夫被沙皇政府抓获，英勇就义。施瓦布林则诬告格利涅夫私通起义军,使后者被捕。玛丽娅只身前往彼得堡谒见女皇叶卡捷琳娜二世,澄清事实,格利涅夫才被释放。这部小说的意义之一在于真实地再现了体现人民力量和智慧的起义领袖普加乔夫的形象。贵族社会向来把普加乔夫看成是杀人放火、无恶不作的强盗,而普希金却把他描述成一个勇敢机智、乐观豪迈、热爱自由、宁死不屈的农民运动领袖,同时还生动地描绘了这次运动的宏大规模和广泛的社会基础。

1834年,沙皇任命普希金为宫廷近侍,为的是让普希金夫人冈察洛娃可以经常出入宫廷,以便自己接近这位美人。这是对诗人的极大侮辱。此时流亡到俄国的法国波旁王朝贵族丹特士男爵也不顾一切地追求冈察洛娃。上流社会谣言四起,不断有侮辱诗人的匿名信送到诗人和他的朋友手里。这一切都是由于普希金反抗专制、追求自由的言行早已引起上层统治集团的不满。忍无可忍的普希金为了维护自己的荣誉,于1837年2月8日和丹特士进行了决斗,不幸身负重伤,10日逝世。"俄罗斯诗歌的太阳"就这样由于一群"扼杀'自由'、'天才'、'光荣'的刽子手"的阴谋而陨落。

在逝世前一年,即1836年,普希金创办了《现代人》杂志,使其成为俄国进步思想界、文学界的喉舌。写于同年的《纪念碑》(1836)一诗,似乎是诗人对自己的一生做出的总结:

    我为自己建立了一座非人工的纪念碑……
    我的名声将传遍伟大的俄罗斯,
    她现存的一切语言,都会讲着我的名字……
    我之所以能永远为人民敬爱,
    是因为我曾以我的诗歌,
    唤起人民善良的感情,
    在这残酷的世纪歌颂过自由……

在俄国文学史上,普希金占有很高的地位。别林斯基曾指出:"只有从普希金起,才开始有了俄罗斯文学,因为在他的诗歌里跳动着俄罗斯生活的脉搏。"[1]高尔基写道:"普希金的创作,是一条诗歌与散文的辽阔的光辉夺目的洪流。普希金像在寒冷而又阴沉的国度的天空,燃起了一轮新的太阳;这

---

[1] 转引自《中国大百科全书·外国文学(Ⅱ)》,北京:中国大百科全书出版社,1982年,第821页。

轮太阳的光辉,立即使得这个国家变得肥沃富饶。可以这样说,在普希金以前,俄国还未曾有过值得引起欧洲注意,并且就深度和多样化而言能够和欧洲创作的惊人成就相等的文学。"①正因为如此,普希金才被人们称为"俄罗斯诗歌的太阳"。

二、《叶甫盖尼·奥涅金》

长篇诗体小说《叶甫盖尼·奥涅金》(1823—1830)是普希金的代表作,也是俄国第一部现实主义作品。这部作品的主人公叶甫盖尼·奥涅金是彼得堡的一个贵族青年,他在度过八年的社交生活后,感到空虚无聊,郁郁不欢。为了继承伯父的遗产,他来到了乡下。在这里,他与从德国留学回来的连斯基成了好朋友。连斯基是个年轻的诗人,与邻居女地主拉林娜的小女儿奥尔加青梅竹马,已订下婚约,并深深地沉醉在爱情之中。因为连斯基的原因,奥涅金与拉林娜一家有了来往。奥尔加的姐姐达吉亚娜爱上了奥涅金,于是便给他写了一封信,主动向他表白了爱意。但是,对什么都感到厌倦的奥涅金不愿意让爱情和婚姻把自己束缚住,因此谢绝了达吉亚娜的爱情。

一次,连斯基坚邀奥涅金去参加达吉亚娜的命名日庆祝宴会。宴会上,客人们的庸俗无聊使奥涅金恼怒万分,于是他迁怒于连斯基。为了报复连斯基,他向奥尔加大献殷勤,接连不断地和她跳舞。连斯基青春年少,容不得感情里有一丝的瑕疵,冲动之余,向奥涅金提出了决斗。出于贵族阶级的荣誉感,奥涅金接受了挑战。决斗中,奥涅金开枪打死了就要做新郎的连斯基。悔恨万分的奥涅金离开了乡下,到各地去漫游,想要忘掉这件伤心事。

数年之后,漫游归来的奥涅金在彼得堡的舞会上见到了已成为将军夫人、社交明星的达吉亚娜,疯狂地爱上了她,给他写了一封充满忏悔和表达爱意的信。达吉亚娜虽然不忘自己的初恋,宁愿回到逝去的往昔,去只能对他说:"我爱您(何必对您说谎?),但现在我已嫁给了别人;我将要一辈子对他忠贞。"失望的奥涅金重新踏上了漫游之路。

奥涅金这一形象体现俄国贵族青年知识分子的某些重要特征。他说着纯熟的法语,周旋于舞会、酒宴和剧场,一度是个浪荡的花花公子。但八年灯红酒绿的生活,让他患上了忧郁病。他不满现实,看透了贵族阶级的无聊和虚伪,他想振作起来,阅读了大量的书籍,接受了西方思想文化的影响,并

---

① 高尔基:《论文学》(续集),冰夷、戈宝权等译,北京:人民文学出版社,1979年,第212页。

产生了改革的愿望,还尝试进行创作。在乡下,他根据亚当·斯密的经济学,试图"采用轻的地租制,用它代替古老的徭役制度的重负"。可是,他的许多努力常常是半途而废。贵族阶级的生活习惯使他缺乏毅力和恒心,丧失了实际工作能力。他为了报复连斯基,追逐奥尔加,接受了连斯基的挑战,最后杀死了自己的好朋友,都是出于贵族的虚荣心。虽然他厌恶贵族的生活方式,自己却摆脱不了贵族阶级的传统观念。奥涅金成了俄国文学中第一个"多余人"形象。作品通过这一形象,表现了当时贵族青年的苦闷、彷徨和追求,反映了那些厌恶了本阶级的狭小天地,但又找不到出路的青年知识分子的悲剧命运。

"多余人"是19世纪俄国贵族青年知识分子的一种典型。他们受到资产阶级启蒙思想的影响,不满于贵族社会的庸碌,才能、道德水平和精神境界都高于周围的人,但是贵族阶级的教养和习惯,又使得他们远离人民,无所作为,最终一事无成。正如赫尔岑所说:这种人"永远不会站在政府方面",也"永远不能够站到人民方面",只能是他们所处的环境中的一个"多余人"。"多余人"形象是对19世纪前半期俄国部分青年知识分子的思想、情感、生活与命运的艺术概括。继普希金之后,莱蒙托夫、赫尔岑、屠格涅夫、冈察洛夫等作家都写过描写"多余的人"的作品,构成俄国文学中"多余的人"形象画廊。

作品的女主人公达吉亚娜是普希金塑造的理想的贵族妇女形象。作家说她是"我可爱的理想",是一个"灵魂上的俄罗斯人"。她是一个淳朴、忧郁、爱沉思的女性,完全不同于一般贵族女子的矫揉造作,连她的名字也只是一个普通的俄罗斯农村姑娘的名字。正如奥涅金一样,她与周围贵族圈子里的人是格格不入的,不喜社交,厌烦同伴们的轻浮和她们之间喧嚣的打闹。她热爱大自然——草原、丛林、山谷,生活在俄国民间传说和童话的世界里。另一方面,她又迷恋卢梭和理查生的小说,这些小说所传播的启蒙思想激发了她的理想和个性解放的要求。当孤傲、谈吐不俗的奥涅金出现时,达吉亚娜认为自己找到了同类,找到了浪漫主义小说中的理想人物,所以她抛开了贵族社会虚伪的道德礼教,大胆地给奥涅金写信,向他表白爱情。但奥涅金不理解并珍惜这份感情,最后达吉亚娜只得听从母亲的安排,嫁给了彼得堡的一位将军。不过,这一切并没有影响达吉亚娜,她仍然保持着一颗淳朴的心灵。在她身上,体现着一种俄罗斯民族的气质和精神力量。

《叶甫盖尼·奥涅金》在俄罗斯文学史上占有重要的地位。通过奥涅金的经历,作品生动描绘了19世纪初叶俄国现实生活的广阔画面,暴露和讽刺了形形色色的贵族地主,并透过贵族地主的寄生生活,展现出农奴的悲惨遭遇。因此,别林斯基把这部作品誉为"俄罗斯生活的百科全书和最富有人民性的作品"。

这部诗体小说也是俄国文学中第一部真正的现实主义作品。作者创造了典型环境中的典型性格,开辟了俄国文学中"多余的人"形象的画廊。无论奥涅金还是达吉亚娜性格的形成和发展都是从他们的出身、教养、生活方式和整个生活环境中加以揭示的,具有高度的艺术概括性。《叶甫盖尼·奥涅金》与西欧文学中最早的现实主义作品——法国斯丹达尔的《红与黑》同样是在1830年完成的。这样,普希金就和斯丹达尔同时为现实主义在本国文学中夺得了主导地位,共同为世界文学史上的现实主义开辟了道路,均成为现实主义文学的奠基人。

《叶甫盖尼·奥涅金》这部诗体长篇小说是用"奥涅金诗节"这一独特、严谨的诗歌格律写成的。"奥涅金诗节"是诗人根据欧洲十四行抒情诗的特点,为写这部作品精心创造的,每首十四行诗的押韵特点是:第一个四行为交叉韵(abab),第二个四行是邻韵(ccdd),第三个四行环韵(effe),最后的两行"联句"为重叠韵(gg);各行诗的音节数目,则随着阴韵(结尾为轻音)、阳韵(结尾是重音)的更替而显示出 9898—9988—9889—88 的规律性。整部诗体小说由 420 余首十四行诗组成,除两封信、一首民歌外,均以上述"奥涅金诗节"写成。诗人还充分利用了诗歌艺术的想象、象征、联想、比喻等表现手法,创造出优美的艺术氛围和意境。

诗作中的抒情主人公,也和主人公们一起哀愁,一起欢乐,一起发表对周围人事的看法。插入作品中的大量"抒情的插笔",表达了诗人对朋友和爱人的追忆和怀念,还包括诗人对上流社会的揭露和批判,对自己文学创作道路的描述和回顾,他对世态人情的感慨和喟叹。这些诗行都是对作品主题的深化和提高,构成整部诗体小说不可分割的有机部分。这也充分说明,《叶甫盖尼·奥涅金》不仅是时代的镜子,而且是诗人普希金心灵的镜子。

普希金不仅奠定了俄国现实主义文学的基础,把俄国文学引上了民族化的道路,而且在创建俄罗斯文学语言、确立语言规范方面也有巨大的贡献。同时,他为运用各种文学体裁树立了典范。"假如没有普希金,那么在很长的时间里就不可能有果戈理、列夫·托尔斯泰、屠格涅夫、陀思妥耶夫斯基。俄罗斯所有这些伟大的人物都把普希金尊为他们精神上的始祖。"[①]

[①] 高尔基:《论文学》(续集),冰夷、戈宝权等译,北京:人民文学出版社,1979年,第209—210页。

思考练习题

1. 欧洲浪漫主义文学思潮是如何产生的？这种文学有哪些基本特点？
2. 试以具体作品为例，谈谈英国浪漫主义诗人雪莱和拜伦的不同艺术风格。
3. 为什么说《巴黎圣母院》是一部"浪漫主义的里程碑"式的作品？
4. 试结合《叶甫盖尼·奥涅金》的主人公形象，谈谈"多余的人"形象的特点和意义。

延伸阅读文献

1. 海涅：《论浪漫派》，张玉书译，见《海涅选集》，北京：人民文学出版社，1983年。
2. 勃兰兑斯：《19世纪文学主流》第五分册《法国的浪漫派》，北京：人民文学出版社，2009年。
3. 波德莱尔：《评〈悲惨世界〉》，见《波德莱尔美学论文选》，郭宏安译，北京：人民文学出版社，1987年。
4. 冯春编选：《普希金评论集》，上海译文出版社，1993年。

第七章 19世纪中期欧美文学

第一节 概 述

19世纪30年代以后,欧洲社会生活发生了很大的变化。英、法两国的资本主义势力取得了决定性的胜利,资产阶级政权日益巩固和发展。但是,无论是在英国还是法国,资产阶级和封建贵族的斗争并没有完全结束。同时,大资产阶级和中小资产阶级的矛盾也日益加剧。资本主义残酷的经济剥削和政治压迫,则使工人阶级反对资产阶级的斗争日趋激化。德、意两国在19世纪中期也逐步实现了国家的统一,资本主义逐渐发展起来。19世纪中期,俄国资本主义也有了长足的发展,但农奴制度依然存在,沙皇专制制度依然压迫着人民。到40年代,欧洲许多发展缓慢的国家也陆续进入资本主义全面发展的阶段,民族民主运动风起云涌。

19世纪中期欧美各国的现实主义文学潮流,正是在上述历史背景下出现的。资本主义的确立和巩固使得社会的经济、政治、道德观念等都发生了深刻的变化,金钱关系成为各种社会关系的基本纽带。发达国家已经确立了资产阶级的金钱统治,在较落后的国家,金钱关系也开始渗透到封建社会内部,激化了本来已相当尖锐的社会矛盾。资本主义社会的矛盾和各种社会弊端的暴露,社会生活的动荡不安,使得人们终于不得不用冷静的眼光来看待他们的生活地位和相互关系。于是,许多作家从浪漫主义对现实的主观抗议和幻想中回到现实本身,致力于分析、理解支配现实的规律,探求摆脱不合理现状的种种途径和可能性。这样,以如实描写现实生活、揭露和批判社会黑暗为特征的现实主义文学,就代替浪漫主义而成为在欧美各国文坛占主导地位的文学潮流。

现实主义文学潮流的形成和发展,也同进入19世纪以来欧洲在哲学和科学领域所取得的巨大成果有密切关系。黑格尔的辩证法、费尔巴哈的人本主义、孔德的实证主义等学说,自然科学的新成就和实验科学的流行,以及法国历史学家基佐等人的历史观,都对一些作家的创作理念产生了不同程度的影响，促使他们探求表现现实的新方法。

欧洲文学史上的现实主义渊源，可以追溯到古希腊罗马文学，文艺复兴时代的人文主义作家进一步丰富了欧洲文学的现实主义传统，而18世纪英国的写实小说、法国启蒙文学和俄国讽刺文学，则是19世纪欧美现实主义文学潮流在艺术方法上的直接先驱。这一时期的现实主义作家们，还借鉴了19世纪初期浪漫主义文学的艺术经验，特别是浪漫主义作家们在历史题材创作中注重描绘风俗画面、在人物心理描写方面的艺术手法等。

现实主义文学是19世纪中期欧美文学的主潮。从19世纪30年代起，法、英、俄等国文学中首先形成了现实主义潮流，这股潮流随后波及东、北欧和美国等国家和地区。

19世纪现实主义文学的思想武器是人道主义和民主主义，其创作理论的哲学依据则是唯物论的反映论。现实主义作家将文学作为研究与分析社会的手段，在作品中写出了"现实主义的历史"（恩格斯语），反映了封建社会衰亡、资本主义确立的历史进程，他们描绘的社会现实的广阔性与深刻性是前所未有的。他们深刻地揭露社会的黑暗，同情下层人民的苦难，揭示人与人之间冷酷的金钱关系，暴露和批判封建贵族的腐败堕落和资产阶级的贪婪卑劣，提倡社会改良。

作为一个文学流派，19世纪现实主义文学有自己鲜明的特点。

现实主义文学的鲜明特点是艺术描写的客观性，即客观、真实而广阔地展示了社会生活的各个方面，对现实矛盾的揭示具有相当的深度。现实主义作家们偏重于对现实的真实描绘，力图反映出生活的本来面目。他们不是醉心于描写非凡的人物，杜撰非凡和奇异的事件，而是强调冷静地观察和客观地描写现实，揭露资本主义社会的种种弊端，剖析人与社会环境之间的关系，探索社会罪恶的根源。很多作家把文艺创作看作是反映现实生活的镜子，如巴尔扎克就说他创作《人间喜剧》的目的是要写一部19世纪法国社会的风俗史。他在《人间喜剧·前言》中说："法国社会将要作历史家，我只能当它的书记。"现实主义作家还极其重视细节的描写，在作品中力求使细节达到精确，从而大大地增加了作品的真实性。所以恩格斯在1888年4月初致玛·哈克奈斯的信中谈到巴尔扎克的《人间喜剧》的意义时说："我从这里，甚至在经济细节方面（如革命以后动产和不动产的重新分配）所学到的东西，也要比从当时所有职业的历史学家、经济学家和统计学家那里学到的全部东西还要多。"

现实主义文学重视人与社会环境的关系的描写，塑造典型环境中的典型性格。现实主义作家们一方面把环境看作时代发展的标志和人赖以活动的物质基础和舞台,另一方面又着意塑造有时代特征的典型人物。因此,19世纪现实主义作家笔下出现了许多凝聚着时代特征的典型人物,如斯丹达尔的《红与黑》中的于连,狄更斯的《大卫·科波菲尔》中的大卫,《艰难时世》中的庞得贝,果戈理的《死魂灵》中的乞乞科夫等。

现实主义文学的主要体裁样式是长篇小说,现实主义作家们创造了广泛描写现实生活的社会小说,扩大了小说这一文学体裁的容量,使它成为综合反映整个时代各阶层的生活风尚和错综复杂的历史事件的广阔画卷。

现实主义文学在艺术手法上有两个重要特点,一是注重人物的心理描写,力求深入细致地揭示人物内心的矛盾及其变化;二是充分运用讽刺手法,以加强批判和揭露的艺术力量。

随着19世纪中期欧洲各国工人运动的开展,欧洲无产阶级也强烈要求运用文学来表现并鼓舞自己。这一时期欧洲无产阶级文学包括法国的工人诗歌、英国的宪章派文学和德国的革命诗歌。同时,在欧美各国,浪漫主义文学仍在不同程度上继续发展。

一、法国文学

1830年的七月革命,结束了复辟的法国波旁王朝的统治,但封建贵族的势力依然存在。工业无产阶级也在这时登上历史舞台,他们和资产阶级的矛盾,日益上升为社会的主要矛盾。与此同时,在代表金融资产阶级利益的七月王朝的统治下,中小资产阶级的要求得不到满足,他们对统治集团的怨恨也与日俱增。这就使法国社会各阶级之间的关系,呈现出错综复杂的局面。40年代,反对七月王朝的斗争日趋激化,终于酿成了1848年的二月革命和无产阶级的六月起义。1851年,拿破仑三世发动政变,解散国会;翌年12月,拿破仑三世正式称帝,建立法兰西第二帝国,结束了第二共和国的统治。

19世纪中期是法国文学的繁荣时期。浪漫主义文学仍然具有强劲的发展势头。雨果最重要的作品就是在这一时期完成的。其他重要的浪漫主义作家还有大仲马、小仲马、乔治·桑等。大仲马(1803—1870)以丰富的想象力构思了大量曲折离奇、传奇色彩浓厚的通俗小说,最著名的有《三个火枪手》(1844)、《基度山伯爵》(1844)等。小仲马(1824—1895)最著名的浪漫主义小说是《茶花女》(1848)。

1830年前后,斯丹达尔、巴尔扎克等作家先后步入文坛,创作了一大批优秀的作品,使法国现实主义文学的发展进入了繁荣时期。

斯丹达尔(1784—1842),是法国现实主义文学的奠基人之一。他的长篇小说《红与黑》的问世,标志着法国现实主义文学的真正开端。

斯丹达尔原名亨利·贝尔,生于格朗诺布城一个律师家庭。他生活的时代,是法国由腐朽的封建专制国家转变为资产阶级统治的大动荡时代,他经历了法国大革命、拿破仑政变、波旁王朝复辟以及七月革命等重大的历史变革。

斯丹达尔早年丧母,由信奉启蒙思想的外祖父教养成人。成年后,他投身拿破仑的军队,转战欧洲大陆。他终生崇敬拿破仑,痛恨波旁王朝。拿破仑失败后,他结束了十余年的军旅生涯,侨居意大利米兰,从事写作,对复辟的波旁王朝采取了不合作的态度。

1827年,斯丹达尔发表第一部小说《阿尔芒斯》,小说以一对贵族男女青年的爱情悲剧为线索,通过对巴黎几个贵族妇女沙龙场景的生动描写,揭露了波旁王朝复辟时期封建贵族的反动嘴脸和精神状态,嘲笑了这个"最缺乏生命力的阶级"妄图使历史车轮倒退的种种丑态。

1830年七月革命以后,斯丹达尔被任命为驻意大利一海滨小城的领事,直至1842年辞世。这是他文学创作最重要的时期。斯丹达尔先后完成了《红与黑》(1830)和《巴马修道院》(1839)两部杰作。

《红与黑》是斯丹达尔的代表作,副标题为"1830年纪事"。小说以于连的生活经历为经,以复辟时期的社会生活为纬,广泛地反映了当时社会政治生活的紧张气氛,在广阔的背景上清晰地勾勒出一幅复辟时期法国社会的生活画面。

小说的中心人物于连·索黑尔是位平民出身的外省青年,俊秀而意志坚强。他不满于王政复辟时期森严的等级制度,决心出人头地。他因具有将拉丁文《圣经》倒背如流的才能,被维立叶小城的市长德·瑞那聘为家庭教师。出于对上流社会的嫉恨和对粗鄙而傲慢的市长的报复,于连试图征服德·瑞那夫人。从未体味过真正爱情的德·瑞那夫人也坠入于连的情网无力自拔。他们的暧昧关系暴露后,于连在西朗神甫帮助下进入贝尚松神学院。神学院内派系斗争异常激烈,宠爱于连的彼拉院长受到排挤,辞职时将于连推荐给巴黎权贵德·拉·木尔侯爵当私人秘书。于连因其才干大受侯爵赏识,并赢得高傲的侯爵小姐玛特尔的爱情,玛特尔决心与他结婚。侯爵在暴跳如雷之下却也无可奈何。于连因此获得了骑士的贵族封号和陆军中尉的军衔。就在于连踌躇满志,以为上流社会的大门已经对他敞开之时,一封由教会策划并胁迫德·瑞那夫人执笔的揭发其"劣迹"的信落到侯爵手中，侯爵借此撕毁婚约。眼看锦绣前程化为泡影，于连激愤之余赶回维立叶，向正在教堂做礼拜的市长夫人连发两枪，被判极刑。狱中于连深自反省，痛感社会的黑暗，平民的自觉意识逐渐苏醒，遂拒绝上诉和玛特尔小姐的多方营救，从容赴死。

于连是王政复辟时期对等级制度进行个人反抗的平民知识青年的典型形象，他的身上既有反抗性，也有妥协性，从而构成了他性格的复杂性和矛盾性。就个人禀赋而言，于连是优秀的，但因出身微贱，所以备受歧视。这使他易于接受自由思想，萌生反叛情绪。他追念大革命时代，崇拜拿破仑，因为在那个时代，像他这样有才能的平民青年有数不清的机会可以大显身手，飞黄腾达。但复辟时期等级森严，一个平民要想有所作为比登天还难。社会现实使他在人生理想的追求中，一方面以自己的才能和高傲对抗贵族阶级的歧视，另一方面不得不采取虚假和伪装的手段，甚至走上了向贵族妥协的道路。但他的内心深处，一直保存着平民的意识。在最后的法庭审判中，他终于当众控诉了等级社会的不公与黑暗，以自己悲剧性的抗争表现了决不妥协的平民反抗精神。

于连以年轻的生命对复辟社会进行的反抗，在相当程度上反映了平民对波旁王朝复辟的抗议情绪。然而，他的奋斗，是从谋求个人出路这个前提出发的，缺乏任何高尚的目标。他既不可能把平民的整体利益看得高于一切，也不是具有共和理想的先进人士，充其量只是个人奋斗的英雄。于连的悲剧说明，贵族统治集团决不允许平民冲破等级制来分享他们的利益。

《红与黑》以成熟的现实主义笔法，对当时的历史生活进行了高度的概括。作品通过主人公的经历和结局，不仅深刻地揭示了社会环境对青年人的压抑、腐蚀和摧残，而且准确地再现了当时法兰西的社会风貌和政治形势。在小城维立叶，耶稣会横行霸道，资产阶级虎视眈眈，封建贵族则感到危机四伏。巴黎的上流社会则以烦闷无聊为特征，花天酒地，寻欢作乐，夸夸其谈，但都掩盖不住他们对拿破仑的仇恨和恐惧。在巴黎，在外省，复辟的贵族和反动的教会都一样地害怕再来一次革命，害怕"在每一段篱笆后面都有一个罗伯斯庇尔和他驾来的囚车"。作品深刻地反映出各派政治势力之间错综复杂的关系以及围绕权力的钩心斗角，突出地表现了1830年七月革命前夕统治阶级的恐慌和他们为挽救岌岌可危的政治局势而采取的种种倒行逆施。在这个基础上，小说广泛地写出了资本主义金钱观念、价值原则渗透各个角落并支配社会生活的历史趋势，写出了封建贵族和教会僧侣的黑暗统治已面临寿终正寝的命运的历史必然性。

《红与黑》的书名具有深刻的象征意义。关于这个书名究竟象征什么，作者本人并未作过解释，后人大体有三种说法：一说认为，"红"指红色的军装，代表军队，"黑"指教士的黑袍，代表教会；一说认为，"红"是指法国大革命和拿破仑的英雄时代，"黑"是指复辟王朝的反动统治；一说认为，"红"指小资产阶级反抗者于连火热的性格，"黑"是指于连的虚伪。

《红与黑》最重要的艺术特色是塑造了典型环境中的典型性格。小说里描写的唯利是图的小城维立叶、人间地狱般的贝尚松神学院和"阴谋与伪善的中心"巴黎，是揭示作品主题、展示时代特征、表现人物性格的典型环境。细腻入微的心理分析是《红与黑》的又一艺术特色。精彩的心理描写不仅将笔触探到了人物的灵魂深处，推动了故事情节的进展，而且充分表现了人物的性格。

《巴马修道院》是和《红与黑》齐名的长篇小说。小说以19世纪意大利北部的巴马小公国为背景。上卷主要写贵族青年法布利斯和他姑母吉娜的经历，下卷主要写法布利斯和克莱莉娅的恋爱故事。法布利斯同情法国大革命，崇拜拿破仑。1815年拿破仑发动百日政变，法布利斯在姑母支持下投奔拿破仑。拿破仑政变失败以后，他回到意大利，被已成为巴马首相情妇的姑母保护起来，并被栽培成巴马副主教。姑侄一起对巴马宫廷的邪恶势力进行了艰苦而曲折的斗争，其间又穿插了法布利斯与克莱莉娅之间的浪漫恋情。克莱莉娅死后，法布利斯万念俱灰，辞去副主教职务，退隐巴马修道院，一年后死去。深深爱恋着侄儿的吉娜也因伤痛而不久于人世。

小说通过错综复杂的斗争和一系列戏剧性冲突的描绘，生动地揭示了专制宫廷的残暴黑暗和荒淫无耻。巴马小朝廷里演出的一幕幕丑剧，实质上是法国王政复辟时代绝对君权国家各种典型特征的概括和写照。作家还生动展现了主人公烈火般的"意大利性格"，展现了他们一任"激情"支配，为理想、为爱情置生死于度外，傲然独立于社会道德和宗教信条之上的勇气和行为，这就使小说产生了巨大的艺术感染力。法布利斯、吉娜和克莱莉娅均是体现了典型的"意大利性格"的光彩照人的艺术形象。

1839年，斯丹达尔十年间陆续发表的中、短篇小说，被结集为《意大利遗事》出版。其中的《法尼娜·法尼尼》(1829)，历来被誉为法国短篇小说中的名篇。作品通过罗马一名贵族少女法尼娜和年轻的烧炭党人米西芮里之间悲剧性的爱情，揭示了事业与爱情的尖锐冲突，热情赞美了意大利烧炭党人对祖国的热爱、对事业的忠诚。

斯丹达尔的重要作品还有未完成的长篇小说《吕西安·娄凡》《红与白》等。

1842年,斯丹达尔回巴黎治病,3月23日因中风逝世。遗体葬于蒙马特尔公墓,墓碑上用拉丁文刻着作家生前拟就的几行字:"亨利·贝尔,米兰人,写作过,恋爱过,生活过。"

巴尔扎克(1799—1850),是19世纪中期法国最重要的现实主义作家,他的生平和创作详见本章第二节。

在法国文学史上,**居斯塔夫·福楼拜**(1821—1880)是继斯丹达尔、巴尔扎克之后又一位闻名遐迩的现实主义文学大师。他一方面在主题的深刻性和创作技巧上继承了现实主义的优良传统;另一方面,他又在传统的基础上进行了别开生面的创新,强调"科学的精神",追求更精确的和纯客观的描写,直接影响了19世纪后期自然主义和唯美主义文学。

福楼拜于1821年12月17日出生于法国南方塞纳河畔的名城卢昂。其父是当地著名的外科医生。医院的环境培养了他的科学主义倾向,使他注意对事物的缜密观察,而与宗教格格不入。1841年,福楼拜中学毕业,遵从父命赴巴黎攻读法律。不久,因癫痫病发作而返回故乡进行医疗和休养。他从此永远告别了法律,专心从事他酷爱的文学创作。福楼拜终身未娶。1846年父亲故去后,他同母亲及外甥女一起住在卢昂市郊的克鲁瓦塞别墅,与母亲相依为命,直至去世。福楼拜终身在这里埋头写作,写下了一部部优秀的作品。

他的三部主要作品均是在19世纪50—60年代之间完成的,即《包法利夫人》(1856)、《萨朗波》(1862)、《情感教育》(1869)。其中,《包法利夫人》是作家的代表作。

《包法利夫人》的副标题是"外省风俗"。作品以简洁而细腻的笔触,再现了19世纪中叶法国的外省生活,描绘了鲜明逼真的人物形象,具有巨大的揭露意义。

小说描写外省一个富裕农民的独生女爱玛悲剧性的一生。少女时代,她被送往修道院寄宿学校接受教育,阅读了大量浪漫主义作品,养成了贵族的情趣爱好,幻想浪漫作品中虚构的不切实际的爱情生活。从学校毕业后,她嫁给了一个思想平庸、举止驽钝、善良但无能的乡村医生包法利。婚后生活平淡而乏味,爱玛感到了爱情幻想的破灭,向往上流社会豪华多情的生活。为了摆脱令人窒息的生活,追寻她心中的爱情梦想,她先后和大地主罗道耳弗以及学法律的见习生赖昂私通。为了维持这种生活,爱玛倾注了热情，借了很多高利贷，而两个情人先后将她遗弃。最后，包法利夫人在高利贷商人的无情逼迫下身败名裂，爱情的梦想破灭，终于服毒自尽。

小说通过爱玛的悲剧，控诉了恶浊堕落的社会。作者以现实主义的深刻描绘，指出爱玛的悲剧是社会一手造成的。爱玛本性纯洁，是社会环境和社会影响将她一步步引向毁灭的道路。小说副标题"外省风俗"是颇有深意的。修道院寄宿学校的宗教生活和浪漫主义文学作品戕害了她稚弱的心灵，使她对爱情生活充满不切实际的幻想。待她走入社会以后，狭隘闭塞、单调沉闷的外省环境和缺乏精神生活的家庭，不能满足她情感的要求，而淫糜享乐的社会风气，进一步腐蚀了她的心灵，使她对上流社会腐化堕落的生活悠然神往，终于在罗道耳弗的勾引下，走上了堕落的道路。作者在小说中不仅写出了爱玛堕落和毁灭的社会原因，而且分析了它的物质基础。罗道耳弗和赖昂抛弃爱玛，不只是由于他们堕落的生活态度，而且是对金钱、地位的利己主义计较的结果。作者在小说中每写爱玛的一次爱情生活，就掉转笔锋写一次高利贷者的钻营行径，以此强调了造成爱玛悲剧的物质原因。爱玛是被无法偿还的巨大债务和一次次的爱情幻灭引向灭亡的。小说通过爱玛的悲剧，既控诉了资本主义社会金钱关系的罪恶，又有力地揭露了当时法国社会精神生活的空虚和堕落。

《包法利夫人》虽然只写了一个局限在狭小天地里的外省故事，却通过典型环境描绘和典型人物的塑造，反映出时代和社会的基本特征。修道院寄宿学校成了毒害纯洁少女心灵，导致她们想入非非、走上歧路的场所；外省的社会风气是淫糜堕落的，精神世界是封闭的、沉闷的，它堵塞了人一切向上的美好追求。永镇的头面人物郝麦是一个没有开业执照的药剂师，却靠弄虚作假、善于周旋而把药店经营得十分兴旺。他招摇撞骗，欺世盗名，跻身于各种科学研究机构和委员会之中，还以自由民主人士自居。这样一个卑劣丑恶的人物，在社会上竟然如鱼得水，"当道宽容他，舆论保护他"，最后还获得了十字勋章。勒乐是 19 世纪中叶法国无孔不入的商人兼高利贷者的形象。他具有职业的敏感，察知哪家主妇有偷情的勾当，便悄然而至，兜售奢华的用品，从中牟利，还放债盘剥，并替对方变卖产业，直至使债务人倾家荡产，这时候，他就凶相毕露，严加追逼，置人于死地。他通过这种办法，主宰了永镇的经济命脉。罗道耳弗是外省地主的典型，他品行恶劣，惯于勾引、玩弄妇女，是个风月场上的老手，这样的人，正是外省上流社会腐化堕落风气的产物。可叹的是爱玛居然将她的爱情理想寄托在这样的人身上。包法利医生则是一个没有理想、安于现状、麻木平庸、缺乏精神生活的庸人,他也是当时庸碌、闭塞、鄙陋的社会环境的产物。他和郝麦、勒乐、罗道耳弗等一起,共同构成了促使爱玛走向堕落的典型环境。

《萨朗波》是一部历史小说,描写公元前3世纪迦太基的雇佣军哗变起义的故事,以及起义首领马托和迦太基统帅之女萨朗波的悲剧爱情。

《情感教育》是福楼拜第二部以当代生活为题材的长篇小说,其副标题是"一个青年的故事"。小说塑造了七月王朝时期中小资产阶级青年典型莫罗的形象。他的思想与性格,打上了那个时代"情感教育"的烙印,他是一个所谓"集一切弱点之大成"的青年,意志薄弱,庸碌无为,而又耽于幻想,最终一事无成,靠在炉边回忆往事打发时光。作者通过这个庸人的形象,广泛展现了七月王朝时期法国的社会生活。

福楼拜还有一部著名的短篇小说集《三故事》(1877)。其中,《一颗淳朴的心》是福楼拜最著名的短篇小说。

小说叙述了一个女仆平凡而又感人的一生。全福是个泥瓦匠的女儿,最初在农场当女工,后来当女仆。她以勤俭闻名乡里,一手带大了主妇的两个孩子,对主妇家有着深挚的感情。有一次经过草场,遇到一匹公牛撒野,由于她的勇敢机智,主妇一家老少才化险为夷。孩子们长大后都离家了,她便把感情转移到一个冒名侄子的身上。侄子死于美洲后,她又将感情寄托在一只鹦鹉身上,然而鹦鹉也死了,她便将鹦鹉做成标本珍藏着。晚年,她把全部感情寄托于宗教。这篇小说通过朴实无华的情节,刻画了"一个隐微的生命"的感人形象,表现了作家对劳动妇女不幸遭遇的深切同情。同时,福楼拜也描画了全福麻木愚昧的精神世界,笔锋直指保守闭塞、狭隘庸俗的外省社会。

福楼拜的艺术特点基本上是现实主义的。他主张艺术应该反映现实生活,揭露社会黑暗。福楼拜善于在一个篇幅不算很大的长篇小说中塑造一系列个性突出的典型人物。为了塑造典型,他十分注意对人物内心活动、外貌特征和细节等的真实描绘,注重人物性格的变化与环境的密切联系。福楼拜还主张"小说应当科学化",认为小说写作应当像科学家做实验那样实事求是,强调通过实地考察和对事物的细心观察"发现别人没有发现过和没有写过的特点",然后如实、准确地把它描写下来。福楼拜倡导"客观而无动于衷"的创作理论,认为"一个小说家没有权利发表他的意见",正确的表现本身就有一种公正的力量,"公正组成一切道德"。这些观点,为19世纪后期自然主义文学的繁荣开辟了道路。福楼拜还强调语言的重要作用。他总是苦心推敲,惨淡经营,尽可能达到辞章、结构、意境的完美。他对艺术形式的重视和强调,又深刻影响了后来的唯美主义文学流派。

二、英国文学

19世纪,英国的资本主义迅速发展,在海外则进行了大规模的殖民扩张,成为强大的"日不落帝国"。随着资产阶级对封建阶级斗争的胜利,无产阶级和资产阶级的矛盾发展成为社会的主要矛盾。

英国现实主义文学就是在此背景上展开的。它开始于19世纪30年代,40—50年代是其繁荣时期。由于英国资本主义经济形态比较成熟,30—40年代又爆发了著名的宪章运动,因而英国现实主义文学,较早地描写了劳资矛盾,并关注孤儿的命运、妇女的地位等重要的社会问题,开辟了文学反映现实生活的新领域。

狄更斯是19世纪英国现实主义小说的奠基人。40—50年代,英国涌现了一大批风格各异的优秀小说家,如萨克雷、盖斯凯尔夫人、勃朗特姐妹、乔治·艾略特等。

萨克雷(1811—1863)是19世纪上半叶英国杰出的讽刺作家,他的作品对资本主义社会人与人之间的金钱关系、伪善、假道学、势利眼等丑恶现象进行了深刻的揭露和尖锐的嘲讽。谴责势利者、痛斥金钱万能,构成萨克雷小说的两大基本主题。从题材上看,他的小说描绘了一幅英国上流社会的风俗画。由于他的生活阅历,他不大了解下层人民的生活,在作品中很少描写他们,这使他的创作和狄更斯反映的生活范围迥然不同。萨克雷始终是以一个贵族与上层资产阶级的揭发者和批判者的面貌出现在文坛上的。但是,他对人生和社会的观察和体验,对社会批判的深刻程度却不逊于狄更斯。

萨克雷的成名作与代表作是长篇小说《名利场》(1848)。小说中贯穿着两条情节线索:一条写天真纯洁、目光短浅的少女爱米丽亚和花花公子乔治的罗曼史;一条写爱米丽亚的同学、穷艺术家的女儿蓓基·夏泼的钻营史。围绕着蓓基和爱米丽亚,作家塑造了名利场中一系列贵族与资产者的形象,有满身铜臭的老板、投机发财的股票商,还有靠吮吸殖民地人民膏血而养肥自己的寄生虫。他们一个个趋炎附势,利之所在就趋之若鹜,忘恩负义;为争家产,兄弟阋墙,亲友之间倾轧不已。

小说特别成功地塑造了一个工于心计、处心积虑要挤进上流社会的女性蓓基·夏泼的形象。她以姿色与伪善为武器,在名利场中如鱼得水。小说展现了蓓基生活堕落、人格扭曲的历史,揭露了社会道德的堕落和风俗的败坏,反映了资产阶级腐朽的人生观,以及追名逐利的极端个人主义对人的灵魂的戕害。

盖斯凯尔夫人(1810—1865)的小说,正面反映了劳资矛盾和工人的反抗斗争。她的主要作品《玛丽·巴顿》(1848)以宪章运动为背景,站在人道主义的立场,表现了失业工人的悲惨生活和他们的自发斗争。

夏洛蒂·勃朗特(1816—1855),是英国重要的妇女小说家,主要作品有《简·爱》、《谢利》等。长篇小说《简·爱》(1847)是夏洛蒂的代表作,面世后便在当时的英国激起了巨大反响。简·爱是个孤儿,从小寄养在舅母家中,备受舅母及表兄、表姐的虐待,形成了桀骜不驯的叛逆性格和顽强不屈的意志。在罗沃德慈善学校忍受了八年的非人生活后,她来到桑菲尔德庄园当了一名家庭教师,与饱经生活磨难、愤世嫉俗的主人罗切斯特相爱。当一对恋人在教堂举行婚礼时,桑菲尔德府的秘密被揭穿。原来罗切斯特是一桩充满欺诈和交易的婚姻的牺牲品——藏在阁楼里的疯女人,便是他的妻子!简只身逃离庄园,四处流浪。后来桑菲尔德庄园被罗切斯特的疯妻子放火烧了,简也因心中一直眷恋着罗切斯特,最后毅然重返他的身边,和双目失明、失去了庄园的罗切斯特结了婚。

小说因塑造了一位沉静俭朴、富于独立精神和反叛意识的平民知识妇女简·爱的形象,而在文学史上独树一帜。小说充满了诗意与激情,语言高雅脱俗、流畅优美。

夏洛蒂·勃朗特的妹妹**艾米莉·勃朗特**(1818—1848)是该时期另一位风格独特的女作家。《呼啸山庄》(1847)是艾米莉唯一的一部长篇小说,也是一部天才之作。

小说的故事发生在英国北方约克郡荒凉的自然环境里,描写了恩萧家族和林惇家族两代人的恩怨。呼啸山庄的主人恩萧从利物浦捡回一个弃儿,取名希思克厉夫。恩萧对养子的宠爱激起了他的长子辛德雷的嫉恨,而辛德雷的妹妹凯瑟琳却与希思克厉夫建立了深挚的友谊。恩萧死后,辛德雷继承了呼啸山庄,肆无忌惮地虐待希思克厉夫,将他贬到仆役的地位。在孤寂低下的处境中,希思克厉夫与凯瑟琳的关系由相依为命发展为炽烈的爱情。画眉田庄的继承人埃德加·林惇终于向凯瑟琳求婚。凯瑟琳虽然心里爱着希思克厉夫,但她看到希思克厉夫不过是一个仆人,要是她和希思克厉夫结婚,往后只有贫贱在等着他们。为了爱希思克厉夫,她竟然大发奇想,计划自己嫁给埃德加·林惇,然后以埃德加的财产来帮助希思克厉夫,使他永远摆脱她的哥哥辛德雷。但她铸成了悲剧。希思克厉夫得知凯瑟琳想嫁给埃德加·林惇后,便怀着一颗受伤的心,愤然离开呼啸山庄,不知去向。三年后,希思克厉夫以富绅的身份返回呼啸山庄,开始了复仇。他娶了林惇的妹妹伊莎贝拉,百般虐待,又怂恿辛德雷酗酒、赌博,最终占有了呼啸山庄。凯瑟琳被介于希思克厉夫和林惇两股不可调和的力量中间,终因极度痛苦而死去,遗下女儿小凯瑟琳。伊莎贝拉不堪希思克厉夫的虐待,逃回画眉田庄。十几年后,伊莎贝拉死去,希思克厉夫将儿子小林惇从画眉田庄夺回,强逼小凯瑟琳嫁给奄奄一息的儿子,终于在小林惇死后,又夺取了画眉田庄。正当希思克厉夫的复仇达到高潮时,他突然从小凯瑟琳和辛德雷之子哈里顿相互依恋的生活中看到了过去自己和凯瑟琳的影子,良心受到谴责,在无限的悔恨之中离开了人世。希思克厉夫死后,小凯瑟琳与哈里顿也开始了新的生活。

与姐姐夏洛蒂相比,艾米莉更接近于浪漫主义。小说中男女主人公那种超越时空、超越死亡、充满激情与病态的爱情是女作家艺术想象的产物。同时,作品的悲剧性情节也是有深厚的生活基础的。作品揭露了19世纪资本主义社会冷酷的金钱关系和门第观念对善良人性的摧残和扭曲,以及造成的人性悲剧。女作家还揭露了英国外省庄园虚伪的田园生活。尽管故事发生在一处偏僻的角落,但艾米莉并没有吟唱一曲远离尘嚣的田园牧歌。女作家根据自己生活的真实体验,准确地传达了英国北方约克郡荒原地带的生活气息。尽管人们还过着一种闭塞、落后而粗糙的生活,迷信、崇拜超自然的神秘力量,然而,资本主义的经济形式和价值观念已悄悄渗透到了这里,并逐渐支配了人们的生活。所以,小说中表现了暗无天日的酗酒,强者对弱者的欺凌,对金钱的贪欲,暗中策划的阴谋,等等。呼啸山庄成了一个拆散有情人并最终摧毁人性的邪恶社会力量的象征。小说表现了女作家丰富的想象力。作品还具有复杂而独创的情节结构,行文中也处处流露出英国北方浓郁的乡土气息。

在19世纪30—40年代英国宪章运动的高潮中,形成了一次初具规模的群众性文艺运动。一批工人诗人用诗歌、歌曲等形式进行宣传鼓动,激励人们投入斗争,于是,产生了最早的无产阶级文学——英国宪章派诗歌。代表作家有厄内斯特·琼斯(1819—1869)、威廉·林顿(1812—1897)等。

三、美国文学

19世纪30年代,美国文学的发展进入后期浪漫主义时期。由此到70年代,是美国文学的一个鼎盛时期。后期浪漫主义以超验主义作为思想基础，内容上多歌颂人的智慧与创造力，强调人的个人意志和绝对自由。浪漫主义小说的代表人物有纳撒尼尔·霍桑和爱伦·坡等，浪漫主义诗歌的主要代表则是亨利·华兹华斯·朗费罗和瓦尔特·惠特曼。这些作家的作品大多以美国的社会生活为题材，闪耀着人道主义和民主主义的光辉，并表现了一定的社会批判性，带来了美国文学的第一次繁荣。

纳撒尼尔·霍桑(1804—1864)的代表作是长篇小说《红字》(1850)。它以主题思想深邃、想象力丰富和写作手法独特而标志着美国长篇小说创作上的一个重大突破。

《红字》以17世纪北美清教殖民统治下的新英格兰为背景，描写了一个受不合理婚姻束缚的少妇犯了为清教社会所严禁的通奸罪而被示众、受罚的故事，暴露了当时政教合一体制统治下，殖民地社会的冷酷与伪善，同时也探讨了人类的"原罪"问题。

故事一开始的场景发生在镇监狱的门前，年轻、美丽的海丝特·白兰怀抱着一个三个月大的女婴——珠儿，站在刑台上，等待政教合一的加尔文教政权对她的判决。她犯了什么罪？在故事开始的几年前，出身英国破落贵族家庭的白兰嫁给了一个畸形的年老学者。婚后，白兰独自生活在波士顿，其间丈夫杳无音信，生死不明。在独居生活中，白兰与当地牧师阿瑟·丁梅斯代尔相爱，生下了那个女婴。白兰被投入监狱，并被判在枷刑台上站立3个小时当众受辱，终身佩戴一个红色的字母A(英文通奸Adultery的第一个字母)作为惩戒。当局一再逼她说出通奸的同犯以减轻惩罚，但她断然拒绝。这天，她失踪的丈夫罗杰·齐灵渥斯正巧赶到，目睹了这一场面，决意暗中查出同犯以报仇雪恨。他很快对年轻而极有威望的牧师产生了怀疑，不断窥探和刺激他的隐情。丁梅斯代尔受到内心良知的煎迫，又受着齐灵渥斯阴险的折磨和追索，健康每况愈下。白兰为拯救丁梅斯代尔，下决心和他带上女儿远走他乡。他们计划在丁梅斯代尔做完庆祝上帝选择日的祷文后离开。丁梅斯代尔抓住白兰母女的手一起走上刑台，在上面袒露了自己隐瞒了七年的罪责，随后心力交瘁倒在台上死去。把复仇作为生活中唯一目的的齐灵渥斯，也在一年后郁郁而死。珠儿随其母亲去了欧洲，与一贵族结婚，过着美好的生活。白兰回到波士顿，继续行善，死时，她的墓碑上镌刻着一个红色的A字。

《红字》体现了霍桑思想的矛盾性。一方面，他对白兰与丁梅斯代尔牧师这对情人的不幸遭遇充满同情。小说表现了白兰的善良、勤劳和坚强，描写了白兰遭受种种羞辱、欺凌的不幸，提出了妇女地位、妇女权利等问题，揭露了以贝灵汉为代表的清教徒的虚伪以及清教法律的严苛、非人道;另一方面,作家又认为男女主人公由于人类普遍的弱点而犯下了罪行,理应通过受苦而赎罪,通过皈依宗教获得新生。所以,他安排了男女主人公受罪和赎罪的痛苦历程,最终使他们获得了高贵的人格。由此可以看出,清教主义传统对作家有着相当深的影响。

霍桑的小说具有浓厚的浪漫主义色彩。他曾把自己的小说称为"罗曼史"。他在写作时,不拘泥于对事物的真实描摹,而是靠想象加以大胆发挥,因而他的作品中有许多象征性的东西和神秘的气氛。如《红字》中用监狱门前盛开的蔷薇花来象征"从这个故事中可以发现的甜蜜的道德花卉",丁梅斯代尔胸前出现的红字,半夜天空出现的红光等等,都带有神秘色彩。霍桑在美国文学史上,还是最早重视心理描写的作家,又将自己的小说称为"心理罗曼史"。他对人在精神和道德上的失常心理的分析,对后代文学有着深远的影响。

爱伦·坡(1809—1849)是一位著名的短篇小说家兼诗人。他一生共写了约70篇短篇小说,其中有20多篇短篇小说被认为是美国小说史上的不朽之作,如《厄舍古屋的倒塌》等"哥特小说",《矛戈街上的谋杀案》等"侦探小说",《红色死亡的假面舞会》等"恐怖小说"。他的小说往往内容颓废,形象怪诞,充满悲观情绪和神秘色彩,但技巧圆熟。作家善于调动种种艺术手段来制造气氛,并擅长进行人物的心理分析,使小说具有扣人心弦的艺术效果。

瓦尔特·惠特曼(1819—1892)是19世纪美国杰出的诗人,他的创作具有鲜明的民主色彩和乐观精神,反映出美国资本主义上升时期广大民众的情绪和愿望。他的诗歌以其民主的内容和革新的形式对美国以至世界的诗坛产生了深刻的影响。

惠特曼的诗收在《草叶集》(1855)中。诗人将他的诗集取名"草叶",是有深刻寓意的。诗人认为,"草叶"是最普通、最富于生命力的东西,是普通人的象征,是发展中的美国的象征,是他关于民主、自由的理想和希望的象征。因此,《草叶集》的主题可以说是"通过一个普通美国人的生活、情感和思想,去表现他的国家和他的时代的一般人民"。这个"普通美国人"体现在诗集中,就是"我"。

《草叶集》前三版中收入的150多首诗,都是南北战争以前的作品,包括几组短诗和几首长诗。在这些诗中,诗人赞美人,歌颂人的创造性劳动,赞美大自然;他歌颂民主和自由,同情黑人和印地安人,反对奴隶制度;他热情讴歌1848年欧洲大陆的民族民主革命。这类诗歌的名篇有《我歌唱带电的肉体》、《大路之歌》、《欧罗巴》、《法兰西》等。

1861年,美国南北战争爆发。惠特曼热情讴歌这一场解放奴隶的战争,其创作进入了新的时期。他在战争期间写的诗,收入《草叶集》第四版。《父亲,赶快从田地里上来》是其中的名篇之一。诗中讲述了北方军队中一个阵亡的农民士兵家中的动人故事,讴歌了为战争的胜利付出沉重代价的淳朴勇敢的美国农民。1865年,内战以奴隶制南部的失败而告终。南方奴隶主们不甘失败,阴谋刺杀了美国总统林肯。这一事件引起了热爱民主、自由的美国人民的震惊与愤怒。惠特曼写下了著名的悼诗《啊,船长,我的船长哟!》和《当紫丁香最近在庭园中开放的时候》,表达了美国人民对他们敬爱的领袖逝世的悲悼情绪。

在艺术上,惠特曼创造了一种新的诗歌形式,即以短句而不以音步为基础,每行字数不定,也不用脚韵的"自由诗体"。这种诗体大量运用重叠句、平行句和夸张的语言,大大加强了诗歌的表现力。

总之,惠特曼的《草叶集》以其鲜明的民主精神和新颖奔放的形式,开一代诗风,使他成为美国现代诗歌之父。

在浪漫主义文学盛行的时期,现实主义文学也开始萌芽。在反对南方蓄奴制的斗争中,逐渐产生了废奴文学。废奴文学对残酷反动的蓄奴制进行了深刻的揭露和批判,表现了强烈的民主倾向。影响最大的作品是**斯托夫人**(1811—1896)的小说《汤姆叔叔的小屋》(1852)。废奴文学虽然对蓄奴制仅限于道义上的谴责,却推动了废奴斗争的发展,在文学史上,成为19世纪美国现实主义文学的先声。

四、俄国文学

1825年12月,俄国一批进步的贵族青年军官发动了推翻沙皇统治的武装起义,史称十二月党人起义。起义失败后,大批贵族革命家受到迫害,俄国政治进入了空前黑暗的时期。腐朽的农奴制度严重地妨碍了俄国社会的进步。1853—1856年俄土战争俄国的失败更充分暴露出俄国专制制度和农奴制度的腐朽。1861年,沙皇政府不得不宣布实行农奴制改革。农奴制的改革推动了俄国资本主义的发展,但其不彻底性又决定了俄国社会中还存在大量封建残余。这就使俄国现实主义文学承担了既暴露农奴制及其残余的罪恶,又反映资本主义带来的新的社会矛盾的双重任务。

俄国现实主义文学形成于19世纪30年代,50—60年代走向繁荣。

70—90年代达到高峰。由于俄国社会历史的特点,俄国现实主义文学的批判锋芒主要针对封建主义,后期才涉及资本主义。俄国文学和俄国解放运动有着密切的联系,反对专制制度和农奴制的斗争,要求文学揭露社会的黑暗,构成俄国现实主义文学产生的社会基础。

俄国现实主义文学的奠基人是普希金。他的诗体小说《叶甫盖尼·奥涅金》是俄国现实主义文学的奠基之作。莱蒙托夫、果戈理等作家的早期创作主要体现出浪漫主义风格。19世纪30年代之后,他们也逐渐转向现实主义。

米哈伊尔·尤里耶维奇·莱蒙托夫(1814—1841)是著名的诗人、小说家。他一生创作了400多首抒情诗,成名诗作《诗人之死》(1837)揭示了普希金之死的真正原因,是一篇声讨沙皇的战斗檄文。他的长篇小说《当代英雄》(1840)继承了普希金的传统,塑造了俄国文学史上又一位"多余人"的典型——毕乔林。毕乔林是一个对上流社会强烈不满的贵族青年,但他无法摆脱贵族生活,没有理想,玩世不恭,感到苦闷绝望;他时时进行自我分析,既否定现存的社会,也蔑视自己,成为社会的"多余人"。作者谴责了造成这种性格的贵族社会。

果戈理的讽刺作品加强了俄国文学的批判倾向,确立了普希金奠基的俄国现实主义。他的剧本《钦差大臣》和长篇小说《死魂灵》等作品,以卓越的艺术讽刺,揭发了官僚社会和农奴制的黑暗。

由于普希金、果戈理和莱蒙托夫等人的创作实践以及文艺批评家别林斯基在理论上的总结与阐述,俄国现实主义文学在40年代已成为文坛的主要潮流,并于50年代走向了繁荣。

60年代开始,俄国文学中一个重要现象是:"多余人"的形象逐渐被"新人"形象所取代。"新人"即先进的平民知识分子。这一变化说明了这样一个历史事实:贵族革命家已逐渐丧失其进步性,平民知识分子登上了政治舞台。

最先反映这种变化的作家是屠格涅夫。他在19世纪50年代写了表现"多余人"的小说《罗亭》和《贵族之家》,分别塑造了夸夸其谈、但缺乏行动能力的贵族知识分子罗亭和无力反抗传统道德的拉夫列茨基的形象。60年代,他转向描写"新人"。长篇小说《前夜》塑造了俄国文学中第一批"新人"——英沙罗夫和叶琳娜的形象,及时而又真实地反映出平民知识分子取代贵族革命家领导俄国解放运动这一历史性的更替。在《父与子》中,他又描述了贵族知识分子与平民知识分子新旧两代人在政治观点、生活态度上的尖锐冲突。然而,由于屠格涅夫反对暴力,主张温和的社会改良,他虽然看到了贵族阶级必然灭亡的命运,但并不能全面、正确地刻画出"新人"的思想品格。

真正塑造"新人"典型的任务,是由车尔尼雪夫斯基完成的。

尼古拉·加夫里洛维奇·车尔尼雪夫斯基(1828—1889)既是民主主义的革命家,又是文艺批评家兼作家。他的长篇小说《怎么办?》(1863),副标题是"新人的故事",作品成功地塑造了罗普霍夫、吉尔沙诺夫和薇拉等一批品德高尚又和人民群众息息相通的"新人"形象,其中的领袖人物拉赫美托夫更是具有坚强意志、对革命无限忠诚的职业革命家的光辉形象。这部书虽然长期被沙皇政府列为禁书,但它一直在革命青年中秘密流传,影响十分广泛。

伊凡·谢尔盖耶维奇·屠格涅夫(1818—1883)是19世纪中叶俄国优秀的现实主义作家。他出生于一个贵族之家,父亲早逝,母亲则是一个性格乖戾、残暴任性的大农奴主。

屠格涅夫从1847—1852年陆续在《现代人》和《祖国纪事》杂志上发表了25篇随笔,1852年结成单行本出版,这就是他著名的《猎人笔记》。《猎人笔记》是屠格涅夫的成名之作,也是19世纪俄罗斯文学的优秀作品之一。当时俄国正处于农奴制危机时期,废除农奴制成了社会改革最急迫的问题。作品描写一个猎人在俄国中部乡村、田野打猎时的见闻,反映了农奴制背景下俄国村镇的生活状况,描绘了不同类型的农奴主、农奴、磨坊主妇、县城医生、牧童和知识分子,也展现了大自然的优美景色。25篇随笔的题材不一,但贯穿整部《猎人笔记》的主题则是一致的:即展现农奴制下农民与地主阶级的对立关系以及地主对农民那种令人愤慨的不公和农民的人格尊严横遭践踏的事实。

19世纪50—70年代,屠格涅夫先后完成了六部长篇小说:《罗亭》(1856)、《贵族之家》(1859)、《前夜》(1860)、《父与子》(1862)、《烟》(1867)和《处女地》(1877)。

《罗亭》和《贵族之家》反映了19世纪40年代俄国贵族知识分子在思想上的探索。50年代末60年代初,在封建农奴制崩溃的前夜,当平民知识分子大踏步地登上历史舞台之际,屠格涅夫敏锐地感到新生活即将来临,感到一批优于贵族青年的、出身于平民的"新人"将要成为生活的真正主人,于是他把眼光转向新兴的平民知识分子,塑造了俄罗斯文学中第一批"新人"的形象。1860年,长篇小说《前夜》发表,这是俄国文学中第一部描写"新人"

的作品。

小说写俄国贵族小姐叶琳娜爱上了在莫斯科留学的保加利亚爱国志士英沙罗夫,并不顾家庭的阻挠,毅然随他前往保加利亚从事民族解放斗争。途中,英沙罗夫因积劳成疾,不幸病逝。叶琳娜继承丈夫未竟的事业,去保加利亚参加了游击队。

屠格涅夫在论及《前夜》的创作时曾说过"我的中篇小说的基本思想是要有自觉的英雄性格",他将作品中的男女主人公称为"新生活的先驱"。英沙罗夫出身于下层,他的祖国被土耳其人占领,父母被土耳其人杀害。他誓死复仇,将整个身心献给祖国的解放事业。他意志坚定,言行一致,决不软弱动摇或夸夸其谈。叶琳娜聪明机智,敢于鄙视世俗,在各种阻碍面前毫不退缩,远离家乡和父母,同英沙罗夫一起回他的祖国保加利亚参加解放战争。英沙罗夫和叶琳娜的形象,真实地体现了当时俄国民主阶层的战斗精神,具备了当时俄国民主青年的特征,是时代的"新人"。但由于作家温和的改良主义立场,他一方面把英沙罗夫写成是保加利亚人,认为"在当时俄国人里面还没有这样的人";另一方面又把英沙罗夫仅仅写成民族解放斗争中的英雄,而非反对专制农奴制的斗士。这就削弱了小说的思想深度和战斗性。

1862年发表的长篇小说《父与子》,代表了屠格涅夫长篇小说创作的最高成就。

《父与子》写于农奴制改革法令颁布前后。贵族自由主义者和民主主义者两个阵营间的鸿沟终于展现在作家眼前,体现为小说中"父"与"子"的冲突。小说一开始,屠格涅夫就把主人公巴札罗夫放到同他格格不入的环境里,使他的性格迅速地展开。巴札罗夫是出身平民的医科大学生,"祖父种过地"。他同阿尔卡狄是彼得堡大学的同学,现在到后者的贵族庄园中度暑假。在科学、艺术、哲学、道德以至社会制度和一般原则等问题上,巴札罗夫和阿尔卡狄的伯父、贵族自由主义者的代表巴威尔都有针锋相对的看法。巴威尔挑起了一场争论,而巴札罗夫却为此打呵欠,觉得无聊。他不是热衷于宣传的罗亭,他重视的是实际行动,从事生物研究。他冷静、自信,在论争中只用了简单几句话,便准确有力地击败了对手,又能不动声色,不像巴威尔那样失去自持。巴札罗夫和巴威尔的争论,乃至后来的决斗,具体而微地再现了俄国社会中"子"辈与"父"辈——先进的平民知识分子和贵族自由主义者的尖锐冲突,客观上暴露了贵族自由主义者在社会革命形势高涨条件下表现出来的软弱无能,肯定了平民知识分子在精神品质和行动能力上的优越性。

但是，由于作家屠格涅夫的贵族自由派立场，他在塑造巴札罗夫形象时，思想是矛盾的。作家让巴札罗夫取得对巴威尔精神上的胜利，但把巴札罗夫说成是虚无主义者，巴札罗夫否定艺术、诗歌等一切人类优秀的文化遗产，身上只有破坏的因素。他原是以虚无主义者自居的，但在遇见优雅迷人的贵族富孀奥津左娃之后，却不能自已地爱上了她，还因求爱遭到拒绝陷入颓唐、自暴自弃的境地。他后来的狂热工作，只为填补心灵的空虚，最终因感染伤寒而死。巴札罗夫形象的前后矛盾，显然是由于作家思想上的矛盾所致。通过巴札罗夫和奥津左娃的爱情这一情节，作家试图揭示巴札罗夫的理论观点经不起生活的考验，证明他作为一种社会力量是没有前途的。同时，巴札罗夫在全书的形象体系中是孤独的，没有志同道合的战友。他来自人民，但与人民的关系并不是亲密无间，而是疏远的。俄国马克思主义批评家沃罗夫斯基指出，是屠格涅夫的"阶级心理妨碍对别的阶级的创造力量的估价"，这对解释巴札罗夫性格的复杂性与矛盾性的来源是恰切的。小说中的巴威尔是贵族自由主义者的代表。他内心空虚，年青时追逐一个性格反复无常的公爵夫人，失败后就终身萎靡不振。他不仅蔑视人民，心目中也没有祖国。从谈吐到服饰，都在炫耀英国气派。他自负于贵族身份，维护贵族的生活方式和价值观。他强烈地感到巴札罗夫的威胁和同他不可调和的矛盾，有意挑起论争。他平时看起来很正直，俨然是一个骑士，而在决斗中，从动机到行动，他都是卑劣无耻的。他的弟弟尼古拉是个温和的自由派，缺乏自信，软弱，多愁善感，酷爱音乐和诗歌。他在农庄中也实行了一些改革，但是庄园中仍然是一片败落景象，因为作为农奴主，他同农民在利害关系上是根本对立的。他害怕巴札罗夫，常为自己一代人的过时而感到惆怅。阿尔卡狄从表面上看，似乎属于"子"辈的阵营，但他毕竟是农奴主的肖子，在被贵族少女的爱情俘虏后，他心甘情愿地成为一个子承父业的庄园主。

屠格涅夫的长篇小说具有浓郁的抒情风格。俄国作家谢德林曾称赞屠格涅夫的作品"每一个音节里都洋溢着明亮的诗意"。

屠格涅夫的长篇小说都异常简练，篇幅往往接近于中篇，结构也十分简单。作为社会心理小说，屠格涅夫长于写人物的思想冲突，情节往往由几次重大的论争组成。

在形象塑造上，屠格涅夫善于采用准确而富于内涵的细节来勾勒人物性格，并通过人物之间的烘托、对照和映衬，使他们显出各自的特色。作家也不作琐碎的心理分析，他关注的是人物心理变化的结果而不是心理活动本身,这样,就能含蓄地用现象来显露人物内心的波澜,使人回味悠长。

屠格涅夫是世界文学中的风景画大师。他写景不仅简洁、准确,还具有深刻的含义,风景描写在他的小说中往往成为情节的有机组成部分。

屠格涅夫还是首屈一指的语言大师。作为现实主义作家,屠格涅夫对语言的基本要求是"简洁、确切和朴素"。他不乞灵于奇僻的词汇,摈弃雕琢的表现方法,避免冗长的复合句。他的语言平易近人而又生动、优美、清新。

屠格涅夫还有一些以描写爱情为主、文笔优美、风格感伤的中短篇小说,如《阿霞》(1858)、《初恋》(1860)、《春潮》(1872)等。

屠格涅夫晚年最著名的作品是《散文诗》(1878—1882)。其中有些篇章表现了爱国主义和英雄主义,如《门槛》、《俄罗斯语言》等,也有些篇章表现了悲观怀疑的思想。

19世纪中期,俄国文学在戏剧和诗歌方面也取得了引人注目的成就。戏剧家**亚历山大·尼古拉耶维奇·奥斯特罗夫斯基**(1823—1886)写出了著名的剧本《大雷雨》(1860)。该剧描写一个追求个性解放、爱情幸福的女性卡杰琳娜为残酷的环境所毁灭的悲剧。女主人公生活的愚昧、闭塞、停滞的小镇正是专制、落后的沙皇俄国的缩影。文艺批评家杜勃罗留波夫在《黑暗王国的一线光明》这篇评论中指出:卡杰琳娜的死是对俄国这个"黑暗王国"的反抗,她代表了人民对自由和生活权利的要求,是"黑暗王国"里的一线光明。

诗人尼古拉·阿列克谢耶维奇·涅克拉索夫(1821—1878)的长诗《谁在俄罗斯能过好日子》(1863—1876)描写农奴制改革后的农民除受地主压迫外,还要受资本家、商人、富农的剥削,指出农奴制改革并没有使农民的生活得到改善,反映了农奴制改革后俄国农民的现实处境与精神觉醒,堪称大转折时代的一部史诗,俄国农民生活的百科全书。

五、东、北欧文学

19世纪30—60年代,在法国1830年七月革命、英国宪章运动、1848年欧洲革命以及俄国革命民主主义者思想的影响下,东欧各国掀起了民族解放运动的高潮。在波兰,1830年、1846年和1848年相继爆发了反对奥地利和沙皇俄国的起义。在捷克,1848年掀起了反对奥地利统治的斗争。在匈牙利,1848年革命风暴席卷全国,并发展成反对奥地利哈布斯堡王朝统治的民族独立战争。在奥地利和土耳其统治下的罗马尼亚,也展开了争取民族解放的革命斗争。这些斗争沉重地打击了国内外反动势力,促进了民族的觉醒。

在这样的时代背景下,反对异族奴役和封建专制,争取自由和独立,构成这一时期东欧文学的共同主题。

亚当·密茨凯维奇(1788—1855)是波兰浪漫主义文学的奠基人,也为波兰现实主义文学的发展开辟了道路。他的主要作品是诗剧《先人祭》的第三部(1832)和长篇叙事诗《塔杜施先生》(1834)。《先人祭》以诗人亲身经历的1823年沙俄当局迫害"爱德社"爱国青年的政治事件为题材,抨击了沙俄的残暴统治,刻画了以康拉德为代表的大批爱国青年的英雄群像。民族史诗《塔杜施先生》以1811—1812年拿破仑军队经过立陶宛进攻俄国的历史事件为背景,通过立陶宛两个贵族家庭的争执,反映了波兰贵族的生活和矛盾,展现了波兰爱国志士为反抗沙俄统治,争取祖国解放所进行的伟大斗争。长诗将波兰历史和现实灾难结合起来,歌颂了民族团结和爱国主义。它的发表,被认为是"开创了波兰现实主义的新纪元"。此外,《塔杜施先生》还是一部颇具民族格调的田园诗,它详尽地展现了立陶宛地方的风土人情和生活方式,具有浓郁的地方色彩。

19世纪匈牙利最伟大的民族诗人是**裴多菲·山陀尔**(1823—1849)。他是1848年匈牙利革命的领导者之一,在1849年与俄奥联军的浴血奋战中,英勇献身。诗人一生创作了800多首抒情短诗和8首长篇叙事诗。

他的早期政治抒情诗主要表达反对异族压迫、反对封建专制的思想,名作有《反对国王》、《自由颂》等。1848年匈牙利革命时期,诗人面对集结起来的全欧反动势力和沙俄的几十万大军,又写下《把国王吊上绞架》、《投入神圣战争》等作品,大大鼓舞了匈牙利人民的革命斗志,对匈牙利民族解放运动产生了有力的推动作用。

裴多菲的爱情诗,情感纯洁真挚,优美动人,还表达了诗人决心将个人幸福与民族自由融为一体的深刻内涵,名篇有《自由与爱情》、《我愿是一条急流》等。

他的长篇叙事诗的代表作是《使徒》(1848),诗中塑造了锡尔维斯特这一反抗专制暴政、追求平等自由和人权的激进的革命者形象。

进入19世纪中叶,北欧的现实主义文学也取得了重要的成就。这一时期,北欧重要的作家是丹麦的童话作家**安徒生**(1805—1875)等人。安徒生从1835年开始写作童话。他的第一部童话集是《讲给孩子们听的故事》,收有《豌豆上的公主》、《小意达的花儿》等名作。这些作品充满了美丽的想象,洋溢着浓郁的诗情,内容生动有趣,初步体现出安徒生童话写作的才华。第一部童话集出版后,作家逐步摆脱以民间故事为素材的框框,而直接取材于现实生活,又发表了一篇篇佳作,如《拇指姑娘》、《皇帝的新装》、《海的女儿》、《丑小鸭》、《卖火柴的小女孩》等等。《皇帝的新装》通过巧妙的构思,用幽默而夸张的笔法,讽刺了封建社会的虚伪和逢迎谄媚的社会风气。《海的女儿》通过对小人鱼百折不回的性格的描写,歌颂了她对王子的坚贞爱情,肯定了人的尊严和价值。

安徒生在他开始创作童话时这样说过:"我用我的一切感情和思想来写童话,但是同时我也没有忘记成年人。当我在写一个讲给孩子们听的故事的时候,我永远记住他们的父亲和母亲也会在旁边听,因此我也得给他们写一点东西,让他们想想。"这说明他的童话不仅是为了教育孩子,也是为了教育成年人。安徒生在贫困中成长,对于在贫困中所受到的苦难感受极深。他的相当一部分作品,揭示了贫富悬殊的惨痛的社会现实。《卖火柴的小女孩》就是这方面的代表作,在这篇脍炙人口的作品中,安徒生对那个卖火柴的穷苦女孩寄予了无限的同情,展现了富人欢度新年、穷人的孩子冻死街头的严酷社会现实。

安徒生的童话立意新颖,寓意深远,具有永恒的艺术魅力。安徒生以他的童话作品,第一次为北欧作家赢得了世界声誉。

第二节 巴尔扎克

一、生平和创作

奥诺雷·德·巴尔扎克(1799—1850)是法国19世纪现实主义文学的伟大代表。他不仅在法国文学史上具有崇高的地位,在世界文学中也具有重要意义。19世纪下半叶,泰纳在其著名的《巴尔扎克论》中写道:"巴尔扎克跟莎士比亚和圣西门三人形成了我们所知道的关于人性的最丰富的文献馆。"法国自然主义文学的代表左拉称巴尔扎克是"天才的创作家,未来文学最强有力的工匠"。恩格斯在1888年致玛·哈克奈斯的信中,也高度评价了巴尔扎克《人间喜剧》的社会历史意义。

巴尔扎克于1799年5月20日出生于法国图尔市的一个中产阶级家庭。1814年,巴尔扎克随全家来到巴黎。1816年起,巴尔扎克进入巴黎大学读法律,并先后在诉讼代理人和公证人的事务所当见习生。但他无心于法律,而在巴黎大学旁听文学与哲学课,并获得文学学士学位。这段时期巴尔扎克接受了唯物主义的观点,爱好从哲学上去探讨问题;在形形色色的案件纠纷中,他看到了围绕财产展开的诸种家庭斗争以及其他各种尔虞我诈的社会现象,为日后创作出一部部"金钱史诗"准备了丰富的生活素材。

1819年大学毕业后,巴尔扎克向家人宣布了自己要从事文学创作的决心。他住到一个小阁楼里,粗茶淡饭,埋头写作。1819—1829年这10年是巴尔扎克的试笔时期。他的悲剧、诗歌和小说创作均未获得成功。但这些早期的试作是他一生思想和创作不可分割的组成部分。这一时期,巴尔扎克的世界观初步形成。他接受了当时自然科学的某些学说,承认物质是第一性的,精神是第二性的;懂得物质不灭定律,认识到一切都在运动,自然是一个密不可分的整体,这个统一体存在着多样性,世界上一切精神现象相连,一切物质现象相连。从这种观点出发,巴尔扎克注意到经济对社会发展的制约作用以及社会环境对人的思想的重要影响,并进而决定了他采用现实主义的创作方法。艺术上,巴尔扎克积累了观察与分析周围的环境和人物的经验。

1829年,巴尔扎克发表了描写1799年法国大革命时期保王党叛乱的历史小说《朱安党人》,以其现实主义的细致笔触获得了成功。这是巴尔扎克用真名发表的小说,而且是《人间喜剧》的第一部作品,它标志着巴尔扎克创作新时期的到来。以后,在20余年的生活中,巴尔扎克孜孜不倦地创作出一部又一部作品,构成了《人间喜剧》的庞大体系。

巴尔扎克在《人间喜剧》的《前言》里,将收入《人间喜剧》的90余部长、中、短篇小说分成三大部分:《风俗研究》、《哲学研究》和《分析研究》。《风俗研究》从各个不同角度全面地反映了法国当时的社会生活,是《人间喜剧》的主体,它又分为"私人生活场景"、"外省生活场景"、"巴黎生活场景"、"政治生活场景"、"军事生活场景"和"乡村生活场景"六个部分。

从1829年巴尔扎克踏上正确的创作道路起,到1835年左右,可以算作巴尔扎克《人间喜剧》创作的第一阶段。这时,巴尔扎克年富力强,写作勤奋,充满了创作激情。在短短6年中,他写下40多部作品,数量上接近《人间喜剧》的半数,质量上也达到了相当的水准。他从中、短篇小说入手,初步形成了从社会生活的各个方面分门别类去描写现实,从而构建一座完整的艺术大厦的构思,并在《高老头》中第一次作了这方面的尝试。

从1836年左右到1843年《幻灭》完成,是巴尔扎克《人间喜剧》创作的第二阶段。这一时期,他完成了约30部作品,以踏踏实实的创作实践确立了《人间喜剧》的总体构想。巴尔扎克从经济领域和政治领域入手,更加广泛、深入地反映了法国资产阶级和贵族在复辟时期的尖锐斗争,揭示了金钱主宰下贵族必然走向衰亡的历史趋势,并写出了资产阶级血腥的发迹史。

1844—1848年左右是巴尔扎克《人间喜剧》创作的第三阶段。这一时期,他先后完成了《贝姨》、《邦斯舅舅》、《交际花盛衰记》等杰作。巴尔扎克更为关心当代生活,七月王朝的丑陋现实成为他描写的主要对象。同时,巴尔扎克在更大规模上去展现现实生活,不仅描写个人间或党派、集团间的争夺,而且更着力于描摹阶级和阶级之间的生死搏斗。

1842年,巴尔扎克为《人间喜剧》写下一篇《前言》,阐述了他的文学主张和创作意图:"法国社会将要作历史家,我只能当它的书记","从来小说家就是自己同时代人们的秘书"。小说家的任务是要描写被历史家所遗忘的风俗史,提出"恶行和德行的清单",搜集"情欲的主要事实",选择"社会的主要事件",刻画性格,塑造典型。

巴尔扎克的《人间喜剧》是描写19世纪前半叶法国社会生活的史诗,它包含着丰富的社会历史内容。

《人间喜剧》首先反映了资产阶级的罪恶发家史。恩格斯指出:巴尔扎克"用编年史的方式几乎逐年地把上升的资产阶级在1816—1848年这一时期对贵族社会日甚一日的冲击描写出来"。巴尔扎克在《欧也妮·葛朗台》、《纽沁根银行》、《幻灭》等小说中,展现了暴发户们一幕幕丑恶的发迹图。由于"巴尔扎克曾对各色各样的贪婪作了透彻的研究",所以他能通过一系列本质相同而形象各异的资产阶级人物,真实地再现出资本主义剥削方式的发展史。《高利贷者》中的高布赛克代表了早期的高利贷资本家,他以高利贷方式获取利润,自称是"无人知晓的国王"、"命运的主宰",但他尚不懂得商品的流通和资本的周转。《欧也妮·葛朗台》中的老葛朗台,除了以高利贷盘剥作为发财致富的手段外,还学会了商业投机,他甚至还参与了证券交易,在流通中谋求资本的增值。《纽沁根银行》中的银行家纽沁根,已是典型的金融资产阶级。他利用买空卖空的手段,大发横财。他身上,也已经没有了早期资产阶级的守财奴特性,过的是穷奢极欲、荒淫无耻的豪华生活。巴尔扎克认为,纽沁根代表了一批具有更大寄生性、更大破坏性的剥削者。

《人间喜剧》中,与资产者的发迹史有机联系着的是封建贵族的没落衰亡史。《人间喜剧》充斥着巴尔扎克心爱的贵族男女,充分流露了他对贵族上流社会的赞赏和留恋,表达了他对失意的贵妇和"正直"的贵族的莫大同情。然而,作为一个尊重历史的伟大的现实主义作家,巴尔扎克准确地把握了法国社会历史发展的必然趋势,"不得不违反自己的阶级同情和政治偏见,他看到了他心爱的贵族们灭亡的必然性,从而把他们描写成不配有更好命运的人"。恩格斯指出:"他描写了这个在他看来是模范社会的最后残余怎样在庸俗的、满身铜臭的暴发户的逼攻之下逐渐灭亡,或者被这一暴发户所腐化。""当他让他所深切同情的那些贵族男女行动的时候,他的嘲笑是空前尖刻的,他的讽刺是空前辛辣的。"

《古物陈列室》在表达这一社会历史内涵方面具有代表性。小说以王政复辟时代为背景,写了新、旧两个沙龙的对立。一个是被自由党挖苦为"古物陈列室"的贵族沙龙,聚集着以埃斯格里尼翁侯爵为首的顽固的贵族老古董,他们效忠波旁王室,试图恢复旧日的生活方式。另一个是以杜·克鲁瓦谢为首的资产者沙龙,它"更有朝气,更为活跃",也更有实力。两个沙龙明争暗斗,具体而微地展示了当时法国两大阶级的尖锐冲突。小说通过公爵夫人之口揭示了贵族老古董们虽然"高雅"却已过时的历史实质:"眼下我们是在19世纪,你们难道还想停留在15世纪吗?亲爱的孩子们,今天已经没有贵族阶级了……拿破仑的《民法》已经砍倒了爵位,正如大炮已轰毁了封建主义。只要你有钱,就会比现在显得更高贵。"侯爵刚死,他的不肖子就背叛了父亲的心愿,同意与杜·克鲁瓦谢的外甥女结婚以偿还债务。这个意味深长的结局,暗示了贵族阶级寿终正寝的悲剧命运。

《人间喜剧》还深刻地揭示了金钱在社会生活中的决定作用,暴露了人与人之间赤裸裸的金钱关系。

《夏倍上校》写一个拿破仑时期的骑兵上校受了重伤归来,其妻已与别人结婚。为了吞没他的财产,妻子竟不认丈夫,并要将他关进监狱或疯人院。《欧也妮·葛朗台》中,老葛朗台为了保持自己的产业,不惜逼死妻子,并断送了女儿的一生幸福。《幻灭》通过描写外省青年吕西安来巴黎后理想幻灭的过程,揭示了丑陋的物欲渗透到精神领域的恶劣后果。《夏倍上校》中律师但尔维的话一针见血地道出了生活的实质:"我亲眼看到一个父亲给了两个女儿每年四万法郎进款,结果自己死在一个阁楼上,不名一文,那些女儿理都没理他!我也看到烧毁遗嘱,看到做母亲的剥削儿女,做丈夫的偷盗妻子,做老婆的利用丈夫对她的爱情来杀死丈夫,使他们发疯或者变成白痴,为的要跟情人消消停停地过一辈子。我也看到一些女人有心教儿子吃喝嫖赌,促短寿命,好让她的私生子多得一分家私。我看到的简直说不尽,因为我看到很多为法律治不了的万恶的事情。总而言之,凡是小说家自以为凭空造出来的丑史,和事实相比之下真是差得太远了。"

《人间喜剧》作为一个完整的艺术品,在艺术上有鲜明的特点。

1. 通过描写日常生活中的事件,揭示具有重大意义的社会内容

巴尔扎克很少描写重大的政治事件、历史事件。巴尔扎克自己说过,他要写一部历史学家们忘记写了的"风俗史"。《人间喜剧》的几十部作品描写家庭的兴盛和衰落,夫妻的结合和离散,打官司的输赢,财产的继承和丧失以及贵族妇女如何被情夫抛弃,资产阶级做生意如何发了大财。但在这些普通的日常生活的画面后头,包含着重大的社会内容:贵族阶级的衰落和资产阶级的得势,也就是资产阶级在政治、经济、文化、社会生活等各个领域全面取代贵族阶级的过程。

2. 塑造了众多而又互不相同的人物典型

《人间喜剧》的艺术成就集中体现在人物典型的塑造上。巴尔扎克把塑造人物典型看成是反映社会的主要手段。《人间喜剧》中写了各个阶层的人物2400多个,其中具有典型意义的人物就有六七十个,包括资产者、贵族、政治家、法官、律师、神父、艺术家、农民、工人、警察等等。巴尔扎克塑造的典型人物都反映了当时社会的某些本质方面,而且互不相同,各有各的鲜明特征,绝不会混淆起来。葛朗台是大革命时期和王朝复辟时期发了财的资产阶级暴发户。纽沁根是法国金融资本家的典型,他的经营方式已经具有现代资产阶级的特点。鲍赛昂夫人代表了正在走向没落但仍然顽固地坚持旧的传统观念的贵族,拉斯蒂涅则是一个被资产阶级腐化了的贵族子弟。巴尔扎克很注意用多种方法来塑造人物典型。他注重描写人物的外貌,注重用具有鲜明个性的人物语言来塑造人物典型。巴尔扎克塑造人物典型时,还使用一种特殊的方法,就是赋予他的人物典型一种强烈的"情欲",如老葛朗台对金钱的狂热追求,高老头对女儿忘我的父爱等等,人物的一切行动都受这种"情欲"的支配,这样就使人物的个性更加鲜明。

3. 采用了精确的环境描写和逼真的细节描写的艺术手法

巴尔扎克重视环境和细节的描写,是为了真实地再现生活。巴尔扎克小说那种准确而细致的描写,在18世纪法国启蒙文学家的哲理小说中几乎看不到的。这是巴尔扎克对小说艺术的一个重大贡献。例如小说《高老头》中伏盖公寓坐落在一个贫穷的街区。作家对它的外景和内部都进行了十分细致的描写,特别注意写它的"黯淡"方面。这里的街道、房屋建筑、阴沟和墙垣,连同它的丑恶的颜色,给人以不愉快的感觉。公寓内的家具摆设的陈旧,尤其是它那"霉烂的、酸腐的""叫人发冷"的公寓味道,给人一种身临其境的感觉。而另一个环境,圣日耳曼区的上流社会,那里花团锦簇,金碧辉

煌,院子里是华车大马,连门丁都穿着镶金边的大礼服,这样的环境,连同那些风度翩翩、珠光宝气的男男女女,完全是另一个样子。这两个环境的强烈对照,极大地刺激了拉斯蒂涅,使他很快地走上了堕落的道路。

4. 在小说史上首次采用了人物再现的手法

所谓人物再现,即小说人物在不同作品中反复出现,一些重要人物往往出现过二三十次,在多部小说中反映他们不同的经历,最后构成这个人物的完整形象。这样,不仅作品中的主要人物的性格得到了充分发展,而且把各个独立的单篇也连成一个互相关联的艺术上的有机整体。人物再现法大大丰富了人物典型的塑造方法,为不少后世作家所仿效。

二、《高老头》

《高老头》(1834)是巴尔扎克最著名的作品之一。小说以1819年年底和1820年年初为时代背景,以伏盖公寓和鲍赛昂夫人的沙龙为舞台,围绕拉斯蒂涅在向上爬的过程中所接受的一系列"社会教育",塑造了拉斯蒂涅、高老头、鲍赛昂夫人、伏脱冷等一系列鲜明生动、富有典型意义的人物形象,暴露了金钱的罪恶作用,真实地勾画出波旁王朝复辟时期法国社会的风貌。

小说中,巴尔扎克以王政复辟时期的巴黎为背景,设置了四条密切联系的线索:退休的面粉商人高里奥老头的钱财被他钟爱的两个女儿搜刮净尽,悲惨地死在伏盖公寓的阁楼里;外省破落贵族子弟拉斯蒂涅来巴黎寻求进身之阶,在堕落的巴黎社会中被资产阶级所腐化;在逃的苦役犯伏脱冷邪恶地教唆拉斯蒂涅算计百万富翁泰伊番的家产,由于身份暴露而被捕;巴黎社交界的"女皇"鲍赛昂子爵夫人在情场上惨败于富有的暴发户家的小姐,凄凉地退出上流社会。其中,拉斯蒂涅堕落的过程是贯串全书的主线,他来往于上流社会和伏盖公寓之间,起到穿针引线的作用,将两个典型环境和四条线索密切地联系在一起。

《高老头》着重揭露了金钱的统治作用及拜金主义的罪恶。高老头和他女儿关系的变化集中表现了这一主题。高老头是个在饥荒年代牟取暴利的面粉商,妻子早逝,他将所有的情感均倾注在两个女儿身上,成为父性基督的化身。他以80万法郎的陪嫁,分别让长女当上了雷斯多伯爵夫人,小女儿成为银行家纽沁根的太太。最初,高老头被女儿女婿奉若上宾,但随着他拥有的钱财日益减少,地位每况愈下,很快被撵至寒酸的伏盖公寓,过着凄凉的生活。两个女儿还不时登门敲诈钱财,并彼此争风吃醋,闹得势不两立。老人为支付女儿们淫荡生活的花销被逼变卖了所有的财产,终于痛苦地得了中风。而这时,高老头的长女正穿着父亲用最后一点钱换来的镶嵌金银丝线的长裙,和她的妹妹在上流社会的舞会上大出风头。高老头的惨死是这幕家庭丑剧的高潮。老人临终前呼唤着女儿,大学生拉斯蒂涅出于义愤奔走于两位夫人的府上,但雷斯多伯爵夫人"正与她丈夫商谈重要的事情",纽沁根夫人刚从舞会返回,不让打扰。老人这才醒悟到金钱社会这一残酷的真理:"钱可以买到一切,买到女儿。""假如我有钱,假如我能守住我的产业,假如我没有把财产给她们,她俩就会在这里,甚至会用亲吻来舔我的脸!我也会住在府邸里,有华丽的内室,成群的仆役,为自己生起炉火;而她们也会带着丈夫、孩子哭得死去活来。"高老头在凄厉的惨叫声中死了,他没有认识到,宗法式的父女关系早已被金钱至上的社会破坏了,结果成为拜金主义的牺牲品。他用金钱去笼络两个女儿的感情,最后金钱用尽了,他和两个女儿的感情纽带也就断裂了。巴尔扎克以高老头的"父爱",反衬出金钱败坏人心到了令人怵目惊心的地步。为了筹款治丧,良心未泯的拉斯蒂涅奔走于两位夫人的府上,竟一无所获,得到的答复是:"先生和夫人谢绝宾客,他们的父亲死了,都沉浸在深深的悲哀之中。"葬礼上,只来了"两辆带家族纹章的空荡荡的马车"。

  金钱不仅腐蚀了高老头的两个女儿,而且腐蚀着其他芸芸众生。它仿佛一只魔掌,牵引着无数玩偶,在社会舞台上极尽丑恶地表演。当高老头钱袋尚鼓的时候,丑陋粗俗的伏盖太太媚态百出,做起了当高里奥太太的美梦;百万富翁泰伊番为保住自己的不义之财,竟将亲生女儿逐出家门;逃犯伏脱冷教唆拉斯蒂涅勾引泰伊番小姐,自己则负责谋害小姐的哥哥,准备得手后将泰伊番的产业与拉斯蒂涅二八分成;雷斯多伯爵巧设圈套,抓住妻子婚外情的把柄,控制了她的财产;纽沁根也以经营地产为名霸占了妻子的陪嫁。无怪乎巴尔扎克悲愤地写道:"没有一个讽刺作家能写尽隐藏在金银珠宝底下的丑恶。"

  小说还反映了巴尔扎克对现实的阶级关系的深刻理解,细致深入地展示了法国封建贵族逐渐被资产阶级挤出历史舞台的命运。鲍赛昂夫人是"贵族社会的一个领袖",她的沙龙是资产阶级妇女们梦寐以求的地方,"能够在那些金碧辉煌的客厅中露面,就等于有了一纸阀阅世家的证书"。她曾骄矜地说:"纽沁根夫人为了进入我的客厅,能把圣拉扎尔街和格赫耐勒街之间的尘土全都舔光。"然而,在拉斯蒂涅初次被引入鲍府时,他的这位高贵、优雅的远房表姐正处在被遗弃的关头。她的情人,葡萄牙最有钱、最有名的阿瞿达侯爵为了获得每年20万法郎利息的陪嫁,不惜抛弃她和暴发户洛希斐特家族的小姐联姻!

　　小说中鲍赛昂夫人告别巴黎的盛大舞会,具有深刻的象征意义。府邸周围被照得通明雪亮,府邸内部布置得花团锦簇,"但在它的女主人的心目里,此地已是一片荒凉"。她表面平静如故,高贵如故,回到内室,却颤抖流泪,烧毁情书,做着诀别巴黎的准备。而"贵宾们如潮水般涌来,每个人都兴致勃勃地想一睹这位贵夫人在失宠时的神态","来宾似乎都精心打扮过了,特来与他们的一个女后告别"。这一场面象征着:贵族社会表面的荣华富贵,已掩饰不住实力的衰败。财大气粗的资产阶级终于击败了世代簪缨的贵族,成为历史的新主人。

　　小说中的青年主人公拉斯蒂涅是法国王政复辟时期为资产阶级所腐蚀的破落贵族子弟的典型。通过拉斯蒂涅在巴黎的阅历和他的思想变化过程,巴尔扎克揭示了资本主义社会中金钱对人性的巨大腐蚀作用。

　　作为外省破落贵族家庭的长子,拉斯蒂涅来到巴黎攻读法律,立志寒窗苦读,有朝一日登上法官的宝座,以报答父母和妹妹们为他做出的牺牲。然而,花花世界的巴黎强烈地刺激了他寻找捷径往上爬的欲望,"刚学会欣赏,跟着就眼红了"。他遍寻家谱,找到了远房表姐鲍赛昂夫人作为跻身上流社会的敲门砖。而高贵的鲍赛昂夫人在金钱的威力面前,也被资产阶级妇女打败。她绝望之余,向不谙世事而又野心勃勃的表弟点破了卑鄙而又残忍的社会的真谛:"拉斯蒂涅先生,对这个社会丝毫不需要客气……您将会探测出女人堕落到什么地步,您将会掂量出男人的可悲的虚荣心有多厉害……您的算计愈冷酷无情,您的前程就愈远大。毫不留情地打击别人,您便是一个可畏的人。您只需把男男女女看成是驿站的马,把他们骑得疲惫不堪,每到一站您就可弃置不用,这样,您便能如愿以偿,到达欲望的顶端。"鲍赛昂夫人的命运和教训,给年轻的大学生上了人生教育的第一课。回到伏盖公寓,潜伏的苦役犯伏脱冷又赤裸裸地宣称:要想往上爬,必须有"一百万家财",而"要搞大钱,就该大刀阔斧地干,要不就完事大吉……人生就是这么回事,跟厨房一样的腥臭。可是要作乐,就不能怕弄脏手,只消你事后洗洗干净:今日所谓的道德,就是这一点"。伏脱冷的邪恶说教在拉斯蒂涅心中留下了难以磨灭的印象,涉世未深的拉斯蒂涅经过伏脱冷的引诱,又往社会这个名利场的泥坑中深陷了一步。他的耳闻目睹,表姐的退隐,无不印证了伏脱冷的人生哲学。高老头被女儿无耻盘剥至中风惨死的事件,完成了拉斯蒂涅的人生教育。他在埋葬了高老头的同时,也埋葬了自己残存的一丝天良,纵身跳入了巴黎"上流社会"的欲海,踏上了不择手段往上爬的罪恶道路。小说最后写道："天色晦暗，黄昏的凉气袭人，他望了望坟墓，洒下了年轻人最后一滴眼泪，这是一个纯洁的人出于神圣的情感洒下的热泪……他向喧嚣纷繁的'蜂窝'扫了一眼，仿佛想抢先吮尽里面的蜜汁，并且夸下了海口，说道：'现在，就看我俩的了！'说完，拉斯蒂涅便上纽沁根夫人府上吃饭去了，作为向这个社会的首次挑战。"

《高老头》深刻表现了贵族阶级的必然灭亡，金钱的累累罪恶，塑造了鲜明生动的人物典型，成为19世纪现实主义文学的优秀之作。

第三节 狄更斯

一、生平和创作

查尔斯·狄更斯(1812—1870)是19世纪中期英国现实主义文学的代表作家。

狄更斯于1812年出生于英国南部港口城市朴次茅斯。父亲是海军中的一个小职员，嗜酒好客。母亲出身于一个中产阶级家庭。由于夫妇二人均不擅理财，家中常常入不敷出。1822年，狄更斯全家迁往伦敦的贫民区。在狄更斯10岁时，父亲终因无力偿还债务被投入负债人监狱。作为长子的狄更斯，从11岁便不得不承担起沉重的家庭负担。他曾在皮鞋油作坊当过学徒，并被雇主放到橱窗里当众表演操作。这段屈辱的经历使狄更斯产生了对学徒、童工、流浪儿等不幸儿童的深切同情。从15岁起，狄更斯开始独立谋生，先后在法律界、报界任职。这些经历为他了解社会、提高对政治问题的兴趣提供了机会，并为他日后的创作准备了丰富的素材。在当记者从事采访工作之余，狄更斯开始了文学创作。他一生共创作了14部长篇小说（一部未完成）和许多中、短篇小说以及杂文、游记、戏剧等等，直至1870年突发脑出血逝世。狄更斯的作品，广泛、生动地反映了19世纪英国资本主义社会的现实，描绘了维多利亚时代前期的精神面貌。根据狄更斯思想的发展以及艺术风格的变化，可以将他的创作分为三个时期：

1. 早期创作

19世纪30—40年代初是狄更斯创作的早期。这一时期的主要作品有长篇小说《匹克威克先生外传》(1836—1837)、《奥利佛·推斯特》(1838)、《尼古拉斯·尼古贝》(1838—1839)、《老古玩店》(1841)等。

《匹克威克先生外传》是狄更斯的成名作。小说写伦敦匹克威克俱乐部主席匹克威克先生与他的同伴漫游、考察英国的故事。小说中出现了一群风流倜傥、乐善好施的快乐绅士。在漫游途中,由于天真善良,他们出尽了洋相,吃尽了苦头。狄更斯以风趣幽默的笔法,触及了英国的议会制度、法律等的黑暗面。但由于年轻的作家对社会的认识尚不深入,所以一厢情愿地安排了善感化了恶、坏人幡然悔过的美好结局。

这一时期的另外一部重要作品是《奥利佛·推斯特》。小说通过描写主人公奥利佛在济贫院的非人生活以及逃到伦敦后的遭遇,谴责了济贫院虐待儿童的罪恶,揭露了新济贫法的虚伪,暴露了伦敦贫民窟的黑暗生活。

在狄更斯的早期创作中,他作为一位优秀的现实主义小说家和人道主义者的主要特点已初步展示出来,如对重大社会问题的关注,对下层人民苦难的同情,对道德、伦理问题的探索,等等。但此时的狄更斯往往把社会丑恶看成个别现象,所抨击的也仅是个别的为富不仁者或个别不合理的机构、法律等。他作品的整个基调仍是乐观的,受苦受难的小人物最终大多赢得了仁慈的有产者的帮助,获得了幸福。

狄更斯的早期小说往往采用流浪汉小说的结构。狄更斯继承和发展了《小癞子》、《吉尔·布拉斯》和18世纪英国现实主义小说的传统,充分利用了流浪汉小说开放式的结构布局,灵活而又广泛地展现了19世纪的英国社会。在具体的艺术手法上,狄更斯擅长运用夸张和重复来达到讽刺效果。语言风格上,和小说内容的乐观基调相呼应,狄更斯的讽刺是比较温和宽容的,常和幽默掺和在一起。

2. 中期创作

狄更斯的中期创作指他在19世纪40年代创作的作品,主要有长篇小说《马丁·朱什尔维特》(1843—1844)、《董贝父子》(1846—1848)以及中篇小说集《圣诞故事集》。

长篇小说《马丁·朱什尔维特》通过资产者安东尼和鸠纳斯·朱什尔维特父子之间的钩心斗角,揭示了资本主义社会中人与人之间的金钱关系。鸠纳斯·朱什尔维特小学时学的第一个词是"利润",第二个词是"金钱"。他在父亲的教唆下学会骗人,最后骗到父亲头上。他骂父亲是"老不死的利己主义者",最终亲手杀死了父亲。小说主人公马丁·朱什尔维特在历尽坎坷后终于与自私自利的旧我决裂,成为道德高尚的人,并获得了个人的幸福。在《董贝父子》中,作家成功地塑造了19世纪40年代从事海外贸易的英国商业资本家的典型董贝的形象。董贝冷酷高傲,是一架实现利润的机器,利润和金钱是他最强烈的情欲。妻子的全部效用是为公司生育继承人,她的死只等于他丢弃了一件小日用品。他失去了人性，逼走了女儿，导致了儿子的夭折。他直到破产之后，在女儿的温情感化下，才终于恢复了人性。

这一时期，狄更斯还写下了一系列圣诞故事，合为《圣诞故事集》。这些作品大多采用民间文学的形式，表达了作家以圣诞老人的仁爱精神、道德自我完善的理想来拯救社会的愿望。

在狄更斯的中期创作中，乐观情调已明显减弱，对社会现实的批判逐渐冷峻起来。他敏锐地抓住了金钱原则这一资本主义世界的核心问题，不仅描摹了资产阶级为攫夺金钱不择手段的丑态，而且深刻揭示出金钱对人性的腐蚀作用。早期创作中"仁爱"的资产者不见了，表明作者对他们的乐观幻想已基本破灭。但狄更斯仍然对资产者的道德自我完善和人性改造抱有希望。他强调为富不仁者必须经过破产或其他折磨，接受感情的教育，才能真正懂得"仁爱"与"谅解"，达到人性复归。

艺术上，狄更斯抛弃了松散的流浪汉小说结构，常常以两条以上的情节线索来结构作品；人物形象的塑造更为丰满，反面人物的刻画尤为成功；幽默、夸张与讽刺的基本特色也已经定型。

3. 后期创作

狄更斯的后期创作指他19世纪50—60年代的作品。这一时期，狄更斯将笔锋触及了英国社会的各个重要的领域，题材范围达到了前所未有的广度和深度。他以博爱为核心的人道主义思想已经成熟，艺术上也进入炉火纯青之境。

后期的重要作品有半自传体的长篇小说《大卫·科波菲尔》(1850)、长篇小说《荒凉山庄》(1852—1853)、《艰难时世》(1854)、《双城记》(1859)、《远大前程》(1861)、《我们共同的朋友》(1864—1865)等。

《大卫·科波菲尔》以作家早年的艰苦生活和奋斗历程为基础，再次描写了他所熟悉的题材，如英国社会中孤儿的悲惨命运、寄宿学校虐待儿童的制度、童工的境遇、负债人监狱以及社会上的骗子等等，探讨了儿童教育、婚姻家庭以及道德方面的问题。

《荒凉山庄》深刻有力地抨击了英国司法制度中腐朽的方面和议员竞选中的行贿风气；《艰难时世》则以劳资矛盾为题材，批判了19世纪在英国盛行的功利主义哲学和曼彻斯特政治经济学；《远大前程》和《我们共同的朋友》再次表现了金钱邪恶的主题。

在狄更斯后期的创作中，人道主义思想依然贯穿于作品的始终。但随着对社会本质认识的进一步深化，狄更斯察觉到社会危机日益深重，作品中不时流露出感伤、幻灭的情绪,其基调较之早期和中期更为深沉、严峻。艺术方面,狄更斯开始运用象征主义的艺术手段,使作品获得更丰富的意蕴。如《荒凉山庄》第一章中所描写的浓雾,象征着最高法院昏聩和污浊的气氛。《我们共同的朋友》中的垃圾堆,象征藏污纳垢的黑暗社会。人物形象的漫画化倾向已被克服,人物性格的刻画更为深刻。狄更斯还借鉴了侦探小说的结构、布局,情节较之前更为复杂、曲折。

作为19世纪伟大的现实主义小说家,狄更斯作品以其深厚博大的人道主义胸怀,对资本主义社会的弊病的深刻揭露,对正义与美德的推崇以及对邪恶的憎恨,至今仍吸引着广大的读者。

二、《双城记》

《双城记》以法国大革命为背景,描写了发生在巴黎和伦敦两个城市的故事。作为狄更斯后期创作的代表作之一,《双城记》集中反映了狄更斯人道主义思想的内在矛盾性。

小说描写法国大革命爆发之前,富有正义感的巴黎名医梅尼特由于控告贵族厄弗里蒙地侯爵兄弟恣意凌辱一位农家妇女并杀害她的弟弟,被秘密投入巴士底狱长达18年。医生在狱中曾写下一份控诉信藏在墙壁里,记录下了侯爵兄弟犯下的罪行和自己受陷害的经过,立誓要向厄弗里蒙地家族复仇。他出狱后被女儿露茜接至伦敦精心照料,身体逐渐恢复了健康。和露茜同船赴英的还有一位法国青年代尔那。他就是侯爵的儿子,但他自愿放弃贵族特权到英国来自食其力。他和露茜相爱并结合。1789年法国大革命爆发了,平民对贵族的怒火燃烧起来。替代尔那在法国管理事务的管家被捕,代尔那为营救无辜的管家冒险返回法国,当即被捕。当年被害农妇唯一幸存的妹妹得伐石太太认为代尔那是侯爵的儿子,就应该将他送上断头台。梅尼特医生和露茜火速赶赴巴黎,多方营救。但在法庭审判的关键时刻,得伐石夫妇出示了梅尼特医生当年藏于囚室的控诉书,代尔那随即被判处死刑。临刑前夜,默默爱恋着露茜的英国律师卡尔登利用和代尔那酷似的相貌,设法换出了代尔那。当驿车载着代尔那夫妇和梅尼特医生远离巴黎的时候,卡尔登为了他心爱的女子的幸福,从容地走上了断头台。

小说中安排了两条情节线索:一条是法国人民从秘密准备起义到革命爆发的过程,另一条是梅尼特医生一家的生活和遭遇。前者突出表现了狄更斯对待暴力革命的矛盾态度,后者体现了狄更斯的人道主义理想,即反对暴力,而以伟大、永恒、无私的"爱"来拯救社会。

小说描写了法国大革命前夕法国贵族与平民、佃农之间尖锐的对立,控诉了封建贵族的残暴与荒淫,真实展现了社会下层人民被压迫、被侮辱的惨状,表达了作家鲜明的民主主义和人道主义精神。厄弗里蒙地侯爵兄弟肆意践踏人权,他们的马车在贫民区横冲直撞,轧死一个穷人的儿子,竟扔下一枚金币扬长而去。他们强占民女,梅尼特医生为伸张正义,竟被他们秘密关入巴士底狱长达18年之久。巴黎的贫民区恶臭冲天、疾病蔓延,饥饿的人们压抑着对专制与特权的满腔怒火。得伐石太太不停地编织毛线围巾,用花纹记录下贵族的累累罪行。狄更斯对阶级对立的真切描绘,客观上肯定了平民暴动的正义性与历史必然性。

然而,狄更斯同样站在人道主义的立场,对积蓄起来的革命力量的爆发感到恐惧。他认为暴力革命不符合仁爱精神,不同阶级间的相互杀戮无法消除人类中的不平等,更不能建立一个自由、幸福与爱的世界。所以他在小说中,将法国大革命描写成"一个可怕的道德混乱"。他强调指出了革命的残酷性和破坏性:圣安东尼区有"一群庞大的黑色的饥民群众",从圣安东尼区的"喉咙"里发出"骇人的"咆哮。"在这个人流汹涌澎湃的残酷无情的海里,只能听得见号召复仇的声音,只能看得见苦难的熔炉中冶炼出来的脸孔,没有丝毫的怜悯,也没有丝毫的宽容。"得伐石太太在小说第一部中是一位庄重沉静的妇女,到了第二部中,却变成了一个凶恶的悍妇,疯狂的复仇女神,一个"拿着尖刀,割下贵族头颅的妇人"。这里,我们看到一个矛盾的狄更斯:他指出了人民起义的原因是不堪贵族的暴虐,但又否定以暴力推翻这种暴虐。他要人们"勿以暴力抗恶",而用仁爱、宽恕的精神来感化敌对的阶级。凡是"以暴抗暴",违反这种基督教仁爱精神的,必然会自食其果。得伐石太太为报复厄弗里蒙地家族,不仅欲置无辜的代尔那于死地,连梅尼特医生和露茜也不放过,终于在和露茜女仆的厮打中,因手枪走火而身亡。

在小说中,和这种疯狂的复仇行为相对照的是基督教仁爱理想的化身梅尼特医生、露茜、代尔那和卡尔登。梅尼特医生知道代尔那是侯爵的儿子,但为了女儿的幸福,他把对侯爵家族的仇恨埋藏在心底,同意了女儿的婚事。露茜更是真、善、美的楷模,不仅以自己的爱心治愈了父亲的身心创伤,还善待周围的每一个人。代尔那是一个道德自我完善的贵族后代,他甘愿放弃爵位和财富,过自食其力的生活。卡尔登更是一个勇于为所爱的人的幸福不惜奉献生命的英雄形象。狄更斯认为他们身上体现的精神,不仅能使敌对的人们相互谅解,而且可以改变人们扭曲的心灵,使人们的精神获得新生。

作为一个伟大的现实主义小说家,狄更斯在反映尖锐的阶级对立时,表现出其人道主义思想强有力的一面;当他以道德教化者的身份出现时,就暴露出他人道主义思想不切实际的一面。毕竟,人类社会的不平等,不是仅仅靠道德就能够消除的;人类历史的发展,也不是仅靠道德的力量就能够推动得了的。

第四节　果戈理

一、生平和创作

尼古拉·瓦西里耶维奇·果戈理(1809—1852)是俄国现实主义文学的奠基人之一。他的创作加强了俄国现实主义文学的批判倾向,对俄国现实主义文学的发展起了巨大的作用。

果戈理于1809年4月1日出生于俄国乌克兰波尔塔瓦省密尔戈罗德县的一个地主家庭。1821年起赴当时乌克兰的著名学校涅仁中学就读。他与进步教师联系密切,积极参加了学校多种社团活动,受到了民主主义思想的熏陶。他还大量阅读了文学作品,特别是普希金和当时遭到查禁的十二月党人诗人雷列耶夫的诗。他也搜集了乌克兰的许多民间传说和歌谣。这些活动对他的文学创作,均具有重要的意义。1828年,果戈理来到彼得堡,在政府机关里当了一名小职员。他的小职员经历,使他目睹了等级森严、贪污成风的官僚机构的黑暗,切身体验了小公务员生活的艰辛以及人权被践踏的处境,他的人道主义、民主主义思想进一步发展,为他日后写作《钦差大臣》、《死魂灵》以及"小人物"题材的作品奠定了基础。

1831年,果戈理结识了普希金,普希金在果戈理文学事业的成功之路上,起到了导师与桥梁的作用。1832年,果戈理出版了故事集《狄康卡近乡夜话》,一举成名。作品以狄康卡近郊一个养蜂老人在黄昏时分对周围乡亲讲故事的形式,将各篇故事连缀起来。作家将乌克兰民间故事、童话、歌谣中的情节与乌克兰的现实生活相互交融,展现了富有诗意的乌克兰民族生活,赞美了勇敢、善良、热爱自由的乌克兰人民,表现出浓郁的浪漫主义风格。普希金将这部作品的发表称为俄国文学中"极不平凡的现象"。

1835年,果戈理先后发表中篇小说集《密尔戈罗德》和《小品集》,标志着作家现实主义的创作方法开始形成。他精心绘制了当代地主的群像,展示了他们精神的委顿和生活的空虚无聊。《旧式地主》讽刺了一对地主老夫妇百无聊赖、生活退化到仅剩下动物的本能——吃的没落状态,展现出宗法制地主庄园日益荒芜的真实图画。《伊凡·伊凡诺维奇和伊凡·尼基福罗维奇吵架的故事》以夸张的手法,辛辣嘲讽了两个"体面"的贵族绅士。他们原是莫逆之交,后因小事结下怨仇,打了一场长达10余年的无聊官司,直到双方死去。从艺术上看,《狄康卡近乡夜话》中那令人愉快的淡淡幽默不见了,上述作品显示出果戈理独特的讽刺艺术风格,即"含泪的笑"。作为一个古老的宗法式地主之家的后代,果戈理对这种旧式的生活方式是极为留恋的。即便在他日后清醒地认识到农奴主阶级的没落时,仍然不能自已地表现出对处于没落中的农奴主的真诚的同情与惋惜,因此,他在犀利的讽刺中,又掺杂着对没有理想的和无所作为的人生所感到的浓浓的悲哀。

《小品集》以描写彼得堡生活的小说为主,包含《涅瓦大街》、《肖像》和《狂人日记》三篇小说以及一组评论文章。这三篇小说和果戈理后来发表的《鼻子》(1836)、《外套》(1842)一起,合成了中短篇小说集《彼得堡故事》。在这些小说中,果戈理嘲讽了彼得堡的贵族官僚社会,表达了对"小人物"真诚的人道主义的同情。"小人物"的形象是19世纪俄国文学的传统形象之一,从普希金的《驿站长》开始,经过果戈理的《外套》和陀思妥耶夫斯基的《穷人》,这类形象不断受到作家的重视,并在创作中不断发展。这一现象是俄国文学具有强烈民主主义和人道主义精神的标志。

在创作小说的同时,果戈理于1833年开始从事讽刺喜剧的创作。1836年,名剧《钦差大臣》首演于彼得堡。剧本以普希金提供的一则趣闻为情节的基础,将俄国官僚社会的全部丑恶和不公正集中在一起,"淋漓尽致地进行了嘲笑"。

剧情发生在一个偏僻的俄国外省城市,以市长安东·安东诺维奇为首的官吏们贪污受贿,劣迹斑斑。市长老奸巨猾,曾经"骗过三个省长"、"骗过骗子手中的骗子手",慈善医院院长不顾病人死活,督学不学无术,邮政局长专爱偷拆别人信件……听说钦差大臣要来微服查访,他们慌了手脚,竟将一个过路的彼得堡小官员赫列斯达科夫当作钦差大臣,走马灯似的向他行贿、讨好。市长不仅要将女儿许配给假钦差,还默许市长夫人与他调情,做起了升任京官的美梦,丑态百出。全剧以真钦差大臣的到来,全体哑场而告终。剧本以俄国民间谚语"脸丑莫怨镜子歪"作为题词,将揭露的矛头指向沙皇俄国的整个官僚机构,异常真切地反映出俄国官僚阶层贪赃枉法、谄媚钻营、卑鄙庸俗的本质特征。

赫列斯达科夫是染上首都彼得堡官场中官僚习气的小官吏形象,轻浮浅薄,爱慕虚荣,自吹自擂,厚颜无耻,在当时的俄国社会具有典型意义。

总之,《钦差大臣》是整个俄国官僚社会的缩影,赫尔岑称赞它是迄今为止"最完备的俄国官吏病理解剖学教程"。它对后代俄国戏剧的发展产生了重要影响。

1842年5月,长篇小说《死魂灵》的第一部问世。这部作品继《钦差大臣》后再次"震撼了整个俄罗斯"(赫尔岑语)。它以其对农奴制度的深刻揭露和艺术上的鲜明特色,成为果戈理的代表作。

1852年,果戈理病逝于莫斯科。

二、《死魂灵》

《死魂灵》是果戈理的代表作,它描写一个自称五等文官的骗子乞乞科夫来到某省省会,结交官吏,拜访地主,廉价收购已经死去但因尚未从花名册上注销、法律上仍算活人的农奴(死魂灵),到民政厅去办理买卖契约和注册登记手续,企图将死农奴当成活农奴,到国家救济局去抵押,以骗取大量钱财。当他正在省城办理手续,被官吏们当成大富翁时,一个地主到城里来揭穿了他买的都是死魂灵的秘密。一时满城风雨,官员们疑神疑鬼,乞乞科夫趁机悄悄溜走。

从结构上看,小说十一章分别有三个叙事中心。第一章是一个特殊的开场白,它交代乞乞科夫来到N市,并通过他遍访上流名人,使书中多数主要人物一一登场。第二章至第六章是第一个叙事中心,主要写当代地主生活。作家沿着乞乞科夫收购死魂灵的足迹,依次列专章刻画了五个具有不同个性的地主形象。第七章到第十章为第二个叙事中心,主要写外省官僚和外省社交生活,通过乞乞科夫回城办理买卖死魂灵的手续,揭露官僚社会和社交界的腐败与庸俗。第十一章为第三个叙事中心,详细地叙述了乞乞科夫的历史,揭示了一个新兴资产者的丑恶灵魂。三个叙事中心被乞乞科夫的游历和购买死魂灵这条线索贯穿成一个整体。

小说的中心人物是乞乞科夫。他出身于没落贵族,早在学生时代,便从父亲那里秉承了"最要紧的是博得你上司的欢心"和"省钱、积钱"的"智慧教训",表现了钻营谋利的"创业精神"。走上社会后,为了谋求升迁,他巴结上司,追求他的麻脸女儿。等到上司帮他把科长的职位弄到手,他便立即将上司的麻脸女儿一脚踢开。为了捞大钱,他混入税关,勾结奸商,大发横财。在法院做代书人期间,他萌生了靠收购死魂灵诈骗巨款的"最天才的理想"。来到N市,他很快以周到的应酬、优雅的举止和"惊人的谦虚",博得官吏们的一致好评。在下乡收买死魂灵的过程中,他也是察言观色,摸透了各个农奴主的心理,各个击破,凯旋而归。

总之,乞乞科夫是俄国资本主义上升时期,从贵族地主过渡到新兴资产者的典型。他身上既有贵族地主剥削寄生的本质,又有资产阶级圆滑虚伪、投机狡诈的特点,还表现了依赖地主官吏谋求发展的俄国资产阶级的历史特点。

小说通过乞乞科夫收买死魂灵的过程,展示了五位堕落而又各具特色的地主典型。

玛尼罗夫是位自诩"高雅"、实则空虚无聊的幻想家。他用甜腻腻的态度向人卖弄自己的礼节和修养,还相信自己很有学问,但他从来不过问庄园的事务,一切全依靠管家。他的书房里那本打开的书,两年过去了才翻了14页。他是专制农奴制培育出来的那种饱食终日、无所事事的寄生虫典型,一个百无聊赖、毫无价值的废物。

女地主科罗波奇卡是个贪财多疑而又愚昧驽钝的小地主代表。她不同于玛尼罗夫的耽于空想,而是严格监督农奴劳动,精心照管田庄果园,一切从攒钱的实际考虑出发。她在叹息和诉苦声中,悄悄地一个子儿一个子儿地将钱藏进钱柜。她一面窃喜卖掉死农奴的户口可以免交税款,还可以得到一笔钱,另一面又愚不可及地想等一个出价更高的买主。她积极钻营,小心省俭以维护自己的利益,但在尔虞我诈、残酷掠夺的社会里,她那由闭塞的生活所形成的愚钝、多疑的性格,却使她总是害怕自己上当吃亏。

罗士特来夫是在农奴主拥有无上特权的农奴制社会中随处可见的无法无天、任意妄为的地主典型。他已经跟人类的高尚精神需求绝缘,只剩下动物的本能。他与玛尼罗夫不同,他不"披着高雅的外衣",而是毫不掩饰地胡闹、无赖、不讲信义、毫无道德。他与科罗波奇卡也不相同,他从不"小心省俭",而永远处于鲁莽任性、狂饮烂醉和肆意挥霍之中。作为一个酒鬼和赌徒,他到处寻衅闹事,毫不犹豫地将看中的一切买下来,又毫不惋惜地将它们与自己的怀表、马车一起输掉。他信口开河,吹牛撒谎已成了他的家常便饭。小说在描写罗士特来夫带领乞乞科夫参观狗舍时,极富讽刺意味地写道:"他们一走进去就看见一大群收养着的狗……罗士特来夫在它们中间,好像是自己家族里的父亲。"

梭巴开维奇从里到外都"像一匹中等大小的熊"。他有熊一般的壮实体格,也有熊一般的凶残心理。他藐视省城的官吏,残酷地虐待和压榨农奴。在生活上,他是个饕餮之徒;做买卖时,他是个精于算计的奴隶主。

总之,梭巴开维奇是凶狠的农奴主兼狡猾的生意人的综合典型,是当时俄国专制农奴制的有力支柱。

乞乞科夫拜访的最后一位地主是泼留希金。泼留希金拥有上千农奴,却过着乞丐般的生活。他残酷榨取农奴血汗,甚至不惜偷拾路边井旁的什物,但让其在仓库里霉烂。他把科罗波奇卡的贪财省俭和梭巴开维奇的刻骨搜刮,发展成极端的贪婪吝啬,又把玛尼罗夫的不务正业和罗士特来夫的浪荡挥霍,发展成对物质财富的糟蹋破坏。泼留希金这一吝啬鬼的形象,标志着俄国地主阶级的生活状态与精神世界的极端堕落。

通过五位地主典型的塑造,果戈理深刻地表现了俄国农奴制必然走向衰亡的历史趋势。那些农奴制社会的"主人们",都是一些过时和没落中的人物,性格上都存在着畸形或变态。"死魂灵"在小说中具有双重含义:表面上,它指的是那些已死的农奴,实际上,它指的是没落的农奴主。他们人虽活着,精神早已入土,是名副其实的"死魂灵"。

小说中,通过乞乞科夫结交官吏和办理买卖死魂灵的法律手续,作家还描绘了一幅丑恶的官僚群像,发展与深化了《钦差大臣》的主题。

《死魂灵》艺术上的主要特点是充满强烈的讽刺,用肖像描写、环境烘托和个性化的语言等多种手段来塑造人物典型,写实叙事与抒情议论相结合。

思考练习题

1. 简述巴尔扎克《人间喜剧》的艺术成就。
2. 简要描述俄罗斯文学史上"新人"形象的创作。
3. 结合《双城记》文本的内容,谈谈狄更斯的人道主义思想。
4. 小说《红字》的主题是如何得到艺术表现的?
5. 试述《草叶集》的基本主题、艺术成就及其在美国文学史上的地位。

延伸阅读文献

1. 柏西·卢伯克:《谈谈巴尔扎克创作方法的秘诀》,方土人译,载《文艺理论译丛》(3),北京:中国文联出版公司,1985年。
2. 斯蒂芬·茨威格:《艺术家——论斯丹达尔》,周启付译,见智量、光华选编:《外国文学名家论名家》(续编),上海:华东师范大学出版社,1988年。

3. 张玲:《〈双城记〉中译本序》,见狄更斯《双城记》,张玲、张扬译,上海译文出版社,2006年。

4. 陈燊:《〈前夜·父与子〉中译本序》,见屠格涅夫《前夜·父与子》,丽尼、巴金译,北京:人民文学出版社,1979年。

5. 波德莱尔:《埃德加·爱伦·坡的生平及其作品》,见《波德莱尔美学论文选》,郭宏安译,北京:人民文学出版社,1987年。

第八章 19世纪后期欧美文学

第一节 概 述

19世纪最后30年间,欧美一些发达国家经历了从自由资本主义向垄断资本主义即帝国主义阶段的过渡。垄断资本主义经济的发展,不仅加剧了国内的阶级矛盾,更激化了国际市场的争夺。宗主国与殖民地之间,各帝国主义国家之间的利益冲突日趋尖锐,西方世界在表面的平静中隐伏着巨大的危机。

这一时期,北欧各国尚处于自由资本主义的上升阶段,反封建残余的斗争仍然占有重要地位。在中欧与东南欧,各国的民族解放运动和民主运动仍然方兴未艾。在俄国,经过1861年农奴制改革,资本主义有了长足的发展,但封建保守势力仍很强大。

社会发展的新形势和自然科学的发展,使19世纪后期多种哲学、社会思潮盛行。实证主义、唯意志论、直觉主义等思潮的盛行,对文学理论和创作都产生了深远的影响。

在自然科学基础上产生的实证主义哲学,主张以"实证精神"改造一切科学,以自然科学的方法去分析社会,强调"一切从属于观察",即通过观察和论证去认识实际,从而建立起一个"观察科学体系"。法国哲学家和文艺批评家泰纳(1828—1893)将实证主义哲学和达尔文的生物进化学说运用于文艺理论的研究,提出了"种族、时代、环境"是决定文化发展的三个要素的著名论点,为法国自然主义文学的产生与发展,奠定了理论基础。

德国哲学家尼采(1844—1900)提出"上帝死了"的著名口号,对基督教传统文化进行了进攻性的批判。他认为生命的本质不仅在于"生存意志",更在于"权力意志",即"征服"、"占有的欲望"。他以权力意志的强弱作为人的质量和道德(善恶)的标准,进而积极鼓吹"超人"哲学,力图摆脱基督教传统和现代工业文明对人自身发展的有形无形的禁锢和束缚。与此相联系,尼采竭力倡导古希腊的酒神精神,认为在毫无顾忌的放纵和沉迷中,才能真正体现个体的人生价值,从而为以非理性主义反对理性文明所制造的个性压抑铺垫了基石。

这一时期的欧美文学呈现出前所未有的复杂局面。主潮式的文学发展模式受到冲击,多元化格局初步形成。现实主义文学进入新的发展阶段,出现了一大批杰出的作家作品,俄国和挪威的成就尤为引人注目,但其"一统天下"的地位已受到挑战。自然主义文学迅速崛起并流行各国。唯美主义文学、象征主义文学等新的文学流派,也各自呈现出独异的风采。

一、现实主义文学

现实主义文学依然是19世纪后期欧美重要的文学流派。

在法国,作家**都德**(1840—1897)的作品广泛地反映了第二帝国时代法国的社会生活,讽刺社会黑暗现象,表达出对下层平民的深切同情。他的代表作长篇小说《小东西》(1868)具有一定的自传性质。作品通过外省一出身贫寒而颇有文学才能的青年爱洒特在社会的逼迫下不得不弃文从商的故事,表现了一个孤苦的平民知识分子在冷漠的社会环境中的孤独感。小说的自述性质,使其带有浓郁的感情色彩;而温和的讽刺和含蓄的感伤,则集中体现了作家惯有的艺术风格。

都德的短篇小说《最后一课》和《柏林之围》(1873),均以普法战争为背景,具有深刻的爱国主义内容和卓越的现实主义技巧。《最后一课》以普法战争后法国的阿尔萨斯、洛林两省被割让给普鲁士这一事件为背景,把两省人民沦为异族奴隶时的痛苦这一重大社会主题浓缩到一个小学的最后一堂法语课的场景中,使这一场景成为"向祖国告别的仪式"的象征,从而创造了短篇艺术的一个典范。作品以小见大,选取的角度别出心裁。"最后一课"令人心碎的情景通过顽皮、爱逃学的"我"的感受表现出来;平时懵懂无知的"我"终于受到极大的震动,带有稚气的叙述流露出失去祖国的沉重与悲伤。这一切都具有感人至深的艺术力量。

莫泊桑(1850—1893)是19世纪下半期法国杰出的现实主义小说家。他一生共写有300多篇中短篇小说和6部长篇小说,尤其在短篇小说创作方面成就突出,被誉为"世界短篇小说巨匠"。

莫泊桑于1850年出生于法国诺曼底一个破落的贵族之家。母亲温文尔雅,酷爱文学艺术,与文学大师福楼拜是莫逆之交,他的舅父也是一位诗人兼小说家。莫泊桑进入卢昂的高乃依中学,著名诗人路易·布耶成了他的文学蒙师。他的另一位严师便是福楼拜,他着力培养莫泊桑力透纸背的文笔、洞察事理的能力以及遣词造句的功力。两位大师的栽培,使莫泊桑的文学修养有了长足的提高。1870年,莫泊桑前往巴黎学习法律。不久,普法战争爆发,他应征入伍,对普鲁士人的残暴,法国上层军界的腐败无能以及下层军人、普通市民的爱国精神,产生了深刻的印象。战争结束后,莫泊桑先后在海军部和公共教育部担任小职员。长达10余年的小职员生涯使其对小人物的生活状态、他们的精神境界以及市民阶层的鄙俗与势利了如指掌。在此期间,他开始了正式的文学创作。1873年,他正式受教于福楼拜门下并结识了自然主义文学大师左拉。

莫泊桑的中短篇小说具有丰富的社会历史内涵,可以划分为以下三个主要方面:

1. 以普法战争为题材,揭露了普鲁士侵略者的残暴野蛮,法国军队的腐败无能,歌颂了法国人民不畏强暴,反抗侵略者的爱国主义精神

这方面的短篇名作有《羊脂球》(1880)、《菲菲小姐》(1882)、《米龙老爹》(1883)、《两个朋友》(1883)等。《羊脂球》是莫泊桑的成名作。小说以普法战争为背景,描写被普军占领的卢昂城中10位居民乘同一辆驿车出逃的故事。莫泊桑以巧妙的构思,将大敌当前时法国社会各阶层人士的精神风貌浓缩到10位乘客身上。10位乘客中,有贵族,有大资产者,还有因不择手段而暴富的奸商以及他们的太太。他们有的是临战而逃,有的是为了将私财转移至他地,有的是利用战争大发了一笔国难财,另外两位是修女,余下来的,一位是自称"革命党"的假爱国者,最后一位是迫于生计而堕入风尘的妓女,外号"羊脂球"。

作家生动而细致地展现了不同身份、不同性格乘客的特征,淋漓尽致地揭示了贵族资产者的伪善堕落。为了分吃羊脂球的食物,他们一改先前对羊脂球的粗鲁与侮慢,争相巴结、讨好。为使马车通过被普军控制的关卡,这些"体面"的绅士、太太们,竟然置民族的尊严和个人的气节于不顾,竞相施展手腕,胁迫羊脂球委身于侵略者。当马车再次前行时,车上的乘客们忘记了被迫为他们做出牺牲的羊脂球,太太们更是为了证明自己的品行无瑕,视羊脂球如同瘟疫。他们谈笑着,享用着自己的佳肴,全忘了数天前将羊脂球储备的食品抢食一空的情景,而羊脂球却缩在马车的一角凄凉地啜泣。小说揭露了有产者在侵略者面前卑躬屈膝的卑下人格,赞美了以羊脂球为代表的下层平民的爱国精神。

2. 揭露资产阶级的道德堕落,反映资本主义社会的世态炎凉

1881年发表的短篇小说《戴家楼》,是莫泊桑本人认为"至少是和《羊脂

球》那篇不相上下的"杰作。戴家楼上的五个面目丑陋、举止猥琐的妓女每天"高朋满座"、"应接不暇",来此寻花问柳的上至市长,下至水手。就是这些群丑竟然在老板娘的带领下,踏进神圣的教堂领起了"圣体"。小说运用了讽刺与幽默的手段,一个个卑鄙无耻的人物跃然纸上,形象地抨击了堕落淫靡的社会风气。小说对诺曼底乡村风物人情的描写也极有特色。

莫泊桑长期生活于小职员阶层,对小职员阶层的虚荣、势利、吝啬等习气深有体会。《我的叔叔于勒》深刻揭示了金钱对人伦、亲情的无情败坏;《项链》犀利地讥讽了虚荣心造成的无尽恶果,耐人寻味。

3. 反映下层人民生活的贫困和痛苦,对他们的不幸遭遇寄予深切的同情,对他们的优秀品质进行热烈的歌颂

这类作品中,著名的有《一个女长工的故事》(1881)、《西孟的爸爸》(1881)、《一个儿子》(1882)等。

莫泊桑一生创作了六部长篇小说:《一生》(1883)、《漂亮朋友》(1885)、《温泉》(1886)、《皮埃尔和若望》(1887)、《像死一般强》(1889)和《我们的心》(1890)。《一生》是莫泊桑的第一部长篇小说。小说描写了一个心地纯真善良的贵族少女约娜由对爱情、婚姻、家庭抱有种种美好的憧憬,到幻想破灭,成为一个麻木、苍老的妇人的凄凉一生。莫泊桑通过约娜的不幸,表达出对处于衰亡中的庄园贵族生活方式以及文化道德的惋叹与同情。

《漂亮朋友》(1885)是莫泊桑长篇小说的代表作。莫泊桑通过对青年冒险家杜洛阿利用种种无耻手段,终于发迹的描写,深刻反映了法兰西第三共和国时期政治生活的黑暗与腐败,报界的污秽与欺骗,成功地塑造了投机钻营、荒淫无耻的冒险家杜洛阿的典型形象。

19世纪后期英国最重要的现实主义作家是哈代。他的生平和创作详见本章第三节。

19世纪下半叶,东欧各国虽然封建残余还大量存在,但资本主义有了迅速的发展。浪漫主义文学走向衰落,现实主义文学继之兴起。反侵略、反压迫,暴露异族侵略者的残暴和本国封建统治阶级的腐朽,反映劳动人民的疾苦,鼓舞人民起来为争取民族解放而斗争,构成这一时期东欧现实主义文学的主要内容。

波兰作家**显克微奇**(1846—1916)在19世纪80年代写下了历史小说三部曲《火与剑》、《洪流》和《伏沃迪约夫斯基先生》,反映了17世纪波兰人民反抗侵略者的可歌可泣的历史。长篇历史小说《你往何处去》(1896)展现了古罗马暴君尼禄时代的社会生活和基督徒受迫害的情景,以寓言的形式表

达了作家对祖国的处境以及对即将到来的解放的深刻认识,在当时的波兰乃至整个基督教世界都产生了巨大反响。1905年,显克微奇因该小说而被授予诺贝尔文学奖。另一部历史小说《十字军骑士》(1897—1900)展现了公元15世纪英勇的波兰骑士为保卫祖国,与条顿骑士团的斗争,控诉了当时普鲁士侵略波兰的暴行。

保加利亚作家**伊凡·伐佐夫**(1850—1921),创作了长篇小说《轭下》(1887—1889),表现了保加利亚人民反抗土耳其侵略者的英雄气概。

19世纪后期,北欧的现实主义获得了很大发展,特别是挪威文学异军突起,成为该时期欧洲文学的一份珍贵财富。恩格斯在1890年的一封信中写道:"挪威在最近20年中所出现的文学繁荣,在这一时期,除了俄国以外没有一个国家能与之媲美。"

挪威著名剧作家易卜生是北欧现实主义文学的主要代表,他的生平和创作详见本章第五节。

奥古斯特·斯特林堡(1849—1912)是瑞典著名的小说家和戏剧家。他的社会讽刺小说《红房子》(1879)以文艺界生活为内容,描绘了世纪末瑞典知识分子的群像、他们的生活态度以及人生遭遇,以狄更斯式的冷峻笔法,对资本主义社会虚伪、欺诈、投机取巧、腐败丑恶的社会现实和教会、国会、御用工会的统治进行了无情的揭露,具有鲜明的社会批判特点。这部小说使斯特林堡一举成名。

斯特林堡更有影响的是他的戏剧。他的戏剧创作经历了一个复杂的过程:从现实主义发展到自然主义,又转向表现主义和象征主义。独幕剧《朱丽小姐》(1888)是欧洲戏剧史上第一部典型的自然主义作品。这部戏剧写一位贵族小姐朱丽和家中男仆的一段爱情悲剧,有力地展现了青年男女在情感和欲望上的冲突,刻画了不同等级人物的尖锐矛盾。1898年,斯特林堡发表戏剧《到大马士革去》,标志着作家的创作由自然主义转向表现主义和象征主义。

1861年俄国农奴制改革后,资本主义得到了长足发展,但封建残余依然大量存在。资本主义社会的各种矛盾日益明显地暴露出来,农民和城市平民日益沦落至赤贫状态。这一时期的俄国现实主义作家以更加犀利的笔触描绘当代社会的种种黑暗面,并孜孜不倦地进行着改造社会、改造人生的种种探索。由于作家们大多站在基督教人道主义的立场上,他们往往追求人物在道德上的自我完善,将皈依宗教、道德改善作为解决人生苦难的最终手段,使得作品具有了浓重的道德训诫色彩。

费奥多尔·米哈伊洛维奇·陀思妥耶夫斯基(1821—1881)是19世纪后期俄国一位在思想和艺术上均极有特色的作家。他以他那"残酷的天才",描绘了俄国大城市的贫民区和黑暗的角落,展现了严酷的社会现实。

1846年,陀思妥耶夫斯基发表了他的第一部中篇小说《穷人》。作品采用了书信体形式,叙述一个年老的小公务员玛卡尔·杰符什金为了帮助和照顾孤女瓦莲卡,宁可搬到贫民窟过清贫的生活。但迫于经济条件,杰符什金终于无法拯救姑娘。瓦莲卡走投无路之下,不得不嫁给了当初玷污了她的地主。小说继承了普希金和果戈理开创的描写"小人物"的传统,反映了城市下层贫民的悲惨处境。由于他将整个城市贫民的世界引入了俄国文学,其作品便具有了更为深广的现实意义。同时,杰符什金已不再是一个逆来顺受的可怜虫,而是一个具有丰富的内心情感的"人"的形象。他有着对不公正的社会制度模糊的反抗意识,有自己的人格尊严,也有对爱情以及对世界上美好事物的热烈向往和追求。《穷人》问世后,只有24岁的陀思妥耶夫斯基,立即步入知名作家的行列,并受到以别林斯基、涅克拉索夫等为代表的进步文学阵营的欢迎。

但陀思妥耶夫斯基并不满足于传统的现实主义创作方法,而执着于对人的内心世界,尤其是近乎疯狂的内心分裂的探索与表现,这些被别林斯基认为是过时的浪漫主义,终于导致陀思妥耶夫斯基与别林斯基关系的破裂。

1849年,陀思妥耶夫斯基因参加了进步的彼得拉舍夫斯基革命小组被沙皇政府逮捕并判处死刑,在临刑前几分钟又被改判流放西伯利亚服苦役,期满后被编入西伯利亚边防军。直到1859年陀思妥耶夫斯基才获准返回彼得堡。近10年的苦役和流放生活,从肉体和精神上摧残了他。他的癫痫病更加严重,精神上也走向消沉。他皈依了基督教,不再参与政治活动,号召妥协、忍让,宣扬人在宗教和道德中获得新生。

陀思妥耶夫斯基于19世纪60年代初重返文坛,创作了大量中、长篇小说,最有影响的有《被侮辱与被损害的》(1861)、《罪与罚》(1866)、《白痴》(1868)、《卡拉马佐夫兄弟》(1880)等。

《罪与罚》是陀思妥耶夫斯基作品中流传最广、影响最大的一部作品,也是一部具有高度艺术技巧的社会心理小说。小说的情节发生于19世纪中期彼得堡的贫民区。学法律的大学生拉斯柯尼科夫被贫穷压得喘不过气来,因为无法维持最起码的生活,他被迫辍学,躲进那间与其说像房屋,不如说更像橱柜或棺材的斗室。房东已经不再供给伙食,还威胁要把他赶出去。拉斯柯尼科夫于是产生了"杀人"的思想——因为"统治者们"都是不择手段的。为了证明自己具有超人与强者的素质，拉斯柯尼科夫杀死了放高利贷的老太婆和她无辜的妹妹。然而，杀人之后，他的良心受到残酷的折磨。事实证明，他不是"拿破仑"，他不属于那些杀人不眨眼的压迫者。他感到可怕的孤独，"好像是用剪刀把他与一切人和一切事物都剪断了"，陷入一种近乎歇斯底里的疯狂状态。这时失业的小职员马尔美拉陀夫的长女索尼亚来到他的身边，以真诚的爱与宽恕慰藉了他的灵魂。索尼亚的形象是作家宗教观的体现者，她为了赡养失业的父亲、患病的继母和一大堆弟妹，被迫当了妓女。她是人类苦难的象征，又体现了作家忍耐、顺从、宽恕、皈依宗教的道德理想。在索尼亚的精神感召下，拉斯柯尼科夫终于去自首。他被判赴西伯利亚服苦役，但他的心灵得到了安宁。

《罪与罚》中，作家浓墨重彩地描绘了俄国资本主义城市中一幅幅悲惨的画面：肮脏的街道、棺材般的斗室、强作欢颜的卖笑女、横卧马路的醉鬼、追逐少女的浪荡子……展现了强权社会中人压迫人的生活真实。"无路可走——这是小说的主旋律"。马尔美拉陀夫无路可走，只得让妻儿忍受饥饿的折磨，自己一天到晚借酒浇愁，最终被一辆豪华马车轧成重伤而死；索尼亚无路可走，不得不沦为妓女，对她来说，投水自尽也是一种奢侈，因为她要养活她的继母和弟妹；身患肺病的卡杰琳娜无路可走，最终死于疯狂与咯血；拉斯柯尼科夫无路可走，终于沦为杀人犯。小说问世不久，俄国评论家皮萨烈夫就指出：主人公的杀人理论只不过是他被迫与之进行斗争的那个环境的产物，"真正的唯一原因还是令人痛苦不堪的环境"。

但是，面对19世纪60年代俄国下层社会赤贫的人们"无路可走"的困境，陀思妥耶夫斯基并不主张反抗斗争，而是宣传忍耐与顺从，故而安排了主人公杀人后精神崩溃的悲剧，来证明以暴力消除邪恶的办法是行不通的。因此，拉斯柯尼科夫只有通过忏悔，信仰上帝，勇于受"罚"，才能使精神复活。作家还特意塑造了拯救者索尼亚的形象，来正面表达自己的救世理想。

在艺术方面，这部小说情节惊险曲折。作家特别擅长进行心理分析。主人公在杀人前后所经历的精神磨难和灵魂的苦苦挣扎，在作家笔下均写得细腻而逼真。作家喜欢用内心独白的手法，尤其是注重写梦境与幻觉，写出了人物精神高度紧张时的心理病态以及失去自我控制时下意识的心理历程。陀思妥耶夫斯基由于对人物病态心理的深入挖掘和出色表现，而被现代派作家尊为鼻祖。

1868年，陀思妥耶夫斯基发表《白痴》。作品中出现了一个"绝对美好的人物"梅思金公爵的形象。这是继索尼亚之后，作家塑造的又一位"理想人物:他纯洁善良,诚实谦逊,对不平等的社会怀有强烈的不满,向往人人友善的世界,是基督教博爱、忍让、宽恕精神的化身。然而,在19世纪充满暴力、欺诈、野蛮与虚伪的俄国现实中,梅思金却堂吉诃德式地试图用基督教的理想来"普度众生",结果受到众人的嘲弄和侮慢,被斥为"白痴"。他不仅不能拯救世界,连自己所爱的女人也无力保护,只能看着她惨遭拍卖,并最终被杀害。在接二连三的刺激下,他真的成了"白痴"。小说中还塑造了一位具有火一般的激情与疯狂的叛逆性格的动人女性娜斯泰谢·菲里波夫娜的形象。

陀思妥耶夫斯基的最后一部长篇小说是《卡拉马佐夫兄弟》(1879—1880)。这部作品被公认为是作家总结性的作品,其中广泛而深刻地发挥了作家的社会、哲学、宗教和道德观。小说的中心内容写的是俄国外省一个"偶然组合的家庭"卡拉马佐夫一家父子、兄弟间因金钱和情欲引起冲突,直至弑父的悲剧。这个家庭成员之间的血缘关系是污秽丑恶的,精神灵魂是畸形病态的,是金钱和贪欲使他们偶然凑合到一起的。作家分析了这个家庭成员身上共同的精神气质,即卑鄙无耻、自私自利、野蛮残暴和荒淫放荡。文学史上将之称为"卡拉马佐夫性格"。这种"卡拉马佐夫性格",不仅是这一家族成员的共同特征,也是19世纪后期俄国病态社会中丑陋的人际关系和堕落的社会风气的集中反映。

列夫·托尔斯泰是19世纪后期俄国文学中最伟大的作家,他的生平和创作详见本章第四节。

安东·巴甫洛维奇·契诃夫(1860—1904)是俄国19世纪最后一位杰出的现实主义作家。他擅长写短篇小说,剧本也写得很出色。

契诃夫早年曾以安托沙·契洪特的笔名在一些幽默杂志上发表作品。为了赚钱养家,相当一部分作品乃速成之作,艺术粗糙并迎合小市民趣味,但也有一部分具有深刻的社会意义和文学价值,这部分作品可分为两类:

一类无情地嘲笑并揭露俄国的专制警察制度和小市民的奴性心理。主要作品有《小公务员之死》(1883)、《变色龙》(1884)、《普里希别叶夫中士》(1885)等。《小公务员之死》描写了沙俄时代一个小公务员不慎将唾沫星子溅到一位将军的后脑勺上,终于忧惧而死的故事,展现了高官的飞扬跋扈造成的小人物的卑屈与奴性心理。

另一类展现了下层贫民孤苦无告的生活境遇,表达了作家浓重的感伤情绪。重要作品有《哀伤》(1885)、《苦恼》(1886)、《万卡》(1886)等。

《苦恼》写一个孤苦零丁的老马车夫,在爱子死后整整一个星期,几次想找人倾吐一下内心的痛苦，但是谁也不理睬他，他只好向他的老马去倾诉。小说揭示了社会的冷漠与人际关系的无情。

契诃夫原来信奉托尔斯泰主义。到了19世纪80年代末，在沙皇政府的高压政策和血腥暴政面前，契诃夫的信念日益动摇。为了摆脱思想危机，探寻社会真理，真正了解人生，契诃夫于1890年千里迢迢奔赴库页岛，考察当地流刑犯和居民的生活。他在库页岛待了三个月，走访了大批犯人和居民，查考了大量资料，对俄国政治犯的遭遇有了切身的感受。回来之后，契诃夫的世界观发生了很大的变化，他终于抛弃了勿以暴力抗恶的托尔斯泰主义。

19世纪90年代是契诃夫创作的繁荣和成熟时期。契诃夫写下许多名篇，如《第六病室》(1892)、《挂在脖子上的安娜》(1895)、《带阁楼的房子——艺术家的故事》(1896)、《醋栗》(1898)和《套中人》(1898)等。

《第六病室》是契诃夫根据对库页岛访问的印象写作的一部中篇小说。小说写的是在偏僻小城的一所医院，设备落后，环境肮脏，制度混乱，对病人的敲诈勒索十分猖獗，其中尤以精神病患者所住的第六病室为最。正直善良的医生拉京虽作过一些努力，但终无成效，便以"勿抗恶"的态度听之任之。后来他结识了病室里一个有头脑的"疯子"格罗莫夫，经常去与之谈话。此事被久已觊觎拉京职位的助手利用。他们造谣生事，诬陷拉京医生神智也不正常，最后将他当作疯子也关入了第六病室。拉京挨了守门人的铁拳时方才意识到：他周围的病人受到这种折磨已多年了，"这种事他怎么会二十多年以来一直不知道、也不想知道"？他在绝望中，终因心力衰竭而死。

小说中的"第六病室"既是库页岛式的监狱的象征，更是专制的沙皇俄国的象征。小说充满了反抗专制暴政的怒火，并通过医生拉京的醒悟和死亡，表达了作家对托尔斯泰主义的决绝态度。

《第六病室》的发表，标志着契诃夫在思想和艺术上的成熟。

《套中人》是一篇脍炙人口的短篇小说。它生动地塑造了一个沙皇专制制度的忠实卫士——别里科夫的形象。别里科夫整年整月地将自己密封在一个个"套子"里。他保守、顽固，害怕、仇视并扼杀一切新生事物，热心维护政府的法令。他表面上"谨小慎微"、"平庸怯懦"，实际上处处监视和限制人们的活动，扼杀一切生机。小城的生活因而变得死气沉沉。别里科夫是19世纪末俄国特定历史环境下豢养出来的旧制度的卫道者的典型。契诃夫通过小说中一位猎人之口说："不成，不能再照这样生活下去啦！"小说激发人们起来改变这令人窒息、扼杀创造精神的社会。

契诃夫还写过不少优秀的剧本,如《海鸥》(1896)、《万尼亚舅舅》(1897)、《三姊妹》(1901)等。他最著名的一个剧本是《樱桃园》(1903)。作品通过一个美丽的贵族庄园樱桃园易主的故事,展现了19世纪末20世纪初在资本主义的进攻下,贵族庄园走向崩溃、旧式贵族终被淘汰的历史命运。

美国南北战争以后,自由资本主义的发展逐渐进入黄金阶段。民主、自由的理想鼓舞着美国人民和美国作家,文学创作中乐观的情绪居于主导地位。19世纪80年代以后,美国社会经历了几次经济危机的冲击,贫富日益对立。文学作品中批判现实、揭露社会黑暗的作品日益增多,现实主义文学逐渐成为文坛主流。马克·吐温、杰克·伦敦、欧·亨利等作家,继承了斯托夫人、惠特曼的现实主义传统,在更加广阔的社会背景上描写了美国的社会现实。由于这一时期美国政治、经济的特点,美国的现实主义文学具有鲜明的民族风格,或抨击政府对外侵略的帝国主义政策,或揭露对有色人种的种族歧视,或反映尖锐的贫富冲突。这一时期,斯宾塞的社会生物学说和尼采的超人哲学广泛影响着美国思想界,文学作品中常常出现人与人的生存竞争的画面,表达对强有力个性崇拜的主题。

马克·吐温是19世纪美国现实主义文学最杰出的代表,也是一位享有国际声誉的美国小说家,他的生平和创作详见本章第六节。

欧·亨利(1862—1910)是一位著名的短篇小说家,一生写有300多篇短篇小说。他的作品,以轻松幽默的笔调描写大都市里小人物的悲欢和相濡以沫的友谊,揭露资本主义社会中虚伪无耻、尔虞我诈的社会风气,嘲笑司法界的专横、腐败和昏庸,同时对弱女子和穷人的命运表示深切的同情。欧·亨利以描写纽约曼哈顿市民生活的作品最为著名,他将那儿的街道、小饭馆以及破旧的公寓的气氛渲染得十分逼真,故有"曼哈顿的桂冠诗人"之称。他优秀的短篇有《麦琪的礼物》、《最后一片藤叶》、《警察和赞美诗》等。欧·亨利的小说,情节进展迅速,并常常有一个既出人意外又在情理之中的结局。作家善于捕捉生活中啼笑皆非但又富于哲理的戏剧性场景,用漫画般的笔法来勾勒人物的特点。他还擅长以准确的细节描写来制造和再现气氛,尤其是大都市夜生活的气氛,使读者有身临其境之感。

杰克·伦敦(1876—1916)是另一位极具个性特色的美国作家。他来自社会底层,当过劫蚝贼、警察,也干过水手和锅炉工。他加入过失业者的行列,扒火车,赶夜路,流浪生涯充满冒险和刺激。他还深受尼采超人哲学的影响。他的小说具有一种桀骜不驯的野性的美,粗犷奔放的力度和斧劈刀削般的风格,这和他强悍的个性以及冒险生涯有着密切的关系。

1897年,杰克·伦敦加入了北方淘金者的行列,收集了大量迷人的素材。从1900—1902年,他连续发表了《狼的儿子》、《雪的女儿》等短篇小说集。这些作品均以北方阿拉斯加的冰天雪地为背景,描写了淘金者和猎人们的冒险生活,杰克·伦敦将它们统称为"北方故事"。其中的名作有《热爱生命》、《黄金谷》等。"北方故事"以对人生残酷、丑恶面的大胆处理,对各类人物放荡不羁的生活习性的表现,形象地表达了"生存竞争,适者生存"的生活哲理,赞美了人类旺盛的生命力。在后来的创作生涯中,杰克·伦敦又继续表现这一类题材,如中篇小说《野性的呼喊》(1903)和《白牙》(1906)等。

1904年杰克·伦敦发表的长篇小说《海狼》,成为风行一时的畅销书。书中塑造了一位粗野、残暴但又极其坦率的人物——猎捕海豹的魔鬼号帆船船长劳森的形象,集中表现了作家对尼采超人哲学的理解。

1908年,杰克·伦敦的长篇政治幻想小说《铁蹄》出版,这本书因揭示了美国资本主义社会的种种矛盾以及工人阶级的反抗斗争而成为美国第一部描写无产阶级的文学作品。

1909年,长篇小说《马丁·伊登》出版。这是杰克·伦敦的代表作,前半部具有自传性质。小说通过一个出身下层的水手马丁·伊登发奋写作,终于功成名就,进入他梦寐以求的上流社会后反而幻灭自杀的历程,揭露了上流社会在优雅、完美的外表下面所隐藏的虚伪、势利的嘴脸,写出了一位忠实于生活、忠实于自我的作家的可悲命运。作品表明杰克·伦敦对现实的批判精神大大加强了,但同时他对于生命意义的思考也渐趋悲观。

杰克·伦敦晚年还有一些优秀的短篇小说,如《一块牛排》、《墨西哥人》、《在甲板的天篷下面》等。

二、自然主义文学

自然主义文学是19世纪后期在欧美各国具有广泛影响的一个文学流派。它于19世纪60年代产生于法国,70—80年代是它的繁荣时期,90年代之后在法国走向衰落,但波及德国、英国、西班牙、意大利等国,形成一种世界性的文学现象。

自然主义文学是在19世纪后期科学精神渗入文学领域的背景下,在法国实证主义哲学、泰纳的实证主义美学的综合影响下形成的一种文学思潮。它的理论代表是爱弥尔·左拉。80年代,左拉发表了《实验小说论》(1880)、《自然主义小说家》(1881)等论文,系统化地阐述了自然主义的创作理论。他强调文学创作的科学性和真实性,主张用纯客观的态度将生活中的一切细枝末节精确而毫无遗漏地摄取下来,"不要夸张,也不要强调,只要事实",因此他反对典型概括。他还主张作家对社会也应持客观而科学的超然态度,反对作家在作品中表露思想感情和对事物下结论。他说:"我不要做政治家、哲学家、道德家,我只要做一个学者就满意了。我将要表现事实……而结论我是没有的。"由于受到实验医学和遗传学说的影响,左拉还主张研究人的生理本能以及遗传对人的行为的影响。

自然主义文学的基本特点是:

1. 自然主义主张客观地、精确地描绘现实生活,认为作家应当保持绝对的中立和客观,不流露任何倾向。

2. 自然主义否认典型化的手法,主张描写随便观察到的现实生活的表面现象,描写平凡、琐碎的事件和细节,反对写英雄,主张写平凡的小人物。

3. 自然主义要求作家在创作时采用科学家的方法,即实验的方法,实验的对象就是作品中的人物。

4. 自然主义认为人类的意识和行为与自然界的其余部分一样,受自然规律的支配,尤其是生物学规律的支配。

法国自然主义文学在创作上的早期代表是龚古尔兄弟。他们合写的小说《日尔米尼·拉塞德》(1865)是一部典型的自然主义作品。

左拉虽然是自然主义文学理论的主要代表,他的创作也带有鲜明的自然主义色彩,但总的说来,左拉基本上还是一个现实主义作家,他的生平和创作详见本章第二节。

三、象征主义文学

象征主义作为一种创作方法,在欧洲文学中古已有之;作为一种文学思潮,它于19世纪50年代在法国即开始出现;作为一种文学运动,直到1886年,年轻诗人莫瑞亚斯(1856—1910)在《费加罗日报》发表《象征主义宣言》才正式形成。这一时期的象征主义文学一般被称为"前期象征主义文学"。1891年,莫里亚斯宣布退出象征派,前期象征主义文学思潮和运动也从那时起走向消解。

象征主义文学以诗人波德莱尔的"通感论"为理论基础,常采用象征、暗示、隐喻、寓意等手法来传达某种意念、情感和情绪。象征主义诗人和作家笔下的形象往往半明半暗,扑朔迷离,具有朦胧、飘忽、神秘的色彩。

象征主义思潮最早出现于法国,象征主义文学,特别是象征主义诗歌在法国取得了最突出的成就。法国诗人**波德莱尔**(1821—1867)是象征主义文学的先驱。诗人上承浪漫主义余绪,下开象征主义先河,其影响遍及西方现代诗歌中的各个流派。他曾以十四行诗《应和》(1857),形象地说明了象征主义的基本理论,即"通感论"。

波德莱尔的诗集《恶之花》(1857)的问世是象征主义文学出现的最初标志,这部诗集也被认为是象征主义的奠基作。这部诗集分为六个部分——《忧郁和理想》、《巴黎风貌》、《酒》、《恶之花》、《反抗》和《死亡》,含有126首诗。这是一个孤独、忧郁、贫困、病态的诗人追求光明、幸福和理想的失败的记录,是他对现实的观感和内心的写照。"恶"之为"花",就是将"丑"作为一种审美对象在艺术上加以表现,从中引出某种道德教训。诗中的暗示、象征等艺术手法和深远的寓意,后来成为象征派诗歌的特征。

波德莱尔之后,法国象征主义诗人有魏尔伦、兰波、马拉美等。**魏尔伦**(1844—1896)的《忧郁诗章》(1866)等诗作,着重表现模糊、飘忽、难以捉摸的精神状态和宗教神秘主题,一切都被笼罩在朦胧的气氛中。**兰波**(1854—1891)认为诗人要彻底摆脱现实、投身于梦幻世界,诗人应当成为具有超人智慧的幻觉者。他的诗集《彩图集》(1872—1873)就体现了上述主张。**马拉美**(1842—1898)的《牧神的午后》(1876),用互不联系的奇特意象和诗句的音乐性来暗示对于事物的抽象感觉,即事物的所谓"纯净状态"。总之,象征主义诗人讲究诗歌的暗示性、朦胧性和音乐性,偏重表现梦境、幻觉,追求神秘感。

美国作家和诗人爱伦·坡也被认为是象征主义的先驱者之一。

比利时作家**梅特林克**(1862—1949)的剧本《青鸟》(1908)是象征主义的一部代表作。该剧通过梦幻的情节,暗示幸福的无常和追求幸福的徒劳,象征性地传达出只有努力给别人以幸福、自己才有可能接近幸福的意念。

俄国象征主义文学形成于"白银时代"(1890—1917),也是欧美象征主义文学运动的组成部分,但它通常被认为属于20世纪俄罗斯文学的范围。

四、唯美主义文学

唯美主义是19世纪后期流行于法国、德国、英国等欧洲各国的一种文学思潮。它最早发端于30年代的法国。诗人**戈蒂耶**(1811—1872)最早提出的"为艺术而艺术"的主张,成为唯美主义纲领性的口号。他的小说《莫班小姐》(1835)是唯美主义的代表作之一。60年代,帕尔纳斯诗派的诗人在创作中着意追求格律的工整和形式的完美,形成了一次唯美主义的高潮。

唯美主义文学否定艺术内容的道德准则，反对文艺的社会教育作用，追求艺术技巧和形式的完美，用严格的、古典诗歌的格律，经过精雕细琢，来表现客观事物的外形美。

法国唯美主义的代表作家有戈蒂耶和帕尔纳斯诗派的诗人等。戈蒂耶的代表作除小说《莫班小姐》外，还有诗集《珐琅和宝石》(1852)等。

在当时的历史条件下，唯美派作家坚持"为艺术而艺术"的口号，反对艺术为虚假的道德服务，公开和庸俗的功利主义相对抗，肯定了艺术独立的审美意义，这些都是他们的可取之处。但他们笼统地反对一切功利目的，忽略了文学艺术的社会和教育功能，势必会割裂内容和形式的辩证关系，在一定程度上走向形式主义。他们的观点和历史上优秀的文学遗产的普遍经验也是不相吻合的。故而戈蒂耶的《珐琅和宝石》虽然具有形式的美，但由于对社会内容漠不关心，终究缺乏一种打动人心的力量。

英国唯美主义的代表作家和理论家是**奥斯卡·王尔德**(1854—1900)。他的早期创作有著名的童话集《快乐王子》(1888)等。19世纪80—90年代，他发表了《英国的文艺复兴》、《〈道林·格雷的画像〉自序》等论文，发展了戈蒂耶开创的唯美主义。

19世纪90年代，王尔德创作了一系列讽刺性的社会喜剧，较重要的有《少奶奶的扇子》(1892)、《莎乐美》(1893)、《理想丈夫》(1895)等。他的代表作品是1891年发表的长篇小说《道林·格雷的画像》，作品以独特的构思、怪诞的情节，反映了作家追求永恒的艺术美的观点。

第二节　左　拉

一、生平和创作

爱弥尔·左拉(1840—1902)是19世纪后期优秀的法国作家。他出生于巴黎一位工程师的家庭，七岁丧父，跟随母亲依靠外祖父，过着贫困的生活。他从中学时代起就爱好文学。1862年，左拉在一家出版社找到了工作，从事钉箱子和打包的工作，后被调到广告部，得以结识许多著名作家，从此走上了文学创作的道路。他的文学生涯，大致可分为三个时期。

1. 前期创作(1860—1870)

左拉前期创作的主导倾向是浪漫主义，其中又糅入了现实主义因素，并逐渐向自然主义过渡。中短篇小说集《给尼侬的故事》(1864)是左拉的第一部文学作品,具有鲜明的浪漫主义色彩。作品大部分都是童话故事或随笔速写,充满了丰富的想象,表达了年轻的左拉对大自然的热爱,对美好人生的向往,具有清新优美的风格。

在左拉的早期创作中,长篇小说《德莱丝·拉甘》(1867)和《玛德兰·费拉》(1868)具有重要的地位。这是两部典型的自然主义作品。此时,左拉在接受孔德的实证主义哲学、泰纳的文艺理论以及当代实验医学影响的基础上,已逐步形成了他自然主义的创作理论。《德莱丝·拉甘》和《玛德兰·费拉》就是他自然主义理论的具体实践。

《德莱丝·拉甘》是一部建立在生理学分析基础上的病态心理分析小说。小说主体由两部分构成:第一部分写女主人公德莱丝与情夫洛朗的通奸以及谋杀亲夫的两次犯罪,第二部分则写德莱丝与洛朗犯罪后的恐惧、不安以及双双自尽的结果。左拉将主人公的犯罪以及随后滋长的病态心理归结于人物由于遗传导致的生理冲动。正如他在小说序言中所说:"我选择了两个人物,他们完全被自己的血肉筋骨所控制,丧失了自主的理智,在他们血肉之躯的必然性的驱使下,做出他们生涯中的每一个动作。"

小说明显地表现了自然主义文学的基本特征。作家不厌其烦地对琐细的事物进行描写,并第一次明确地把生理学的分析引入了文学,在此基础上铺陈出主人公的犯罪与毁灭、情欲与病态心理。

另一部小说《玛德兰·费拉》从人物关系格局和情节构思上,都可以看成是《德莱丝·拉甘》的姊妹篇。从思想内容上看,它也是对人的生理因素如何成为人的行为与心理活动的基础的探讨,表现了作家通过人物形象进行科学分析与研究的热情。

2. 中期创作(1871—1893)

为了进一步在创作中实践自己的自然主义文学理论,左拉从1871年起,投入他的规模巨大的家族史小说《卢贡马卡尔家族》的创作。1871年,家族史小说的第一部《卢贡家族的家运》出版。1893年,最后一部《巴斯卡尔医生》出版。这样,前后经过20余年的辛勤劳动,左拉终于完成了包括20部长篇小说在内的庞大的家族史小说《卢贡马卡尔家族》。

《卢贡马卡尔家族》的副标题是"第二帝国时代一个家族的自然史和社会史"。这一副标题实际上涵盖了作家创作这部巨著的生理学和社会学方面的两个目的。

关于生理学的目的,1871年,左拉在《卢贡家族的家运》卷首的总序中说:"我想解释一个家族—小群人如何在社会里安身立命,这家族在发展之中产生了十个、二十个成员,乍看之下,他们好像是极不相似,但一经分析,却显露出他们深深地互相关联,遗传有它的规律,就像地心吸力有其规律一样。""在生理方面,这个家族所有成员全都是某种神经血缘的变态慢性发作的受害者","这些神经与血缘的变态,随着环境的不同,决定了这个家族各个不同人物身上有种种不同的情感、愿望、情欲以及一切自然的、本能的人性的表现"。

所以,左拉在家族史小说中,安排了卢贡马卡尔家族五代人由于生物遗传所造成的酗酒、纵欲、神经失常等种种病症,努力研究各种病症隐藏、发作的症状和规律,使他的小说具有自然史、科学研究的意义。左拉以家族世系作为联系手段将20部小说联成一体的构思,在文学史上开了家族史小说的先河。但他将遗传的世系关系当作家族史小说所探讨的自然史课题,显然有损于家族史小说的社会思想价值。

左拉在小说总序中又说,他的小说要"成为一个已经死亡了的朝代的写照,一个充满了疯狂与耻辱的奇特时代的写照"。他在《卢贡马卡尔家族》中,自觉地用了这样一种办法,即把卢贡马卡尔家族的成员"分布到社会所有一切阶级里",来"写出第二帝国的全部历史"。因此,在这套小说中,病理的研究常常让位于社会的研究。《卢贡马卡尔家族》展现了从路易·波拿巴1851年12月政变到1870年法军在色当惨败这个时期的重大历史事件,笔触涉及当时社会生活的各个领域,塑造了来自各行各业的约1200多个性格鲜明的人物形象,成为第二帝国时代一部卓越的艺术编年史。如《卢贡家族的家运》以1851年路易·波拿巴的政变为背景,通过共和派在外省的起义及被镇压的故事,表现了当时两种政治力量的激烈搏斗;《贪欲》描写地产投机活动和巴黎的市政内幕;《莫雷教士的过失》描写宗教生活和教会人士;《娜娜》表现巴黎上流社会的社交以及娼妓阶层;《妇女乐园》和《金钱》表现商业和金融;《萌芽》反映劳资冲突;《崩溃》反映普法战争与第二帝国的崩溃等等。

左拉在实践其自然主义理论的同时,其优秀之作又突破了"自然史"研究的框框,具有丰富的历史内容和强烈的思想性。它们以栩栩如生的艺术形象,暴露了第二帝国时代的黑暗,揭露了当权者的卑鄙与腐朽,提出了重大的社会现实问题,表现了作家强烈的社会正义感。

3. 后期创作(1894—1902)

较之中期的家族史小说,左拉的后期文学创作有了较大的变化。在家族史小说中,左拉要求自己成为时代的忠实记录者,而在后期小说中,则努力成为社会福音的宣传家。他后期创作的主要作品有《三名城》，包括《鲁尔德》(1894)、《罗马》(1896)和《巴黎》(1898)以及《四福音书》，包括《繁殖》(1899)、《劳动》(1901)、《真理》和《正义》四部小说。《正义》一书未能完成。

1902年9月，左拉因煤气中毒逝世。他的作品《真理》直到1903年才得以出版。

二、《小酒店》

《小酒店》(1877)是左拉《卢贡马卡尔家族》中第一部产生了重大社会反响的作品，这部作品提出了尖锐的社会问题，并且在思想性与艺术性两方面，都表现了左拉自然主义的重要特征。

这部作品以19世纪50年代末—70年代初巴黎郊区工人的生活为题材，通过一位劳动妇女的悲惨命运，细致地再现了巴黎郊区工人恶劣的生活环境与生存状况，表现了他们的沦落与不幸。

小说的女主人公绮尔维丝是一位善良、勤劳、自食其力的劳动妇女。她在贫困和受虐待中成长，后又被性情浮浪、好逸恶劳的情夫朗第耶抛弃。绮尔维丝在极端困难的处境中挣扎奋斗，独自承担起抚育两个孩子的重担。她和正派而能干的工人古波结婚后，两人勤俭持家，日子越来越宽裕。绮尔维丝开了一家洗衣店，和丈夫、孩子开始安定、小康的生活。然而飞来横祸，古波在干活时从屋顶摔下来负了重伤。绮尔维丝倾家荡产治好了丈夫，他却在养伤期间染上了酗酒的恶习。朗第耶又趁机笼络了古波，两人酗酒作乐、游手好闲，很快将绮尔维丝辛辛苦苦开起来的洗衣店消耗一空。被挫折弄得灰心丧气的绮尔维丝在朗第耶的勾引下也日益惰怠，并沉醉于酗酒与纵欲之中。她开的洗衣店倒闭了，她与古波所生的女儿娜娜出走成为娼妓，古波因为酒精中毒疯狂而死。绮尔维丝变本加厉地酗酒，不得不沦落到上街卖淫的地步，最后死在楼梯下的一个窟窿里。

绮尔维丝原来是一位健康漂亮、吃苦耐劳、善良而又坚强的劳动妇女，但最后沦落成一个形体难看、懒惰贪婪、自暴自弃的女人。她的丈夫古波原来是一个"快活而和蔼"、正派而勤劳的工人，最后也变成一个酒鬼，在医院发狂而死。左拉通过男女主人公的沦落，揭示了酗酒的严重危害："当心！您看酒精把人弄到怎样的地步！"他以人物形体的变态、道德的堕落和精神的疯狂，来构成一幕幕骇人听闻的可怕场景，提出了酗酒这一严重的社会问题。

但左拉并没有局限于对工人道德沦落的谴责，他将酗酒这一社会问题与工人艰苦的劳动、贫困的生活和苦闷的情绪联系了起来，深刻地揭示出工人的酗酒与沉沦是沉重的生活压力与恶劣的生活环境所致，这样，就将批判的矛头尖锐地指向了黑暗的社会制度，使小说具有深刻的社会意义。小说真实地再现了巴黎下层贫民聚居区里可怕的景象，居于中心地位的则是哥伦布伯伯的小酒店。对小酒店里盛酒用的蒸馏机，左拉以富有象征意味的笔法，把它描写成一种邪恶的根源，它源源不断地输出着败坏人们生活的烧酒。绮尔维丝和古波，都是在这台蒸馏机前，跨出了堕落的第一步。左拉对小酒店的详尽描写，显然是富有深意的，它揭示了恶劣环境对人性的腐蚀作用，表现出作家强烈的社会责任感。

同时，《小酒店》也鲜明地反映出左拉作为自然主义小说家的思想与艺术特色。作家在从社会制度的根源与社会环境的影响去描写工人的酗酒、古波夫妇沦落的悲剧的同时，又努力以遗传学、生理学的原因去表现这一悲剧的必然性。他在小说中屡次指出古波出生于一个酗酒的工人家庭，他的父亲就是一个酒精中毒者，一次在劳动中因喝醉了酒从屋顶上跌下来摔死；绮尔维丝的父亲马卡尔是卢贡马卡尔家族的第二代，也是酒精中毒者，她的母亲也有嗜酒与纵欲的恶习。左拉通过这种遗传关系，解释了男女主人公悲剧的生理根源，突出地反映了他的自然主义构思。在具体的描写方式上，左拉也采取了典型的自然主义的不加选择、实录式的写法，如对巴黎郊区工人生活区阴暗、丑陋景象的描写，对古波夫妇家庭生活琐事的描写等等。对小酒店及蒸馏机不厌其详的重复描绘，对古波酒精中毒后全身痉挛、发疯而死的场面的渲染，更是自然主义手法的两个突出的例子。

第三节 哈 代

一、生平和创作

托马斯·哈代（1840—1928）是19世纪后期英国杰出的现实主义小说家，也是20世纪英国的一位重要诗人。他的作品，深刻反映了19世纪后期资本主义侵入英国农村后所引起的社会经济、政治、道德、风俗等方面的变化和破产农民的悲惨命运，弗吉尼娅·伍尔夫称他是"英国小说家中的最伟大的悲剧大师"。

哈代于1840年6月2日出生于英国西南部的多塞特郡。这里是一个尚未经历过现代文明洗礼的宗法社会。这里的人们还保留着旧的生活方式和传统的伦理观念，和自然融为一体，生活中充满着安宁、清静的田园气息。哈代的父亲是一位酷爱自然的农村建筑师，他的母亲知道当地的许多神秘故事和传说。这一切均给哈代以有力的影响，他热爱农村，留恋那种远离尘嚣的宗法式的田园生活并在以后的小说中表现出浓郁的英国西南部地区的乡土特色。

哈代以诗歌开始其文学生涯，后转而创作小说，晚年又转向诗歌创作。他一生创作了长篇小说14部，短篇小说集4部，诗集8部，还有史诗剧《列王》3部，成就最高的是小说。哈代本人将自己的小说分成三类："罗曼史和幻想"、"爱情阴谋故事"及"性格和环境的小说"。他的全部重要作品都归于最后一类。哈代的大部分小说都以英国西南部农村的一片地区（古称威塞克斯）为背景，因而又称为"威塞克斯小说"。这些小说反映了19世纪末资本主义工业文明侵入农村以后所引起的社会、经济、文化和习俗等方面的变化以及由于宗法式农村经济的衰败而导致的各种社会悲剧。

长篇小说《绿荫下》(1872)揭开了"性格和环境的小说"的序幕。小说描写一个青年农民和一位女教师的爱情故事，故事情节在类似世外桃源的环境中展开，英国农村的风光和习俗得到了诗意的描绘。小说表现了传统农民恬静愉悦、风俗淳美、人情淳朴的田园生活，与资本主义的城市文明形成了鲜明的对照。因此哈代称它为"荷兰派的乡村写生画"。

随着现实社会中城市文明对乡村社会的不断侵入以及乡村社会的日趋解体，哈代的田园理想也日渐渺茫。文明与传统道德的冲突表现在具体的人物身上显得更加激烈，牧歌情调转向低沉，乡村风景也日趋阴冷。

《远离尘嚣》(1874)描写一位女农场主与三个男子的故事。在这部小说中，田园诗的气氛已经消失，远离尘嚣的穷乡僻壤也和喧闹的都市一样，在上演人生的悲剧，资本主义世界的利己原则和传统的田园生活理想尖锐地冲突着。虽然小说结尾安排了男女主人公圆满的爱情，但小说已透露出明显的悲剧气氛。

《还乡》(1878)进一步展开悲剧性主题。这部小说也是哈代小说作为威塞克斯悲剧编年史的真正开端。这是一部描写威塞克斯人在外部世界的影响下不安于环境和命运的悲剧，哈代早期创作中的欢快气氛已荡然无存。小说写一个厌倦了都市生活的珠宝商克林·姚伯返回故乡，希望能对家乡的教育有所贡献。他的新婚妻子游苔莎则渴望离开穷乡僻壤，摆脱荒原沉闷无聊的生活。两人在理想、人生观上存在巨大差异，游苔莎终于和昔日的情人苇狄私奔，中途双双落水丧生。克林的社会理想也因得不到农民的理解宣告破灭,他终于放弃了用教育来改造家乡的理想,当了一名传教士。小说表明:作家已从对宗法社会的幻想中解脱出来,清醒地展示了宗法制社会的悲剧前景以及它对人们生活和思想的桎梏。但由于作家看不到社会出路,所以通过克林之口表达了浓重的悲观意识:"我们不能打算怎样在人生里光荣前进,而只得打算怎样不丢脸地退出人生。"

《还乡》中关于爱敦荒原的描绘渗透了作家的哲学思想。神秘莫测、阴沉昏暗的爱敦荒原是威塞克斯社会传统与秩序的象征,它板着千年不变、万古如斯的面孔,冷漠地注视着芸芸众生,无情地吞噬着人们的希望与梦想。

《卡斯特桥市长》(1886)是另一部重要的小说,表现了更为浓厚的悲剧色彩。打草工人亨察尔因酗酒而卖了妻子,酒醒之后痛悔不已,立志重新做人。由于勤奋努力,20年后,他经营粮食生意获得成功,并当上了卡斯特桥市长,妻子也带着女儿回来,并与他重新结婚。但由于亨察尔性格刚愎,经商方式陈旧,他在生意上逐渐败给了用新方法经营粮食生意的竞争对手伐尔伏雷。他当年卖妻的丑闻又泄漏出来。妻子离开人世,女儿原来也不是他所生,被生父领走。亨察尔身败名裂,孤独地死于爱敦荒原上。小说反映了资本主义的关系是如何在威塞克斯农村逐渐发展起来,并最终占领了这块土地。亨察尔的悲剧既是性格悲剧,更是威塞克斯农村的社会悲剧。保持着旧传统观念的亨察尔,在威塞克斯传统社会发生的根本变化中挣扎拼搏,但最终还是被资产阶级的新人所取代。但这部小说常常还给读者以这样的印象:主人公年轻时铸下大错,以后无论怎样赎罪改过,终究不能逃脱命运的捉弄与惩罚。似乎冥冥中有一种神秘而邪恶的力量,它将人玩弄于股掌之中,毁灭人的一切理想和希望,最终将人推入万劫不复的深渊。

如果说《还乡》和《卡斯特桥市长》反映的是宗法制农村走向毁灭的过程,那么《德伯家的苔丝》(1891)和《无名的裘德》(1895)则表现了被资本主义占领而失去了生存的社会基础的威塞克斯破产农民的悲剧性命运。在这两部作品中,哈代加强了对造成主人公悲剧的社会根源的探索和批判,从而将个人悲剧扩展为社会悲剧,使作品的悲剧意识具有了深层次的内涵。

《无名的裘德》通过有理想有才华的威塞克斯青年农民裘德谋求接受高等教育的机会但终生受挫的凄凉遭遇,谴责了不合理的教育制度;并通过他与表妹淑的爱情悲剧,愤怒控诉了不人道的礼法习俗对人们真挚情感的扼杀。小说具有深刻的社会批判意义。

哈代晚年又写下史诗剧《列王》(1904—1908)三部,用史诗和抒情诗的形式描写1805—1815年以英国为首的欧洲联军对拿破仑的战争。诗剧场面宏大,凝聚着作者对人类社会发展问题多年思索的成果,堪称他全部创作的一个艺术总结。

二、《德伯家的苔丝》

长篇小说《德伯家的苔丝》是哈代的代表作。小说的副标题是"一个纯洁的女人"。它描写了威塞克斯的农村少女苔丝短暂而不幸的一生。苔丝的父亲是个懒散无能、虚荣愚昧而且好酒贪杯的小贩,母亲则是个浅薄庸俗而又不谙世事的女人。一对无能的父母偏生育了7个孩子。作为长女的苔丝过早地承担起家庭的负担,来到地主的庄园做工,不幸遭到浮浪的少爷亚雷的玷污,从此开始了悲剧的人生。她愤而返乡,生下了私生子,受到舆论的冷眼和打击。孩子病死后,她来到一家牛奶场做工。牧师的儿子安矶·克莱对善良、美貌的苔丝一见钟情并苦苦追求。新婚之夜,苔丝出于对丈夫的忠诚和热爱坦陈了往事,但不为丈夫所谅解。克莱只身前往巴西,遭到遗弃的苔丝只好在一家农场从事繁重的体力劳动以赡养家庭。她苦苦等待克莱回心转意,但他杳无信息。亚雷又来纠缠。在父亲病故、母亲患病、全家老小被扫地出门的严重情况下,绝望的苔丝只好接受亚雷的条件,换来了家人的暂时温饱。远游的克莱归来寻妻,悔恨交集的苔丝愤怒地杀死了亚雷。她和克莱在逃亡中过了五天幸福的生活,最终被送上绞架。

小说通过苔丝一家的遭遇,具体生动地描写了19世纪末资本主义侵入农村后,小农经济解体以及个体农民走向贫困与破产的痛苦过程。小说中的布蕾谷和纯瑞脊两个地方在风景和情调上形成了鲜明的对照。苔丝是布蕾谷中长大的淳朴纯洁的自然的女儿。当她来到充满了诡诈、阴谋的纯瑞脊时,她遇到了亚雷,从此拉开了悲剧人生的序幕。小说写的是社会如何把一个纯洁、质朴、正直、勤劳、美貌的农村姑娘逼得走投无路、终于杀人的故事,对英国资本主义社会的法律、道德、虚伪的宗教与社会习俗作了有力的揭露。

小说的副标题"一个纯洁的女人",表现了作家对他笔下的女主人公深厚的同情以及对虚伪的道德习俗的大胆挑战。苔丝是作家满怀深情、精心塑造的人物形象。作家运用了莎士比亚《维洛那二绅士》中的一句台词作为小说的题词:"可怜你这受了伤害的名字!我的胸膛就是卧榻,要供你栖息。"苔丝是一位纯洁美丽、勤劳朴实、富于自我牺牲精神的农村姑娘。她仿佛是大自然里一朵鲜花,天生丽质。作为穷苦人家的长女,她17岁便离家做工,分担家庭的重担。她被亚雷占有后,丝毫也没有想利用这一点来为自己谋取利益。新婚之夜,她纯洁诚实的天性使她不顾母亲的规劝而对丈夫坦言了自己的过去。在丈夫离她而去之后,她勇敢地承受了全部苦难,到一个农场去做工,苦苦等待丈夫的归来。但后来,为了拯救母亲和弟妹,她做出了最大的牺牲,又一次落入亚雷的手中。

苔丝的性格中还有着强烈的反抗精神。亚雷想长期占有她,但她憎恨亚雷,毫不犹豫地离开了亚雷的家。生下私生子后,她不顾舆论和习俗的压力,带着孩子到田头去劳动。她的孩子生病快要死了,但还没受洗,她就自己给孩子行了洗礼,并且大胆地想,如果上帝不承认她行的洗礼,那这个上帝就对谁也不稀罕了。在克莱追求她的时候,她一方面内心有着负疚感和自卑感,另一方面又对传统的贞操观念产生了大胆的怀疑。当亚雷再次来纠缠她的时候,她痛斥亚雷的无耻和虚伪。最后,她终于亲手杀死了亚雷,表现出她最强烈的反抗性。

《德伯家的苔丝》情节集中,结构严谨。女主人公苔丝的形象是全书的中心,整部作品都是围绕她建筑起来的。小说中大量运用了对比的手法,如两家德伯的对比,牛奶厂和棱窟槐地方的对比等等。小说的写景技巧也异常出色,景物往往具有某种象征意义。

第四节 托尔斯泰

一、生平和创作

列夫·尼古拉耶维奇·托尔斯泰(1828—1910)是 19 世纪俄国最伟大的现实主义作家。他在近 60 年的时间里创作了大量优秀的文学作品,对世界文学产生了极大的影响。

托尔斯泰于 1828 年 9 月 9 日出生于俄国图拉省雅斯纳雅·波良纳的一个名门贵族之家,后来继承了伯爵爵位。他曾考入喀山大学学习,后因对学校教育不满自动退学。1851 年,他以志愿兵的身份赴高加索服役,后参加了克里米亚战争中的塞瓦斯托波尔战役,1856 年退役回家。托尔斯泰一生的大半时间是在他的雅斯纳雅·波良纳庄园度过的。

托尔斯泰的文学创作活动开始于高加索时期。他的创作大致可分为三个时期:

1. 早期(1851—1862)

这是托尔斯泰探索、实验和成长的时期,其思想和艺术风格均处在发展和变化之中。

1852年,托尔斯泰的处女作中篇小说《童年》在《现代人》杂志发表,后又陆续完成《少年》(1854)和《青年》(1857),组成一组自传体三部曲。

三部曲主要表现主人公、贵族少爷尼古林卡的成长过程和内心感受,突出了他醉心于反省和自我分析、追求道德完善的特点。主人公既受贵族偏见影响,又不满贵族虚伪道德,经常进行洗涤灵魂、探求人生真谛的精神探索。这是托尔斯泰笔下第一个自传性的人物形象。作品洋溢着贵族庄园生活的牧歌情调,但也从道德角度对贵族社会进行了批判。

《塞瓦斯托波尔故事》(3篇,1855)是托尔斯泰根据自己的从军经历创作的作品。作为军事题材的作品,这些故事体现了两个特点,一是抛弃了虚假的浪漫主义笔法,展示出战争中流血和死亡的真实场面;二是赞颂普通士兵和下级军官朴素而悲壮的爱国主义,揭示了贵族军官的虚荣和装腔作势。因此,在以往和同时代的同类作品中,《塞瓦斯托波尔故事》别开生面。

文学批评家车尔尼雪夫斯基根据托尔斯泰的早期创作,归纳出他创作的两个特点,即"主人公道德感情的纯洁性"和"心灵的辩证法"。所谓"心灵的辩证法",指的是托尔斯泰写出了人物的心灵矛盾运动的过程本身,既写出了人物由一种心境向另一种心境的转变,也表现了人物在某一场合细微的心理变化,更展示出人物整个心理活动的全过程;所有这些微观和宏观的变化,都是充满矛盾的辩证运动。

1856年,托尔斯泰发表中篇小说《一个地主的早晨》。这篇小说以作家自己退学后在农庄中尝试改革的亲身体验为基础,描写了青年地主聂赫留朵夫在庄园中的改革与失败。作品真实地反映了农民贫困悲惨的生活状况,形象地说明了贵族地主的"慈善"调和不了他们与农民之间的矛盾,也表现了作家为贵族阶级找不到出路而产生的苦恼。

短篇小说《卢塞恩》(1857)是托尔斯泰到瑞士旅行的产物,它通过一个流浪歌手的遭遇,揭示了资本主义的自由平等的虚伪性,并予以痛切批判。这是托尔斯泰批判资本主义的第一部作品。

1863年发表的中篇小说《哥萨克》,塑造了一位既厌恶贵族上流社会,又寻求不到归宿的自传性主人公——奥列宁的形象。奥列宁厌弃贵族上流社会,试图在高加索山区和哥萨克山民中找到幸福的真谛,但他的幻想以失败而告终。这一形象反映了作家在农奴制危机时代的苦闷和探索。小说所表现的向往自然、返璞归真的思想,体现了卢梭的影响;它所表现的"平民化"主题、"出走"主题,后来多次出现在作家的其他作品中。同时,《哥萨克》开始从对人物心理的细致刻画转向客观地描绘现实生活的宏阔场面,这就为史诗性巨著《战争与和平》的创作做了准备。

托尔斯泰在自己的早期创作中,已敏锐地注意到俄国社会上下层之间的矛盾,但又找不到出路,因此表达了自己的探索与苦闷。作家注重从道德角度来观察人和现实,他的心理分析已经显示出自己的特色。

2. 中期(1863—1880)

这是托尔斯泰的才华得到充分发展、艺术上达到炉火纯青之境的时期,也是他思想上发生激烈矛盾、紧张探索、酝酿转变的时期。《战争与和平》和《安娜·卡列尼娜》两部长篇小说是作家从历史和现实两个方面探索俄国社会出路的精神成果。

《战争与和平》(1863—1869)是一部历史题材的长篇小说。它以1812年俄国的卫国战争为中心,以包尔康斯基、别祖霍夫、罗斯托夫、库拉金四个贵族家庭的生活作为情节发展的线索,通过在战争与和平生活中各种人物的活动,展示了广阔的社会生活画面,包含了从1805—1820年间俄国重大的历史事件,提出了许多社会、哲学和道德问题。

小说塑造了敌我双方主帅拿破仑与库图佐夫、贵族以及下级军官和普通士兵这三类人物形象,着重描绘了以包尔康斯基家族、罗斯托夫家族为代表的理想的庄园贵族。托尔斯泰认为他们继承了俄罗斯优秀的文化传统,接近人民,是拯救民族的希望。安德烈·包尔康斯基和彼尔·别祖霍夫被塑造成19世纪初俄国先进贵族的典型;在这两个人物身上,作家"描写了自己心灵的不同方面和不同时期"。小说中的普通民众、下级军官的形象,体现普通民众是决定战争胜利的基本力量;库图佐夫将军的形象,体现了作家的历史观——听任事物的客观发展;宗法制农民普拉东·卡拉塔耶夫的形象,体现了作家关于"顺从天命"、"爱一切人"的思想。

《战争与和平》具有庞大复杂而有条不紊的结构,严整的布局,丰富多彩、性格迥异的人物群像,体现了鲜明的俄罗斯民族风格。

19世纪70年代以后,随着俄国资本主义的发展,青年一代身上个性解放的意识日益苏醒。作为社会细胞的家庭,敏锐地反映出社会道德观念的变动。托尔斯泰写下《安娜·卡列尼娜》(1873—1877),对爱情、婚姻、家庭、妇女等问题进行了深入的探索。

小说有两条相对独立,又彼此交叉的情节线索。一条是安娜的悲剧线索，写长期得不到爱情与家庭幸福的贵妇安娜与青年军官渥伦斯基相爱而结合，受到上流社会的排斥，后来渥伦斯基对她渐渐冷淡，她终于绝望而卧轨自杀。这条线索着重反映19世纪60—70年代俄国的都市生活，特别是通过家庭生活、婚姻爱情矛盾来表现人们的精神生活、道德观念方面所发生的深刻变化。另一条线索是列文的探索，写庄园贵族列文和公爵小姐吉提的爱情波折和幸福婚姻，通过列文对宗法式庄园经济的出路和人生意义的探索，侧重描写同一时期俄国的乡村生活，主要是主人公所设想和推行的农事改革及其结果，反映在资本主义生产关系的冲击下传统的宗法制庄园经济所面临的困境以及乡村贵族的应对策略。

　　安娜是一位追求个性解放的勇敢而真诚的贵族妇女。她在少女时代，由姑母做主，嫁给了自私、伪善、只追求功名利禄的省长卡列宁。卡列宁"不是人，他是架官僚机器"。当安娜遇见风度翩翩的渥伦斯基后，沉睡的爱情苏醒了，她发出了"我知道了我不能再欺骗自己，我是活人……我要爱情，我要生活"的呼声。安娜的反抗，具有追求个性自由、反抗贵族社会虚伪礼教的进步意义。作家通过安娜的悲剧，愤怒控诉了吃人的彼得堡上流社会。

　　安娜的爱情悲剧从本质上说，是贵族上流社会的冷酷与伪善造成的。安娜诚实正派，光明磊落，她要求解除不合理的婚姻，正当地与情人结合，但卡列宁怕玷污自己的功名前途不愿离婚，安娜才与渥伦斯基私奔。她的大胆行为触犯了整个上流社会的虚伪道德，动摇了统治阶级"合法"婚姻的基石，于是，对安娜的非难从上流社会劈头盖脸而来，构成一股强大的舆论压力，步步紧逼直至将安娜推上绝路。

　　安娜之死和渥伦斯基亦有着直接关系。渥伦斯基是一位出身贵胄的军官，过着奢华而放荡的生活。他爱安娜，但不无满足虚荣心和征服欲的动机。他并不能真正理解安娜的痛苦和处境，在他的虚荣心和征服欲得到满足之后，为了他的仕宦前程以及社交生活，他对安娜变得冷淡了，终于导致安娜走上轻生的绝路。

　　另一方面，安娜毕竟是在贵族社会中接受教育长大的，她不可能完全挣脱旧的道德观念，因此，她在离经叛道的同时，又为深刻的负罪感所缠绕，背负着沉重的精神枷锁，终至在失去最后的精神支柱后精神崩溃。

　　安娜的爱情追求和农奴制改革以后俄国社会的历史变动相呼应，反映了青年妇女争取婚姻自由、追求新生活的愿望和要求。这是一个率先感受了、回应了时代新思潮的人物，但时代没有为她的追求提供充分的条件。从这里所能引发的是人们对于社会机制、旧有观念、传统习俗、舆论作用的怀疑与否定。

小说中另一条线索的主人公列文是托尔斯泰笔下又一位自传性的人物,代表了托尔斯泰这一时期的思想探索。托尔斯泰直至19世纪70年代末,并未找到探索俄国出路的办法,而基督教的"博爱"思想在他身上已经日渐明显,他本人思想上的矛盾也越来越显著了。

3. 后期(1881—1910)

19世纪70年代末80年代初,托尔斯泰完成了其世界观的转变,转到宗法制农民的立场上来看待社会问题。他一方面对贵族资产阶级社会的虚伪、资本主义的剥削、政府机关的暴虐和官办教会的伪善都进行了揭露和抨击,另一方面又宣传"道德上的自我修养"、"不以暴力抗恶"、基督教的宽恕和博爱等托尔斯泰主义思想。这些矛盾正反映了俄国宗法制农民的反抗情绪和软弱性。

托尔斯泰晚期的优秀作品有中短篇小说《克莱采奏鸣曲》(1891)、《哈泽—穆拉特》(1904)、《谢尔盖神父》(1912)等,还有优秀的长篇小说《复活》(1889—1899)。

1910年11月,82岁高龄的托尔斯泰离家出走,要到农民中去过一种平民化的生活,途中得病,于1910年11月20日在一个小火车站逝世。

二、《复活》

《复活》是托尔斯泰最后一部长篇小说,它凝聚了《安娜·卡列尼娜》问世以后长达20年之久作家的思想探索与艺术追求,是托尔斯泰一生创作生涯的总结。

小说以检察官柯尼向托尔斯泰讲述的一个真实的生活事件为原型。在10年的创作过程中,作家的创作视野不断拓展,对沙皇专制制度本质的认识不断深化,终于写成这部具有广阔而深刻的社会内容和鲜明的批判倾向的作品。

《复活》主要写男女主人公聂赫留朵夫公爵和卡秋莎·玛丝洛娃精神的复活。聂赫留朵夫大学时期是一个纯洁、热诚、朝气蓬勃、有美好追求的青年,进入军队和上流社会后,过起花天酒地的生活。兽性的人统治了他,精神的人受到压制。他诱奸了玛丝洛娃,使她后来沦落到悲惨的地步,并被卷入一件谋财害命的案子之中。聂赫留朵夫在法庭审判时重新遇见玛丝洛娃,他的灵魂受到极大的震动,开始了精神复活的过程。他多次去探监,决心和玛丝洛娃结婚,并为她的案子上诉四处奔走。结果玛丝洛娃被判流放西伯利亚。聂赫留朵夫跟随她去西伯利亚。在去西伯利亚的途中,政治犯西蒙松爱上了玛丝洛娃,玛丝洛娃决定与他结婚。聂赫留朵夫再跟随玛丝洛娃已经没有意义,他对自己的人生道路感到迷惘。他拿起《圣经》开始阅读,他觉得,《圣经》中的话向他指明了人生的意义。

《复活》的主要线索虽然是聂赫留朵夫和玛丝洛娃的精神复活过程,但小说同时也反映了19世纪后期俄国广阔的社会生活,表达了充满批判精神的思想内容。

小说全面地揭露了沙皇专制制度的黑暗,揭露了法庭、监狱、官僚机构反人民的本质。审判玛丝洛娃案件的法庭是不公正的,庭长和法官们一边在审理案件,一边却在考虑自己的私事。庭长明明看出陪审员们做出的判决有错误,但不想去纠正,怕耽误时间,影响自己和情妇的约会。作为公诉人的检察官,开庭审判的前一夜是在妓院里度过的,关于玛丝洛娃案子的材料他还没看过。他利用开庭前短短的一点时间匆匆地翻了一下材料就提出公诉了。而受理上诉的大理院却不审查案件本身判决是否正确,只审查法律的引用是否得当,因此,明显错判了的玛丝洛娃的案子就给大理院驳回了。监狱里关押的犯人中有不少根本是无罪的。从外省到首都,从地方官吏到中央的官僚,都极端腐败。

小说对官方教会进行了无情的揭露和批判。在法庭上带领陪审员宣誓的神甫,是个一心想发财的人。监狱里做礼拜的时候,神甫们口中高喊着博爱、仁慈,然而他们对犯人们遭受的非人待遇无动于衷。小说揭示出,官办教会是政府统治人民的工具,神职人员只不过是披着宗教外衣的官僚。

小说反映了农民的极端贫困,指出地主占有大量的土地是农民贫困的根源。聂赫留朵夫到乡下的庄园里去处理自己的田产,他看到的农村是一片凄凉破败的景象,农村经济破产,农民们饥饿、贫穷。小说鲜明地指出"人民贫困的主要原因就在于人民仅有的能够用来养家活口的土地,都被地主们夺去了"。

《复活》在对俄国现存社会进行激烈批判的同时,又宣传了"宽恕仁爱"、"不以暴力抗恶"、"道德自我完善"等思想,企图以此来解决俄国社会的矛盾,这显然是空想的、不切实际的。

小说的男主人公聂赫留朵夫是一个贵族阶级的叛逆者的形象。他读大学的时候是纯洁的,他接受了英国社会学家斯宾塞关于"土地不应该私人占有"的理论,把从父亲那儿继承来的一块土地分给了农民,他与玛丝洛娃的关系也是纯洁的。但大学毕业后,他加入了禁卫军,受到上流社会风气的影响,变得腐化堕落。他为了满足自己的情欲,占有了玛丝洛娃,又把她遗弃。八年以后,他在法庭上重新见到玛丝洛娃,进入了精神复活的时期。起初,他只是想为自己赎罪,但后来,随着他对人民遭受的苦难的了解逐渐增多,他认识到整个贵族阶级的罪恶和社会制度的不公正。他激烈地否定贵族阶级及其生活方式,同情受苦受难的人民,把自己的土地分给农民,乘坐三等车厢跟随玛丝洛娃去西伯利亚,在思想和行动上背叛了贵族阶级。但聂赫留朵夫并没有归附到人民中去,最终成为一个主张"宽恕、仁爱"、"不以暴力抗恶"的托尔斯泰主义者。

卡秋莎·玛丝洛娃是一个被凌辱的下层妇女的典型,也是托尔斯泰满怀激情塑造的美好女性形象。她同样经历了一个从精神沦落走向复活的过程。她原是一位纯洁美丽的少女,被聂赫留朵夫诱奸怀孕后,被主人赶出门去,在走投无路的境地下沦落风尘,过起浑浑噩噩的生活。在遭诬陷入狱后,在聂赫留朵夫的真诚忏悔和关怀下,她的精神苏醒了,可贵的品质一次次表露出来。她不再卖弄风情,却总是关心别人。她重新爱上聂赫留朵夫,却不愿接受他的牺牲而与他结婚。在赴西伯利亚途中,她在政治犯崇高品质的感染下,精神境界日益提高。最后,她决定与热恋着她的革命者西蒙松结合,她的精神复活了。

《复活》在艺术上也有鲜明的特点。

《复活》运用了强烈的对比手法。贵族老爷和平民百姓,贪官污吏和无辜囚犯,两个世界处在尖锐的对立之中。无辜的玛丝洛娃正被押送法庭,而造成她不幸的聂赫留朵夫却高卧在弹簧床的鸭绒褥子上,叼着香烟,想着与柯尔查吉娜公爵小姐结婚的问题。在"探监日",囚犯和亲属被人为地分割在铁丝网的两边,声嘶力竭地喊叫,人为地造成咫尺天涯;而副省长夫人的"在家日",则是车水马龙,花天酒地。一边是戴着镣铐,顶着酷暑,濒于死亡的长长的犯人队伍走向车站,同时柯尔查庚公爵一家却由抬椅子的男子、使女和医生簇拥着进入车站;一边是彼得堡骄奢淫逸的上流社会生活,一边是巴诺佛濒于绝境的赤贫的农村。《复活》的开端是自然界春光明媚、生机勃勃,而与此相对照的人世间却是黑暗暴虐,这种种强烈鲜明的对比,使读者感到这种罪恶的社会非摧毁不可。

《复活》充满了辛辣的讽刺。托尔斯泰继承和发展了果戈理的讽刺传统。《复活》中对贵族资产阶级上流社会,对沙皇专制制度的工具——法庭、监狱、官僚机构、官方教会等都进行了尖锐的讽刺。这些讽刺时而尖刻,时而隐含在平淡朴素的叙述之中,通过展示外表和实质之间的矛盾,进行强烈的讽刺。例如对银行董事柯罗索夫,托尔斯泰写道:"他的肚子活像西瓜,头顶光秃,胳膊瘦得没肉,像是两条木棍。"而那个有着"肥脖子"、"红脸"和"贪吃的、噗吧得挺响的嘴唇"的贵族柯尔查庚简直就是一头肥猪。在聂赫留朵夫眼中,那个打情卖俏的贵妇人玛丽叶特,甚至还不如街头卖笑的妓女。而法庭审判这一部分,托尔斯泰似乎是在很平淡地交代整个法庭的组成、审判的程序,介绍一个个法官、检察官的情况,但是随着叙述的步步深入,这些道貌岸然的法官们丑恶的真面目就逐渐暴露出来了。这些法官虽然一个个高高地坐在审判席上,在进行十分严肃神圣的工作——审判,但他们中间有的在想和老婆吵架的事,有的想着怎样治疗自己的胃病,庭长明明看出陪审员作的结论有错误,为了不影响自己与情妇的约会,却不去纠正。

《复活》细致入微地刻画人物心理发展变化的过程,以深刻的心理描写揭示了人物的思想性格。聂赫留朵夫在法庭上认出了玛丝洛娃后,一开始他怕被玛丝洛娃认出来,想逃避责任。后来,悔罪的心情和想逃避责任的想法激烈地进行斗争,最后,悔罪的心情占了上风。这段细致的心理描写,生动地揭示了聂赫留朵夫精神"复活"的开始。小说中,像这样的心理描写很多,如聂赫留朵夫诱奸玛丝洛娃前内心所进行的激烈斗争过程等等。

第五节 易卜生

一、生平和创作

亨利克·易卜生(1828—1906)是19世纪挪威杰出的戏剧家,他在世界戏剧发展史上占有重要地位。他以"社会问题剧"的创作,对资本主义社会的现实和道德观念进行了广泛的揭露,并对欧洲戏剧艺术的革新起了巨大的作用。

易卜生一生共写了26部剧本,他的创作大体可分为三个时期。

易卜生的早期创作主要指其出国前的作品。这一时期他所写的10部剧本属于挪威文学的浪漫主义流派。历史剧《觊觎王位的人》(1863)是其中的代表作。他的历史剧均取材于古代挪威的历史和民间传说,再现了古代英雄的形象,创作意图是把当时挪威的民族独立运动和民族历史联系起来,激起人民的爱国主义感情。家庭伦理剧《爱的喜剧》(1862)写一对恋人为保持理想的爱情而放弃结婚的故事,表达了作者主张自由恋爱、反对旧式婚姻的观念,同样具有浪漫主义特色。

从1864—1891年间,易卜生一直侨居国外。在意大利期间,他先后完成了《布兰德》(1866)和《彼尔·英特》(1867)两部剧本,通过两个截然不同的人物,表现了"个人精神反叛"的主题。其中,前一部剧作塑造了一位追求心灵的完善和精神绝对自由的牧师形象;后一部剧作则描述了主人公随波逐流、贪图享受、损人利己的一生。这两部在形象内涵上恰成对照的剧本都是哲理诗剧,显示出作家从浪漫主义创作向"社会问题剧"创作的过渡。

1868年后,易卜生移居德国。70—80年代他用散文体写下9部以社会和家庭问题为内容的现实主义戏剧,即"社会问题剧"。"社会问题剧"是以易卜生为代表的北欧剧作家推出的一种新的戏剧样式,其基本特点是:针对现实中客观存在的、人们普遍关心的社会问题(如法律、市政、道德、妇女地位等),抓住典型人物和事件加以剖析,从而推翻公认的道德准则和因袭的观念,暴露社会的黑暗和罪恶;通过戏剧冲突("讨论"的方式)提出和展示社会问题,但并不在冲突结束时给出明确的答案,而是以问题本身的尖锐性、复杂性使观众或读者激动并深思,以达到所谓"戏剧之外的效果"。易卜生通过"社会问题剧"的创作发扬并丰富了欧洲戏剧的现实主义传统,为欧洲戏剧的发展做出了贡献。

易卜生最重要的"社会问题剧"有4部,除《玩偶之家》外,还有《社会支柱》、《人民公敌》、《群鬼》等。其中,《社会支柱》(1877)中的造船厂老板博尼克是个恶棍、骗子和刑事犯,却被称为"社会支柱";而《人民公敌》(1882)中的医生斯多克芒是个为人正直高尚、关心群众利益的知识分子,却被认为是"人民公敌"。通过这两个人物的性格和命运的彼此对照,这两部剧作形象地暴露了社会舆论的虚伪和现实生活中颠倒是非的现象。《玩偶之家》演出后,遭到了封建卫道士们的攻击,于是易卜生又创作了《群鬼》(1881)一剧,通过阿尔文夫人的命运,表现了由于传统道德和宗教的欺骗、妇女不追求独立自主而造成的悲剧,作为对批评《玩偶之家》的有力回击。

易卜生于1891年回国之后,戏剧创作进入后期。从80年代后期起,西欧社会矛盾加剧,知识界弥漫着悲观、颓废的情绪,易卜生也受到了这种思潮的影响。表现在他的作品中,人道主义的批判精神与愤世嫉俗的悲观情绪交错在一起,对人生哲学的探讨与戏剧人物心理的剖析进一步深化。同时,由于当时流行的文艺思潮的影响,易卜生的剧本涂上了浓厚的象征主义色彩。这一时期他的主要剧本有《建筑师》(1892)、《小艾友夫》(1894)等。这些剧本表明,作家已从关注社会问题转向着重分析人物心理的发展,并形成了富于象征性的风格。这一风格在作家的《野鸭》(1884)一剧中即有所表露。易卜生的晚期戏剧,可以说是后来欧洲"心理戏剧"的滥觞。

1906年,易卜生于奥斯陆去世,挪威政府为他举行了国葬。

二、《玩偶之家》

《玩偶之家》(1879)是易卜生的代表作。该剧提出妇女在婚姻中的地位问题,易卜生用这一问题来提倡他的基本思想,即个人有按照自己意愿生活的权利。剧本也揭露了资产阶级的虚伪。

剧本的女主人公娜拉是一位活泼热情、纯真可爱的少妇,从小便是她父亲的玩偶。与海尔茂结婚以后,又成为丈夫的玩偶。娜拉热爱她的丈夫。在她丈夫得了重病、无钱疗养的时候,她曾假冒父亲的签名,暗中向人借贷,挽救了丈夫的生命。海尔茂表面上也很爱娜拉,称她是"小松鼠"、"小鸟儿",但8年后,当年借钱给娜拉的柯洛克斯泰因为面临被已当上银行经理的海尔茂解聘的危险,寄来一封信,威胁要揭发娜拉伪造签名借款的事。海尔茂认为这将损害他的声誉,便大骂娜拉是"撒谎的人"、"下贱女人",还要剥夺她教育儿女的权利。娜拉终于认识到自己在家中的不平等地位,看透了海尔茂虚伪的人格,勇敢地离开了那个"玩偶之家"。

易卜生通过娜拉的觉醒过程,提出了将妇女从男权社会的桎梏下解放出来的问题,在当时的妇女解放运动中,起到了积极的作用。所以有人将《玩偶之家》称为"妇女独立的宣言书"。作品的主题就是打破不平等的家庭关系,呼吁妇女的独立和解放,使她们享有平等的社会地位。

娜拉是易卜生社会问题剧中最具光彩的人物形象之一。她是一个具有民主思想的、处于觉醒中的妇女形象。她出身于中产阶级家庭,热爱生活,性情开朗,勤劳质朴,富有自我牺牲精神。当她认识到海尔茂的自私、伪善与冷酷后,她毅然与之决裂。同时,她从自身的遭遇中,更认识到现实社会普遍存在的男女不平等以及法律、道德、宗教的不公正性。她对海尔茂据理抗争,并最终从"玩偶之家"出走,正是她自我意识觉醒的表现,也是以实际行动表现了对整个资本主义社会的叛逆与抗争。

海尔茂是作家鞭挞的对象。他最显著的性格特征就是虚伪和自私。他生活的目的是追求金钱和地位。他的男权中心主义意识,他竭力显示的"正人君子"的外表,以及他对"犯罪遗传"这种荒谬理论的鼓吹,等等,都是为他自己的私利服务的。他对娜拉的态度及其前后的巨大变化,清楚地表明妻子在他心目中不过是一个"玩偶"——"傀儡",而且他还要拼命维护这种建立在不平等基础上的家庭关系。通过海尔茂这一形象,易卜生入木三分地揭露了信奉"男权中心主义"的自私自利者的共同特征。

《玩偶之家》作为易卜生社会问题剧的代表作,鲜明地体现了这种戏剧的艺术特点。

第一,剧本运用了追溯手法。在开幕之前,剧中的关键事件已经形成。作家运用追溯手法,将关键事件层层揭开,使剧本结构紧凑、情节集中,而且主题十分突出。

第二,易卜生以"讨论"作为推动《玩偶之家》剧情发展的重要因素。剧本中,娜拉为挽救丈夫不惜冒名借债对不对、海尔茂应采取什么样的态度、娜拉触犯法律而海尔茂推卸责任对不对、娜拉应该怎么办等问题,不仅成为推动剧情步步走向高潮的线索和动力,也启发读者和观众参与思考,寻找答案,大大增强了剧本的艺术感染力。

第三,《玩偶之家》的人物心理刻画也十分细致。剧本用日常生活的对话来刻画人物复杂的内心世界,真切地展示了娜拉由平静、幸福转为忧虑、烦乱,经过幻想和痛苦的阶段,终于坚强起来的心理活动过程,揭示了女主人公成长和成熟的内在动力,具有很强的艺术说服力。

第六节 马克·吐温

一、生平和创作

马克·吐温(1835—1910)是19世纪后期美国现实主义文学的杰出代表,以幽默、讽刺的风格而著称。

马克·吐温的真名叫塞缪尔·朗荷恩·克莱门斯。他出生于密苏里州的弗罗里达村,四岁时随家迁至密西西比河边的小镇汉尼拔。他的父亲是位不得志的乡村律师和店主,母亲心地宽厚、待人诚恳。马克·吐温12岁时,父亲去世,他便开始了独立谋生的生涯,先后当过印刷所学徒、领港员和报社记者。他的笔名即取自他当领港员时测量水深的术语。他的创作生涯是从当记者后开始的。

马克·吐温是以幽默文学的创作走上作家道路的。他在西部内华达州当记者时,正是粗犷、夸张、滑稽的西部幽默文学繁荣的时期。自60年代中期到1870年间,马克·吐温发表幽默短篇作品70篇,成为美国西部幽默文学的杰出代表。他的优秀的幽默小说有《田纳西的新闻界》(1869)、《竞选州长》(1870)等。这两篇小说采用极度夸张的喜剧手法,漫画式地勾勒出美国西部新闻界粗野无礼、钩心斗角、造谣诬蔑的状况。

以写幽默故事开始的马克·吐温,绝不是一个纯粹取悦读者的庸俗作家,他的幽默中含有讽喻,这就使他不同于那些昙花一现的滑稽作家,而很快成长为一个对社会弊端痛下针砭的社会批评家。

19世纪60年代末,马克·吐温来到东部。婚后,他定居于康涅狄克州的小城哈特福德,在70—80年代之间,创作了十几部长篇小说。这是他的创作丰收期。他首先和查·沃纳合作完成长篇小说《镀金时代》(1873),揭露了70年代西部投机商、东部企业家和政府官吏三位一体,共同剥夺人民财富的社会黑幕,书名具有强烈的讽刺意味。

这个时期,马克·吐温夸张滑稽、粗犷奔放的特点逐渐消失,幽默趋向温和,抒情描写逐渐增多,文笔也开始精细雅致起来。

《汤姆·索亚历险记》(1876)是马克·吐温的一部重要作品,中心内容是写儿童汤姆·索亚不能忍受枯燥乏味的生活,和好朋友哈克出去"冒险"的故事。小说突出了儿童追求新奇、冒险的生活经验,将儿童的心理和感受表现得生动而富于诗意,是作家对其本人童年生活理想化的再现。同时,作家通过小主人公的故事,揭露了美国内地生活的庸俗停滞、教会和学校教育的陈腐呆板以及对人的自然感情的束缚。

《哈克贝利·费恩历险记》(1884)是马克·吐温最重要的作品,也是美国的一部文学名著。

从19世纪80年代末开始,马克·吐温的创作进入后期,主要作品有长篇小说《在亚瑟王朝廷里的康涅狄克州美国人》(1889)、中篇小说《傻瓜威尔逊》(1894)和《败坏了哈德莱堡的人》(1900)等。

《在亚瑟王朝廷里的康涅狄克州美国人》看起来好像一部童话,实则是有着丰富社会内容的讽刺性作品。它幻想一个铁匠出身的19世纪美国人汉克·摩根倒退到公元6世纪英国亚瑟王的朝代去生活,通过这个具有民主意识的现代美国人的视角去揭露和批判中世纪的封建制度、贵族、骑士以及教会势力,表现出生活在新大陆民主制度下的美国人在欧洲封建制度及文化面前的优越感。同时,作品对19世纪80年代以后美国的诸多现实问题,如工人待遇、工资问题等也有所影射,一定程度上表现出作家对美国现实的失望情绪。

《傻瓜威尔逊》是一部揭露种族歧视的力作。身上只有 1/16 黑人血统的女"黑奴"罗克森娜，担心儿子日后被主人卖掉，便将他同白人主人的儿子在摇篮里调换了。假少爷在白人社会中长大，染上自私、贪婪、欺诈等恶习，最后沦为罪犯。白人的孩子则养成了驯顺的奴隶性格。马克·吐温通过这个故事告诉人们：白人并非天生优越，黑人也不是天生愚昧，从而批判了"白人优越"的反动理论。

《败坏了哈德莱堡的人》是马克·吐温晚年一部构思奇巧、寓意深刻的作品。它不仅将矛头指向了人的贪欲，还犀利地揭露了人的伪善心理。一位外乡人在以"诚实"、"清高"、"廉洁"著称的哈德莱堡镇留下一袋金币，寻找当初规劝过他改邪归正的恩人。一袋金币搅得哈德莱堡全镇人心浮动，人人都在苦苦思索封在袋中、证实恩人身份的那句话。镇上 19 位自命清高、道德不可败坏的首要公民为夺得这份飞来横财，展开了激烈的明争暗斗，最终都在假金币面前丢了脸。原来，这不过是外乡人的一个恶作剧！镀金的铅饼，成了人性善恶的试金石。在这部作品中，马克·吐温早期作品幽默诙谐的乐观气氛已荡然无存，字里行间闪现的是对丑恶现实深恶痛绝的悲愤情绪。作品揭示了整个资本主义社会的道德虚伪，人性卑劣；然而作者又把这种恶德看成是全人类的共性，从而使作品蒙上一层悲观无奈的色彩。

晚年，马克·吐温携带家人环游世界，于 1897 年发表了著名的《赤道环游记》，记述了他在各英属殖民地的见闻，谴责了英帝国主义的殖民政策。他还陆续写下了《给在黑暗中的人》(1901)等出色的反帝政论。

1910 年 4 月 19 日，马克·吐温病逝。

二、《哈克贝利·费恩历险记》

《哈克贝利·费恩历险记》(1884)是马克·吐温长篇小说的代表作。小说以南北战争之前美国南方小镇生活为背景，描写哈克与黑奴吉姆在密西西比河上的逃亡及其友谊。

小说开头接着《汤姆·索亚历险记》往下写，不过主人公已转为汤姆的好友哈克。哈克是个穷白人的孩子，他受不了收养他的道格拉斯寡妇要将他培养成模范儿童的清规戒律，受不了学校里僵化乏味的教育方式，更害怕他醉鬼父亲的毒打，就悄悄地乘上木筏逃了出来。半途中他遇到不愿被主人卖掉而逃亡的黑奴吉姆，两人遂沿密西西比河漂流而下，一路有许多历险与奇遇。

小说成功地塑造了白人孩子哈克和黑奴吉姆的生动形象。哈克出身于流浪汉的家庭,热爱大自然,是个不能忍受枯燥乏味的生活方式、追求自由有趣生活的儿童。作家将漂流在密西西比河的木筏上自由而富于诗意的生活和小城镇窒息、庸俗的生活进行了对照。哈克只有在木筏上才感到自由、轻松和舒畅,宁可一辈子流浪,也不愿做"体面"的上等人。通过这个形象,马克·吐温对传统教育方式和道德观念提出了挑战。

作家也真实地再现了哈克与吉姆友谊发展以及他思想转变的过程。哈克本性善良,富有同情心,但他开始尚不能完全摆脱种族歧视的偏见。他一边帮助吉姆逃跑,一边展开了激烈的思想斗争。但吉姆忠厚善良的品格以及对自由的渴望终于感动了他,使他完全摆脱了种族偏见。小说通过哈克思想转变的历程,反映了马克·吐温渴望黑人与白人平等的民主理想。

在马克·吐温笔下,黑人吉姆是一位品质优秀的人。他淳朴善良,对亲人有真挚的爱,对朋友重友谊并且具有争取自由的斗争性。他不愿忍受当奴隶的命运,渴望自由。为了不被主人卖掉,他想逃到北方自由州去做工,以后赎出妻子和孩子,过自由幸福的生活。一路上,他百般照顾哈克,跟哈克结下了最真挚的友谊。同时作品又描写了当汤姆受了伤,吉姆冒着被人抓住的危险坚决留下来照看他,表现了友谊的真诚。

吉姆的形象在美国文学史上有着重要的意义,比起斯托夫人笔下汤姆叔叔的形象,吉姆已没有那种逆来顺受的奴性,更具有反抗色彩。

同是"历险记",《哈克贝利·费恩历险记》和《汤姆·索亚历险记》有所不同。《汤姆·索亚历险记》更多的是对活泼、纯真的儿童世界的诗意描绘,而《哈克贝利·费恩历险记》则通过儿童的眼光,映照出成人世界的疑虑和不安,反映了深刻的现实主义精神。这里有鄙陋的乡镇和污秽的街道,醉鬼与懒汉横行,江湖骗子到处流窜,豪族当众枪杀穷人,世代为仇的家族相互械斗……这一切都是通过一个孩子的眼睛表现出来的现实的阴暗面。

《哈克贝利·费恩历险记》体现出现实主义的具体性和浪漫主义的抒情性的有机融合;小说运用第一人称,采用一个儿童的口吻来叙述其历险故事,给人一种真实亲切之感,并反衬出周围环境的丑恶。小说采用了极度夸张的手法,诙谐幽默,漫画化的描写中见出真实;景色描写带有抒情风味,画面色彩鲜明。作家还运用了多种方言,广泛使用通俗的民间口语、俚语,使得作品生活气息浓郁,具有简洁明快的风格。

思考练习题

1. 自然主义的理论主张与文学特征是什么?
2. 概述托尔斯泰创作思想的演进。
3. 试分析《安娜·卡列尼娜》中的同名女主人公形象。
4. 马克·吐温的小说呈现出什么样的艺术特色?

延伸阅读文献

1. 弗吉尼亚·伍尔夫:《论托马斯·哈代的小说》,见瞿世镜编选《伍尔夫研究》,上海文艺出版社,1988年。
2. 莫泊桑:《爱弥尔·左拉研究》,若谷译,载《古典文艺理论译丛》(第8册),北京:人民文学出版社,1964年。
3. 罗曼·罗兰:《托尔斯泰的三部长篇小说》,见罗曼·罗兰《名人传》,张冠尧、艾珉译,北京:人民文学出版社,2003年。
4. 托·斯·艾略特:《序〈哈克贝利·费恩历险记〉》,汤永宽译,见董衡巽编选《马克·吐温画像》,上海文艺出版社,1991年。

第九章　20世纪欧美现实主义文学

第一节　概　述

20世纪是人类在经济、文化、科学和艺术等各领域取得巨大进步的世纪，也是一个充满着矛盾与冲突、希望与失望、激奋与困惑的世纪。人类生产水平的大幅度提高和生产方式的伟大变革，现代科学技术日新月异的成就，造成空前灾难的两次世界大战和连绵不断的局部战争，国际局势的改观和政治风云的变幻，层出不穷、令人眼花缭乱的社会文化现象，使得人们的价值观念、人生哲学、生活节奏、处世态度、精神心理和情感表现方式等，都发生了极大的变化。文学历来是"时代的生活和情绪的历史"，20世纪文学正是过去一百年间人类生活和情绪感受的忠实的、形象化的记载、反映和表现。

20世纪世界经济、政治与文化的发展，给文学打上了深重的烙印。在文学领域，与思想理论界的各种非理性主义思潮彼此呼应、相互渗透的，是声势浩大的现代主义运动。有人把20世纪西方文学称为"现代主义时期"，似乎也有一定的道理。然而现代主义绝不是20世纪西方文学中唯一的思潮和流派。20世纪的人们确实曾由于对现代文明的失望，不约而同地把目光转向非理性领域，企图从中寻觅重塑生命的希望。但是，对理性的坚守和追求，同样是一种深深根植于人的本性之中的内在精神品格。人类在20世纪的进步发展，离开理性原则便无从谈起。属于理性主义范畴的人道主义、民主主义、实证主义、唯物主义等思潮，在20世纪的人类精神生活中依然有着举足轻重的地位。对理性主义的肯定和维护，现实生活中"社会问题"的依旧存在，以及作家们对解决这些问题的途径和方法继续进行探索的热情，文艺复兴时期以降，特别是19世纪以来现实主义文学传统的巨大影响，使得现实主义文学在20世纪不仅没有销声匿迹，反而取得了新的成就和进展。

当然，在新的历史条件下，现实主义文学在20世纪也发生了很大的变化。它一方面继承了19世纪现实主义文学的优良传统,坚持人道主义思想,关注重大社会问题,真实地反映当代生活,通过完整的故事情节和生动的艺术表现,塑造鲜明的艺术形象,因此保持了客观性、典型性和社会性等基本特征;另一方面,它又广泛吸收了各种新的理论,借鉴了其他文学艺术流派的经验,呈现出开放和多元的趋势,具有了一些新的特点。这主要表现在:第一,更加迅速及时地反映现实生活,更多地反映当代的劳资矛盾,反对法西斯战争,着重刻画日常生活中真实的、具有复杂个性的普通人;第二,适应时代的发展和人们欣赏的要求,吸收了其他流派一些新颖的艺术表现手法,如多重视角的叙事手法、开放式的结构,较多运用象征、寓意、隐喻、怪诞、变形等技巧,提高了艺术的表现力;第三,重视对人物精神世界的探索,不再停留在真实地再现客观生活的外在方面,而是深入再现生活深层的内在方面,表现人的深层意识和微观心理世界,既再现生活的真实,又再现人的心理真实。

20世纪中,西方各国依然产生了诸多有成就、有影响的现实主义作家,出现了一大批杰出的现实主义作品,其中有不少作品已成为公认的文学经典,进入了人类艺术宝库。其中,英、法、德、美国的现实主义文学成就最为突出,欧洲其他国家也出现了一些有影响的作家作品。如捷克作家**雅罗斯拉夫·哈谢克**(1883—1923)在政治讽刺小说《好兵帅克》(1920—1923)中,抨击奥匈帝国穷兵黩武的行径,塑造了帅克这个善良乐观而又威武不屈、表现出捷克民族精神的普通人的形象。**米兰·昆德拉**(1929—)以一系列风格独特的小说,如《玩笑》(1967)、《生活在别处》(1973)、《笑忘录》(1976)、《为了告别的聚会》(1980)、《生命中不能承受之轻》(1984)、《不朽》(1990)、《身份》(1998)等,表现了捷克人民在丧失生存自由、丧失国家主权之后的极度悲哀与痛苦。这些作品拥有哲理、政治、色情与幽默讽刺等多重色彩。作家擅长以一种看似轻松、随意的风格来表达深沉、严肃的内容,对人生的境遇和人的存在本身进行探究,透露出浓郁的悲剧气氛。他长于将幽默作为表现荒诞的一种形式,以反讽作为解剖人生的有力武器,也常常在松散的情节中广征博引,透过生活细节表达对人生哲理的独特思考。

挪威作家**克努特·哈姆生**(1859—1952)的《大地硕果》(1917)和**西格里德·温塞特**(1882—1949)的《克丽丝丁》(1922),在广阔的历史背景上展示了民族的生活和斗争历程。二战之后,挪威现实主义文学中影响最大的作家是**塔尔耶·韦索斯**(1897—1970)和**约翰·博尔根**(1902—1979)。韦索斯以反映挪威北部农家孩子克拉斯·德尔高特一生经历为主线的《父亲的旅行》等四部曲(1930—1938),确立了自己在挪威文坛的地位。博尔根创作了长篇小说三部曲《小贵族》(1955)、《阴暗的泉水》(1956)和《我们抓住他》(1957),使现实主义文学传统得以发扬光大。

希腊小说家**尼科斯·卡赞扎基斯**(1883—1957)的小说《再次受难的基督》(1954)以20世纪20年代的希腊、土耳其战争为背景,描绘了一个小村庄中发生的悲剧,以耶稣再次受难的经历象征性地表现了人类为了生存彼此相残的悲剧;他的另一部力作《最后的诱惑》(1954)塑造了为挽救人类而自我献身,却面临着永恒的灵与肉搏斗的耶稣基督的鲜活而感人的形象,再一次引起轰动。意大利的现实主义文学中,出现了杰出的剧作家兼小说家**路易吉·皮兰德娄**(1867—1936)。他的戏剧作品擅长以离奇怪诞的情节、夸张的手法和悲喜剧的形式,表现人的异化和寻找自我无望的主题,深刻揭示了现代人可悲的处境。

一、英国文学

20世纪英国文学的重要成就之一是在戏剧创作上的突破。剧作家萧伯纳的出现从根本上改变了百余年来英国戏剧创作不景气的局面,他和威尔斯、高尔斯华绥等在创作上坚持现实主义的创作方法,促成了20世纪初英国现实主义文学的复兴。**乔治·伯纳·萧**(萧伯纳)(1856—1950)在60多年的创作生涯中,一共完成了51部剧本,为现代英国戏剧艺术的发展做出了重要贡献。他在易卜生的影响下开始创作以社会问题为中心的"新戏剧",推动英国戏剧走上革新的道路。1925年,萧伯纳获诺贝尔文学奖,成为继莎士比亚以后英国最伟大的戏剧大师。

萧伯纳在19世纪创作的《鳏夫的房产》(1892)和《华伦夫人的职业》(1894)两部剧本,刻画了资产者贪婪、残忍、虚伪的丑恶嘴脸,无情地揭穿了资产者"体面"生活的不体面来源。写于20世纪的重要剧本有《约翰牛的另一个岛屿》(1904)、《巴巴拉少校》(1905)、《伤心之家》(1919)和《苹果车》(1929)等。其中,《巴巴拉少校》是萧伯纳最有独创性的戏剧,标志着他创作的成熟。剧本深刻地揭露了帝国主义战争贩子的丑态,又对资本主义的福利事业进行了无情的鞭挞。《苹果车》(1929)是萧伯纳的一部"政治狂想曲"式的喜剧,它以讽刺的笔调展现了幻想中的几十年后统治阶级内部的矛盾斗争,揭露了当时英国政治的腐败和民主制的虚伪。萧伯纳的剧作以其深刻的讽刺和独特的幽默风格著称,剧中的人物对话生动、巧妙,往往一针见血;他还常常运用将惯常事物颠倒、翻转的手法,造成强烈的喜剧效果来震撼观众。他用新颖的艺术形式表达了人们身处西方现代社会中所感到的苦闷、愤怒和对未来的憧憬。

20世纪初活跃在英国文坛上的作家威尔斯、贝内特和高尔斯华绥等,被弗吉尼亚·伍尔夫称为属于"爱德华时代的作家"。**乔治·威尔斯**(1866—1946)先后创作了50部长篇小说和多部短篇小说集。充满离奇幻想的科幻作品是他的主要成就。在这些科学幻想小说中,作家充分发挥想象力,通过离奇怪诞的情节,反映了现代社会的危机和异化,预示了科技发展在资本主义社会中将会造成的可怕后果,对现代社会的弊病进行了辛辣的讽刺。《时间机器》(1895)是他第一部成功的科学幻想小说,充满了大胆神奇的想象,给后来的科幻作家以多方面的启示。他的科幻小说还有《最先登上月球的人》(1901)、《空中战争》(1908)、《获得自由的世界》(1914)等。威尔斯描摹城市小人物既可笑又可悲性格的小说,显示出对萨克雷、狄更斯代表的现实主义文学传统的继承。这类小说大多以人们的日常生活为题材,摹写小职员、店员或学徒的喜怒哀乐,主人公往往由于贫困而乏味的生活具有锱铢必较的性格特征,体现出现代社会中人的庸俗气质。作家借此表达了对维多利亚末世及其后社会道德与伦理的批判。这类小说的代表作是《托诺邦盖》(1909)。

阿诺德·贝内特(1867—1931)以描写英国工业小城镇的市民生活而闻名。他以一系列脍炙人口的小说,反映了故乡斯塔福德郡五个盛产陶瓷器皿的小镇中产阶级市民的日常生活,并因此而被誉为"五镇"小说家。其中描写布店老板的两个女儿命运的小说《老妇人的故事》(又译为《老妇谭》,1908),使其跻身于著名作家的行列。小说以朴实无华的笔触,描写了伯斯利镇上布店老板巴恩斯的两个曾经充满青春憧憬,但性格迥异的女儿"从年轻的少女变成肥胖的老妇人"的悲剧,至今仍被视为20世纪英国文学的一部经典之作。

第三个"爱德华时代的作家"**约翰·高尔斯华绥**(1867—1933),是20世纪初英国一位重要的现实主义小说家和戏剧家。他一生一共创作了17部长篇小说、26部剧本和12部短篇小说、散文和诗歌集。他以巨著《福赛特家史》(1906—1921)三部曲,荣获1932年的诺贝尔文学奖。1924—1928年间,高尔斯华绥又陆续出版了包括三部长篇小说(《白猿》、《银匙》和《天鹅之歌》)和两个插曲在内的《现代喜剧》,构成《福赛特家史》的续篇。《福赛特家史》和《现代喜剧》这两组三部曲,通过对19世纪80年代维多利亚王朝后期至20世纪20年代爱德华时代这段漫长岁月里福赛特家族四代人的变迁,抒写了一部英国资产阶级从产生、发展,到逐步走向没落的艺术编年史,展现了英国资产阶级社会与家庭的广阔生活图景,生动地塑造了一系列被"财产意识"浸透了全部存在的"福赛特人"的典型形象。《福赛特家史》包括三部小说及两部插曲,即《有产业的人》(1906)、《一个福尔赛人的暮秋》(1917,插曲)、《骑虎》(1920)、《觉醒》(1920,插曲)和《出租》(1921)。其中,《有产业的人》是其最优秀的作品。小说的主人公之一是作为"财产意识"的化身的索米斯。他是福赛特家族的第四代人、房地产经纪人,身上典型地体现了福赛特家族自私、贪婪、虚伪与暴虐的基本特征。作品揭露了"福赛特人"精神上的卑劣与堕落,控诉了私有制度的冷酷与不人道,感叹艺术与美在现代社会中的悲剧性命运。高尔斯华绥擅长塑造典型人物,语言简练生动,风格稳重文雅。他的创作,使维多利亚时代的传统小说在艺术形式上得到了充实和发展。

20世纪上半叶,英国有影响的现实主义小说家还有吉卜林、福斯特、毛姆和曼斯菲尔德等人。**吉卜林**(1865—1936)生于印度,六岁才回到英国接受教育,1892年前往美国,先后出版了《丛林故事》(1894)等作品,获得了极大成功。1897年,吉卜林回到英国,创作了《吉姆》(1901)等作品。吉卜林在西方世界拥有广泛的读者群,他的作品之所以吸引人,主要是由于他作品中浓郁的异域风情。19世纪末,英国读者对本国最重要的海外殖民地印度,怀有浓厚的兴趣,吉卜林满足了读者们的好奇心,用极富感染力的语言成功地描绘了一个色彩斑斓的印度丛林世界,并在其作品中贯彻公正、忠诚和独立的原则。1907年,吉卜林获得诺贝尔文学奖,成为第一位获此殊荣的英语作家。

爱·摩·福斯特(1879—1970)是一位富有正义感的作家,他反对英国政府在印度的殖民政策,认为不同种族、不同宗教、不同阶层的人应该放弃个人狭隘的偏见和歧视,互相理解,彼此相爱。他的主要作品有小说《天使不敢涉足的地方》(1905)、《一间可以看得见风景的房间》(1908)、《霍华德庄园》(1910)和《印度之行》(1924)。《印度之行》是他的代表作。小说以优美的抒情笔调、含义深刻的象征手法,表现了英国殖民主义者在印度的骄横跋扈与仗势欺人,反映了英国殖民主义者和印度人民之间难以化解的种族矛盾。福斯特的文学评论著作《小说面面观》(1927)对小说创作中的许多重要问题作了精辟、深刻的分析和论述,是当代西方关于现实主义小说构成与鉴赏方面的重要论著。

小说家、剧作家**威廉·萨尔默特·毛姆**(1874—1965)深受法国文化熏陶,有着丰富的海外阅历。他的作品常常弥漫着旖旎的热带风光和浓郁的异域情调,而学医生涯又使他能以客观冷静的科学精神去观察与表现人生,因此他的创作从本质上更加接近自然主义的文学传统。毛姆的主要成就是小说创作,其成名作和代表作是具有自传色彩的长篇小说《人生的枷锁》(1915)。小说描写了一个青年受到不合理的教育制度和宗教思想的束缚,人性的发展遭到禁锢,展现了资本主义社会令人窒息的生活画面。他的长篇小说还有《月亮和六便士》(1919)、《刀锋》(1944)等。毛姆的短篇小说也以其故事性强、情节曲折多变等特点受到广大读者的欢迎。

凯瑟琳·曼斯菲尔德(1888—1923)是出生于新西兰的英国籍女作家。她以创作短篇小说著称,受俄国作家契诃夫创作风格的影响,写有《在德国公寓里》(1911)、《幸福》(1921)、《园会集》(1922)及死后发表的《鸽巢》(1923)和《幼稚》(1924)等小说。其作品不以情节曲折见长,注重从看似平凡的小处着眼,发掘人物情绪的变化。她的小说色彩鲜明,文笔简洁流畅,风格冷峻而富于诗意。她具有超凡的观察力,在作品中着力捕捉人的心灵奥秘,表现人物对自我及人生的顿悟,在英国文学史中占有无可争议的地位。

20世纪30年代的英国文学中出现了以奥尔德斯·赫胥黎、艾夫林·沃(1903—1966)等为代表的社会讽刺文学,以及随着左翼运动的兴起而形成的左翼进步文学,主要作家有肖恩·奥凯西(1880—1964)、路易斯·吉朋(1901—1935)等。诗坛则涌现了以奥登为代表的年轻的"奥登一代诗人",他们用诗歌反映社会和政治问题,在青年中影响较大。主要代表有奥登、路易士(1904—1972)、斯蒂芬·斯彭德(1909—1995)和路易士·麦克尼斯(1907—1964)等在牛津大学学习的青年诗人。

奥尔德斯·赫胥黎(1894—1963)的祖父是《天演论》的作者托马斯·赫胥黎。他本人最著名的小说《美妙的新世界》(1932)以科学幻想的形式表达了深刻的政治和道德意义。主人公"野蛮人"约翰来到了一个令他感到奇妙的"文明社会",但不久就发现这个所谓的文明社会本质上是一个压抑和摧残人本性和个性的监狱,人失去了生存的独立性而受制于科学技术。作品反映了作者对滥用科学技术所造成的危险后果的忧虑,暗示人们如果盲目崇拜科学技术,就会丧失独立思考和行动的能力。赫胥黎的小说和维多利亚时代以来的传统风格大相径庭,具有复杂深刻的思想,因此常被称为"思想小说"。

20世纪30年代左翼文学在欧美各国蓬勃兴起,因而有"红色的30年代"之称。成立于1920年的英国共产党积极推动了马克思主义和本国工人运动的结合,英国左翼文学也随之兴起。左翼文学的成就主要是小说创作。这些作家中不少人本身就是工人运动的积极分子,创作了一批具有时代内容和战斗精神的作品。**奥登**(1907—1973)是30年代左翼青年作家的领袖,也是英国20世纪最杰出的诗人。奥登在牛津大学学习期间开始诗歌创作技巧的学习和尝试,并受到马克思主义和弗洛伊德学说的影响,以诗歌创作表现世界的无序和病态。《看吧,陌生人》(1936)以独特的轻松笔调和诙谐语言,通过对世界的感悟描绘了一个虚伪的社会,奠定了诗人在诗坛的地位。作为左翼青年,奥登对法西斯深恶痛绝,他的诗歌、散文和诗剧中都贯穿着反法西斯主题。30年代后期,奥登放弃了自己的左翼立场,1939年定居美国,开始皈依基督教。发表于1948年的《忧虑的年代》为他赢得了普利策文学奖。奥登的诗歌主题广博,涉及社会、人性和爱等,其早期的作品表现出对社会弊病的忧虑,展现了知识分子迷茫的内心世界,在艺术形式上则兼有现代派手法和传统的影响。

乔治·奥维尔(1903—1950)小说的两个基本主题是贫困和政治。以贫困为题材的作品主要有《伦敦巴黎落难记》(1933)、《通向威根堤之路》(1937)、《牧师的女儿》(1935)等。这类作品反映了社会底层的贫穷与不幸以及人们的精神创痛,对20世纪50年代"愤怒的青年"产生了极大影响。1936年,奥维尔参加了西班牙内战。这场战争使奥维尔由一个对资本主义不满的人变为对共产主义抱有怀疑的人。此后,他转而在其创作中抨击斯大林时期的社会弊病。他后期创作的政治讽刺作品《动物庄园》(1945)和《1984》(1949)集中体现了这一思想。奥维尔也是一位重要的散文家,其散文风格清新自然、简洁流畅,貌似平淡无奇的文字里蕴积着深厚的内容。

格雷厄姆·格林(1904—1991)的"消遣文学作品"以故事内容惊险见长,情节曲折、扣人心弦,主要有《斯坦布尔列车》(1932)、《密使》(1939)和《第三者》(1949)等。他还写有不少宗教题材的作品如《布莱顿硬糖》(1938)、《权利与荣耀》(1940)和《问题的核心》(1948)等。这三部小说中贯穿着同一主题,即从宗教角度审视怜悯、责任、激情、恐惧等情感因素如何困扰着人类,而人类又是如何寻求解脱的。《爱情的结局》(1950)、《病毒发尽的病例》(1961)、《喜剧家》(1966)等反映了宗教信仰与现实生活之间的矛盾。格林善于将人物置于充满暴力和危险的社会环境中,揭示人物内心的矛盾冲突。

20世纪50年代,英国文坛上有一批青年作家崛起,他们在二战后动荡不安的社会背景下,以"愤怒"与"不满"作为作品的共同主题,表达了对社会的愤懑情绪以及对命运无能为力的失落感,擅长塑造具有"愤怒"气息的反英雄形象。这批青年作家群体被称为"愤怒的青年"。其名称来自作家莱利·艾伦·保罗的同名自传体小说《愤怒的青年》。"愤怒的青年"作家们在大战之后普遍感到理想与社会现实的格格不入,对现实感到失望,对未来缺乏希望。在愤怒心情的驱使下,他们用笔向社会进行抗议。1956年,**约翰·奥斯本**(1929—1994)的名剧《愤怒的回顾》在伦敦首演,取得巨大成功。剧本通过主人公吉米的形象,表达了20世纪50年代青年人迷惘而又激越的情绪,成为"50年代愤怒的一代的戏剧性宣泄"。

"愤怒的青年"代表作家还有**金斯利·艾米斯**(1922—1995)。他的小说《幸运的吉姆》(1954)是一部喜剧式的作品,生动地反映了二战后普通英国人的不满情绪,表达了年轻一代对文化传统的幻灭之感,为英国高等学府勾勒了一幅讽刺画。主人公吉姆是外省某大学历史系的穷讲师,他满腹牢骚、郁郁寡欢、玩世不恭的性格,使其成为"愤怒的青年"作家群笔下的典型形象。"愤怒的青年"作家群体继承和发扬了英国文学的写实传统,出色地运用讽刺艺术,入木三分地揭露了社会环境的可笑、人物命运的可悲、生活的庸俗和人们前途的黯淡,其作品一般具有活泼生动、嬉笑怒骂的语言风格。

20世纪中期的英国文坛上还有几位杰出的作家。其中,**威廉·戈尔丁**(1911—1993)是1983年诺贝尔文学奖获得者。1954年,他发表了第一部小说《蝇王》,一举奠定了在英国当代文坛的地位。《蝇王》将故事背景放在一场未来的原子战争中,构想了一个远离人类文明背景的关于人性的黑色寓言。戈尔丁通过这一现代寓言,深刻地抨击了导致种种暴力与邪恶的现代文明。但他抽掉社会历史条件,将人性的恶上升到一种本体论的高度,将世界的恶视为人性的恶,却又体现出明显的悲观主义色彩。戈尔丁的第二部小说《继承者》(1955),也以寓言的形式揭示了人类文明和进步的历史不过是一部血腥史,渗透着作者对世界大战成因的反思。20世纪60年代后,戈尔丁还创作了《塔尖》(1964)、《金字塔》(1967)和《黑暗昭昭》(1979)等作品。作家根据自己在二次大战中的亲身体验探求人性恶的原因,表现出强烈的社会责任感和道德感。

艾丽丝·默多克(1919—1999)从20世纪50年代开始创作,共发表小说、戏剧和哲学著作近四十种,是具有世界声誉的多产作家。她的第一部小说《在网下》(1953)与其后的《逃离巫师》(1956)等,反映了萨特存在主义哲学思想的影响。《在网下》是一部带有荒诞色彩的喜剧小说,形象地描绘了幻想中的生活与真实生活之间的差距和联系。作品所揭示的人与人、人与现实之间的关系,正是存在主义哲学中"他人即地狱"思想的回声。默多克的另一部小说《砍掉的头》(1961)是一部表现英国知识分子道德和心理状况的哲学小说,实验色彩浓厚,发表后立刻引起了评论界的注意。

约翰·福尔斯(1926—2005)是20世纪60年代典型的实验小说家,曾写有《收藏家》(1963)、《占星家》(1965)等小说。他的代表作《法国中尉的女人》(1969),描写的是维多利亚时代具有中产阶级背景的青年查尔斯·史密森决意抛弃本阶级稳定而庸碌的生活方式,追求一位代表了新的时代精神的女性萨拉的爱情故事。作品成功地塑造了维多利亚时代后期出现的打破家庭枷锁、追求特立独行的自由生活的"法国中尉的女人"萨拉的形象。这是一部集小说叙事、社会历史、文学理论以及其他手段于一体的文类混杂的小说,但它的主要价值,还在于它以传统加各种实验手段所传达的社会和历史信息。

另一位杰出的女作家**多丽丝·莱辛**(1919—2013),在20世纪60年代欧洲妇女解放运动的第二次浪潮中,出版了长篇小说《金色笔记》(1962)。小说的主人公是女作家安娜,她用四本不同颜色的笔记记录了自己在不同时期的生活经历和情感变化。同时,安娜在写一部名为《自由妇女》的小说,主人公也叫安娜。这一情节并不是一开始就交代清楚了的,而是随着情节的不断展开才使人了解的。"黑色的笔记"是关于安娜在非洲生活的记录;"红色的笔记"讲述了她由一个坚定的共产党员到最后因失望而退出共产党的过程;"黄色的笔记"是安娜试图写一个关于自己的故事;"蓝色的笔记"是她不同心理状态的描述、相应的心理分析和治疗的记录;而"金色的笔记"则是前面四部笔记在形式上的交汇。四部笔记反映了安娜不同的生活侧面,更反映了现实生活中个人生活的支离破碎。这部小说以别具匠心的艺术构思与剪裁方法,展现了受过现代文明洗礼的知识女性求索生命意义、思考完美的两性关系的人生历练,浓缩了现代女性质问生命真谛的浮士德式的追求。该书因对女性独立意识及困境的真实描述而成为当代妇女解放运动中一部重要的作品。

二、法国文学

20世纪的法国也涌现出不少优秀的现实主义作家,如罗曼·罗兰、法朗士、纪德、莫里亚克等。他们在继承19世纪现实主义文学传统的基础上不断创新,使20世纪法国文学呈现出新的风貌。他们的作品细致地刻画当代社会生活的重大现象,用生动的画面将法国的社会面貌、阶级关系、政治风云的变幻、帝国主义战争的残酷以及人生的艰难、世态的炎凉展现给读者,其小说多为卷帙浩繁的多卷本作品,宛如一泻千里、奔流不息的长河大川,故有"长河小说"之称。罗曼·罗兰(详见本章第二节)是"长河小说"的首创者。

阿纳托尔·法朗士(1844—1924)是一位跨世纪的作家。19世纪90年代至20世纪初,他陆续发表了《现代史话》四部曲:《林荫道的榆树》(1897)、《柳条筐》(1898)、《紫晶戒指》(1899)和《贝尔热雷先生在巴黎》(1901)。这个四部曲抨击了法国的时弊,表达了反对教权主义的思想。随后,法朗士还陆续发表了历史传记《贞德传》(1903)、长篇小说《企鹅岛》(1908)、《诸神渴了》(1912)、《天使的反叛》(1914)等。其中,《诸神渴了》描写法国大革命中雅各宾专政时期"革命恐怖"的现实,表达了作者人道主义的思想。古代墨西哥的女祭司在用活人祭神时,不断高呼"诸神渴了"。作家把这句话作为小说的题目,意在谴责极端主义的迫害和杀戮,提倡理性和宽容。法朗士于1896年当选为法兰西学院院士,1921年获诺贝尔文学奖。

安德烈·纪德(1869—1951)不仅是20世纪法国重要的小说家,也是小说革新的倡导者之一。他最重要的长篇小说《伪币制造者》(1925),其主要人物爱德华计划写一部名为《伪币制造者》的小说,因而把生活中的所见所闻记在日记里。他的日记中有许多人物的活动,也有他自己的生活经历和艺术主张。《伪币制造者》中的"伪币"实际上是个象征,制造得高明的伪币发出的声音就像真币一样。小说中所描写的人与人之间的关系也是如此:所有的家庭、人与人之间的关系都是虚假的,充满了欺骗,但又都维持着各种"合理的"、"名正言顺的"假象。上下级关系、父子关系、恋人关系、夫妻关系等,都可以是虚假的,但这一切又都被社会所承认。在这样的社会中,你如果以真诚待人待事,就有可能成为虚假的牺牲品。那些伪币制造者之所以能屡屡骗人得逞,就是因为他们的所有骗局都是按照"合理"的模式制造出来的,使人信以为真。这部小说对于揭露现代西方社会中的种种虚伪和欺诈,具有相当的深度和力度。1947年,纪德获得诺贝尔文学奖。

亨利·巴比塞(1873—1935)在第一次世界大战爆发时已经41岁,却还参加军队上了前线,把战争中的各种见闻记录下来,为后来的创作准备了素材。1916年,他完成了代表作《火线》,引起很大的反响。这部长篇小说集中表现了第一次世界大战中一个普通的法国步兵班的战士们在前线所遭受的苦难。战争开始时,他们热情很高,但随着战事的发展,他们的思想发生了变化。他们看到前线士兵的痛苦伤亡，未受战争侵扰的富人们与他们的隔膜，逐渐认识到这场战争实际上是各国统治阶级之间争夺政治和经济利益的战争，普通士兵只是统治阶级手里的工具，是这场战争的无谓牺牲品。小说通过火线上许多真实场面的描写，表达了鲜明的反战主题。战后，巴比塞创作了《火线》的姐妹篇《光明》(1919)，继续表达反对帝国主义战争的思想。20世纪30年代，巴比塞积极参加国际反法西斯运动，成为西方民主力量的代表人物之一。

安德烈·莫洛亚(1885—1967)是20世纪法国著名的小说家、传记作家。《氛围》(1928)被认为是莫洛亚最有代表性的小说，着重表现了现代西方社会中家庭夫妻之间生活的不和谐，人与人之间的难以沟通和难以理解。《幸福的本能》(1934)则展示出了现代人的家庭、爱情、婚姻、财产等方面的各种微妙关系，在平静的叙述中揭示了一种生活的哲理：人们都在寻找幸福，但许多人一辈子都没有找到，或在即将找到时死去。生活的安定和富裕并不等于幸福，只有精神上获得平衡，得到别人的理解，才有可能感受到幸福。

莫洛亚是欧洲传记文学大师，写有《雪莱传》(1923)、《拜伦传》(1930)、《屠格涅夫传》(1931)、《夏多布里昂传》(1938)、《追寻马赛尔·普鲁斯特》(1949)、《巴尔扎克传》(1965)等十几部传记。他的传记作品不仅史料确凿，而且突出表现人物性格，着力塑造生动的人物形象，注重心理刻画，具有很强的感染力。莫洛亚还写过大量的文学评论和史学著作。1938年，莫洛亚被选为法兰西学士院院士。1965年，法国总统戴高乐授予他荣誉团一等勋章。

马丁·杜·加尔(1881—1958)是法国现实主义的代表作家之一，享有"形象的历史学家"的称誉。他在1913年发表的长篇小说《若望·巴鲁瓦》，是根据德雷福斯事件在人们思想中引起的混乱、法国青年的精神状态而写的，反映出当时法国政治斗争和社会动乱的状况。第一次世界大战中，他应征入伍，战后不久即根据战争期间的社会见闻，倾注20年心血创作了8卷本长篇小说《蒂波父子》(1922—1940)。小说以蒂波父子三人之间的父子、兄弟矛盾为线索，描写了分别信奉天主教与新教的蒂波和封达南两个家庭的变迁，真实地反映出法国资产阶级社会在20世纪初的变迁，特别是第一次世界大战对各阶层的深刻影响，如知识分子的心理状态以及人民群众的反战情绪，从人道主义的立场反对战争。这部长河式的小说采用线形结构，富有波澜壮阔的家族史诗色彩，拓展了自传体小说的写法。作者继承了19

世纪现实主义,特别是托尔斯泰小说的传统,在结构布局上同样采用战争与和平交叉的形式,构成完整严密的整体;在人物塑造上则运用逐层加厚的笔触进行描绘,使人物肖像刻画渐次完成。此外,小说还借鉴了意识流的创作手法,从更深的层次上展示人物的思想发展脉络和性格特征。小说具有深刻的真实性和艺术感染力,作家因此获1937年的诺贝尔文学奖。

路易·阿拉贡(1897—1982)是20世纪法国重要的诗人和小说家。他创作的第一阶段从1918年到20世纪20年代末,属于超现实主义的范围。1920年,他发表小说《阿尼塞》,通过青年阿尼塞追求美的过程,表现出关于艺术美、生活美和现代美的独特观点。他的超现实主义小说《巴黎的土包子》(1926)则剖析了光怪陆离的现代巴黎。从1930年到20世纪50年代中期的第二阶段,阿拉贡转向现实主义,创作了以《现实世界》为总题目的5部小说:《巴塞尔的钟声》(1934)、《富贵区》(1936)、《双层车上的旅客》(1942)、《奥雷利安》(1944)和《共产党员》(1949—1951)。这些作品广泛反映了1889年至1939年间法国的社会生活,通过一系列知识分子、女性社会活动家和青年人的形象,揭示了这一漫长时期内法国的社会动态和人们精神心理的变化。50年代以后,阿拉贡转向了"新小说"的创作,写有《处死》(1965)、《布朗什或遗忘》(1967)和《戏剧/小说》(1974)等"新小说"。

安东尼·德·圣埃克苏佩里(1900—1944)是一位以描写飞行员生活而著称的法国作家。《夜航》(1931)是他的代表作。这部小说以真实的人物和事件为蓝本,描写飞行员克服种种危险和困难,开辟夜间邮政航线的业绩,歌颂了为航空事业发展做出了卓越贡献的飞行员,还宣扬了一种行动哲学,认为人生的意义就在于行动和斗争之中。他的童话小说《小王子》(1943)描写一个被困在撒哈拉大沙漠中的飞行员遇到一个从外星球来的小王子的奇遇,表达了人道主义的真理:人不能绝对孤立地生活,人与人之间是相互需要的,相互有责任的。这部作品实际上用寓意的手法谴责了法西斯的罪恶。

安德烈·马尔罗(1901—1976)是法国20世纪重要的小说家、艺术评论家和政治活动家。他的第一部小说《征服者》(1928)以1925—1926年中国的省港大罢工和广州革命政府中各派政治力量的斗争为题材,在一定程度上反映了这场大罢工的基本面貌。他的长篇小说《人的状况》(1933),以1927年上海工人起义和蒋介石的"四·一二"政变为题材,表达了作家对人在世界上的处境的看法。他认为人要获得应有的尊严,就必须具有一种不怕痛苦和死亡的勇气。这部作品在发表的当年即获得龚古尔文学奖。第二次世界大战爆发后,马尔罗参加军队作战,受伤后被德军俘虏,后来逃出,此后便闭门写作长篇小说《与天使的斗争》和《艺术心理学》。1944年3月,他参加抵抗运动,战后出任戴高乐政府的新闻部长,离职后主要从事艺术研究,发表了《世界雕塑的想象博物馆》(1952)、《从浮雕到神圣的岩洞》(1954)、《基督教世界》(1954)等著作。1958年,他重返政坛,任新闻部长,曾于1965年奉戴高乐总统之命访问中国。

玛格丽特·杜拉斯(1914—1996)是法国20世纪后期著名的女作家。她的成名作《抵挡太平洋的堤坝》(1950)以她母亲的经历为素材,描写一位侨居越南的法国小学女教师为了保护自己的土地,修建一条堤坝,企图挡住太平洋水,与象征着大自然的太平洋斗争的故事。后来她的作品多为爱情题材,或描写不同社会阶层的人之间不可靠的爱情,或描写人的某种微妙的感情和感受,艺术上别具风格。她的中篇小说《情人》(1984)叙述侨居越南的一位法国少女与一个华人青年的一段恋情。作品描写的东南亚风情,法国少女与华人青年疯狂而又充满功利的爱情,以及抒情的、略带感伤的语言风格,使它具有独特的美和动人的魅力。杜拉斯还是一个多产的电影剧作家,其电影剧本《广岛之恋》(1958)、《长别离》(1961)、《印度之歌》(1974)等拍成电影后获得各种电影节奖。

弗朗索瓦·莫里亚克(1885—1970)是一位著名的心理小说家。他的小说《给麻风病人的吻》(1922)表现了对财产的追求如何淹没了人的正常感情。在小说《爱的荒漠》(1925)中,作家以细腻的笔触,表现了人与人之间心灵的难以沟通,人的灵魂的孤寂,夫妻之间虽然天天相对,却也如隔天涯,他们所生活的世界是一片"爱的荒漠"。莫里亚克最有影响的作品是描写苔蕾丝命运的4部作品:长篇小说《苔蕾丝·德斯盖鲁》(1927)、《黑夜的终止》(1935)和短篇小说《苔蕾丝在旅馆》(1933)及《苔蕾丝求医》(1933)。在"苔蕾丝系列"中,《苔蕾丝·德斯盖鲁》是莫里亚克的代表作。这部小说深刻地揭露了波尔多地区资产者对财富的贪欲。苔蕾丝是个企图谋杀丈夫的女人,但作者赋予了她复杂的性格,为她的"激情"做辩护。莫里亚克还写有小说《蝮蛇结》(1933),描写一个守财奴的变态心理。莫里亚克的小说侧重描写资产者家庭成员之间对财产的无情争夺,这种争夺往往是披着合法的外衣进行的。作为一个信仰天主教的小说家,他在着力揭示人性恶的同时,也表现了神恩对这些罪人的感召。他笔下的人物常常是在沉沦的欲望与渴求神恩的感情升华之间苦苦挣扎。他的小说几乎都以波尔多地区为背景,具有浓郁的地方色彩。他继承并发展了拉辛的心理描写艺术,尤其擅长描写扭曲的、变态的心理,并和情节的发展紧密结合在一起,揭示出人物行动的原因。1952年,作家因"在小说中深入刻画了人类生活的戏剧所展示的精神洞察力和艺术激情"而获得诺贝尔文学奖。

三、德语文学

20世纪德国最著名的现实主义作家是亨利希·曼和托马斯·曼兄弟。**亨利希·曼**(1871—1950)一生共创作了19部长篇小说、55个中短篇小说、8部剧本和大量的政论及散文。他的长篇小说《臣仆》(1914)、《穷人》(1917)、《首脑》(1925)合成"帝国三部曲",其中《臣仆》是他的代表作。小说通过对德意志帝国忠顺臣仆的典型赫斯林的塑造,刻画出帝国主义阶段德国资产阶级的典型性格:在强者面前是奴才,在弱者面前是暴君。小说因其辛辣的讽刺性而遭到查禁,1918年才得以出版。1933年希特勒上台,亨利希·曼被迫流亡法国,写成了巨著《亨利四世》。小说以其人道主义的思想和完美的艺术形式,在反法西斯斗争中产生了很大的影响。亨利希·曼艺术上深受19世纪法国作家斯丹达尔等人的影响,作品题材密切结合现实,同时由于要达到讽刺的目的,往往也采用一些现代手法,从而取得了更明显的艺术效果。

托马斯·曼(1875—1955)创作的基本主题是帝国主义阶段资本主义的衰败和没落,他认为资本主义已发展到了尽头,所以把自己的小说称为"尽头的书"。《布登勃洛克的一家》(1901)是他的成名作,正如其副标题"一个家庭的没落"所示,这是一部描写资产者家庭从繁荣走向没落的史诗式的作品,是德国社会从19世纪30年代至90年代发展的缩影。小说展示了吕贝克市的大商人布登勃洛克家族四代人的兴衰过程,与这一情节发展平行的是暴发户哈根施特勒姆的发迹史,因而展现了德国资本主义从自由竞争发展到垄断的过程以及这一过程中的德国资产阶级的"灵魂史",淋漓尽致地揭露了资本主义社会弱肉强食的生存法则和人与人之间冷酷的金钱关系。小说直接叙述和间接叙述兼用,环境描绘细腻,人物形象生动,个性突出。1929年,作家因这部"伟大的小说"而荣膺诺贝尔文学奖。

《魔山》(1924)是托马斯·曼的另一部重要的代表作,也是德国传统的教育小说。小说通过一所疗养院的生活,展现了世纪初欧洲形形色色的社会思潮,暴露了资产阶级分子的空虚、腐朽和无聊的病态生活,折射了第一次世界大战前后的时代危机,被称为"时代小说"。《魔山》运用了象征手法,小说里的众多人物虽然个性鲜明,但都象征着一定的哲学内容,所以《魔山》被视为一部哲理小说。长篇小说《浮士德博士——由一位友人讲述的德国作曲家阿德里安·莱弗金的一生》(1947)是托马斯·曼根据亲身经历的痛苦写成的,因而被作者称为"痛苦的书"。它既是一部描写艺术家悲剧的"艺术小说",又是一部描写德国走向法西斯、走向战争和毁灭的"时代小说"。1929年,托马斯·曼获诺贝尔文学奖。

斯蒂芬·茨威格(1881—1942)是知名度很高的奥地利德语作家。他在传记文学方面取得了卓越的成就,著有《三大师》(巴尔扎克、狄更斯和陀思妥耶夫斯基传;1920)、《罗曼·罗兰》(1921)等。他的传记作品不拘泥于人物的史实,着重表现人物性格。他的小说创作也名篇迭出,《一个女人一生中的二十四小时》(1922)、《一个陌生女人的来信》(1922)两部作品,受弗洛伊德精神分析学说的影响,在刻画中产阶级妇女的形象时,运用心理分析手法揭示出人物内心深处最隐秘的思想感情。作为一名著名的和平主义者,反对战争、反对法西斯主义是茨威格小说的重要主题。他的作品《象棋的故事》(1944)就从一个独特的角度控诉了法西斯对人性的摧残。小说的主人公是一位法学博士,法西斯为了得到情报和资产,把他监禁在与世隔绝的房子里,企图用永恒的空虚和绝对的孤独迫使他就范。在精神濒临崩溃时,博士冒着生命危险偷到一本棋谱,他背棋谱,和自己对弈,陷入象棋狂热,最后导致精神分裂。作品情节简单,构思精巧,是茨威格创作中成就最高的作品之一。茨威格的作品往往以人物狂暴激烈的内心冲突、变幻莫测的感情起伏,造成动人心弦的艺术效果。他善于揭示人物灵魂深处最幽微、最隐秘的角落,让人感觉到灵魂精微的震颤。

海尔曼·黑塞(1877—1962)是最受西方青年欢迎的作家之一。他的作品笔调抒情优美,擅长以细腻的心理描写青年人在彷徨苦闷中对人生的追求。1906年,黑塞写下了一部抨击威廉时代德国教育制度的小说《在轮下》,以主人公汉斯的被迫害致死揭露了这种制度对正常人性的摧残。1914年,第一次世界大战爆发,黑塞立刻写下了反战文章,呼吁人们坚持人道主义原则。1923年,他加入瑞士国籍,进入创作的丰收期。《荒原狼》(1927)是他这一时期的代表作。主人公哈勒尔是一个作家,他才能杰出而又十分敏感,对现代文明十分厌恶。小说表现了现代西方社会中知识分子的孤独、彷徨和矛盾。黑塞的长篇小说《玻璃球游戏》(1942),讲述发生在2200年左右的未来世界的故事。这是一部出色的教育小说。黑塞通过主人公克奈希特对人生意义的不断追求和思考,探索拯救现代文明的途径。他否定了逃避现实、在纯艺术或纯科学中找寻人生意义的方法,强调个人应当脚踏实地为社会服务,履行对社会应尽的责任和义务。这部作品为黑塞赢得了1946

年诺贝尔文学奖。黑塞将现实主义传统和现代风格结合起来,其作品富于象征色彩,意蕴丰富。他和曼兄弟一起被视为20世纪上半叶德国成就最高的三位现实主义作家。

艾利希·马利阿·雷马克(1898—1970)也曾亲自参加第一次世界大战。他的成名作是小说《西线无战事》(1929)。作者用真实的笔触淋漓尽致地刻画了战争的残酷场景,毫不留情地揭开了这场战争虚伪的"圣战"面纱。作家从人道主义的角度生动细致、冷静客观地描绘西线的战场生活,表现士兵的七情六欲,让读者体验他们的思想感情。作品中没有对战争作直接的评价,而是通过八个年轻生命的死亡,让读者自己感受战争的残酷。第二次世界大战结束后,雷马克创作的作品大都表现流亡者的生活和命运,主要作品有《凯旋门》(1946)、《生死存亡的年代》(1954)和《黑色方尖碑》(1956)等。雷马克的小说大都从人道主义的立场出发描写战争,语言精练简洁,叙述笔调客观冷静,其反战主题不是出于政治宣传和说教,而是为了维护人的尊严和价值,所以受到众多读者的喜爱。

贝托尔特·布莱希特(1898—1956)是当代西方戏剧史上一位重要的人物。他不仅创作了许多有影响的戏剧作品,而且建立了一套新的戏剧理论和表演体系。1933年,布莱希特被迫开始了自己的流亡生涯,也进入了创作的高峰期,写有《第三帝国的恐惧和灾难》(1935—1937)、《四川好人》(1942)、《高加索灰阑记》(1945)和《伽利略传》(1938—1947)等。《大胆妈妈和她的孩子们》(1939)是一部反战题材的历史剧,副标题是"三十年战争时期纪事"。剧本讲述了一个外号叫"大胆妈妈"的随军女商贩,随着战争进程走过的12年人生道路。她穷困潦倒,三个孩子都在战争中丧生,但她仍不悔悟,继续随军做生意。布莱希特通过"大胆妈妈"的悲剧,表明战争是统治者的大买卖,小人物只是它的牺牲品,呼吁德国人民要认清战争的性质和它所带来的灾难。

布莱希特所创立的"叙事剧"理论强调戏剧的教育作用。传统戏剧希望观众能被情节感动,与之产生共鸣,布莱希特则认为这会使观众进入一种幻觉状态,失去正确判断的能力。为了使观众在欣赏过程中保持理性,在冷静的观看中思考,他提出了"陌生化效果"(又译"间离效果")这一术语。所谓"陌生化效果",是指舞台演出要将观众习以为常、司空见惯的事件以新的形式出现,使观众感到惊奇,从而引发他们重新审视和思考。为此,他在编剧、舞台设计、表演方式和音乐等方面进行了多方尝试,破除舞台给观众造成的幻觉。布莱希特认为,演员和所扮演的角色要保持一定的距离,要把自己所理解的角色表演给观众,而不是和角色融为一体。优秀的演员应当既是角色的表演者,也是角色的批判者。布莱希特坚持的原则,是要使观众意识到他是在剧院看戏,而不是在虚假的幻境里。

1972年度诺贝尔文学奖获得者**亨利希·伯尔**(1917—1985)也参加过第一次世界大战,深知战争给人们在物质和精神上带来的巨大灾难。出于这一认识,他创作了"废墟文学"代表作之一的《列车正点到达》(1949)。小说描写了战争对人生美好事物和情感的毁灭。在伯尔的作品中,战争是个挥之不去的幽灵,无处不在。从50年代起,伯尔将战争和战争的恶果与整个社会结合起来进行分析与批判。长篇小说《九点半的台球》(1959)通过对小人物精神苦闷的揭示,反映了社会不公。70年代后,伯尔的作品在艺术上采用了现实主义和现代主义相结合的手法,1971年发表的长篇小说《莱尼和他们》(又译《一个妇女周围的群像》)通过二次大战后妇女莱尼所接触到的诸多人物,揭示了他们的不同性格、立场和心理,展现出战争前后德国整整50年的历史。这部作品突出地体现了作者善于在有限的篇幅里反映广阔的社会画面的创作才华。

第二次世界大战给德国造成的灾难比第一次世界大战更为严重。战后,联邦德国首先出现的是"废墟文学",其题材大多表现法西斯专政和战争造成的深重灾难及其在人们心中留下的创伤。"废墟文学"的主要作家都是文学团体"四七社"的成员。"四七社"成立于1947年,是一个没有纲领、组织松散的文学团体。**君特·格拉斯**(1927—)是"四七社"的代表作家,1999年诺贝尔文学奖获得者。他最重要的作品是发表于1959年的长篇小说《铁皮鼓》。《铁皮鼓》和《猫与鼠》(1961)、《非人的岁月》(1963)统称为"但泽三部曲"。但泽是格拉斯的故乡。这个小城市的特殊地理位置,使它几个世纪来缠结着德国与波兰、日耳曼与斯拉夫民族的恩恩怨怨:一战以后,它被波兰管辖;二战期间,被德国占领;战后,又重归波兰,居住在那里的德国人被驱逐。《铁皮鼓》的主人公奥斯卡是一个侏儒,小说通过他从1924年到1954年的生活经历,反映了以但泽为中心的德国社会现实。奥斯卡处于一个独特的视角,特殊的外形使他看到了许多常人难以觉察的社会真相。格拉斯由此向众人揭示了惊世骇俗的德国社会。1995年,格拉斯发表了长篇小说《说来话长》。作品着重探讨了德国统一的历史和现状。他的最新作品是《我的这个世纪》(1999),作品由100个故事组成,不同的人从不同的角度讲述了100年中和德国有关或发生在德国的重要事件,成为一幅20世纪德国的全景图。

五、美国文学

进入20世纪,美国现实主义文学中出现了一批有影响的作家。**西奥多·德莱塞**(1871—1945)是其中最早的一位代表。他的第一部作品《嘉莉妹妹》(1900)和其姐妹篇《珍妮姑娘》,都真实地描绘出美国社会的贫富对立,揭露了金钱对人的腐蚀。《欲望三部曲》包括《金融家》(1912)、《巨人》(1914)和《斯多噶》(1947),描写垄断资本家柯柏乌豺狼般的一生,反映了金融资产者罪恶的发家史及金融资产阶级如何控制美国政权机构的真相。德莱塞的长篇小说《美国的悲剧》(1925)是一部深刻揭露"美国生活方式"的优秀作品,奠定了作家在美国文学史上的地位。主人公克莱德是个穷牧师的儿子,一心追求奢侈的生活。他在伯父的工厂里当一个小工头,先与女工洛蓓塔有私情,使她怀了孕,后又得到大工厂主女儿桑德拉的青睐。为了达到与桑德拉结婚的目的,克莱德设下圈套,使洛蓓塔坠湖淹死。事情败露后,克莱德被判处死刑。小说真实细致地描写了克莱德堕落的过程,揭示出导致他走上犯罪道路的原因:美国社会的贫富悬殊,上层社会的豪华生活,刺激了克莱德挤入上层社会的欲望;美国社会所鼓吹的只要抓住机会、人人都能发财的"美国梦",又促使他为实现自己的欲望、为追求金钱而不择手段。他禁不住社会的引诱,却又受到社会的惩罚。小说的深刻不仅在于写出了克莱德的悲剧,更在于对造成克莱德悲剧的美国社会制度和生活方式的揭露。德莱塞的作品注重真实性,以来自生活实感的力量取胜;他借鉴巴尔扎克的艺术方法,塑造出众多的典型环境中的典型性格,并擅长进行心理分析。同时代的美国作家辛克莱·路易斯认为:"他打开了美国小说从维多利亚式、豪威尔斯式的谨慎、体面通向诚实、大胆和生活激情的道路。"[①]

海明威是第一次世界大战结束后走上文坛的,由于他的长篇小说《太阳照样升起》真实地反映了战后西方普遍存在的迷惘、失望的情绪,因而成为"迷惘的一代"代表作家。他独特的创作风格给欧美文坛以很大的影响(详见本章第四节)。

威拉·凯瑟(1873—1947)在美国20世纪20年代的文坛独树一帜,并获得普利策奖,但并不被"迷惘的一代"承认。到了30年代她似乎落伍了,和当时喧嚣的左倾思潮以及流行的实用主义倾向格格不入。然而,她的作品经受住了时间的考验。1944年,她作为美国文学艺术院院士,获该院最

[①] 转引自董衡巽等:《美国文学简史》(下册),北京:人民文学出版社,1986年,第165页。

高金奖。她的优秀作品《啊,拓荒者!》(1913)、《云雀之歌》(1915)、《我的安东妮亚》(1918)、《我们中的一员》(1922)、《一个迷途的女人》(1923)、《教授的住宅》(1925)、《总主教之死》(1927)和《模糊的命运》(1932)等,大都围绕作家熟悉的故乡大草原的风俗和边疆拓荒者的经历来写,是她"头脑中反复酝酿多年、最后能精确地表现在纸上"的东西。《我的安东妮亚》是凯瑟的代表作,其题材和哈代的《德伯家的苔丝》相似,在这部作品中,凯瑟赞颂了平凡人的伟大和质朴,甚至有意识地把东部文明和西部文明进行了比较,指出西部文明在构筑美国精神中的重要意义。人与土地的永恒关系是她特别关注的。凯瑟从西部大地上发掘出一种有韧性的拓荒者的精神,并以优美的艺术传达出来。对精神的尊重和对艺术的自觉,使她的作品有着一种古典艺术之美,散发出一种土地的芬芳和朝露的湿气。她的语言清新淡雅,流畅自然,犹如大草原上淙淙的溪流,潺潺流过读者的心田。

舍伍德·安德森(1876—1941)第一个揭示出美国工业文明造成的"异化",从哲理高度描写了人与人之间的疏离。他的成名作,也是代表作《小城畸人》(1919)叙述了俄亥俄州的温斯堡小镇上的二十多个畸人的故事。这些故事似乎互不相干,但是又有深刻的关联:一方面是青年记者乔治·威勒德贯穿全书,在各个故事中渐渐成熟,向别人学习,带着出走的渴望,最终告别了小镇,走向新生;另一方面,这些故事中的人物都有着相同的孤独、焦灼、对理解和沟通的渴望、内心深处的追求与向往。这是工业文明对小镇文化的入侵所致,更是人类的普遍情景。这种焦灼不仅点燃了这些畸人,也体现着他们对美好生活、人与人之间的温暖与爱的渴望。安德森的小说艺术后来为海明威和福克纳所继承,海明威的简洁流畅的风格和福克纳的"约克纳帕塔法"世系,都受到安德森的简明口语风格和温斯堡镇故事的影响。

厄普顿·辛克莱(1878—1968)是20世纪初美国"黑幕揭发运动"中最有名的小说家。1904年芝加哥屠宰工人举行大罢工,辛克莱对此进行实地调查,第一个写出了反映这场运动的长篇小说《屠场》(1906)。小说叙述了立陶宛移民约吉斯·路德库斯一家在美国定居后的悲惨遭遇,揭露了芝加哥肉类加工厂恶劣的劳动条件,暴露出资本家唯利是图、把腐烂发臭的肉制成罐头出售的事实。小说出版后引起强烈的反响。此后,辛克莱继续创作揭露社会黑暗面的长篇小说,写有描述科罗拉多州煤矿工人罢工事件的《煤炭大王》(1917),抨击美国哈定政府石油丑闻的《石油》(1927)等。

辛克莱·路易斯(1885—1951)作为美国第一位获得诺贝尔文学奖的作家,塑造了典型的美国人形象和典型的美国环境。他的小说《大街》(1920)

通过一个嫁到小镇的有才华的新娘卡罗尔·肯尼特的眼光,把这个小镇当成美国社会的缩影来批判,指出了其力量与平庸、迅速崛起与粗俗不堪相混合的特点,使得美国人进一步发现了自己。所以这部作品被誉为美国自我发现过程中的一块里程碑。《巴比特》(1922)是路易斯的代表作。主人公巴比特是某城市的一个"公正诚实"的房地产经纪人,他精明能干,事业蒸蒸日上,但骨子里不学无术,庸俗自私,浅薄无聊,形成了一套标准的社会原则来规划自己的生活,成为一切保守、体面和传统事物的支持者。路易斯有意把他写成是美国人中的一个典型,以至字典把"巴比特"作为新词收入,用来形容当代美国那些自以为是、夸夸其谈、虚荣势利、偏颇狭隘的商业市侩。路易斯的嘲讽笔法和细节描写常常令人耳目一新,给美国文坛带来了一种朝气。

弗朗西斯·司各特·菲茨杰拉德(1896—1940)的《人间天堂》(1920)被认为是一块里程碑,标志着美国"爵士乐时代"的开始。作家凭借着作品主人公阿莫瑞·布赖恩的求学经历和情感历程,敏感地写出了20世纪20年代奢华享乐和虚无狂放的时代特征,读者可以从这部作品来感受那个时代"青春而感伤"的氛围。作家敢于暴露一代人的道德状况,深刻有力地再现了一种新的生活方式和年轻人的趋新从众心理。他的短篇小说集《爵士乐时代的故事》(1922)内容包罗万象,第一次明确地将那个时代命名为"爵士乐时代",写出了那个时代的颓废、绝望和享乐主义。他的小说《了不起的盖茨比》(1925)是最为典型的美国梦的故事。它通过主人公盖茨比的幻灭,对所谓"爵士乐时代"进行了揶揄,表现了那一代人在狂欢和享乐背后隐藏着的无尽的绝望和忧伤。作家的晚期小说《夜色温柔》(1934)更是一个人毁灭的故事,主人公只剩下了凄凉和感伤,"爵士乐时代"已经彻底被判处了死刑。菲茨杰拉德喜爱的叙事角度是追忆,常表达出对于韶华易逝、时光不再的怅惘,这使他的小说带有一种浓郁的抒情风格。

约翰·斯坦贝克(1902—1968)于1939年出版了他最优秀的作品《愤怒的葡萄》,迅速走红,1940年获普利策奖,并因此而获得1962年诺贝尔文学奖。这部小说以美国20世纪30年代经济大萧条为背景,描写了农业工人约德一家从俄克拉荷马沿着66号公路向西部的加利福尼亚州迁移的悲惨遭遇。从作品的字里行间,可以感受到作家对土地的深情,以及他那敏感的良心和同情心。小说笔力雄健,线条粗犷,对穷苦人的同情力透纸背,曾打动了众多读者,也产生了新闻效应。斯坦贝克是一位带有自然主义倾向的现实主义作家,他善于用形象性的语言来表达自己的立场,其作品具有一种抒情性的粗犷风格。

第二次世界大战后崛起于美国的一批犹太作家,以他们创作中丰富深刻的思想主题和独特的艺术风格而引人注目,其中最有影响的是1976年诺贝尔文学奖获得者贝娄。**索尔·贝娄**(1915—2005)的主要创作成就是长篇小说。小说《晃来晃去的人》(1944)由于揭示了战争时期人们普遍的精神状态,获得了一定的成功,使作家初步树立起犹太小说家的声誉。《奥吉·玛琪历险记》(1953)通过来自芝加哥的一个贫苦的犹太青年传奇式的流浪冒险故事,反映了20世纪美国的社会面貌和主人公的各种感受,成为当时美国文学中描写自我意识和个人自由的典型作品。《赫尔索格》(1964)描写一个犹太中产阶级知识分子所经历的精神危机,表现了他们在60年代动乱中的苦闷与迷惘,从一个侧面反映了当时美国社会的道德沦丧和人道主义的危机。《洪堡的礼物》(1975)是索尔·贝娄最重要的作品。老作家洪堡是20世纪30年代的著名诗人,他企图用柏拉图美的观念来改造"实用主义的美国",但因势单力薄,悲惨死去。西特林曾受到洪堡的帮助,50年代成为著名作家,可生活越来越不如意,感到苦闷和绝望。这时,他理解了洪堡的痛苦,重新肯定了洪堡的价值,而洪堡留给他的"礼物"——两部剧本提纲,也帮他渡过了难关。小说反映出精神脆弱的知识分子在美国的必然遭遇,生动地说明了物质生活的富足不但不能消除人们精神上的空虚,反而会由于物质和金钱主宰了一切而导致人性和信仰的丧失,从而真实地表达出西方人对精神危机的恐惧,对恢复精神健康的渴望。小说中还探讨了人的存在、人的本质和人的价值等问题。

杰罗姆·大卫·塞林格(1919—2010)的小说《麦田里的守望者》(1951)的主人公"我"(霍尔顿)是个16岁的中学生,作品通过这一形象展开了关于青春期中学生的精彩叙事,写出了一种与污浊不堪的成人世界对抗的美丽的孩童世界;做一个麦田里的守望者,正是对一切稚纯、永恒、美好天性的留恋与维护。霍尔顿一直在流浪飘荡,其实他非常渴望能够成为一个被呵护、被守望的孩子,能够有好的榜样和稳定、永恒的归宿。这部小说用鲜活的口语写成,带着感伤的特征。

20世纪美国黑人文学也取得了突出成就,涌现出理查德·赖特、拉尔夫·埃利森、艾丽丝·沃克和托尼·莫里森等杰出的黑人小说家。其中,**拉尔夫·埃里森**(1914—1994)的《看不见的人》(1952)和《麦田里的守望者》一样,也是成长小说或教育小说,也以卓越的现实主义手法刻画了被社会忽略者的精神内核,突出了现代社会中个性的重要价值。埃里森能够超越自己的经验限制,自觉地把独特的黑人文化和美国文化乃至人类文化结合起来,把自己民族的困境和全体美国人的困境联系起来。作者在暴露了白人种族歧视政策对黑人迫害的同时,也并不赞成黑人对白人的种族主义。从艺术上看,《看不见的人》融合了现代主义的思维和技法,充满隐喻、象征、双关和揶揄等,还运用了超现实主义的笔法表达主人公对自己命运和身份的思考。

约翰·厄普代克(1932—2009)以他的"兔子四部曲"为美国从20世纪50年代到80年代的精神现实留下了生动的记录,也因此而跻身于美国当代著名作家的行列。"兔子四部曲"包括《兔子,跑吧》(1960)、《兔子回家》(1971)、《兔子富了》(1981)和《兔子安息》(1990)。作家精心塑造了一个"兔子"型人物哈里安斯·特罗姆的形象,分别写了他26岁、36岁、46岁和56岁的重要人生片断,通过这个人物不安分的一生和痛苦的求索历程,艺术地概括了50年代的压抑、60年代的疯狂、70年代的瘫痪和80年代的幻灭,为一个完整的美国梦从上演到幻灭,画上了一个完美的句号。厄普代克擅长描写细腻的感觉,又以粗线条勾勒情节,其作品给人泼辣生动之感。他喜欢运用现在时态,立意为一个国家的成长画像,使现实主义在当代有丰美的收获。他注意语言的准确性,注重修辞,既有诗人的敏感心理,又有画家的犀利眼光,是美国文坛上具有独特风格的作家之一。

20世纪70年代以来,美国文学中的一个重要现象是华裔美国作家群体的出现。这批华裔作家用英语写作,往往是第二代,甚至第三、第四代的中国移民。他们在同美国社会融合的过程中经历了东西方两种不同文化和心理的冲突,这在他们的心灵深处留下了不可磨灭的烙印。华裔美国作家中最有影响的是两位女作家汤婷婷(1940—)和谭恩美(1952—)。**汤婷婷**最有影响的作品是小说《女勇士》(1976),讲述一个华裔少女的成长历程,具有一定的自传色彩。叙述者"我"通过家族故事及个人在美国学校和社会中的遭遇的描写,呼吁美国社会中的少数族裔打破沉默,改变主流文化对华裔的印象以及长期形成的程式化形象。书中涉及有关中国神话、历史故事及民情风俗的描写。**谭恩美**最著名的小说《喜福会》(1988),以流畅、质朴而动人的笔调,描写了旧金山四对华人母女两代人的故事,表现两代人之间产生了由于中美不同的文化背景、生活习惯、思维方式而导致的种种冲突与碰撞。女作家细腻地展示了母女深厚的亲情纽带对上述种种冲突的化解,以及双方的理解、包容与尊重,读来感人至深。

第二节 罗曼·罗兰

罗曼·罗兰(1866—1944)是20世纪法国杰出的现实主义作家。他出生于法国中部涅夫勒省克拉姆西镇一个公证人的家庭。受母亲影响,他从小就喜爱音乐和文学。罗曼·罗兰14岁的时候,父母亲为了使他得到更好的教育条件,全家搬迁到巴黎。中学毕业后,他考入被他称为"人文主义修道院"的巴黎高等师范学院。少年和青年时代,他阅读了大量书籍,深受伏尔泰、斯宾诺莎、托尔斯泰等思想家的影响。

大学时代,罗曼·罗兰曾给俄国著名作家列夫·托尔斯泰写过一封信,向他诉说内心的矛盾和迷惘。托尔斯泰给这位素不相识的年轻大学生回了一封长达几十页的信,对他提出的问题作了诚恳的回答,并鼓励他为人类的理想而奋斗,指出艺术应该面向人民大众的道理。托尔斯泰的回信对罗曼·罗兰艺术观的形成有很大的影响。大学毕业后,罗曼·罗兰又到设在罗马的法国考古学校去作了两年的研究。1895年,罗曼·罗兰撰写的关于欧洲歌剧史的博士论文通过了答辩,获得博士学位后不久即在大学任教。

罗曼·罗兰的理想并不是做一个学者,而是想成为一个作家。他很早就发出"不创作,毋宁死"的誓言,其文学创作开始于19世纪90年代,以第一次世界大战为界分为前后两个时期。罗兰最初进行的是剧本创作,他说:"我爱戏剧,因为它使人在同样的感情激动之中,能够互相友爱地沟通。"[①]他早期创作了一组"信仰悲剧",包括《圣路易》(1896)、《艾尔特》(1898)、《理性的胜利》(1899)三部,以及一组以法国大革命为题材的"革命戏剧",包括《群狼》(1898)、《丹东》(1900)、《七月十四日》等八部。其中《群狼》(1895)是以轰动全国的德雷福斯事件为背景的一出悲剧,剧情是大革命时期共和军军官的内讧和杜亚龙的蒙冤而死,作者以现代的思想充实了过去的历史事件,表现出维护正义的立场;《丹东》(1900)反映雅各宾党人内部的矛盾和斗争,表达对个人道德的推崇和对暴力手段的否定;《七月十四日》(1902)描写1789年7月14日巴黎人民攻陷巴士底狱这一重大历史事件,赞颂了人民群众在斗争中高昂的英雄主义精神。罗兰始终认为法国大革命中有一些值得肯定的精神遗产,针对普法战争以来国内普遍存在的消沉情绪,他希望通过创作"革命戏剧",用大革命的激昂精神来鞭策当代法国人民振作起来,积极

---

① 转引自陈周方:《罗曼·罗兰》,沈阳:辽宁出版社,1985年,第57页。

进行反对强暴、清除外患的社会斗争。

罗曼·罗兰写过一系列名人传记,包括《贝多芬传》(1903)、《米开朗琪罗传》(1906)、《托尔斯泰传》(1911)等。在这些传记中,他突出了英雄人物的伟大品质,强调了他们追求自由、伸张正义的精神,以及为坚持真理而不怕受苦受难的坚强意志。他在《贝多芬传》中写道:"周围的空气是沉闷的。老旧的欧洲麻木在沉重污浊的气氛中。一种物质主义压抑在人们的思想上,它阻碍了各国政府和一般人们的行动。世界在它的谨慎、卑鄙和利己主义中窒息而死。世界喘不过气来了。打开窗子吧!让自由流通的空气吹进来!让我们呼吸英雄的气息吧!"罗兰的"英雄"是指具有"伟大的心"的人,他所说的"自由"的空气是个人为崇高理想而奋斗的英雄主义,是与唯利是图的物质主义(市侩主义)相对立的理想主义。他是要把这些经历坎坷与不幸的英雄人物的伟大精神作为力量,鼓舞人们去改造和拯救社会。

1901年,罗兰和热衷上流社会社交生活的夫人之间隔阂越来越深,最终因感情破裂而离婚。1903年—1912年,在写作名人传记的同时,他埋头创作构思多年的长篇小说《约翰·克利斯朵夫》,小说第一卷发表于1904年,此后每年出一卷,到1912年完成。在小说最后一卷行将完稿时,他辞去教职,成为职业作家。1913年,《约翰·克利斯朵夫》获法兰西学院文学大奖。

《约翰·克利斯朵夫》是罗兰前期的代表作,全书共4册10卷。第一册为《黎明》、《清晨》、《少年》3卷,描写主人公童年和少年的生活。克利斯朵夫出生在德国莱茵河畔的一个小镇,祖父和父亲都是公爵的御用乐师,家境贫寒。由于他表现出的音乐天赋,父亲用戒尺训练他,祖父则用出人头地的思想激励他,都想把他培养成给家族带来名利的音乐家。而他的舅舅却教育他要崇尚自然,做个真诚的普通人。这两种对立的思想都对他产生了影响,既使他一生都努力奋斗,又使他始终能用真诚的态度对待艺术和人生。11岁时他到宫廷演出,受到赏识,得以在宫廷乐队任职,开始挣钱维持家用。他为上流社会演奏,给有钱人当家庭教师,深切地感受到封建贵族的骄横跋扈和歧视;而他少年的友情和恋爱,又使他看到市民阶级的奴颜婢膝和庸俗,这些都使他厌恶。第二册为《反抗》、《市场》2卷,暴露了德法社会整个文化艺术界的衰败现实,写主人公对社会的不满和反抗。在宫廷乐队供职的克利斯朵夫不能容忍把神圣的音乐变成向权贵阿谀奉承的手段,他毫无顾忌地批评一切他认为拙劣的东西,激起了"公愤",并与公爵发生冲突,终被免职。一次,他痛打了到乡间骚扰的德国大兵,为了躲避逮捕,他来到大革命的故乡法国巴黎,想寻找向往已久的文明,施展他的才能。可腐败的现实使他的幻想化为泡影,他在巴黎过着穷音乐家默默无闻的生活,为找工作四处碰壁。当他抨击资产阶级腐朽的文化和艺术时,又受到上流社会的敌视,他感到自己是个孤独的反抗者。第三册为《安多纳德》、《户内》、《女友》3卷,主要写克利斯朵夫的友谊和爱情。克利斯朵夫结识了颇具才华的法国青年作家奥里维,终于有了朋友。在奥里维的影响下,他到法国下层人民中去,看到法兰西纯洁美好、向往和平的民族精神。他遇到了过去的学生、现在的伯爵夫人葛拉齐亚,她在暗中默默地帮助他,使他的作品得到社会的承认。第四册为《燃烧的荆棘》、《复旦》2卷,表现主人公参加斗争的思想矛盾、绝望及解脱。顽强的个人英雄主义意识和对艺术的偏执信仰,使克利斯朵夫过分相信个人精神的力量和艺术的力量,不相信人民群众的力量,导致他对政治斗争的否定,使他和工人阶级貌合神离。在"五一"节示威游行中,奥里维为救一个残疾的学徒受伤身亡,克利斯朵夫为自卫,将一个警察杀死,逃亡到瑞士。奥里维的死,给克利斯朵夫的精神以十分沉重的打击,他心灰意冷,向现实妥协。这时,他意外地遇到了孀居的葛拉齐亚,他们的爱情越来越深,但不久她离开了人世,带走了爱。克利斯朵夫重新回到巴黎,和原来的敌人和解。晚年的克利斯朵夫隐居意大利,专心创作宗教音乐,追求精神上的自我完成,成为举世闻名的大音乐家。最后,他在病榻上对着幻觉中的上帝发出临终前的自慰:"我曾经奋斗,曾经痛苦,曾经流泪,曾经创造。让我在你为父的臂抱中歇一歇吧。有一天,我将为了新的战斗而再生。"

歌颂具有伟大心灵的英雄这个主题是罗兰文学创作的灵魂,在《约翰·克利斯朵夫》中,这个主题奏出了最强音。罗兰以他本人和贝多芬为模特儿塑造了克利斯朵夫这个艺术典型。克利斯朵夫是一个充满生命活力的人,一个自强不息的人,一个充满反抗精神的人,一个主张"精神独立"的知识分子。罗曼·罗兰在《约翰·克利斯朵夫》的卷首题词是理解这部作品的一个重要关键:"献给各国的受苦、奋斗而必战胜的自由灵魂。"克利斯朵夫就是这样的一个自由灵魂。他与他的父亲不同,他不屈从公爵的专横和淫威,他不肯与家乡小城保守沉闷的气氛妥协,他磅礴的才气和自由的灵魂注定了要去追求更广阔的天地。在巴黎,他与艺术界庸俗腐朽的风气斗争,他努力想用英雄主义的精神来鼓舞人们跳出物质主义的泥坑。他把音乐、创造看成自己的生命。年轻的时候,他不断与社会抗争。但后来,随着年岁的增长,随着他逐渐认识到个人抗争的力量是微弱的,不能改变整个社会,他也逐渐与现实妥协了,最后进入一种"清明高远的境界"。克利斯朵夫的形象是一个集道德理想、行动热情和英雄精神于一身的新人形象。小说描写了这位德国音乐家与法国诗人奥里维的友谊,以及与意大利女子葛拉齐亚的爱情,实际上反映了作者的一个理想:把德国的"行动的力量"、法国的"理性精神"以及意大利的"美"三者结合起来,造就一种完美的人性。

小说广泛涉及了德法两国的社会和文化,还侧重描写了克利斯朵夫与奥里维的姐姐安多纳德、一个朴素的法国姑娘未能实现的爱情,以及他与法兰西精神的化身、青年诗人奥里维的深厚友谊,其中蕴含着作者对欧洲大陆上两个主要民族——德意志和法兰西团结友爱、共同建设美好欧洲的希望和理想。

这部长篇作品在艺术上颇具特色,被罗兰自称为"音乐小说"。由于小说叙述的是一个音乐家的一生经历,音乐便和音乐家的精神世界息息相关,是主人公生命的组成部分。罗兰凭借他深厚的音乐素养,使音乐在小说中不仅是内容,渗透到人物的性格和情节中,而且是形式,作用于小说的结构和性格塑造。全书犹如一部庞大的交响乐,克利斯朵夫一生悲欢离合的经历被作家分为少年、反抗、悲歌和复旦四个阶段,"相当于交响曲的四个乐章",各个阶段有着不同的乐思、情绪和节奏。小说中赞美音乐的文字,描写人对音乐的感受,借用音乐的术语,随处可见。在表现手法上也借鉴了音乐中的强弱对比,对抗与和谐等手法。所以,10卷巨著像长河一样,蜿蜒奔流,泻滞回旋,波澜起伏,滔滔有声。此外,作品具有的浓厚抒情色彩,象征手法的大量运用,抒情因素和哲理、政论因素互相交织等等,也构成小说"长篇叙事诗"的独特风格。

1913年,罗曼·罗兰创作了一部轻松诙谐的中篇小说《哥拉·布勒尼翁》(发表于1919),描写法国文艺复兴时期一个细工木匠的故事,歌颂劳动,歌颂主人公乐天的生活态度,嘲讽了中世纪虚伪的禁欲主义。

第一次世界大战爆发后,1914年9月2日,罗兰在日内瓦发表了反战宣言《超乎混战之上》,遭到围攻,不得不侨居瑞士15年。但他坚持人道主义的立场,继续发表了许多反对战争、主张和平的文章,后结成《在混战之上》(1915)和《先驱者》(1919)两部论文集。1916年,瑞典皇家学院不顾法国政府的干预,把1915年的诺贝尔文学奖授予罗曼·罗兰,除表彰他由小说《约翰·克利斯朵夫》所表现出的"伟大的心"和艺术家能将心中真诚的意见表达出来的大无畏精神外,还因为他是知识界唯一超乎混战之上的人。罗兰把奖金全部赠送给国际红十字会。1918年3月,他建议组织"思想国际",

提出"扩大人道主义"的斗争口号。1919年6月,他发表《精神独立宣言》,号召全世界文化界团结起来,不服从各国政府准备新的战争的措施与命令,签名者有各国知识界领袖和学者百余人。1922—1930年,罗兰经历了一场痛苦的思想危机,为了寻找出路,曾一度接受甘地的不抵抗思想,但法西斯猖獗的现实粉碎了他的幻想。在事实的教育下,1931年他发表了自己称为"忏悔录"的著名文章《向过去告别》,毅然同过去的错误思想决裂。1932年,他被推举为在荷兰阿姆斯特丹召开的反战大会的主席,他发表了震动人心的反战、反法西斯宣言。1933年,他公开拒绝了德国政府授予他的歌德勋章。

在两次世界大战之间,罗兰创作了第二部长篇小说《欣悦的灵魂》(1922—1933,中译本名《母与子》),还完成了"革命戏剧"的最后一部《罗伯斯庇尔》(1939),作为他一生创作的总结。《母与子》的主人公安乃德是一个富有的建筑师的女儿,从小养成了独立倔强的性格。父母去世后,她继承了大笔遗产,希望过独立的生活。她与未婚夫不能志同道合,决意取消婚约,怀孕后仍拒绝结婚,情愿做未婚母亲。不久,安乃德因财产委托不当而破产,但她不屈服,忍受着世人对她的蔑视,靠当家庭教师谋生,把非婚生的儿子玛克抚养成人。第一次世界大战中,母子二人都参加了反法西斯的斗争。玛克继承了母亲反抗邪恶势力的独立奋斗、决不妥协的精神,最后被意大利法西斯分子杀害。年过半百的母亲坚强地承受了这一打击,埋葬了儿子的尸体,继续儿子未竟的事业。

《母与子》是罗兰后期的代表作品,描写两代知识分子的奋斗经历,反映了法国知识分子在时代洪流中的心灵历程。安乃德那过人的精力,澎湃的热情、百折不挠的意志和凭本能行事的冲动,和克利斯朵夫有许多相似之处。她最初仅仅追求独立的精神人格,但遭到失败。在儿子牺牲这血的事实的教育下,她投身到反法西斯的社会活动中,找到了人生的正确道路,完成了她几十年艰苦探索的精神历程。小说成功地塑造了安乃德这一个在道德上和精神上背叛资产阶级传统,从为争取个人自由、独立的奋斗开始,最终走上了为社会正义、人类幸福而斗争的道路的女性形象。安乃德的儿子玛克是一次大战后成长起来的青年,他受到俄国妻子阿西娅的影响,逐渐看清了战争贩子的险恶用心和罪恶行径,意识到个人力量的渺小,便投身到社会斗争中,开始组织劳动群众的工作,反对帝国主义战争,反对民族沙文主义,最后献身于反法西斯斗争。这部小说通过感人的人物形象真实地再现了第一次世界大战后法国优秀知识分子的生活、斗争、思想、感情以及追求和理想。从《约翰·克利斯朵夫》到《母与子》,展示了罗兰几十年思想发展的轨迹:完成了从个人主义走向集体主义,从和平主义和抽象人道主义到承认参加群众性社会政治斗争的重要性这一思想飞跃,因而他被称为"两个世纪文化的一座桥梁","欧罗巴的良心"。

1938年,年逾70的罗曼·罗兰回到故乡的一个小镇定居下来。第二次世界大战爆发后不久,法国失陷,德国侵略者监视着住在故乡小镇上的年迈的罗兰,维希卖国政府下令不许发行他的一切著作。他闭门著书,创作了回忆录《内心的历程》(1942)和音乐史著作《贝多芬的伟大创作时期》(1943)。1944年8月24日,罗兰以欣喜的心情迎接巴黎的解放,同年12月30日,他在故乡住所与世长辞。罗兰的一生是为崇高事业奋斗的一生,他发扬光大了法国文学的人道主义传统,为文学传统提供了一种新的范例,即表现生存体验和生命历程,不愧为饮誉20世纪法国与世界文坛的伟大作家。

第三节 劳伦斯

戴·赫·劳伦斯(1885—1930)是20世纪英国文坛最具争议的作家之一。他生于英国诺丁汉的一个矿工家庭。父亲是个脾气暴躁的矿工,经常在酒醉之后打骂妻儿;母亲受过良好的教育,曾做过小学教师,个性坚强。两人婚后不久就因个性不合而导致婚姻生活的不幸。于是母亲把所有的感情都寄托在儿子身上,这造成了劳伦斯在年轻时对母亲的过分依恋和对父亲的排斥心理。这一典型的恋母情结经历后来在他的自传性作品《儿子和情人》中有详尽的描写。1906年,劳伦斯靠奖学金进入诺丁汉大学学习教师专修课程,并开始进行文学创作。1912年,劳伦斯遇见了他后来的妻子弗里达,两人一见倾心。弗里达丢下自己的三个孩子,和他一起私奔。从此,两人开始了频繁的旅行生活。1915年,小说《虹》发表,但不久即被扣上"有伤风化"的罪名而遭到查禁。劳伦斯不甘屈服,以同样的笔调创作了《虹》的续篇《恋爱中的女人》,鞭挞工业化的危害。战争结束后,劳伦斯夫妇又开始了漂泊的旅行生活,行踪遍及锡兰、澳大利亚、新西兰与墨西哥等地,希望能在地球上发现那些未被现代工业文明玷污损害的地方。这段时期也是他创作旺盛的时期,除了完成《恋爱中的女人》等长篇小说外,他还写了大量的短篇小说、诗歌、游记和文学论文。1928年,劳伦斯完成了长篇小说《恰特里夫人的情人》。这本书因触犯有关淫秽出版物的管制条例,被禁止在英国出版。1930年3月2日,劳伦斯客死在法国的南部小城。

劳伦斯的一生是与资本主义工业化社会现存秩序进行斗争的一生。19世纪中期以后,英国工业发展的进程加快,实现了全国规模的工业化,连他的家乡小镇也发生了变化。诺丁汉一带尽管一边依然是葱绿青翠的森林和农田,另一边却成了黑烟滚滚、井架林立的煤矿区。随着工业化和机器文明的迅速发展,农村经济濒临全面解体,残余的宗法感情也日益消散。森林和田野遭到污染和破坏,人越来越沦为机器的奴隶,人的自然本能和人与人之间的和谐关系都受到金钱社会的腐蚀,人已经不再是身心统一的人。劳伦斯生来热爱自然,热爱英格兰乡村,迷恋幼年时代诺丁汉的红色岩石和橡树林,为田园式古老英国的消失而叹息。工业化的烟尘使花草枯萎、树木凋零,也使人的自然天性因遭到压抑而窒息。这种工业化的英国和田园式的英国,在劳伦斯的全部作品里一直处于对立和冲突之中,他的创作表现了对工业化现实的不满和憎恶。

对两性关系的探索是劳伦斯创作的另一重要主题。他认为遭到压抑的欲望与本能并非罪恶,压抑行为本身才是罪恶的。他反对对性生活做任何建立在恐惧基础上的压抑,无论这种压抑是宗教的、道德的还是社会的。劳伦斯认为哲学中的精神至上、宗教里的禁欲主义、传统道德的偏见都鼓吹压抑人的自然力量,这在劳伦斯看来无疑是取消生命的本能。他提倡建立一种新的、健康和谐的两性关系以摆脱现代工业化社会对人的压抑。

劳伦斯的第一部长篇小说《白孔雀》(1911),以英格兰中部的农村为背景,讲述了两对青年男女的爱情故事,田园生活与工业文明的对立主题已经在小说中有所表现。1913年出版的《儿子与情人》为劳伦斯赢得了广泛的声誉。小说围绕煤矿工人毛瑞尔一家的痛苦与不幸,通过主人公保罗的成长过程反映了深刻的社会问题和心理问题。保罗的母亲因婚后生活不幸,便把自己的感情全部寄托在儿子身上。这种情感超越了正常的母爱,也直接导致了保罗第一次恋爱的失败。保罗的两次爱情经历说明纯粹的精神恋爱不能使他幸福,单纯的肉体满足也不能给他带来长久的欢乐。最后,他又重新回到孤独状态。母亲的去世使他在精神上和感情上摆脱了束缚,但通向未来生活的途径究竟在哪里?故事的结尾是一个现代小说中常见的开放式结局:保罗在神思恍惚中蹒跚而行,向神秘莫测的未来走去。

这部小说的前半部带有很大的自传性,记述了劳伦斯早年的生活经历。作品以19世纪中叶英格兰中部诺丁汉郡、德贝郡一带煤矿区和水乡阡陌纵横交错的地带为背景,描绘了一幅煤矿工人的生活图景,真实而生动地传达了当时的历史和社会气息。小说表现了矿工们成天在黑暗、潮湿的坑道里干着非人的苦工，每时每刻都冒着生命的危险。他们逐渐变得粗暴、蛮横，只有酒才能使他们暂时忘却忧伤和疲劳，只有在家里粗声恶语才能发泄心头郁积的怒气。于是，从矿井到酒店，在地下开凿岩石，在家里打骂妻儿变成了矿工们特定的生活方式。生活对于他们来说，无非是贫困和肮脏，大工业生产的阴影笼罩着每个矿工的家庭生活。劳伦斯认为，英国的工业生活给每一个社会成员留下了烙印一般难以洗刷的污垢，削弱他们的人性，被机械所奴役成为现代人的悲剧命运。

《儿子与情人》的另一个重要主题是描写青年保罗的成长过程中精神和感情上的分裂和矛盾。许多评论家都认为这部小说为"俄狄浦斯情结"提供了一个典型的病例。它的完成使劳伦斯从母亲的阴影中解脱出来，从更广泛的角度去深入探讨社会和精神问题。

《虹》(1915)和《恋爱中的女人》(1920)是姐妹篇。一般认为，这两部小说代表了劳伦斯的最高成就。《虹》以史诗般的格局，一方面通过一家三代人的生活和心灵历程追述了英国从传统的乡村社会到工业社会的历史变迁，揭示了19世纪后半期深刻而巨大的社会变化；另一方面，又以英国小说没有先例的热情和深度探索了有关建立新的两性关系的问题。小说的开头以田园牧歌式的笔调描绘了1840年前后英格兰中部水乡的优美风景。随着工业化的推进，这块古老的土地上出现了运河、铁路和煤矿的井架等工业文明的标志。与宁静、翠绿的乡村构成鲜明对比的是污浊、灰暗的矿区。在两种文明的更迭交替中，劳伦斯叙述了布兰文一家三代人的故事。第一代汤姆·布兰文是个忠厚诚实的农民，他与一位波兰流亡贵族后裔、波兰爱国者的遗孀莉迪娅结合，两颗不同世界的心经过激烈的冲突磨合，最终进入宁静、和谐、幸福的理想状态。但是不久，汤姆就被一场洪水冲走了。这象征着农业社会的消亡和工业社会到来的必然。莉迪娅的女儿安娜和汤姆的侄子威尔是布兰文家族的第二代。第二代人的婚姻生活是现代婚姻生活的缩影，是一场充满痛苦的失败婚姻。在工业社会中，人们丧失了与自然的和谐关系，失去了宗法制社会中宽容美好的人性而变得自私封闭，以自我为中心，这样的两性之间是无法建立起和谐关系的。于是，安娜在养儿育女中获得满足，威尔则在工作中逃避。第三代是威尔与安娜的长女厄秀拉，小说的重点就是描述了她的成长和追求。克服重重困难完成了大学的师范课程，厄秀拉成了一名小学老师。借她之口，劳伦斯表达了对当时教育制度的强烈不满。厄秀拉的第一位恋人是一名英国军官，两人终因缺乏精神上的理解而分手。结尾处,对爱情深感失望的厄秀拉回到家里,不幸流产,大病一场。病后初愈的一天,她打开窗户,看见天空中悬挂着一轮美丽的彩虹。

虹是小说中最重要的意象,它美丽灿烂,横跨天空的两端。在《圣经》中,虹象征大洪水后上帝和所有生命的神圣契约。在劳伦斯看来,虹的这一端是我们的尘俗世界,那一端是天人合一的神圣境界,一个完美的婚姻就像一座虹,可以带领世俗男女跨越混乱的尘世,到达更高的境界,以感受生命的真正源泉和人与万物之间的神圣纽带。缺乏和谐的婚姻,自私封闭的两性关系,永远不可能超越尘世。从这点上说,《虹》显示出强烈的宗教虔诚,只是它弘扬的不是广义的基督教,而是自然及生命力。

小说的主题是三代人的爱情生活,第一代人的幸福婚姻随着时代的变迁而不可复得。第二代人的婚姻是劳伦斯对现实婚姻的写照。威尔和安娜在蜜月生活之后面对的是两人信仰的分歧、性格的冲突和争夺家庭领导地位的激烈斗争。两人之间没有温柔和爱情,只有在欲望驱使下对肉体的追求,在恨的长夜中偶然迸发出的爱的微光。但肉体的一时满足填补不了精神上的长远空虚,他们只能在婚姻之外另寻精神寄托。

时间进入20世纪,布兰文家的第三代厄秀拉继续着劳伦斯对人类"新生"的探索。20世纪初的英国社会,普遍的工业化与精神生活领域传统的道德规范之间的冲撞成为重要的社会问题。厄秀拉就生活在这一社会背景之下。作为劳伦斯理想的实践者,她的探索过程不仅充满了与外在环境的剧烈冲突,而且经历着灵魂的自我煎熬和痛苦的抉择。和前两代人相比,厄秀拉的精神境界和追求远远超过了她的祖辈、父辈。为了追求个性的充分自由发展,她不屈不挠地和束缚、压制她的一切外部环境作抗争。对自我价值的不断追求使厄秀拉成为劳伦斯作品中最理想的女性形象之一。她的成长经历就是一段段走出狭隘、平庸的生活空间的斗争史。童年时,为了摆脱周围平庸的小伙伴和家庭的束缚,她每天乘火车到诺丁汉的文法学校学习。毕业后,她感到自己不能无意义或无价值地待在家里,于是离开家到外地做了一名小学老师。几年后,她又进入大学深造。

厄秀拉不仅在生活空间上不断向外扩展,在思想认识上也不断走向成熟。从小她就对自我价值有清醒的认识,反感母亲整日沉醉于繁琐的日常家庭事物之中,她勇敢地步入家庭以外的生活空间。在追求自我的过程中,厄秀拉的内心深处一直渴望一个能够欣赏她的男子的出现。于是,年轻、英俊的军官斯克里本斯基的出现立刻吸引了厄秀拉。在本能和激情的驱使下,两人相爱了。虽然一开始肉体带来的快乐使厄秀拉感到迷醉,但很快她就陷入痛苦之中,强烈地感到两人在本质上的格格不入。厄秀拉的生命与自然精神共存,她的身上保存着更多的自然本能。而斯克里本斯基从根本上是属于厄秀拉眼里那个腐败、堕落的现实社会。他表面上看起来风度翩翩,富有魅力,但内心却是一片荒芜。他心甘情愿地服从所谓的国家利益,没有独立的自我意识。面对厄秀拉,他常常感到难以把握和理解。因此,两人关系的最后破裂实际上是不可避免的。

劳伦斯在小说中对英国的社会生活进行了多方面的深刻批判。他以厄秀拉的一段教学经历和大学生活的描写,对英国的教育制度予以了全面否定。厄秀拉幻想在教学工作中找到自由,向孩子们献出自己最真挚的爱。但学校里冰冷的现实粉碎了她的想法。她发现学校就是一座可怕的监狱,那里用严厉的体罚来维持秩序,用强制的方式灌输无用的知识,靠滥施暴虐来维持教师的威信。她想与学生建立起亲密关系的想法被视为异端,无人理解。渐渐地,她也变得严厉、冷漠,她成为一名"出色的教师",却为此在心灵上付出了巨大的代价。但小学的情况和她后来所上的大学相比还算不得什么。英国教育制度的丑恶在后者身上暴露得更为充分。厄秀拉发现大学不过是"一间蹩脚的车间"、"一个蹩脚的商店",在那里,人们以追求物质利益为唯一目的,受教育是为了赚钱作进一步准备。对大众而言,教育已经异化为一种否定自我的破坏力量。

虽然《恋爱中的女人》和《虹》源于同一部小说,但到1920年才发表。第一次世界大战的爆发,《虹》发表后所受到的不公正待遇,都使劳伦斯的创作思想和创作风格产生了一些变化。无论劳伦斯对机械工业文明的态度如何,读者还是在《虹》的结尾看见了一道象征希望的彩虹,而在《恋爱中的女人》中让人深深感到的则是作者对西方文明的失望情绪,以及在战争背景之下人心中的绝望、孤独、破坏等负面情绪。在这样困难的情况之下,劳伦斯继续着他对建立自然、和谐的两性关系的探索。

小说一开始,劳伦斯就通过厄秀拉和妹妹古德伦的谈话,讲出了那个时代的本质特征:"所有的事情都不能实现,每件事都在含苞未放时就枯萎了"。在这个令人窒息的时代氛围之下,姐妹俩都在渴望一个男人的出现,以打破这种状态。这也是劳伦斯所设想的现代文明的出路:在男人和女人的关系更新中寻找现代人突破生存困境的途径。姐妹俩不同的性格和气质,使她们做出了不同的选择。厄秀拉选择了带有劳伦斯理想色彩的男性——学督伯金,古德伦则选择了工业化的代表——煤矿主杰拉尔德。

煤矿主杰拉尔德身上,体现了劳伦斯对机械工业文明必然命运的预言。

死亡本能及其衍生物——破坏本能和进攻本能在这一形象身上表现得尤为明显。作为"工业巨子",杰拉尔德是人格化的机械之神。他坚信,人类要想征服自然、征服宇宙,就必须拥有一套尽善尽美的机械装置。他进行了一系列的改革措施,用现代化的大机器生产取代了父亲老托马斯旧有的生产方式,"机械原则"渗透至矿山的每一个角落,整个矿山变成了一架高速运转的庞大机器。在杰拉尔德的矿区,工具性取代了人性,人与人之间的关系也随之变化,矿工们都成了机械零件,他们之间是齿轮和齿轮、主要齿轮和次要齿轮之间的关系。劳伦斯通过杰拉尔德推行机械化的过程,形象地再现了资本主义工业文明所造成的普遍的人性异化,人作为宇宙主体的价值和意义最终被消解。杰拉尔德作为工业化社会的杰出代表,具有非凡的才能、顽强的意志和超人的气魄。但在劳伦斯看来,他的创造力是和死亡紧密相连的,他的内心已经枯萎,有的只是残忍的本性和控制欲望。他身上带有浓厚的死亡气息的个性特征,决定了他在爱情领域也必将失败。当杰拉尔德用尽心机使整个矿区按照"机械原则"运转后,他却成为一个多余的人,并陷入一种不可名状的恐惧和失落状态之中。他遇到了古德伦,就立刻像抓住救命稻草一样抓住了她。

  古德伦作为杰拉尔德的情人,在气质上和他具有很多相识之处。初见杰拉尔德,吸引她的是他身上所具有的兽性气质。古德伦对自然、平凡的现实生活的冷漠态度和性格中的残忍天性和杰拉尔德的天性是相通的。但在劳伦斯看来,这两人所形成的两性关系注定是一种破坏性的关系。他们都是通过毁灭对方来寻求自我的拯救。对杰拉尔德而言,只有彻底地征服、占有古德伦才能生存下去。而古德伦,她一方面屈从于杰拉尔德充满野性的肉体和男性气质,另一方面她强烈的自我意识又在不断地企图控制和摧毁杰拉尔德的意志。两个人的交往过程是激烈的血肉冲突,不可能产生劳伦斯理想的两性和谐之音。

  如果说劳伦斯通过杰拉尔德和古德伦的关系要揭示的是现代工业文明的毁灭性,那么通过伯钦和厄秀拉的关系则是为了继续探索人类的新生之路。厄秀拉在《虹》里完成了自己的成长历程,是一个个性和心灵完全独立的新女性。《恋爱中的女人》中的伯钦是一个与之相对应的独立的男性。两个在精神上完全独立的个体是劳伦斯进行两性关系探索的基本前提。从某种角度上说,伯钦是这一时期劳伦斯思想的代言人。此时的劳伦斯正处于思想的低迷时期:《虹》的出版引起了评论界甚嚣尘上的猛烈批评,自身贫病缠身,战争的阴影尚未消除。劳伦斯越来越感到整个社会处于一种令人不堪忍受的混乱和腐败之中。通过伯钦，劳伦斯再一次对现代工业文明进行了彻底否定。在伯钦眼里，生活是条邪恶的死亡之河，人类生活的尊严已丧失殆尽，"理想全都死掉了。人性本身已经干枯了。"他甚至憎恨自己属于人类。伯钦的愤世嫉俗非常极端，几乎接近虚无主义，他认为最美好的世界是没有人迹的世界。伯钦和杰拉尔德身上都有着强烈的死亡意识。但杰拉尔德的死亡意识是源于自身，死亡是他不可摆脱的宿命，而伯钦之所以宣扬死亡，是因为在他看来当前的社会现状已无法改变，唯有毁灭后重新再生，人类才有希望。

在伯钦身上，劳伦斯进一步探索在荒芜的工业社会里建立和谐、自然的两性关系的可能。伯钦和厄秀拉的爱情也经历了一个互相磨合、斗争和适应的过程。两人在思想认识和个性上起着互补的作用：伯钦锐利的哲理思辨和对社会的深刻剖析时时给厄秀拉以启示；而厄秀拉本人富于包容的心灵和丰富细腻的情感世界则对伯钦偏激的思想起到了某种矫正作用。最终，两人走到一起，向着理想的两性世界努力，那是一种"均衡，是单独两个个体之间的纯粹的平衡——就像星星之间的关系"。

小说中，劳伦斯并没有告诉读者伯钦和厄秀拉已经形成了理想中的两性关系，他们还要在探索的道路上继续艰难前行，但至少我们已经看见了两性关系理想的图景：它是以保持自然、健康的个性为前提，在两性保持差异的基础上形成的一种灵魂与肉体都彼此互相需要的关系。那是种极度幸福的和谐状态，两人合而为一，变成一个全新的整体。"在这个整体中，万籁俱寂，因为那儿的一切都已尽善尽美，完整统一"。

劳伦斯在《恋爱中的女人》中进行两性关系的探索时，还十分关注男性个体的独立性问题。这也是劳伦斯成为许多女权主义评论家批判对象的重要原因。小说中厄秀拉把爱情视为一种归宿，而伯钦则不同。他不仅需要爱情，也需要一个绝对的自我以及与另一个男性的友谊。不少评论者认为这是劳伦斯创作中男权至上思想的表现。其实这要考虑到当时英国社会的状况，劳伦斯之所以在作品中探讨建立理想和谐的两性关系，是因为现实中两性关系往往是充满争斗、占有与反占有、控制与反控制的关系。劳伦斯认为英国的男性在这一关系中受到压制，甚至萎缩。在寻找到真正理想的异性之前，男性友谊对保持男性独立是有帮助的。

从第一部长篇小说开始，劳伦斯的作品大多从两性关系的角度出发，集中揭示了机械工业文明对人性的异化。《虹》和《恋爱中的女人》反映了他试图以乌托邦式的理想化的两性关系作为西方文明摆脱困境的出路，但残酷而冰冷的现实使劳伦斯几乎丧失了信心。一次大战以后,他一度创作了大量充满异域色彩的作品,如《袋鼠》(1923)、《羽蛇》(1926)等,充满对领袖原则、原始宗教的浓厚兴趣,极富神秘色彩,表现了他对西方民主制度的失望情绪。

劳伦斯在其最后一部重要的小说《恰特里夫人的情人》(1928)中,再次回归创作的最初主题。作家曾经三易其稿,小说因其对性爱惊世骇俗的描写而找不到出版商。1928年,该作由劳伦斯自费在意大利出版,但随即遭禁,直到1960年才在英国正式出版。在很长一段时间内,《恰特里夫人的情人》都被视为禁书、色情小说,但其实小说的主题是非常严肃的。劳伦斯认为人类文明的最终出路在于自然人性的真正复归,他以象征的笔法倡导恢复真爱、恢复自然本能,从而挽救西方业已堕落的文明。

作品中写道:恰特里男爵在战争中受伤,下肢瘫痪,丧失了性功能,他否定肉体存在的价值和夫妻之间和谐性生活的必要性,并对他的妻子康妮进行潜移默化的影响,为了能让她生一个孩子以继承家业,他甚至主动暗示她去找情人。他对煤矿业产生兴趣以后,其冷酷、自私的本性更加充分地暴露出来。他严格地管理工人,狂热地研究采矿技术和化工工艺,迷醉于掌握无数矿工的命运、拥有巨大控制力的权威感。恰特里男爵的形象从生理到人格都体现出丰富的象征意义。他下半身的瘫痪和生育力的丧失显示了他血性的干涸与生命力的枯竭,而他强壮的上半身和发达的脑力,则代表着文明社会精神意志的暴虐统治。他那残忍冷酷的机械性人格和强烈的功利欲望,则是现代资本主义工业文明的产物,既导致自身生命的异化,又仇恨和践踏着一切生命。

小说的女主人公恰特里夫人——康妮是个仍未丧失生命力的女子,在没有遇到看林人梅勒士之前,她过着一种空虚寂寞、死气沉沉的生活。康妮和梅勒互相吸引的过程是以彼此唤醒血肉意识为开端的。在树林里,康妮偶然窥见了梅勒士的背影,唤醒了康妮枯萎的生命意识,给了她反抗恰特里及其所代表的虚伪道德理论的勇气。看林人梅勒士是一个和恰特里男爵形成强烈对比的形象。他厌恶现代文明,清醒地意识到人的自然本性在不知不觉中已被现代文明腐蚀。为了洁身自好,他过着一种远离现代文明和社会的孤独生活。康妮和梅勒士都孤独地生活在他们所深感不满的文明之中,但作为孤立存在的个体,他们都不会给那僵死的文明带来任何希望。当两个人在林中相遇,在彼此孤独的心中燃起一簇"交叉的火焰",产生了"真正的生命之流",文明才出现一丝希望。

作为劳伦斯创作晚期最重要的作品,《恰特里夫人的情人》更贴近时代,贴近现实生活。在这部小说中,作家对两性关系的探索已从理想走向现实。和《虹》、《恋爱中的女人》中的男女主人公不同,康妮和梅勒士不再充当思想家和理论家的角色,两人之间吸引力的产生直接源于自然本能,而不是思想的吸引。这也许是由于愈至中年,劳伦斯愈感到现代文明缺乏的是充满生命力、自然性的个体,而不是善于理论思辨的文明人。现代文明使人们过着一种思与行分裂的生活。所以,劳伦斯认为现在首先要做的是"使身体的感觉和经验的潜意识,以及这些感觉和经验本身求得平衡,使行动意识和行动本身保持平衡"。这首先在最基本的两性之间应予以实现。

除了长篇小说外,劳伦斯还创作了大量中、短篇小说。他的中、短篇小说题材多样、风格多变,在艺术上具有很高的成就。他也是20世纪英国最重要的中短篇小说家之一。劳伦斯对矿工的生活非常熟悉。1911—1912年,他曾先后创作了一组反映诺丁汉一带矿工生活的短篇小说。在英国文学史上,英国矿工第一次作为独立而又有尊严的形象出现。这组小说中最著名的是短篇小说《菊馨》(1911)。第一次世界大战期间,劳伦斯创作的作品多涉及战争,如《英国,我的英国》(1921)。同时,劳伦斯也在短篇小说中表现两性关系的主题,如《马贩子的女儿》(1921)、《你抚摸了我》(1919)等。劳伦斯的中篇小说题材多变,有表现感情纠葛的《小甲虫》(1921),有表现人物潜意识精神活动的非凡之作《狐》(1921)。《一个妇女驰马而去》(1924)和《烈马圣莫尔》(1924),表现了劳伦斯试图用一种原始宗教来替代堕落的欧洲文明的思想。1924年,劳伦斯又回到短篇小说的创作,主要作品有《木马优胜者》(1926)、《母女》(1928)和《爱岛的人》(1926)等。

尽管劳伦斯和他的作品曾经招致很多非议,但其作品丰富的思想性和高超的艺术性越来越得到世人的肯定。劳伦斯的创作基调是十分严肃的,他对机械工业文明的批判和对两性关系的探索,至今仍具有重大的社会意义。在艺术上,劳伦斯是一个有成就的作家。从总体上看,他仍然属于现实主义作家,他的几部重要的长篇小说运用传统的现实主义兼自然主义的手法,真实地反映了19世纪末、20世纪初的英国社会状况。但他也已经运用一些现代主义的表现手法,如注重心理探索,自觉地以揭示处在历史转变时期的人们的心灵变化为己任。他的小说中具有大量心理学内容,开创了心理分析小说的先河。劳伦斯自己说过:"作为一个小说家,我感觉到个人内心的变化,那是我真正关心的问题。"他还较多地运用象征的手法,以此来表达现实主义和自然主义手法不易表达的意义和感情。如《虹》的结尾处那凌空而起的彩虹,堪称20世纪英国小说中最为人熟知的象征;又如小说中经常出现的花(《儿子与情人》中的白蔷薇、百合花)、月亮(象征女性的力量和女性的魅力)、奔马(象征"具有强烈肉感的男性的活动")等,都是具有一定寓意的象征性意象。

第四节　海明威

欧内斯特·海明威(1899—1961)是美国著名的小说家。他出生在芝加哥附近的橡树园镇。他父亲是医生,有时带他出诊,还培养了他对钓鱼、打猎等活动的兴趣。母亲爱好艺术,又使他从小就喜欢音乐和绘画。在读中学时,他就经常为校刊撰稿,初露写作才华。中学毕业后,他到堪萨斯市的《星报》做了一名见习记者,受到初步的文字训练。第一次世界大战期间,他参加志愿救护队,在意大利前线受了伤,身上取出200多块弹片,被意大利政府授予十字勋章和勇敢勋章。

这一次战争,正如海明威自己所说:"身体、心理、精神以及感情上,都受了重创,我的伤深入骨髓。"他一度比较消沉,但不久就振作起来,开始写作,立志有所作为。1921年年底,海明威作为多伦多《明星周报》驻欧洲记者来到巴黎,结识了侨居巴黎的美国女作家斯泰因、诗人庞德和爱尔兰作家乔伊斯等人。这些作家鼓励他创作,并对他创作风格的形成产生了不同程度的影响。1922年他开始发表作品,1923年出版第一个集子《三个短篇和十首诗》,诗写得没有什么特色,但是短篇小说显示了作者的才华。20年代他发表了不少短篇小说。短篇小说集《在我们的时代里》(1925)的一些小说,描写涅克青少年时代的生活,表现了暴力世界中孤独的个人,这实际上是作者童年生活中的历险和第一次世界大战在他的精神和肉体上留下的伤痕。在短篇小说《印第安营地》中,可以读出一种蔑视死亡的勇敢精神,这种精神在他后来的小说中一再重现。从这个小说集起,海明威开始显露含蓄简约的艺术风格。《没有女人的男人》(1927)是他的第二个短篇小说集,其中的一些小说,如《打不败的人》中的斗牛士负了伤仍旧不服输,《五万大洋》中的拳击师忍受剧烈的疼痛,履行诺言打输,这些形象面临死亡的威胁毫不畏惧,始终保持着百折不挠的战斗意志,是他早期塑造的"硬汉"形象。

《太阳照样升起》和《永别了,武器》两部长篇小说的发表,确立了海明威在文学界的地位。《太阳照样升起》(1926)是海明威第一部重要的长篇小说,也是他的成名作。这部小说以作家在巴黎的生活为素材,以他生活中的朋友为原型,描写了一群在第一次世界大战结束后旅居欧洲的美国青年的生活情景。小说的男主人公杰克·巴恩斯是一名美国记者,战争不仅使他失去生活理想,而且毁掉了他的性能力。女主人公勃瑞特·艾希利是一位英国护士,战争夺去她的丈夫,使她失去了家庭的幸福。他俩相爱了,却不能真正结合,这种不完整的爱使他们陷入了极大的痛苦之中。为了解脱,他们放浪自己,一起去比利牛斯山旅行,企图在大自然的怀抱里使精神得到解脱;他们还去西班牙参加长达七天的狂欢活动,并观看了惊心动魄的斗牛比赛,但对享乐和放荡的尽情追求,仍不能使他们从战争的阴影中走出来,回到正常的生活中。他们的朋友也是如此,没有生活的目标,精神苦闷,整天寻求刺激:酗酒、跳舞、钓鱼、旅行、看拳击、观斗牛、追逐女人、争吵不休、聚众斗殴,希望在醉生梦死的生活中忘却精神的痛苦,但却陷入了更深的痛苦而不能自拔。小说通过侨居巴黎的这一群美国青年的生活,透视了一代人精神世界的深刻变化,揭示了战争给人们生理上、心理上造成的巨大创伤。以主人公杰克为代表的这批青年,在战后的一片精神荒原上,生活完全失去了目的和意义,感觉到巨大的空虚和迷惘。20世纪20年代初,美国女作家格·斯泰因在巴黎曾对海明威说:"你们都是迷惘的一代。"海明威把这句话作为《太阳照常升起》的题词,于是,"迷惘的一代"便成为20世纪20年代出现的、以海明威等为代表的一批作家的统称。

如果说《太阳照样升起》是从侧面涉及第一次世界大战,那么《永别了,武器》(1929)就是直接以第一次世界大战为背景的作品。美国青年亨利志愿来到意大利参战,在一个医疗队指挥救护车队。部队驻扎在一个小镇,他认识了野战医院的英国护士凯瑟琳,与她频频调情。不久亨利奉命率领救护车队到前线参加进攻,遭炮弹袭击负伤,被送往米兰的一家医院治疗。在这里,他遇到了转到这个医院的凯瑟琳,觉得她又年轻,又美丽,疯狂地爱上了她,两人坠入情网。凯瑟琳利用值夜班的机会同他相聚,他们沉浸在爱情的幸福之中。后来凯瑟琳怀孕了,亨利病愈后则接到命令,告别情人重返前线。这时意大利军队节节败退,撤退途中,亨利被意大利宪兵队当成德国侦探抓了起来,在被处决的紧急关头,他跳入河中逃跑,侥幸脱身。他觉得愤怒和义务都给河水洗得干干净净。当亨利赶回米兰时,凯瑟琳已离开,他又追到施特累沙,终于和凯瑟琳团聚。宪兵又要来抓他,他们只好连夜逃离意大利,划小船度过湖泊,到了瑞士。他们远离了战争,在"世外桃源"过了三个月的宁静生活,迎来了春天。可是,凯瑟琳却在难产中死亡,孩子也没保住,亨利孤单单地一个人在雨中离开了医院。

小说把亨利和凯瑟琳的爱情放在战争这个背景中描写,写出了他们的爱情怎样在战争这个特殊的环境中产生,又怎样一步步地被战争扼杀,最终酿成悲剧。他们爱得越真、越深、越幸福,毁灭他们爱的战争就显得越残酷、不人道。所以,反对帝国主义战争成为这部小说鲜明的主题。在小说中,不仅男女主人公厌恶战争、反对战争,其他人物,从军官到士兵,从神职人员到普通百姓,也都如此。人们无不希望战争尽快结束,自己能在和平安宁的环境中生活。

海明威在小说中不仅表现了强烈的反战思想,而且还揭露了战争宣传的欺骗性。亨利这样天真烂漫的青年,是受到帝国主义所谓"拯救世界民主"的战争宣传,被"神圣"、"光荣"、"牺牲"等动听的字眼骗到欧洲战场上去的。可战场的混乱、宪兵的残暴、朋友的死亡、自己无谓的受伤,使他看到这场战争不过是一场骗局,是毫无意义的,他终于认识到:"什么神圣、光荣、牺牲这些空泛的字眼儿,我一听就害臊,我可没见到什么神圣的东西,光荣的东西也没什么光荣,至于牺牲,那就像芝加哥的屠宰场,不同的是把肉拿来埋掉罢了。"理想的幻灭,使他从志愿者变成逃兵,和战争"单独媾和"。

小说还通过亨利从一个热情的青年演变为失望、空虚、痛苦、迷惘的典型,反映了战争如何摧毁人们的理想和传统的价值观念,使人的精神成为一片废墟,从而揭示了"迷惘的一代"的形成原因。有些批评家把亨利和凯瑟琳的爱情悲剧比作20世纪的"罗密欧和朱丽叶"。小说中,亨利是把爱情作为逃避战争的避风港和生活的理想来追求的,所以凯瑟琳的死便使他理想破灭,精神世界彻底崩溃。小说的结尾,亨利离开医院走向旅馆,但他实际上已失去了生存的避风港,生命已没有归宿。即使战争结束,他那已被摧毁了的精神废墟上,理想的大厦也难以重建。海明威在此之前塑造的《太阳照样升起》中的巴恩斯便是战后的亨利。

《永别了,武器》的艺术技巧是值得称道的:情景交融的环境描写,纯粹用动作和形象表现情绪,简洁而含蓄的对话,情真意切的内心独白,托讽刺于有意无意之间,简约洗练的文风以及经过锤炼的日常用语等,显示出海明威艺术上的成熟。

1927年海明威离开欧洲回国,后迁居古巴。他喜爱冒险,到处打猎、捕鱼。20世纪30年代,他还到非洲围猎,两次飞机失事,受了重伤,但仍不断有佳作问世。这个时期发表的短篇小说中,最出色的是《乞力马扎罗山上的雪》(1936)。小说集中描写的是作家哈利死亡前最后一天的生活,通过幻想、梦境和回忆,突破了时间和空间的界限,几乎写出了哈利一生的经历。

现实与幻想两股交织的意识流将现实化为梦魇,梦魇转为现实,真实地展现了人物内心生和死的冲突。此外,小说中还大量运用象征来暗示死亡。这是被海明威自己认为艺术技巧运用得最成功的一个短篇小说。

这个时期海明威还发表了长篇小说《有的和没有的》,描写了一个个人奋斗者走投无路的遭遇,第一次表现出对社会问题的关心。在经济大萧条时期,主人公哈利·莫根靠捕鱼难以维持生计,不得不铤而走险,干起了走私的冒险事业,最终被巡逻队打死。临死前,他从自己痛苦多难的一生中终于悟出了"一个人不行"的道理。这一思想与海明威以前作品中所表达的个人英雄主义和"强者"思想比较,是一个很大的飞跃,表明海明威已认识到:在当今世界上,一个人单枪匹马闯荡是毫无出路的,只有同人民群众在一起,面对现实毫不退缩、激流勇进,才能有所作为。

西班牙内战爆发后,海明威的战争观发生了很大的变化,以前对战争的迷惘、厌恶转变成支持西班牙人民的正义战争,反对法西斯主义。他以记者的身份去西班牙报道战事,为影片《西班牙大地》写解说词,创作剧本《第五纵队》(1938),以西班牙内战为背景,创作了长篇小说《丧钟为谁而鸣》(1940)。

《丧钟为谁而鸣》叙述美国人罗伯特·乔丹在一支游击队的配合下,奉命炸桥而牺牲的故事。乔丹是美国蒙塔那大学的西班牙语教师,他参加了支援西班牙人民的"国际纵队"。在一次反攻战斗中,他受上级的派遣,深入敌后,组织游击队炸毁一座有战略意义的桥梁,以阻止敌人的增援。这是一项十分艰巨的任务。小说写他在游击队据点三天三夜的活动:鼓舞游击队员的斗志,坚定他们的信心;联络友军的支援和配合;观察地形,检查和修理爆破器材。小说还写到乔丹与西班牙姑娘玛丽亚的恋爱,游击队内部的分歧,另一支游击队的英勇奋战和牺牲等。就在执行任务的过程中,情况发生变化,乔丹在与上级联系不上的情况下,改变了行动计划。炸桥任务完成了,乔丹却身负重伤,在敌人追上来的情况下,他命令其他游击队员撤离现场,自己留下来狙击敌人。

《丧钟为谁而鸣》是海明威在二战中思想转变的产物,也是他创作中承前启后的重要作品。小说以现实主义的笔触,成功地塑造了乔丹这一感人的形象。他不同于海明威早期作品中的人物,没有那种孤独、迷惘、失望的情绪。他有社会责任感,明确是为人类和理想而战斗,要消灭法西斯,因而,在行动中表现出为自由、独立而献身的崇高精神,对正义事业充满必胜的信心。他牺牲前镇定自若、视死如归的形象和气概,显示了反法西斯主义战士的伟大品格。这是海明威塑造的一个新型"硬汉"形象。作品依然描写了主人公的爱情,但这种恋爱不再是与战争对立的个人幸福,既不同于巴恩斯和勃瑞特为忘却现实而沉醉其中的爱情,也不同于亨利和凯瑟琳之间寻找享乐和精神寄托的爱情,他们彼此相爱是因为有共同的目标、相近的观点和真诚的友谊,因此,他们的爱情悲剧就显得更为崇高。

在这部作品中,海明威第一次把它的主人公同人民群众联系在一起,通过乔丹描写了游击队员的反法西斯情绪,淳朴、勇敢的他们在炸桥行动中给予乔丹的支持和帮助,由此揭示了在人民群众中蕴藏着的力量和智慧。这是海明威中期创作中思想性最强的一部作品。从艺术上看,《丧钟为谁而鸣》也显示了卓越的技巧。小说的情节发生在一个地点,时间集中在三天之内,人物也不多。通过主人公乔丹的回忆往事以及其他人物的自叙经历,作品的内涵大大地超过了表面上的时空概念。小说的结构严密,内容丰富。

第二次世界大战爆发后,海明威战斗意志旺盛,他开着自己的游艇巡逻海岸。20世纪40年代初,海明威曾来过中国,写出了六篇报道,声援中国人民的抗日战争。他还作为随军记者亲赴欧洲战场参加反法西斯的战斗,曾跟随一支部队走遍了法兰西大地,以获得一枚铜质奖章结束了战时生活。

战后,海明威长期住在古巴,继续从事文学创作。1950年发表长篇小说《过河入林》,写康特威尔上校凭吊过去的战场,顾影自怜,悲观懊丧,重复了孤独、爱情、死亡的主题。由于艺术上缺乏光彩,使读者大失所望。这时的海明威对现实表示愤怒,身上的伤痛又使他难以忍受,因此他把人生看作是一场孤独的精神决斗,而决斗的结果还是失败。《老人与海》正是作者这一思想的结晶。就在人们以为海明威已失去创作力时,1952年,他的中篇小说《老人与海》,以无与伦比的艺术魅力征服了读者,获得当年的普利策奖。1954年,他被授予诺贝尔文学奖,"因为他精通叙事艺术,突出地表现在《老人与海》之中,同时也因为他在当代风格中所发挥的影响"。

《老人与海》讲了一个古巴老渔民桑提亚哥的故事。桑提亚哥已经连续84天没有捕到鱼了,头40天还有一个孩子跟他出海,可孩子的父母看老头捕不到鱼,就让孩子跟别的渔船去捕鱼。第85天的早上,孩子拿了鱼食,送桑提亚哥出海,并祝他好运。桑提亚哥把船划到深海,终于有一条马林鱼上了钩,这条鱼比船身还大,拖着老人的船往深海里游,它时而绕船迂回,企图将船拖走,伺机逃脱;时而掀起巨浪,企图将老人连船卷入海底。这样一直到了第三天,鱼疲乏了,经过一番搏斗,老人制服了这个庞然大物,把鱼绑在船边往回划。死鱼的血腥气招来了鲨鱼,它们向小船袭来,大口大口地咬下鱼肉作美餐。老人用渔叉、棍子、用船舵的把手与鲨鱼展开搏斗。最后,鲨鱼的进攻虽然被击退了,但拖回去的"大鱼"却只剩下一副空骨架。

小说讲的这个故事是现实生活里的一件真事。1936年,海明威为《老爷》杂志写的一篇通讯中就作过报道:一个老人独自在加巴尼斯港口外的海面打鱼,结果打到的一条大马林鱼被鲨鱼吃掉。经过十几年的酝酿,在小说创作中,海明威不仅把自己生活里获得的丰富的海上打鱼的知识和经验融入了故事,通过生动细致的描绘,塑造出桑提亚哥老人这个"硬汉"的形象,而且运用象征手法,使作品成为一则关于人的生命的寓言。

桑提亚哥年轻时就是一条"硬汉",他曾和一个黑人大力士掰手腕,起初两人难分胜负,但桑提亚哥以顽强的毅力压倒了对手,成为最后的胜利者。这次出海打鱼时,他已是一位老人,体力远不如当年,但他的硬汉精神依然如初。一连84天没有打到鱼,空手而归,受到人们的嘲笑、躲避,但他不气馁,在第85天的早晨仍然驾起小船扬帆出海。这种在厄运面前不屈服、不低头的精神,正是"硬汉"性格的体现。面对大海的吝啬、刁难,他比平日走得更远,终于在远海钓到了一条比他的小船还要长的马林鱼。可是,这条鱼的力量比老人强大,不甘心束手就擒。为了征服这个强大的对手,老人和鱼展开了殊死搏斗。这是一场艰苦的较量,只要稍微松劲,大鱼就可能逃之夭夭。老人凭着他那坚忍不拔的毅力,忍受着常人难以忍受的痛苦,终于挺了下来,最终杀死了大鱼。但对老人的考验并未结束,返航途中,一群鲨鱼又扑了过来,要吞噬老人到手的果实。面对这更强大的敌人,老人已力不从心,可他仍然不屈服,不认输,毫不畏惧地和鲨鱼拼死一战,最后终于击退了鲨鱼。虽然老人拖回去的"大鱼"只剩下一副骨架,但还是引起了人们的惊奇和羡慕,他虽败犹荣,因为在与大自然的斗争中,他的失败并不是缺乏坚毅的品格、勇敢的精神和胜利的信心,所以这样的"硬汉"永远是一个精神上的胜利者。

善写"硬汉"是海明威创作的一大特色。与海明威在二三十年代塑造的一系列"硬汉"形象相比,桑提亚哥的"硬汉"精神不是以他取得胜利来体现的,相反,却是通过主人公的失败来表现的。面对注定失败的命运,桑提亚哥不向命运低头,仍然不屈不挠地进行斗争,虽然他在与对手的斗争中是个失败者,但在精神上、心理上取得了胜利。因此,桑提亚哥这个"硬汉"形象,是作家早期笔下"硬汉"形象的发展与升华,显示出作家对人生有了更深刻的认识。

桑提亚哥的形象也是一种象征,他与大自然的搏斗,实际是人生搏斗的象征,所以小说也是一则关于人的命运的寓言。在海明威眼里,人在同客观世界的斗争中,逃脱不了失败的命运,但人应当勇敢地面对失败,在失败面前保持人的尊严和勇气,保持优胜者的风度,这就是小说要表现的主题。这种思想集中地体现在桑提亚哥的那句名言里:"人不是生来要给打败的,你尽可以把他消灭,但就是打不败他。"所以,《老人与海》虽未能完全摆脱困扰海明威一生的孤独与悲观的情绪,但塑造了一种明知不可为而为之的英雄主义的悲剧性格,正如授予他诺贝尔文学奖的颁奖词中所称赞的那样:小说"讴歌了人类不屈不挠的奋斗精神和不畏艰险、不怕失败的大无畏精神"。这种对人的精神的充分肯定,必然给读者以鼓舞。

古巴革命后,海明威返回美国,晚年因身患多种疾病难以治愈,几乎丧失了创作能力。1961年海明威的病情急剧恶化,于7月2日在自己的寓所内开枪自杀,悲壮地结束了自己的生命。海明威一生的作品几乎都涉及死亡,死亡意识是海明威人生哲学的核心,他歌颂的是蔑视死亡的态度。蔑视死亡和自杀看起来是两种截然不同的人生态度,但是在海明威看来,当人陷入无能为力的绝境时,自杀也是正视死亡的一种表现,并非懦夫行为。

海明威去世后,他的妻子玛丽发表了他的两部遗作:《不散的宴席》(1964)和《海流中的岛屿》(1970)。前一部是回忆录,追忆20世纪20年代他在巴黎的写作生活以及他与一些作家的交往;后一部描写画家赫德森生活中的三个片断。

海明威被视为美国20世纪最有天才的小说家,也是20世纪最有影响的作家之一。他的贡献是多方面的。他成功地、风格独特地描写了两次世界大战,塑造了"硬汉"形象,刻画了"硬汉"性格。在艺术技巧上,他"精通现代叙事艺术",主要表现为含蓄和简洁。

含蓄的特点体现为海明威提出的"冰山原则"。他说:"如果一位散文作家对于他想写的东西心里有数,那么他可以省略他所知道的东西,读者呢,只要作者写的真实,会强烈地感受到他所省略的部分,好像作者已经写出来似的。冰山在海里移动很是壮观,这是因为它只有八分之一露出水面。"[①]海明威常把自己小说的素材浓缩,从横的方面把人生切下来一截,用窥斑见豹的手法来表现人生。他小说中的形象有感染力,来源于内涵的深刻,在于作家把八分之七的思想感情蕴藏在形象的背后,而不把人物的来龙去脉交代

[①] 董衡巽编选:《海明威谈创作》,北京:三联书店,1985年,第3—4页。

得一清二楚,也不对人物情感做过分描写。他小说中简洁的景物描写、电报式的对话、带有透明度的内心独白以及偶尔运用的象征手法等等,这些含而不露的写法使其作品像一幅幅写意画,把主要人物画到神情飘没处,点到即止,留下空白由读者去揣摩,去想象,这样读者就能强烈地感受到八分之一背后的力量。

简洁表现为海明威独创的一种简练清新的"电报式的文体"。海明威尊奉美国建筑师罗德维希的名言:"越少,就越多。"他认为"创作的目的全在于向读者传达一切:每一种感觉、视觉、感情、地点和情绪"①。为了把这种感受准确地传达给读者,他习惯选用具体感性的表达方式,从视觉、感觉、听觉和触觉入手,去掉遮掩读者视线的一切障碍,提高形象的透明度,尽力把作者、形象、读者三者之间的距离缩小到最低限度;他不用大字眼,爱用日常用语,喜欢写短句,从不用复杂的比喻,不采用拟人化的手法,使作品趋于精练。正像英国作家赫·欧·贝茨评价的那样:"海明威是个拿着一把板斧的人","他斩伐了整座森林的冗言赘词,他还原了基本枝干的清爽面目","他剥下了句子长、形容词多得要命的华丽外衣;他以谁也不曾有过的勇气把英语中附着于文学的乱毛剪了个干净"②。可以说,海明威的写法"引起了一场文学革命",他是一位开创了一代新文风的语言艺术大师。

思考练习题

1. 概述20世纪英国(或美国)现实主义文学的主要成就。
2. 怎样看待约翰·克利斯朵夫这一艺术形象?
3. 试以长篇小说《虹》为例,论述劳伦斯创作的两大基本主题。
4. 海明威的小说具有哪些艺术独创性?

延伸阅读文献

1. 罗伯特·E.斯皮勒:《美国文学的周期:历史评论专著》,王长荣译,上

---

① 董衡巽编选:《海明威谈创作》,北京:三联书店,1985年,第80页。
② 董衡巽编选:《海明威研究》,北京:中国社会科学出版社,1980年,第131—133页。

海外语教育出版社,1996年。

2. 罗大冈:《论罗曼·罗兰》,上海文艺出版社,1979年。

3. 蒋炳贤编选:《劳伦斯评论集》,上海文艺出版社,1995年。

4. 董衡巽编选:《海明威研究》,北京:中国社会科学出版社,1980年。

第十章 20世纪欧美现代主义文学

第一节 概 述

西方现代主义文学,是第一次世界大战前后开始在欧美各国兴起的各种反传统的文学思潮的总称,是西方文学家、艺术家对于西方现代文明和理性传统进行反思和批判的成果,它深刻地表达了西方现代人的思想矛盾、生存困境、价值选择和审美追求,也可以称为"20世纪的浪子文学"。

现代主义文学的产生和发展,有其深刻的社会历史原因。西方资本主义文明的起源可以追溯到14世纪,在接下来的几个世纪里,其发展呈逐渐加速的趋势,于19世纪末20世纪初完成了社会的工业化转变。然而,财富的增加加剧了社会的分化,经济的发展带来了国家之间的对抗,西方社会越来越动荡,终于在20世纪上半叶先后爆发了两次世界大战。同时,现代科学技术和物质文明的畸形发展,苏联的肃反扩大化和个人崇拜,也从不同方面改变了人们的思想。传统的价值标准和旧有的信念纷纷被抛弃,许多人陷入危机、彷徨、困惑和对"异化"的恐惧之中,进入了一个焦虑的时代,理性、正义、进步话语遭到怀疑和否定。19世纪末尼采宣布的"上帝死了"、"重估一切价值",一度成为一种引领时代新风气的口号。

19世纪后期以来叔本华、柏格森、尼采、威廉·詹姆斯、弗洛伊德、克尔凯郭尔、海德格尔、萨特等人的学说对理性主义的质疑,对直觉、本能、下意识和潜意识的强调,为现代主义文学从哲学基础、美学观念到创作方法,提供了理论根据。这些学说的共同点在于,它们都从不同的角度,致力于探索人的精神世界的奥秘,探索人的精神活动、内心生活的规律。这种倾向直接启发、影响、制约了现代主义作家们的审美追求取向,使之成为一种"向内转"的文学运动。

德国哲学家叔本华(1788—1860)是非理性主义哲学思潮的开创者。他认为,人周围的外部世界之上,还有一个作为"自在之物"的意志,这意志是一种盲目的、不可遏制的冲动,是一种不可认识的非理性的力量。由于它构成世界最内在的本质和核心,因此,世界只是它的影子,世界、生命等也就是非理性的。他还认为,在意志这个盲目的、非理性的力量支配下,人对于满足自己各种欲望的追求永远无法满足,因而人生的本质只能是痛苦。叔本华因此走向了彻头彻尾的悲观主义。

尼采(1844—1900)把叔本华所说的"意志"发展为"权力意志",认为各种有机功能都可以归结为一种根本意志,即权力意志。它是生命的基础,生活的目的和意义在于掌握权力意志。从权力意志出发,尼采反对理性,认为理性无助于认识世界,人类文明的衰退,就在于理性的过分发达,损害了以权力意志为根本的创造力。尼采认为艺术也是"权力意志"的表现形式,主张艺术家应该极度地自我扩张,充分地表现自我,诗人的任务就是"记下他的梦并解释梦的意义"。

法国哲学家、生命哲学的代表人物柏格森(1859—1941)认为,世界的本源既非物质,也非精神,而是所谓"生命冲动"。他所说的"生命",实际上就是精神、意识。在柏格森看来,生命的基本特征就是"绵延"和"生命冲动"。所谓"绵延",是指生命作为一种超时空的、永不停止、不可分割、没有终结的过程,是一种宇宙运动;所谓"生命冲动"是指存在于生命中的"生命欲望",世间的一切事物,都是"生命冲动"的表现,物质是生命之流在冲动过程中被中断或阻隔而物化的结果。生命的"绵延"和"生命冲动"派生出物质世界,是一切事物的本源。

柏格森的直觉论也有很大的影响。他认为,依靠理性认识世界就是以静止代替运动,以外在的东西代替内在的本质的东西;人应该超越理性、依靠直觉去认识事物的本质。他所说的直觉是一种不可知的能力,与经验、理性无关,是一种神秘的内心活动。按照柏格森的直觉论,艺术家的艺术感受,是被神秘的直觉规定的,在直觉的引导下,那些完全摆脱了理性、完全摆脱了各种实际考虑的艺术家们才能把握世界隐秘的本质。

精神分析学说对现代主义文学也有着重要影响。奥地利医生弗洛伊德(1856—1939)是精神分析学说的创始人。弗洛伊德的学说属于所谓深层心理学。他把人的心理结构分成三个层次。第一个层次"伊德"是各种本能和欲望的贮存所,是生而有之的、非理性的东西,它没有伦理、道德的准则,其功能就是尽快发泄因内部或外部的刺激引起的兴奋,遵循享乐原则。第二个层次"自我"是一种能按照周围环境的实际条件来调整行为的意识,是现实化了的本能,遵循现实的原则。当"伊德"和现实环境发生冲突时,"自我"就起着调节作用。它是人格的基本核心。第三个层次"超我"是指遵从社会的伦理道德、舆论、法律等的观念,道德化了的自我,是人格中最后形成的、最文明的部分。弗洛伊德的理论解释了潜意识和本能在人格中的重要地位,这对许多现代主义作家注重表现人的潜意识,表现人的本能冲动有着重要的影响。

弗洛伊德还提出了"性欲升华论"。弗洛伊德认为,"伊德"中包含着"里比多",即性欲的内在驱动力,人的一切行为的动机最初都来源于性的本能冲动。人的欲望总是受到"自我"和"超我"的压抑,往往不得不采取种种迂回曲折的途径,去求得变相的、象征性的满足。如果欲望长期得不到必要的满足,就会造成精神失常。因此,为了缓和这种紧张关系,除了压抑以外,"自我"也常常让欲望升华,把性欲冲动升华为社会许可的文化活动,如文学艺术、体育活动等等。弗洛伊德还认为,梦的本质也是这样,梦就是人被压抑的欲望在人睡觉时,在"自我"和"超我"放松了监督时悄悄跑出来活动的结果;艺术活动和梦一样,是艺术家为了满足自己在现实生活中不能实现的愿望的一种方式。

在上述的各种社会历史条件和哲学、心理学思潮的影响下,20世纪西方陆续出现了形形色色的现代主义文学流派。不过,现代主义文学的出现,也有文学自身的条件,是西方文学发展的必然结果。西方文学传统中的非理性因素,在现代主义文学中得到了充分的发扬。西方文学史告诉我们,远在古希腊神话及其后的神话、宗教题材作品中,就存在着大量的非理性因素和荒诞、变形的表现手法;中世纪晚期但丁的《神曲》中曾出现无数神鬼形象和非理性场景与画面;文艺复兴时代莎士比亚剧作中也存在着许多梦境幻觉、鬼魂形象、荒诞意识和非理性表现手法;18世纪的哥特式小说,19世纪德国作家霍夫曼、法国诗人波德莱尔、美国作家爱伦·坡、俄国作家陀思妥耶夫斯基、瑞典剧作家斯特林堡等人的创作中的非理性因素和表现手法,他们对于直觉、本能和潜意识的重视,双重性格、梦境、幻觉、精神错乱乃至意识流在其作品中的出现,更可视为现代主义文学的萌芽和预演。西方文学史发展进程中的上述现象,事实上构成了现代主义文学在艺术方法上的直接先驱。

西方现代主义文学流派众多,各分支流派的思想倾向、美学特征和艺术风格都不尽相同,但又呈现出一些共同特点。现代主义文学的基本文艺观是表现论而不是反映论,现代主义作家漠视对客观现实的反映,强调表现人对世界的主观感受,致力于揭示人的内心世界和潜意识活动。现代主义文学的中心内容是表现"现代人的困惑",揭示光怪陆离的周围世界的荒诞、冷漠和不可理解；从个人与社会、个人与他人、个人与物质（自然）、个人与自我等几个方面展露人的全面异化；表现人的孤独感、陌生感以及迷惘、焦虑、空虚与绝望的情绪。

"异化"本来是德国古典哲学的一个术语。它是指主体在一定的发展阶段分裂出其对立面，这种对立面变成了外在于主体的异己力量。现代西方各国的科学技术、物质文明突飞猛进，但西方世界普遍地出现了异化现象。首先是人与社会的关系的异化：社会的各种组织机构乃至整个社会，本来应该是为人服务、保护人、使人生活得更幸福的，但现代社会各种庞大的官僚机构及其运转常常与人的实际需要相背离，甚至还会压迫你，剥夺你应有的权利，但个人对它无可奈何。其次是人与自然的关系的异化：人与大自然的关系本是和谐的，但进入现代工业社会以后，人类过度地掠夺自然，破坏了自然本身的和谐，还污染了自然，大自然反过来也报复人类，导致人与自然关系的恶化。再次是人与人之间关系的异化：现代物质文明的高度发达，物质生活的富裕使人与人之间变得冷漠无情，人们往往以自我为中心，人与人之间无法沟通；由于对物质利益的疯狂追求，由于金钱的利害关系，人们常常把别人看成是自己的对手，甚至是敌人，人与人之间的关系失去了过去的那种和谐、相互了解和相互帮助。最后是人与自我关系的异化：在巨大复杂的物质文明成果面前，人显得十分渺小；现代社会的生活节奏使人的精神压力剧增，人对自我的稳定性、可靠性产生了怀疑，对自己不再有信心。对这几个方面的异化予以艺术的表现，成为西方现代主义文学的基本内容。

现代主义文学各分支流派的表现手法各有特色，但又具有一些共同性。象征是现代主义作家常用的艺术手法，他们往往以虚化的、象征性的空间场景和人物形象取代典型环境中的典型性格，用隐晦、暗示的语言取代明确而清晰的表达。现代主义作品中还存在着不同程度的"荒诞"，作家们常用紊乱、反常、无序、荒唐的情节、人物、场景和对话等，取代线索分明的情节、完整鲜明的人物、协调的场景和具有逻辑性的对话；"意识流"也是现代主义作家们常用的表现手法，他们往往以时序跳跃、前后交错的心理时间取代时序严整、自然递进的物理时间，表现人的意识流程。

现代主义文学的分支流派，主要包括二战前的表现主义、后期象征主义、未来主义、意识流文学、超现实主义文学；二战后兴起或走向鼎盛期的存在主义、新小说派、荒诞派戏剧、黑色幽默派、魔幻现实主义文学等。有些文学史著作把二战后的这些流派统称为"后现代主义文学"，也有学者用"后现代"来指称一种文化背景和文化氛围，因此二战后的上述文学流派又被称为"后现代语境中的文学"。现代主义文学的这些流派中,表现主义、后期象征主义、意识流文学、存在主义、魔幻现实主义的艺z术成就和影响更大,本书将在后面分节详细讲述。这里先简要评介未来主义、超现实主义、新小说派、荒诞派戏剧和黑色幽默派文学。

一、未来主义

未来主义是出现最早的现代主义流派,最初产生于20世纪初的意大利,后来波及俄国和欧洲各国,与法国超现实主义交融,对德国表现主义的产生有直接影响。1909年2月20日,意大利艺术家马里内蒂在法国《费加罗报》发表《未来主义的创立和宣言》,提出了未来主义的十一条纲领,大力主张反叛一切传统,歌颂工业文明。随着这篇宣言的发表,未来主义以排山倒海之势席卷意大利文化的各个领域,在短短的十年间,先后出现了绘画、音乐、雕塑、文学、建筑、戏剧、电影、舞蹈,以及政治、妇女,甚至服饰、烹调方面的未来主义宣言、声明和纲领性文件。一时之间,未来主义成为了文化的时尚。一次大战爆发后,未来主义内部发生分裂,迅速衰落下去。

未来主义者大都是狂热崇拜资本主义文明的年轻人。在他们看来,西方国家已走上了工业化道路,大规模的机器生产使世界和社会生活发生了根本性的变化,机器文明、速度和力量构成了新时代的主要特征。为了适应新时代的需要,就应当反对过去那种静止、陈腐的文学艺术,建立一种和传统断绝关系的新艺术。这种崭新的、未来的艺术,应该对机器文明、都市生活及其速度和力量作充分的表现。因此,在创作上,未来主义者主要取材于喧闹的都市生活,表现出巨大响声的机器、奔驰的汽车、呼啸而过的飞机等等。未来主义者认为,速度和力量就是美。

未来主义者几乎完全否定文化遗产。在他们看来,过去的文化遗产和新时代是完全不相容的。他们叫喊要摧毁博物馆、图书馆,拿起锄头和榔头去破坏那些古老神圣的文化地基。在艺术表现形式上,未来主义者主张彻底抛弃传统手法,用数字和数学符号写诗,提倡不连续的语言,鼓吹印刷"革命",使用多种颜色、不同的字体,甚至独创的拼写法,等等。在戏剧方面,他们主张舞台布景可以任意设计,化装也不必合理,演员可以涂上各种刺目的色彩,胸脯可以是蓝的,臂膀可以是紫的,头发可以是绿的。表演也绝对自由,主张打破演员、观众的界限,观众与演员一起合唱、狂欢,等等。

菲利浦·托马佐·马里内蒂(1876—1944)是意大利未来主义的创始人,小说家、诗人和戏剧家。在《未来主义文学技巧宣言》一文中,马里内蒂要求消灭形容词、副词,甚至标点符号,主张使用名词和动词不定式,把名词成双重叠进行类比;要在文学中引入被忽视的三个要素:声响(物体运动的表现)、重量(物体飞动的重力)和气味(物体分裂的能力),为的是突出物及其感性特征,归根结底还是未来主义的拜物教。马里内蒂的剧作《他们来了》(1915)表现对于物的关注和对于运动的好奇,人在物质成果面前的幼稚惊喜。剧中的物仿佛是有生命的,物的神秘力量甚至主宰了人。这部剧作力图捕捉物的运动过程,抛弃情节的逻辑性和人物的真实性,以行为、物体、灯光等感性材料进行"合成"。这都充分体现了未来主义艺术的特点。俄国诗人弗拉基米尔·弗拉基米罗维奇·马雅可夫斯基(1893—1930)的早期创作也具有明显的未来主义特征。

二、超现实主义

超现实主义是20年代出现于法国的文学流派,又是一场范围广阔的艺术运动,涉及绘画、雕塑、电影、音乐等艺术领域。1920年,**安德列·布勒东**(1896—1966)和**菲利普·苏波**(1897—1990)发表了被认为是第一部"纯粹的"超现实主义作品《磁场》,而1924年布勒东发表《第一次超现实主义宣言》才是这一流派形成的标志。二战爆发前,超现实主义运动达到了全盛时期。战争爆发之后,超现实主义面临危机,但随着布勒东来到美国,运动的中心也转移到那里,在整个战争期间,运动奇迹般地持续着。战后布勒东回到法国,以他为首,在超现实主义的旗号下重新聚集起一批老将新兵,运动波澜再起。作为有组织的国际性文艺运动,超现实主义团体遍及五大洲二十多个国家。布勒东于1966年去世,1969年10月4日,法国《世界报》发表了超现实主义的最后一个宣言《第四章》,宣告了这一运动的最终解体。

超现实主义主张表现"超现实",即梦幻与现实彼此转化而生成的"绝对现实",它是现实和非现实两种要素的统一物。这种所谓"超现实"主要是指人不受理性控制的精神活动状态,包括潜意识、梦幻、欲念、疯狂和想象等。超现实主义者提倡以"自动写作法"("无意识写作法")来表现这种"超现实",也就是在写作时把脑子里自发涌现出来的东西快速地记录下来,这时词与词,句子与句子之间的联系完全是偶然的;他们认为这样写出来的东西即使像做梦一样混乱,也很有价值,因为它原原本本地记录了人的内心活动。法国作家布勒东的中篇小说《娜佳》(1928)、阿拉贡(1897—1982)的散文集《巴黎的乡下人》(1926)等,都是超现实主义的代表作品。

三、新小说派

新小说派是20世纪50年代形成于法国、60年代后流行于西方各国的一种文学流派,是小说领域的一种具有极端倾向的探索。40年代末,法国作家娜塔丽·萨洛特(1902—1999)、克洛德·西蒙(1913—2005)就开始运用新的手法创作小说,但反响不大;50年代后,罗布-格里耶的《橡皮》、《窥视者》、米歇尔·布托尔(1926—)的《变》先后发表,逐渐引起了社会的注意。在1971年巴黎召开的一次会议上,这些作家被定名为"新小说派"。70年代以后,新小说派已经衰落,但是克洛德·西蒙于1985年获得了诺贝尔文学奖,新小说派的地位又一次得到了确认。

新小说派在思想上受到柏格森的生命哲学、弗洛伊德的精神分析学说和胡塞尔现象学的影响,艺术上反对传统现实主义的小说模式,对意识流文学和超现实主义有所继承。这一派作家"新"的创作主张是:小说的写作,不应以塑造人物性格为中心,不应按因果律和时间顺序写一个完整的故事。由此出发,新小说派作家们的作品呈现出以下主要特点:一是形象的虚幻性,作品中的人物面目不清,人与物是同等的描写对象,都是表现心理因素的符号或道具;二是情节的不确定性,过去、现在和未来交织在一起,想象、记忆、梦境、幻觉和现实互相混和,不同场景彼此叠加或渗透,没有贯穿始终的情节线索,由此表现生活的无逻辑混乱状态;三是语言的冷漠性,即语言不带感情色彩,不带修饰语,以求摄影机般冷漠、"客观"地描写事物的真实面貌。

罗布-格里耶(1922—2008)的《橡皮》(1953)是新小说派的代表作之一,叙述密探瓦拉斯奉命侦察经济学家杜邦被杀一案,经过一系列扑朔迷离的过程,他竟然在不知情的情况下,将并未死去的杜邦击毙。作品有侦探小说的紧张、神秘气氛,但没有严密的结构和完整的故事,并不描写探案过程,而是精密细致地反映瓦拉斯的浅层感觉,特别是他对于自己始终在玩弄的橡皮的感觉。罗布-格里耶的另一部小说《窥视者》(1955)叙述旅行推销员马弟雅思来到一个海岛上,发现牧羊少女雅克莲的照片很像他的女朋友,但雅克莲不在家,一大早就把羊赶到悬崖上去了。推销员也走上了通往悬崖的小路。第二天清晨,人们发现雅克莲赤裸裸的尸体就在海边的岩石上。消息传开,推销员急忙赶到现场,在那里只找到两根烟头。他又来到悬崖上,发现了雅克莲的毛衣,急忙把它扔到海里,这个行动被于连发现了,但于连没有告发。两天后,推销员乘船回到大陆,岛上一切如旧,仿佛没有发生过什么事似的。小说自始至终没有交代时代背景、杀人者及动机,犯罪的主要情节也若隐若现,仅仅表现了马弟雅思对岛上生活的窥视,于连对马弟雅思犯罪的窥视,以及岛上人们对外来人的窥视,而重点则是表现马弟雅思的视觉感受。这两部小说都体现了新小说派倡导的"新小说"艺术风格。

四、黑色幽默

黑色幽默是20世纪60—70年代流行于美国的重要文学派别,可以看作是存在主义哲学在美国本土的文学表达。60年代开始,美国经历了古巴导弹危机、肯尼迪总统被刺、越南战争失败、黑人与学生运动等社会动荡,"美国梦"彻底破产,幻灭感普遍弥漫,黑色幽默作家把马克·吐温的幽默讽刺与存在主义的悲观哲学结合起来,创造出了新的"恶之花"。

1965年3月,美国作家弗里德曼编辑了一本包括12位当代美国作家作品的文集,取名《黑色幽默》,这一流派因此得名。"黑色幽默"意指这派作家面对社会人生中的罪恶、恐怖、残酷和痛苦,感到这一切难以改变,于是便以沉痛、恼怒和绝望的心情发出玩世不恭的笑声,用幽默的态度拉开与现实的距离,以维护饱受摧残的人的尊严。黑色幽默派作品的基本主题是:表现世界的荒诞,人在当代社会中的异化,理性原则破灭后的惶惑,自我挣扎的徒劳无益。这些作品往往具有以下艺术特色:在情节结构上打破正常的时空次序,以剪辑性的手法构造作品,情节富有跳跃性,呈现为散文化的场景组合,生活素材被夸张、变形;人物形象通常被称为"反英雄",其精神世界常常趋于分裂,带有悲喜剧的双重色彩;在语言运用上,打破一般语法规则和通常的词语搭配习惯,具有反讽意味。

冯尼格特(1922—2007)的《五号屠场》(1969)、约翰·巴思(1930—)的《迷失在游乐宫》(1968)、巴塞尔姆(1931—1989)的《白雪公主》(1967)、品钦(1937—)的《万有引力之虹》(1974)都是典型的黑色幽默小说。**约瑟夫·海勒**(1923—1999)的小说《第22条军规》(1961)则是黑色幽默的代表作。这部作品以二次大战为背景,写一支美国空军部队驻扎在地中海的一个小岛上,不断奉命出击轰炸德军。部队里有的军官为了升官晋级把操练场变成了地狱,有的军官利用战争大发交战双方之财,而许多飞行员阵亡了,大家都对战争感到厌倦。小说的主人公、飞行员尤索林看穿了政府所鼓吹的爱国主义谎言,看清了战争带来的生命财产的破坏和精神道德的堕落,但不敢正面反抗上级,只能想方设法保住自己的性命。第22条军规规定:凡精神病患者可以不再执行飞行任务,但必须由本人提出申请。可是,如果某飞行员能写出书面申请,那就表明他没有患精神病,因此必须执行飞行任务。尤索林还被告知:已飞满32次的飞行员可以不再执行飞行任务,但在终止飞行前必须执行长官的命令。尤索林虽然已飞了50次,但只要长官命令,他就还得再飞。没有人看见过第22条军规,因为它规定不必让人看。这条军规就是这样一个怪圈,把人束缚在看不见的天罗地网中。

  这部作品的表层意义,在于通过这支空军部队司令官卡思卡特上校等军官及随军牧师等形象,揭露军事官僚机器的蛮横、黑暗和不人道;而它的深层内涵,则在于对现代西方社会的荒谬性和人的生存状况的深刻揭示。"第22条军规"隐喻的是一个毫无理性可言的世界。小说显示出典型的"黑色幽默"风格:首先,它以反讽为基础进行艺术构思,把种种反常的行为和荒谬的现象当作正常的东西来加以展示,以取得一种幽默的效果,让读者从中看出世界的荒诞和倒错;其次,在创作主体和作品所描写的客体、人物和他面对的事物之间制造审美距离,以一种异乎寻常的克制,有意不对相关的人和事表示出某种情感态度(同情、厌恶、谴责或评判),越是严重的事情,越是举重若轻、玩世不恭;再次,采用逻辑悖论的手法编织情节,让荒唐无稽的情节隐隐透出一种残忍,暗示出人其实处于被动无望的怪圈;最后,往往将互相矛盾或褒义、贬义相对的词汇与句子故意搭配使用,造成鲜明的反差,达到反讽的效果。小说发表后不久,"第22条军规"就进入了美国语言,成为一切蛮不讲理的官僚主义和专制主义的代名词。

五、荒诞派戏剧

  荒诞派戏剧最初出现于20世纪50年代的法国,受超现实主义及存在主义哲学和文学的影响,后来流传到英美等国。这种新型戏剧曾被称为"先锋派戏剧"。到了60年代初,英国戏剧理论家马丁·埃斯林在他所写的《荒诞派戏剧》一书中,第一次把它定名为"荒诞派戏剧"。荒诞派戏剧刚刚出现时,人们对它十分冷淡。1950年5月,尤奈斯库的《秃头歌女》在巴黎一家小剧院上演,好几次因为只有几位观众而退票停演。但是,随着时间的流逝,这种似乎荒诞不经的戏剧,却得到了越来越多的理解,获得了人们广泛的共鸣。50年代后期开始,荒诞派戏剧涌现出一批追随者,终于发展成为战后西方世界最大的戏剧流派之一。

  荒诞派戏剧的基本主题是表现世界的不可理喻,人生的荒诞不经;其艺术手法上的主要特色是戏剧情节的不合逻辑性,剧中人物性格的破碎性,戏剧动作的机械重复,戏剧人物语言的枯燥乏味,前言不搭后语,等等。这些特点,在荒诞派戏剧代表作家的戏剧作品中获得了鲜明的体现。

罗马尼亚裔法国作家**尤奈斯库**(1912—1994)是荒诞派戏剧的创始人和代表作家之一,写有《秃头歌女》、《椅子》等剧作。《秃头歌女》(1950)是荒诞派戏剧的第一部作品,全剧可以说没有什么情节,就是两对夫妻在闲谈,内容单调枯燥,陈词滥调不断重复出现,由此表现了人生和社会以及人与人之间关系的荒诞,揭示出现实生活的平庸、空虚和无聊以及人们对它的熟视无睹。《椅子》(1952)写一个孤岛上的一对年过 90 的老夫妻,住在灯塔中。老头为了向人们宣布他所发现的人生奥秘,请来了许多客人。舞台上不断响起划船声、门铃声,他们搬来了一张张椅子,象征性地表明客人纷纷到来。但椅子越来越多,以至他们行走都变得很困难。客人到齐了,其中还有一个将要代老头儿宣布人生奥秘的演说家。老头儿无法说清楚他想要说明的东西,只好寄希望于那个演说家,然后他自己和妻子一起从窗口跳进大海自杀了。但那个演说家却是个哑巴,说不出话,只好用笔写,而他写下的文字却又杂乱无章,谁也看不懂。这样,老人所发现的人生奥秘到底是什么,别人就永远无法知道了。作者显然希望说明:要了解人生奥秘是不可能的,人与人之间也不可能沟通。剧中挤满舞台的椅子是一种强烈的象征,把孤独具体化、物质化了。随着椅子不断地被搬上舞台,老夫妻俩越来越被挤到房子两边的角落,这就从直观上强有力地显示出,他们即使在宾客满堂的时候也无法与他人沟通。同时,挤满舞台的椅子又显示出日益发达的物质文明越来越明显地把人与人的关系变成了物与人的关系,物质排挤人,物质扼杀了人的自由,物质越多,人就越无立身之地。

荒诞派戏剧在英美等国都获得了发展,成就引人注目。英国荒诞派戏剧作家**哈罗德·品特**(1930—2008),把整体构思的荒诞性与细节描写的现实主义手法融合在一起,使作品达到了荒诞感与真实感的统一,创造了独具一格的、具有现实主义特色的荒诞派戏剧,其代表作《生日晚会》(1957)成功地表现了人类生存状态的孤独和荒诞。美国荒诞派戏剧作家爱德华·阿尔比(1928—)的剧作《动物园的故事》(1958),通过两个人的长篇对话,用荒诞的情节表达了这样的主题:人生充满苦恼,人在生活中找不到自己确定的位置,人与人之间像动物园里的动物一样,被栅栏所阻隔,而要打破这种阻隔,互相沟通,证明自己的存在,是极为困难的,甚至得付出鲜血和生命的代价。

荒诞派戏剧的代表人物**撒缪尔·贝克特**(1906—1989)是一位用法语、英语两种语言进行创作的爱尔兰裔法国作家。20 世纪 50 年代以前他主要创作诗歌和小说。1952 年,他发表了剧本《等待戈多》,此后即转入创作戏剧。《等待戈多》是贝克特最重要的作品,也是荒诞派戏剧的经典。全剧只有两幕,场景只有一个,黄昏时分的一条乡间小路。上场人物一共5位:两个流浪汉爱斯特拉冈(戈戈)和弗拉季米尔(狄狄),一主一仆波卓和"幸运儿"乐克,还有一个小男孩是戈多的信使。整个剧情就是戈戈和狄狄在路边树下等待戈多的到来,但他们既不清楚为什么等待戈多,更不知道戈多什么时候会来,只好没完没了地说废话,重复无聊的动作;波卓和幸运儿上场时,他们以为是戈多来了,后来才知道不是;最后,戈多的使者——小男孩来了,告诉他们说戈多今晚不来了,明天晚上可能来。第一幕的情节是如此,第二幕的情节与此大同小异。

这部几乎没有剧情的剧作,其实是以荒诞的形式反映了西方现代社会中人的实际处境和精神心理状况。戈戈和狄狄的等待表现了一种若有所待的意识和焦虑、不安、无奈、绝望的情绪。他们的等待对象戈多,似乎是一种能够赋予世界和人以意义的抽象而神秘的力量,其实是西方现代人极度空虚的心灵所需求的一个外化物。波卓和幸运儿的形象体现了人们之间既相互依赖又彼此折磨的关系。全剧表现了现代人在荒诞世界中的尴尬处境,表明人生就是一场没有希望的等待,就是一种没有意义、没有目的、永无休止的循环,传达出人生的幻灭感。

《等待戈多》集中体现了荒诞派戏剧的艺术特色。剧中的人物、场景、戏剧动作等都具有极强的象征性,如黄昏时分的那条乡间小路就象征着人生之路;戈戈和狄狄之间的关系,他们和事实上不存在的戈多之间的关系,波卓和幸运儿之间的关系,都是现代社会中人与人之间种种关系的象征。全剧采用了"反戏剧"的结构形式,没有传统剧作中的戏剧冲突,没有完整的故事情节,也没有一般戏剧的开端、发展、高潮和结局。剧中有限的几个人物,形象模糊,性格破碎,正喻指了现代人的精神特征。重复、反讽手法的运用,使剧作具有了喜剧因素,而它的悲剧主题则是由喜剧性的细节和语言体现出来的,正是悲剧、喜剧两种因素的奇特混合造成了荒诞感。

除了《等待戈多》以外,贝克特还创作了《美好的日子》(1957),《最后一局》(1961)等剧作。1969年,贝克特获得诺贝尔文学奖。

第二节 后期象征主义文学与艾略特

象征主义是欧美文学中的一个持续时间最久,影响最为广泛的文学流派。象征主义思潮从19世纪中叶的法国诗坛开始涌动,以一次世界大战为界，先后形成前期象征派和后期象征主义两次高潮，产生了许多重要作家作品。它对欧美现代诗歌、戏剧和美学观念都产生了决定性的影响，在20世纪几乎所有的艺术门类中都打下了不可磨灭的印记。

象征手法作为文学创作的基本方法之一，可以说古已有之。"象征"一词来自希腊文，它的原义是"拼凑，比较"，本意是指将一件事物分成两半，双方各执其一，作为信物或者凭证，后来演变为以一件事物代表另一件事物，凡是能够表达某种观念或者事物的标识物或符号，都被称作"象征"。最古老的文学作品中运用象征的手法就很常见。广义地说，语言本身就是一种象征（符号），文学也是人类文化活动的象征符号。

西方文学中的象征主义作为一种文学思潮，以波德莱尔的诗集《恶之花》（1857）的问世为出现的最初标志，但是直到莫雷亚斯的《象征主义宣言》（1886）的发表，这一流派才正式形成。波德莱尔之后，法国象征主义的代表诗人有魏尔伦、兰波、马拉美等。美国的爱伦·坡也被认为是象征主义的先驱者之一。1891年，莫里亚斯宣布退出象征派，前期象征主义文学思潮和运动也从那时起走向消解。

第一次世界大战后，象征主义卷土重来，成为国际性的文学运动。后期象征主义在许多方面都是前期象征主义的继续和发展。但由于经历了一战的震撼，以及战后国际形势和现代哲学思潮的冲击，后期象征主义的声势与规模更大，并呈现出多姿多彩的面貌。后期象征主义在体裁上也越过了诗的疆界，摆脱了前期象征派诗歌沉醉于"象牙塔"中的嫌疑，深刻地反映了一次大战后西方世界的精神危机。

后期象征主义反对肤浅的抒情和直露的说教，主张情与理的统一，通过象征、暗示、意象、隐喻和自由联想来表现理念世界的美与无限性，曲折地表达作者的思想、情绪和感受。后期象征主义作品的艺术特征是：常以客观事物象征人的主观精神、情绪意念，"寻找主观精神的客观对应物"，以求达到"思想的知觉化"；往往具有神秘主义色彩和哲理性；注重表现"通感"，诗歌的语言和节奏都具有音乐性。

法国诗人**保尔·瓦雷里**（1871—1945）是后期象征主义诗歌的代表人物之一。感性与理性、变化和永恒、生和死的冲突等哲理问题，是其诗歌经常表达的主题。他的代表作、长诗《海滨墓园》（1926），表现诗人站在海滨墓园面对大海陷入沉思时的心灵活动，充满了哲理的思考。全诗24节，诗人利用各种韵律和意象，将人的思绪推向无限神秘的宇宙，广泛地使用各种象征手段，创造富有神秘色彩的画面和意境，造成了动静结合，情景交融，明暗协调交替、声音、色彩、感觉互通的效果,尤其突出韵律的音乐效果,使浓郁的诗意回环往复,余音绕梁。

奥地利诗人**里尔克**(1875—1926)不仅是后期象征主义的代表之一,也是现代德语文学中最杰出的诗人。他的早期诗作《豹——在巴黎动物园》(1904)从一个被关在铁笼子中的困兽的客体形象入手,通过豹子的肢体动作、步态和眼帘等与一个"伟大的意志"的联想,象征性地表现了现代人困兽般的处境和心灵感受。其代表作有长诗《杜伊诺哀歌》(1923)、组诗《献给俄尔浦斯的十四行诗》(1923)等。他的诗作表达了世纪交替时代的复杂感情和思想,具有神秘、哀伤和梦幻般的世纪末情调,语言简练,富有音乐性和雕塑感。他尤其强调独创性,主张诗人应当从自己的内在"自然"寻找题材,尽量避开通常的形式和主题。

后期象征主义文学还包括比利时诗人兼剧作家**梅特林克**(1862—1949)。他的剧作《青鸟》(1908),使他荣获1911年诺贝尔文学奖。《青鸟》通过梦幻的情节,以两个小孩寻找青鸟的故事暗示幸福的无常和追求幸福的徒劳,象征性地传达出只有努力给别人以幸福、自己才有可能接近幸福的意念。剧中运用了复杂而意味隽永的象征,将各种有形和无形的物质、各种动植物和各种思想感情、抽象的概念和未来的事物拟人化地加以表现,具有童话般的优美诗意和深邃的哲理。其中青鸟的象征意义最为丰富,既是人类幸福的象征,又是大自然奥秘的体现,与现实、未来构成复杂的关系。

后期象征主义诗人**威廉·叶芝**(1865—1939)是20世纪初"爱尔兰文艺复兴运动"的主将之一,1923年诺贝尔文学奖获得者。他的理想世界是"中古拜占庭文化",他认为拜占庭文化代表了个人与社会、精神与物质、政教与文艺的和谐。他的早期作品承袭了唯美主义逃避现实的倾向,1910年后由于参加民族自治运动,诗风为之一变,现实感增强,写出了《钟楼》(1928)、《驶向拜占庭》(1928)、《盘旋的楼梯》(1929)等代表诗作。他的诗歌技巧高超,风格高雅,善于运用复杂的象征,其诗作富有神秘感和哲理性。叶芝的诗歌理念与瓦莱里相近,认为声音、颜色、形式、联想会唤起一些特殊的感情,但是感情并不是诗歌,在感情找到合适的形式前诗歌并不存在。他的唯美主义追求,表明了他对物质文明的厌恶和对贵族文化的向往。

后期象征主义文学中最有代表性的诗人**托·斯·艾略特**(1888—1965),出生于美国密苏里州的圣路易斯。父亲祖籍英国,祖父是华盛顿大学的创办人,母亲是个博学多才的女诗人,家庭保持了新英格兰加尔文教的文化传统。艾略特于1906—1910年间在哈佛大学攻读哲学和英法文学,后又赴巴黎学习,接触到前期象征主义诗歌并深受感染。他从1909年开始发表习作,1914年起在伦敦从事诗歌创作和理论批评活动。1914—1915年间曾前往德国学习,后因战争而中断。1915—1916年,他回到伦敦结婚定居并教授拉丁文和法文,1917年任先锋派杂志《自我中心者》的副主编,并发表第一部诗集《普鲁弗洛克及其他》。

诗集《普鲁弗洛克及其他》中的《普鲁弗洛克的情歌》是艾略特早期最重要的作品。该诗表现了一个青年在求爱路上的矛盾心理。主人公在黄昏的时候穿过冷清隔膜的街道,进入空虚无聊的社交客厅,脑子中出现一百种幻象。他虽然是去和情人约会,但脑子中全是怯懦、迟疑、病态的念头,幻灭中夹杂着自我嘲讽。这篇诗作以其新奇的比喻和联想引起文坛的关注。后来艾略特又陆续出版《诗集》(1919)等。1917年,他写作了重要的评论文章《传统与个人才能》,1920年发表论文集《圣林》,1922年创办了文学评论刊物《准则》,担任主编直至1939年。在此期间,他与维吉尼亚·伍尔夫、赫胥黎、曼斯菲尔德等"布卢姆斯伯里"集团的人物过从甚密。

1922年,艾略特发表了长诗《荒原》,1926年担任牛津大学讲师,1927年加入英国籍和英国教会。在此期间,他还发表了《诗集》(1925)、《空心人》(1925)等重要作品,声名鹊起,在诗歌和评论界都享有盛名。从《荒原》到《空心人》(1925)是他创作的第二阶段,这个时期的作品突出地表现了荒原意识和绝望的情绪。

进入20世纪30年代后,艾略特作品中的悲观情绪和宗教意识明显加强。他陆续发表了诗作《圣灰星期三》(1930)、《诗集》(1935)、《四个四重奏》(1944)等,另外还创作了一些诗剧,如《大教堂谋杀案》(1935)、《阖家团圆》(1939)、《机要秘书》(1954)等具有宗教色彩的作品。1932年他曾回美国讲学,1952年担任伦敦图书馆馆长,1965年去世。在艾略特创作的最后阶段,诗人试图超越"荒原",寻求希望,但他找到的并非真正的希望,而是自我陶醉的幻想。由于《四个四重奏》,1948年,"他作为现代派的一个披荆斩棘的先驱者"而获得诺贝尔文学奖。《四个四重奏》是由四首各自独立又紧密相关的长诗组成:《烧毁了的诺顿》、《东艾克》、《干燥的萨尔维奇斯》、《小吉丁》。这四个部分分别借用与诗人祖先及本人生活有关的地点,通过对历史事迹、个人经历的追忆,对往昔时光的无望追怀,思索时间与永恒的关系,表达对现象世界的失望,深思来世和自己的诗歌对现代世界的作用。这些思想在四首诗篇中反复呈现、发展、深化。各首长诗以所谓构成世界的四大要素气、土、水、火和四季之一为基调,各分为五个乐章,语言节奏性强,自然流畅,诗意深厚,表达明澈。《四个四重奏》被认为是艾略特最完美的杰作,但它的影响不如《荒原》。

艾略特自己评价说:"政治上,我是个保皇党;宗教上,我是个英国天主教徒;文学上,我是个古典主义者。"① 他的社会政治立场和宗教意识都具有相当保守的一面。在审美的范畴内,他将古典的美感与现代的形式相融合,独创性地提出了自己的文艺主张。在理论和批评方面,他是英美新批评派的奠基人。他的《传统与个人才能》(1917)、《批评的功能》(1923)、《诗歌的功能和批评的功能》(1933)等论著,为"新批评"奠定了基础。他的所谓新古典主义理论,旨在反对浪漫主义。他提出了"非人格化"的主张,针对浪漫主义认为诗歌是诗人情感的表现的观点,指出生活与艺术之间有绝对不可逾越的鸿沟,诗人的感情只是素材,要进入作品首先要经过"非人格化",将个人的情绪转化为普遍性的艺术情绪。他认为诗歌并不是放纵感情,而是逃避感情,不是表现个性,而是逃避个性。针对浪漫主义的直接抒情,他提出了"思想知觉化"和"客观对应物"的理论。他认为,18世纪以后的诗歌趋于概念化,思想与形象脱节,浪漫主义诗歌则感情泛滥,思想模糊。他主张应当借鉴英国17世纪玄学派诗人的技巧,用"知觉来表现思想","把思想还原为知觉"。他认为特定的事物、情景、事件的组合造成特定的感性经验,可以唤起特定的情绪,因此主张作者寻找并描写这些能唤起情感体验的一套事物、一串经验,以这些"客观对应物"的象征意义暗示和传达,从而避免直接的叙述和描写。这些主张基本上阐述了后期象征主义的特征,对20世纪现代诗派影响巨大。

艾略特的诗歌创作处于英美诗歌发展的一个关键时期,促使英美诗歌的面貌发生了根本性的变化。他开始创作的时期,曾受到意象派诗人、尤其是庞德的影响,但他避开意象派的极端,吸收其长处,并将17世纪玄学派的技巧和法国前期象征主义的技巧熔为一炉。他强调内心独白,在诗歌中独创性地使用戏剧的表现手法,并融合意象派的思想感性化手法,通过寻求"客观对应物"和大量使用典故,使得诗歌在艺术上充满了新的生机。由于他对西方世界的历史与现实的深刻理解,他的诗歌又具有少见的哲学深度。

《荒原》被认为是20世纪西方诗歌史上的里程碑。全诗为433行,共分五章,每一章都可以被当作组诗来读,因为各章都有不同的谈话者、场景、句法和韵律,但它们又组成一个艺术整体。第一章"死者的葬仪"(76行),标

---

① 转引自《外国现代派作品选》,第一册(上),上海文艺出版社,1979年,第75页。

题出自英国国教会的出葬仪式。开篇第一句"四月是最残忍的一个月",从春天大自然不应有的凄惨风光入手,揭开荒原死气沉沉的面貌。诗中先后出现的三个人物的回忆、预言和询问,分别暗示今非昔比、人难以获得拯救并死而复生,其中包括一个重要角色玛丽的戏剧性独白。她回忆往日无忧无虑的生活以及曾经有过的浪漫史。诗人在这里运用了从骑士文学题材改编的瓦格纳的歌剧《特利斯丹和伊瑟》中的诗句,用特利斯丹骑士和少女伊瑟的纯洁爱情来对照现代人的背信弃义、朝三暮四。接着出现了一个能用纸牌替人算命的预言家,但她为人算出的未来却是死亡。诗中还运用了各种古代典籍中的形象和意象,如"淹死了的腓尼基水手"、"独眼商人"、"被绞死的人"等,来暗示或象征现实的不祥。诗人将各种意象堆积合拢,构成一个总体的死亡与空虚的意境,这是一种没有宗教葬仪作为最终安慰的绝对的虚空。

第二章"对弈"(95行),标题出自英国剧作家托马斯·密特尔顿(1570—1672)的同名剧本,但内容与另一部戏剧《女人谨防女人》中的"对弈"相关(暗示性游戏)。这一章里有两个重要场景,一个是在自己的卧室中矫揉造作的上流社会妇女百无聊赖的生活场景,另一个是下层社会庸俗不堪的酒馆中的一幕。诗中连续使用古代典籍中三个宫廷悲剧故事来构成独特的意象:莎士比亚《安东尼与克里奥佩特拉》中埃及女王的悲剧爱情,维吉尔史诗《埃涅阿斯纪》中狄多女王的不幸命运,奥维德《变形记》中铁卢欧斯的妻子和妹妹不畏强权反抗暴虐的遭遇。诗人将古代悲剧和忠贞的爱情故事与现代人有欲无情的私生活作对照,暗示两者道德上的鲜明反差。

第三章"火戒"(138行)的标题是佛教用语,一指人应过圣洁的生活,不能引情欲之火烧身;二指火的焚烧也能使不洁者净化,达到涅槃。"可爱的泰晤士,轻轻地流",但往昔河上的诗情画意早已烟消云散,留下来的是"饮泣"、荒凉与破败;对于古代国王的回忆同现代伦敦人庸俗猥亵的生活形成鲜明的对比。诗中先出现了一个同性恋者出没的场所,接着写一个女打字员像完成任务一样地与一个男人发生性关系,事情完了,便机械地用手抹平了头发,又随手在留声机上放上一张唱片。在诗人看来,健康的两性关系是人类精神再生的重要基础,而现代人却沉溺在欲火之中,不能自拔。本章最后的诗句,是以对火烧的祈祷表达渴求拯救。

第四章题为"水淹之死"(10行),这里的水是情欲的象征,"水淹之死"意指泛滥的情欲必然导致人的毁灭。诗中的古代腓尼基商人死于纵欲和贪婪的故事,象征着现代人在淫乱和金钱的旋涡中丧失了生命,暗示人生的虚无,青春年华如梦般消逝,一切利益皆成虚空。

第五章"雷霆的话"(112行),又回到一片干涸的荒原景象,荒原上缺少的水被赋予生命源泉的意义。诗中出现了这样的场面:耶稣遭出卖后被钉死在十字架上,然后复活,重新在他的门徒中行走;寻找圣杯的骑士进入"空无一人的教堂"而一无所获,女巫还施展最后的诱惑试图使他陷入绝境。诗人以此暗示现代人因远离宗教信仰而难以得到拯救。最后诗人借雷霆之口强调"舍予、同情和克制",暗示改变荒原命运的关键在于人们的内心,只有听从上帝、忏悔和祈祷,人心向善,追求节制,甘霖才会降落,大地才会恢复生机。

这部长诗把"缥缈的城市"伦敦作为西方现代社会的缩影,以"荒原"这一基本意象象征西方文明的没落和现代人精神的衰败,通过呈现信仰泯灭、理性衰落、醉生梦死、诗情画意荡然无存的"荒原"景象,艺术地概括了一次大战之后的时代特征,传达出普遍的幻灭感,从而成为一部表现现代人精神崩溃的史诗。全诗浸透了诗人的忧虑和绝望。艾略特在这部长诗中触及20世纪人类生活中的一个根本问题:在一个丧失了价值标准的社会里,人的生存意义必然受到怀疑,人的出路也必然成为一个不可索解的难题。如果说这片"荒原"还不是毫无希望,还有一条出路,那就是皈依宗教,实行基督教所要求的"舍予、同情和克制"。

《荒原》在诗歌艺术上取得了突出的成就。全诗有一个总体象征的框架,在现代题材的表层结构下,隐含着一个对应的神话结构,在两者的比照中传达出对现代文明的批判。在西方现代的"荒原"上,人们没有信仰,没有希望,醉生梦死,放纵情欲,犹如失去灵魂的行尸走肉。诗人以"死而复生"和"寻找圣杯"的神话隐喻了现代人的困境和摆脱困境的路径。

作为一位学者型的诗人,艾略特在这部长诗中大量用典,对某些古代文化典籍和前人作品进行了重新组合或直接引用,如第三章中的诗句"在利曼湖边,我坐下来饮泣",借鉴了《旧约·诗篇》第137首诗,原诗中"我们曾在巴比伦的河边坐下,一追想锡安就哭了",表现的是犹太人被新巴比伦人俘房后思念故土的情景,艾略特套用这句诗,为的是表达失去精神家园的失落感和巨大痛苦。诗中还涉及古希腊罗马神话传说、佛教经典、从骑士文学改编的瓦格纳的歌剧《特里斯丹和伊瑟》、莎士比亚的《安东尼与克里奥佩特拉》、维吉尔的《埃涅阿斯纪》、奥维德的《变形记》和斯宾塞的《结婚曲》等,使之在本诗中获得了新意,取得了独特的艺术效果,也使全诗具有深厚的文化底蕴。

在这部长诗中,艾略特不直接表露自己的思想感情,体现了"非个人化"的创作主张。诗人的情感态度始终掩藏在"客观对应物"的背后,使其诗意的表达取得了"思想知觉化"的效果。

《荒原》中充满丑恶、病态和卑微的意象,如干涸、枯萎、破碎、丑陋、蛮荒、衰老和死亡等,以此隐喻现代文明衰退的历史必然性,使全诗有如一部20世纪的"恶之花"。这部长诗以自由体写成,语言灵活多变,还广泛运用了17世纪玄学派诗歌和前期象征主义的艺术技巧,如抽象、思辨、暗示、自由联想、内心独白以及戏剧的艺术手法;诗句具有跳跃性,众多的意象、场景之间无脉络可寻。这一切使长诗成为象征主义各种技巧的集大成之作,并带有绘画和音乐的特征。

第三节　表现主义文学与卡夫卡

表现主义思潮首先产生于德国的绘画领域,起初有一批反传统的画家反对摹仿自然,强调画家要表现自己强烈的内心感受,表现直觉和下意识。艺术上的表现主义后来影响到一些诗人、戏剧家和小说家,他们赞成表现主义的美学原则,第一次世界大战前后先在德国形成一个文学流派,后传至欧美各国。

从思想上看,表现主义作家们一般都厌恶资本主义物质文明,把资本主义制度的罪恶归结为物质文明的罪过,把机器生产看成现代社会罪恶的根源,把机器视为恶魔般的能够征服人类的怪物。他们的作品大多表现身处喧嚣、混乱、罪恶的城市中人们的压抑、悲哀和忧郁。表现主义作家深受柏格森的直觉主义和弗洛伊德精神分析学说的影响,把直觉看作是认识世界的唯一方法,强调表现人们的主观世界、直觉和下意识,常常用特殊的手法来反映现实世界。

表现主义的理论纲领是"艺术是表现不是再现",即强调文学不应再现客观现实,而应表现人的主观精神和意念;主张突破表象,直接表现事物的本质。表现主义戏剧和小说常常把作家的强烈感受、某种意念或哲理抽象出来,以象征的意象予以表现。由于强调抽象性,表现普遍的本质,小说中的人物常常只是某种观念的代表,没有具体姓名,只有性别之分,故事发生的时间和地点也不确定。戏剧内容则荒诞离奇,结构散乱,鬼魂与活人同时出现,梦幻与现实之间没有明确界限;剧作家重视的不是戏剧冲突,而是如何调动一切戏剧手段,创造特殊的气氛,来表现狂热的激情、人物的直觉和下意识。表现主义诗歌往往采用浓缩的诗句和夸张的手法表现炽烈的激情,追求力度,具有雄辩的风格,不惜破坏通常的语言规则和习惯的表现方式。

表现主义文学取得了突出成就,其中,小说和戏剧的成就最大。瑞典作家奥古斯特·斯特林堡(1849—1912)的《梦的戏剧》(1902)、《通向大马士革之路》(1898—1904)被认为是表现主义文学的先声。奥地利诗人弗朗茨·韦尔弗(1890—1945)的诗集《世界之友》(1911)、《彼此》(1915)等,是表现主义诗歌的代表作。表现主义小说领域的代表作家是奥地利的卡夫卡,戏剧方面的代表作家是美国的尤金·奥尼尔。

弗朗茨·卡夫卡(1883—1924)是表现主义小说的代表作家,西方现代主义文学的奠基人之一。卡夫卡出生于当时属于奥匈帝国的城市布拉格一个犹太人的家庭,从小受德语教育。他的父亲是个百货批发商,为人性情暴躁,对子女实行家长式的统治,卡夫卡从小就对父亲十分畏惧。特殊的家庭生活养成了他内向、孤僻、忧郁、优柔寡断的性格。高中毕业后,卡夫卡进入布拉格大学学习德国文学,后来服从父亲的意志改学法律,获得法学博士学位。大学毕业以后,他在法律事务所和保险公司工作,后来因病提前退职,终身未娶。他一向喜爱福楼拜的小说、易卜生的戏剧、克尔凯郭尔和老庄哲学,这一切都对他的创作产生了明显的影响。1918年奥匈帝国崩溃,卡夫卡归属奥地利。他生前发表过40余篇短篇小说,另有30余篇短篇小说和3部长篇小说未发表。1924年卡夫卡于维也纳去世后,他的朋友布罗德整理、出版了他的全部作品及日记、书信等。

卡夫卡的创作成果丰厚,一共写有70多篇短篇小说。这些短篇小说从主题上看大致可以分为四类。第一类作品主要是揭示社会现实的荒诞和非理性,以及人的自我存在的痛苦和原罪感。在这类作品中,《判决》和《乡村医生》最具有代表性。《判决》(1912)是卡夫卡自己最喜爱的作品之一。小说叙述一个青年商人写信给他在俄国的朋友,说他要订婚了,希望他来参加婚礼,可是他的父亲却指责儿子和远方的朋友通信是叛逆行为,说他与未婚妻的关系是对死去的母亲、对朋友,特别是对父亲的出卖,因此命令儿子去投河自杀。儿子乖乖地服从了判决,冲出房门,向河边走去,投河而死。这篇小说可以解读为卡夫卡的一篇传记。卡夫卡的父亲就是这样一个蛮不讲理的人,他对卡夫卡管教很严,对儿子不切实际的幻想和志趣经常加以嘲笑。因此,卡夫卡拿起笔来创作时,就写了这篇以父子冲突为主题的短篇。小说不仅表现了对父亲的恐惧感,也表现了对家长制的奥匈帝国的不满。

当然,更重要的是,卡夫卡通过这个故事,揭示了现代西方社会生活的荒诞与非理性。

《乡村医生》(1919)以第一人称展开叙事,写一个乡村医生在风雨之夜外出看急诊的故事。医生最后在严寒中流浪,永远不能回到家里。卡夫卡在这篇小说中,把现实与非现实、合理与荒诞结合起来描写,造成一种非理性的氛围,以此象征现代西方社会中人的命运:永远也找不到自己的归宿。

卡夫卡的第二类短篇小说,集中揭露了西方现代社会中的人在重重压迫下掌握不了自己的命运以至"异化"的现象。《变形记》(1912)是反映这个主题的代表作,也是卡夫卡短篇小说的代表。作品的主人公格里高尔是一家公司的旅行推销员,长年累月到处奔波,挣钱养活家人。一天早晨,他从睡梦中醒来,发现自己变成了一个大甲虫。他感到十分惊慌,担心失去工作,也无法见人。事实上,他不可能再去工作了,因为他已经失去了人的模样。父亲因此而讨厌他,母亲也很悲伤,妹妹开始时怜悯他,给他送食物、打扫卫生,后来也感到厌倦了。格里高尔的饮食没有了保证,房间也越来越脏。

小说独具匠心地对主人公进行了"虫形而人心"的艺术处理。格里高尔变形之后,生理上完全变成了甲虫,厌恶人类的食物而喜欢吃腐败的东西,总是躲在阴暗的角落里或者倒挂在天花板上。然而他仍然保持着人类的心理,能够感觉、观察、判断和思考。他看到自己的变形给家庭带来了巨大灾难,感到非常痛苦。生理上和精神上的双重痛苦日夜折磨着他。

格里高尔变形后成了家庭的累赘。有一次,母亲和妹妹来为他收拾房间,母亲看到变形了的儿子倒挂在墙上的镜框上,吓得晕了过去,结果搞得全家不得安宁。还有一次,他听到妹妹在拉小提琴,不由自主地爬出房门,刚巧被房客们看见了,房客们非常害怕,马上就要搬走。此后,格里高尔被家人认为是"一切不幸的根源",连一直怜悯他的妹妹都下决心"一定要把他弄走"。他也自惭形秽,消灭自己的决心比妹妹还要强烈。他被反锁在房中,从此不再吃东西,直到有一天悄悄地死去,全家人才如释重负,开始新的生活。

《变形记》表现了现代社会中的异化现象。主人公格里高尔在生活的重压下变成了一只大甲虫。表面上看,这似乎是荒唐无稽的,但作品通过变形、荒诞、象征的手法,揭示了一种普遍的现象:在现代社会中,人所创造的许多东西(如金钱、机器、生产方式等),作为异己的、统治人的力量与人相对立,它们操纵着人,把人变成了奴隶,并最终把人变成了"非人"。这是一种普遍的"异化"现象。《变形记》就是一部典型的表现"异化"的经典之作。

卡夫卡短篇小说中的第三类作品,主要表现西方现代社会里小人物找不到出路的孤独、苦闷情绪和无能为力的恐惧感。《老光棍布鲁姆费尔德》(1935)和《地洞》(1931)是反映这一主题的代表作。布鲁姆费尔德没有妻子,无儿无女,孤独一人,生活十分乏味。他想养条狗做伴,又怕狗脏,还会带来一系列别的问题。他心烦意乱,异常苦闷。突然,房间里出现了两个蹦跳的塑料小球,跟随着他,成了他的生活伴侣,可又吵得他无法休息,给他带来了新的烦恼。他不得不把小球送给了邻居的小孩。这篇小说看起来似乎很滑稽,但它实际上深刻地反映了小人物的生活中总是充满烦恼,旧的烦恼过去了,新的烦恼又来了,人们总是无法真正消除烦恼,总是处在担惊受怕之中。

小说《地洞》对小人物的恐惧感描写得更加淋漓尽致。一只不知名的动物,挖了一个地洞,既为了保护自己,也为了保存食物。但是它成天心惊胆战,害怕外面的敌人来侵犯。他觉得,"即使从墙上掉下一粒砂子,不弄清它的趋向我也不能放心","世界是千变万化的,那种突如其来的意外遭遇从来就没有少过","只要遇到一点特殊现象,就会叫我惊慌失措"。作者通过对这只小动物心理状态的描写,惟妙惟肖地写出了现代西方社会里小人物终日战战兢兢、难以自保的恐惧处境。

在第四类短篇小说中,卡夫卡着重揭露了统治阶级的残酷,表现出对本民族的某种失望情绪,如《在流放地》。这篇小说写的是在一个流放地,有个看守犯人的军官对别人极其残酷。流放地的司令官发明了一种杀人机器,而且对使用这台机器杀人非常感兴趣。这个军官津津乐道地向一个旅行家介绍杀人机器的构造和使用方法。这台杀人机器的"绝妙"之处就在于它不是一下子把人杀死,而是用五六个小时把人慢慢地杀死。这台机器已经杀死过许多人,以至它的齿轮都磨损了。后来这个军官为了修理这台杀人机器,自己躺到机器里面,结果也给杀死了。作品暴露了统治者的残酷,暗示他们不会有好下场。

在长篇小说创作领域,卡夫卡写有《美国》、《诉讼》和《城堡》。其中《美国》(1927)通过青年卡尔·罗斯曼在美国的经历,以现实主义手法展示出资本主义世界的面貌,作家自己称它是"对狄更斯的直接模仿"。《诉讼》和《城堡》则是两部杰出的表现主义小说。

《诉讼》(1925)是"卡夫卡式"小说形成的标志,也是他最优秀的作品,最能代表他的创作思想和艺术手法。小说的主人公约瑟夫·K是银行的一名高级职员,他在30岁生日的早晨,突然被法院宣布逮捕。奇怪的是,法院仅仅给了他一个通知,后来也曾传讯过他一回,但从来没有公布他的罪行和罪名,而K也依然有行动的自由,同过去一样,照常上下班,过自己的生活。K起先对此非常愤慨,第一次开庭时,曾在法庭大声谴责司法制度的腐败,揭露官吏的贪赃枉法,并决定不去理睬这件事。但事实上他总忘不掉这件事,内心压力越来越大,有一种说不清楚的负罪感。于是他主动到法庭去探听,去参观法院,对自己的案子越来越关心,几乎到了病态的地步。他也开始对银行里的职务感到厌恶,为自己的案子到处奔忙,但他聘请的律师除了用空话敷衍他以外,几个月都写不出一份申辩书。K向一位替法官画过像的画家求救,也没有得到什么帮助。最后K在教堂里碰见一位神甫,这位神甫讲了一个关于法律的寓言。然后对他说,要找到法律是不可能的,人只能低头服从。不久,K的案件审判结束了,法院判处他死刑。一天夜里,两个穿着大衣的人把他架到郊外的采石场,用刀把他杀死了,他也想到自己只能"像条狗一样地死去"。

小说经由约瑟夫·K因莫须有的罪名被捕、最后被处死的故事,深刻地揭露了奥匈帝国庞大的官僚机构和腐败的司法制度。作品没有正面描写这个司法官僚的腐败,而是以荒诞、非理性的形式,运用象征、夸张的手法,通过主人公内心情绪的发展变化,别具匠心地暴露了现实中的黑暗,表现了人们惶惶不可终日的普遍心理。K无辜被捕,在诉讼过程中,他终于懂得了,在法庭眼里,根本不存在有罪和无罪的区别,区别只在于已经找上你和暂时还没有找上你。任何一个公民一旦被法律机器网罗进去,就无法摆脱。小说还进一步暗示读者:在法庭的后面,有一个庞大的机构在活动着。这个机构不仅有一批专门接受贿赂的看守、愚蠢的检察官,而且有一大批高级法官,还有大量的办事员、警察和刽子手。之所以要有这个庞大的机构,就是要诬告清白无辜的人,对他们进行荒谬的审判,然后在他们自己都不知道犯了什么罪的情况下把他们处死。

卡夫卡的另一部长篇小说《城堡》(1926)在主题上与《诉讼》有相近之处。《城堡》的主人公也是K。一天晚上,他踏着雪到了一个城堡所管辖的村子,准备第二天进入城堡,其目的是请求城堡当局批准他在村子里安家落户。但城堡的一个官员要他出示伯爵开的许可证。K拿不出许可证,就说他是应伯爵的命令来城堡当土地测量员的。那个官员立刻打电话给城堡,城堡里先是回电话说没有这回事,但是过了一会儿又来电话说,确有聘请测量员其事。这样,K在村里总算安顿下来了。第二天,K便想直接与城堡联系,以便进入城堡,可是毫无结果。城堡虽近在眼前,却怎么也走不近它,也找不到一个城堡当局的官员可以说说自己的要求。K想见城堡的统治者伯爵,伯爵是人人皆知的人物,但奇怪的是谁也没有看见过他。K又想去找城堡的大臣克拉姆,但找不到和大臣联系的途径。他苦恼万分,却又收到大臣带来的信,信中对他的土地测量工作大加赞扬。K被弄得莫名其妙,因为他根本没有进行过什么土地测量工作。原来这封信是从城堡当局的档案柜里翻出来的多少年以前的旧东西。随后,K继续想尽种种办法和城堡当局联系,但他的请求送到城堡没有,送到了哪一级,他都无法知道。他从别人那里听到许多关于城堡的事,越听越觉得城堡充满了神秘的色彩,越听越糊涂。例如,在他和城堡之间传递信件的信差,居然也不能肯定自己是否见过大臣本人,甚至根本不知道谁是这位大臣,因此几乎每次到城堡去都是空跑。后来K和城堡之间的一切联系都中断了。小说写到第20章为止,没有全部完成。卡夫卡计划的结局是,K在临死前终于得到城堡的通知:他可以住在村里,但不许进城堡。

如果说《诉讼》批判的是现代西方社会的司法机构,那么《城堡》批判的则是现代西方社会的行政机构。作品通过主人公K想住进城堡而终于未能达到目的的经历及一系列荒诞现象,表现了小人物在官僚体制下的处境。主宰小人物命运的是"城堡",它就矗立在那座矮矮的小山上,四周没有城墙,看起来并不戒备森严,但K永远无法接近它。意味深长的是,城堡的最高统治者是个非常神秘的人物,谁都没有见过他,谁也不了解他。大臣克拉姆则是一个难以琢磨的人物,谁也弄不清他所说的话到底是什么意思,他到底要你干什么。克拉姆还是个欺压老百姓的恶棍,任意践踏村里的女人,村里的人都对他敢怒不敢言。

"城堡"既显示出封建专制制度的专横,也体现了现代西方社会官僚机构的庞大和严密。"城堡"和由它管辖的村子并不算大,但是有数不清的官员。这些人看起来全都忙忙碌碌,但这种忙碌没有任何实际意义。他们的主要任务就是制造成堆的文件。村长把他收到的大批文件像柴禾一样捆起来,堆满了半间屋子,另外还有更多的文件堆在库房里。谁也不关心这些文件是否已付诸实施,但新的文件仍然像雪片一样飞来。至于官员们所做的事,不外是钩心斗角,争权夺利。"城堡"对老百姓所做的,就是培养他们的奴性,使他们认为自己卑贱。结果,人人害怕官方。但是,他们一面战战兢兢地过日子,一面又为能替城堡效劳而感到无比光荣。这是一种非常可怕的奴性。城堡就是这样权力无边、阴暗神秘、冷漠无情,既是奥匈帝国国家机器的象征,也是与成千上万普通人对立的权力机构的象征,构成对普通人的致命威胁。

这部长篇小说的形象塑造、多层含义的隐喻,都是典型的"卡夫卡式";整部作品笼罩着一种神秘的、梦魇般的气氛。

作为西方现代主义文学中表现主义的代表作家,卡夫卡在小说创作方面形成了自己鲜明的艺术特色。他往往以抽象的、荒诞的手法表现他所感受到的事物的本质。在他的小说中,时间、空间、人物都是不确定的,他的作品中不少主人公都用K作代号,既无国籍,也无时代,读者更无从知道他们的性格和历史。现实中的具体人物被作家抽象化了。这是因为卡夫卡企图超越某一具体的历史阶段和各种具体的社会环境去探索人的本质和命运。许多人认为他的作品像一篇篇寓言,原因也就在此。一个人一觉醒来变成了一只大甲虫,这是荒诞的,但这恰恰形象又深刻地反映了现代西方文明社会对人的压抑这种本质;一个城堡近在眼前,却怎么也走不到它的跟前,也无法与它直接联系,这也是非现实的,但形象地反映了官僚机构与老百姓之间隔离的本质。

富有象征性是卡夫卡小说的另一重要特色。《诉讼》中的法庭根本不是现实中的法庭,而是一个象征,象征着压迫人的社会力量;《城堡》中的城堡,则是官僚制度的缩影,是与人民相对立的权力的象征。卡夫卡的"象征"常常包含多层意义,例如,城堡就在眼前,但任凭K如何努力,仍然不能进去。从现实政治意义的角度,它象征着老百姓和官僚机构之间隔着不可逾越的鸿沟;从更深一层的哲学意义角度,这种象征,正是存在主义哲学关于"人的处境"的核心思想的反映,即人生的目标常常是"可望而不可即的"。

卡夫卡的小说往往有一种冷漠的笔调。作家在写到那些荒诞可怕的事情时,常常并不极力渲染,只是用一种冷漠的笔调极其平淡地加以叙述。《变形记》是这样开头的:"一天早晨,格里高尔从不安的睡梦中醒来,发现自己躺在床上变成了一只巨大的甲虫。"平淡得就像在讲一件人们习以为常的事。按照平常的逻辑,一个人发现自己变成了大甲虫。他该是何等惊恐?他可能会大叫,会挣扎,会昏倒。但在卡夫卡的作品里,这些都没有发生。格里高尔发现自己变成甲虫后,他并没有惊恐,因为他怀疑这是个梦。快七点了,母亲催他起床去上班,他要回答母亲,却发不出人的声音,只会吱吱地叫。这个现象仍然没有引起格里高尔注意到自己已经变成一只甲虫的事实,因为他被一种可怕的焦虑淹没了:万一赶不上火车,耽误了老板的事,自己被解雇了怎么办?年老的父母和年幼的妹妹何以为生?这种心态对一个小职员来说,非常真实。这时,读者被震撼了:人在变成非人之后,不是为自身的巨大变化而痛苦,而是为自己失去工作后怎么养活家里的人而焦虑。但这时作家只是用一种平静的笔调在叙述。同样,《诉讼》中写到 K 最后莫名其妙地被处死的情形,《在流放地》中写那个参与发明杀人机器的军官最后自己爬到那台机器里,使用的都是冷漠平淡的笔调。但是,这种冷漠的笔调中,包含着震撼人心的艺术力量。

表现主义戏剧方面的代表作家是美国的**尤金·奥尼尔**(1888—1953)。他一生共创作了 50 多部剧本,其中,他早期的《天边外》(1918)、《榆树下的欲望》(1924)等剧作仍属于现实主义的范畴;随后创作的《琼斯皇》(1920)、《毛猿》(1921)等作品,则开创了美国戏剧的表现主义时期;接着他又推出《冰人来兮》(1939)、《休矣》(1941),预示了美国戏剧向存在主义、荒诞派的转变。一般认为,他的《悲悼》(1929)、《进入黑夜的漫长旅程》(1939)两剧,属于西方现代戏剧的经典作品之列。奥尼尔四次获得普利策奖,1936 年获得诺贝尔文学奖。

《琼斯皇》是奥尼尔的第一部表现主义剧作,描写西印度群岛上的黑人臣民起来造反,皇帝布鲁斯特·琼斯狼狈出逃,最后被打死的故事。全剧共分八幕,头尾两幕是写实的,分别描写暴乱前琼斯的活动以及琼斯之死,其余六场是梦幻的,表现他逃亡时的恐惧心理。全剧以表现琼斯在热带丛林里逃亡时的恐惧心理为主,以此象征美国黑人受压抑的处境以及他们在显意识或潜意识中始终存在的焦虑。剧中的梦幻场景、错乱时空、"恐惧"角色、逐渐加快的鼓声等表现手法,都显示出表现主义戏剧的特色。作家别出心裁地把"恐惧"作为角色搬上了舞台:"小而无形的恐惧们从树林深黑处爬了出来。这些恐惧是黑色的,无定形的,人们只能看到它们闪闪发光的小眼睛。"剧中咚咚的鼓声创造了一种独特的舞台效果。"鼓声低沉、颤抖、开始时鼓点如正常的脉搏——每分钟 72 次,——而后逐渐加快,直到幕落,从不间断。"这鼓声给观众造成一种原始生活的气氛,又是琼斯恐惧中的心跳声,直接打击在观众的心上。从一定的意义上说,这部剧作是独角戏,是主人公琼斯一个人的活动与独白。琼斯从傲慢的皇帝,变为恐惧的逃亡者。森林夜间的恐怖,饥饿造成的空虚感,迷路以后的慌乱以及追赶他的黑人们的阵阵鼓声,这一切使他在幻觉中看见了自己的祖先过去的生活经历。琼斯人在丛林中乱窜,意识却云游四方,从非洲黑人的巫术仪式,到美国早年的奴隶市场,从劳改营到海船,作品大胆地把现实与想象糅合在一起,创造出特定情境中人物心理的外化形象,时间与地点没有限制,听任人物想象与回忆的引导。这些幻象出现一次,他就开枪射击一次。他一件件地脱去衣服,一次次地射出子弹,文明给予他的一切层层剥落,赖以生存的手段逐渐丧失;他不断地倾诉自己心中的恐惧,对周围的一切用惊叫、设问、呼喊与喘息做出反应。最后子弹用完了,他也死了。生而为黑人的心灵痛苦和无意识心理,在这里被鲜明而强烈地表现出来。

奥尼尔还写有另一部表现主义戏剧《毛猿》。主人公扬克是一艘远洋轮船上的司炉工人,他没有家庭、父母、妻子和朋友,强壮而粗野,头脑单纯,没有文化,但具有强烈的自我意识。尽管机舱里煤烟呛人,温度很高,像牢笼一样,人在里面不能直立,弯腰行走像原始人,但扬克为自己的职业感到自豪,对自己的力量充满信心,甚至自以为是世界的动力。但是那些绅士、太太们瞧不起他。轮船公司董事长的女儿被他狰狞的外形吓坏了,大叫一声"哎哟,这个肮脏的畜生",随即晕倒在地。扬克决心对资产者进行报复,在上流社会出入的纽约第五大街寻衅滋事,冲撞资产者,自己反而倒下,被警察抓去。获释之后他来到一个工会组织,但是由于言论过激引起怀疑,又被赶了出去。走投无路的扬克来到动物园,想与关在铁笼子里的大猩猩为伍,不料被猩猩猛力一抱,折断了肋骨。猩猩把他扔进笼子,他呻吟着,倒在地上死去了。作品的副题是《关于古代与现代生活的八场喜剧》,指明了它的主题。

《毛猿》通过扬克离奇怪诞的经历,象征性地表现了现代社会中人的地位与归宿问题,指出了普遍存在的异化现象。在现存社会中,随着科学技术的发展,人外部占有的越多,内部拥有的就越少,人类沿着这条道路前进,充满着各种危机和隐患,但是后退也不是出路:扬克与动物园大猩猩握手,最后死于大猩猩之手,隐喻了现代人的悲剧性结局。

奥尼尔的表现主义作品内容十分广泛,他在关注社会问题的同时,也倾向于探讨更为抽象、更具精神意义的种种问题,如艺术受到金钱排斥,两性间的矛盾冲突,科学技术的局限性,宗教信仰的影响等。

第四节　意识流文学与乔伊斯、福克纳

意识流文学是 20 世纪初在西方兴起的一种文学样式,是现代主义文学的一个重要分支,曾活跃于英、法、美等国文坛,并于 20 年代达到鼎盛,主要成就体现为小说。

"意识流"(stream of consciousness)是一个心理学术语,由美国心理学

家威廉·詹姆斯(1842—1910)首次提出。在《心理学原理》(1890)一书中,他指出人的意识不是一些零碎的片断,不是拼接起来的,而是连续流动的,像一股水流,于是他用"河"、"流"来比喻和描述流动着的人的意识,也称其为"思想流,意识流或主观生活之流"。法国哲学家柏格森在《时间与自由意志》(1889)一书中则提出了"心理时间"的概念,他认为,人的心灵储存着过去经历留下的印象,由于某种机缘,这些印象会浮现出来,打破传统意义上的过去—现在—未来依次延伸的线性时间顺序,即物理时间顺序,使得过去与现在彼此叠加、复现,这种随着人物思绪的流动变化而形成的时间就是"心理时间",它的特点是打破了固定的物理时间的先后顺序和传统空间关系,依人的心理活动实现了新的组合。柏格森还认为,真实存在于"意识的不可分割的波动之中",只有自我意识才是"唯一的实在",只有"心理时间"才是真实与自然的。上述理论从20世纪20年代开始被一些作家直接借用到文学创作上来,他们认为文学也应当表现人的意识流动,特别是潜意识活动;人的意识流动所遵循的是"心理时间",而不是"物理时间",于是就形成了意识流文学。

意识流小说呈现出一系列不同于传统小说的基本特点。这类小说强调对人物真实心灵世界的描摹,以人物飘忽无定、流动不居的主观意识作为基本内容,刻意表现个人精神生活隐秘幽微、瞬息万变的复杂特征。为了充分表现作家们心目中真实的人性与真实的生活本质,作家们忠实于主观世界的描摹而淡化外部故事情节的叙述,因而使作品缺乏传统意义上完整的、遵从时间与空间上的逻辑顺序的故事与人物命运的交代。在作品中,"故事"往往成为诱发人物回忆与联想的一个外部契机,如普鲁斯特的《追忆似水年华》中"我"品尝小玛德兰点心的情节,乔伊斯的《尤利西斯》中布卢姆参加朋友葬礼的情节,伍尔夫的《达罗卫夫人》中克拉丽莎买花的情节,均是如此。

从时空处理上看,意识流小说遵循"心理时间"原则,在谋篇布局上打破了传统文学中以物理时间顺序为基础的结构模式,时空往往跳跃多变,前后场景之间缺乏逻辑联系,常常是过去、现在、未来交叉重叠。作家们根据再现人物心理真实的需要组建了新的时空秩序,跨越物理空间的界限,用有限的时间展示无限的空间,或在有限的空间内扩展心理时间的表现力。意识流小说往往以当时正在进行的活动或某种感觉、印象为中心,通过触发物的引发,追踪人物意识活动循环往复,并向四面八方发散的流程,从而使小说具有了一种复杂的立体结构。普鲁斯特的《追忆似水年华》、伍尔夫的《墙上的斑点》、《达罗卫夫人》等,均典型地体现了这一特征。

意识流小说通常频繁转换叙述视角，使多位人物的意识杂然并呈，透过不同人物的眼光和思维的"滤镜"看待世界，突出被感受、被再现的图景中所包含的观察者的主观干预，同时也体现出每一主观角度的局限性。乔伊斯、伍尔夫和福克纳均在视角的转换方面充分显示了自己的才华。在乔伊斯的作品中，作家时而从小说中撤离，让人物将自己最隐秘的内心世界和盘托出，时而又介入作品，用第三人称的角度展开叙述；伍尔夫常常使笔下不同人物的意识流交替出现，自由转换，却又丝毫不露斧凿痕迹，读者常常不知不觉就从这个人物的意识活动转到另一个人物的精神世界；福克纳的《喧哗与骚动》更是被誉为视角转换的经典之作。

在意识流小说中，人物的意识活动具有鲜明的流动性、非逻辑性与纷乱无序性。作家本人往往自觉地退出小说，直接将人物的内心独白、自由联想、回忆、梦境与幻觉呈现于读者眼前，让读者直接深入角色的灵魂内部，原原本本地看到人物主观世界的原生状态，拒绝理性与逻辑的过滤、编排与整理。

意识流小说的作家们常常采用象征、暗示、隐喻等艺术手段，表现人物微妙的感受，以及由某一事件触发而产生的独特印象，并使作品产生浓郁的诗意。在《追忆似水年华》和《尤利西斯》中，普鲁斯特和乔伊斯的叙述笔法均具有明显的诗歌化倾向，伍尔夫的《到灯塔去》和《海浪》(1931)更是被誉为诗化的小说。意识流小说的诗化倾向进一步丰富了作品内涵，并使作品的艺术感染力大为增强。

以上几个方面的特点，必然造成意识流小说通常缺乏完整的故事情节、清晰的脉络和对人物命运的详尽展示，有的意识流小说甚至根本没有故事。因为意识流完全不受时间和空间的限制，是混乱的，而故事则恰恰是在特定的时空中按因果关系组织起来的一连串事件。意识流小说中，如果还存在着具体事件，那也是零乱地显示在人物的意识流之中，而且作品的重点并不在于叙述这些事件，而在于表现这些事件在人物头脑中留下的印象。

意识流文学的产生，可以回溯到19世纪80年代后期。1887年，法国诗人**艾杜阿·杜夏丹**(1861—1949)出版了小说《月桂树被砍掉了》(1888)。这部作品首次运用"内心独白"的写法，描写了一个巴黎青年与一个女演员的恋爱故事，表现了主人公在6个小时之内的主观情绪变化，完全由"我"来自白，让读者直接感受到人物隐微的意识活动。文学史家将该作品的出现，作为意识流文学的真正开端。

意识流小说的代表作品，主要有普鲁斯特的《追忆似水年华》，乔伊斯的《尤利西斯》，伍尔夫的《达罗卫夫人》、《到灯塔去》，福克纳《喧哗与骚动》等。

  法国作家**马赛尔·普鲁斯特**(1871—1922)的意识流小说巨著《追忆似水年华》(1913—1927)，是一部回忆录式的自传体小说。作家认为，人的真正的生命是回忆中的生活，人的生活只有在回忆中方能形成"真实的生活"，回忆中的生活比当时当地的现实生活更为现实。他的《追忆似水年华》就是建筑在"回忆是人生的菁华"这一观念基础之上的。小说以主人公"我"的意识为中心，向读者展示了一段段朦胧的回忆与模糊的印象，表达了"我"对自己青春的无限怀恋与追念，也描绘了20世纪初巴黎上流社会广阔的画面与众多的人物。作品采用了物理时间与心理时间彼此交融、互相渗透的叙述方式，以此来扩展作品的包容性，渲染人物意识流动的跳跃特征，成为西方现代主义文学中最早的一部意识流小说经典。

  意识流创作领域的一位卓有建树的作家是**弗吉尼亚·伍尔夫**(1882—1941)。她的短篇小说《墙上的斑点》(1917)，是一篇典型的、通篇采用第一人称内心独白的意识流手法创作出来的作品。小说以墙上一个小小的斑点这一外部世界的事物作为触发人物意识流动的媒介，人物的自由回忆、联想与想象，在短短的十几分钟内浓缩了丰富的历史文化与精神内涵。为了逼真呈现自然流动的"主观生活之流"，作家抛弃了人物理性思维活动的逻辑性，人物的思绪从一个点跳跃到另一个点，极具随意性。小说家还通过"斑点"的无意义与人的主观意识活动丰富性的对照，凸显了外部事实无意义，而人的内在体验具有无与伦比的首要价值的思想。

  一般认为，伍尔夫最成功的作品是号称"生命三部曲"的三部长篇小说《达罗卫夫人》(1925)、《到灯塔去》(1927)和《海浪》(1931)。其中《达罗卫夫人》最具意识流特色。这部作品分别以克拉丽莎与赛普蒂默斯这两个从未谋面的人物的意识流为中心，构成了两条平行发展而又相互交叉的线索，以外部世界的声、光、色、味及人与事为激发主人公联想、回忆、感触与想象的媒介，并巧妙地以伦敦议会大厦的大本钟定时敲响所代表的物理时间，来提醒读者注意其与人物心理时间、眼前的真实与心理真实之间的差异，还运用了如同电影艺术中的蒙太奇技巧，实现了不同人物之间意识流的自然转换，从而在短暂有限的物理时空中，传达出人物纷纭繁复的人生体验，具有深厚的精神内涵。这部作品以独特的创作技巧与完美的艺术形式，表达了深刻的社会主题，对人物深层心理的探索也达到了相当的程度。

威廉·福克纳(1897—1962)是意识流小说在美国的主要代表,同时也是美国现代文学史上最伟大的作家之一。福克纳出生于密西西比州的新奥尔巴尼,是当地一个三代显赫的庄园主家庭的长子,但家境至父亲一代已走向败落。祖辈的荣耀与父亲的落寞构成的反差、父母的不和与家庭的分裂,使福克纳得以对南方贵族在盛极而衰的历史境遇中种种复杂与苍凉的心绪深有体会,日后有可能成为"南方的代言人"。

第一次世界大战期间,福克纳应征入伍,在加拿大皇家空军学校受训。战后曾在大学肄业一年。1925年,福克纳在新奥尔良结识著名小说家舍伍德·安德森,后者积极鼓励福克纳从事文学创作,并帮助他出版了第一部小说《士兵的报酬》(1926)。随后不久,福克纳又发表了他的第二部作品、讽刺小说《蚊群》(1927)。

1929年,福克纳的第三部小说《沙多里斯》出版。作品以虚构的约克纳帕塔法县为背景,反思了南方贵族社会的历史与传统对后代产生的不良影响。这部小说后来被称为"站在门槛上"的书,因为正是从这部小说开始,福克纳逐渐显露出自己在题材、主题与风格等方面的特色。从《沙多里斯》开始,他意识到自己"家乡那块邮票般小小的地方倒也值得一写,只怕一辈子也写不完"。福克纳一生创作了19部长篇小说和70多篇中、短篇小说,其中绝大多数都是以作家虚构出来的美国南方密西西比河北部约克纳帕塔法县作为人物活动与故事发生的背景的,所以他的这些作品被总称为"约克纳帕塔法世系",西方评论家更将之誉为"福克纳的神话"。

该"世系"的特点是以约克纳帕塔法县及其县府所在地杰弗生小镇作为人物活动的环境,以杰弗生小镇及其郊区几个家族的盛衰历史作为贯穿始终的故事线索,时间跨度自美国独立战争之前直到第二次世界大战以后,约两百年左右。出场的人物有600多人,包括种植园主、杰弗生小镇居民、"穷白人"、黑人和印地安人等等。依家族来分,"世系"主要围绕沙多里斯、塞德潘、康普生和斯诺普斯等几大家族的遭际展开,其中最有代表性的作品是描写康普生家族的《喧哗与骚动》(1929),描写沙多里斯家族的《沙多里斯》(1929)、《不可征服的人们》(1948),以塞德潘和麦卡斯林家族的盛衰兴替为表现对象的《押沙龙,押沙龙!》(1936)、《去吧,摩西》(1942),以及展现资产阶级暴发户兴起的、号称"斯诺普斯"三部曲的《村子》(1940)、《小镇》(1957)和《大宅》(1959)三部作品。在这套"世系"中,福克纳忠实描摹了两百年来美国南方社会的变迁,各阶级、阶层人物社会地位的浮沉升降,各类人物精神面貌的变化。不仅重要人物形象在长篇与短篇小说中交替出现,各部作品的情节与背景也互有关联。每一部小说既表现了一个独立的故事,又构成整个"世系"中的有机组成部分。

然而,作为美国"南方文学派"的代表人物,福克纳没有仅仅将自己的探索局限在有限的时间与地域范围内,而是努力要从家乡"邮票般大小的地方"的人物处境中,探索与表现人类普遍的命运。对此,福克纳有着清晰的认识,并在作品中将之作为自觉追求的目标。他在接受诺贝尔文学奖时发表的演讲中指出:"唯有此种内心冲突才能孕育出佳作来,因为只有这种冲突才值得写,才值得为之痛苦和烦恼。……占据作家创作室的只应是心灵深处的亘古至今的真情实感、爱情、荣誉、同情、自豪、怜悯之心和牺牲精神,少了这些永恒的真情实感,任何故事必然是昙花一现,难以久存。"①

福克纳关注祖先的罪恶给后代留下的历史负担,南方人在精神、心理上的种种痼疾,表现机械、金钱对人性的摧残和对人的异化,展现现代社会人与人之间的疏远与隔膜,探索人的灵魂获得拯救与重生的种种可能。可以说,他所思考和予以艺术表现的,正是现代社会的知识分子都会面临的重大问题。他书中涉及的南方种植园世家飘零子弟的精神苦闷,与一战以来随着西方文明的没落、走在时代前列的知识分子的共同苦闷是相通的。所以,福克纳被认为是一个表现了"时代精神"的重要作家。

福克纳最有代表性的作品是1929年出版的《喧哗与骚动》。从此时开始至1942年,是福克纳创作力最旺盛的时期。这段时间里他的创作数量之大、质量之高且创作时期持续之久,在美国现代小说史上是无与伦比的。他的重要作品还有长篇小说《我弥留之际》(1930)、《八月之光》(1932)、《押沙龙,押沙龙!》(1936)等。福克纳还写有许多著名的中、短篇小说,如《献给爱米莉的一朵玫瑰花》(1930)、《老人》(1939)和《熊》(1942)等。

1949年,福克纳荣获诺贝尔文学奖。1951年,他又获得了美国全国图书奖。1955年和1963年,福克纳两度获得普利策奖。此后,他常被美国国务院派往国外从事文化交流工作。1962年,福克纳因病于家乡逝世。

《喧哗与骚动》是"约克纳帕塔法世系"的扛鼎之作,也是现代主义文学的经典。书名出自莎士比亚悲剧《麦克白》第五幕第五场麦克白的台词:"人生如痴人说梦,充满着喧哗与骚动,却没有任何意义。"作家意在暗示美国南方没落世家中人生的无意义和深刻的精神危机,犹如痴人说梦般的喧嚣与混乱。

---

① 李文俊编选:《福克纳评论集》,中国社会科学出版社,1980年,第254—255页。

小说描写杰弗生镇上的康普生家族的故事。这个曾经显赫一时的望族，如今只剩下一幢破败的老宅，黑佣人也只剩下老婆婆迪尔西和她的小外孙勒斯特了。康普生先生在世时虽有律师身份，但从来不务正业，而是成天以酒买醉、愤世嫉俗。康普生太太则自私冷酷、无病呻吟，念念不忘自己的南方闺秀身份，在折磨、抱怨家人中度日。小说的中心人物是女儿凯蒂。虽然书中并没有以她的观点为中心构成单独一章，但家中一切人物的行为都与她息息相关。凯蒂冲决了对"南方淑女"的束缚，成了一个轻佻放荡的女子。她在怀有身孕后不得已与一个银行家的儿子成婚，但在丈夫发现隐情后被遗弃。她将私生女小昆丁寄养在娘家，自己则离家出走。

长子昆丁作为没落的庄园主阶级的最后一代子孙，骄傲、敏感而充满失落感，精神与体力都非常孱弱。他热爱妹妹凯蒂。在他的心目中，妹妹的贞操与家族的荣誉甚至自己的生死都有着紧密的联系。他终于受不了妹妹失贞并被遗弃的打击，在妹妹婚后一个多月投河自尽。杰生是凯蒂的大弟。和昆丁不同的是，随着金钱原则在南方社会的盛行，他已审时度势，成为一个实利主义者。他痛恨凯蒂的行为使他失去了本应得到的在银行里的职位，进而痛恨与虐待她的私生女小昆丁。他玩弄花招，把姐姐给女儿的赡养费据为己有，并借此获得复仇的快感。最后，他也遭到小昆丁的报复。杰生和"斯诺普斯"三部曲中的弗莱姆·斯诺普斯一样，是资本主义化了的"新南方"的产物。如果说福克纳在康普生一家其他人的身上表达了对南方旧制度的绝望的话，那么，对杰生形象的漫画式表现，则表达了他对"新秩序"的强烈憎厌。班吉是凯蒂的小弟弟，一个先天性白痴，只拥有三岁小孩的智力。他缺乏思维能力，脑子里只有混乱的感觉和印象。他模糊的"意识流"告诉读者：他因失去姐姐而非常悲哀。因此，班吉的部分是"一个白痴讲的故事"，小说的书名即出典于此。

在小说中，与杰生对立并体现了福克纳的温情的人物是迪尔西。福克纳说过："迪尔西是我自己最喜爱的人物之一，因为她勇敢、大胆、豪爽、温存、诚实。她比我自己勇敢得多，也豪爽得多。"① 她的忠诚、忍耐、毅力与仁爱精神同前述三位人物形象的病态性格形成了对照。通过她，作家讴歌了存在于淳朴的普通人身上的人性美。迪尔西的形象体现了福克纳"人性的复活"的理想。

这部小说共分为四个部分。第一部分"1928年4月7日"，即班吉部分，

---

① 李文俊编选：《福克纳评论集》，第261页。

其基本内容是在班吉庞杂混乱的意识流中，出现在他记忆中的 15 个场景和无数片断，这一切又和他当天的见闻交叉融合。第二部分"1910 年 6 月 2 日"为昆丁部分，写的是昆丁在这一天所遭遇的一系列事件，他准备自杀的种种行为，他的梦呓和内心独白，以及他当晚的自尽。第三部分"1928 年 4 月 6 日"是杰生部分。杰生由于种种不如意接踵而至，对家人充满怨恨。他的回忆、表白和辩解，使其扭曲的心态暴露无遗。第三部分"1928 年 4 月 8 日"是迪尔西部分。这一部分以第三人称叙述角度讲述这一天康普生家发生的事，并补叙往事。

小说以凯蒂的故事为中心，通过一个旧家庭的分崩离析，真实地呈现出美国南方社会的历史性变迁、古老的庄园制经济的崩溃，既为没落的南方唱出了一曲忧伤的挽歌，又表达了对资本主义实利原则的批判。在康普生一家中，试图保留贵族传统和骄傲的昆丁在世事的变迁面前毫无应变能力，最终以自杀来逃避现实。杰生顺应潮流，却由于贪婪的物欲而成为一个恶棍。班吉虽纯洁善良，却缺乏思考能力，成为一个白痴。凯蒂曾天真活泼，后来却失足堕落，摧毁了南方淑女的形象。一家人手足相残，更意味着南方重视家庭与亲情的传统已经破产。只有体现着人道主义理想的迪尔西，是福克纳心目中南方的希望所在。

《喧哗与骚动》显示出意识流小说手法与多重叙述视角的有机结合。作品的前三章分别展现了康普生家三兄弟班吉、昆丁与杰生的意识流。作家让人物从各自的角度讲述凯蒂的故事，由此展现各人不同的气质、个性与思维活动的特征。班吉是个思想混乱的白痴；昆丁在决定自杀前精神处于极度亢奋状态，因此，到他的部分的最后一段，他的思绪已经接近一个高烧病人的胡言乱语；而作为偏执狂与虐待狂的杰生，多少也有些不正常。作家通过这三段意识流，首先给读者展现了人物混沌迷乱的内心世界的图景，随后又用全知式视角，由迪尔西来重新讲述剩下的故事，逐步引领读者穿过层层迷雾，走到阳光底下明朗、澄澈的客观世界中来，使读者在多重叙述视角的交叠中，进一步加深对整幅图景、整个故事的印象与理解。

从结构布局上看，这部小说时空倒置，但寓意深刻。四个部分的叙述时间打破了物理时间的自然顺序，人物的内心独白中穿插着回忆，回忆中又有回忆，在不同时空中频繁来回切换。这种处理方式似乎是要表现时间是一种与人为敌的力量，同时显示出美国南方文化的"回忆"特质。

福克纳在《喧哗与骚动》中还运用了"神话模式"，使作品在与神话原型的参照中获得一种超越具体时空的意义。从各部分的标题看，1928 年 4 月

6—8日,恰好是基督受难日到复活节的三天;1910年6月2日又正好是圣体节的第八天——康普生家族历史中的这四天与基督受难的四个日子均有关联。作品与原型之间具有对位或反讽的关系:复活节前夕是基督下界拯救人类的日子,班吉正需要拯救;小昆丁在复活节出走,与基督临死前对门徒所说的"你们要彼此相爱"形成对照;昆丁在供奉耶稣圣体的圣体节里,虽有意救赎凯蒂,却只能无意义地奉献出生命;作品结尾黑人教堂里复活节礼拜的场景,更起到了点明主题的作用。神话模式的运用,使这部小说成为一个探讨人类命运的深刻寓言。

意识流小说创作,在爱尔兰作家**詹姆斯·乔伊斯**(1882—1941)那里达到了高峰。1904年,在致出版商的一封信中,乔伊斯写道:"我的宗旨是为我国的道德和精神历史谱写一个篇章。"从其第一部作品——短篇小说集《都柏林人》(1914)开始,乔伊斯便表现出对故乡爱尔兰道德与精神生活的关注。书中所含15篇小说均以都柏林中下层市民生活为题材,结构上大都采用"幻想—幻想破灭—顿悟"的模式,揭示出弥漫整个社会的死气沉沉、无所作为的瘫痪状态,从而揭示现代人生活的困境。但这部作品还不能算是意识流小说,更多地显示出现实主义与自然主义文学的基本特点,同时也使用了某些象征主义技巧。乔伊斯在创作之初,十分推崇法国作家左拉与福楼拜,并深受他们的影响,《都柏林人》便表现出这一影响的痕迹。

1916年,乔伊斯出版第一部长篇小说《青年艺术家的肖像》。由于小说主人公、青年艺术家斯蒂芬·德迪勒斯的个人经历与乔伊斯本人类似,所以多有人将这部作品看成是具有相当自传成分的"发展小说",并与D.H.劳伦斯的成名作《儿子与情人》并列。作品分5章,描绘了主人公从婴儿时期直到走向成年的过程中心理成长的轨迹,真实地反映了一位爱尔兰青年艺术家个人的坎坷经历,表现了他对冷漠的环境、平庸的家庭生活、使人心灵窒息的宗教以及保守停滞的民族生存状态所进行的斗争与反抗,探讨了现代艺术家与社会的关系问题,表达了"献身于艺术难免走向流亡"的主题。小说中,主人公最终抛弃了天主教信仰,远赴艺术之都法国巴黎,去追寻自己的艺术梦想。

《青年艺术家的肖像》在乔伊斯的创作道路上起到一个桥梁的作用,体现了作家由传统的现实主义、自然主义文学创作向现代意识流小说创作的过渡。一方面,作为自传性质的"发展小说",作家继承了现实主义文学的优良传统,在亲身经历的基础上精心提炼,成功地塑造了一个决心摆脱保守的天主教势力的控制、冷漠瘫痪的社会环境以及平庸的家庭生活,追求高洁的艺术理想并不惜选择流亡生涯的青年艺术家的形象。小说在结构上,大致是按照时间顺序来叙述主人公性格的发展历程的。但是,由于传记所要表现的是极其主观的材料,这又迫切需要以一种抒情诗方式而不是戏剧方式来处理这些材料,因此就要求小说在保持总的时间顺序的同时又要常常违背物理时间,在有限程度上采用自由联想、内心独白等意识流技巧。因此,《青年艺术家的肖像》作为一本完全的意识流小说的前奏,表现了从传统到革新的转变和传统与革新的有机结合。

1922年,乔伊斯的长篇小说《尤利西斯》问世,成为意识流文学乃至整个现代主义文学的经典之作。小说有三个主人公,分别是青年艺术家斯蒂芬·德迪勒斯、都柏林一家报纸的广告推销员利厄波尔·布卢姆和他风流成性的妻子莫莉。作品的外部情节十分简单,主要描绘的是斯蒂芬和布卢姆两人从1904年6月16日早晨8点到次日凌晨2点这18个小时之内在都柏林的各自经历,而以布卢姆的活动为主。他们两人的活动开始时并不相干,直到当天晚上在一家妓院相遇才结合到一起。

青年艺术家斯蒂芬在《青年艺术家的肖像》的结尾处出走巴黎,现在由于母亲病危而被召回故乡。母亲在弥留之际要求斯蒂芬在病榻前为她的灵魂祈祷。斯蒂芬出于对宗教的反叛而违背了母命。现在母亲去世将近一年,斯蒂芬依然为自己的行为而自责不已。亡母的形象经常萦绕在他心头,折磨着他痛苦的灵魂。他孤独、忧郁,思考着一系列涉及哲学、历史、神话、宗教、艺术等方面的问题。由于精神与宗教、家庭、国家决裂而感到无所依托,他急切渴望着找到一位精神上的"父亲"。布卢姆是一个整天在都柏林街头奔走忙碌、但劳而无功的小人物。这位为了生计忍受种种辛酸的犹太裔爱尔兰人,和历史上飘泊流浪的犹太人有着同样的命运。11年前,他的幼子夭折,给他的精神造成了重大打击。他的性机能衰退,而情欲旺盛的妻子另有新欢,并拒绝了布卢姆享受家庭亲情的正常要求,夫妻两人已形同陌路。布卢姆只好通过性幻想、在沙滩上偷窥少女的内衣和手淫来满足自己的性欲望,而莫莉则在家里等候新情人前来幽会。作为一个勤劳诚恳,但庸俗无能、常常受人嘲弄奚落的庸人,他和斯蒂芬一样,承受着精神上的孤独与痛苦,渴望拥有一份正常的温情。傍晚时分,他尾随穷极无聊、酩酊大醉的斯蒂芬来到妓院,将惹是生非的斯蒂芬救出。在恍惚之中,布卢姆在斯蒂芬身上看到了自己去世多年的儿子,而斯蒂芬也摆脱了精神上的负疚感,找到了自己精神上的父亲。凌晨,布卢姆将斯蒂芬带回了自己的家,对他充满了父亲的慈爱。一对精神上的父子获得了短暂的交流机会。而莫莉刚刚把自己的情人送走,正处于似睡未睡、似醒非醒的状态中,小说最后一章便是由莫莉的意识流所构成的,近50页的内容完全没有标点符号,以表现一个女性心灵最隐秘的深处绵长、飘动的意识流动的连续过程。莫莉意识流的中心是其性经验,其中涉及她的许多次恋爱经历与情人,最后流到布卢姆,回忆了当年他们热恋的情景。

乔伊斯通过对上述三个人物意识流程的描摹,概括地表现了现代西方人精神上普遍孤苦无依,在社会的冷漠与隔绝面前恐惧、绝望,渴求家庭的亲情、正常的生活、精神上的抚慰与温暖的心理状态。作品几乎涉及都柏林生活的各个侧面,包括街道、商店、酒吧、旅馆、学校、博物馆、海滩、教堂、医院和妓院等等,还涉及哲学、政治、历史、宗教、医学和心理学等领域,被有的评论家誉为现代社会的百科全书。

乔伊斯精心采纳了古希腊神话英雄奥德修斯的冒险故事模式来结构这部小说,在人物关系上也有意与神话人物相互对应。"尤利西斯"本来就是希腊《荷马史诗》的第2部《奥德赛》的主人公、英雄奥德修斯的罗马名字,乔伊斯将这部小说命名为《尤利西斯》,就是有意把它写成一部规模宏大的"现代史诗"。从结构关系上来看,史诗《奥德赛》的主线描述希腊英雄奥德修斯在献木马计、帮助希腊联军一举攻下特洛伊城之后返回故乡伊大卡的过程中长达10年的海上漂流生活,副线是他的妻子、忠贞的王后佩涅洛佩抗拒众多求婚者的滋扰,等候丈夫归来、儿子忒勒马科斯受母命外出寻访离家多年的父亲,终于在神的帮助下夫妻、父子团圆的过程。小说《尤利西斯》中,布卢姆出场前3章描述斯蒂芬孤独、追求与执着思考的部分与忒勒马科斯的寻父过程相呼应,最后3章与《奥德赛》的结尾部分呼应,描述的是布卢姆与斯蒂芬这一对精神上的父子团圆、共同回家的经过,暗合奥德修斯与儿子共同杀死众求婚者,与妻子相认并破镜重圆的情节。中间的12章叙述的是都柏林的广告经纪人布卢姆一天之内奔波游荡的过程,恰好与奥德修斯在海上历经艰难困苦、十年后终于返乡的故事相对应。从人物关系上来看,《尤利西斯》与《奥德赛》的人物设置也是平行的,即斯蒂芬与奥德修斯之子忒勒马科斯对应,布卢姆与奥德修斯本人对应,而莫莉与佩涅洛佩对应。

《尤利西斯》运用神话结构,使作品获得了深刻的潜藏含义。小说中,描述古代英雄故事的崇高庄严的史诗形式,与现代都柏林三个普通的小市民卑微渺小的生存状态之间形成了巨大的反差。乔伊斯有意运用这种反差,表达出一种鲜明的反讽意味,使英雄悲壮的历史和卑劣猥琐的现实通过对比而凸显得更加鲜明。比如,小说第17章"伊大卡"以教义问答的形式写成,语调庄重,措辞与风格都模拟科学描述,准确详尽,不动声色,而被描述的对象则是贫寒小市民家最琐碎寒酸的场景,其中一节有如物品清单,一一列举了布卢姆家橱柜中的杯碟盆碗、油盐酱醋及其性状牌号,全然不匹配、不相称的话语和内容形成强烈的反差,显得滑稽可笑,同时也生出巨大的震撼力。作品借古讽今,展现了现代人的庸俗可笑、苍白渺小:希腊神话中聪明机智、意志坚强的奥德修斯,如今成了徒劳无益地奔走于狭隘、停滞的都柏林大街小巷、逆来顺受、隐忍窝囊的小市民,勇敢的王子忒勒马科斯变为空虚绝望、自暴自弃的斯蒂芬。最具讽刺意味的是莫莉,这个无节制地追求肉欲满足的荡妇,居然成为忠贞不渝、苦守丈夫归来的佩涅洛佩的现代版本!通过戏拟与反讽,乔伊斯表现了对现代文明的空虚、无聊、堕落本质的深刻认识与批判。

《尤利西斯》不仅创造性地模仿了《荷马史诗》的框架结构,通过神话与现实的对照,以实现其对现代文明的批判,其将物理时间与心理时间相结合的能力也是令人称道的。《尤利西斯》是一部典型的意识流小说,从表面上看来,作家严格按照物理时间的逻辑顺序,描写了1904年的这一天发生在三个人物身上的故事。对布卢姆来说,主要包括起床后为妻子做早餐、上街买腰子、到邮局取回一位从未谋面的女性寄来的情书、去浴室洗澡、到公墓参加朋友的葬礼、到报社排广告稿、到饭店进午餐、在酒吧给女友写回信、到海边散步休息、到医院探望难产的产妇、在街上漫游、尾随斯蒂芬到妓院、为他解围并带他回家等等。但是,作家又通过对三个主要人物意识活动的表现,将漫长的时间与巨大的空间浓缩在18个小时的物理时间与方圆几十里的地域范围之内。作家充分调动了内心独白、自由联想、蒙太奇、时空跳跃、对白与旁白等等技巧,以充分展示人物头脑中纷乱如麻的感觉、印象、回忆、想象、幻觉、梦境,以及无数稍纵即逝、难以名状的灵感、直觉与顿悟。比如,当布卢姆徘徊街头,并坐在海滩上休息时,所见所闻无不激发出其丰富的联想与各种纷乱的思绪;而在奔涌不停又混乱无序的意识流中,有几件事情却始终占据着他的思想,即幼子的夭折、父亲的自尽以及妻子的放荡所带来的孤独感、痛苦感与羞耻感,还有作为一个犹太种族的异乡人在爱尔兰遭受歧视的飘泊感、局外感。

意识流手法的运用,在莫莉身上表现得更是淋漓尽致。小说最后一章"佩涅洛佩"关于莫莉意识流的描写,近50页(英文)的内容完全没有标点符号,以表现一个女性心灵最隐秘的深处绵长、飘动的意识流动过程,历来是为人们称道的经典意识流篇章。午夜时分,莫莉刚刚送走了情人,躺在床上进入了朦胧的状态。由于外部世界带给她的印象已十分模糊,她的意识就像脱缰的野马一般无拘无束地奔流着。乔伊斯取消了标点符号的间隔,以强调其意识流动的连续性特征。比如,在莫莉的内心独白中,有这么一小部分:"我几乎透不过气来好吧他说我是山之花好吧我们都是花女人的身体好吧那是他一生中所说的唯一的真话今天太阳为你发出光辉好吧我喜欢他因为我发现他明白和体贴女人我知道我能让他随叫随到我能使他心满意足能牵着他的鼻子直到他要我说好吧……好吧当我像安达卢西亚姑娘那样把玫瑰插在头发上要不我戴一朵红的好吧他是怎样地吻我啊我想好吧别人行他也行随后我用眼睛问他再一次问他好吧然后他问我好吧要我说好吧我的山之花然后他先用双手搂住我好吧将他朝我身上拉让他碰我的乳房一身香气他的心简直疯了我说好吧我会的好吧……"莫莉混沌模糊、凌乱不堪的内心独白与其放纵的享乐主义个性十分吻合。这位奉行快乐原则的现代"佩涅洛佩"对众多情人投怀送抱,与希腊神话中王后的坚贞不屈形成了非常富于讽刺意味的对比,深刻地揭示了现代文明的沉沦与堕落。

由此可见,《尤利西斯》揭示的不仅仅是都柏林三个普通市民一天的感性生活,而且是整个西方社会的精神危机。从这个意义上来说,这部意识流长篇小说向读者展示了西方现代意识的一个缩影。乔伊斯采用了一种由里及表、由微观到宏观的创作手法,深刻地揭示了一个危机四伏的世界和极端异化的时代。作者笔下的三位精神空虚、性格变态的人物连同他们那"可爱、肮脏的都柏林",恰恰是这个世界与时代的真实写照。

乔伊斯的最后一部小说《芬尼根的守灵夜》(1939)可以说是用梦幻般的语言描写了一场梦幻,写的是都柏林郊区伊尔威格一家人的生活。作家受18世纪意大利维柯的影响,认为人类历史按神的时代→英雄时代→人的时代→混乱时代的顺序循环发展,一个家庭,乃至一个人的一生也是如此。历史循环论的观点贯穿全书,决定了小说的结构(由黑夜开始,到黎明结束;全书的第一个词和最后一个相同,等等)。这部作品使用了许多作家自造的新词、含混的隐语和双关语,引入了十多种语言文字,充斥大量的典故,广泛运用隐喻,着重表现人物的梦境、下意识和潜意识,把意识流小说艺术推向了极致。

第五节 存在主义文学与萨特

存在主义文学是在存在主义哲学思潮的基础上形成的。它起源于二次大战前夕的法国，战后盛行于整个西方世界，对20世纪40、50年代以后的欧美文学以及日本、印度等亚洲国家的现当代文学都产生了明显的影响。

存在主义哲学是20世纪西方哲学中的一个重要而影响深远的流派，丹麦哲学神学家克尔凯郭尔（1813—1855）在他的哲学著作《忧虑的概念》中最早阐述了宗教存在主义思想的基础。我们今天所说的"存在主义"（Existentialism），主要指20世纪40年代左右产生的、以萨特为代表的无神论存在主义。存在主义哲学的一个基本观点是"存在先于本质"，将"自我"作为存在的核心。这里的"存在"是指人的精神生活的存在，这种存在比物质的客观存在和人的社会存在更真实。存在主义哲学认为，世界上除人以外所有的存在物都是不自由的，不能自由地选择自己的本质，其本质是预先被规定了的。对于这些事物而言，本质先于存在；而人则完全不同。人能自由地选择自己，自由地创造自己的本质，所以人的存在先于人的本质。存在主义哲学还认为，世界是荒诞的，它对于人来说是一种异己的力量，常常阻碍人、压迫人，而人却拿它无可奈何，也对自己的处境难以理解，因此存在即虚无、孤独、不安和痛苦。但"人是绝对自由的"，人的本质是通过其行动来确定的，行动即选择；人可以也应该进行自由选择，同时要对自己的选择负责。

在萨特以前，西方哲学主要关注本体论的研究，而萨特则把人的价值作为哲学讨论的核心，将人的个别性和主观能动性提升到哲学的高度，摆脱了传统哲学的抽象人类性，使得存在主义哲学成为一种行动的、个体的、具有实践可行性的新人道主义学说。存在主义哲学，尤其是萨特的著作，在第二次世界大战前后风靡西方世界，是有原因的。二战爆发前，西方人就被战争的危险性弄得惊惶失措，接着果真被卷入到战争的浩劫中。战后，欧洲还没有完全从废墟中恢复过来，原子弹和冷战又在人们的心头投下了新的阴影，旧的道德标准、价值标准完全动摇，理想破灭。萨特的哲学思想，正符合人们对现实生活的怀疑、悲观认识和苦闷的情绪。更重要的是，萨特的存在主义哲学不仅指出了现实的荒诞，也给在荒诞中挣扎的人们指明了一条出路：自由选择。因此，在西方人看来，这种哲学似乎替自己在荒诞的现实中找到了一个支撑点，给了他们一种可以用来摆脱苦闷和失望的精神力量。这就是二战后萨特的存在主义哲学思想在整个西欧风靡一时的社会心理条件。

存在主义文学的基本主题就是以文学的形式传达存在主义哲学的命题,如存在先于本质,世界与人的处境的荒诞性等;还往往通过表现恐惧、厌恶、孤独、失落感等现代人的主观心理特征,展示人的荒诞处境,以及人"自由选择"的行动。存在主义文学和传统文学的区别主要体现于:首先,强调偶然、荒诞、世界的非理性,因此取消了传统文学所依赖的因果关系,否认典型的存在,其事件、人物和时间都失去了存在的依据;其次,存在主义文学作品都可以看成是哲理的、象征性的寓言,作者大量使用隐喻、象征、无逻辑性的表现手法,语言力求简洁,叙述冷漠,与作品要表达的荒诞感相一致;第三,存在主义文学作品往往把人的孤独、焦虑、烦恼、恶心、绝望等主观情绪作为人的生存状态,将其从没有结构和秩序的外部世界中凸显出来,作为表现的直接对象,进行冗长的、孤立的描写。

存在主义文学在二战后的法国影响最大,成就最高。从20世纪40年代后半期到50年代后半期达到鼎盛,存在主义文学几乎统治了法国文坛10年之久。60年代以后,这一文学流派虽然失去了发展的势头,但萨特与加缪的作品仍有很大的影响。随着存在主义哲学思想的传播,欧美各国都出现了不少存在主义作家。存在主义文学的主要成就是小说、戏剧和散文,代表作家主要有萨特、加缪、西蒙娜·德·波伏瓦等。他们从各自不同的角度进行创作:萨特主要从哲学的立场出发,加缪更多地是从文学家的角度着眼,而西蒙娜则从女性觉醒的意识入手。三位作家形成三足鼎立之势,共同构筑了存在主义的文学世界。

阿尔贝·加缪(1913—1960)是法国存在主义文学的重要作家,1957年诺贝尔文学奖获得者。他出生于当时还是法国殖民地的阿尔及利亚一个农业工人家庭,在中学时代就不得不靠助学金生活,进入阿尔及尔大学哲学系后,仍然不得不靠在校外兼职维持学业。在大学读书时,他广泛地接触克尔凯郭尔和尼采的哲学著作,逐步形成了自己的存在主义哲学观点。大学毕业后,他开始进行文学创作。他的小说《局外人》、《鼠疫》都是存在主义文学的代表作。

《局外人》(1942)是加缪的成名作。小说的背景是20世纪40年代的阿尔及利亚,主人公莫尔索是一家法国公司的职员。作品以第一人称视角展开叙事,莫尔索以十分冷漠的口吻讲述自己的生活。3年前他把母亲送进了养老院,有一天他接到电报说母亲生病死了,就前往养老院,但对这巨大的悲痛无动于衷。他不但拒绝瞻仰母亲的遗容,还在灵堂上打瞌睡、喝咖啡、抽烟。看到有人来吊唁,他竟感到"可笑"。送葬时他毫不悲伤,只是觉得炎热和疲倦。别人问他母亲活了多大年纪,他竟说不出来。第二天是周末,他去海滨游泳,在那里遇到他过去曾钟情过的女同事玛丽,游泳后他们一起去看滑稽影片,然后同居。他对"爱情"抱着无所谓的态度。他为邻居雷蒙帮了个忙,雷蒙非常感谢,要和他做好朋友,他觉得无所谓。下一个星期日,莫尔索、雷蒙和玛丽在海滩上遇到两个阿拉伯人,后者蓄意向雷蒙寻衅,双方殴打起来,雷蒙受了伤。后来,莫尔索独自去海边乘凉,又遇上一个阿拉伯人,当此人亮出刀子时,他连想都没想,就开枪将其打死,结果被抓进监狱。在监狱中他什么都不在意。法官审判他时,注意到他那种对一切都无动于衷的态度,结果他被判处死刑。莫尔索不想死,但很快就在心理上适应了,以无所谓的态度等待死亡。

莫尔索对一切都非常冷漠,对母亲,对情人,对整个世界,甚至对他自己,对即将面临的死亡,他都是一个"局外人"。他对人生所持的态度正是存在主义的态度。作品通过主人公以冷漠的口吻讲述对于一切的无动于衷,表现了二次大战给现代人造成的巨大心理创伤,宣扬了试图弥补这种创伤的存在主义哲学。莫尔索的故事是一个琐屑的、带有偶然因素的故事,他所做的一切之间没有任何因果关系;作品采用了刻板拘谨、不带感情色彩的语言;对自然景物的描写体现了人对世界的陌生感、孤独感。这一切都显示出存在主义文学作品的艺术特色。

加缪的另一部小说《鼠疫》(1947)是一部寓言式的作品。小说写的是20世纪40年代阿尔及利亚某城发生鼠疫时人们的不同反应。"鼠疫"是恶的象征,它对人的威胁永远存在。作品主人公里厄医生在鼠疫发生时所做的抢救工作,体现了存在主义哲学所提倡的"自由选择"。这里的"鼠疫"(恶)同二次大战期间德国法西斯的白色恐怖有着内在联系。作品表现了加缪对人类前途命运的忧虑,也突出体现了他对世界荒诞面目的感受。

哲学随笔《西绪福斯神话》(1943),可以视为加缪对《局外人》的诠释,其副标题是"论荒诞"。希腊神话中的西绪福斯遭宙斯惩罚,在地狱中推巨石上山。每当巨石将被推到山顶时,便滚落下山;他重新推石上山,巨石重新落下,如此周而复始,这一徒劳无功的仪式被永无止境地重复着。加缪赋予这一神话以新意。他认为西绪福斯的意义并不在于他没完没了地经受徒劳无功的劳役之苦,而在于他认识到自己的这种命运却并不回避那块巨石,把它一次次推上山顶。这种精神是对荒谬的蔑视、挑战和反抗。在这一斗争中,西绪福斯是充实和幸福的。他是一位意识到了荒诞,但又以顽强的反抗行为力求使人生获得某种意义乃至幸福的人——这正是存在主义哲学所提倡的人生态度。西绪福斯知其不可为而为之的悲剧精神,与《局外人》中莫尔索的被动接受荒诞形成对比。莫尔索的生活没有意义,他也并不寻找意义,什么都无动于衷。他本身也构成一种不可理喻的荒诞。他是西绪福斯的对立面,他没有反抗荒诞,也没有反抗死亡,但是他蔑视世界,蔑视神和死亡的傲然态度本身就是一种反抗。两个荒诞英雄从不同的角度揭示了荒诞的面貌。

加缪的作品几乎都用白描的手法,不论人物塑造,情节安排,遣词造句都有艺术功力。他的语言明朗纯净,质朴无华,却在冷漠中透出很强的表现力。虽然他不承认自己是存在主义者,但他的作品的确生动地展现了一个存在主义的世界。

西蒙娜·德·波伏瓦(1908—1986)是存在主义文学的另一重要作家。《女房客》(1943)是她第一次用存在主义方式处理女性题材的作品,表现了人与人之间无法真正理解和沟通的荒诞意识。

小说《一代名流》(1954)表现了二战后法国一代知识精英们的精神困顿与迷惘,探讨了存在主义哲学所理解的荒诞以及自由选择等问题。作品以萨特和加缪在二战前后的活动以及波伏瓦本人的切身经历为素材,刻画了男主人公迪布勒伊和亨利这两位关注社会、满怀理想、追求进步的知识分子,以及迪布勒伊的妻子安娜的形象。在这部作品里,波伏瓦叙说了一个自己非常熟悉的时代和自己活动于其中的人群,力图"仅仅作为一个见证",记录这个充满迷惑的时代的知识精英们所作的选择和努力。但作品的实际内容却显示出:知识分子在历史洪流中试图保持精神的自由和独立的选择是根本行不通的,现实世界是荒诞的,历史的境遇无从回避,并不存在一个凌驾于现实之上的绝对自由的选择空间,因此自由的选择无从谈起,任何选择的后果也无法预测。作品将一个充满时代感的精神现实同存在主义的哲学思考结合起来,真切地反映了战后欧洲,尤其是法国的现实和知识分子的精神危机,也表达了那个时代女性独特的生存困境和觉醒意识。作品的存在主义思考突出地表现在安娜的思绪中,她对两性关系的关注和全新思考,将存在的自由与女性意识结合,批判了传统婚姻道德观念。这部作品使作家获得了龚古尔文学奖。

波伏瓦的理论著作《第二性》(1949)从生理、经济地位和传统偏见等几个方面来考察男性和女性的不平等地位及彼此的冲突,提出了一个独特的观点:女人并非生来就是"女人",而是被动地变成"女人"的。因此要打破女人的从属地位,关键在于妇女的完全独立自主,打破一切社会成见,尤其是女性本身的心理偏见,争取和男性完全一致的权利,同时批判以权利、义务和道德来维持的婚姻制度。这部论著反映了二次大战后日益高涨的女权运动对妇女解放问题的呼声,成为西方女性主义理论的代表作之一。波伏瓦本人一生身体力行自己的主张:她和萨特终身相伴,但始终没有履行任何婚姻仪式,他们之间也并不存在任何权利和义务的约束,而是恪守自由选择、独立自主的原则。这使她遭到各阶层保守势力的攻击,也赢得了年轻一代的拥戴和崇拜。

波伏瓦的作品与萨特和加缪风格迥异。她抛弃了这两位作家的抽象性,作品语言清新流畅,充满欢快的情调,虽不过分追求技巧,却有相当的艺术造诣。她真切细腻的心理描写也是独树一帜的。在她的作品中,存在主义思想总是通过生动的形象和清晰明朗的语言得到表现,而其作品丰富的内容也超越了纯粹哲学思辨的需求,带给读者具体的历史真实感。

让·保尔·萨特(1905—1980)是存在主义哲学和文学的代表人物,也是 20 世纪西方最有争议的人物之一。他首先是哲学家、思想家、社会活动家,然后才是一位小说家、戏剧家。正是他的宣传与创作,使存在主义文学成为一个重要的文学流派,他对西方现代文学的贡献是不言而喻的。他反对为文学而文学,从存在主义立场出发主张文学积极"介入"生活,阐发了许多深刻的见解,并创作了大量引起争议的小说和剧本。在他的文学遗产中,传统手法与现代主义手法并存。不管人们如何评价,他不仅对 20 世纪西方哲学、社会思想有深远的影响,也在西方现代文学中打下了不可磨灭的印记。

萨特 1905 年生于巴黎,父亲是一位海军军官,在萨特年幼时病故。萨特随着母亲回到外祖父家,得到文化启蒙,很早就开始接触文学名著。中学毕业后,他进入巴黎高等师范学校攻读哲学,以学习勤奋著称。1929 年,他以优异成绩通过了哲学教师资格考试,并与西蒙娜·德·波伏瓦相识相知,后来结为伴侣。他在部队短暂服役后担任中学教师。1933 年赴德国进修,师从胡塞尔,研究黑格尔、海德格尔和胡塞尔等人的哲学思想。这些对他本人的思想产生了决定性的影响。回国后,他继续任教,同时开始著述活动,在哲学和文学两大领域均取得了突出的成就。

哲学巨著《存在与虚无》(1943)是萨特在哲学方面的代表作,奠定了他作为一个存在主义哲学家的地位。二战以后,萨特的存在主义哲学得到广泛传播。1946 年,他发表了《存在主义是一种人道主义》,阐明个人的自由选择不仅应当着眼于个人,也应对所有人负责。《什么是文学》(1947)集中体现了萨特的文学观。他修正了以往的绝对个人主义自由观,提出了存在主义文学"介入"生活的主张。他认为,创作是作家与世界发生联系的一种方式,作品是对读者的"呼吁";他主张"为他人"的艺术,提倡文学介入生活。20世纪50年代后,萨特在法国社会政治生活中十分活跃,多次出国访问,足迹几乎遍及全球。他明确反对一切非正义和侵略行为,表明了存在主义人道主义的立场。1960年又完成了哲学著作《辩证理性批判》。1964年,他成为诺贝尔文学奖获得者,但他拒绝领奖,他说:"我一向谢绝一切来自官方的荣誉。"萨特于1980年逝世,巴黎有100多万人为他送葬。

  萨特在小说和戏剧创作领域均卓有建树。在小说创作方面,《恶心》(1938)是他的代表作,也是存在主义文学的经典之一。这是一部日记体小说,几乎无情节可言。主人公安东尼·洛根丁是一位历史学研究者,一个有固定收入、却漂泊不定的知识分子。他对任何事都不闻不问,漠不关心,觉得周围一切都与他无关。每天他都在孤寂中度过,感到人生毫无意义,对一切都感到厌倦,认为一切纯属多余,他自己也是多余的。他意识到生存的荒谬、生活毫无意义、一切出自偶然后,心里就翻腾起来,想呕吐,时时感到"恶心"。作品记述了洛根丁的毫无诗意和曲折的经历,通过他对周围一切的"恶心"感,表现了人对世界的陌生感、厌恶感和自身的孤独感,形象地阐释了存在主义的荒诞意识。"恶心"本是人生理上、心理上的一种感觉或反应,经由萨特的艺术创造,它成为表述人的存在、内心感觉和现实之间关系的一个哲学概念。小说的第一人称视角有利于表达"我"对外界的感觉和反应;整个作品虽无波澜起伏,但主人公心理变化的线索清楚,层次分明。

  短篇小说《墙》(1939)共包括五篇故事,其中一篇"墙"以西班牙内战为背景,以第一人称展开叙述。作品从"我"(伊皮叶达)内心感受的角度,描写佛朗哥匪徒逮捕了共和党人"我"和"我"的两个同伴汤姆和胡安。三人被关在一个四面通风、冷得要命的地窖里,遭到残酷虐待,并被判处死刑,第二天早晨执行。三人的个性经历差异很大,面对死亡,还是个少年的胡安深感恐怖,面无人色;爱尔兰人汤姆强作镇静,不愿想到自己;"我"也感到焦虑,因为除了想到死,没有事情可做。"我"对自己说:希望勇敢地死去。第二天,汤姆和胡安被拉出去了。"我"被带到一个房间里,他们要"我"说出游击队长拉蒙的去处。"我"知道拉蒙就藏在自己的表兄家里,但"我"宁可死也不愿出卖朋友。为了嘲弄法西斯匪徒,"我"说拉蒙在墓地,于是"我"被带到大院里和别的囚徒在一起,但不知道为什么他们不杀"我"。后来"我"碰到了加西亚,他告诉"我"他们真的在墓地抓住了拉蒙。这时,"我"觉得一切都在旋转,自己坐在地上大笑,笑得眼泪都出来了。这是一篇充满寓意的存在主义故事,标题本身就有象征意味。作品中的生死不过咫尺之间,墙里墙外,善与恶、英勇与背叛之间没有明确的界限,一切都是模糊虚假、荒谬的,一切都如此莫名其妙,世界无理性可言。作品中的三个人物还体现了存在主义"自由选择"的观念,但作者没有提供恒定的道德伦理可供参照,主人公在特定的情境中完全自由地做出自己的选择,对于选择的后果无从预料,也无从评判。

二战后萨特陆续发表的长篇小说《自由之路》(1945—1949)是一个三部曲。第一部《理智之年》,描写中学哲学教师马迪厄和他的情人以及其他几个知识分子的生活,包括他们混乱而不幸的私生活,表现了这群知识分子的忧郁和孤独,揭示了他们的内心世界。他们感到平庸生活的压抑,并且总是感到自身无所依托。这种体验反映了作家本人曾有过的精神危机,主人公马迪厄甚至可以说就是萨特的化身。第二部《延缓》的时代背景是德国入侵法国的前夕。战争迫使这群知识分子做出选择,他们有的走上前线,有的则拼命想逃避战争。马迪厄面对动乱的社会现实,仍然举棋不定。他一方面痛恨战争,谴责战争,意识到对自己的民族负有责任;另一方面,他又总感到面对存在的无能为力,尽管他早就知道自己可以自由选择,但不知道怎样选择。作品以此表现了战争是强加于人们的荒诞,在这个荒诞中,个人完全无能为力,陷入极端混乱和惶恐之中。第三部《心灵之死》从1940年巴黎失陷开始写起。民族的悲剧使人们的本来面目彻底暴露出来。不少人害怕、恐惧,被绝望的情绪笼罩,感到束手无策,每个人都有自己的痛苦和悲剧,都有自己的心灵之死。马迪厄在经历了许多磨难之后,参加了游击队,最终介入了战争。他的游击队拒绝执行政府不抵抗的命令,决心反击德国军队。马迪厄和一个年轻的战士爬上一座钟楼,不停地扫射德国人。那个年轻的战士牺牲后,他一人坚持抵抗,最后也倒下了。马迪厄终于抛弃了选择前的焦虑,把内在自由变为行动,完成了存在主义式的英雄行为。三部曲从存在主义哲学的角度,通过二战期间法国几个年轻人的"成长"经历,展示出战争如何改变了他们的人生轨迹,逼迫他们放弃原来的生存方式,做出各自的选择,从而表现了人在选择中确立自己的存在本质的观点。

萨特在戏剧创作方面也颇有成就。他在二战期间创作的剧作《苍蝇》(1943)是根据古希腊悲剧家埃斯库罗斯的"俄瑞斯忒斯三部曲"的第三部《报仇神》改编的。剧中的主人公俄瑞斯忒斯通过复仇的行动进行了"自由选择",获得了自己的价值,也解救了他的祖国。作品以希腊城邦暗喻法西斯统治下的法国,以苍蝇象征邪恶,包括残暴的侵略者和投降卖国的势力,俄瑞斯忒斯则成了一位为祖国解放而选择自我牺牲的爱国志士形象。作者借古讽今,号召法国人民摆脱灰心丧气、悔恨交加的精神状态,奋起反抗德国法西斯的统治,在当时的法国产生了积极的影响。

萨特将自己的剧本称为"境遇剧"。"境遇"是存在主义哲学的一个重要概念。萨特的核心思想是"人就是自由",主要是选择的自由。他认为自由在一些极限境遇中最能充分地显示出来,因此他的剧本常设置一些极限境遇,如生死关头、地狱之中等,以此来表现人物在困境中如何进行"自由选择"的主题。《禁闭》(1944)是萨特最典型的"境遇剧"。作品提供的境遇是地狱——"第二帝国时期的一间客厅"。剧作通过三个鬼魂在地狱里的尔虞我诈、相互折磨和自我摧残,以寓意象征的手法表现了作者关于人与他人关系的哲学思考。剧中人之一加尔森所说的"他人就是地狱",反映了存在主义哲学的基本观点。这种哲学认为,人总有一种否定他人的趋向或奴役他人的欲望,因此,别人都是与自己敌对的、使之痛苦的存在,就像地狱一样。萨特认为,在这种关系中,人是不可能绝对自由地选择的,但这种极限境遇正是考验自由选择的契机。

《死无葬身之地》(1946)也是一部有代表性的境遇剧。作品写的是二次大战中五个抵抗运动的游击战士被捕后遭到严刑拷打的故事。卡里诺、索比埃、昂利、吕茜和弗朗索瓦在一次战斗后被俘。那次战斗牺牲了300人,只有队长若望逃脱,但后来他也被关进同一牢房,不过敌人并不知道他的身份。作品设置了几个困境,围绕着如何保住若望,如何摆脱困境,是否杀死弗朗索瓦,可不可以假招供等问题,让每个人进行"自由选择"。索比埃在敌人施加酷刑时跳楼自杀身亡;卡里诺和昂利都熬过了酷刑;吕茜被敌人奸污后仍坚强不屈;但吕茜的弟弗朗索瓦才15岁,他很害怕,随时有可能出卖若望。其他人从维护事业的前提出发,也为了不让他成为叛徒、玷污荣誉,决心掐死他。若望以提供假情报的办法获释,临走前提议他们假招供,以保存实力。经过争论,大家采纳了他的建议。但由于敌人内部观点不一,假招供也是徒劳,他们全都被杀害了。萨特让人物置身在最艰难的境遇中,面临生死的考验,让他们"自由选择",决定自己的道路。作家认为,"自由选择"向来有积极的和消极的,任何一种选择都在其最后的结果上确立自己存在的本质。他在此剧中表明了对善的"自由选择"的肯定,对恶的"自由选择"的否定,强调任何人都应对自己选择的结果负责。

萨特在的他作品中往往以人物情节图解哲学观点。其中的环境是"境遇",是人们选择的行动所在的场所,没有具体的典型的时代背景;人物具有抽象哲理性,并不体现现实的人际关系,更无典型性可言,每个人只是他自己,没有任何恒定的道德标准和行为准则。存在主义作品往往通过这样的形象来反映现实和人生的荒诞。萨特作品的时间和空间都是抽象的,没有明确的时空概念。如在《禁闭》中,地狱中鬼魂之间的无休止的追逐重复,使得时间本身丧失了意义。洛根丁的日记中写道:"对我来说,既没有星期一,也没有星期日,只有一大堆日子乱七八糟地拥挤着前进。"没有时间也就没有过去和未来,只有现在、现时、现刻。这都体现出存在主义文学的基本特征。作为一个存在主义大师,萨特博采众家,并不固执于任何一种艺术表现手法,但他作品的寓意性、象征性很强,更多地体现出一个哲学家的立场。

第六节 魔幻现实主义文学与加西亚·马尔克斯

魔幻现实主义文学是20世纪30—80年代盛行于拉丁美洲的一种文学流派。这一文学流派的形成,与拉丁美洲深厚的民族文化传统,拉美地区奇特的原始宗教观念与习俗,这一地区神秘、壮丽、奇异的自然景观,流传久远的古老的印第安神话传说,丰富的民间文学创作,等等,都有着密切的关系。拉美地区几个世纪以来,特别是进入20世纪之后动荡多变的社会生活,欧美现代主义文学的影响,则使得这一地区的作家们逐渐形成了以自己独特的艺术思维和艺术方式把握现实,向世界表达本地区人们的思想、情感、愿望和追求的意识。拥有浓厚地域特征和创新意识的魔幻现实主义文学,正是在上述历史文化背景下生成的。

经由拉美作家群体的不懈努力和创造性工作,魔幻现实主义已经成为一个具有世界影响的文学流派。虽然这派作家并没有明确的宗旨和统一的口号,但总体看,魔幻现实主义作家往往给现实披上了一层神秘色彩,把各种超自然的力量、神话、传说与现实交织在一起,创造出一种扑朔迷离的"魔幻现实"。具体而言,魔幻现实主义文学具有如下特征:

首先,魔幻现实主义文学反映了拉丁美洲的独特现实,尤其是按照拉丁美洲人的思维方式所认定的现实。印第安文化、黑人文化和民间巫术等,都在这种文学中得到了表现。比如,印第安人认为人和植物、人和动物可以相互转化;拉丁美洲人也普遍认为存在着一个幽灵世界,生与死的界限并不明显,人和幽灵可以通话与交流,死亡并不是生命的结束等。这一类的深层思想与文化传统,在魔幻现实主义作品中一再得到展现和描绘。在这方面,阿斯图里亚斯的《玉米人》和胡安·鲁尔福的《佩德罗·帕拉莫》最为典型。

其次,魔幻现实主义作家不是在任意杜撰或为了魔幻而魔幻,而是在以冷静的态度和不容辩解的口吻讲述令人难以置信的故事,他们往往不是从全知全能者的叙述视角,而是站在某种见闻者的角度来追踪或转述故事,其作品的魅力很大程度上来自卓越的叙事艺术。这一特色最鲜明的体现在胡安·鲁尔福的《平原烈火》,加西亚·马尔克斯的《百年孤独》、《一件事先张扬的凶杀案》中。

第三,魔幻现实主义作家常常采用夸张、变形、象征、荒诞和漫画等手法来逼近某种奇特的现实,但不是为了求奇求幻,而是为了把现实抽象成某种寓言,再使读者借助想象把寓言还原成某种现实。比如阿斯图里亚斯的《总统先生》、加西亚·马尔克斯的《家长的没落》等作品,就是通过对专制统治者的夸张变形,塑造了某种类似荒诞不实的漫画角色,实质上却是对现实的高度提炼和概括。

最后,魔幻现实主义作品在现实描绘中往往引入大量超自然因素,作品中经常出现奇迹、幻觉、梦境和鬼魂形象,时序关系常被打乱,叙述富于跳跃性,场面往往带有象征色彩,显示出鲜明的地域特色和民族风格。

拉美魔幻现实主义文学取得了举世瞩目的成就。哥伦比亚作家加西亚·马尔克斯是这一文学最杰出的代表。除他之外,拉美地区其他国家的许多作家也对魔幻现实主义文学的形成、发展和繁荣做出了贡献。其中,危地马拉作家**米格尔·安赫尔·阿斯图里亚斯**(1899—1974)是拉丁美洲魔幻现实主义流派创始人之一。他的小说《总统先生》开魔幻现实主义之先河,率先运用魔幻现实主义手法表现拉美现实;《玉米人》的魔幻现实主义色彩更为鲜明。"由于他出色的文学成就,他的作品深深地植根于拉丁美洲印第安人的民族气质和传统之中",阿斯图里亚斯获1967年诺贝尔文学奖。

《总统先生》(1946)是阿斯图里亚斯的代表作。作品一开篇就把读者引入一个充满魑魅魍魉的世界。神秘的巫术和深刻的现实交织在一起,揭开了一出荒诞悲剧的序幕。小说中的总统先生似乎无所不在、无所不知、无所不能,成为绝无仅有的国家之神。国人对他有疯狂的恐惧和发狂的崇拜,各色人等都在他的淫威下瑟瑟发抖,犹如地狱中的鬼魂过着暗无天日的生活。他还可以像魔鬼一样进入人的内心深处,把一切真善美和爱的价值统统击碎。但是,和所有暴戾者一样,他又是一个怯懦和恐惧交织在一起的色厉内荏者,最后成了一个令人厌恶、濒临灭绝的超级怪兽。这部作品开魔幻现实主义之先河,率先运用了魔幻现实主义艺术手段来表现拉丁美洲的现实。如小说引入了印第安巫术的场景,形象地说明了总统先生的专制统治就是巫术统治,而这也正是拉丁美洲专制统治的文化土壤。小说中还有精彩的梦境描写。专制统治会抹杀人的独立思考能力,摧毁人的意志,使人进入昏昏欲睡的梦魇中。作品通过若干精彩的梦境,以鲜明的对比和讽喻暗示出:也许只有在梦境中,人才可以得到某些解脱和温暖。

《玉米人》(1949)的魔幻现实主义色彩更为鲜明。小说的情节是围绕着玉米地展开的。第一部写酋长伊隆率领玛雅人抗击玉米种植主的扩张。种植主收买混血儿曼努埃拉,妄图加害伊隆。第二部写酋长蒙难之后玛雅部族的悲惨遭遇。玉米地被种植主糟蹋,玛雅人悲愤交加,起来报复。他们念起咒语,使敌人陷入重围和绝境。第三部和第四部由"苔贡传说"和"尼侨传说"等构成。苔贡变成了高高的苔贡山,她的丈夫却被控入狱,原来人与自然是可以相互转化的;尼侨是玛雅人的信使,他带着部族的期望离开森林时,被一群野狼围住,他被迫撕毁信件,留了下来,结果变成了野狼。

作家从印第安人的思维方式出发,刻画了印第安人生活的点点滴滴,深刻揭示出现代文明和殖民主义对印第安文化的无情摧残。在印第安人看来,种地吃饭是天职,人本来就是玉米做的;若是用种出来的玉米做买卖,就好比男人借着自己的女人怀孕、出卖孩子来赚钱一样。另外,印第安人每个人都有自己的属相,有保护自己的动物,人可以向其转化,也就是说人与动物是相通的。这一观念在现代化进程中却受到了挑战。所以印第安人的反抗不单单是对土地的保护,也是对自己生存方式与精神家园的守护。为了充分反映这种原始质朴的生活方式,阿斯图里亚斯采用鲜活的口语来写作,创造了一个拥有新的芳香、色彩和音调的世界。

古巴著名作家和评论家**阿莱霍·卡彭铁尔**(1904—1980)也是魔幻现实主义文学中的重要作家。他的小说《埃古·扬巴·奥》(1933),题目是古巴黑人用语,意为:神啊,拯救我们吧!这是拉美作家第一部表现拉美黑人文化的作品。在这部作品中,借着描述黑白混血儿埃古在黑人文化圈成长与冲突的一生,卡彭铁尔试图把握拉美文化的血脉,那就是黑人文化、黑人的泛灵论和黑人的宗教仪式等。围绕着埃古,作者描写了为数众多的黑人形象,并深刻展示了黑人文化的无穷魅力。卡彭铁尔曾提出"神奇的现实"这一概念。他认为作家应该去捕捉神奇的现实,而不是仅仅使用魔术般的手法。这种"神奇的现实"和"魔幻现实"既有联系,又有区别。卡彭铁尔的创作鲜明地体现了魔幻现实主义作家的以下特点:具有强烈的使命感,作品注重表现拉美人民苦难的历史与现实,揭露社会的黑暗,抨击本国的独裁统治和外国侵略势力,探索民族的未来与出路。

墨西哥作家**胡安·鲁尔福**(1918—1986)是魔幻现实主义文学的代表之一。他的长篇小说《佩德罗·帕拉莫》(1955)写的是酷热荒芜的科马拉地区残暴的土皇帝佩德罗·帕拉莫的故事。科马拉村是一个令人窒息的所在,空气稀薄、酷热难当,到处是荒凉的坟茔和断壁残垣。因为村子里有个残暴的土皇帝佩德罗·帕拉莫,以巧取豪夺的手段鲸吞了自己庄园周围所有的土地,出于霸占钱财的目的结婚后,又另寻新欢。但他所钟情的女性苏珊娜只愿意把自己的爱情献给前夫,不久就死去。佩德罗·帕拉莫绝望伤心,立誓使科马拉成为废墟,最终如愿以偿。"小说的主题是怨恨。"①但是,恨何尝不是爱的一种曲折表达? 在深深恨意中,仍可看到作品人物低回不已的感伤和对生活的眷恋。作家运用了打破正常时空顺序和生死界限的魔幻现实主义手法(如写爱情居然可以穿越生死与地域的界限,在野地坟场中私语不已),深刻地揭露了墨西哥农村荒凉、怪诞的现实,以及精神上绝对隔绝与封闭的状态。小说的主题内涵与艺术表现方法达到了完美的统一,字里行间透漏出作者悲天悯人的世界观和深深扎根于墨西哥地域的创作观。

哥伦比亚作家**加夫列尔·何塞·加西亚·马尔克斯**(1927—2014)是拉美魔幻现实主义文学最杰出的代表。他的创作深刻地反映了拉丁美洲地区的历史和现实,表现了拉丁美洲人民的苦难和他们对自由的向往与追求,在艺术风格上独树一帜。1982年,由于他"把幻想和现实融为一体,勾画出一个丰富多彩的想象中的世界,反映了拉丁美洲大陆的生活和斗争"而成为诺贝尔文学奖获得者。

加西亚·马尔克斯出生于哥伦比亚马格达莱纳省的一个炎热多雨、带有孤独和神秘色彩的小镇亚拉卡达加,当地人以种香蕉为生。他的外祖母是一个相信灵魂和鬼神、会讲神话故事的能手。他曾就读于波哥大大学法律系,加入过自由党。1948年,哥伦比亚发生自由党和保守党之间的相互残杀,他不得不中途辍学,不久后即转入卡塔纳大学读新闻,旋即开始了记者生涯。他在大学期间就热衷于文学创作,热爱凡尔纳、卡夫卡、福克纳等人的作品。1947年,他发表了短篇小说《第三次辞世》,开始步入文坛。

1955年,加西亚·马尔克斯发表第一部长篇小说《落叶纷飞》,借鉴福

---

① 乌戈·罗德里格斯·阿尔卡拉:《胡安·鲁尔福:"对天堂的眷恋"》,见《拉丁美洲当代文学评论》,陈光孚选编,漓江出版社,1988年版,第289页。

克纳和伍尔夫等意识流小说家的经验与手法,通过外孙、母亲和外祖父三个人的内心独白展开情节,让三种声音彼此交织,从不同的角度刻画了一位来到马贡多小镇的大夫冷冷清清的葬礼。香蕉公司在马贡多小镇开办职业医院之后,这位大夫失了业,就孤零零自绝于小镇人群,有十年时间从没有打开过自家大门。因为他同时拒绝为受伤的人治疗,被小镇的人视为残忍的畜生。作品通过一个令人难以置信的故事,揭示了外来文化对小镇的巨大冲击,表现出外国经济势力侵入马贡多镇之后人们孤寂无奈的心境。马贡多镇这一具有标志性意义的地点,开始出现于作家自那时起陆续发表的诸多作品中。

随后发表的中篇小说《没有人给他写信的上校》(1961),凝结着加西亚·马尔克斯的外祖父和他本人的生存体验。作品写一位退役上校一直在等国家许诺要发给他的老军人退伍补助金,19年前他就开始提交申请、提供证明并一直在盼望,但是直到今天还没有人给他写信和汇款。这篇小说少有魔幻现实主义技法,更多的是质朴的叙述,表现了一种令人难以忍受的现实,更让人觉得一种无从想象的悲惨。

在加西亚·马尔克斯的短篇小说中,《格兰德大娘的葬礼》(1962)用戏谑、幽默、夸张的笔法描写了一位专制女家长的没落,作家对专制制度和独裁者的痛恨溢于言表;而《巨翅老人》(1970)则被认为是他短篇小说中的精品。小说写的是三天大雨后,贝拉约夫妇的院子里出现了一位在烂泥中蠕动挣扎的带着巨大翅膀的老人。他们以为这是一位外轮上遭难的航海人,但邻居说是一位天使。于是很多人闻风而动来看这位落难天使,边看边戏耍他。贡萨加神父也来了,用拉丁语向他问候,得到的却是唧哝的几句方言。神父断定这是魔鬼前来诱惑,于是开始了冗长和繁琐的通信,试图通过教廷来确认此事。贝约拉夫妇却别出心裁,开始向每个观看天使的人收门票,结果利用赚来的钱盖了一处有阳台和花园的两层楼住宅。渐渐地,天使不再引起人们的关注,甚至成为家里的累赘。最后,他终于又长出粗大丰满的羽毛,飞走了。关于这个巨翅老人,一直众说纷纭:或象征着没落的宗教,或象征着坍塌的民族精神,或是现实中的荒诞,或是某种巨大的不可能,或是不可置信的神话。作者没有任何解释,只是仔细描绘了他的细微形态。科学的发展不能取消生活中的神秘,而神秘现象出现时却可能成为牟利的工具,似乎只有金钱是贯通神秘和现实的工具。正是在这一点上,作品显示出强烈的讽喻意味。

1967年,加西亚·马尔克斯的长篇小说《百年孤独》正式出版,立即引起广泛的关注。此后,他仍有多部小说问世。长篇小说《家长的没落》(1975)是一部反独裁作品。作家以多个拉丁美洲独裁者的经历为素材,描写了一个有漫画和荒诞成分的族长形象。此人的出生传说是源于他母亲和"精灵"的感应,人们不知道他的姓名和年龄,甚至很少有人见过他。他天天干的工作就是杀人。连为他效劳的一位将军,也被怀疑支使刺客暗杀他,于是他竟然把这位将军烤得焦黄,蘸上卤汁,放在托盘中犒赏他的保镖。族长还沉湎酒色,纳妾愈千。他还有一手假死的绝活,然后把拍手称庆者干掉。为了阻止根本就不存在的瘟疫,他大开杀戒,导致尸体太多、臭味满天而真的引发了瘟疫。最后,族长众叛亲离,真正成了孤家寡人,烂死在府邸,被秃鹰啄食。作品以夸张和变形的手法,像哈哈镜一样照射出拉丁美洲的荒谬现实。20 世纪80—90 年代,加西亚·马尔克斯还陆续写有《一件事先张扬的凶杀案》(1981)、《霍乱时期的爱情》(1985)、《迷宫中的将军》(1989)、《爱情和其他魔鬼》(1994)等小说。

长篇小说《百年孤独》(1967)是加西亚·马尔克斯的代表作,也是魔幻现实主义文学中最为出色的作品。

小说叙述的是一个叫马贡多的小镇从诞生到消亡一百多年的历史,以及镇上布恩地亚家族七代人的命运。从小镇在蛮荒之地建立,到吉卜赛人的到来,人们对科学和实验的崇拜,小镇商业的繁荣,再到内战爆发,小镇在全国开始发挥举足轻重的作用。从保守党和自由党的轮流独裁再到保守党的专政,小镇政权几次易手、翻云覆雨。在此过程中,外来文化不断冲击小镇。尤其是美国人来小镇开辟香蕉园,带来经济的畸形繁荣。香蕉工人大罢工,政府和香蕉园主勾结在一起镇压工人,用机枪扫射,杀死三千人,装了近两百节车厢的尸体。毁尸灭迹之后,竟没有人相信发生了大屠杀。此后是四年十一个月零两天的雨季,马贡多成了废墟。最后一阵飓风刮来,把小镇卷走。至此,一百多年的小镇彻底从地球上消失。

从整体上看,《百年孤独》模仿圣经从《旧约》的"创世纪"之人类开始到《新约》的"启示录"之世界末日的写法,完整地隐喻了哥伦比亚、拉丁美洲乃至整个人类的历史,并暗示处于愚昧和停滞中的人们获得拯救的路径在于摆脱孤独,走向团结。马贡多小镇和布恩地亚家族 100 年间从无到有、从有到无的历史,是对整个拉美充满政治斗争和历经磨难的社会现实的反映,也是对拉美人独特的寓真于幻的生存经验的生动概括。布恩地亚家族七代的人物关系表如下:

第一代　霍塞·阿卡迪奥·布恩地亚,马贡多创始人
　　　　乌苏拉,霍·阿·布恩地亚之妻
第二代　霍塞·阿卡迪奥,霍·阿·布恩地亚的长子
　　　　雷蓓卡,霍·阿卡迪奥之妻
　　　　奥雷良诺·布恩地亚上校,霍·阿·布恩地亚的次子
　　　　雷梅苔丝·莫科特,奥雷良诺上校之妻
　　　　阿玛兰塔,霍·阿·布恩地亚之的女儿
　　　　庇拉·特内拉,霍·阿卡迪奥与奥雷良诺兄弟的情妇
第三代　阿卡迪奥,霍·阿卡迪奥之子
　　　　圣塔索菲娅·德·拉·佩达,阿卡迪奥之情妇
　　　　奥雷良诺·霍塞,奥雷良诺上校之子
　　　　十七个奥雷良诺,奥雷良诺上校之私生子
第四代　俏姑娘雷梅苔丝,阿卡迪奥之长女
　　　　霍·阿卡迪奥第二,阿卡迪奥之双生子之一
　　　　奥雷良诺第二,阿卡迪奥之双生子之一
　　　　菲南达·德·卡庇奥,奥雷良诺第二之妻
　　　　佩特拉·科特,奥雷良诺第二之情妇
第五代　霍·阿卡迪奥(神学院学生),奥雷良诺第二之长子
　　　　梅梅(雷纳塔),奥雷良诺第二之次女
　　　　马乌里肖·巴比洛尼亚,梅梅之情夫
　　　　阿玛兰塔·乌苏拉,奥雷良诺第二之小女儿
　　　　加斯东,阿玛兰塔·乌苏拉之夫
第六代　奥雷良诺·布恩地亚(破译手稿),梅梅之子
第七代　带猪尾巴的婴儿,奥雷良诺·布恩地亚和阿玛兰塔·乌苏拉之子

作品题目"百年孤独"中的"百年",指的既是布恩蒂地亚家族七代人的历史,也是马贡多镇100年的历史,这历史也是哥伦比亚乃至拉丁美洲百年历史的缩影。百年之中,小镇上发生了许多事情,最后被糟蹋得破败不堪,难逃毁灭的命运。从一个家族、一个小镇到整个拉丁美洲100年间的苦难历史,尽收于作品之中。这"百年"的历史,不是一直向前发展,而是一个循环往复的过程:从零开始,又回到零,走了一个大圆圈。这种循环论的构思贯穿于全书的情节结构和人物命运描写之中。作品意在说明:拉丁美洲的

百年历史并没有摆脱贫穷落后和愚昧的困境,循环意味着停滞,拉丁美洲所面临的使命是寻找新的出路。

造成马贡多镇、哥伦比亚乃至拉丁美洲百年历史停滞的原因是"孤独"。孤独既是一种生存状态,也是一种精神状态。闭塞的环境,与世隔绝;极度的愚昧和迷信;固执己见,一意孤行;不图改革,容忍落后状态无休止地蔓延。"布恩地亚整个家族都不懂爱情,不通人道,这就是他们孤独和受挫的原因。"①——闭关自守使拉丁美洲长期处于愚昧落后的状态。

马贡多小镇的孤独在于它的封闭,首先是地理位置上的封闭,似乎永远都深陷在泥沼中而无法走出。马贡多创始人霍塞·阿卡迪奥·布恩地亚曾心血来潮地试图带领大家杀开一条血路,闯出马贡多,但是费了九牛二虎之力来到的是一艘白色西班牙大帆船旁边,以至于霍塞·阿卡迪奥·布恩地亚认为马贡多的四周是被大海包围着的。更致命的是马贡多人精神领域的封闭。作品叙述了外来文化对马贡多的几次入侵。早在16世纪,马贡多人的先祖就受到了殖民文化的惊吓。到了霍塞·阿卡迪奥·布恩地亚一辈定居在马贡多,面对外来文化不再是惊吓而是变成了狂热。霍塞·阿卡迪奥·布恩地亚用一头骡子和一群山羊换回了吉卜赛人的两块磁铁,想用来寻找黄金,又用两块磁铁和三块金币换来了一块放大镜,想用来制造战争武器,甚至花好多钱只为来摸一下吉卜赛人带来的冰块,宣称这是这个时代的伟大发明。一百年后,马贡多人更是被外来的各种神奇发明搞得眼花缭乱。他们通宵达旦地观赏一只只光线惨淡的电灯泡,为电影里死去的人伤心落泪,但是一转眼竟然在别的片子里发现这个死去的人又活了,并且变成了阿拉伯人。他们无法忍受这种闻所未闻的嘲弄,结果把座椅都给砸了。后来美国人进驻马贡多,他们似乎连降雨都能操纵了,同时又运来了满满一列车的妓女,使马贡多淫糜堕落。而美国香蕉种植园主带来的香蕉热,更使马贡多人陷入瘟疫之中。他们涌进香蕉园做工,也学习举行大罢工,迎接他们的却是机枪扫射。这诸多动乱之后马贡多差不多成了废墟。

马贡多人中最有智慧的霍塞·阿卡迪奥·布恩地亚,也轻易就放弃了自己的宗教观念,开始崇拜科学和金属,孜孜以求在铜版照相中找到上帝的形象,否则就取消上帝这一不必要的假设。他们在外来文化的潮流中随波

---

① 《加西亚·马尔克斯谈〈百年孤独〉》,林一安译,见加西亚·马尔克斯:《百年孤独》"附录",黄锦炎等译,杭州:浙江文艺出版社,1991年,第342页。

逐流,失去自己的根基,而对于外来文化的接受,他们又是建立在自己愚昧、封闭的理解上,以至于嫁接出不伦不类的怪胎文化。正因为没有摆脱自己的狭隘与愚昧,也没有真正理解与消化外来文化,所以马贡多人自始至终没能清醒、理智地与外来文化对话,发出自己的声音,找到自己生存的根基。马贡多封闭与毁灭的原因,绝不仅仅在于外来文化的冲击。外来文化的冲击和随之而来的赤裸裸的暴力与侵略,不过是暴露了马贡多文化的内在悲剧性。

马贡多人致命的孤独和导致毁灭的悲剧有一个根本原因就是遗忘。当人们的记忆开始逐渐消失的时候,就给每一样东西都写上名称——桌子、椅子、钟、牛、山羊等,还在牛脖子的字牌上写上:这是牛,每天早晨应该挤奶,牛奶应在煮沸后加入咖啡,配制牛奶咖啡。似乎只有利用这些文字,人们才得以暂时挽留住正迅速逝去的记忆。更为严重的是,他们遗忘了深厚的传统,于是就没有任何能力抵御内在情欲的冲动和外来文化的冲击,每一代人的奋斗和文明的成果都被时间和遗忘的洪流淹没,以至于下一代都从零开始,在人性脆弱的流沙上重新建筑大厦。奥雷良诺·布恩地亚上校发动了32次武装起义,差点成为全国统治者。这位赫赫有名的人物,自从一场罕见的大雨之后,当共和国总统委派几名特使来到马贡多,送交给他曾多次拒收的勋章时,他们白白花了一个下午,也没有找到一个人能告诉他们上校的后代在什么地方。吉卜赛人重新来到马贡多,展览100多年前的磁铁、放大镜时,当地居民仍旧惊得目瞪口呆。既然三千人遭残杀的事实都已无人相信,就更不用说这些琐碎的旧事了。

忘记历史的结果就是陷入时间无休止循环的怪圈。小说通过相似的事件和相同的人名不断出现,印证了乌苏拉所说的时间老是在打转转的感觉。人物似乎走不出历史的宿命,在无所作为中逐渐走向彻底虚无和放纵,以至毁灭于无形。马贡多的历史从先祖乱伦事件的阴影笼罩下开始,到第七代作为乱伦成果的猪尾巴婴儿被蚂蚁拖进窝里结束,完整的一个轮回,多少个奥雷良诺们和阿卡迪奥们在时间的漩涡中不由自主成为泡沫。

更为可悲的是,布恩地亚家族的人已爱上了孤独,无可救药地深陷在孤独之中。谁也不知道对方在想些什么,人和人之间有着厚厚的墙壁,每个人都被困在强烈的情欲之网中,上演自己孤独的故事。霍塞·阿卡迪奥·布恩地亚埋头于自己的实验,把孩子们撇在一边,在孩子到了十多岁了才似乎第一次看到孩子们的存在;他年老之后被绑在树下自言自语,或者干脆跟他早年杀死的幽灵说话;阿卡迪奥与雷蓓卡表兄妹公然结婚并自绝于整个村民,在坟墓里安营扎寨,且仗着自己的武力为所欲为,霸占别人田产;雷蓓卡宁可在坟墓般的房屋里被活埋也不愿出来与人交往;乌苏拉在皮埃特罗·克雷斯庇死后不与阿玛兰塔说一句话;上校埋头于自己的金鱼制作,对所有人视若无物;阿卡迪奥残酷统治马贡多,随便枪毙人,发布严酷命令,成了马贡多历史上最为残暴的统治者;好几对表兄妹结婚,姑侄乱伦;美貌惊人的俏姑娘雷梅苔丝到处带来致人死亡的气息;菲南达独自一人和隐身医生通信;梅梅因为自己的情夫被妈妈安排好的人用枪打残而被领到修道院,终身没有再开口说一句话;奥雷良诺关在房间里对死人留下的手稿着了迷,天天和幽灵通话;最后,奥雷良诺和姑姑乌苏拉通奸,生下猪尾巴的婴儿……所有这一切都是孤独的不同形式,在这块多灾多难的土地上循环上演,就像人名一样似乎永远无法跳出这一宿命般的怪圈。

这部小说具有明显的反殖民主义倾向,但是并未肤浅地否定现代文明。昔日的马贡多尽管宁静、质朴,但其原始、停滞的自然状态却与不断变化的外部世界形成鲜明的对照。布恩地亚家族的怠惰、健忘、彼此仇恨、纵欲和乱伦等,决定了其必然毁灭。小说痛切地揭示了一个真理:一个落后、保守的民族,在与文明世界的撞击中,不可避免要沦为悲剧角色,成为政治、经济、文化各方面被奴役的对象。"孤独的反义词是团结",只有通过团结和人道的途径,自强不息,积极融入外部世界,才能发展前进,最终结束拉丁美洲连绵不断的落后苦难的历史。

《百年孤独》充分显示出魔幻现实主义小说的艺术特色。魔幻氛围弥漫于全书,作品中充满着奇迹、鬼魂形象、荒诞不经的场面、情节和细节,以及幻觉、轮回、反复、预见、预言、预兆和心灵感应,虚实相间,人鬼相交,现实生活和超自然现象并存,恰到好处地表现了拉美文化的多元性与神秘色彩。

小说呈现出一种环形结构:马贡多镇从无到有、从有到无,布恩地亚家族的故事起始于一个带尾巴的孩子,又以另一个带尾巴的孩子结束;家族中的主要成员,都是以孤独、冷漠为原初特点,后来又都有突破孤独的努力与尝试,但最终均归于失败和沮丧,重新陷入孤独——这一切都显示出一种循环往复,也传达出无尽的悲凉。

小说中出色地运用了象征手法,如俏姑娘雷梅苔丝升天——象征着爱与美难容于现实,走向消逝;阿玛兰塔不停地为自己编织裹尸布,奥雷良诺上校不停地炼制小金鱼,制(织)好后毁掉、再制(织)再毁,如此往复无穷——象征生活的停滞不前与毫无意义;老布恩地亚去世时下起了黄花雨,乌苏拉去世后庭院水泥地裂缝中钻出了朵朵小黄花——象征家族的衰亡,等等。

作品展现了夸张变形的魔幻中深刻而又惊人的现实。在马尔克斯看来,现实永远比魔幻更加魔幻,因此最难处理的问题是打破现实和令人难以置信的事物之间的界限。在《百年孤独》中,这些迷人的魔幻描写之所以能取得无可否认的艺术力量,而没有坠入生拉乱扯的泥潭,关键在于作品出色的叙事艺术。作家采用外祖母叙述故事的方式,摆脱一切理性主义的框框,在时空交错中冷静地、毫不怀疑地叙说着家族绵延的故事:

> 许多年之后,面对行刑队,奥雷良诺·布恩地亚上校将会回想起,他父亲带他去见识冰块的那个遥远的下午。①

类似的句式在小说中多次出现。作家在这里是从将来回溯过去,而他的立足点却是现在;他仿佛站在俯瞰整个布恩地亚家族命运的高度上,向读者讲述一个已然逝去的故事,并透出一种沧桑感。全书的叙述风格具有多样性,时而似是而非,似非而是,时而模糊混杂,若隐若现,扑朔迷离,令人意图莫辨;时而具有暗嘲、调侃的色彩,时而透出一种无可奈何感;时而寓庄于谐,妙趣横生。

思考练习题

1. 20世纪西方现代主义文学在主题选择和艺术表现形式上有哪些主要特征?请结合具体作品简要论述。
2. 试述T.S.艾略特长诗《荒原》的主要艺术成就。
3. 谈谈加西亚·马尔克斯小说《百年孤独》的主题意蕴和艺术风格。

延伸阅读文献

1. 马·布雷德伯里等[英]:《现代主义》,胡家恋等译,上海外语教育出版社,1995年。

---

① 加西亚·马尔克斯:《百年孤独》,黄锦炎等译,杭州:浙江文艺出版社,1991年,第1页。

2. 戴维·洛奇编:《20世纪文学评论》(上、下),葛林等译,上海译文出版社,1987、1993年。
3. 李文俊编选:《福克纳评论集》,中国社会科学出版社,1980年。
4. 戴从容:《乔伊斯小说的形式实验》,北京:中国戏剧出版社,2002年。

第十一章 20世纪俄罗斯文学

第一节 概 述

20世纪俄罗斯的历史走过了一条曲折的道路,经历了巨大而深刻的变化。世纪初,俄国还处于沙皇专制统治下。1917年的二月革命推翻了沙皇政府,随后又爆发了十月革命,诞生了世界上第一个社会主义国家。1922年,俄罗斯与乌克兰、白俄罗斯等,一起建立苏维埃社会主义共和国联盟(简称"苏联")。1941年,德国法西斯入侵苏联,苏联人民奋起抵抗,于1945年取得反法西斯战争的伟大胜利。战后,特别是自50年代中期起,苏联进入相对稳定的发展时期。1991年苏联解体,此后的俄罗斯文学在新的历史条件下获得了进一步发展。

20世纪俄罗斯文学在继承和发扬19世纪文学的基础上,开拓创新,形象地反映了本民族曲折行进的艰难历程,取得了巨大的成就,也提供了许多可供后人借鉴的经验。20世纪俄罗斯文学中出现的一系列伟大作家,如高尔基、布宁、帕斯捷尔纳克、肖洛霍夫等,都以其各具特色的艺术创作,丰富了世界文学的宝库。

一、"白银时代"文学

从19世纪90年代起,俄罗斯文学中先后出现象征主义、"阿克梅派"、未来主义等新流派,它们和变化发展了的现实主义一起,构成一个多种思潮和流派并存发展的文坛新格局。这个时代后来被人们称为俄罗斯文学的"白银时代"。

象征主义是白银时代最先出现的文学新流派。俄国象征主义者把哲学家和诗人弗·索洛维约夫(1853—1900)尊为精神导师,强调艺术的宗教底蕴,坚信艺术具有改造尘世生活的作用。梅列日科夫斯基(1865—1941)的论著《论现代俄罗斯文学衰落的原因与若干新流派》(1893),第一次从理论上确认了作为艺术潮流的俄国现代主义,认为未来俄罗斯文学的基本要素是"神秘的内容、象征的手法和艺术感染力的扩张"。其诗集《象征》(1892)是俄国象征派诗歌出现的标志之一,历史小说《基督与反基督》三部曲(1896—1905)则表达了作家的"新宗教意识"。巴尔蒙特(1867—1942)的诗集《燃烧的大厦》(1900)、《我们将像太阳一样》(1903),勃留索夫(1873—1924)的诗集《第三守备队》(1900)、《致城市与世界》(1903),索洛古勃(1863—1927)的长篇小说《卑下的魔鬼》(1902),勃洛克(1880—1921)的组诗《在库里科沃原野》(1908)、长诗《报应》(1910—1921),**别雷**(1880—1934)的长篇小说《彼得堡》(1914)等,构成俄国象征主义文学的代表性成果。其中,《彼得堡》因其从现代性视角对俄罗斯历史命运的深邃思考、新颖奇特的艺术形式和不拘一格的语言运用而被认为是欧美现代主义文学的经典作品之一。

"阿克梅派"("阿克梅"一词来自希腊文,意为"顶峰")诗人追求艺术表现的明朗化和清晰度,主张恢复词的原始意义,认为最高的"自我价值"在尘世,显示出与象征派对立的艺术观。**古米廖夫**(1886—1921)是这一派理论的主要阐释者,写有《象征主义的遗产和阿克梅主义》(1911)。诗人阿赫玛托娃(1889—1966)和曼德尔什塔姆(1891—1938)是阿克梅派的双璧。前者的《黄昏》(1912)、《念珠》(1914)和《白色的鸟群》(1917),后者的《岩石》(1913,1915)等诗集,代表了这一派别的诗歌成就。

俄国未来主义诗人声称抛弃一切文化传统,反对社会对个性的束缚,在诗歌创作上大胆表现现代生活的高速度和人对外界事物迅速变换的瞬间感受,甚至任意破坏语言规则,追求诗歌形式的奇、险、怪,如大卫·布尔柳克(1882—1967)、克鲁乔内赫(1886—1968)等人的诗作。赫列勃尼科夫的《笑的咒语》(1910)一诗,在新词的构造和使用上开风气之先,但又表明了对普希金传统的某些继承。

现实主义文学在这一时期仍获得重大进展。高尔基是这一时期现实主义文学的杰出代表。他和布宁、安德列耶夫、库普林、魏列萨耶夫等作家一起,在继承前人的基础上锐意创新,借鉴多种新的艺术表现手法,把现实主义文学带入了更广阔的境地。**库普林**(1870—1938)的中篇小说《决斗》(1905),暴露军队生活的可怕和无聊,表现了20世纪初人们个性意识的复苏。他的另一中篇小说《亚玛》(1915)以妓女生活为题材,写尽她们的不幸与痛苦,具有催人泪下的艺术力量。魏列萨耶夫(1867—1945)的作品,大都在社会政治思潮的交替变化中表现俄国知识分子的精神探索,如中篇小说《走投无路》(1895)、《在转弯处》(1902)等。**伊万·布宁**(1870—1953)的小说以"严峻的真实"展示俄国农村和农民的世界,表现知识分子及无产者的生活和精神骚动,或以凄婉的笔调勾画出贵族庄园的没落和旧俄国社会的解体,为贵族阶级黄金时代的消逝吟唱深情的挽歌。他在这一时期写有《乡村》(1910)、《苏霍多尔》(1912)、《败草》(1913)、《从旧金山来的先生》(1915)等中短篇小说。《乡村》广泛地描写了1905年革命期间的俄国乡村生活,多角度传达出那个变动时代的社会气氛,冷峻地揭示了农民的贫困和心理特征,显示出观照农村和农民生活的一种新的批判眼光,在文学史上具有开风气之先的意义。**安德列耶夫**(1871—1919)的短篇小说《红笑》(1905)经由在主人公的病态幻觉中反复出现的"红笑"这一奇特意象,揭示出战争的可怕。这篇小说富于刺激性的色调,怪诞的形象,大反差的对比,现实主义与表现主义结合等特点,为安德列耶夫的大部分作品所共有。《背叛者犹大及其他》(1907)、《七个绞刑犯的故事》(1908)等,也是安德列耶夫的著名作品。

这一时期俄罗斯文学中具有自然主义倾向的代表作家是**阿尔志跋绥夫**(1878—1927),其长篇小说《萨宁》(1907)曾受到批评界的否定性评价,但也有评论者把萨宁的人生哲学视为对扭曲人性的旧传统道德信条的一种挑战。

二、十月革命至50年代初期的文学

1917年十月革命在20世纪俄罗斯文学史上划出了前后有别的两个时代。对历史变革的不同认识,导致作家队伍的急剧分化和重新组合,俄罗斯文学分为两大板块:苏维埃俄罗斯文学(苏联文学的主体部分)和俄罗斯域外文学(侨民文学)。这两大板块都是俄罗斯文学的组成部分,却呈现出各自的特色。

十月革命后至20世纪20年代末,苏联国内文学团体林立,出现了"无产阶级文化协会"、"西徐亚人"、"意象派"、"谢拉皮翁兄弟"、"列夫"、"拉普"等不同倾向的派别。在文学理论与批评领域,马克思主义批评、庸俗社会学、现实主义批评、心理学派和形式主义理论等纷然并立。在创作领域,思想倾向与艺术风格各异的作品同时存在。勃洛克的长诗《十二个》(1918)在黑与白、新与旧、光明与阴暗的强烈反差中,呈现出十月革命胜利初期彼得格勒的独特生活氛围和诗人理解历史巨变的宗教眼光。曼德尔什塔姆的诗集《悲痛》(1922)和《第二本书》(1923),表达了对于俄罗斯命运和前途的忧虑。在白银时代进入诗坛的诗人**叶赛宁**(1895—1925),一开始就以《白桦》(1914)等散发着"俄罗斯田野的惆怅"的诗作引起批评界的注意。十月革命后，诗人在《歌者的召唤》(1917)、《约旦河的鸽子》(1918)等诗作中，讴歌"风暴中的俄罗斯"，赞美"红色的夏天"，又在《四十日祭》(1920)等诗中，通过土地、农舍、河流和白桦树等意象，表现了农村的现实和农民的忧伤，提供了"逝去的俄罗斯"的鲜明形象。抒情组诗《波斯曲》(1925)深情地赞颂东方国家的美丽，也唱出了对俄罗斯的依恋与忧思。**马雅可夫斯基**的长诗《一亿五千万》(1921)以夸张和诙谐的笔法，描写代表俄国革命的一亿五千万个"伊凡"说服美国倒向共产主义。长诗《列宁》(1924)把列宁看成"未来的人"的理想化身予以热情歌颂，具有强烈的历史感和磅礴的气势。短诗《开会迷》(1922)讽刺那些整天淹没在各种会议里的官僚主义者，成为传诵一时的名篇。帕斯捷尔纳克(1890—1960)的《超越障碍》(1917)、《生活，我的姐妹》(1922)、《主题与变奏》(1923)等诗集，和他革命前发表的《云中双子星座》(1914)一样，以非凡的意象构成、新颖奇特的隐喻和变幻莫测的句法，在同时代诗歌中别开生面。他的《1905年》(1926)、《施密特中尉》(1927)两首长诗，讴歌20世纪初席卷俄罗斯的巨大风暴，显示出诗人透视历史变动的独特眼光。

20世纪20年代的小说创作也取得了突出成就。绥拉菲莫维奇(1863—1949)的《铁流》(1924)、富尔曼诺夫(1891—1926)的《恰巴耶夫》(1923)、法捷耶夫(1901—1956)的《毁灭》(1927)是较早描写国内战争、歌颂英雄人物的三部小说。**扎米亚京**(1884—1937)的日记体幻想小说《我们》(1924)运用象征、荒诞、幻觉、梦境等艺术手段，表达了反对过于强调集中统一、维护个性自由独立的意向。**皮里尼亚克**(1894—1938)的长篇小说《荒年》(1922)描写了自十月革命前夕到内战时期俄国外省城市的生活，再现了各种沉渣泛起的时代所特有的社会氛围；中篇小说《红木》(1929)通过投机商人从莫斯科专程来到一个古风犹存的乡间小镇大肆收购红木家具的故事，展示了小镇居民亚细亚式的生存方式、"上层人士"的营私舞弊和新经济政策时期出现的要猎取一切的社会风气，呈露出锐利的批判锋芒。**普拉东诺夫**(1899—1951)的长篇小说《切文古尔镇》(1929)借由20年代中期某草原小城提前"实现"共产主义的故事，揭示了当时存在的脱离实际的狂热和荒谬现象，也表达了人们的疑虑和不安。作品以写实为主，兼用夸张、幽默、怪诞等表现手法，风格朴实无华。

从20世纪20年代中期开始，以十月革命和国内战争为背景的剧本陆续问世，如弗·伊凡诺夫的《铁甲列车》(1927)、拉夫列尼奥夫的《决裂》(1927)等。布尔加科夫的《土尔宾一家的命运》(1926)和《逃亡》(1927)两剧,前者写一群主观上希望效忠于祖国,客观上却陷入绝路的知识分子的悲剧,后者则在贯穿全剧的幻灭感中表现了白卫运动的终结,构思奇特,演出后曾引起轩然大波。马雅可夫斯基的《臭虫》(1928)和《澡堂》(1929)等,嘲笑旧政权的残余分子,谴责目空一切的官僚,揭露政权机构的种种弊端,是出色的讽刺喜剧。

1932年,联共(布)中央决定撤销各种文学团体,筹备建立统一的苏联作家协会,"社会主义现实主义"被确立为苏联文学创作和文学批评的基本方法,许多作家遭到批判或惩处,文学创作受到严重束缚。但这一时期仍出现了一些优秀作品,如高尔基完成的《克里姆·萨姆金的一生》,阿·托尔斯泰(1882—1945)的《苦难的历程》(1922—1941)三部曲,肖洛霍夫的《静静的顿河》,普里什文(1873—1954)的中篇小说《人参》(1933)、《叶芹草》(1940)等。**阿赫玛托娃**在发表诗集《车前草》(1921)和《公元1921年》(1922)之后,其创作曾出现长达十几年的中断。她在暗中创作的长诗《安魂曲》(1935—1940),写出了一位母亲在亲生儿子遭到不公正的监禁时所产生的绝望感,把深切的个人不幸与人民的灾难融合为一体,具有惊人的艺术力量。《没有主人公的叙事诗》(1940—1962)是一部意境高远、内涵丰富、结构复杂的长诗。诗人站在20世纪俄罗斯历史见证人的高度上,在对于几十年中个人生涯、俄罗斯文学和文化乃至民族命运的回顾中,进行着与时代的对话,以充满沧桑感的沉郁旋律吟唱出对这个世纪的忧思。米·布尔加科夫(1891—1940)的长篇小说《大师与玛格丽特》(1928—1940)借助三条彼此交错的情节线索,熔写实、荒诞、象征、"黑色幽默"于一炉,把宗教故事、历史传奇、梦幻世界和现实生活编织在一起,描写了众多的历史人物、虚幻形象和现代人,既传达出对30年代现实的困惑与沉思,又对人类生活的本质和规律做出了哲理与道德的追问。左琴科(1895—1958)在战后初年发表的短篇小说《猴子奇遇记》(1946),对民族文化心理陋习进行了暴露性勾画。

卫国战争时期,在民族危亡的历史年代,对文学创作进行行政干预的行为有所收敛,文坛氛围稍显宽松,作家们的创作曾被允许有一定的自由度。整个战时文学虽以纪实性、鼓动性和群体情感表现为主,但仍然出现了一些较好的作品,如西蒙诺夫(1915—1979)的《日日夜夜》(1944),法捷耶夫在战后初年发表的长篇《青年近卫军》(1946)等小说。前一时期被迫沉默的老作家也能够发表新作了。这一切似乎让人们透过硝烟弥漫的战时生活,看到了未来文学复兴的希望。然而,这一短暂的文学史间隙并没有能够使极"左"文艺思想得以根除。1946年,联共(布)中央发布《关于〈星〉和〈列宁格勒〉两杂志》的决议,指责两刊发表阿赫玛托娃和左琴科的"在思想上背道而驰的作品",下令两刊停刊整顿。日丹诺夫发表长篇报告,对阿赫玛托娃和左琴科进行猛烈抨击。这两位作家随即被开除出苏联作家协会,紧接着还发布了关于戏剧、电影、歌剧、音乐等方面的一系列决议。这一切都使战后苏联文学的发展受到了严重阻碍。

十月革命后迁居国外的俄罗斯作家掀起了俄罗斯域外文学的"第一浪潮",其作品偏重于对刚刚过去的革命事件和国内战争进行回顾与评价,或在对民族文化传统的"寻根"中表达对个人命运和民族前途的探测,在对往昔的回忆中抒发浓郁的乡愁。**布宁**的长篇小说《阿尔谢尼耶夫的一生》(1931)以作家的心灵历程为素材,讲述了主人公的童年和青年时代,以抒情诗般的文字描绘中部俄罗斯迷人的自然景色,表现了作家对已逝韶光的无限追怀,对"谜一般的俄罗斯灵魂"的深刻理解。作品语言精练考究,富于音乐感,具有俄罗斯优秀古典散文的特色。布宁以这部小说获得1933年诺贝尔文学奖,成为第一个获得该奖的俄罗斯作家。他的短篇小说集《幽暗的林间小径》(1937—1944),收有38篇爱情题材小说,以诗意盎然的笔触表现了对爱情之谜的探索。小说集的名称,把具有俄罗斯乡间特色的景观作为祖国的象征,传达出作家深深的乡愁。

小说家什梅廖夫(1873—1950)的自传性作品《朝圣》(1931)和《上帝的恩年》(1948),再现了19世纪70—80年代俄罗斯生活中无数珍贵的场景和细节,抒发了对故土的热爱与怀念,体现出一代流亡作家的共同感情。列米佐夫(1877—1957)的关于俄国侨民生活的长篇小说《音乐教师》(1949)和自传体小说《用稍加矫正的眼睛看》(1951),以新的语言表达方式,把富有诗意的幻想带入创作,对20世纪俄罗斯散文的发展产生过较大影响。女作家苔菲(1872—1952)出国后陆续发表《静静的小河湾》(1921)、《女巫》(1936)和《冬天的虹》(1952)等10本小说集,成为"第一浪潮"中的一位多产作家。扎伊采夫(1881—1972)的自传体四部曲《格列勃的游历》(1934—1953),在半个世纪的时间跨度上,勾画出主人公的心灵历程,力图在这一形象身上概括出他所属的一代知识分子的典型特征。阿尔丹诺夫(1886—1957)创作了《圣赫勒拿,一个小岛》(1923)、《锁钥》(1929)、《起源》(1945)等9部长篇历史小说,其内容囊括自18世纪60年代到20世纪中叶俄罗斯的历史,渗透着深深的悲剧意识。他的作品曾被译为25种语言,影响广泛。

"第一浪潮"中诗歌创作成就突出的女诗人**茨维塔耶娃**(1892—1941)于1922年离开俄罗斯后,陆续出版《离别》(1921)、《普叙赫:浪漫作品》(1923)

和《手艺》(1923)等诗集。她的长诗《山岳之歌》和《终结之歌》(均 1926),抒写爱情的美好与错综复杂,表现分手时的惆怅与离别的痛苦,表达了对俄罗斯的热爱与思念。她在国外还发表了长诗《捕鼠者》(1925)、《阶梯》(1926)、《大气之歌》(1927)和诗集《离别俄罗斯之后》(1928)等。1939 年 6 月茨维塔耶娃回到苏联,1941 年 8 月自杀。20 世纪 50 年代中期以后,新一代读者才开始读到她的诗歌,逐渐认识到她的诗歌艺术成就。另一诗人霍达谢维奇(1886—1939)除出版了《沉重的竖琴》(1923)、《诗歌集》(含《欧罗巴之夜》,1927)等诗集外,还写有大量文学论文及文学回忆录《名人陵墓》(1939),为后人了解白银时代文学提供了珍贵的资料。

在二战爆发后形成的域外俄罗斯文学"第二浪潮"中,重要的诗人有叶拉金、克列诺夫斯基(1893—1976)等。叶拉金(1918—1987)的诗集主要有《沿着从那里过来的路》(1947)、《你,我的世纪》(1948)、《歪斜的飞行》(1967)、《斧钺星座》(1976)和《沉重的星星》(1986)等。诗中大量出现漂泊流浪的画面、异国的城市和逃难的人群,充满着痛苦的倾诉、爱的渴望和对人世间良心的呼唤,这一切使他的诗歌成为那场把他推向"彼岸"的战争的独特回声。"第二浪潮"中的小说家们着重描写战前和战争初期的苏联生活,普遍具有一种悲剧色彩。鲍·希里亚耶夫(1889—1959)的长篇小说《长明灯》(1954)以沉静的笔调描写索洛维茨劳改营的情景,发掘遭遇苦难的人们心灵中隐藏的善良因素,成为一部较早的"集中营文学"作品。谢·马克西莫夫(1916—1967)的长篇小说《丹尼斯·布舒耶夫》(1949)具有和肖洛霍夫的《被开垦的处女地》进行论争的性质,显示出肖像刻画、景色描绘和揭示悲剧性冲突的卓越技巧。"第二浪潮"的流亡作家通过艺术渠道把关于祖国的新近信息带到身处异邦的同胞中,架设起连接"第一浪潮"和"第三浪潮"的桥梁。

三、50 年代初期至 80 年代的文学

20 世纪 50 年代初,苏联社会政治生活发生重大变化,长期沉闷的空气被打破了,文学开始突破日丹诺夫主义的钳制,人道主义、现实主义传统开始回归,20 世纪俄罗斯文学进入了一个新阶段。1954 年,**爱伦堡**(1891—1967)发表中篇小说《解冻》,描写一家工厂在冬去春来之际发生的变化,触及以往一个长时期内的文学所不敢触及的关心普通人生活与命运的主题,作品的标题象征性地表现了时代变动的特点。这篇小说与同一时期出现的"奥维奇金派"的农村题材特写,列昂诺夫(1899—1994)的长篇小说《俄罗斯

森林》(1953)、杜金采夫(1918—1998)的长篇小说《不是单靠面包》(1956)等，一起形成"解冻文学"浪潮。诗人帕斯捷尔纳克的长篇小说《日瓦戈医生》(1957)着重表现了以同名主人公为代表的一代知识分子从20世纪初到第二次世界大战结束这一动荡历史年代的命运与思考，艺术地反映了20世纪前半期俄罗斯民族所经历的风云变幻，显示出一种"诗意现实主义"的特色。这部作品在当时苏联国内未能获准发表，在国外出版后引起轰动。1958年，帕斯捷尔纳克获得诺贝尔文学奖。

在战争题材创作方面，肖洛霍夫的短篇小说《人的命运》给亲历卫国战争的"前线一代"作家以明显影响。这些作家的作品大都以亲身经历为素材，用逼真的细节描写再现战场上的真实，暴露了战争的残酷性，因此他们被称为"战壕真实派"。这一派的代表作品有邦达列夫(1924—)的《营请求火力支援》(1957)、巴克兰诺夫(1923—2009)的《一寸土》(1959)和贝科夫(1924—2003)的《第三颗信号弹》(1962)等。还有一批作家大胆揭露个人崇拜时期的种种不正常社会现象，展示那一特殊历史年代中人们的精神心理创伤，代表作品有索尔仁尼琴的中篇小说《伊凡·杰尼索维奇的一天》(1962)、特瓦尔多夫斯基(1910—1971)的长诗《焦尔金游地府》(1954—1963)等。

20世纪60年代中期，苏联社会进入"停滞时代"，但是文学的发展并未停滞，最引人注目的是道德题材作品大量涌现。这类作品包括"城市小说"和"农村散文"。在"城市小说"创作中，**特里丰诺夫**(1925—1981)的《交换》(1969)、《长别离》(1971)、《另一种生活》(1975)和《滨海街公寓》(1976)等作品，均以当代莫斯科生活为背景，统称为"莫斯科小说"。这些作品关注城市知识分子的日常生活，揭示现代人的精神心理状况，提出引人深思的人生与社会问题。利帕托夫描写现代"多余人"的长篇小说《伊戈尔·萨沃维奇》(1977)、田德里亚科夫透视知识分子心理的小说《六十枝蜡烛》(1980)等，在揭示同时代人的精神生活和道德情感方面，也取得了突出成就。

在"农村散文"创作中，**舒克申**(1929—1974)的小说刻画了当代形形色色的"城市化了的"农村居民形象，揭示了这些人物的性格弱点和道德面貌，代表作有中篇小说《红莓》(1973)。拉斯普京(1937—)的小说《为玛丽娅借钱》(1967)从日常生活中捕捉具有道德内涵的事件，展示出西伯利亚人的伦理关系和道德面貌，严峻审视民族文化心理及其在当代的演变，呼吁发扬民族优良传统；《最后的期限》(1970)和《告别马焦拉》(1976)在谴责忘本忘根的道德蜕化现象的同时，表现了对于保留着民族传统美德的老一代农民的深深敬意,也表达了对于故乡一草一木的无限眷恋之情。

这一时期的战争题材作品呈现两种走向,其一是出现了一些"全景式"作品,力图对卫国战争做出史诗式的艺术概括,如西蒙诺夫的《生者与死者》三部曲(1959—1971)、恰科夫斯基(1913—1994)的《围困》(1968—1975)等长篇小说;其二是继续关注战争中普通人的命运,在写实与抒情、历史真实与当代生活、心理分析与哲理思考的结合中,传达出对于"战争与人"的关系的深沉理解,如阿斯塔菲耶夫的《牧童与牧女》(1971)、拉斯普京的《活着,可要记住》(1974)等中篇小说。瓦西里耶夫(1924—2013)的《这里的黎明静悄悄……》(1969)写五位女战士在卫国战争期间的一段特殊遭遇,题材新颖别致,形象栩栩如生,富于浓郁的抒情色彩和强烈的艺术感染力。

还有一些作家以史诗笔调描写20世纪的某些重大事件,在对于民族历史和个人遭遇的回顾中,思考战争与和平、物质文明与精神道德的关系,如**艾特玛托夫**(1928—2008)的长篇小说《一日长于百年》(1980)。作品的情节在三个层面上展开:现实层面写老工人叶季盖带领几个人去古老的"母亲墓地"送葬途中的回忆和思索,引出荒僻小车站三户人家的悲欢离合,涵纳着对于善与恶、生与死、社会不公与人生灾难等问题的诘问;传说层面回溯到民族纷争的远古年代,通过有关"母亲墓地"的传说,借古喻今,影射现实生活中种种丧失人性的现象;幻想层面描写星外文明的故事,体现出一种对于人类未来的危机意识。

20世纪60—70年代,在"停滞时代"的背景下,出现了域外俄罗斯文学的"第三浪潮"。1968年,**索尔仁尼琴**(1918—2008)的长篇小说《癌病房》和《第一圈》在国外发表。两部作品均紧扣作家本人的经历,对个人崇拜时期的苏联社会政治进行了激烈批判。1970年,索尔仁尼琴被授予诺贝尔文学奖,但他未能去领奖。1973年,他的"文艺性调查初探"《古拉格群岛》在国外出版,向世人展示出遍及苏联各地的劳改营的历史和内幕,引起极大反响。1974年2月,苏联政府决定剥夺作家的公民权,并将其驱逐出境。在国外,索尔仁尼琴推出长篇小说《红色车轮》(1983—1990),选取20世纪初俄国历史中的几个关键性日期,试图通过对若干重大事件和历史人物的描写,勾画出从第一次世界大战到十月革命俄国历史的曲线。这部长篇作品反映了作者对那一重大历史转折期的独到理解。1994年5月,索尔仁尼琴回到俄罗斯,结束了自己整整20年的流亡生涯。

"第三浪潮"中的**约·布罗茨基**(1940—1996)是一位联结起俄语文学世界与英语文学世界的个性独特的诗人。他的诗作《献给约翰·多恩的挽歌》

(1963)、《荒野中的停留》(1966)、《美好时代的终结》(1969)、《语言的部分》(1975—1976)和《罗马哀歌》(1980)等,都围绕"生命"这一核心概念,写时间与空间,存在与虚无,别离与孤独,地狱与天堂,上帝与人,人与物,表现自由、爱情、疾病、衰老、死亡以及对死亡的超越。诗人保持着与俄罗斯诗歌传统的紧密联系,其诗作在孤独感、困惑感以及怀旧和乡愁的表现中,始终透出一种对于现实世界的忧患意识,对于社会人生的人文关怀。在诗歌艺术上,他推崇阿赫玛托娃凝重宁静的诗风、哀歌的音调和安详中的深邃思考,又从17世纪英国诗人约翰·多恩那里承续了冷峻的意象、新奇的节奏和浓郁的怀疑氛围。从他后期创作不追求整饬的诗歌外形、意识与潜意识交叉和荒诞手法的运用中,又可见英美现代主义诗潮的影响。除此以外,"第三浪潮"中的重要作品还有弗·马克西莫夫(1932—)的长篇小说《创世七日》(1971),沃伊诺维奇(1932—)的长篇小说《士兵伊万·琼金的生平和奇遇》(1969),阿克肖诺夫(1932—2009)长篇小说《燃烧》(1980),弗拉基莫夫的中篇小说《忠实的鲁斯兰》(1975)、长篇小说《统帅》(1989)等。

20世纪80年代中期以后,随着苏联社会政治生活再度发生深刻变动,出现了"回归文学"。白银时代的作品、三代流亡作家的作品,经过若干年月的风风雨雨,终于回归到广大读者中来;自20年代以来由于种种原因被禁止在苏联国内发表,或在遭到批判后被封存的作品,也回归到自由状态。后一类作品中影响较大的,有格罗斯曼(1905—1964)的长篇小说《生活与命运》(1961年)、雷巴科夫(1911—1998)的长篇小说《阿尔巴特街的儿女》(1982)、多姆勃罗夫斯基(1909—1978)的长篇小说《无用之物系》(1978)、沙拉莫夫(1907—1982)的短篇小说集《科累马故事》(1978)等。这一时期还出现了一批当代作家反思20世纪历史的新作,如拉斯普京的《火灾》(1985)、阿斯塔菲耶夫的《悲伤的侦探故事》(1986)、艾特玛托夫的《死刑台》(1986)等。

四、90年代文学

1991年苏联解体后,许多流亡作家回到了祖国,或恢复了俄罗斯国籍;国内作家不仅可以合法地把作品寄往国外发表,还获得了自由出国、回国的权利。于是,俄罗斯国内文学与域外文学之间的界线被最终打破,两大文学板块在分离70余年后重新统一。

20世纪90年代俄罗斯文学的基本特点是创作倾向和艺术方法上的多元化。首先,一些老作家依旧没有放弃对历史的思考和对现实的关注,在艺术方法上也继续沿着传统现实主义的道路前进,但又不同程度地借鉴了现代主义文学的艺术经验。其次,自 80 年代后半期出现的"另一种文学",进入 90 年代后进一步演化为后现代主义思潮。另外,宗教对文学的广泛渗透,也成为一种引人注目的文学现象。在旧有的信仰破灭、人们的价值观发生重大变化之际,这类作品显示出一种特殊的优势。最后,还出现了一些渲染个人隐私和各种"秘闻"、宣扬暴力和色情、煽动狭隘的民族主义情绪的通俗文学作品。这些文学现象纷然并存,使得这一时期文学的总体图像变得斑驳而模糊。

在坚持传统现实主义的作品中,老作家列昂诺夫的长篇小说《金字塔》(1993)在 20 世纪 30 年代至卫国战争爆发前夕的时间跨度上,以莫斯科近郊某一乡村墓地附近的居民生活中发生的冲突为中心,通过描写一系列人物的坎坷命运和悲欢离合,思索造成这些悲剧的原因,对 20 世纪俄罗斯历史及其间出现的种种悲剧性曲折进行了深刻的反思。作家雷巴科夫也创作了长篇小说《1935 年及其后的岁月》(1990)、《灰烬》(1994),完成了描写阿尔巴特街儿女命运的三部曲。**阿斯塔菲耶夫**(1924—2001)的长篇小说《该诅咒的和该杀死的》(1994)是一部反思卫国战争的"士兵的长篇小说"。作品将卫国战争同战前的肃反扩大化、农业集体化和国家工业化运动,同战后年代对战争的评价联系起来,把战时生活作为苏联历史进程中的一个特殊阶段来考察,涉及对 30 年代以来一系列重要事件的再认识。作品一方面严峻地揭示了战争本身的残酷性,令人信服地说明了战争的胜利是由无数普通苏军士兵和苏联人民以血肉之躯铺垫的,打破了"英明领袖"的领导使战争取得胜利的神话;另一方面,又从普通士兵和农民的思考和感悟中得出了一个朴素的结论:当国家的方针政策符合普通老百姓的利益时,国家就强盛,军队就胜利;反之,国家就虚弱,军队就失败。同样对卫国战争进行反思的,还有原"战壕真实派"作家贝科夫的中篇小说《严寒》(1993)、巴克兰诺夫的长篇小说《于是来了趁火打劫者》(1996)等。

90 年代,作家**别洛夫**(1932—)继续创作他的关于苏联农业集体化的系列作品,完成了《大转变的一年·冬天的纪事》(1994)等长篇小说。它们是作家早些时候创作的长篇作品《前夜·20 年代末纪事》(1987)的进一步发展。别洛夫把对于最高决策层制定政策的过程与农民命运变化的描写结合起来,既揭示了农业集体化运动与个人崇拜、与极"左"路线和政策之间的必然联系,又呈露出这一运动的强制推行给农民带来的灾难性后果,因而达到了以往的同类题材作品所未曾达到的高度。

还有一些作家把目光对准当代生活，描写苏联解体前后的现实。如诗人叶甫图申科(1933—　)的长篇小说《不要在死期之前死去》(1994)，把政界要人的活动和普通人的生活结合起来进行描述，披露了苏联解体的某些真相和20世纪90年代俄罗斯动荡的现实，力求把握这一历史的转折与俄罗斯民族文化传统及民族心理之间的关系。拉斯普京则发表了一系列短篇小说，表达了他对当代俄罗斯现实的态度，如《在医院中》(1995)通过两个住院病人的争论，谴责了形形色色的上层人物的"背叛行为"；《葬入同一块土地》(1995)则描写一个失业的中年妇女由于贫困而无力按习俗安葬母亲的故事，折射出90年代一些普通老百姓的不幸处境，均显示出作者的社会批判激情。

早在20世纪60、70年代，苏联文学中就出现过一些带有后现代特色的作品，如韦涅季克特·叶罗菲耶夫的《莫斯科——别图什基》(1969)、安·比托夫的《普希金之家》(1978)等。80年代后半期出现的所谓"另一种文学"，更是后现代主义文学的直接前驱。"另一种文学"的代表作家，到90年代纷纷推出新作，如阿·科罗廖夫的《果戈理的头颅》(1992)、柳·彼得鲁舍夫斯卡娅的中篇小说《黑夜时分》(1992)，弗·祖耶夫的《黑匣子》(1992)，维·皮耶祖赫的《第四罗马帝国》(1993)，维·叶罗菲耶夫的长篇小说《最后的审判》(1996)，叶·波波夫的《前夜的前夜》(1996)等，于是，后现代主义在俄罗斯文学中开始成为一股强有力的潮流。

1992年，马·哈里托诺夫(1937—　)的长篇小说《命运线，或米拉舍维奇的小箱子》被评论界视为"后现代主义的经典之作"。作品中的那只小箱子是一位勤于思考，但命运凄惨的作家米拉舍维奇留下来的，米拉舍维奇死后，文学研究者利扎文在研究20年代文学时发现了它。小箱子里装满了五颜六色的糖果纸，这些糖纸的背面则写满了杂乱无章的文字。利扎文经过苦苦分辨和耐心解读，终于将这些断断续续、不连贯的文字片断连缀成一些人物的"命运线"，从中隐约可见20世纪某一时期俄罗斯的时代悲剧和这一背景下一个家庭的悲剧。作品的叙述方式显示出跳跃性、剪辑性、无序性等特点。

马卡宁(1937—　)的中篇小说《铺着呢子、中间放着花瓶的桌子》(1993)也被认为是后现代主义的代表作品之一。它写的是一位老者接到电话，让他第二天到审讯台(即作品标题所示的那张桌子)前接受审讯的事。他因紧张和惊恐而心脏病发作，夜不能寐，在无眠的长夜中忆起自己一生所经历的无数次审讯。朦胧中，他跨进那幢熟悉的楼房，走到那间熟悉的审讯室，又一次坐在那张熟悉的长桌前。和以往不同的是，这一次他竟然生平第一次坐到了审判席上,似乎他已经不再是被审讯者了。次日,人们发现他已伏在审讯台褪色的绿呢子桌布上,告别了恐怖不宁的一生。作品的荒诞和象征手法以及它那独特的氛围,都令人想起卡夫卡的《诉讼》。马卡宁的中篇小说《路漫漫》(1991),长篇小说《地下人,或当代英雄》(1998),也是值得注意的后现代主义作品。

在新出现的后现代主义作家中,德·加尔科夫斯基、弗·索罗金、维·佩列文(1962—)等人的创作成就较为引人注目。德·加尔科夫斯基(1962—)的《无尽头的死胡同》(1994),曾被一些评论家称为"后现代主义的史诗"。作品采用复合型"元叙事"的方式,在原始文本的展开过程中伴有对该文本的大量详尽的注释与评说,还出现了对这些注释与评说的进一步解释和评价,内容包罗万象,涉及文史哲等诸多领域和一系列历史人物与事件,多条线索彼此交叉,枝蔓错综复杂。不过,从这部作品中仍然可以发现作家追求文本和各层次注释之间彼此呼应,达到全书总体统一的结构意图。弗·索罗金(1955—)陆续发表的中篇小说《排队》(1992),短篇小说《谢尔盖·安德列耶维奇》(1993),长篇小说《定额》(1994)、《罗曼》(1994)和《玛琳娜的第 30 次爱情》(1995),剧本《土窑洞》(1995)等,充分显示出消解二元对立模式、蔑视崇高、打破文本的整体性和叙述的连贯性、追求拼贴性和互文性、广泛运用戏拟和反讽手法等后现代主义文学的特点。如果说,在马卡宁、哈里托诺夫乃至加尔科夫斯基的作品中,人们还可以发现俄罗斯后现代主义与现实主义的某些联系,那么,索罗金的作品则似乎已最终切断了这种联系,映现出 20 世纪末俄罗斯文学中的一种新动向。

第二节　高尔基

一、生平与创作

马克西姆·高尔基(1868—1936)是 20 世纪俄罗斯文学的伟大代表,也是 20 世纪世界文学中最杰出的作家之一。他近半个世纪的创作,可以说是现代俄罗斯民族命运的一种独特的回声。

高尔基原名阿列克谢·马克西莫维奇·彼什科夫,1868 年 3 月 28 日(俄历 16 日)生于伏尔加河畔下诺夫戈罗德市一个木工家庭。他幼年丧父,在开染坊的外祖父家度过童年,仅上过两年小学。1878 年秋开始独立谋生,先后当过鞋店学徒、帮厨、装卸工、烤面包工人、杂货店伙计和车站守夜人等,主要依靠刻苦自学、漫游俄罗斯和在社会"大学"中学习而获得丰富的知识,为日后的创作积累了丰富的素材。1892年,高尔基发表第一篇短篇小说《马卡尔·楚德拉》,由此走上文学道路,并逐渐成为享誉俄罗斯和欧洲文坛的大作家。

高尔基的创作道路,大致可分为三个阶段。早期创作(1892—1907)包括浪漫主义和现实主义两类作品。处女作《马卡尔·楚德拉》即显示出浓烈的浪漫主义色彩。它通过一对热情相爱的青年男女左巴尔和拉达为了自由和独立不惜舍弃爱情乃至生命的故事,表现了"不自由,毋宁死"、自由高于一切的主题。《鹰之歌》(1894)和《伊则吉尔老婆子》(1895)也是高尔基浪漫主义的代表作。在前一部作品中,那只追求自由、搏击长空的鹰,是一个象征性的勇士形象。作家借助这一形象,肯定生活的意义就在于对自由的执着追求。《伊则吉尔的老婆子》由三个故事组成,其中丹柯的故事最为动人。丹柯是传说中的勇士,当同胞们在黑暗的森林中迷了路的严重时刻,他毅然撕开自己的胸膛,掏出燃烧的心,为人们照亮走出困境的道路。热情颂扬人追求自由的天性,讴歌人的价值、力量及牺牲精神,是高尔基早期浪漫主义作品内容上的共同特色。

现实主义小说在高尔基的早期创作中占有更大的比重,其中又以"流浪汉小说"最为引人注目。流浪汉是俄国资本主义发展时期的畸形产物。高尔基凭借着对这个社会阶层的生活与心理的熟知,喊出了流浪汉们的屈辱与挣扎、苦闷与希求,既未隐瞒他们的弱点和旧习,又显示出他们那掩藏在生活实践粗糙外壳下的珍珠般的品格。在短篇小说《切尔卡什》(1892)中,作者描写了流浪汉切尔卡什和农民加弗里拉这两个彼此对立的形象:前者向往自由,落拓不羁,颇讲义气;后者则目光短浅,自私自利,胆小怕事。在二人合伙偷盗后瓜分所得时,加弗里拉企图杀害同伙,独占赃款。切尔卡什虽遭暗算受伤,还是饶恕了加弗里拉,并把全部钱财轻蔑地扔给了他。中篇小说《沦落的人们》(1897)中的流浪汉领袖库瓦尔达,朦胧地感到需要"一种新的东西",需要"另外一些生活观点,另外一些感情"。他相信只要时机一到,他们那伙人也会像罗马奠基者罗慕洛那样,创造出一个新罗马来。当然,高尔基并未把流浪汉一味美化,而是真实地显露出铅样沉重的生活在他们心灵上打下的不幸印记(如《草原上》《骗子》等);他之所以一度把创作激情倾注到流浪汉身上,是由于他认为这些人在精神个性上要远远高于那些浑浑噩噩、逆来顺受、贪婪庸俗的小市民。

高尔基早期的现实主义作品还反映了俄罗斯下层民众反抗意识的增长

和抗争行动的出现。短篇小说《好闹事的人》(1897)中的排字工人格沃兹杰夫公然指责报纸上"全是些无耻的谎话",擅自改动欺骗舆论的报纸社论的大胆行为;《基里卡尔》(1899)中的农民以故作笨嘴拙舌的话语所表示出的对地方官和商人的讥讽、蔑视与抗议;《沦落的人们》中的流浪汉们同商人佩通尼科夫父子展开的直接较量等等,都表明下层人民对现存社会秩序的不满和反抗已成为一种普遍的现象。高尔基在对这类现象的描写中,倾注了自己的社会批判激情;这也是作家处理"人与社会的冲突"这一传统主题的新方式。

《福马·高尔杰耶夫》(1899)是高尔基的第一部长篇小说。作品的主人公福马是他父亲的百万家财的法定继承人。父亲死后,福马的教父,另一工厂主马亚金企图通过把女儿嫁给他的方式,将两家财产合并,把福马培养成掌管全部财产和经营的新厂主。但福马拒绝追随马亚金,他所希望的是一种摆脱金钱桎梏的、自由的生活。可是他的正常情感和希求,却被认为是不可理解的。他用各种形式反抗过、挣扎过,却被以马亚金为首的商人集团一次次击败。最后,福马这个完全正常的人被关进了疯人院。这是"黑暗王国"的统治者们对本营垒内部的一颗正直灵魂的扼杀。作品从这一特定角度揭示了旧俄社会的反人性特征。

20世纪初,高尔基在彼得堡知识出版社和莫斯科"星期三"文学小组的活动,使他成为俄国现实主义文学的核心人物。他还积极参与反对沙皇专制、争取民主自由的斗争,虽几经搜捕放逐仍矢志不移。长篇小说《三人》(1900)以三个年轻人的不同生活道路为情节线索,在更为复杂的矛盾纠葛中表现"人与社会的冲突",集中反映了作家对于世纪之交一代青年的生活与命运的思考,并对影响颇广的"忍耐哲学"作了有力的抨击。散文诗《海燕之歌》(1901)以象征和寓意的手法传达出"山雨欲来风满楼"的时代气氛,表现了人民群众要推翻沙皇专制、变革社会的强烈愿望。这篇作品问世之初就在广大读者,尤其是一代青年中不胫而走,至今仍广为传诵。剧本《底层》(1902)是高尔基对流浪汉世界"将近20年的观察的总结"。构成剧本主干的,是聚集在一家"夜店"里的一群流浪汉所持有的不同人生态度的对立和矛盾。通过他们之间的一系列对话、争论和冲突,作品把观众和读者的注意力吸引到一个根本问题上:人究竟应当怎样对待不合理、不公正的生活。围绕对这一问题的不同回答,作品突出了游方僧鲁卡和流浪汉沙金各自信奉的人生哲学。鲁卡信奉并宣扬"忍耐"哲学,鼓吹"忍受"现存的一切,要人们听天由命地顺从于"上帝的安排"。沙金则揭穿了鲁卡的"居心不良",强调一切为了人!"他有着明显的抗争意识且无所牵挂,认为人人[有]自由幸福的权利和力量。高尔基借沙金之口,以明确有力的[话语]中表达了流浪汉们不同于小市民的人生哲学,力求唤起人们对于生活的积极态度。从艺术上看,该剧没有曲折离奇的情节,不追求刺激性的廉价效果,主要通过饱含激情和哲理的对话和独白展示人物的心理特点及彼此之间的精神冲突,语言生动凝练,形象可感可闻,充分显示出社会哲理剧的特点,成为高尔基全部剧作中的上乘之作。

第一次俄国革命爆发后不久,高尔基离开俄罗斯,1906年秋定居于意大利卡普里岛。在国外,他完成了著名长篇小说《母亲》(1906—1907)。作家试图以这部作品从艺术上揭示人改变自身命运、改造社会环境的现实可能性和历史前景。小说主人公之一巴维尔的父亲,是一个被现存社会扭曲的个性,一颗因遭受长期折磨而变形的灵魂。历史大变动前的时代气氛,使巴维尔没有沿着父辈的悲惨道路滑下去。从阅读"禁书"、接触先进知识分子开始,巴维尔的生活道路发生了根本性的转折。于是,一颗本来也会像父辈祖辈一样被扭曲、被吞噬的灵魂开始觉醒了。巴维尔投身到无数久被压抑的觉悟工人的队伍中,要以群体的力量动摇"生活的主人"们的地位,重建一种新的社会秩序。高尔基的社会批判激情和他对人的崇拜,在特定的时代条件下,合乎逻辑地孕育出了巴维尔这一叛逆性格。

但贯穿小说始终的形象并非巴维尔,而是母亲尼洛夫娜。整部作品是以她的心理变化和精神发展为情节主线的。小说所着重描写的,是这位备受精神欺压、软弱柔顺的普通劳动妇女,如何在时代的感召和先进分子的影响下逐步觉醒、投入社会斗争的过程。在作品所反映的第一次俄国革命的准备阶段,这样的下层妇女为数尚少。作家顺应时代的思想潮流和审美要求,以生活现实为基础,运用现实主义和浪漫主义相结合的方法,创造出尼洛夫娜这一具有先进性的艺术形象,意在鼓舞那些尚未摆脱各种心理重负的人们,促进他们的精神自觉。

高尔基的早期创作,风格多样,色彩绚丽,激情充溢,现实主义与浪漫主义交融,呈现出以力度与气势取胜的基本格调和刚健明快、激越高亢的总体美感特征,而其基本思想倾向则是社会批判,并以唤起人们对于生活的积极态度为旨归。

第一次俄国革命(1905—1907)失败后,身在卡普里的高尔基集中思考的,是这次革命失败的原因,是俄罗斯的命运与前途。1913年,他回到阔别多年的俄罗斯。他热情欢呼1917年推翻沙皇政权的二月革命,却不能理解和接受十月革命。这一历史巨变又把革命与文化的关系问题注入他的思索中。政论文集《不合时宜的思想——关于革命与文化的札记》(1917—1918)就是这一思索的成果。在革命后极为复杂和困难的条件下,他为拯救文化、保护知识分子付出了极大努力,本人却常常处于痛苦的精神矛盾之中。1921年秋,他再度离开俄罗斯,1924年定居于意大利索伦托。

这一时期(1908—1924)高尔基的创作与早期创作相比,无论在思想指向还是在艺术风格上都发生了明显的变化。第一次革命失败之初,高尔基仍然通过自己的作品鞭挞专制黑暗势力(《没用人的一生》,1907—1908),讴歌民众意识的觉醒(《夏天》,1909),并积极寻找新的精神武器,企图经由高扬人民群众的巨大创造性给他们以充分的自信心(《忏悔》,1908),以求将他们的意志和情绪保持在进行一场新的革命所需要的高度上。然而,对革命失败经验的沉痛反思,却使高尔基意识到自己的任务并不在于继续进行这种悲壮的努力,而在于深入揭示俄罗斯民族性格、民族文化心理的基本特征及其与历史发展之间的内在联系,发现民族历史发展滞缓的远因,探测未来历史的动向。在这一主导意向的统辖下,高尔基在这一时期共完成了六大系列作品,即"奥库罗夫三部曲"、自传体三部曲、《罗斯记游》、《俄罗斯童话》、《日记片断》和《1922至1924年短篇小说集》。这些作品构成高尔基中期创作的主要艺术成果。

"奥库罗夫三部曲"是高尔基系统考察和揭示民族文化心理特征的最初成果,包括中篇小说《奥库罗夫镇》(1909—1910)、长篇小说《马特维·科热米亚金的一生》(1910—1911)和《崇高的爱》(1912,未完成)。其中,《奥库罗夫镇》以1905年革命事件为背景,描写奥库罗夫人在革命的消息传来时的种种反应,勾画出参加"闹事"和反对"闹事"的两部分小市民所共有的昏聩、愚昧和凶残,从而提供了俄国小市民生活和精神心理特点的一个横剖面。《马特维·科热米亚金的一生》则以同名主人公一生的经历为主线,在自1861年农奴制改革以后近半个世纪的时间跨度上,致力于对奥库罗夫人的日常生活和文化心态作一番历史的追寻与思索,完成了对俄国小市民阶层的纵向剖析。主人公科热米亚金心地善良,向往正义,厌恶小镇的可怕生活环境,但是,"奥库罗夫习气"却逐渐熄灭了他心中的那些有生气的思想、感情和愿望,把他推进充满污秽的小市民生活泥潭中,迫使他和周围人一样走完无意义的人生之路。作家以深邃的艺术洞察力,在对主人公悲惨、忧郁、无为的一生的描述中,透过奥库罗夫人的生活平静无波的表层,展露出它的巨大腐蚀性和毒害性。小说由此揭示了俄国县城市镇的小市民生活秩序和传统怎样经由一代代人繁衍、延续，表明千百个奥库罗夫式的城镇如何卧伏在俄罗斯土地上，成为决定其基本面貌与存在方式的沉重砝码，从而触及了本民族历史发展滞缓的某些根由，给人以诸多启示。

《童年》(1913)、《在人间》(1916)和《我的大学》(1923)三部中篇小说，是高尔基根据自己的亲身经历写成的自传体作品。贯穿于三部曲始终的是自传主人公阿辽沙。其中，《童年》描述阿辽沙从1871年父亲去世到1879年母亲去世八年间在下诺夫戈罗德市外祖父家的生活，包括他短暂的学校生活和1878秋辍学后"到街头去找生活"的情景，刻画了外祖父一家人、这个家庭染坊的工人、房客、邻居等众多的人物形象，显露出童年生活给阿辽沙留下的鲜明印象。《在人间》以阿辽沙1879年秋至1884年夏在社会上独自谋生的坎坷经历为线索，记述他先后在下诺夫戈罗德鞋店、绘图师家和圣像作坊当学徒，在伏尔加河上的"善良号"、"彼尔姆号"轮船上当洗碗工的所见所闻，提供了俄罗斯外省市民生活的生动画幅。《我的大学》则是主人公1884年秋至1888年在喀山时期的生活印象与感受的艺术记录，其中展示了伏尔加河的码头、"马鲁索夫卡"大杂院、捷林科夫面包店、谢苗诺夫面包作坊、民粹派革命家罗马斯在附近村庄上开的小杂货铺及村民的生活图景，最后以主人公飘泊到里海岸边卡尔梅克人一个肮脏的渔场作结，描写了各阶层人物的众生相。三部曲所描述的内容在时间上彼此衔接，不仅是作家本人早年生活的形象化录影，更是表现俄罗斯民族风情、俄罗斯民族文化心理的艺术长卷。作品那浓烈的生活气息，纯熟洗练的艺术描写，行云流水般优美自如的语调，常常是带有抒情色彩和思索性质的叙述文字，体现着作家忧患意识的沉郁风格，都使读者获得了极大的审美享受。其中那些情、景、意浑然一体的篇幅，那些由作者直接倾吐心曲、抒发情怀的段落，与其说是散文，毋宁说是诗行，令人想起屠格涅夫笔下一些充满魅力的篇章。

与上述两个三部曲不同的是，高尔基写于这个时期的其他几组作品均为短篇系列。其中，《俄罗斯记游》(1912—1917)包含29个短篇。收入其中的各篇作品，从形式上看，接近高尔基早期的流浪汉小说，但在内容上显示出新的特色。这些作品的主人公不再是单一的流浪汉，而是包括俄国社会各阶层人物；其思想指向不在于社会批判，而是从各个不同侧面揭示俄罗斯人的精神文化特征，共同构成一部表现民情风俗、世态人心的著作。与《俄罗斯记游》几乎同时完成的《俄罗斯童话》(1911—1917)，则为国民劣根性及斯托雷平统治年代的显现，提供了一组绝妙的讽刺性写照，如这部作品的中译者鲁迅所说,"虽说童话,其实是从各个方面描写俄罗斯国民性的种种相"[1];"短短的十六篇,用漫画的笔法,写出了老俄国人的生态与病情"[2]。创作于十月革命后的《日记片断》(1924)和《1922至1924年短篇小说集》(1925),或取材于革命年代的现实生活,或向记忆、向不堪回首的往事汲取诗情,均成为对民族生活和文化心态的"直接的研究"和"如实的写生"。以上几组作品,以开阔的艺术视野,绘制了一幅幅令人目不暇接的俄罗斯生活风情画,展示了根植于这种生活土壤之中的民族精神风貌,描画了一长列个性鲜明的人物,为世人认识俄罗斯人,特别是其文化心理特征,提供了不可多得的形象化资料。

高尔基的中期作品,共同记录了作家在民族文化心态研究这一总体方向上艰难跋涉的足印。这是高尔基一生创作中最辉煌的时期。清醒的现实主义笔法,纯熟洗练的描写艺术,行云流水般优美自如的叙述语调,体现着作家忧患意识的沉郁风格,一起显示着作家新的美学追求与杰出的艺术才华。

高尔基的晚期创作(1925—1936)主要是两部长篇小说:《阿尔塔莫诺夫家的事业》和《克里姆·萨姆金的一生》。《阿尔塔莫诺夫家的事业》(1925)以农奴出身的麻纺厂主阿尔塔莫诺夫一家三代人对待"事业"的态度和心理的变化为基本线索,揭示俄国资产阶级的精神特点和俄国资本主义的历史命运。这个家族事业的创始人伊利亚,精力充沛、信心十足地开展经营活动,显露出俄国农民从农奴制下被解放出来后所释放的潜力、能量和热情。一方面,他贪婪、凶狠、雄心勃勃,带有资本原始积累时期的残酷性;另一方面,他又勤奋,自身不脱离劳动,与工人相处关系甚好。这一形象事实上是俄国资本主义"工场手工业"形成时期的过渡性人物,在他身上兼有农民和新兴资产者的特点。

在这个家族的第二代中,长子彼得对"事业"毫无兴趣,他的人生观念、心理特征和生活情趣,都烙下了农奴制影响的深深印痕。这显然是一个"先天不足"的资产者,实质上是一个前资本主义时代的人物。彼得的弟弟尼基塔则连形式上的资产者也算不上,他了解父兄的罪恶,并为自己对嫂子的单恋而感到难堪和屈辱,在自杀未遂后躲进了修道院,但内心痛苦始终折磨着他。他的悲剧是深受东正教影响的俄国农民无法理解和接受资本主义现实

---

[1] 《鲁迅全集》,第10卷,北京:人民文学出版社,1981年,第399页。
[2] 《鲁迅全集》,第8卷,北京:人民文学出版社,1981年,第457页。

的悲剧。老伊利亚死后，阿尔塔莫诺夫家事业的实际继承人是其养子阿列克谢。他具有新兴资产者的冒险精神和要创业、要发展、要占有的特征。他注意及时了解行情，吸取经营经验，打通各方面的关系，还不时给工人一些恩惠，并热衷于出资修饰城市。更重要的是，他有明显的政治意识，他所竭力维护的是俄国民族资本主义的利益。这是俄国资本主义迅速发展的年代中一个有代表性的人物。如果说，彼得的形象充分显露了俄国资产阶级的一部分不同于西欧资产阶级的独特面貌，那么，阿利克谢则接近于一般的资产者。

在这个家族的第三代中，阿列克谢的儿子米龙比父亲更有头脑，经营事业更有办法，对待工人更有心计，同时他也更为冷酷自私，不择手段，政治欲念更为强烈，还主张全面欧化。这一形象是阿列克谢形象的逻辑延伸，又折射出20世纪初期俄国资产阶级的某些新特点。彼得的儿子亚科夫则除了动物式的享乐之外一无所求。他的空虚、麻木和堕落，他的寄生性和孱弱症，既显示出俄国资产阶级早衰的特征，又透露出俄国资本主义早衰的内在原因。

可见，《阿尔塔莫诺夫家的事业》通过这个家族三代人所构成的形象系列，揭示了俄国资产阶级的先天不足、发育不全的特点，勾画出俄国资本主义尚未真正站稳脚跟便很快日落西山的命运。作品同时还使人们注意到：这一切既是俄罗斯的独特历史文化传统所决定的，又从一个特定角度昭示着这个民族未来的历史行程。

高尔基晚期的两部长篇小说的基本特色，是开阔的艺术视野结合着深邃的哲理思考，强烈的历史感伴随着缜密的心理分析，叙述风格上则显示出一种史诗般的宏阔与稳健。在人物形象刻画上，作家还借鉴了西方现代主义文学在心理描写方面的某些新鲜经验，如通过人物的梦境、幻觉、联想、潜意识，或以象征、隐喻、荒诞的手法来描写人物的内心分裂、精神危机和意识流程。这既表明高尔基在创作方法的运用上是不拘一格的，又显示出20世纪现实主义文学的新特色。

《阿尔塔莫诺夫家的事业》和《克里姆·萨姆金的一生》的主要部分，都是高尔基在国外完成的。身处国外期间，作家一直关注着国内的文学与社会生活。1924年列宁的逝世，曾给他以强烈的思想震动。1928年5月，他曾回到阔别七年的国内小住，10月返回意大利，以后每年（除1930年未回国外）几乎都在相同的时间内往返一次，直至1933年最后回国定居。面对国内的现实，他既为经济建设的某些成就而高兴，又为极"左"思潮的泛滥成灾而忧患和痛心。为保护受到不公正对待的知识分子和干部,伸张正义,为了文学和文化事业的发展,他同极"左"势力进行了不懈的斗争,终于力不从心,于1936年6月18日逝世。

二、《克里姆·萨姆金的一生》

高尔基的最后一部作品、四卷本长篇小说《克里姆·萨姆金的一生》(1925—1936),既是一部思考俄罗斯民族历史、现实和未来的史诗性巨著,又是作家长期进行民族文化心态研究的总结性成果。

作品的中心人物萨姆金,于19世纪70年代出身于俄罗斯外省某城市的一个"中等"家庭,其父是一个曾被逮捕和监禁的民粹派知识分子。萨姆金在家乡读完中学后,便到彼得堡某大学法律专业学习,不久因躲避学潮而休学回家,曾担任过一家报馆的编辑。这期间,由于同革命党人的接近,他曾被宪兵队传讯。后来,他又到莫斯科续读法律专业,在那里也由于同样的原因两次受宪兵队审讯。大学毕业后,他与一个名叫瓦尔瓦拉的女子正式结婚,并开始给一名律师当助手。在1905年革命期间,他曾目睹一些重要事件和场面,也一度"被推进"起义者的行列,又"无意中"当过告密者。在革命高潮中,他曾避居故乡,却再次被捕,旋又获释。革命失败后,萨姆金与瓦尔瓦拉分手,迁居诺夫戈罗德,并短期旅居德国、瑞士和法国,回国后不久即迁往彼得堡。他曾设想自己在文学界与新闻界取得成功的可能性,也尝试过以自己的某些"不平凡"的见解引起人们的注意。第一次世界大战期间,他曾作为"地方与城市自治联合会"的成员前往里加了解难民情况,又到前线调查过军队给养遗失之事。二月革命时期,萨姆金曾希望有所动作,但始终只是作为一名旁观者存在。1917年4月列宁返回彼得堡时,他被密集的人群挤倒,践踏而死。

这部作品的副标题是"四十年间"。的确,沿着萨姆金的生活轨道,小说生动地记录了自19世纪70年代到十月革命前约四十年间俄罗斯生活中的一系列重大事件,表现了各种思潮、学说、流派之间的纠葛与冲突,塑造了几乎无所不包的社会各阶层人物众生相,描绘了从城市到乡村、从首都到外省、从国内到国外的五光十色的生活图画,多方位、多层次地表征出俄罗斯人的人生态度、思维模式、情感方式和价值观念。其中,在整部作品中占有很大比重的,是通过萨姆金观察、听取或参与各种场合、各个层次、各色人等的谈话和争论而表现出来的形形色色的思潮、学说、主张和见解。这些思想见解之间的矛盾,其内容的庞杂性、交错性和不确定性,其存在方式的别具特色,都反映出俄罗斯人精神生活的丰富与贫乏,信仰的执著与危机,文化上的认同心理与排拒心理、习惯心理与探究心理等诸多方面的对立统一。西方学者认为这部巨著是"1917年革命前四十年间俄国社会、政治和文学生活的缩影","堪称20世纪的精神史","作为思想小说,达到最高成就"。

当然,萨姆金绝不只是作品结构意义上的一个观察者。四十年间变动着的俄国现实,既是他的观察对象,又是他的性格和心理赖以生成的环境。他在各方面都是中等水平,却要竭力表明自己的不平凡;他希望得到人们的尊重与崇拜,却不愿受任何拘束,不愿尽任何社会义务。他对什么都不相信、不入迷,总是给自己披上一件超越于一切思想分歧之上的"怀疑论者"的外衣。每当人们在争论一些重要问题的时候,萨姆金总是既不说"是",也不说"非",而是显得稳重又沉着,为的是既保持自己的独立自由,又能使别人把他看得比一切人都更高尚、更优越。其实,他本身的思想有着明显的破碎性、庞杂性。他缺乏自己的独到见解和明确的思想,但又不愿承认自己思想上的贫乏与空虚,反而要以一个思想深刻、见解独特的人自居,因而只能用别人的思想和言论的碎片来拼合成自己的"思想体系"。他缺乏对人的信任、尊重和爱,往往较为冷漠,并隐含着一种敌意;即便是对于妻子瓦尔瓦拉,他也从来没有过真正的爱。他具有强烈的嫉妒心,无论在哪一方面,他都不愿让别人专美于前,常为别人的失败和痛苦而幸灾乐祸。他曾标榜自己对革命采取"不偏不倚"的态度,其实并非如此。在大学时代,他曾装成"像是一个革命者的样子",觉得这样可以提高自己的身价。但是他又说学生运动"纯粹是感情用事",工人运动具有"无政府主义性质",认为自己采取这种态度可以令人尊敬。1905年革命期间,他"既没有决心,也没有勇气置身事外",革命失败后他又说自己参与莫斯科起义"只能用地形学的原因来解释"。他始终没有任何坚定的政治信仰和明确的社会理想,更不会为任何一种革命而奋斗和献身。

萨姆金的性格特征、思维方式、文化心理和命运归宿,具有可据以认识俄罗斯、了解俄罗斯人灵魂的意义。他的精神文化性格,既从一个侧面体现了俄罗斯民族文化心理的某些消极特征,又是这一民族文化环境的必然产物。他的空虚无为的一生,既表征出横跨两个世纪四十年间俄国部分知识分子的沉浮起落,又显示了这一部分知识分子无可回避的命运轨迹。借助萨姆金这一形象,高尔基艺术地揭示了部分俄国知识分子市侩化、小市民化的历史真实,对俄罗斯民族文化心理弱点、对俄罗斯国民性进行了痛切的批判。从作品中还可品味出作家关于提高民族文化心理素质、创造良好的社会文化环境和知识分子历史作用的发挥等几个方面互为条件、互为因果的思考,聆听到一代忧国忧民的真诚知识分子的心声。

《克里姆·萨姆金的一生》具有庞大复杂而有条不紊的结构,纵横俄国外省和首都、乡村和城市的广阔背景,前后四十年间光怪陆离的历史事件和日常生活细节,令人眼花缭乱的社会各阶层人物和色彩斑斓的活动场景。19世纪后期至20世纪初期俄罗斯生活中发生过的一系列重大事件,人们精神文化生活中出现过的一系列重要现象,都被巧妙地编织进主人公萨姆金的"灵魂史"中,通过他的眼光和思维得到了特殊形式的映现。作品中出现了俄国社会各阶层、各种身份与职业的人物,几乎包举无遗。同时,众多的真实历史人物也出现在作品的巨大艺术画幅中。这些历史人物与艺术形象的并存,大量的历史场景与艺术画面的叠合,鲜明的编年史意识与深广的民族历史生活内容,使得这部作品有了一种长河涛涛般的气势和厚重的份量,一种波澜壮阔的史诗风范。

作为"思想小说",这部作品的情节因素并非人物的行为、人物与人物之间在行动上的冲突,而是人物的意识活动、精神世界,人物与人物之间的思想矛盾、精神冲突。在诸多人物之间的复杂精神纠葛中,小说表现了近半个世纪中俄国社会政治、哲学、宗教、美学、道德伦理等领域的各种思潮、学说、流派的交嬗演变,揭示出那个时代社会思想和精神生活的基本面貌。即便是主人公萨姆金这个贯穿作品始终的人物,读者也很少看见他的行动。这固然是由他缺乏"行动意识"和行动能力的特点所决定的,但更主要的还是作家的艺术构思使然:高尔基要表现主人公"灵魂的历史",且要通过这一颗灵魂去观照形形色色的社会思潮及其消长变化。作家的这一构思既增加了作品的思想含量和理性色彩,又使得作品中出现了大量议论和谈话,造成一般读者审美接受上的某种障碍。

在人物形象刻画中,作家广泛运用了西方现代主义文学在心理描写、心理分析方面的某些成功经验,通过人物的梦境、幻觉、联想、潜意识,或以象征、隐喻、荒诞的手法来描写人物的内心分裂、精神危机和意识流程。如作品多次通过主人公的梦境或幻觉来刻画其内心状态。在这种梦幻情境中,萨姆金往往被分成三个、四个或者更多的"他",这些"他"之间往往展开激烈的争论,其中每一个"他"都显示出这个人物内心面貌的某一侧面,并从总体上表现出他的意识结构的支离破碎,他的性格和心理的深刻内在矛盾。这种手法的运用,往往给读者以强烈的印象,远胜过一般冗长的心理分析,也显示出20世纪现实主义文学的包容性和新动向。

善于运用对照的方法,在人物与人物的相互比照中显示形象的性格特征,是这部小说在人物塑造方面的一个重要特色。这一手法可以称为"镜子般的结构原则",即中心主人公萨姆金处在众人当中,好似站在多面镜子中间一样,每个人物都把萨姆金性格的某一侧面映照出来,同时又在萨姆金面前显露出自己的某些性格特点。萨姆金的同辈人物,如贵族遗少图罗博叶夫,资产阶级的"浪子"柳托夫,妇女问题研究者马卡罗夫,流浪汉、无政府主义者伊诺科夫,小市民型的人物德罗诺夫,色情狂莉吉雅,商人兼宗教团体头目玛琳娜,布尔什维克革命者库图佐夫等,都如同一面面放置在不同角度的镜子,环绕在萨姆金周围,分别映现出他的某一精神特点,共同参与对这位中心主人公进行"立体摄影"的任务,使他的性格特征充分地、全方位地表现出来。在《克里姆·萨姆金的一生》的庞大艺术形象体系中,众多的人物都是作为独立的社会心理形象而存在的,具有艺术上的不可重复性;这些形象又在总体上构成主人公萨姆金的灵魂史得以展开的广阔背景,有力地烘托出萨姆金作为"这一个"的心理个性。凡此种种,均表明高尔基这最后一部长篇小说取得了多方面的艺术成就。

第三节 帕斯捷尔纳克

一、生平与创作

鲍里斯·帕斯捷尔纳克(1890—1960)是 20 世纪俄罗斯最杰出的诗人和散文作家之一,1958 年诺贝尔文学奖的获得者。他的创作,熔人文关怀、哲理思考和对生活的诗意感受于一炉,形象地折射出 20 世纪前半期俄罗斯民族所经历的风云变幻,艺术地表现了一代知识分子在动荡的岁月里的命运、困惑、情绪与思索,其艺术表现手法则兼具古典风格和现代特色,在俄罗斯文学史上占有重要地位。

帕斯捷尔纳克出生于莫斯科一个文化气息浓厚的犹太人家庭。他的父亲列昂尼德·帕斯捷尔纳克是一位著名画家,莫斯科绘画、雕塑和建筑学校教授,曾为列夫·托尔斯泰等人的作品插图。母亲是一位有才华的钢琴家,深受著名音乐家安东·鲁宾斯坦的赏识。她和他们家的邻居、另一著名作曲家斯克里亚宾一起,培养了未来的作家对音乐的热爱。从 1903 年夏天起,帕斯捷尔纳克在莫斯科音乐学院学习乐理和作曲,长达 6 年之久。1908 年,他考入莫斯科大学法律系,次年转入历史语文系哲学部。1912 年 5 至 8

月,他曾前往德国马尔堡大学,师从赫尔曼·柯亨教授学习新康德主义哲学,但是后来他没有听从老师的建议留在德国继续攻读哲学。1913年春,他由莫斯科大学毕业,走上了文学道路。然而,他的音乐和哲学素养,对他的个性气质和文学创作产生了明显的影响。

帕斯捷尔纳克的诗歌写作始于1909—1910年冬季。他的文学生涯开始时,正是白银时代多种文学思潮争妍斗艳之际。他较多接近的是象征主义、未来主义诗人。1913年2月,他曾在诗人别雷主持的象征主义研究小组作过题为《象征主义与不朽》的报告。同年,他还和一批青年诗人一起建立了一个名为"抒情诗歌"的小组,进行诗歌艺术探索。次年,他又加入一个介于未来主义和象征主义之间的文学团体"离心机"。帕斯捷尔纳克的第一本诗集《云雾中的双子星座》(1914)即于此时出版。1916年初,他到乌拉尔地区一家化工厂任职员,后来又做过一段时间家庭教师的工作。他的第二部诗集《超越障碍》(1916),也于这一年问世。他的早期诗作偏重于表现个人内心世界的变化,抒发对大自然、爱情和人的命运的种种感受,传达出诗人对于诗歌和艺术的独到见解。非凡的意象构成,新颖奇特的隐喻,变幻莫测的句法,成为其早期诗歌的独特风格。

二月革命的消息传到乌拉尔地区之后,帕斯捷尔纳克立即返回莫斯科。在1917年这一历史发生深刻变动的年份,他完成了抒情诗集《生活,我的姐妹》。这本诗集于1922年问世后,流亡诗人茨维塔耶娃即在柏林的一份期刊上发表评论这部诗集的文章《光雨》。茨维塔耶娃注意到,"雨"是诗人偏爱的意象,它出现于这部诗集的诸多诗篇中。诗人领悟了雨的穿透力,雨的发人幽思,传达出雨声和叹息声、流泪声、"带泪的呻吟声"的近似,表现了雨中的郁闷感、孤寂感和无遮蔽感,从雨中走出的尝试及徒劳。帕斯捷尔纳克诗作的艺术力量,使茨维塔耶娃有理由把他和拜伦、海涅相比。

帕斯捷尔纳克的散文创作和诗歌创作几乎同时开始。1910—1912年间,他曾写有一部包含45个片断的小说初稿《最初的体验》。作品以青年知识分子列里克维米尼的经历、见闻和感受为基本线索,艺术地表达了作家早年生活的种种印象和心理体验。由于作家受到俄国未来主义、象征主义思潮的影响,作品在写法上不拘一格,充满隐喻、暗示、象征和意识的自然流动;语言运用极为灵活,跳跃性、零散化、错位现象比比皆是;不仅充满大量生僻的词汇,还自造部分新词,穿插法、德、英、意大利、拉丁语等多种外语;景物描写的拟人化手法更被作家推向极致。然而,从某些诗意化的表述中,又可看出俄罗斯传统文学的影响。

帕斯捷尔纳克的早期散文作品，还包括《阿佩莱斯线条》(1915)、《奇特的年份》(1916)、《大字一组的故事》(1917)、《对话》(1917)、《寄自图拉的信》(1918)、《柳维尔斯的童年》(1918)、《第二幅写照：彼得堡》(1917—1918)和《无爱》(1918)等中短篇小说。《阿佩莱斯线条》的情节背景和作家1912年8月意大利的旅行生活相关。篇首题词中提到的阿佩莱斯和宙克西斯都是古希腊画家，"阿佩莱斯线条"即前者画出的极细的线条，是一个象征着艺术技巧的概念。与篇首题词中所讲述的趣闻相类似，这篇小说通过主人公列林克维米尼和被"移至"20世纪初意大利的德国诗人海涅之间的论争，表现了白银时代文学团体林立的竞争状态中帕斯捷尔纳克和马雅可夫斯基相识所获得的印象。《寄自图拉的信》同样以作家个人的经历为素材，表现了对于生活的浪漫主义理解和"沉浸在道义认识中的活跃的个人"之间的矛盾。这篇作品和《阿佩莱斯线条》、《大字一组的故事》一样，反映了作家关于艺术与生活的关系问题的思考。

中篇小说《柳维尔斯的童年》写的是女主人公叶尼娅·柳维尔斯的个性形成和意识生长的过程。其中没有关于主人公童年经历的冗长叙述，也没有像一般人物传记那样沿着时间的自然顺序逐一再现她的见闻，而是将叶尼娅精神心理的成长变化作为小说的主线，经由若干时空场景的转换、日常生活事件的发生和人物形象的素描，勾画出女主人公从走出童稚阶段、步入少女时代、走进青春时期的心灵历程，着重表现了她女性意识的萌生、青春期的激动不安，以及对于爱情、婚姻、生育和家庭等人生问题的最初感受与理解。小说情节发展中的某些跳跃，使作品具有一种模糊感，在同时代的小说中别开生面。

另一中篇小说《第二幅写照：彼得堡》鲜明地显示出帕斯捷尔纳克的散文和别雷的象征主义散文之间的亲缘性。作者一向视别雷为自己的老师，因别雷有长篇小说《彼得堡》在前，这部作品才被这样命名。小说主人公存在的某种超时空性，结构安排、场景铺陈和时间处理，均和别雷的作品相似，形成特有的情节进展节奏。《无爱》的时空背景也紧密联系着帕斯捷尔纳克在二月革命后由乌拉尔返回莫斯科的经历。作家在这里提供了温情敏感的戈利采夫和果断积极的科瓦列夫斯基两个性格的素描。两人都怀抱着社会变革的理想，但是他们对待人生和人性问题的看法却是根本对立的。作品的标题显然表达了作者对主人公之一的情感世界和精神特点的一种评价。

1922年，帕斯捷尔纳克曾和新婚妻子一起前往德国小住，1923年年底回国。这期间，他的又一本诗集《主题与变奏》(1923)在柏林出版。出国之前，他已有作品《一部中篇小说的三章》在国内发表。回国后，他新创作的短篇小说《空中线路》、长诗《施密特中尉》和《1905年》、自传体随笔《安全保护证》、小说《中篇故事》等，也陆续与读者见面。这些作品表明，帕斯捷尔纳克创作中的社会因素显著增多。如《空中线路》（1924）揭示了强制性死亡或"横死"的反自然性质，使这一主题获得了作为当代生活中一种常见现象的悲剧意义。小说的题目隐喻了超越人道法则的界线、实现欧洲社会思想统一的理念，强调了关于革命试验的毫不妥协的直线性思维往往会成为一种破坏性力量。作品涵纳着关于善与恶、亲情与原则、暴力与宽恕之间关系的思考。

《一部中篇小说的三章》（1922）、《中篇故事》（1929）和随后问世的诗体长篇小说《斯佩克托尔斯基》（1933），在内容上彼此联系，似乎是一部大型作品的若干组成部分。三篇作品由主人公谢尔盖·斯佩克托尔斯基的名字连缀起来。其中，《一部中篇小说的三章》和《中篇故事》均与作者1914—1916年间当家庭教师的经历，以及在乌拉尔工厂区、卡马河和奥卡河沿岸地区的印象相联系。在《中篇故事》中，斯佩克托尔斯基回忆自己任家庭教师的往事，涉及第一次世界大战期间莫斯科知识分子的思想情绪，并体现出人道主义情怀，隐约闪现着后来的艺术形象日瓦戈的影子。作品还显示出作家对现代社会中女性命运的关注与思考。在《斯佩克托尔斯基》中，透过主人公和玛莉娅·伊里因娜等形象，不难窥见作家本人和茨维塔耶娃那一代人在十月革命后最初几年里的生活、思想和情感的印迹。斯佩克托尔斯基的抒情自白，男女主人公的几次相会及后来的离别，映照出帕斯捷尔纳克和茨维塔耶娃两人从失之交臂到彼此隔绝的命运轨迹，诗化了他们精神上和创作上的相互吸引与呼应。

帕斯捷尔纳克的《施密特中尉》（1927）和《1905年》（1927）两部长诗，讴歌20世纪初席卷俄罗斯的巨大风暴，表现了深刻的历史变动给诗人所留下的鲜明印象。其中，《施密特中尉》展示了1905年革命时期的时代风貌和精神潮流，显示出一种现实主义色彩和文献性。经由施密特的形象，诗人试图表现当年一代充满热忱的知识分子成了历史的牺牲品，尽管他们是永远无罪的羔羊。这部长诗和《1905年》都从诗人童年时代的回忆切入，试图返回由于历史演进而结束了的童年神话世界，这恰恰是抒情诗的视角。帕斯捷尔纳克作为"纯粹的抒情诗人"的特点，在他的历史长诗写作中依然呈露出来。

《安全保护证》（1930）是帕斯捷尔纳克对1900—1930年间自己精神历

程的一种回顾,其中忆及与里尔克的富于诗意的邂逅,斯克里亚宾、别雷和勃洛克的魅力和影响,在马尔堡受益匪浅的求学生活,与同时代诗人的交往,对浪漫主义和现实主义的看法,等等。作者还从不同角度阐明了自己的艺术观。

1931年夏秋两季,帕斯捷尔纳克是与后来成为他第二个妻子的季娜伊达·叶列梅耶娃在高加索度过的。在这里,诗人重新回到抒情诗创作上,以恣意纵横的抒情笔触和敏锐深邃的洞察力描绘绚丽多姿的大自然景色,赞美淳朴热情的民风,表达对季娜伊达的热恋之情。高加索之行不仅深化了诗人对爱情的体验,对大自然的崇敬,还使他感受到了格鲁吉亚诗歌的特有意蕴。这一切,都对他此后的创作产生了重要的影响。因此,诗人才把他写于高加索的诗作以《第二次诞生》(1932)为名结集出版。

20世纪30年代以后的苏联现实,使具有独特歌喉的帕斯捷尔纳克几乎中断了自己的吟唱。他的作品受到批判,于是只好转入文学翻译工作。他译有贺拉斯、莎士比亚、歌德、拜伦、雪莱、济慈、魏尔伦、裴多菲、维尔哈伦、里尔克等诗人的大量作品。1937—1939年间,帕斯捷尔纳克还曾在报刊上发表过中篇小说《帕特里克手记》的若干片断。这部作品从主人公帕特里克的视角,以第一人称展开叙述。1916年前后作家本人在乌拉尔山区的经历和印象,仍然是小说情节的基础;而1931—1932年间的旅行生活,以及这两段经历之间的大量见闻和感受,则进一步充实了他的艺术构思,使他得以用一种具有历史穿透力的目光审视这些年中所发生的种种事件,沉思它们所造成的灾难性后果。这样,在作品关于第一次世界大战岁月里的那些人和事的追述中,便不难瞥见作家对未来的洞察。作品中的许多人物、事件和情节,后来都以变化了的形式进入《日瓦戈医生》中。帕特里克同样是日瓦戈的雏形;而女主人公伊斯托明娜的形象,上承《柳维尔斯的童年》中的叶尼娅·柳维尔斯,《斯佩克托尔斯基》中的伊里茵娜,下启《日瓦戈医生》中的拉莉莎,成为帕斯捷尔纳克笔下的女性形象画廊中的重要角色之一。

卫国战争年代,帕斯捷尔纳克的一本新诗集《在早班列车上》(1943)得以面世,这是诗人沉默多年后出版的第一本诗集。随后,他又有《辽阔的大地》(1945)、《长短诗选》(1945)两本诗集出版。这些新诗作表明,诗人正在逐渐克服以往诗歌过于雕琢的装饰性手法,追求明朗、清新和简洁的诗风。战后,由于日丹诺夫主义的猖獗,在阿赫玛托娃和左琴科惨遭批判和辱骂的同时,帕斯捷尔纳克的作品又一次受到批判。诗人不得不再度转向欧洲文学名著的翻译,沉潜于莎士比亚、歌德和席勒等人所建造的文学世界,先后译出了16部剧本。他翻译的莎士比亚的悲剧和歌德的诗剧等古典名著,受到国内外学界的推崇。

从1948年起,帕斯捷尔纳克开始了长篇小说《日瓦戈医生》的创作。作品于1955年年底完成。1956年年初,作家将小说手稿送交《新世界》、《旗》两个杂志和国立文学出版社,9月间收到《新世界》编委的一封措辞严厉的退稿信。小说在国内出版显然无望。1957年11月,小说首先以意大利文译本在米兰问世,次年即出版俄文本。在不到一年的时间内,这部作品就被译成15种文字,广泛流行于欧美各国。1958年10月,瑞典皇家科学院宣布将当年的诺贝尔文学奖授予帕斯捷尔纳克,以表彰他在"现代抒情诗和俄罗斯伟大散文传统领域所取得的卓越成就"。但是,苏联各大报刊上刮起了批判帕斯捷尔纳克的猛烈风暴。苏联作家协会宣布开除他的会籍,塔斯社则授权声明:如果作家出国去领奖后不回国,政府将决不追究。在种种压力下,帕斯捷尔纳克只得致电瑞典皇家科学院,表示拒绝领奖。《日瓦戈医生》直到1988年才首次在苏联国内出版。

完成《日瓦戈医生》后,帕斯捷尔纳克还写有组诗《雨霁》(1956—1959)和又一部自传体随笔《人与事》(1957)。《雨霁》是诗人晚年精神生活的艺术写照,它充分表现了诗人对大自然的热爱,对生活的依恋,也抒发出他的精神苦闷。《人与事》直到1967年才获准发表。这本书包括"幼年"、"斯克里亚宾"、"1900年代"、"第一次世界大战前"和"三个影子"等五章,在内容上和《安全保护证》互为补充或映衬,可将两者视为同一主题的两种变奏。1960年年初,帕斯捷尔纳克开始了剧本《盲美人》的创作,希望通过反映农奴制时代民间艺人的遭遇,表达出关于社会自由和文化传统的某些思考。然而,疾病使他只完成了这部剧作的第一幕。1960年5月30日,帕斯捷尔纳克于莫斯科近郊的彼列捷尔金诺去世。

二、《日瓦戈医生》

长篇小说《日瓦戈医生》是帕斯捷尔纳克创作的高峰。作者在写作过程中曾说:"我想在其中提供出最近45年间俄罗斯的历史映像,……作品将表达对于艺术、对于福音书、对于在历史之中的人的生活以及许多其他问题的看法。"[①]小说从1905年革命之前写起,中间历经第一次世界大战、二月革命、十月革命,到国内战争、新经济政策时期,再到卫国战争前夕,尾声一直

---

① 《帕斯捷尔纳克全集》(11卷本),第9卷,莫斯科:话语出版社,2005年,第472页。

写到第二次世界大战结束,时间跨度前后约半个世纪。活动于上述历史时空中的,是俄罗斯社会各阶层的60多个人物。他们共处于一个充满变化与巧合的动荡世界中,彼此的命运既相互依存,又充满矛盾冲突。在这些人物中,占据最重要位置的是以日瓦戈医生为代表的一批知识分子。但作品不限于描写这些知识分子的生活、事业和爱情,而是着重表现他们在历史变动年代的种种复杂情绪和感受,他们对时代的深沉思考,他们在这个时代的必然命运。全书可以说是20世纪上半叶俄国知识分子命运的一部艺术编年史,又堪称一部通过个人命运写出来的特定时代的社会精神生活史。

整部小说有一个按照时间顺序展开叙事的编年史框架,以主人公日瓦戈的命运为主线,以女主人公拉莉莎(拉拉)的命运为副线,基本情节呈纵向发展。这一主一副两条线索,一开始各自独立展开,随后逐渐交汇、重合,并串联起与两位主人公有联系的社会各阶层的众多人物,从而由一种独特的视角映现出近半个世纪的动态历史画幅。小说人物众多,但角色层次分明。关于日瓦戈的生活、心理和命运轨迹的描写构成作品的主干。存在于日瓦戈周围的主要人物有他的舅舅韦杰尼亚平、妻子冬妮娅和她的父亲化学家格罗米科、同父异母的兄弟叶夫格拉夫、同学与朋友戈尔东和杜多罗夫等人。在拉拉的命运史这条副线上,则有她母亲吉沙尔太太、丈夫帕沙·安季波夫(斯特列利尼科夫)、律师科马罗夫斯基等人。两条线索的主要人物都在主人公的生活中发挥了无可替代的作用和影响。除了上述主要人物之外,作品中还有众多的次要人物,他们也在小说中发挥了不同的作用。

从小说的空间处理和场面设置上可以看到,作品的主要情节均发生于莫斯科和西伯利亚的乌拉尔地区这两大板块中。在前一板块中,有拉拉的母亲一度租住的军械胡同"黑山"旅店、布列斯特街28号铁路职工宿舍、希弗采夫大街格罗米科兄弟的住宅、卡梅尔格尔斯基大街帕维尔·安季波夫的租房等不同环境;后一板块则有尤里亚金市、瓦雷金诺庄园及其周围的众多村镇,还有处于这一带的游击队营地等。稍稍旁离这两大板块、却对其起着勾连作用的,则是杜普梁卡庄园、一战前线的梅留泽耶沃小城和从莫斯科到乌拉尔的列车及铁路沿线地区。所有这些环境在作品中均以"独立"的场景先后出现,发生于其中的故事分别得到铺叙,犹如一部电影的几组画面。这些场景和画面迅速更替,却都围绕主人公的命运这一主轴。作家精心取舍、恰当剪裁,使小说的结构堪称完美。

《日瓦戈医生》可以说是作家在战后岁月里对20世纪前期的俄罗斯历史所作的一种诗的回望,是作家与时代之间的一部艺术性的对话。作品对于历史的反思,是通过独特的叙事艺术予以表达的。读者所读到的,是一种隐喻模式中的历史投影,是经由一系列场景、意象、象征和暗示呈现出来的存在于这一历史中的鲜活个性。主人公日瓦戈既是一位医生,又是一位诗人和思想者;他的活动、言论和思考构成作品的内容主干,而他本人又以诗歌和札记的形式记述或表现自己的所见所闻、所感所思。他的札记《游戏人间》,便是当时岁月的日记,其中有随笔、诗作和杂感。小说第9章"瓦雷金诺"中,就含有日瓦戈的9篇札记;在第15章"结局"中,也包含日瓦戈辗转回莫斯科以后写的札记。他写的诗作,或独立成篇,或是札记的一部分。作品通过日瓦戈的坎坷经历,借助他的札记、创作、书信、独白和思考,经由他和上述所有人物之间的交往和对话,从这一批不同类型的知识分子的视角,勾勒出那个风云变幻的历史时代的一幅幅生动侧影。读者可以看到因城市夜间发生战斗而倒在人行道上的伤员,街头张贴的政府公告和法令,身穿皮夹克的权力无边的委员,被战火和饥荒蹂躏的村庄,却很少能看到关于社会重要事件的具体而直接的描写,因为作品着重表现的不是历史真实本身,而是人物关于这些历史事件的预感、反应、思考、评说和联想。人物的思索与言论,人物之间的对话或叙述者的直接言说,广泛涉及历史、时代、艺术、宗教、人的灵魂、民族性格以及真善美等方面的内容,如俄罗斯民族性格显示出一种"内在的衰退,多少世纪所形成的历史性的疲倦";作品所描写的那个时代的特征之一是:"按照那些陌生的、强加给所有人的概念去生活"①,等等。这一切,都使小说具备了丰富的思想内涵。

  小说着重表现了日瓦戈的人道主义观念及其与那个血与火的时代之间的悲剧性精神冲突。日瓦戈童年时代的经历,使他养成了内向的性格和对弱小不幸者的同情,成年以后,日见深厚的文化修养又使他获得了一种博爱精神。外科医生的职业,则培养了他对人对事的严谨、客观、冷静的态度。他善于独立思考,对任何现象都力求做出自己的判断。在历史发生深刻变动的年代,他仍然把个性的自由发展、保持思想的独立性视为自己最主要的生活目标,而他看待问题的基本出发点则是根深蒂固的人道主义。这样,他就不可避免地和正在以暴力手段改造世界,并要求所有人都服从这一目标的时代发生抵牾。但是,这种矛盾既不是政治上的,也不具备经济背景。日瓦戈虽然有自己的政治见解,但缺乏政治兴趣和激情,从未参加过任何有组

---

① 鲍·帕斯捷尔纳克:《日瓦戈医生》,蓝英年、张秉衡译,北京:人民文学出版社,2006年版,第297、391页。以下凡引用此作品,均引自这一译本,不另加注。

织的政治活动;他虽然出身于富家,对父亲的大笔遗产却无动于衷,还要岳父和他一样保证不谋求重整家业。他与时代的冲突主要是精神上的。他从舅舅那里所接受的宗教思想,是以博爱为原则的世界观。这种世界观认为,历史的发展应当有利于维护人格自由,保持个性独立,捍卫人的尊严。因此,日瓦戈高度重视个性自由,但又具有"与民同乐"的思想,认为个人应在实际生活中做一些具体的、对他人有益的事情。他以人道主义的眼光看待一切人和事,区分善与恶。他那种童稚般单纯的心灵、超凡脱俗的胸怀,使他无法接受一切形式的暴力。他在人类思想水平、道德水平和价值标准还没有达到认可他的精神追求的高度的时代"过早地"出现了,他超越了那个时代,结果反而好像落于时代,这是他的悲剧。《日瓦戈医生》这部作品同情、肯定主人公的精神追求和社会道德理想,经由他的遭遇反映了十月革命前后俄罗斯一代知识分子的思想情怀和共同命运。

小说的女主人公拉拉是作家为俄罗斯文学提供的又一优美动人的女性形象,也是精神生活丰富、内涵复杂而深广的俄罗斯本身的一种隐喻。她与日瓦戈无论在家庭背景、社会关系和个人生活方面都有很大的差异,但是两人又具有许多相似的内在品格,个性气质、精神特点和价值观等方面都较为接近。拉拉外表纤弱,但具有坚韧的精神力量和内在的心灵之美,并同样追求个性的自由与完善。她以一般少女所缺少的、罕见的毅力,摆脱了使她沉沦的陷阱,克服了身心创伤所带来的各种困难,争取到一种独立自由的生活。为了维护人格尊严,她曾毫无畏惧地去惩罚她的仇人科马罗夫斯基。当时代的浪涛把她和日瓦戈冲到一起,使两人的命运结合为一体时,她对个性独立和自由的追求、她的人道主义生活理想表现得尤其充分。但是拉拉的命运和日瓦戈一样,即便是他们逃到荒郊僻野、沉醉于与世隔绝的梦一般的生活中,也无法躲避时代风暴的冲击。她与丈夫安季波夫的分手,她再次落入仇人之手,她与日瓦戈的别离,她的被捕以至死亡,都与动荡的历史本身紧密相关。她最后伏在日瓦戈的遗体上所倾吐的充满泪水的悼词,透辟地说明了她与时代的差距。作品通过安季波夫之口说道:"时代的所有主题,它的全部眼泪和怨恨,它的任何觉醒和它所积蓄的全部仇恨和骄傲,都刻画在她的脸和她的姿态上,刻画在她少女的羞涩和大胆的体态的混合上。可以以她的名字,用她的嘴对时代提出控诉。"这段话更将拉拉的形象提到了多灾多难的俄罗斯女性的象征的高度。

拉拉的丈夫安季波夫,也是刻画得很成功的艺术形象。他出身于工人家庭,其父因参加1905年革命而被流放到西伯利亚。一战期间他曾任俄军准尉,后被敌方俘虏带到国外,十月革命后逃回俄罗斯,参加了红军。他对苏维埃政权赤胆忠心,具有卓越的军事指挥才能,是一位坚强的革命者,一位战功赫赫的红军指挥员,军事法庭的成员。但是,他在旧俄时代的苦难经历,他对科马罗夫斯基丑行的了解,使他产生了一种狂暴的复仇心理,以至他的化名斯特列利尼科夫曾一度使人胆寒。然而,由于他在一战期间的经历,作为曾被俘带往国外的旧军官,他也成了清洗对象,最后被迫含冤自尽。这是一个被冤屈的正直的人,也是一个悲剧性人物。他的性格、遭遇和命运,不仅具有典型性,还能引起人们的许多思考。

《日瓦戈医生》在艺术上具有鲜明的特色。它的叙述方式变化不一,呈现出多样性的风格。作品似乎有意打破那种经过精心构思的"流畅叙述"的传统,把独特的戏剧性事件和诗意浓郁的抒情性篇幅、简单的词汇组合(如"你的离开,我的结束","这又是我们的风格、我们的方式了")和复杂的感情表现,诗人的奇妙幻想和深沉的哲理思索结合在一起,在"不流畅"的叙述中取得了一种"大智若愚"的独特效果。作品中既有精确的现实主义描绘,又不乏由机缘与选择、欢乐与历险、别离与死亡构成的具有传奇色彩的故事;既有丰富的想象和浪漫的激情,又有无数的旁白与插曲,如同启示性的寓言;既有高雅的语言,优美的文笔,又有故作"平板"之貌、显示出朴野风格的文字。它是一部以诗的语言写出来的小说,体现了作者关于"艺术记录被感情取代的现实"的一贯观点,显示出他的小说作为"诗人的散文"的艺术面貌和美学特质。

善于通过主人公的梦境与幻觉,运用隐喻与象征来表现人物心理、命运或人物之间的关系,也是这部小说的一大特点。如作品中写日瓦戈一次生病时,曾有很长时间处于谵妄状态,在幻觉中看到一个长着吉尔吉斯人的小眼睛、穿着一件在西伯利亚或乌拉尔常见的那种两面带毛的鹿皮袄的男孩;他认定这个男孩就是他的死神,可是这孩子又帮他写诗。这一幻觉形象象征性地预示了日瓦戈后来的遭遇。又如拉拉在受到科马罗夫斯基引诱之后,曾梦见"她被埋在土里,外面剩下的只有左肋、左肩和右脚掌;从她左边的乳房里长出了一丛草,而人们在地上唱着《黑眼睛和白乳房》和《别让玛莎过小溪》"。在此之前,作品中已写到"透过左边的肩胛和右脚大趾头这两个接触点,拉拉能够感觉出自己的身材和躺在被子下面的体态"。显而易见,这个梦隐喻了拉拉刚刚被激起的对自己身体的感觉,以及处于审视之下的羞耻感和罪孽感。日瓦戈落入游击队之后,在听到一个暴虐的传说时,也在幻觉中仿佛看到"拉拉的左肩被扎开了一点",好像有一把利剑"劈开了她的肩胛骨。在敞开的灵魂深处露出了藏在那里的秘密"。这一幻觉和拉拉的梦遥相呼应,暗示日瓦戈早已驶入她心灵的隐秘之处。

　　日瓦戈所做的关于拉拉和冬妮娅的梦,隐喻了他对这两位女性的不同情感和矛盾心理。日瓦戈和拉拉彼此走近是在乌拉尔地区的尤里亚金,此前他们仅在一战前线梅留泽耶沃的医院里作过交谈,而革命前在莫斯科只是打过两次照面。但拉拉的形象不知从何时起已经悄悄进入日瓦戈的心田,以至他在和一家人初到瓦雷金诺时,就在梦中听到了她那圆润的嗓音。"一个女人的声音把我惊醒,我在梦中听到空中响着她的声音。"梦醒之后,他却想不起来这是谁的声音。直到在尤里亚金图书馆再次看见拉拉时,他才忽然领悟到,那个冬夜里在梦中所听到的正是拉拉的声音。如果说,日瓦戈的梦和他的潜意识直接相连,那么他后来的"领悟"则使他看到了自己的情感深处。然而,正如一切拥有责任感和高尚情操的人那样,日瓦戈走近拉拉以后,并没有心安理得,而是始终对冬妮娅、对家庭抱有一种负疚感。他所做的冬妮娅一手抱着一个孩子,难民般地在刮着暴风雪的野地里行走的梦,还有儿子舒罗奇卡被破裂的自来水管道里山洪般冲出来的水吓得直喊爸爸的梦,都是他有负于妻儿的真实心理的隐喻。

　　同隐喻与象征手法相得益彰的是作品中的意象运用。小说中多次出现"窗边桌上燃烧着的蜡烛"的意象。学生时代的拉拉就喜欢在烛光下谈话,帕沙·安季波夫总是为她准备着蜡烛,每当他们在卡梅尔格尔斯基街的那间出租房里交谈时,他就把蜡烛放在窗边桌上点燃。这时,房间里便洒满柔和的烛光,在窗玻璃上靠近蜡头的地方,窗花慢慢融化出一个圆圈。日瓦戈大学时代的最后一个冬天,曾和冬妮娅一起去斯文季茨基家里参加圣诞晚会,当他们穿过卡梅尔格尔斯基大街时,他曾注意到一扇玻璃窗上的窗花被烛光融化出一个圆圈,并下意识地念出了"桌上点着一支蜡烛……"这样的句子。十分巧合的是,决定枪击科马罗夫斯基的拉拉此时正在和帕沙交谈;而日瓦戈正是在这次圣诞晚会上第一次看到拉拉的;许多年以后,日瓦戈去世后尸体停放的房子,恰恰是当年帕沙租的那间房子;当拉拉奇迹般地出现在日瓦戈灵柩旁时,她怎么能想到,死者当年驱车而过时曾看见窗前的蜡烛和被烤化了的霜花,"从他在外边看到这烛光的时候起——'桌上点着蜡烛,点着蜡烛'——便决定了他一生的命运?""桌上点着蜡烛"也同样是"尤里·日瓦戈的诗作"第15首诗《冬之夜》的主导意象。小说中反复出现的这一意象,深印在男女主人公的意识中,象征着他俩心心相印的心灵之光。

　　另一值得注意的意象是"荒漠中的花楸树"。日瓦戈先是在游击队宿营的树林边发现这棵花楸树的,它美丽而孤独,是所有树木中唯一没脱去叶子的树。再次见到它时,树上已经挂了一层冰雪,"一半埋在雪里,一半是上冻的树叶和浆果,两只落满白雪的树枝伸向前方迎接他"。这花楸树看上去是那样经不起风雪的肆虐,既象征着男女主人公高洁的精神境界,又隐喻了他们即便逃到荒郊僻野,也无法躲避时代风暴的冲击。

《日瓦戈医生》中的景色描写也是独树一帜的,并且同样和作家对于个性的关注相联系。这尤其显示于作品关于自然景色的"转喻性描写"。作家一方面赋予自然景物以人性,另一方面又把人物的心情投射到自然界,甚至让人物渗透到大自然中去,着意强调人和自然的不可分性。整部小说中的景色描写始终以冷色调为主,较多出现旷野、冰霜、风雪、寒夜、孤星和冷月的画面,既与主人公超凡而忧悒的精神气质相和谐,又呼应了作品大提琴曲一般沉郁的抒情格调。

《日瓦戈医生》对20世纪前期俄国历史进行书写和反思的独特视角,它所显示的高度关注个性的历史观和它那特有的叙事艺术,使这部长篇小说既指涉、概括、隐喻和表达了一个时代,又超越了特定的历史时代,从而成为具有某种广远而永恒的价值和"纯诗"品格的作品,并得以跻身于世界文学经典之列。帕斯捷尔纳克获得诺贝尔文学奖,无疑是当之无愧的。

第四节 肖洛霍夫

一、生平与创作

米哈伊尔·亚历山大罗维奇·肖洛霍夫(1905—1984)是20世纪俄罗斯文学中又一位杰出的作家。他出生于顿河地区的一个哥萨克农庄,父亲是从梁赞省迁来的"外乡人",母亲是哥萨克妇女。他在顿河边度过自己的童年,上过小学和中学,可以说是吮吸着顿河草原的乳汁长大的。草原上如画的自然景色,哥萨克人自由豪放的性格,同哥萨克这个特殊阶层的传统、习惯、原则和信仰,一起影响着他的个性,制约着他后来的整个生活和文学创作。十月革命后他曾从事文化宣传和扫盲工作,参加过武装征粮队。1922年来到莫斯科,一边做工,一边开始文学创作的尝试,次年开始发表作品。1924年他返回故乡,专门从事创作活动。他由于创作成就,1934年当选为苏联作家协会理事,1939年当选为苏联科学院院士,1965年获诺贝尔文学奖。1984年,肖洛霍夫逝世。

肖洛霍夫的早期作品,以中短篇小说和特写为主,这些作品后来结为《顿河故事》和《浅蓝的原野》两本文集,于1926年出版。在这些作品中,作家敏锐地抓住十月革命和国内战争时期顿河哥萨克地区激烈的、瞬息万变的社会冲突,匆促地、几乎是直线式地加以反映。如《漩涡》写一个当白军军官的儿子亲自下命令杀死作为红军战士被俘的父亲和哥哥。在《看瓜田的人》中,小儿子杀死了当白军警卫队长的父亲,为被后者打死的母亲报仇,也为被俘后即将被处死的哥哥解围。《胎记》写的是离家七年的阿塔曼打死了一个红军连队指挥员尼科尔卡,在剥其皮靴时发现死者的"胎记",认出是自己的亲生儿子,随即开枪自杀。透过这些作品可以看出,作家善于把巨大的斗争场面和激烈的政治冲突浓缩到家庭内部、亲人之间或男女情爱关系中加以表现,通过家庭伦理关系、个人生活中的尖锐矛盾来反映时代变革的急骤性和深刻性。另外,《顿河故事》和《浅蓝的原野》中还有一些短篇小说(如《高尔察克、荨麻和别的》等),借用民间故事的叙述方式,以幽默的笔调勾画出某些喜剧性形象,表现了历史变动之后建立的新秩序给普通哥萨克人所造成的影响,具有明朗的风格。但就总体而言,肖洛霍夫这个时期的作品中还少有复杂的性格和人物心理的变化,有时则因热衷于表现"残酷的真实"而显露出某种自然主义倾向。作家自己后来曾多次提及这些作品艺术上的幼稚。

自1926年起,肖洛霍夫着手写作长篇小说《静静的顿河》。这部规模宏大的作品共四部八卷,创作时间近十五年,到1940年全部出齐。在《静静的顿河》一书写作的中途,1930年,在顿河地区开始了全面的农业集体化运动。于是作家在对运动"还记忆犹新的时候,按照生活的新鲜足迹"[①]写了另一长篇小说《被开垦的处女地》的第一部(1932)。时隔二十八年以后,《被开垦的处女地》的第二部(1960)才得以同读者见面。

这部长篇小说描写顿河哥萨克地区的格列米亚其村在苏联农业集体化时期急风暴雨般的历史变革,反映了贫农、中农和富农、潜藏的反革命分子两个营垒之间错综复杂的斗争,表现了农民,尤其是中农从个体经济走向集体经济的痛苦的转变过程。小说以现实的政治运动和事件的进程为基本线索,按照各种社会力量、社会阶层的相互关系设置人物形象体系,集中描写诸种社会因素之间的矛盾纠葛及其解决,从而显示出特定的时代氛围和社会斗争的尖锐复杂。其中,受党组织委派到乡下来组织农民开展农业集体

[①] 肖洛霍夫:《文学——无产阶级事业的一部分》,载孙美玲编选:《肖洛霍夫研究》,北京:外语教学与研究出版社,1983年,第471页。

化运动的工人共产党员、工作队长达维多夫,村苏维埃主席拉兹米特诺夫,村党支部书记纳古尔诺夫,中农梅谭尼可夫,富农奥斯特洛夫诺夫,善于讲故事的乐天派老头舒卡尔老爹等,都是塑造得较为成功的艺术形象。达维多夫是一个有血有肉的人物,他坚持原则,襟怀坦白,又富有人情味,渴望友谊与爱情,曾一度陷入和路希卡·纳古尔诺娃的暧昧关系中,也有过麻痹松懈、意志消沉的时候。但这一形象正因此而显得真实可信,具有立体感。作品中的每一个重要人物,差不多都有一段悲惨的过去。人物的这种历史因袭的重负与他们的现时角色和自我意识之间形成某种反差,造成了小说悲喜剧交融的艺术风格。1930年代在苏联农村改变生产方式和生活方式的艰难步履,千百万农民在这一转变过程中的复杂心理变化,以及所有这些变化过程中的矛盾和痛苦,都在这部作品中得到了较为充分的艺术展示。因此,这部小说"绝非农业集体化的赞歌,而是人类历史上最大'人祸'之一的农业集体化的真实纪录"①。肖洛霍夫在这部小说中使用了不少顿河哥萨克的土语方言,更增添了作品的生活气息。

《被开垦的处女地》第二部发表时,苏联文学"解冻"已有多年,俄罗斯文学已进入通常所说的"当代"阶段。在时代氛围的作用之下,与小说第一部相比,第二部的描写侧重、主题意蕴变化明显,风格迥异。第一部主要通过一个接一个的群众场面描写,反映1930年代急遽变化的现实,充满集体化运动时期暴风骤雨般的紧张气氛和革命激情,主要人物的性格大都鲜明地反映出时代的特色和当时的社会矛盾。第二部着重表现的是1950年代中期以后大力提倡的人道主义精神,情节的发展趋于缓慢,个人生活史(包括达维多夫与格列米亚其村的姑娘瓦丽雅的"新鲜的、纯洁的、难以理解的爱情")的叙述明显增多,抒情气氛大大加强,社会历史的矛盾往往经由伦理道德的冲突表现出来。第二部结尾处回旋着悲剧性的抒情音调:达维多夫和纳古尔诺夫死后,舒卡尔老爹变得唉声叹气,瓦丽雅孤零零地跪倒在达维多夫墓前,拉兹米特诺夫则痛苦地在亡妻的坟旁徘徊。在对主要人物形象的刻画上,小说的第一部与第二部也有较大差异。如对于达维多夫,第一部突出了他的坚贞品质、顽强意志和献身精神,第二部则侧重表现他的心理素质、道德情操,描写他的内心矛盾,他个人的快乐与痛苦。同一作品的前后两部的重大区别,既反映了作家本人思想观念的内在变化,又是时代精神潮流的深刻变动使然。

---

① 蓝英年:《重读〈被开垦的处女地〉》,《文汇读书周报》,1996年8月3日。

1956和1957年之交发表的短篇小说《人的命运》(又译《一个人的遭遇》)，也是肖洛霍夫的重要作品之一。它成为1950年代下半期苏联卫国战争题材文学由"司令部真实"向"战壕真实"转变的先声，因为这部小说描写的是战争中的普通人形象。主人公索科洛夫本是一个普通工人，卫国战争爆发后，他应征入伍，强忍悲痛告别亲人上了前线。在战争中，他受过伤，当过俘虏，在法西斯的集中营里受尽残酷折磨，好不容易才死里逃生。但他的妻子和两个女儿都被敌机炸死，儿子也在攻克柏林的战斗中牺牲。战争给索科洛夫造成了巨大的创伤，几乎夺去了他的一切。人在战争中的艰难经历，战争给人的命运所造成的悲剧，这就是作品所表现的主要东西。小说与其说是描写战争，不如说是回味战争。作品中更多的是关于战争的感受，是关于战争和人的命运之间关系的深刻思考，是对于给人带来灾难性后果的战争的强烈控诉。

《人的命运》的题名本身就具有深刻的人道主义含义。作家所选取的素材虽是一个普通人在战争中的遭遇，但他所要强调的是1950年代大力提倡的关心人、爱护人的精神。作品开头写战争结束后顿河上游地区三月孤寂的草原，解冻后道路的泥泞难行，索科洛夫与被他认作儿子的孤儿万尼亚蹒跚而行。这条道路寓意地成为索科洛夫苦难的生活道路的缩影。小说结尾是两段抒情性的文字：

> 两个失去亲人的人，两颗被空前强烈的战争风暴抛到异乡的砂子……什么东西在前面等着他们呢？……
>
> 不，在战争几年中白了头发、上了年纪的男人，不仅仅在梦中流泪；他们在清醒的时候也会流泪。这时重要的是能及时转过脸去。这时最重要的是不要伤害孩子的心，不要让他看到，在你的脸颊上怎样滚动着吝啬而伤心的男人的眼泪……①

小说的首尾彼此照应，给人以深长的回味。

1937年，肖洛霍夫当选为苏联最高苏维埃代表，1939年成为苏联作家协会理事会主席团成员、苏联科学院院士并被授予团政委军衔。从1943年开始，他的另一部描写卫国战争的长篇小说《他们为祖国而战》的若干片断，

---

① 肖洛霍夫：《一个人的遭遇》，草婴译，载《诺贝尔文学奖金获奖作家作品选·中短篇小说》，杭州：浙江人民出版社，1982年，第466页。

陆续发表在苏联的一些期刊上。战后的 1949—1969 年间,又有一些片断先后发表,但直到作家去世,这部作品仍未全部完成。显然,他已无法写出像《静静的顿河》那样规模宏大的作品,对卫国战争进行史诗性的艺术概括。1948 年,那个曾大骂阿赫玛托娃和左琴科的日丹诺夫去世时,肖洛霍夫曾在《真理报》上发表悼念文章《我们的哀恸是悲壮的》。1958 年,当苏联作家协会决定开除帕斯捷尔纳克会籍时,肖洛霍夫随即就此发表谈话,断言《日瓦戈医生》"无疑是反苏的",并强调把作者开除出作家协会是为了"激发他的天良"。1966 年 2 月,俄联邦最高法院在莫斯科公审把作品寄往国外发表的作家安·西尼亚夫斯基和尤·达尼埃尔,后分别判处 7 年和 5 年徒刑。紧接着,在 3 月底、4 月初召开的苏共第 23 次代表大会上,中央委员肖洛霍夫(从 1961 年起担任)就谴责这两位作家"诬蔑自己的母亲",并指责为他们辩护的人。正是由于这一切,当代俄罗斯文学史家才说肖洛霍夫"时而有无赖的表现,并毫无理由地攻击其他作家"[1]。然而,人无完人,肖洛霍夫毕竟为俄罗斯现代文学做出了自己的贡献。

二、《静静的顿河》

《静静的顿河》(1928—1940)是肖洛霍夫的代表作,也是 20 世纪俄罗斯文学中的一部重要作品。按照作家本人的说法,他的这部长篇小说主要描写"顿河边区人们的生活",再现顿河哥萨克在两次战争(第一次世界大战和十月革命后的国内战争)和两次革命(二月革命和十月革命)中的历史和各个不同的社会阶层的面貌,并由此而"探索陷入 1914— 1921 年事变的强大漩涡中的个别人的悲剧命运"[2]。

哥萨克是俄国历史上形成的一个特殊的社会阶层,其基本成员本是由内地逃到边远地区的农民,后逐步形成集庄稼人和军人于一身的特殊身份,并建立起具有自治性质的社会组织体制。哥萨克人以酷爱自由、粗犷勇武著称,但也有因远离民主运动、长期生活于落后闭塞环境中而难以改变的一些弱点和积习。后来,沙皇政府对哥萨克采取收买政策,使其成为统治阶级的鹰犬。1905 年革命期间,哥萨克马队就曾被沙皇政府调集到彼得堡和莫斯科,在街头挥舞皮鞭和马刀,横冲直撞,血腥镇压"骚乱"的工人和学生。

---

[1] 符·维·阿格诺索夫主编:《20 世纪俄罗斯文学》,凌建侯等译,北京:中国人民大学出版社,2001 年,第 434 页。

[2] 肖洛霍夫:《致英国读者》,载孙美玲编选《肖洛霍夫研究》,第 418 页。

在十月革命后的国内战争年代,由于哥萨克的传统观念、经济地位和当时复杂的形势,顿河哥萨克举行了暴动。《静静的顿河》真诚地反映了这一段"残酷的真实",以史诗般的规模展现了哥萨克在这一历史变动年代的悲剧性道路。

作品中的鞑靼村,是哥萨克社会的缩影。村中居住着贫农珂晒沃依,中农麦列霍夫,富农珂尔叔诺夫,富商麦霍夫。离鞑靼村不远,还住着大地主李斯特尼茨基。他们都保留着哥萨克的传统生活方式,但彼此之间的分化与对立是明显的。第一次世界大战爆发时,哥萨克青年喊着"忠于上帝、忠于沙皇"的誓言上了前线,不少人客死异乡,于是厌战情绪逐渐蔓延开来。这期间,布尔什维克党人施克托曼来到了鞑靼村,唤起贫穷的哥萨克们意识的觉醒。十月革命后,这些哥萨克建立起新政权,但反动势力的残余也麇集于顿河地区,并利用哥萨克群众对苏维埃政府的疑惧心理和红军的某些过火行动,挑拨离间,在顿河地区煽动起大规模叛乱。暴动的哥萨克虽与红军交战,却并不真心支持白军,而是幻想建立"哥萨克自己的政权"。最后红军战胜了白军,平息了哥萨克叛乱,苏维埃政权日益巩固,越来越多的哥萨克站到苏维埃政权这边来。鞑靼村哥萨克的命运是十月革命前后整个哥萨克历史道路的艺术写照。

小说的中心主人公葛利高里·麦利霍夫,按照肖洛霍夫本人当初的说法,是"顿河哥萨克中农的独特象征","一个动摇不定的人"①。他在动荡的历史年代走过了一条独特、坎坷的人生道路。他本是个勤劳能干、热情、坦率和富有同情心的青年。第一次世界大战时他入伍到了前线,看不惯沙皇军官的专横跋扈和兵痞的奸淫掠夺,对人们在战争中的互相残杀感到愤恨。他曾为杀死一个奥地利士兵而经受过痛苦的折磨。进步士兵贾兰沙向他揭露战争的本质和专制政体的腐败,使他关于沙皇、关于哥萨克军人的概念一下子化为灰烬。但从前线回到家乡养伤后,作为鞑靼村"第一个获得十字勋章的人",他处处受到人们的谄媚与敬重,根深蒂固的哥萨克意识"渐渐地把贾兰沙在他心里种下的真理的种子给毁灭掉了"。于是,他又以"一个出色的哥萨克的身份重新回到前线",在战场上连连立功受奖,并晋升为少尉排长。十月革命年代,葛利高里先是拥护哥萨克脱离俄国独立,后又结识了顿河地区革命军事委员会主席波得捷尔珂夫,参加了红军,担任连长,英勇地与白军作战。但是在看到波得捷尔珂夫枪杀白军俘虏之后,他又离开了红

---

① 孙美玲编选:《肖洛霍夫研究》,第414页。

军队伍。1918年春,葛利高里在父兄的影响下,参加了哥萨克叛军队伍。在同红军作战的过程中,他的双手沾满了革命者的鲜血,但他在感情上仍和白军格格不入,因此又借故离开了白军,回到故乡。

此时红军已占领鞑靼村,葛利高里公开咒骂苏维埃政权,在得知自己要被当作"危险的敌人"逮捕法办后,不得不仓促潜逃。这时顿河流域又发生了第二次哥萨克叛乱,葛利高里再次投身到暴乱的狂潮中去。特别是在他哥哥彼得罗被红军枪杀后,他更怀着强烈的报复心理,残杀大批红军战士。他由叛军连长逐步升为师长,但在白军军官那里,他仍受到歧视和排挤,这使他感到委曲。当白军乘船向克里米亚溃逃时,葛利高里被抛弃,于是他又怀着赎罪的愿望,参加了红军骑兵队。他英勇地同白军作战,主动受奖,晋升为副团长。由于严重的"历史问题",葛利高里在红军队伍中也得不到信任,终于被"彻底复员",回到家乡。他的妹夫、村革命军事委员会主席珂晒沃依宣布要追究他的罪行,强令他到肃反委员会登记自首。为了逃避惩罚,葛利高里再次出逃,加入佛明匪帮。但这一群乌合之众的覆灭已为时不远。葛利高里看清形势,和佛明不辞而别,带着情人阿克西妮亚远走他乡。途中,他们与苏维埃征粮队遭遇,阿克西妮亚被打死,葛利高里孤身一人在野外游荡,最后在痛苦和绝望中回到鞑靼村。

在十月革命后的短短几年中,葛利高里两度参加红军,三次投身哥萨克叛乱,其徘徊动摇是十分明显的。他的徘徊和动摇有着深刻的社会历史根源和个人原因。他出身于哥萨克中农家庭。就中农的经济状况和社会地位来说,他既是劳动者,又是私有者,极易左右摇摆。哥萨克本身的人均土地占有量和实际经济条件高于俄罗斯内地农民的状况,落后愚昧的哥萨克传统观念和旧习,使得葛利高里不可能像一般庄稼汉那样欢迎革命。但劳动者的朴素感情和平等意识又决定了他与白军格格不入。他天真地企图找到一条超越于各种彼此对立的政治力量之上的、属于哥萨克自己的道路。在阶级斗争尖锐的历史年代,这种想法只能是一种幻想。从葛利高里个人来看,可以说哥萨克的优点和弱点在他身上表现得最充分、最集中。他真诚、勇敢、豪放、热爱自由、积极探索真理、不盲从,爱与憎的感情都十分强烈。但是,他又固执己见、刚愎自用、狂妄粗野,时而还显得十分残忍。这些个人特点,再加上白军的挑拨利诱,红军的某些过火行为,使得他在激烈动荡的时代不能明辨是非,摇摆于红军与白军之间,而且无论身处何地,他都心神不定,最后只能是以精神崩溃结束自己的生活道路。《静静的顿河》通过葛利高里这一艺术形象,真实地反映了哥萨克在十月革命前后动荡的历史年代的悲剧性命运，表现了哥萨克的本质特征。作品还经由这一形象触及那一非常年代的复杂史实，不回避红军的偏激情绪和过火行为，又使得这一艺术形象带上了悲剧主人公的某种悲壮色彩。从一定意义上说，葛利高里这一形象还反映了历史的深刻变动与个人命运的关系，表现了历史运动的逻辑与人道的理想和要求之间的矛盾，因而具有了超越具体时空的典型意义。

《静静的顿河》结构宏伟，人物众多，内容丰富，既生动地再现了自第一次世界大战到十月革命后的国内战争这一整个历史时代的风云变幻，又深刻地反映了人在历史运动过程中所付出的巨大代价，具有一种悲剧史诗的艺术风格。在这部长篇巨著中，可以看到许多与列夫·托尔斯泰的《战争与和平》相类似的东西。这里也有庞大而有条不紊的艺术结构，令人眼花缭乱的宏阔的战争场面，对众多人物内心波澜的深入而出色的表现，往往是与人物心境紧密联系的变化万端的大自然景色，包括劳作、起居、饮食、节庆、生死、丧嫁以及拌嘴和斗殴在内的俄罗斯人的日常生活。这一切都使人感到这部小说渗透着一种民族精神，都足以唤起人们对于俄罗斯土地、草原、河流、森林、白桦和小木屋的亲切感。

但是这部史诗性巨著的贡献并不在于它描绘了一幅无与伦比的风俗画。作品在个人经历与时代变迁、战争风云与家庭生活、爱与恨、笑与泪的交织之中，以冷峻的笔触，活脱脱地再现了20世纪俄罗斯历史上一个剧烈动荡的年代，提供了这个年代哥萨克农民痛苦而悲壮的生活历程的艺术录影，并从这一角度触及历史变革与弘扬人道主义的关系这一重大课题。同文学史上许多伟大的艺术家一样，肖洛霍夫也没有回避这一问题。作家坚持现实主义原则，而且是一种清醒、严格的现实主义，敢于"直书全部的真实"，敢于揭示种种冲突、矛盾、失误和残酷可怕的场面，显示出一个真正的现实主义作家的非凡胆识。

如同普希金笔下的叶甫盖尼·奥涅金是诗人"最心爱的孩子"那样，葛利高里也是肖洛霍夫"最心爱的孩子"[①]。在葛利高里这一形象的塑造上，作者力避脸谱化、概念化，深入主人公的内心世界，致力于完整地揭示出他在颠簸动荡的一生中始终充满着矛盾的心理状态和痛苦的精神斗争，突出了他的独特个性，使这一形象性格鲜明，跃然纸上。然而，作家却不可能对他的人物同时做出历史的和道德的评判。在历史的法则和人道主义的标尺之间，肖洛霍夫深思着、沉吟着、探问着，似有百思不得其解之苦，却恰恰以这

[①] 李树森：《肖洛霍夫的思想与艺术》，长春：吉林大学出版社，1987年，第34页。

种矛盾性造成了他的长篇小说的丰富内涵,并使得葛利高里这个动摇不定的人物远比某些立场坚定、始终如一的形象具有更大的艺术魅力。

作品中的其他主要人物形象也刻画得颇为成功。阿克西妮亚、娜塔莉亚、坦丽亚等哥萨克女性形象,珂晒沃依、彼得罗、米琪喀等哥萨克形象,均各具个性特征,成为不可替代的"这一个"。小说对具有浓厚乡土气息的哥萨克人的劳动、爱情和日常生活的描写,对优美的顿河草原风光的描绘,对哥萨克人特有的风趣语言的运用,作品中那些俯拾即是的熔抒情、写景、沉思于一炉的文字等等,都显示出肖洛霍夫杰出的艺术才能。

思考练习题

1. 俄罗斯文学的"白银时代"有哪些重要的文学流派?请举出各流派的主要作家及其代表作品。
2. 试述高尔基创作的三个阶段及其主要艺术成就。
3. 长篇小说《日瓦戈医生》的艺术形式有哪些重要特色?
4. 《静静的顿河》中的葛利高里这一艺术形象有什么典型意义?

延伸阅读文献

1. 马克·斯洛宁:《苏维埃俄罗斯文学史》,浦立民、刘峰译,上海译文出版社,1983年。
2. 汪介之:《俄罗斯命运的回声:高尔基的思想与艺术探索》,北京:人民文学出版社,2012年。
3. 汪介之:《〈日瓦戈医生〉的历史书写与叙事艺术》,载《当代外国文学》,2010年第4期。
4. 李树森:《肖洛霍夫的思想与艺术》,长春:吉林大学出版社,1987年。

修订本后记

这本《外国文学教程》，曾作为江苏省"高等学校小学教育专业教材"中的一种，于2000年8月由南京大学出版社出版。自首版以来，该书先后付印14次，受到了省内外师范专科学校和一些普通高校小学教育专业师生的广泛欢迎。现在，随着外国文学教学和研究的不断发展，随着文学研究观念的更新和大量文学文献的发掘和整理，我们感到很有必要对原教材进行修订，以便能更好地反映外国文学史进程的实际面貌和外国文学研究的新成果，更有利于相关专业师生的使用。

为此，我们对原教材的章节安排做了适当的调整，对全书各章进行了全面的修订。其中改动和调整幅度较大的是第一至三章，第四至八章也做了适当的修订。20世纪部分的三章，即第九章"20世纪欧美现实主义文学"，第十章"20世纪欧美现代主义文学"，第十一章"20世纪俄罗斯文学"，在这次修订时事实上是重新编写的。重写、调整和修订的目的，是为了尽可能地反映本书初版以来外国文学研究界的学术进展，加强关于20世纪欧美文学的评述，包括对当代欧美文学创作的新成果做一定程度的评介。在每一章的最后，我们还列出了"思考练习题"，为的是训练、培养学生对各章内容的提炼能力，激发学生对相关重要问题的思考；同时增设"延伸阅读文献"（含专著和论文等），以有利于拓展学生的知识面和学术视野。

参与本书初版本编写工作的，有汪介之、许海燕、杨莉馨、邱颂平、戴晓燕、张晓燕等，全书最后由汪介之统一定稿。这次修订工作，则由汪介之、哈旭娴共同承担，最后仍由汪介之修改定稿。在修订过程中，我们参考了国内外多种外国文学史著作和教材，借鉴了许多同行专家们的研究成果，谨在此向诸位研究者深表谢忱！修订本中仍难免有错漏之处，请各位专家、同行和读者不吝赐教。

编 者

2014年12月30日于南京

图书在版编目(CIP)数据

外国文学教程 / 汪介之主编. —2版(修订本).
—南京：南京大学出版社，2015.6(2024.1重印)
高等学校小学教育专业教材
ISBN 978-7-305-15434-8

Ⅰ.①外… Ⅱ.①汪… Ⅲ.①外国文学-文学史-高等学校-教材 Ⅳ.①I109

中国版本图书馆 CIP 数据核字(2015)第 136576 号

出版发行　南京大学出版社
社　　址　南京市汉口路22号　　邮　编　210093

丛 书 名　高等学校小学教育专业教材
书　　名　外国文学教程(修订本)
主　　编　汪介之
责任编辑　胡　豪　李廷斌　　编辑热线　025-83594071
照　　排　南京紫藤制版印务中心
印　　刷　盐城市华光印刷厂
开　　本　787×960　1/16　印张 23.25　字数 390 千
版　　次　2015 年 6 月第 2 版　2024 年 1 月第 5 次印刷
ISBN 978-7-305-15434-8
定　　价　45.00 元

网　　址：http://www.njupco.com
官方微博：http://weibo.com/njupco
官方微信：njupress
销售咨询热线：(025)83594756

* 版权所有，侵权必究
* 凡购买南大版图书，如有印装质量问题，请与所购
　图书销售部门联系调换